红楼梦

足本插图版

［清］曹雪芹／著

上

吉林人民出版社

出 品 人：常　宏
选题策划：吴文阁
统　　筹：李相梅
　　　　　丁　昊
责任编辑：郝晨宇
封面设计：尤　蕾

图书在版编目（CIP）数据

红楼梦：足本插图版 / (清) 曹雪芹著. -- 长春：吉林人民出版社, 2022.2

ISBN 978-7-206-17681-4

Ⅰ. ①红… Ⅱ. ①曹… Ⅲ. ①章回小说－中国－清代 Ⅳ. ①I242.4

中国版本图书馆CIP数据核字(2020)第212358号

红 楼 梦

足本插图版

HONGLOUMENG ZUBEN CHATU BAN

著　　者：[清] 曹雪芹
出版发行：吉林人民出版社
（长春市人民大街7548号 邮政编码：130022）
咨询电话：0431-85378007
印　　刷：长春第二新华印刷有限责任公司
开　　本：710mm × 1000mm　1/16
印　　张：80
字　　数：1230千字
标准书号：ISBN 978-7-206-17681-4
版　　次：2022年2月第1版
印　　次：2022年2月第1次印刷
定　　价：136.00元（上下册）

目　录

第一回

甄士隐梦幻识通灵　贾雨村风尘怀闺秀

此开卷第一回也。作者自云：因曾历过一番梦幻之后，故将真事隐去，而借“通灵”之说，撰此《石头记》一书也。故曰“甄士隐”云云。但书中所记何事何人？自又云：“今风尘碌碌，一事无成，忽念及当日所有之女子，一一细考较去，觉其行止见识，皆出于我之上。何我堂堂须眉[1]，诚不若彼裙钗[2]哉？实愧则有余，悔又无益之大无可如何之日也！当此，则自欲将已往所赖天恩祖德，锦衣纨袴[3]之时，饫甘餍肥[4]之日，背父兄教育之恩，负师友规训之德，以至今日一技无成、半生潦倒之罪，编述一集，以告天下人：我之罪固不免，然闺阁中本自历历有人，万不可因我之不肖，自护己短，一并使其泯灭也。虽今日之茅椽蓬牖[5]，瓦灶绳床[6]，其晨夕风露，阶柳庭花，亦未有妨我之襟怀

① 须眉——代指男子。

② 裙钗——代指女子。

③ 锦衣纨袴——富贵者的穿着，引申为富家子弟的代称。锦：色彩华美的丝织物。纨：细绢。

④ 饫甘餍肥——犹言饱食香甜肥美的食品。饫、餍：吃饱吃腻的意思。

⑤ 茅椽蓬牖——代指草房陋室，贫者所居。茅、蓬都是野草。椽，房椽子；牖，窗户。

⑥ 瓦灶绳床——瓦灶为土坯烧成的简陋的灶，俗称行灶。绳床亦名胡床、交床，为一种简易的坐具。

笔墨者。虽我未学，下笔无文，又何妨用假语村言，敷演[1]出一段故事来，亦可使闺阁昭传，复可悦世之目，破人愁闷，不亦宜乎？”故曰“贾雨村”云云。

此回中凡用“梦”用“幻”等字，是提醒阅者眼目，亦是此书立意本旨。诗曰：

浮生着甚苦奔忙，盛席华筵终散场。悲喜千般同幻泡，古今一梦尽荒唐。谩言红袖啼痕重，更有情痴抱恨长。字字看来皆是血，十年辛苦不寻常。

列位看官：你道此书从何而起？说起根由虽近荒唐，细按则深有趣味。待在下将此来历注明，方使阅者了然不惑。

原来女娲氏炼石补天之时，于大荒山无稽崖炼成高经十二丈、方经二十四丈顽石三万六千五百零一块。娲皇氏只用了三万六千五百块，单单剩了一块未用，便弃在此山青埂峰下。谁知此石自经煅炼之后，灵性已通，因见众石俱得补天，独自己无材不堪入选，遂自怨自叹，日夜悲号惭愧。

一日，正当嗟悼之际，俄见一僧一道远远而来，生得骨格不凡，丰神迥异，说说笑笑来至峰下，坐于石边高谈快论。见这一块鲜明莹洁的美玉，且又缩成扇坠大小的可佩可拿。那僧托于掌上，笑道：“形体倒也是个宝物了！还只没有实在的好处，须得再镌上数字，使人一见便知是奇物方妙。然后携你到那昌明隆盛之邦，诗礼簪缨之族[2]，花柳繁华地，温柔富贵乡去安身乐业。”石头听了，喜不能禁，乃问：“不知赐了弟子那几件奇处，又不知携了弟子到何地方？望乞明示，使弟子不惑。”那僧笑道：“你且莫问，日后自然明白的。”说着，便袖了这石，同那道人飘然而去，竟不知投奔何方何舍。

---

① 敷演——叙述生发。

② 诗礼簪缨之族——指书香门第，官宦家族。诗礼：读诗书，讲礼仪。簪缨：贵者的冠饰，这里代指作官。簪：一种横插髻上或连接冠与髻的长针。缨：帽带。

后来，又不知过了几世几劫[①]，因有个空空道人访道求仙，从这大荒山无稽崖青埂峰下经过，忽见一大块石上字迹分明，编述历历。空空道人乃从头一看，原来就是无材补天，幻形入世，蒙茫茫大士、渺渺真人携入红尘，历尽离合悲欢炎凉世态的一段故事。后面又有一首偈[②]云：

无材可去补苍天，枉入红尘若许年。

此系身前身后事，倩谁记去作奇传？

诗后便是此石堕落之乡，投胎之处，亲身经历的一段陈迹故事。其中家庭闺阁琐事，以及闲情诗词倒还全备，或可适趣解闷；然朝代年纪，地舆邦国却反失落无考。

空空道人遂向石头说道：“石兄，你这一段故事，据你自己说有些趣味，故编写在此，意欲问世传奇。据我看来，第一件，无朝代年纪可考；第二件，并无大贤大忠理朝廷治风俗的善政，其中只不过几个异样女子，或情或痴，或小才微善，亦无班姑、蔡女之德能[③]。我纵抄去，恐世人不爱看呢。”石头笑答道：“我师何太痴耶！若云无朝代可考，今我师竟假借汉唐等年纪添缀，又有何难？但我想，历来野史[④]，皆蹈一辙，莫如我这不借此套者，反倒新奇别致，不过只取其事体情理罢了，又何必拘拘于朝代年纪哉！再者，市井俗人喜看理治之书[⑤]者甚少，爱适趣闲文者特多。历来野史，或讪谤君相，或贬人妻女，奸淫凶

① 劫——佛家用语。梵文音译“劫波”之略，意为“远大时节”。佛教认为，世界有周期性的生灭过程，它经历若干万年后，就要毁灭一次，重新开始，此一周期称为一“劫”。

② 偈——梵文音译“偈陀”或“伽陀”之略，意译为颂。

③ 班姑、蔡女之德能——班姑：即班昭，东汉史学家班固之妹，博学，曾参与续《汉书》。和帝时担任过宫廷教师，号称“大家”，故称“班姑”。蔡女：指蔡文姬，名琰，东汉文学家蔡邕之女，博学多才，精通音律，是历史上有名的“才女”。

④ 野史——一般是指与官修正史相对而言的私家编撰的史类著作。

⑤ 理治之书——泛指古代“理朝廷治风俗”的书籍。

恶，不可胜数。更有一种风月笔墨①，其淫秽污臭，屠毒笔墨，坏人子弟，又不可胜数。至若佳人才子等书，则又千部共出一套，且其中终不能不涉于淫滥，以致满纸潘安、子建、西子、文君②，不过作者要写出自己的那两首情诗艳赋来，故假拟出男女二人名姓，又必旁出一小人其间拨乱，亦如剧中之小丑然。且鬟婢开口即者也之乎，非文即理。故逐一看去，悉皆自相矛盾、大不近情理之话，竟不如我半世亲睹亲闻的这几个女子，虽不敢说强似前代书中所有之人，但事迹原委，亦可以消愁破闷；也有几首歪诗熟话，可以喷饭供酒。至若离合悲欢，兴衰际遇，则又追踪蹑迹，不敢稍加穿凿，徒为供人之目而反失其真传者。今之人，贫者日为衣食所累，富者又怀不足之心，纵一时稍闲，又有贪淫恋色、好货寻愁之事，那里去有工夫看那理治之书？所以我这一段故事，也不愿世人称奇道妙，也不定要世人喜悦检读，只愿他们当那醉淫饱卧之时，或避事去愁之际，把此一玩，岂不省了些寿命筋力？就比那谋虚逐妄，却也省了口舌是非之害，腿脚奔忙之苦。再者，亦令世人换新眼目，不比那些胡牵乱扯忽离忽遇，满纸才人淑女、子建文君红娘小玉等通共熟套之旧稿。我师意为何如？”

空空道人听如此说，思忖半晌，将《石头记》再检阅一遍，因见上面虽有些指奸责佞贬恶诛邪之语，亦非伤时骂世之旨；及至君仁臣良父慈子孝，凡伦常③所关之处，皆是称功颂德，眷眷无穷，实非别书之可比。虽其中大旨谈情，亦不过实录其事，又非假拟妄称，一味淫邀艳约、私订偷盟之可比。因毫不干涉时世，方从头至尾抄录回来，问世传奇。从此空空道人因空④见色，由色生情，传情入色，自色悟空，遂易

① 风月笔墨——原指描写风花雪月、儿女私情的文字。这里专指着意渲染色情的作品。

② 潘安、子建、西子、文君——这里代指才子佳人。潘安：即潘安仁，晋代文人，著名美男子。子建：曹植的字，三国时文学家，以才高著称。西子：即西施，春秋时越国美女。文君：汉代卓王孙的女儿，新寡后“私奔”文学家司马相如，结为夫妇。

③ 伦常——即封建伦理道德。伦：人伦，封建社会指人与人之间关系及行为的准则。封建社会以君臣、父子、夫妇、兄弟、朋友为五伦，认为是不可改变的常道，亦称五常。

④ 空——“空”与下文的“色”“情”，均为佛教用语。

名为情僧，改《石头记》为《情僧录》。东鲁孔梅溪则题曰《风月宝鉴》。后因曹雪芹于悼红轩中披阅十载，增删五次，纂成目录，分出章回，则题曰《金陵十二钗》。并题一绝云：

满纸荒唐言，一把辛酸泪。
都云作者痴，谁解其中味！

出则既明，且看石上是何故事。按那石上书云：

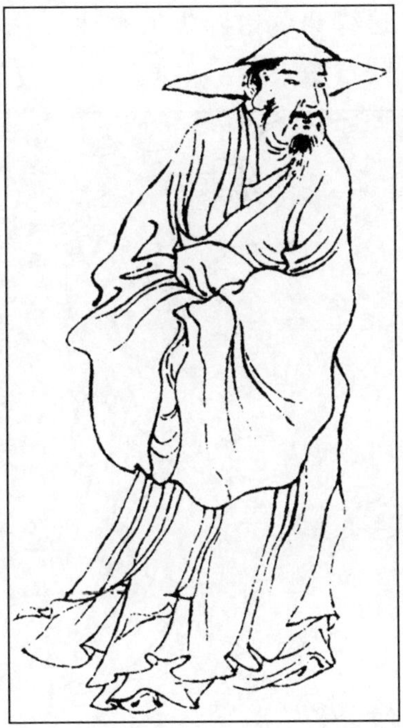

甄士隐

当日地陷东南[①]，这东南一隅有处曰姑苏，有城曰阊门[②]者，最是红尘中一二等富贵风流之地。这阊门外有个十里街，街内有个仁清巷[③]，巷内有个古庙，因地方窄狭，人皆呼作葫芦庙。庙旁住着一家乡宦，姓甄，名费，字士隐。嫡妻封氏，情性贤淑，深明礼义。家中虽不甚富贵，然本地便也推他为望族了。因这甄士隐禀性恬淡，不以功名为念，每日只以观花修竹、酌酒吟诗为乐，倒是神仙一流人品。只是一件不足：如今年已半百，膝下无儿，只有一女，乳名唤作英莲，年方三岁。

一日，炎夏永昼，士隐于书房闲坐，至手倦抛书，伏几少憩，不觉朦

① 地陷东南——东南大地塌陷下沉。古代神话：共工怒而触不周山，折天柱，绝地维，天倾西北，地不满东南。

② 姑苏、阊门——姑苏：苏州的别称，因其西南有姑苏山而得名。阊门：苏州城的西北门，又名破楚门。

③ 十里街、仁清巷——据脂批，谐音“势利街”“人情巷”。

胧睡去。梦至一处，不辨是何地方，忽见那厢来了一僧一道，且行且谈。

只听道人问道："你携了这蠢物，意欲何往？"那僧笑道："你放心，如今现有一段风流公案正该了结，这一干风流冤家[①]，尚未投胎入世，趁此机会，就将此蠢物夹带于中，使他去经历经历。"那道人道："原来近日风流冤孽又将造劫历世去不成？但不知落于何方何处？"

那僧笑道："此事说来好笑，竟是千古未闻的罕事。只因西方灵河岸上三生石畔，有绛珠草一株，时有赤瑕宫神瑛侍者，日以甘露灌溉，这绛珠草始得久延岁月。后来既受天地精华，复得雨露滋养，遂得脱却草胎木质，得换人形，仅修成个女体，终日游于离恨天外，饥则食蜜青果为膳，渴则饮灌愁海[②]水为汤。只因尚未酬报灌溉之德，故其五内[③]便郁结着一段缠绵不尽之意。恰近日这神瑛侍者凡心偶炽，乘此昌明太平朝世，意欲下凡造历幻缘，已在警幻仙子案前挂了号。警幻亦曾问及，灌溉之情未偿，趁此倒可了结的。那绛珠仙子道：'他是甘露之惠，我并无此水可还。他既下世为人，我也去下世为人，但把我一生所有的眼泪还他，也偿还得过他了。'因此一事，就勾出多少风流冤家来，陪他们去了结此案。"

警幻仙子

① 风流冤家——"冤家"，原为佛教用语。《五灯会元》："佛教慈悲，冤亲平等。"后既作"仇人""对头"解，也用作对所爱之人的昵称，即爱极的反语。"风流冤家"指极相爱恋之男女。

② 离恨天、蜜青果、灌愁海——离恨天：俗传"三十三天，离恨天最高；四百四十病，相思病最苦"。蜜青谐"秘情"。灌愁海：喻愁深。皆寓男女之情及其怨恨愁苦。

③ 五内——五脏，即心、肝、脾、肺、肾。亦泛言内心深处。

那道人道："果是罕闻。实未闻有还泪之说。想来这一段故事，比历来风月事故更加琐碎细腻了。"那僧道："历来几个风流人物，不过传其大概以及诗词篇章而已；至家庭闺阁中一饮一食，总未述记。再者，大半风月故事，不过偷香窃玉、暗约私奔而已，并不曾将儿女之真情发泄一二。想这一干人入世，其情痴色鬼、贤愚不肖[①]者，悉与前人传述不同矣。"那道人道："趁此何不你我也去下世度脱[②]几个，岂不是一场功德？"那僧道："正合吾意。你且同我到警幻仙子宫中，将蠢物交割清楚，待这一干风流孽鬼下世已完，你我再去。如今虽已有一半落尘，然犹未全集。"道人道："既如此，便随你去来。"

却说甄士隐俱听得明白，但不知所云"蠢物"系何东西。遂不禁上前施礼，笑问道："二仙师请了。"那僧道也忙答礼相问。士隐因说道："适闻仙师所谈因果，实人世罕闻者。但弟子愚浊，不能洞悉明白，若蒙大开痴顽，备细一闻，弟子则洗耳谛听，稍能警省，亦可免沉沦[③]之苦。"二仙笑道："此乃玄机[④]，不可预泄者。到那时不要忘我二人，便可跳出火坑[⑤]矣。"士隐听了，不便再问，因笑道："玄机不可预泄，但适云'蠢物'，不知为何，或可一见否？"那僧道："若问此物，倒有一面之缘。"说着，取出递与士隐。

士隐接了看时，原来是块鲜明美玉，上面字迹分明，镌着"通灵宝玉"四字，后面还有几行小字。正欲细看时，那僧便说已到幻境，便强从手中夺了去，与道人竟过一大石牌坊，上书四个大字，乃是"太虚幻境"[⑥]。两边又有一副对联，道是：

假作真时真亦假，无为有处有还无。

---

① 不肖——旧时称不能继承父业之子曰不肖。肖：像。

② 度脱——佛家用语。超度解脱。

③ 警省、沉沦——均佛家用语。警省：警觉省悟。沉沦：指在生死轮回中永远不得解脱。

④ 玄机——道家用语。谓玄奥微妙的道理。

⑤ 火坑——佛家用语。指苦难的人世。

⑥ 太虚幻境——作者虚拟的仙境。太虚：空幻虚无的意思。

士隐意欲也跟了过去，方举步时，忽听一声霹雳，有若山崩地陷。士隐大叫一声，定睛一看，只见烈日炎炎，芭蕉冉冉，所梦之事便忘了大半。又见奶母正抱了英莲走来。士隐见女儿越发生得粉妆玉琢，乖觉可喜，便伸手接来，抱在怀内，逗他玩耍一回，又带至街前，看那过会①的热闹。

方欲进来时，只见从那边来了一僧一道：那僧则癞头跣脚，那道则跛足蓬头，疯疯癫癫，挥霍②谈笑而至。及至到了他门前，看见士隐抱着英莲，那僧便大哭起来，又向士隐道："施主，你把这有命无运③、累及爹娘之物，抱在怀内作甚？"士隐听了，知是疯话，也不去睬他。那僧还说："舍我罢，舍我罢！"士隐不耐烦，便抱女儿撤身要进去，那僧乃指着他大笑，口内念了四句言词道：

惯养娇生笑你痴，菱花空对雪澌澌。
好防佳节元宵后，便是烟消火灭时。

士隐听得明白，心下犹豫，意欲问他们来历。只听道人说道："你我不必同行，就此分手，各干营生去罢。三劫后，我在北邙山④等你，会齐了同往太虚幻境销号。"那僧道："最妙，最妙！"说毕，二人一去，再不见个踪影了。士隐心中此时自忖：这两个人必有来历，该试一问，如今悔却晚也。

这士隐正痴想，忽见隔壁葫芦庙内寄居的一个穷儒——姓贾名化、字表字时飞、别号雨村者走了出来。这贾雨村原系湖州⑤人氏，也是诗书仕宦之族，因他生于末世，父母祖宗根基已尽，人口衰丧，只剩得他一身一口，在家乡无益，因进京求取功名，再整基业。自前岁来此，又

---

① 过会——旧时遇节庆，随地聚演百戏杂耍、笙乐鼓吹之类，观者如潮。

② 挥霍——亦作"挥擢"。这里是挥洒自如的意思。

③ 有命无运——旧时"算命"，称一生的境遇好坏为"命"，一段时间的遭际为"运"。有命无运，这里意谓平生"行运"乖逆，遭际堪悲。

④ 北邙山——也作"北芒山"。在今河南省洛阳市北。东汉及北魏的王侯公卿多葬于此。后常被用来泛指墓地。

⑤ 湖州——地名。脂评：谐音"胡诌也"。

淹蹇[1]住了，暂寄庙中安身，每日卖字作文为生，故士隐常与他交接。

当下雨村见了士隐，忙施礼陪笑道："老先生倚门伫望，敢是街市上有甚新闻否？"士隐笑道："非也。适因小女啼哭，引他出来作耍，正是无聊之甚，兄来得正妙，请入小斋一谈，彼此皆可消此永昼。"说着，便令人送女儿进去，自与雨村携手来至书房中。小童献茶。方谈得三五句话，忽家人飞报："严老爷来拜。"士隐慌的忙起身谢罪道："恕诳驾[2]之罪，略坐，弟即来陪。"雨村忙起身亦让道："老先生请便。晚生乃常造之客，稍候何妨。"说着，士隐已出前厅去了。

贾雨村

这里雨村且翻弄书籍解闷。忽听得窗外有女子嗽声，雨村遂起身往窗外一看，原来是一个丫鬟，在那里撷[3]花，生得仪容不俗，眉目清明，虽无十分姿色，却亦有动人之处。雨村不觉看的呆了。

那甄家丫鬟撷了花，方欲走时，猛抬头见窗内有人，敝巾旧服，虽是贫窘，然生得腰圆背厚，面阔口方，更兼剑眉星眼，直鼻权腮[4]。这丫鬟忙转身回避，心下乃想："这人生的这样雄壮，却又这样褴褛，想他定是我家主人常说的什么贾雨村了，每有意帮助周济，只是没甚机会。我家并无这样贫窘亲友，想定是此人无疑了。怪道又说他必非久困之人。"如此想来，不免又回头两次。雨村见他回了头，便自为这女子心中有意于他，便狂喜不尽，自为此女子必是个巨眼英雄[5]，风尘[6]中

① 淹蹇——偃蹇。原指境遇困顿、不得意，这里是耽搁、阻滞的意思。
② 诳驾——邀来客人后，因故不能陪待，向客人道歉之词，犹言"失陪"。
③ 撷——采摘、捋取。
④ 权腮——俗称颧骨腮，指人颧骨长得很高，相法认为是一种贵相。
⑤ 巨眼英雄——有远见，能识鉴人才的人。
⑥ 风尘——这里指扰攘的尘世，又有旅居在外，备尝艰辛之意。

贾雨村初见娇杏

之知己也。一时小童进来，雨村打听得前面留饭，不可久待，遂从夹道中自便出门去了。士隐待客既散，知雨村自便，也不去再邀。

一日，早又中秋佳节。士隐家宴已毕，乃又另具一席于书房，却自己步月至庙中来邀雨村。原来雨村自那日见了甄家之婢曾回顾他两次，自为是个知己，便时刻放在心上。今又正值中秋，不免对月有怀，因而口占五言一律云：

未卜三生愿[①]，频添一段愁[②]。闷来时敛额[③]，行去几回头。
自顾风前影，谁堪月下俦[④]？蟾光如有意，先上玉人楼[⑤]。

雨村吟罢，因又思及平生抱负，苦未逢时，乃又搔首对天长叹，复高吟一联曰：

玉在匮中求善价，钗于奁内待时飞[⑥]。

---

① “未卜”句——未卜：不能预知。

② “频添”句——意即把这段愁绪时刻挂在心上。频：屡屡；时时。

③ 敛额——皱眉头。

④ “自顾”二句——意谓风前自顾身影，有谁能赏识自己，成为我的终身伴侣呢？自顾风前影：由“顾影自怜”化出。堪：能，配得上。月下俦：成婚配的意思。

⑤ “蟾光”二句——蟾光：指月光。暗含若得科举及第，定先到玉人楼上求婚之意。“蟾光”句，亦寓“蟾宫折桂”（即科举及第）之意。玉人楼：美人居住的地方。

⑥ “玉在”一联——这里贾雨村自比玉、钗，企图得到赏识，以求飞黄腾达。上句意谓美玉藏在匣子里希望卖得好价钱。匮：即“椟”。木匣：木柜。下句意谓玉钗放在镜盒中，等待时机而飞腾。

恰值士隐走来听见，笑道：“雨村兄真抱负不浅也！”雨村忙笑道：“不过偶吟前人之句，何敢狂诞至此。”因问：“老先生何兴至此？”士隐笑道：“今夜中秋，俗谓‘团圆之节’，想尊兄旅寄僧房，不无寂寥之感，故特具小酌，邀兄到敝斋一饮，不知可纳芹意[①]否？”雨村听了，并不推辞，便笑道：“既蒙厚爱，何敢拂此盛情。”说着，便同士隐复过这边书院中来。

须臾茶毕，早已设下杯盘，那美酒佳肴自不必说。二人归坐，先是款斟漫饮，次渐谈至兴浓，不觉飞觥限斝[②]起来。当时街坊上家家箫管，户户弦歌，当头一轮明月，飞彩凝辉，二人愈添豪兴，酒到杯干。雨村此时已有七八分酒意，狂兴不禁，乃对月寓怀，口号[③]一绝云：

时逢三五[④]便团圆，满把晴光护玉栏[⑤]。
天上一轮才捧出，人间万姓仰头看。

士隐听了，大叫：“妙哉！吾每谓兄必非久居人下者，今所吟之句，飞腾之兆已见，不日可接履于云霓之上[⑥]矣。可贺，可贺！”乃亲斟一斗为贺。雨村因干过，叹道：“非晚生酒后狂言，若论时尚之学[⑦]，晚生也或可去充数沽名。只是目今行囊路费一概无措，神京路远，非赖卖字撰文即能到者。”士隐不待说完，便道：“兄何不早言。愚每有此心，但每遇兄时，兄并未谈及，愚故未敢唐突。今既提及，

① 芹意——古时有人认为芹菜的味道很美，就向乡豪称赞，乡豪尝后，却觉得很难吃。

② 飞觥限斝——觥筹交错、饮宴尽欢的情景。觥、斝：两种古代酒器，前者为角形，后者圆口平底。飞觥：挥杯；限斝：行酒令时限定饮酒数量。

③ 口号——犹言“口占”，不借笔墨、随口吟成。

④ 三五——十五，指阴历十五日。

⑤ “满把”句——满把：满握。满把晴光：极言月光皎洁充盈。护玉栏：玉石栏杆沉浸在皎洁的月光里。

⑥ 接履于云霓之上——犹言平步青云。接履：一步紧接一步。云霓：喻高位。

⑦ 时尚之学——时人所崇尚的学问。这里指明清科举考试用的“八股文”和“试帖诗”等。

愚虽不才，‘义利’二字[①]却还识得。且喜明岁正当大比，兄宜作速入都，春闱[②]一战，方不负兄之所学也。其盘费余事，弟自代为处置，亦不枉兄之谬识矣！”当下即命小童进去，速封五十两白银，并两套冬衣。又云：“十九日乃黄道之期，兄可即买舟西上，待雄飞高举，明冬再晤，岂非大快之事耶！”雨村收了银衣，不过略谢一语，并不介意，仍是吃酒谈笑。那天已交了三更，二人方散。

士隐送雨村去后，回房一觉，直至红日三竿方醒。因思昨夜之事，意欲再写两封荐书与雨村带至神都，使他投谒个仕宦之家为寄足之地。因使人过去请时，那家人去了回来说：“和尚说，贾爷今日五鼓已进京去了，也曾留下话与和尚转达老爷，说‘读书人不在黄道黑道[③]，总以事理为要，不及面辞了。’”士隐听了，也只得罢了。

真是闲处光阴易过，倏忽又是元宵佳节矣。士隐命家人霍启抱了英莲去看社火花灯[④]，半夜中，霍启因要小解，便将英莲放在一家门槛上坐着。待他小解完了来抱时，那有英莲的踪影？急得霍启直寻了半夜，至天明不见，那霍启也就不敢回来见主人，便逃往他乡去了。

那士隐夫妇，见女儿一夜不归，便知有些不妥，再使几人去寻找，回来皆云连音响皆无。夫妻二人，半世只生此女，一旦失落，岂不思想，因此昼夜啼哭，几乎不曾寻死。看看的一月，士隐先就得了一病；当时封氏孺人[⑤]也因思女构疾，日日请医疗治。

---

① “义利”二字——义：道义。利：功利，这里指钱财。

② 大比、春闱——明清科举制，考试分为三级。第一级是院试，考府县的童生，考取的为“生员”（秀才）；第二级是乡试，考一省的生员，考取的为“举人”；第三级是会试，考全国的举人，考取的为“贡士”（再经殿试赐进士出身）。乡试、会试均三年一科，也称“大比”。乡试在秋天，称为“秋闱”；会试在春天，称为“春闱”。闱：指考场。这里的“大比”是指会试。

③ 黄道黑道——为我国古代天文学的专名，黄道指日，黑道指月。

④ 社火花灯——这里指元宵节灯火。社：社日。祭祀土神之日，分春秋两祭，立春后第五个戊日为春社，立秋后第五个戊日为秋社。社火：社日扮演的各种杂戏。花灯：正月十五元宵节有放花灯的习俗。

⑤ 孺人——《礼记·曲礼下》：孺人在明清为七品官之母或妻的封号。旧时也通用为妇人的尊称。

不想这日三月十五，葫芦庙中炸供[1]，那些和尚不加小心，致使油锅火逸，便烧着窗纸。此方人家多用竹篱木壁者，大抵也因劫数，于是接二连三，牵五挂四，将一条街烧得如火焰山一般。彼时虽有军民来救，那火已成了势，如何救得下？直烧了一夜，方渐渐的熄去，也不知烧了几家。只可怜甄家在隔壁，早已烧成一片瓦砾场了，只有他夫妇并几个家人的性命不曾伤了。急得士隐惟跌足长叹而已。只得与妻子商议，且到田庄上去安身。偏值近年水旱不收，鼠盗蜂起，无非抢田夺地，鼠窃狗偷，民不安生，因此官兵剿捕，难以安身。士隐只得将田庄都折变了，便携了妻子与两个丫鬟投他岳丈家去。

他岳丈名唤封肃，本贯大如州人氏，虽是务农，家中都还殷实。今见女婿这等狼狈而来，心中便有些不乐。幸而士隐还有折变田地的银子未曾用完，拿出来托他随分就价薄置些须房地，为后日衣食之计。那封肃便半哄半赚，些须与他些薄田朽屋。士隐乃读书之人，不惯生理稼穑等事，勉强支持了一二年，越觉穷了下去。封肃每见面时，便说些现成话，且人前人后又怨他们不善过活，只一味好吃懒作等语。士隐知投人不着，心中未免悔恨，再兼上年惊唬，急忿怨痛，已有积伤，暮年之人，贫病交攻，竟渐渐的露出那下世的光景来[2]。

可巧这日拄了拐杖挣挫到街前散散心时，忽见那边来了一个跛足道人，疯癫落脱[3]，麻屣鹑衣[4]，口内念着几句言词，道是：

世人都晓神仙好，惟有功名忘不了！
古今将相在何方？荒冢一堆草没了。
世人都晓神仙好，只有金银忘不了！
终朝只恨聚无多，及到多时眼闭了。
世人都晓神仙好，只有姣妻忘不了！
君生日日说恩情，君死又随人去了。

---

① 炸供——油炸供神用的食品。

② “下世”句——下世：此指死亡。全句是指快要死亡、不久于世的意思。

③ 落脱——即“落拓”“落托”。这里是行为狂放的意思。

④ 麻屣鹑衣——麻屣：麻鞋。鹑：鹌鹑，鸟名。其尾短秃，如补绽百结，故称破烂衣服为鹑衣。

世人都晓神仙好，只有儿孙忘不了！
痴心父母古来多，孝顺儿孙谁见了？

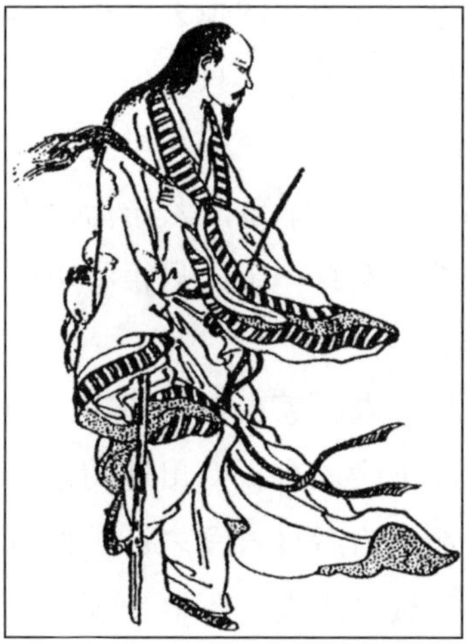

跛足道人

士隐听了，便迎上来道：“你满口说些什么？只听见些‘好’‘了’‘好’‘了’。”那道人笑道：“你若果听见‘好’‘了’二字，还算你明白。可知世上万般，好便是了，了便是好。若不了，便不好；若要好，须是了。我这歌儿，便名《好了歌》。”士隐本是有宿慧[①]的，一闻此言，心中早已彻悟[②]。因笑道：“且住！待我将你这《好了歌》解注出来何如？”道人笑道：“你解，你解。”士隐乃说道：

陋室空堂，当年笏满床[③]；衰草枯杨，曾为歌舞场。蛛丝儿结满雕梁，绿纱今又糊在蓬窗上。说什么脂正浓、粉正香，如何两鬓又成霜？昨日黄土陇头[④]埋白骨，今宵红灯帐底卧鸳鸯。金满箱，银满箱，展眼乞丐人皆谤。正叹他人命不长，那知自己归来丧！训有方，保不定日后作强梁[⑤]。择膏粱[⑥]，谁承望流落在烟花巷[⑦]！因

① 宿慧——佛家用语。指超越常人的智慧，认为这种智慧是宿世（即前世）带来的。

② 彻悟——即佛教所说的大彻大悟，看破红尘。

③ 笏满床——形容家中做大官的人很多。笏：一名“手板”。封建时代臣僚上朝时手中所拿的狭长板子，用象牙或木、竹片制成，可作临时记事之用。

④ 黄土陇头——指坟墓。陇：通“垄”，田中高地；坟墓。

⑤ 强梁——横暴；蛮不讲理。《庄子·山木》：“从其强梁。”唐代陆德明《释文》：“强梁，多力也。”这里指强盗。

⑥ 择膏粱——意谓挑选富贵人家子弟作婿。膏：脂肪；油。粱：精米。膏粱：本指精美的饭菜，这里用作“膏粱子弟”的省称。

⑦ 烟花巷——旧时妓院聚集的地方。烟花：歌女；娼妓。

嫌纱帽小，致使锁枷扛；昨怜破袄寒，今嫌紫蟒[1]长：乱烘烘你方唱罢我登场，反认他乡是故乡。甚荒唐，到头来都是为他人作嫁衣裳[2]！

那疯跛道人听了，拍掌笑道："解得切，解得切！"士隐便说一声："走罢！"将道人肩上褡裢[3]抢了过来背着，竟不回家，同了疯道人飘飘而去。当下烘动街坊，众人当作一件新闻传说。封氏闻得此信，哭个死去活来，只得与父亲商议，遣人各处访寻，那讨音信？无奈何，少不得依靠着他父母度日。幸而身边还有两个旧日的丫鬟服侍，主仆三人，日夜作些针线发卖，帮着父亲用度。那封肃虽然日日抱怨，也无可奈何了。

这日，那甄家大丫鬟在门前买线，忽听街上喝道之声，众人都说新太爷到任。丫鬟于是隐在门内看时，只见军牢快手[4]，一对一对的过去，俄而大轿抬着一个乌帽猩袍的官府过去。丫鬟倒发了个怔，自思这官好面善，倒像在那里见过的。于是进入房中，也就丢过不在心上。至晚间，正待歇息之时，忽听一片声打的门响，许多人乱嚷，说："本府太爷差人来传人问话。"封肃听了，唬得目瞪口呆，不知有何祸事，且听下回分解。

① 紫蟒——紫色的蟒袍。

② 为他人作嫁衣裳——喻白白替他人奔忙，死后一切皆空。

③ 褡裢——一种中间开口而两端装钱物的长方口袋，小的可以挂在腰带上，大的可以搭在肩膀上。

④ 军牢快手——封建官吏手下执行缉捕、防卫和行刑的隶卒。官僚出巡，常由他们前呼后拥，以示威势。

第二回

贾夫人仙逝扬州城　冷子兴演说荣国府

却说封肃因听见公差传唤，忙出来陪笑启问。那些人只嚷：“快请出甄爷来！”封肃忙陪笑道：“小人姓封，并不姓甄。只有当日小婿姓甄，今已出家一二年了，不知可是问他？”那些公人道：“我们也不知什么‘真’‘假’，因奉太爷之命来问，他既是你女婿，便带了你去亲见太爷面禀，省得乱跑。”说着，不容封肃多言，大家推拥他去了。封家人个个都惊慌，不知何兆。

那天约二更时，只见封肃方回来，欢天喜地。众人忙问端的。他乃说道：“原来本府新升的太爷姓贾名化，本贯湖州人氏，曾与女婿旧日相交。方才在咱门前过去，因见娇杏那丫头买线，所以他只当女婿移住于此。我一一将原故回明，那太爷倒伤感叹息了一回；又问外孙女儿，我说看灯丢了。太爷说：‘不妨，我自使番役①务必探访回来。’说了一回话，临走倒送了我二两银子。”甄家娘子听了，不免心中伤感。一宿无话。

至次日，早有雨村遣人送了两封银子、四匹锦缎，答谢甄家娘子；又寄一封密书与封肃，转托问甄家娘子要那娇杏作二房。封肃喜的屁

① 番役——又称“番子”。这里泛称官衙中负责稽查、捕盗的差役。

滚尿流，巴不得去奉承，便在女儿前一力撺掇[①]成了，乘夜只用一乘小轿，便把娇杏送进去了。雨村欢喜，自不必说，乃封百金赠封肃，外谢甄家娘子许多物事，令其好生养赡，以待寻访女儿下落。封肃回家无话。

雨村讨娇杏

却说娇杏这丫鬟，便是那年回顾雨村者。因偶然一顾，便弄出这段事来，亦是自己意料不到之奇缘。谁想他命运两济，不承望自到雨村身边，只一年便生了一子；又半载，雨村嫡妻忽染疾下世，雨村便将他扶侧作正室夫人了。正是：

偶因一着错，便为人上人[②]。

原来，雨村因那年士隐赠银之后，他于十六日便起身入都，至大比之期，不料他十分得意，已会了进士，选入外班[③]，今已升了本府知府。虽才干优长，未免有些贪酷之弊；且又恃才侮上，那些官员皆侧目而视。不上一年，便被上司寻了个空隙，作成一本，参[④]他“生情狡

---

① 撺掇——怂恿。

② “偶因”二句——一着：下棋术语，一步棋谓之一着。这里比喻人的一个行动。

③ 会了进士，选入外班——指会试考中进士，分发外省任官。

④ 参——参究、稽考，引申为控告、弹劾。弹劾所用的文书，称“详参”。

猾，擅纂礼仪[①]；且沽清正之名，而暗结虎狼之属，致使地方多事，民命不堪”等语。龙颜大怒，即批革职。该部文书一到，本府官员无不喜悦。那雨村心中虽十分惭恨，却面上全无一点怨色，仍是嘻笑自若；交代过公事，将历年做官积的些资本并家小人属送至原籍，安排妥协，却是自己担风袖月，游览天下胜迹。

那日，偶又游至维扬[②]地面，因闻得今岁鹾政[③]点的是林如海。这林如海姓林名海，字表如海，乃是前科的探花[④]，今已升至兰台寺大夫[⑤]，本贯姑苏人氏，今钦点出为巡盐御史，到任方一月有余。原来这林如海之祖，曾袭过列侯，今到如海，业经五世。起初时，只封袭三世，因当今隆恩盛德，远迈前代，额外加恩，至如海之父，又袭了一代；至如海，便从科第出身。虽系钟鼎之家[⑥]，却亦是书香之族。只可惜这林家支庶不盛，子孙有限，虽有几门，却与如海俱是堂族而已，没甚亲支嫡派的。今如海年已四十，只有一个三岁之子，偏又于去岁死了。虽有几房姬妾，奈他命中无子，亦无可如何之事。今只有嫡妻贾氏生得一女，乳名黛玉，年方五岁。夫妻无子，故爱如珍宝，且又见他聪明清秀，便也欲使他读书识得几个字，不过假充养子之意，聊解膝下荒凉[⑦]之叹。

雨村正值偶感风寒，病在旅店，将一月光景方渐愈。一因身体劳倦，二因盘费不继，也正欲寻个合式之处，暂且歇下。幸有两个旧友，

---

① 擅纂礼仪——擅纂：擅自纂集。封建时代的礼制仪式，例由礼部掌管，官员擅自纂集，要受惩处。

② 维扬——即扬州，今江苏省扬州市。

③ 鹾政——这里指朝廷派到地方管理盐务的官员，带原衔品级。鹾：盐。

④ 探花——明、清科举制度，殿试取为第三名者称探花。

⑤ 兰台寺大夫——作者沿古虚拟的官名。兰台是汉朝宫内藏书的地方，由御史中丞主管，兼任纠察。后因称主管弹劾的御史台为兰台，御史府也叫兰台寺，设官曰兰台史令。

⑥ 钟鼎之家——“钟鸣鼎食之家”的简称。钟：乐器。鼎：一种三足两耳的金属器皿，这里是指盛菜肴的食具。贵族家庭宴享祭祀时，鸣钟列鼎。后常用“钟鼎之家”代指贵族豪门。

⑦ 膝下荒凉——指没有子嗣。膝下：指幼儿环绕于父母的膝下，后为子女代称。

亦在此境居住，因闻得鹾政欲聘一西宾[①]，雨村便相托友力，谋了进去，且作安身之计。妙在只一个女学生，并两个伴读丫鬟，这女学生年又小，身体又极怯弱，工课不限多寡，故十分省力。

堪堪[②]又是一载的光阴，谁知女学生之母贾氏夫人一疾而终。女学生侍汤奉药，守丧尽哀，遂又将辞馆别图。林如海意欲令女守制[③]读书，故又将他留下。近因女学生哀痛过伤，本自怯弱多病的，触犯旧症，遂连日不曾上学。雨村闲居无聊，每当风日晴和，饭后便出来闲步。

这日，偶至郭外[④]，意欲赏鉴那村野风光。忽信步至一山环水旋、茂林深竹之处，隐隐的有座庙宇，门巷倾颓，墙垣朽败，门前有额，题着“智通寺”三字，门旁又有一副旧破的对联，曰：

身后有余忘缩手，眼前无路想回头。

雨村看了，因想到：“这两句话，文虽浅近，其意则深。我也曾游过些名山大刹，倒不曾见过这话头，其中想必有个翻过筋斗来的[⑤]亦未可知，何不进去试试。”想着走入，看时只有一个龙钟老僧在那里煮粥。雨村见了，便不在意。及至问他两句话，那老僧既聋且昏，齿落舌钝，所答非所问。

雨村不耐烦，便仍出来，意欲到那村肆[⑥]中沽饮三杯，以助野趣，于是款步行来。将入肆门，只见座上吃酒之客有一人起身大笑，接了出来，口内说：“奇遇，奇遇。”雨村忙看时，此人是都中在古董行中贸易的号冷子兴者，旧日在都相识。雨村最赞这冷子兴是个有作为大本领

① 西宾——亦称西席。古代以西为尊，宾客或教师的座位，故以西宾或西席为家庭教师或官僚幕客的代称。

② 堪堪——看看。

③ 守制——古人父母或祖父母死后，嫡长子或承重孙（长房嫡长孙）要守孝三年，须闭门读书，谢绝世务，称为“守制”。

④ 郭外——指城外郊区。

⑤ 翻过筋斗来的——比喻饱经世事动荡或遭受重大挫折后“看破世情”的人。筋斗：一作“觔斗”，通作“跟头”。

⑥ 村肆——这里指乡村酒店。

的人，这子兴又借雨村斯文之名，故二人说话投机，最相契合。

雨村忙笑问道："老兄何日到此？弟竟不知。今日偶遇，真奇缘也。"子兴道："去年岁底到家，今因还要入都，从此顺路找个敝友说一句话，承他之情，留我多住两日。我也无紧事，且盘桓两日，待月半时也就起身了。今日敝友有事，我因闲步至此，且歇歇脚，不期这样巧遇！"一面说，一面让雨村同席坐了，另整上酒肴来。二人闲谈漫饮，叙些别后之事。

雨村因问："近日都中可有新闻没有？"子兴道："倒没有什么新闻，倒是老先生你贵同宗[①]家，出了一件小小的异事。"雨村笑道："弟族中无人在都，何谈及此？"子兴笑道："你们同姓，岂非同宗一族？"雨村问是谁家。子兴道："荣国府贾府中，可也玷辱了先生的门楣么。"雨村笑道："原来是他家。若论起来，寒族人丁却不少，自东汉贾复[②]以来，支派繁盛，各省皆有，谁逐细考查得来？若论荣国一支，却是同谱。但他那等荣耀，我们不便去攀扯，至今故越发生疏难认了。"子兴叹道："老先生休如此说。如今的这宁荣两门，也都萧疏了，不比先时的光景。"雨村道："当日宁荣两宅的人口也极多，如何就萧疏了？"冷子兴道："正是，说来也话长。"雨村道："去岁我到金陵地界，因欲游览六朝遗迹，那日进了石头城[③]，从他老宅门前经过。街东是宁国府，街西是荣国府，二宅相连，竟将大半条街占了。大门前虽冷落无人，隔着围墙一望，里面厅殿楼阁，也还都峥嵘轩峻；就是后一带花园子里面树木山石，也还都有蓊蔚洇润[④]之气，那里像个衰败之家？"冷子兴笑道："亏你是进士出身，原来不通！古人有云：'百足之虫，死而不僵[⑤]。'如今虽说不及先年那样兴盛，较之平常仕

① 同宗——出于一个远祖者为"同宗"，后用以泛称同族或同姓。

② 贾复——东汉南阳冠军（今属河南邓县）人，曾任执金吾、左将军，封胶东侯。

③ 石头城——故址在今南京市。三国时孙权所建。后用以代指金陵或南京。

④ 蓊蔚洇润——茂盛润泽的样子。

⑤ 百足之虫，死而不僵——比喻大贵族官僚家庭，虽已衰败，但表面仍能维持某种繁荣的假象。百足之虫：指马陆、蜈蚣一类节肢动物。僵：仆倒。

宦之家，到底气象不同。如今生齿[①]日繁，事务日盛，主仆上下，安富尊荣者尽多，运筹谋画者无一；其日用排场费用，又不能将就省俭，如今外面的架子虽未甚倒，内囊却也尽上来了。这还是小事。更有一件大事：谁知这样钟鸣鼎食之家，翰墨诗书之族，如今的儿孙，竟一代不如一代了！”雨村听说，也纳罕道：“这样诗礼之家，岂有不善教育之理？别门不知，只说这宁、荣二宅，是最教子有方的。”

子兴叹道：“正说的是这两门呢。待我告诉你：当日宁国公与荣国公是一母同胞弟兄两个。宁公居长，生了四个儿子。宁公死后，贾代化袭了官，也养了两个儿子：长名贾敷，至八九岁上便死了，只剩了次子贾敬袭了官，如今一味好道，只爱烧丹炼汞[②]，余者一概不在心上。幸而早年留下一子，名唤贾珍，因他父亲一心想作神仙，把官倒让他袭了。他父亲又不肯回原籍来，只在都中城外和道士们胡羼[③]。这位珍爷倒生了一个儿子，今年才十六岁，名叫贾蓉。如今敬老爹一概不管。这珍爷那里肯读书，只一味高乐[④]不了，把宁国府竟翻了过来，也没有人敢来管他。再说荣府你听，方才所说异事，就出在这里。自荣公死后，长子贾代善袭了官，娶的也是金陵世勋史侯家的小姐为妻，生了两个儿子：长子贾赦，次子贾政。如今代善早已去世，太夫人尚在，长子贾赦袭着官；次子贾政，自幼酷喜读书，祖、父最疼，原欲以科甲出身的，不料代善临终时遗本一上，皇上因恤先臣，即时令长子袭官外，问还有几子，立刻引见，遂额外赐了这政老爹一个主事[⑤]之衔，令其入部习学，如今现已升了员外郎了。这政老爹的夫人王氏，头胎生的公子，名唤贾珠，十四岁进学，不到二十岁就娶了妻生了子，一病死了。第二胎生了一位小姐，生在大年初一，这就奇了；不想次年又生了一位公子，说来更奇，一落胎胞，嘴里便衔下一块五彩晶莹的玉来，上面还有许多

① 生齿——人口，古代把长出乳齿的男女登入户籍。

② 烧丹炼汞——道教以朱砂（丹）、水银（汞）等烧炼“仙药”，以此妄求飞升成仙，长生不死。

③ 胡羼——犹言“鬼混”。引申为搀杂。

④ 高乐——恣意寻欢作乐。

⑤ 主事——清代六部之下设司，司的主管官是郎中，其副手是员外郎，再下就是主事。

冷子兴演说荣国府

字迹，就取名叫作宝玉。你道是新奇异事不是？”

雨村笑道：“果然奇异。只怕这人来历不小。”子兴冷笑道：“万人皆如此说，因而乃祖母便先爱如珍宝。那年周岁时，政老爹便要试他将来的志向，便将那世上所有之物摆了无数，与他抓取。谁知他一概不取，伸手只把些脂粉钗环抓来。政老爹便大怒了，说：‘将来酒色之徒耳！’因此便大不喜悦，独那史老太君还是命根一样。说来又奇，如今长了七八岁，虽然淘气异常，但其聪明乖觉处，百个不及他一个。说起孩子话来也奇怪，他说：‘女儿是水作的骨肉，男人是泥作的骨肉。我见了女儿，我便清爽；见了男子，便觉浊臭逼人。’你道好笑不好笑？将来色鬼无疑了！”雨村罕然厉色忙止道：“非也！可惜你们不知道这人来历。大约政老前辈也错以淫魔色鬼看待了。若非多读书识事，加以致知格物之功，悟道参玄[①]之力，不能知也。”

子兴见他说得这样重大，忙请教其端。雨村道：“天地生人，除大仁大恶两种，余者皆无大异。若大仁者，则应运而生，大恶者，则应劫而生[②]。运生世治，劫生世危。尧、舜、禹、汤、文、武、周、召、孔、孟、董、韩、周、程、张、朱，皆应运而生者。蚩尤、共工、桀、

① 致知格物、悟道参玄——致：推导。格：推究。悟道参玄：宗教用语。领会和推究宗教中玄妙的道理。

② 应运而生、应劫而生——这两句意思是说：（大圣大贤的人）是适应祥和的时代气运而生的；（大邪大恶的人）是应着灾难的时代气运而生的。

纣、始皇、王莽、曹操、桓温、安禄山、秦桧[1]等，皆应劫而生者。大仁者，修治天下；大恶者，挠乱天下。清明灵秀，天地之正气，仁者之所秉也；残忍乖僻，天地之邪气，恶者之所秉也。今当运隆祚永[2]之朝，太平无为之世，清明灵秀之气所秉者，上至朝廷，下及草野，比比皆是。所余之秀气，漫无所归，遂为甘露，为和风，洽然[3]溉及四海。彼残忍乖僻之邪气，不能荡溢于光天化日之中，遂凝结充塞于深沟大壑之内，偶因风荡，或被云摧，略有摇动感发之意，一丝半缕误而泄出者，偶值灵秀之气适过，正不容邪，邪复妒正，两不相下，亦如风水雷电，地中既遇，既不能消，又不能让，必至搏击掀发后始尽。故其气亦必赋人，发泄一尽始散。使男女偶秉此气而生者，在上则不能成仁人君子，下亦不能为大凶大恶。置之于万万人中，其聪俊灵秀之气，则在万万人之上；其乖僻邪谬不近人情之态，又在万万人之下。若生于公侯富贵之家，则为情痴情种；若生于诗书清贫之族，则为逸士高人；纵再偶生于薄祚寒门，断不能为走卒健仆，甘遭庸人驱制驾驭，必为奇优名倡。如前代之许由、陶潜、阮籍、嵇康、刘伶、王谢二族、顾虎头、陈后主、唐明皇、宋徽宗、刘庭芝、温飞卿、米南宫、石曼卿、柳耆卿、秦少游，近日之倪云林、唐伯虎、祝枝山，再如李龟年、黄幡绰、敬新磨、卓文君、红拂、薛涛、崔莺、朝云之流，此皆易地则同之人也。”

子兴道：“依你说，‘成则王侯败则贼’了。”雨村道：“正是这

① 尧、舜……秦桧——尧、舜：即唐尧虞舜，传说中原始社会的两个部落联盟领袖。禹：夏禹，夏代开国君主。汤：成汤，商代开国君主。文、武：周文王、周武王。姬姓，周朝开国的两个君主。周、召：即周公旦、召公奭。周武王的两个弟弟，也是辅佐他开国的两个大臣。孔、孟：即孔丘、孟轲，两个儒家代表人物。董：西汉经学家董仲舒。韩：唐代文学家韩愈。周：北宋理学家周敦颐。程：北宋理学家程颢、程颐兄弟。张：北宋思想家张载。朱：南宋理学家朱熹。蚩尤：传说中的上古部族首领，曾与黄帝战于“涿鹿之野”。共工：传说中的“四凶”之一。桀：夏朝末代君主。纣：商朝末代君主。始皇：即秦始皇。王莽：西汉末年的大官僚贵族，篡位称帝，改国号为新。曹操：即魏武帝，三国时政治家、军事家。桓温：东晋时大司马，专擅朝政。安禄山：胡人，唐玄宗时节度使，曾与史思明发起“安史之乱”。秦桧：南宋高宗时宰相，历史上有名的奸臣。

② 运隆祚永——国运兴隆，皇位传世久远。

③ 洽然——协和滋润的样子。

意。你还不知，我自革职以来，这两年遍游各省，也曾遇见两个异样孩子。所以，方才你一说这宝玉，我就猜着了八九亦是这一派人物。不用远说，只金陵城内，钦差金陵省体仁院总裁[①]甄家，你可知么？”子兴道：“谁人不知！这甄府和贾府就是老亲，又系世交。两家来往，极其亲热的。便在下也和他家来往非止一日了。”

雨村笑道：“去岁我在金陵，也曾有人荐我到甄府处馆。我进去看其光景，谁知他家那等显贵，却是个富而好礼之家，倒是个难得之馆。但这一个学生，虽是启蒙，却比一个举业[②]的还劳神。说起来更可笑，他说：‘必得两个女儿伴着我读书，我方能认得字，心里也明白；不然我自己心里糊涂。’又常对跟他的小厮们说‘这女儿两个字，极尊贵、极清净的，比那阿弥陀佛[③]、元始天尊[④]的这两个宝号还更尊荣无对的呢！你们这浊口臭舌，万不可唐突了这两个字要紧。但凡要说时，必须先用清水香茶漱了口才可；设若失错，便要凿牙穿腮等事。’其暴虐浮躁，顽劣憨痴，种种异常。只一放了学，进去见了那些女儿们，其温厚和平，聪敏文雅，竟又变了一个人了。因此，他令尊也曾下死笞楚[⑤]过几次，无奈竟不能改。每打的吃疼不过时，他便‘姐姐’‘妹妹’乱叫起来。后来听得里面女儿们拿他取笑：‘因何打急了只管叫姐妹做甚？莫不是求姐妹去说情讨饶？你岂不愧些！’他回答的最妙。他说：‘急疼之时，只叫“姐姐”“妹妹”字样，或可解疼也未可知，因叫了一声，便果觉不疼了，遂得了秘法：每疼痛之极，便连叫姐妹起来了。’你说可笑不可笑？也因祖母溺爱不明，每因孙辱师责子，因此我就辞了馆出来。如今在这巡盐御史林家做馆了。你看，这等子弟，必不能守祖

---

① 钦差金陵省体仁院总裁——钦差：由皇帝指派出外办理重大事情的官员，其中由皇帝特命并授予关防者，权力更大，称“钦差大臣”。体仁院总裁：作者虚拟的官衔。

② 启蒙、举业——启蒙：启发蒙昧。举业：指旧时科举应试，其读物有《四书》《五经》之类。

③ 阿弥陀佛——梵文音译，习称“弥陀”。意译为“无量寿”“无量光”，为大乘佛教的佛名。

④ 元始天尊——道教的尊神。道经说他“生于太元之先”，故称“元始”。

⑤ 笞楚——即鞭打；抽打。笞：竹板。楚：荆条。都是打人的工具。这里作动词用。

父之根基，从师长之规谏的。只可惜他家几个姊妹都是少有的。”

子兴道：“便是贾府中，现有的三个也不错。政老爹的长女，名元春，现因贤孝才德，选入宫中作女史[①]去了。二小姐乃赦老爹之妾所出，名迎春；三小姐乃政老爹之庶出，名探春；四小姐乃宁府珍爷之胞妹，名唤惜春。因史老夫人极爱孙女，都跟在祖母这边一处读书。听得个个不错。”雨村道：“更妙在甄家的风俗，女儿之名，亦皆从男子之名命字，不似别家另外用这些‘春’‘红’‘香’‘玉’等艳字的。何得贾府亦落此俗套？”子兴道：“不然。只因现今大小姐是正月初一日所生，故名元春，余者方从了‘春’字。上一辈的，却也是从弟兄而来的。现有对证：目今你贵东家林公之夫人，即荣府中赦、政二公之胞妹，在家时名唤贾敏。不信时，你回去细访可知。”雨村拍案笑道：“怪道这女学生读至凡书中有‘敏’字，皆念作‘密’[②]字，每每如是；写字遇着‘敏’字，又减一二笔，我心中就有些疑惑。今听你说的，是为此无疑矣。怪道我这女学生言语举止另是一样，不与近日女子相同，度其母必不凡，方得其女，今知为荣府外孙，又不足罕矣，可伤上月竟亡故了。”子兴叹道：“老姊妹四个，这一个是极小的，又没了。长一辈的姊妹，一个也没了。只看这小一辈的，将来之东床[③]如何呢？”

雨村道：“正是。方才说这政公，已有衔玉之儿，又有长子所遗一个弱孙。这赦老竟无一个不成？”子兴道：“政公既有玉儿之后，其妾又生了一个，倒不知其好歹。只眼前现有二子一孙，却不知将来如何。若问那赦公，也有二子，长名贾琏，今已二十来往了，亲上作亲，娶的就是政老爹夫人王氏之内侄女，今已娶了二年。这位琏爷身上现捐的是个同知，也是不肯读书，于世路上好机变，言谈去的，所以如今只在乃叔政老爷家住着，帮着料理些家务。谁知自娶了他令夫人之后，倒上下

① 女史——古代宫中女官名。掌管王后的礼职。后也成为尊贵、文雅女子的泛称。

② “敏”念“密”——古代有避讳之制，对君亲的名字，不能直读其音，直书其字。必须改字、改音或省笔，以示敬避之意。

③ 东床——指女婿。

无一人不称颂他夫人的，琏爷倒退了一射之地[1]：说模样又极标致，言谈又爽利，心机又极深细，竟是个男人万不及一的。”

雨村听了，笑道：“可知我前言不谬。你我方才所说的这几个人，都只怕是那正邪两赋而来一路之人，未可知也。”子兴道：“邪也罢，正也罢，只顾算别人家的帐，你也吃一杯酒才好。”雨村道：“正是，只顾说话，竟多吃了几杯。”子兴笑道：“说着别人家的闲话，正好下酒，即多吃几杯何妨。”雨村向窗外看道：“天也晚了，仔细关了城。我们慢慢的进城再谈，未为不可。”于是，二人起身，算还酒帐。方欲走时，又听得后面有人叫道：“雨村兄，恭喜了！特来报个喜信的。”雨村忙回头看时——

① 一射之地——约当一百二十至一百五十步。亦称“一箭道”。

第 三 回

贾雨村夤缘复旧职 林黛玉抛父进京都

却说雨村忙回头看时，不是别人，乃是当日同僚一案参革的号张如圭者。他本系此地人，革后家居，今打听得都中奏准起复[1]旧员之信，他便四下里寻情找门路，忽遇见雨村，故忙道喜。二人见了礼，张如圭便将此信告诉雨村，雨村自是欢喜，忙忙的叙了两句，遂作别各自回家。冷子兴听得此言，便忙献计，令雨村央烦林如海，转向都中去央烦贾政。雨村领其意，作别回至馆中，忙寻邸报[2]看真确了。

次日，面谋之如海。如海道："天缘凑巧，因贱荆[3]去世，都中家岳母念及小女无人依傍教育，前已遣了男女[4]船只来接，因小女未曾大痊，故未及行。此刻正思向蒙训教之恩未经酬报，遇此机会，岂有不尽心图报之理。但请放心，弟已预为筹画至此，已修下荐书一封，转托

---

① 起复——旧时官吏因事降革者，恢复原官、原衔叫"开复"；因父母之丧离职，守孝期满而复用者叫"起复"。

② 邸报——邸：本为来朝诸侯王或上京办事官僚的居处，后用以泛称王侯和大官僚的府第。邸报：又名"邸钞""宫门钞"，是邸中给诸藩官僚的书面报导，内容包括传钞的诏令、奏章和其他新闻记事等，是我国最早的一种报纸。后世亦称政府官报为邸报。

③ 贱荆——荆：指"荆钗布裙"。旧时谦称自己的妻子为贱荆、拙荆、山荆等。

④ 男女——指仆人。

内兄务为周全协佐，方可稍尽弟之鄙诚，即有所费用之例，弟于内兄信中已注明白，亦不劳尊兄多虑矣。”雨村一面打恭，谢不释口，一面又问：“不知令亲大人现居何职？只怕晚生草率，不敢骤然入都干渎[1]。”如海笑道：“若论舍亲，与尊兄犹系同谱，乃荣公之孙：大内兄现袭一等将军，名赦，字恩侯；二内兄名政，字存周，现任工部员外郎，其为人谦恭厚道，大有祖父遗风，非膏粱轻薄仕宦之流，故弟方致书烦托。否则不但有污尊兄之清操，即弟亦不屑为矣。”雨村听了，心下方信了昨日子兴之言，于是又谢了林如海。如海乃说：“已择了出月初二日小女入都，尊兄即同路而往，岂不两便？”雨村唯唯听命，心中十分得意。如海遂打点礼物并饯行之事，雨村一一领了。

那女学生黛玉，身体方愈，原不忍弃父而往；无奈他外祖母致意务去，且兼如海说：“汝父年将半百，再无续室之意；且汝多病，年又极小，上无亲母教养，下无姊妹兄弟扶持，今依傍外祖母及舅氏姊妹去，正好减我顾盼之忧，何反云不往？”黛玉听了，方洒泪拜别，随了奶娘及荣府几个老妇人登舟而去。雨村另有一只船，带两个小童，依附黛玉而行。

有日到了都中，进入神京[2]，雨村先整了衣冠，带了小童，拿着宗侄的名帖[3]，至荣府的门前投了。彼时贾政已看了妹丈之书，即忙请入相会。见雨村相貌魁伟，言语不俗，且这贾政最喜读书人，礼贤下士，济弱扶危，大有祖风；况又系妹丈致意，因此优待雨村，更又不同，便竭力内中协助。题奏之日，轻轻谋了一个复职

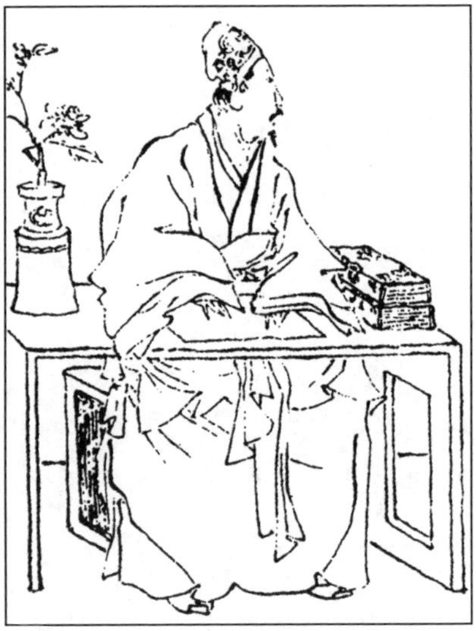

贾政

① 干渎——又作“干黩”。冒犯的意思。

② 都中、神京——这里说的“都中”包括京畿，即京城周围地区。神京：即京城。

③ 名帖——即名片。旧时在纸片上书写自己的姓名、籍贯、官职、爵位，拜访时，投以通名。

候缺，不上两个月，金陵应天府缺出，便谋补了此缺，拜辞了贾政，择日上任去了。不在话下。

且说黛玉自那日弃舟登岸时，便有荣国府打发了轿子并拉行李的车辆久候了。这林黛玉常听得母亲说过，他外祖母家与别家不同。他近日所见的这几个三等仆妇，吃穿用度，已是不凡了，何况今至其家。因此步步留心，时时在意，不肯轻易多说一句话，多行一步路，惟恐被人耻笑了他去。

自上了轿，进入城中，从纱窗向外瞧了一瞧，其街市之繁华，人烟之阜盛，自与别处不同。又行了半日，忽见街北蹲着两个大石狮子，三间兽头大门，门前列坐着十来个华冠丽服之人。正门却不开，只有东西两角门有人出入。正门之上有一匾，匾上大书“敕造[①]宁国府”五个大字。黛玉想道：“这必是外祖之长房了。”想着，又往西行，不多远，照样也是三间大门，方是荣国府了。却不进正门，只进了西边角门。那轿夫抬进去，走了一射之地，将转弯时，便歇下退出去了。后面的婆子们已都下了轿，赶上前来。另换了三四个衣帽周全十七八岁的小厮上来，复抬起轿子。众婆子步下围随至一垂花门[②]前落下。众小厮退出，众婆子上来打起轿帘，扶黛玉下轿。林黛玉扶着婆子的手，进了垂花门，两边是抄手游廊[③]，当中是穿堂[④]，当地放着一个紫檀架子大理石的大插屏[⑤]。转过插屏，小小的三间厅，厅后就是后面的正房大院。正面五间上房，皆雕梁画栋，两边穿山游廊[⑥]厢房，挂着各色鹦鹉、画眉等鸟雀。台矶之上，坐着几个穿红着绿的丫头，一见他们来了，便忙都笑迎上来，说：“刚才老太太还念呢，可巧就来了。”于是三四人争着打起帘笼，一面听得人回话：“林姑娘到了。”

---

① 敕造——奉皇帝之命建造。敕。

② 垂花门——旧家宅院，内院院门里有雕刻的垂花，倒悬于门额两侧，门上边盖有宫殿式的小屋顶，称垂花门。

③ 抄手游廊——院门内两侧环抱的走廊。

④ 穿堂——坐落在前后两个院落之间可以穿行的厅堂。

⑤ 大插屏——放在穿堂中的大屏风，除作装饰外，还可以遮蔽视线，以免进入穿堂，直见正房。

⑥ 穿山游廊——山：指山墙，房子两侧的墙。“穿山游廊”是从山墙开门接起的游廊。

贾母

黛玉方进入房时，只见两个人搀着一位鬓发如银的老母迎上来，黛玉便知是他外祖母。方欲拜见时，早被他外祖母一把搂入怀中，心肝儿肉叫着大哭起来。当下地下侍立之人，无不掩面涕泣，黛玉也哭个不住。一时众人慢慢解劝住了，黛玉方拜见了外祖母。——此即冷子兴所云之史氏太君，贾赦、贾政之母也。当下贾母一一指与黛玉："这是你大舅母；这是你二舅母；这是你先珠大哥的媳妇珠大嫂子。"黛玉一一拜见过。贾母又说："请姑娘们来。今日远客才来，可以不必上学去了。"众人答应了一声，便去了两个。

不一时，只见三个奶嬷嬷并五六个丫鬟，簇拥着三个姊妹来了。第一个肌肤微丰，合中身材，腮凝新荔，鼻腻鹅脂，温柔沉默，观之可亲。第二个削肩细腰，长挑身材，鸭蛋脸面，俊眼修眉，顾盼神飞，文彩精华，见之忘俗。第三个身量未足，形容尚小。其钗环裙袄，三人皆是一样的妆饰。黛玉忙起身迎上来见礼，互相厮认过，大家归了坐，丫鬟们斟上茶来。不过说些黛玉之母如何得病，如何请医服药，如何送死发丧，不免贾母又伤感起来，因说："我这些儿女，所疼者独有你母，今日一旦先舍我而去了，连面也不能一见，今见了你，我怎不伤心！"说着，搂了黛玉在怀，又呜咽起来。众人忙都宽慰解释，方略略止住。

众人见黛玉年貌虽小，其举止言谈不俗，身体面庞虽怯弱不胜，却有一段自然的风流态度，便知他有不足之症[1]。因问："常服何药，如何不急为疗治？"黛玉道："我自来是如此，从会吃饮食时便吃药，到今日未断，请了多少名医修方配药，皆不见效。那一年我三岁时，听得说来了一个癞头和尚，说要化我去出家，我父母固是不从。他又说：

① 不足之症——中医病症名。由身体虚弱引起。如脾胃虚弱，叫中气不足；气血虚弱，叫正气不足。

‘既舍不得他，只怕他的病一生也不能好的了。若要好时，除非从此以后总不许见哭声；除父母之外，凡有外姓亲友之人，一概不见，方可平安了此一世。’疯疯癫癫，说了这些不经之谈，也没人理他。如今还是吃人参养荣丸。”贾母道：“正好，我这里正配丸药呢。叫他们多配一料就是了。”

癞头和尚

一语未了，只听后院中有人笑声，说：“我来迟了，不曾迎接远客！”黛玉纳罕道：“这些人个个皆敛声屏气，恭肃严整如此，这来者系谁，这样放诞无礼？”心下想时，只见一群媳妇丫鬟围拥着一个人从后房门进来。这个人打扮与众姑娘不同，彩袖辉煌，恍若神妃仙子。头上戴着金丝八宝攒珠髻[①]，绾着朝阳五凤挂珠钗[②]；项上带着赤金盘螭璎珞圈[③]；裙边系着豆绿宫绦双衡比目玫瑰珮[④]；身上穿着缕金百蝶穿花大红洋缎窄裉袄[⑤]，外罩五彩刻丝石青银鼠褂[⑥]；下着翡翠撒花洋绉裙[⑦]。一双丹凤三角眼，两弯柳叶吊梢眉，身量苗条，体格风骚。粉面含春威不露，丹唇未启笑先闻。黛玉

① 金丝八宝攒珠髻—用金丝穿绕珍珠和镶嵌八宝（玛瑙、碧玉之类）制成的珠花的发髻。攒：凑聚。

② 朝阳五凤挂珠钗——一种长钗，样子是一支钗上分出五股，每股一支凤凰，口衔一串珍珠。

③ 赤金盘螭璎珞圈——螭：古代传说中的无角龙。璎珞：联缀起来的珠玉。圈：项圈。

④ 双衡比目玫瑰珮——珮：玉珮。古代贵族佩戴的玉器，常雕琢成各种形状。比目：鱼名，传说这种鱼成双而行。“比目玫瑰珮”是玫瑰色的玉片雕琢成双鱼形的玉珮。衡：亦作“珩”，玉珮上部的小横杠，用以系饰物。

⑤ 缕金百蝶穿花大红洋缎窄裉袄——指在大红洋缎的衣面上用金线绣成百蝶穿花图案的紧身袄。裉：上衣前后两幅在腋下合缝的部分。

⑥ 五彩刻丝石青银鼠褂——石青色的衣面上有各种彩色刻丝、衣里是银鼠皮的褂子。刻丝：在丝织品上用丝平织成的图案，与凸出的绣花不同。石青：淡灰青色。

⑦ 翡翠撒花洋绉裙——翡翠：翠绿色。撒花：在绸缎上用散点式的小花点组成的纹饰图案。洋绉：极薄而软的平纹春绸，微带自然皱纹。

王熙凤

连忙起身接见。贾母笑道："你不认得他，他是我们这里有名的一个泼皮破落户儿[①]，南省俗谓作'辣子'，你只叫他'凤辣子'就是了。"

黛玉正不知以何称呼，只见众姊妹都忙告诉他道："这是琏嫂子。"黛玉虽不识，也曾听见母亲说过，大舅贾赦之子贾琏，娶的就是二舅母王氏之内侄女，自幼假充男儿教养的，学名王熙凤。黛玉忙陪笑见礼，以"嫂"呼之。

这熙凤携着黛玉的手，上下细细打谅了一回，仍送至贾母身边坐下，因笑道："天下真有这样标致的人物，我今儿才算见了！况且这通身的气派，竟不像老祖宗的外孙女儿，竟是个嫡亲的孙女儿，怨不得老祖宗天天口头心头一时不忘。只可怜我这妹妹这样命苦，怎么姑妈偏就去世了！"说着，便用帕拭泪。贾母笑道："我才好了，你倒来招我。你妹妹远路才来，身子又弱，也才劝住了，快再休提前话。"这熙凤听了，忙转悲为喜道："正是呢！我一见了妹妹，一心都在他身上了，又是喜欢，又是伤心，竟忘记了老祖宗。该打，该打！"又忙携黛玉之手，问："妹妹几岁了？可也上过学？现吃什么药？在这里不要想家，想要什么吃的、什么玩的，只管告诉我；丫头老婆们不好了，也只管告诉我。"一面又问婆子们："林姑娘的行李东西可搬进来了？带了几个人来？你们赶早打扫两间下房，让他们去歇歇。"

说话时，已摆了茶果上来。熙凤亲为捧茶捧果。又见二舅母问

① 泼皮破落户儿——原指没有正当生活来源的无赖。这里形容凤姐泼辣，是戏谑的称谓。

他：“月钱[1]放过了不曾？”熙凤道：“月钱已放完了。才刚带着人到后楼上找缎子，找了这半日，也并没有见昨日太太说的那样的，想是太太记错了？”王夫人道：“有没有，什么要紧。”因又说道：“该随手拿出两个来给你这妹妹去裁衣裳的，等晚上想着叫人再去拿罢，可别忘了。”熙凤道：“这倒是我先料着了，知道妹妹不过这两日到的，我已预备下了，等太太回去过了目好送来。”王夫人一笑，点头不语。

当下茶果已撤，贾母命两个老嬷嬷带了黛玉去见两个母舅。时贾赦之妻邢氏忙亦起身，笑回道：“我带了外甥女过去，倒也便宜[2]。”贾母笑道：“正是呢，你也去罢，不必过来了。”邢夫人答应了一声“是”字，遂带了黛玉与王夫人作辞。大家送至穿堂前。

出了垂花门，早有众小厮们拉过一辆翠幄青绸车[3]，邢夫人携了黛玉，坐在上面，众婆子们放下车帘，方命小厮们抬起，拉至宽处，方驾上驯骡，亦出了西角门，往东过荣府正门，便入一黑油大门中，至仪门[4]前方下来。众小厮退出，方打起车帘，邢夫人搀着黛玉的手，进入院中。黛玉度其房屋院宇，必

王夫人

邢夫人

① 月钱——每月按身份等级发给家中上下人等供零用的钱。

② 便宜——这里是方便之意。

③ 翠幄青绸车——翠幄：指用粗厚的绿色绸类做的轿车车帐。青绸（绸即绸子）：这里指用青色绸做的车帘。

④ 仪门——旧时官衙、府第的大门之内的门，取有仪可象之意，又具装饰作用。

是荣府中花园隔断过来的。进入三层仪门，果见正房厢庑游廊，悉皆小巧别致，不似方才那边轩峻壮丽；且院中随处之树木山石皆在。一时进入正室，早有许多盛妆丽服之姬妾丫鬟迎着，邢夫人让黛玉坐了，一面命人到外面书房去请贾赦。一时人来回话说：“老爷说了：‘连日身上不好，见了姑娘彼此倒伤心，暂且不忍相见。劝姑娘不要伤心想家，跟着老太太和舅母，即同家里一样。姊妹们虽拙，大家一处伴着，亦可以解些烦闷。或有委屈之处，只管说得，不要外道才是。’”黛玉忙站起来，一一听了。再坐一刻，便告辞。邢夫人苦留吃过晚饭去，黛玉笑回道：“舅母爱惜赐饭，原不应辞，只是还要过去拜见二舅舅，恐领了赐迟去不恭，异日再领，未为不可。望舅母容谅。”邢夫人听说，笑道：“这倒是了。”遂令两三个嬷嬷用方才的车好生送了姑娘过去。于是黛玉告辞。邢夫人送至仪门前，又嘱咐了众人几句，眼看着车去了方回来。

一时黛玉进了荣府，下了车。众嬷嬷引着，便往东转弯，穿过一个东西的穿堂，向南大厅之后，仪门内大院落，上面五间大正房，两边厢房鹿顶耳房钻山①，四通八达，轩昂壮丽，比贾母处不同。黛玉便知这方是正经正内室，一条大甬路②，直接出大门的。进入堂屋中，抬头迎面先看见一个赤金九龙青地大匾，匾上写着斗大的三个大字，是“荣禧堂”，后有一行小字：“某年月日，书赐荣国公贾源”，又有“万几宸翰之宝”③。大紫檀雕螭案上，设着三尺来高青绿古铜鼎，悬着待漏随朝墨龙大画④，一边是金蜼彝⑤，一边是玻璃盒。地下两溜十六张楠木

---

① 两边厢房鹿顶耳房钻山——两边的厢房用钻山的方式与鹿顶的耳房相连接。厢房：指四合院中东西两边的房子。鹿顶：一作盝顶，单独用时指平屋顶。耳房：连接在正房两侧的小房子。钻山：指山墙上开门或开洞，与相邻的房子或游廊相接。

② 甬路——庭院中间的通道，多用砖石铺砌而成。

③ 万几宸翰之宝——这是皇帝印章上的文字。几：同机。“万机”即万事，形容皇帝政务繁多，“日理万机”的意思。宸：北宸，即北极星。皇帝坐北朝南，故以北宸代指皇帝。翰：墨迹、书法。宸翰：皇帝的笔迹。宝：皇帝的印玺。

④ 待漏随朝墨龙大画——待漏：封建时代大臣要在五更前到朝房里等待上朝的时刻。漏：指“铜壶滴漏”，古代计时器，代指时间。随朝：按照大臣的班列朝见皇帝。墨龙大画：巨龙在云雾海潮中隐现的大幅水墨画。

⑤ 金蜼彝——原为有蜼形图案的青铜祭器，后作贵重陈设品。蜼：一种长尾猿。彝：古代青铜器中礼器的通称。

交椅，又有一副对联，乃乌木联牌，镶着錾银[①]的字迹，道是：

座上珠玑昭日月，堂前黼黻焕烟霞。

下面一行小字，道是："同乡世教弟勋袭东安郡王穆莳拜手书。"

原来王夫人时常居坐宴息，亦不在这正室，只在这正室东边的三间耳房内，于是老嬷嬷引黛玉进东房门来。临窗大炕上铺着猩红洋罽[②]，正面设着大红金钱蟒靠背，石青金钱蟒引枕[③]，秋香色[④]金钱蟒大条褥。两边设一对梅花式洋漆小几。左边几上文王鼎、匙箸、香盒[⑤]；右边几上汝窑美人觚[⑥]——觚内插着时鲜花卉，并茗碗痰盒等物。地下面西一溜四张椅子上，都搭着银红撒花椅搭[⑦]，底下四副脚踏。椅之两边，也有一对高几，几上茗碗瓶花俱备。其余陈设，自不必细说。

老嬷嬷们让黛玉炕上坐，炕沿上却有两个锦褥对设，黛玉度其位次，便不上炕，只向东边椅子上坐了。本房内的丫鬟忙捧上茶来。黛玉一面吃茶，一面打谅这些丫鬟们，妆饰衣裙，举止行动，果亦与别家不同。

茶未吃了，只见一个穿红绫袄青缎掐牙[⑧]背心的丫鬟走来笑说道："太太说，请林姑娘到那边坐罢。"老嬷嬷听了，于是又引黛玉出来，到了东廊三间小正房内。

正面炕上横设一张炕桌，桌上磊[⑨]着书籍茶具，靠东壁面西设着半

① 錾银——一种银雕工艺。錾：雕刻。

② 罽——毛织的毯子。

③ 引枕——坐时搭扶胳膊的一种圆墩形的倚枕。

④ 秋香色——淡黄绿色。

⑤ 文王鼎、匙箸、香盒——文王鼎：指周代的传国国鼎，此处说的是小型仿古香炉，内烧粉状檀香之类的香料。匙箸：拨弄香灰的用具。香盒：盛香料的盒子。

⑥ 汝窑美人觚——宋代河南汝州窑烧制的一种仿古瓷器。觚：古代盛酒器，长身细腰，形如美人，故称。

⑦ 椅搭——搭在椅上的一种长方形的绣花呢缎饰物。

⑧ 掐牙——锦缎双叠成细条，嵌在衣服或背心的夹边上，仅露少许，作为装饰，叫掐牙。

⑨ 磊——叠放。

旧的青缎靠背引枕。王夫人却坐在西边下首，亦是半旧的青缎靠背坐褥。见黛玉来了，便往东让。黛玉心中料定这是贾政之位。因见挨炕一溜三张椅子上，也搭着半旧的弹墨椅袱[1]，黛玉便向椅上坐了。王夫人再四携他上炕，他方挨王夫人坐了。王夫人因说：“你舅舅今日斋戒[2]去了，再见罢。只是有一句话嘱咐你：你三个姊妹倒都极好，以后一处念书认字学针线，或是偶一顽笑，都有尽让的。但我不放心的最是一件：我有一个孽根祸胎，是家里的‘混世魔王’，今日因庙里还愿去了，尚未回来，晚间你看见便知了。你只以后不要睬他，你这些姊妹都不敢沾惹他的。”

黛玉亦常听得母亲说过，二舅母生的有个表兄，乃衔玉而生，顽劣异常，极恶读书，最喜在内帏[3]厮混；外祖母又极溺爱，无人敢管。今见王夫人如此说，便知说的是这表兄了。因陪笑道：“舅母说的，可是衔玉所生的这位哥哥？在家时亦曾听见母亲常说，这位哥哥比我大一岁，小名就唤宝玉，虽极憨顽，说在姊妹情中极好的。况我来了，自然只和姊妹同处，兄弟们自是别院另室的，岂得去沾惹之理？”王夫人笑道：“你不知道原故：他与别人不同，自幼因老太太疼爱，原系同姊妹们一处娇养惯了的。若姊妹们有日不理他，他倒还安静些，纵然他没趣，不过出了二门，背地里拿着他两个小幺[4]儿出气，咕唧一会子就完了。若这一日姊妹们和他多说一句话，他心里一乐，便生出多少事来。所以嘱咐你别睬他。他嘴里一时甜言蜜语，一时有天无日，一时又疯疯傻傻，只休信他。”

黛玉一一的都答应着。只见一个丫鬟来回：“老太太那里传晚饭了。”王夫人忙携黛玉从后房门由后廊往西，出了角门，是一条南北宽

---

① 弹墨椅袱——以纸剪镂空图案覆于织品上，用墨色或其他颜色弹或喷成各种图案花样，叫弹墨。椅袱：用棉、缎之类做成的椅套。

② 斋戒——古人在祭祀、礼佛或举行隆重大典前，沐浴、吃素、静养一至三日，摒除杂念，以示诚敬，叫斋戒。

③ 内帏——即内室，女子的居处。帏：幕帐。

④ 小幺儿——身边使唤的小仆人。幺：幼小。

夹道。南边是倒座三间小小的抱厦厅①，北边立着一个粉油大影壁②，后有一半大门，小小一所房屋。王夫人笑指向黛玉道："这是你凤姐姐的屋子，回来你好往这里找他来，少什么东西，你只管和他说就是了。"这院门上也有四五个才总角③的小厮，都垂手侍立。王夫人遂携黛玉穿过一个东西穿堂，便是贾母的后院了。

于是，进入后房门，已有多人在此伺候，见王夫人来了，方安设桌椅。贾珠之妻李氏捧饭，熙凤安箸，王夫人进羹。贾母正面榻上独坐，两旁四张空椅，熙凤忙拉了黛玉在左边第一张椅上坐了，黛玉十分推让。贾母笑道："你舅母和你嫂子们不在这里吃饭。你是客，原应如此坐的。"黛玉方告了座，坐了。贾母命王夫人坐了。迎春姊妹三个告了座方上来。迎春便坐右第一，探春坐左第二，惜春坐右第二。旁边丫鬟执着拂尘④、漱盂、巾帕。李、凤二人立于案旁布让⑤。外间伺候之媳妇丫鬟虽多，却连一声咳嗽不闻。

寂然饭毕，各有丫鬟用小茶盘捧上茶来。当日林如海教女以惜福养身，云饭后务待饭粒咽尽，过一时再吃茶，方不伤脾胃。今黛玉见了这里许多事情不合家中之式，不得不随的，少不得一一改过来，因而接了茶。早见人又捧过漱盂来，黛玉也照样漱了口。盥手毕，又捧上茶来，这方是吃的茶。贾母便说："你们去罢，让我们自在说话儿。"王夫人听了，忙起身，又说了两句闲话，方引凤、李二人去了。贾母因问黛玉念何书。黛玉道："只刚念了《四书》⑥。"黛玉又问姊妹们读何书。贾母道："读的是什么书，不过是认得两个字，不是睁眼的瞎子罢了！"

一语未了，只听外面一阵脚步响，丫鬟进来笑道："宝玉来了！"

---

① 倒座、抱厦厅——"倒座"是与正房相对、朝向相反的房子。抱厦厅：回绕堂屋后面的侧室。

② 影壁——俗称照墙。于门内或门外用作屏障或装饰。

③ 总角——儿童向上分开的两个发髻，代指儿童时代。

④ 拂尘——形如马尾，后有持柄，用以拂拭尘土，或驱赶蝇蚊，俗称"蝇甩子"。古时多用麈兽之尾制成，故又称麈尾。

⑤ 布让——宴席间向客人敬菜、劝餐叫布让。

⑥《四书》——《大学》《中庸》《论语》《孟子》合称为《四书》。

黛玉心中正疑惑着："这个宝玉，不知是怎生个惫懒[1]人物，懵懂顽童？——倒不见那蠢物也罢了。"心中想着，忽见丫鬟话未报完，已进来了一位年轻的公子：

贾宝玉

头上戴着束发嵌宝紫金冠，齐眉勒着二龙抢珠金抹额[2]；穿一件二色金百蝶穿花大红箭袖[3]，束着五彩丝攒花结长穗宫绦[4]，外罩石青起花八团倭缎排穗褂[5]；登着青缎粉底小朝靴[6]。面若中秋之月，色如春晓之花，鬓若刀裁，眉如墨画，面如桃瓣，目若秋波。虽怒时而若笑，即瞋视而有情。项上金螭璎珞，又有一根五色丝绦，系着一块美玉。

黛玉一见，便吃一大惊，心下想道："好生奇怪，倒像在那里见过一般，何等眼熟到如此！"只见这宝玉向贾母请了安[7]，贾母便命："去见你娘来。"宝玉即转身去了。一时回来，再看，已换了冠带：头上周围一转的短发，都结成小辫，红丝结束，共攒至顶中胎发，总编一根大辫，黑亮如漆，从顶

---

① 惫懒——涎皮赖脸的意思。

② 嵌宝紫金冠、二龙抢珠金抹额——紫金冠：把头发束扎在顶部的一种髻冠，上面插戴各种饰物或镶嵌珠玉。抹额：围扎在额前，用以压发、束额。二龙抢珠：是抹额上的装饰图案。

③ 二色金百蝶穿花大红箭袖——用两色金线绣成的百蝶穿花图案的大红窄袖衣服。箭袖：原为便于射箭穿的窄袖衣服，这里指男子穿的一种服式。

④ 五彩丝攒花结长穗宫绦——长穗宫绦：指系在腰间的绦带。长穗：是绦带端部下垂的穗子。五彩丝攒花结：用五彩丝攒聚成花朵的结子，指绦带上的装饰花样。

⑤ 石青起花八团倭缎排穗褂——团：圆形团花。因其凸出，故云"起花"。倭缎：又称东洋缎。排穗：排缀在衣服下面边缘的彩穗。

⑥ 青缎、朝靴——青缎：近黑的深青色缎子。朝靴：古代百官穿的"乌皮履"。

⑦ 请安——问安。

至梢，一串四颗大珠，用金八宝坠脚[1]；身上穿着银红撒花半旧大袄，仍旧带着项圈、宝玉、寄名锁、护身符[2]等物；下面半露松花撒花绫裤腿，锦边弹墨袜，厚底大红鞋。越显得面如敷粉，唇若施脂；转盼多情，语言常笑。天然一段风骚，全在眉梢；平生万种情思，悉堆眼角。看其外貌最是极好，却难知其底细。后人有《西江月》二词，批宝玉极恰，其词曰：

无故寻愁觅恨，有时似傻如狂。纵然生得好皮囊，腹内原来草莽。潦倒不通世务，愚顽怕读文章。行为偏僻性乖张，那管世人诽谤！

富贵不知乐业，贫穷难耐凄凉。可怜辜负好韶光，于国于家无望。天下无能第一，古今不肖无双。寄言纨袴与膏粱，莫效此儿形状！

贾母因笑道："外客未见，就脱了衣裳，还不去见你妹妹！"宝玉早已看见多了一个姊妹，便料定是林姑妈之女，忙来作揖。厮见毕归坐，细看形容，与众各别：

两弯似蹙非蹙罥烟眉[3]，一双似泣非泣含露目。态生两靥之愁，娇袭一身之病[4]。泪光点点，娇喘微微。闲静时如姣花照水，行动处似弱柳扶风。心较比干多一窍，病如西子胜三分[5]。

---

① 坠角——用于朝珠、床帐等下端起下垂作用的小装饰品，这里是指辫子梢部所坠的饰物。

② 寄名锁、护身符——旧时怕幼儿夭亡，给寺院或道观一定财物，让幼儿当"寄名"弟子，并在幼儿的项下系一小金锁，名"寄名锁"。护身符：是从道观领来的一种符箓，带在身上，避祸免灾。皆为迷信习俗。

③ 罥烟眉——形容眉毛像一抹轻烟。罥：挂的意思。

④ 态生两靥之愁，娇袭一身之病——意思是妩媚的风韵生于含愁的面容，娇怯的情态出于孱弱的病体。态：情态，风韵。靥：面颊上的酒窝。袭：承继。

⑤ 心较比干多一窍，病如西子胜三分——比干：商（殷）代纣王的叔父。西子：即西施，相传"西施病心而膑（通"颦"，皱眉）"，益增妩媚。

林黛玉

宝玉看罢，因笑道："这个妹妹我曾见过的。"贾母笑道："可又是胡说，你又何曾见过他？"宝玉笑道："虽然未曾见过他，然我看着面善，心里就算是旧相识，今日只作远别重逢，亦未为不可。"贾母笑道："更好，更好，若如此，更相和睦了。"宝玉便走近黛玉身边坐下，又细细打量一番，因问："妹妹可曾读书？"黛玉道："不曾读，只上了一年学，些须认得几个字。"宝玉又道："妹妹尊名是那两个字？"黛玉便说了名。宝玉又问表字。黛玉道："无字。"宝玉笑道："我送妹妹一妙字，莫如'颦颦'二字极妙。"探春便问何出。宝玉道："《古今人物通考》上说：'西方有石名黛，可代画眉之墨。'况这林妹妹眉尖若蹙，用取这两个字，岂不两妙？"探春笑道："只恐又是你的杜撰。"宝玉笑道："除《四书》外，杜撰的甚多，偏只我是杜撰不成？"又问黛玉："可也有玉没有？"众人不解其语。黛玉便忖度着因他有玉，故问我有也无，因答道："我没有那个。想来那玉是一件罕物，岂能人人有的。"

宝黛初见

宝玉听了，登时发作起痴狂病来，摘下那玉，就狠命摔去，骂道："什么罕物，连人之高低不择，还说'通灵'不'通灵'呢！我也不要这劳什子[1]！”吓的众人一拥争去拾玉。贾母急的搂了宝玉道：“孽障！你生气，要打骂人容易，何苦摔那命根子！”宝玉满面泪痕泣道：“家里姐姐妹妹都没有，单我有，我说没趣；如今来了这么一个神仙似的妹妹也没有，可知这不是个好东西。”贾母忙哄他道：“你这妹妹原有这个来的，因你姑妈去世时，舍不得你妹妹，无法处，遂将他的玉带了去了：一则全殉葬[2]之礼，尽你妹妹之孝心；二则你姑妈之灵，亦可权作见了女儿之意。因此他只说没有这个，不便自己夸张之意。你如今怎比得他？还不好生慎重带上，仔细你娘知道了。”说着，便向丫鬟手中接来，亲与他带上。宝玉听如此说，想一想大有情理，也就不生别论了。

当下，奶娘来请问黛玉之房舍。贾母说：“今将宝玉挪出来，同我在套间暖阁儿[3]里，把你林姑娘暂安置碧纱橱[4]里。等过了残冬，春天再与他们收拾房屋，另作一番安置罢。”宝玉道：“好祖宗，我就在碧纱橱外的床上很妥当，何必又出来闹的老祖宗不得安静。”贾母想了一想说：“也罢哩。”每人一个奶娘并一个丫头照管，余者在外间上夜听唤。一面早有熙凤命人送了一顶藕合色花帐，并几件锦被缎褥之类。

黛玉只带了两个人来：一个是自幼奶娘王嬷嬷，一个是十岁的小丫头，亦是自幼随身的，名唤作雪雁。贾母见雪雁甚小，一团孩气，王嬷嬷又极老，料黛玉皆不遂心省力的，便将自己身边的一个二等丫头，名唤鹦哥者与了黛玉。外亦如迎春等例，每人除自幼乳母外，另有四个教引嬷嬷[5]，除贴身掌管钗钏盥沐两个丫鬟外，另有五六个洒扫房屋来往使役的小丫鬟。当下，王嬷嬷与鹦哥陪侍黛玉在碧纱橱内。宝玉之乳母李嬷嬷，并大丫鬟名唤袭人者，陪侍在外面大床上。

---

① 劳什子——如同“东西”“玩意”，含有厌恶之意。

② 殉葬——古代把活人或器物随同死者埋在墓中叫“殉葬”。

③ 套间、暖阁儿——套间：与正房相连的两侧房间。暖阁：是指在套间内再隔断成为小房间，内设炕褥，两边安有隔扇，上边有一横眉，形成床帐的样子，称“暖阁”。

④ 碧纱橱——是清代建筑内檐装修中隔断的一种，亦称隔扇门、格门。这里的“碧纱橱里”，是指以碧纱橱隔开的里间。

⑤ 教引嬷嬷——清代皇子一落生，即有保母、乳母各八人；断乳后，增“谙达”，“凡饮食、言语、行步、礼节皆教之”。世家大族家庭的“教引嬷嬷”，其职务与皇宫的“谙达”近似。

雪雁

原来这袭人亦是贾母之婢，本名珍珠。贾母因溺爱宝玉，生恐宝玉之婢无竭力尽忠之人，素喜袭人心地纯良，克尽职任，遂与了宝玉。宝玉因他本姓花，又曾见旧人诗句上有“花气袭人”之句①，遂回明贾母，更名袭人。这袭人亦有些痴处：服侍贾母时，心中眼中只有一个贾母；如今服侍宝玉，心中眼中又只有一个宝玉。只因宝玉性情乖僻，每每规谏宝玉不听，心中着实忧郁。

是晚，宝玉、李嬷嬷已睡了，他见里面黛玉和鹦哥犹未安息，他自卸了妆，悄悄进来，笑问：“姑娘怎么还不安息？”黛玉忙让：“姐姐请坐。”袭人在床沿上坐了。鹦哥笑道：“林姑娘正在这里伤心，自己淌眼抹泪的说：‘今儿才来，就惹出你家哥儿的狂病，倘或摔坏了那玉，岂不是因我之过！’因此便伤心，我好容易劝好了。”袭人道：“姑娘快休如此，将来只怕比这个更奇怪的笑话儿还有呢！若为他这种行止，你多心伤感，只怕你伤感不了呢。快别多心！”黛玉道：“姐姐们说的，我记着就是了。究竟那玉不知是怎么个来历？上面还有字迹？”袭人道：“连一家子也不知来历，上头还有现

---

① “花气袭人”句——全句为“花气袭人知骤暖”。意思是花香扑人，知道天气骤然和暖了。

成的眼儿，听得说，落草[1]时是从他口里掏出来的，等我拿来你看便知。”黛玉忙止道：“罢了，此刻夜深，明日再看也不迟。”大家又叙了一回，方才安歇。

花袭人

次日起来，省[2]过贾母，因往王夫人处来，正值王夫人与熙凤在一处拆金陵来的书信看，又有王夫人之兄嫂处遣了两个媳妇来说话的。黛玉虽不知原委，探春等却都晓得是议论金陵城中所居的薛家姨母之子姨表兄薛蟠，倚财仗势，打死人命，现在应天府案下审理。如今母舅王子腾得了信息，故遣他家内的人来告诉这边，意欲唤取进京之意。

① 落草——“妇人分娩曰坐草”。引申其义，小儿落生叫“落草”。

② 省——家庭日常礼节。子女对父母早上问安叫“省”，晚上服侍就寝叫“定”。

第　四　回

薄命女偏逢薄命郎　葫芦僧乱判葫芦案

题曰：

捐躯报国恩，未报身犹在。
眼底物多情，君恩或可待。

却说黛玉同姊妹们至王夫人处，见王夫人与兄嫂处的来使计议家务，又说姨母家遭人命官司等语。因见王夫人事情冗杂，姊妹们遂出来，至寡嫂李氏房中来了。

原来这李氏即贾珠之妻。珠虽夭亡，幸存一子，取名贾兰，今方五岁，已入学攻书。这李氏亦系金陵名宦之女，父名李守中，曾为国子监祭酒[1]，族中男女无有不诵诗读书者。至李守中承继以来，便说“女子无才便有德”[2]，故生了李氏时，便不十分令其读书，只不过将些《女四书》《列女传》《贤媛集》等三四种书，使他认得几个字，记得前朝

① 国子监祭酒——是国子监的主管官，封建时代的最高学官。国子监：封建王朝的最高学府，简称“国学”。祭酒：古代举行盛大宴会时，必推举宾客中一位长者先举酒以祭，叫祭酒，后来衍为学官名。

② 女子无才便有德——原作“女子无才便是德”。

几个贤女便罢了，却只以纺绩井臼[①]为要，因取名为李纨，字宫裁。因此这李纨虽青春丧偶，居家处膏粱锦绣之中，竟如槁木死灰[②]一般，一概无见无闻，惟知侍亲养子，外则陪侍小姑等针黹[③]诵读而已。今黛玉虽客寄于斯，日有这般姐妹相伴，除老父外，余者也都无庸虑及了。

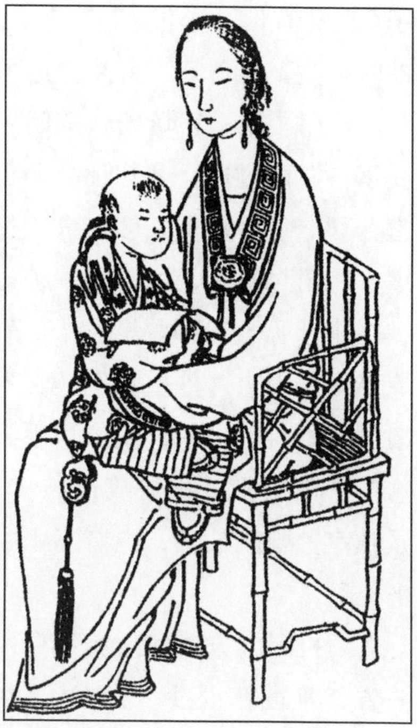

李纨

如今且说雨村，因补授了应天府，一下马就有一件人命官司详[④]至案下，乃是两家争买一婢，各不相让，以至殴伤人命。彼时雨村即拘原告之人来审。那原告道："被殴死者乃小人之主人。因那日买了一个丫头，不想是拐子拐来卖的。这拐子先已得了我家的银子，我家小爷原说第三日方是好日子，再接入门。这拐子便又悄悄的卖与薛家，被我们知道了，去找拿卖主，夺取丫头。无奈薛家原系金陵一霸，倚财仗势，众豪奴将我小主人竟打死了。凶身主仆已皆逃走，无影无踪，只剩了几个局外之人。小人告了一年的状，竟无人作主。望大老爷拘拿凶犯，剪恶除凶，以救孤寡，死者感戴天恩不尽！"

雨村听了大怒道："岂有这样放屁的事！打死人命就白白的走了，再拿不来的！"因发签[⑤]差公人立刻将凶犯族中人拿来拷问，令他们实供藏在何处；一面再动海捕文书[⑥]。正要发签时，只见案边立的一个门

① 井臼——指汲水、舂米等劳作。这里泛指家务事。

② 槁木死灰——这里喻情性欲望已归寂灭。

③ 针黹——旧时妇女针线活儿的统称。也叫"女红"。黹：缝纫，刺绣。

④ 详——旧时下属向上司呈报请示的一种公文。这里是动词，作"上报"解。

⑤ 发签——签：封建官府差役外出办事的凭证，一般系木制，长条形，插在公案签筒中，用时取出，称"发签"。

⑥ 海捕文书——封建时代官府通令各地捕拿逃犯的公文，即后来的通缉令。

子[1]使眼色儿——不令他发签之意。雨村心下甚为疑怪，只得停了手，即时退堂，至密室，侍从皆退去，只留门子服侍。

这门子忙上来请安，笑问："老爷一向加官进禄，八九年来就忘了我了？"雨村道："却十分面善得紧，只是一时想不起来。"那门子笑道："老爷真是贵人多忘事，把出身之地竟忘了。不记当年葫芦庙里之事？"雨村听了，如雷震一惊，方想起往事。原来这门子本是葫芦庙内一个小沙弥[2]，因被火之后，无处安身，欲投别庙去修行，又耐不得清凉景况，因想这件生意倒还轻省热闹，遂趁年纪小蓄了发，充了门子。雨村那里料得是他，便忙携手笑道："原来是故人。"又让坐了好谈。这门子不敢坐。雨村笑道："贫贱之交不可忘，你我故人也；二则此系私室，既欲长谈，岂有不坐之理？"这门子听说，方告了坐，斜签着坐[3]了。

雨村因问方才何故有不令发签之意。这门子道："老爷既荣任到这一省，难道就没抄一张本省'护官符'来不成？"雨村忙问："何为'护官符'？我竟不知。"门子道："这还了得！连这个不知，怎能作得长远？如今凡作地方官者，皆有一个私单，上面写的是本省最有权有势、极富极贵的大乡绅名姓，各省皆然；倘若不知，一时触犯了这样的人家，不但官爵不保，只怕连性命还保不成呢！所以绰号叫作'护官符'。方才所说的这薛家，老爷如何惹得他！他这件官司并无难断之处，皆因都碍着情分面上，所以如此。"一面说，一面从顺袋[4]中取出一张抄写的"护官符"来，递与雨村，看时，上面皆是本地大族名宦之家的谚俗口碑[5]。其口碑排写得明白，下面所注的皆是自始祖官爵并房次。石头亦曾抄写了一张，今据石上所抄云：

贾不假，白玉为堂金作马（宁国荣国二公之后，共二十房分，

---

① 门子——旧时官衙中从事看门、传达、站班等杂务的差役。

② 沙弥——多以称呼年幼的小和尚。

③ 斜签着坐——侧身直腰坐在凳子边沿，表示谦恭。

④ 顺袋——衣服小襟上的口袋，右手顺襟便可探得。一说为系在腰间的竖向小袋。

⑤ 口碑——比喻人们口头上所传诵的，如同刻在石碑上一样不可磨灭。

除宁荣亲派八房在都外，现原籍住者十二房[1]）。阿房宫，三百里，住不下金陵一个史（保龄侯尚书令史公之后，房分共十八，都中现住者十房，原籍现居八房[2]）。东海缺少白玉床，龙王来请金陵王（都太尉统制县伯王公之后，共十二房，都中二房，余在籍[3]）。丰年好大雪，珍珠如土金如铁（紫薇舍人薛公之后，现领内库帑银行商，共八房分[4]）。

雨村犹未看完，忽听传点[5]人报："王老爷来拜。"雨村忙具衣冠出去迎接。有顿饭工夫，方回来细问。这门子道："这四家皆连络有亲，一损皆损，一荣俱荣，扶持遮饰，俱有照应的。今告打死人之薛，就系丰年大雪之'雪'也。也不单靠这三家，他的世交亲友在都在外者，本亦不少。老爷如今拿谁去？"雨村听如此说，便笑问门子道："如你这样说来，却怎么了结此案？你大约也深知这凶犯躲的方向了？"

门子笑道："不瞒老爷说，不但这凶犯躲的方向我知道，一并这拐卖之人我也知道，死鬼买主也深知道。待我细说与老爷听：这个被打之死鬼，乃是本地一个小乡绅之子，名唤冯渊，自幼父母早亡，又无兄弟，只他一个人守着些薄产过日子。长到十八九岁上，酷爱男风[6]，最

---

① "贾不假"句及注——此句极言贾府的尊贵豪富。白玉为堂金作马：汉乐府《相逢行》："黄金为君门，白玉为君堂。"又《三辅黄图》："金马门，宦者署。武帝时，得大宛马，以铜铸像，立于署门，因以为名。"

② "阿房宫"句及注——此句形容史府的门第显赫。《三辅黄图》："秦惠文王造阿房宫，未成，始皇广其宫，规恢三百余里，阁道通骊山。"尚书令：秦代始置，权限历代有异，秦时掌章奏文书，东汉时为总理政事，魏晋时事实上即为宰相。

③ "东海缺少白玉床"句及注——此句极言王家多奇珍异宝。传说四海龙王极富有，尤以东海龙王为最。太尉：古官名。秦汉为全国军事首脑，"三公"之一。统制：北宋所置官名，可节制兵马，南宋后成为禁军将官职衔。

④ "丰年好大雪"句及注——此句极言薛家钱财之多。雪：谐音"薛"。紫薇舍人，即中书舍人，为撰拟诰敕之专官，以有文学资望者充任。唐开元年间曾改中书省为紫薇省。帑银：国库所藏之钱财。

⑤ 传点——封建时代的官署或大官僚的私邸，二门旁常设有一种金属的响器叫"点"，击之报时或集众叫"传点"。

⑥ 男风——男色，也叫男宠。

厌女子。这也是前生冤孽，可巧遇见这拐子卖丫头，他便一眼看上了这丫头，立意买来作妾，立誓再不交结男子，也不再娶第二个了，所以郑重其事，必待三日后方过门。谁晓这拐子又偷卖与薛家，他意欲卷了两家的银子，再逃往他省。谁晓又不曾走脱，两家拿住，打了个臭死，都不肯收银，只要领人。那薛家公子岂是让人的，便喝着手下人一打，将冯公子打了个稀烂，抬回家去三日死了。这薛公子原是早已择定日子上京去的，头起身两日前，就偶然遇见这丫头，意欲买了就进京的，谁知闹出这事来。既打了冯公子，夺了丫头，他便没事人一般，只管带了家眷走他的路。他这里自有弟兄奴仆在此料理，也并非为此些些小事值得他一逃走的。这且别说，老爷你当被卖之丫头是谁？”雨村道：“我如何得知。”门子冷笑道：“这人算来还是老爷的大恩人呢！他就是葫芦庙旁住的甄老爷的小姐，名唤英莲的。”雨村罕然道：“原来就是他！闻得养至五岁被人拐去，却如今才来卖？”

冯渊遭打

门子道：“这一种拐子单管偷拐五六岁的儿女，养在一个僻静之处，到十一二岁，度其容貌，带至他乡转卖。当日这英莲，我们天天哄他顽耍；虽隔了七八年，如今十二三岁的光景，其模样虽然出脱得齐整好些，然大概相貌，自是不改，熟人易认。况且他眉心中原有米粒大小的一点胭脂痦[1]，从胎里带来的，所以我却认得。偏生这拐子又租了我的房舍居住，那日拐子不在家，我也曾问他。他是被拐子打怕了的，

① 胭脂痦——红色胎记。痦，天生的色斑。

万不敢说，只说拐子系他亲爹，因无钱偿债，故卖他。我又哄之再四，他又哭了，只说‘我不记得小时之事！’这可无疑了。那日冯公子相看了，兑了银子，拐子醉了，他自叹道：‘我今日罪孽可满了！’后又听见冯公子令三日之后过门，他又转有忧愁之态。我又不忍其形景，等拐子出去，又命内人去解释他：‘这冯公子必待好日期来接，可知必不以丫鬟相看。况他是个绝风流人品，家里颇过得，素习又最厌恶堂客①，今竟破价买你，后事不言可知。只耐得三两日，何必忧闷！’他听如此说，方才略解忧闷，自为从此得所。谁料天下竟有这等不如意事。第二日，他偏又卖与薛家。若卖与第二个人还好，这薛公子的混名人称‘呆霸王’，最是天下第一个弄性尚气的，而且使钱如土，遂打了个落花流水，生拖死拽，把个英莲拖去，如今也不知死活。这冯公子空喜一场，一念未遂，反花了钱，送了命，岂不可叹！”

雨村听了，亦叹道：“这也是他们的孽障②遭遇，亦非偶然。不然这冯渊如何偏只看准了这英莲？这英莲受了拐子这几年折磨，才得了个头路，且又是个多情的，若能聚合了，倒是件美事，偏又生出这段事来。这薛家纵比冯家富贵，想其为人，自然姬妾众多，淫佚无度，必不及冯渊定情于一人者。这正是梦幻情缘，恰遇一对薄命儿女。且不要议论他，只目今这官司，如何剖断才好？”门子笑道：“老爷当年何其明决，今日何反成了个没主意的人了！小的闻得老爷补升此任，亦系贾府王府之力；此薛蟠即贾府之亲，老爷何不顺水行舟，作个整人情，将此案了结，日后也好去见贾府王府。”雨村道：“你说的何尝不是。但事关人命，蒙皇上隆恩，起复委用，实是重生再造，正当殚心竭力图报之时，岂可因私而废法？是我实不能忍为者。”门子听了，冷笑道：“老爷说的何尝不是大道理，但只是如今世上是行不去的。岂不闻古人有云：‘大丈夫相时而动③。’又曰：‘趋吉避凶者为君子。’依老爷这一说，不但不能报效朝廷，亦且自身不保，还要三思为妥。”

雨村低了半日头，方说道：“依你怎么样？”门子道：“小人已想

① 堂客——旧时称妇女内眷为堂客，称男子为官客。

② 孽障——佛教名词，又作“业障”。

③ 相时而动——审察时势采取行动。

了一个极好的主意在此：老爷明日坐堂，只管虚张声势，动文书发签拿人。原凶自然是拿不来的，原告固是定要将薛家族中及奴仆人等拿几个来拷问。小的在暗中调停，令他们报个暴病身亡，令族中及地方上共递一张保呈，老爷只说善能扶鸾[①]请仙，堂上设下乩坛，令军民人等只管来看。老爷就说：'乩仙批了，死者冯渊与薛蟠原因夙孽相逢，今狭路既遇，原应了结。薛蟠今已得了无名之病，被冯魂追索已死。其祸皆因拐子某人而起，拐之人原系某乡某姓人氏，按法处治，余不略及'等语。小人暗中嘱托拐子，令其实招。众人见乩仙批语与拐子相符，余者自然也都不虚了。薛家有的是钱，老爷断一千也可，五百也可，与冯家作烧埋之费。那冯家也无甚要紧的人，不过为的是钱，见有了这个银子，想来也就无话了。老爷细想此计如何？"雨村笑道："不妥，不妥。等我再斟酌斟酌，或可压服口声[②]。"二人计议，天色已晚，别无话说。

葫芦僧乱判葫芦案

至次日坐堂，勾取一应有名人犯，雨村详加审问，果见冯家人口稀疏，不过赖此欲多得些烧埋之费；薛家仗势倚情，偏不相让，故致颠倒未决。雨村便徇情枉法，胡乱判断了此案。冯家得了许多烧埋银子，也就无甚话说了。

雨村断了此案，

---

① 扶鸾——扶乩，亦作"扶箕"。多用木制的丁字架，以竖木为笔，下设沙盘，由两人扶持横木之两端，假作施术请神降临，问以休咎吉凶，木笔便在沙盘上画出文字作答，实际上是一种迷信占卜术。

② 口声——指众人的议论。

急忙作书信二封，与贾政并京营节度使[①]王子腾，不过说“令甥之事已完，不必过虑”等语。此事皆由葫芦庙内之沙弥新门子所出，雨村又恐他对人说出当日贫贱时的事来，因此心中大不乐意，后来到底寻了个不是，远远的充发[②]了他才罢。

当下言不着雨村。且说那买了英莲打死冯渊的薛公子，亦系金陵人氏，本是书香继世之家。只是如今这薛公子幼年丧父，寡母又怜他是个独根孤种，未免溺爱纵容些，遂至老大无成；且家中有百万之富，现领着内帑钱粮，采办杂料。

薛蟠

这薛公子学名薛蟠，字表文起，今年方十有五岁，性情奢侈，言语傲慢。虽也上过学，不过略识几字，终日惟有斗鸡走马[③]，游山玩水而已。虽是皇商[④]，一应经济世事，全然不知，不过赖祖父之旧情分，户部挂虚名，支领钱粮，其余事体，自有伙计老家人等措办。寡母王氏乃现任京营节度使王子腾之妹，与荣国府贾政的夫人王氏，是一母所生的姊妹，今年方四十上下年纪，只有薛蟠一子。还有一女，比薛蟠小两岁，乳名宝钗，生得肌骨莹润，举止娴雅。当日有他父亲在日，酷爱此女，令其读书识

① 节度使——官职名，始设于唐代景云二年。开元时，将边境地区每数州划为一镇，镇置节度使，统揽镇内军政大权，世称藩镇。

② 充发——充军发配。把死刑减等的罪犯或其他重犯押解到边远地方去服役。

③ 斗鸡走马——形容贵族子弟不务正业，游荡享乐的寄生生活。斗鸡：用鸡相斗博输赢的一种游戏。走马：驰马游猎。

④ 皇商——专为宫廷采办购置各种用品的人。民间称其“皇商”。

字，较之乃兄竟高过十倍。自父亲死后，见哥哥不能依贴母怀，他便不以书字为事，只留心针凿家计等事，好为母亲分忧解劳。

近因今上①崇诗尚礼，征采才能，降不世出之隆恩②，除聘选妃嫔外，凡仕宦名家之女，皆亲送名达部，以备选为公主郡主入学陪侍，充为才人赞善③之职。二则自薛蟠父亲死后，各省中所有的买卖承局、总管、伙计人等，见薛蟠年轻不谙世事，便趁时拐骗起来，京都中几处生意，渐亦消耗。薛蟠素闻得都中乃第一繁华之地，正思一游，便趁此机会，一为送妹待选，二为望亲，三因亲自入部销算旧帐，再计新支，——其实则为游览上国④风光之意。因此早已打点下行装细软，以及馈送亲友各色土物人情等类，正择日已定起身，不想偏遇见了拐子重卖英莲。薛蟠见英莲生得不俗，立意买他，又遇冯家来夺人，因恃强喝令手下豪奴将冯渊打死。他便将家中事务一一的嘱托了族中人并几个老家人，他便带了母妹竟自起身长行去了。人命官司一事，他竟视为儿戏，自为花上几个臭钱，没有不了的。

在路不记其日。那日已将入都时，却又闻得母舅王子腾升了九省统制⑤，奉旨出都查边。薛蟠心中暗喜道："我正愁进京去有个嫡亲的母舅管辖着，不能任意挥霍挥霍；偏如今又升出去了，可知天从人愿。"因和母亲商议道："咱们京中虽有几处房舍，只是这十来年没人进京居住，那看守的人未免偷着租赁与人，须得先着几个人去打扫收拾才好。"他母亲道："何必如此招摇！咱们这一进京，原是先拜望亲友，或是在你舅舅家，或是你姨爹家。他两家的房舍极是便宜的，咱们先能着住下，再慢慢的着人去收拾，岂不消停⑥些。"薛蟠道："如今舅舅正升了外省去，家里自然忙乱起身，咱们这工夫一窝一拖的奔了去，岂

---

① 今上——封建时代对当朝皇帝的称谓。

② 不世出之隆恩——特别大的恩典。不世出：不常出现。

③ 才人赞善——才人：宫中女官名，品位低于皇帝妃嫔。赞善：本太子宫中官名，掌侍从、讲授。这里为宫中女官名。

④ 上国——汉代诸侯称帝室为上国。后人多用来指国都京城。

⑤ 九省统制——沿古虚拟的官名。统制之称，为武官职衔。

⑥ 消停——安闲、妥当。

不没眼色[1]。”他母亲道：“你舅舅家虽升了去，还有你姨爹家。况这几年来，你舅舅姨娘两家，每每带信捎书，接咱们来。如今既来了，你舅舅虽忙着起身，你贾家姨娘未必不苦留我们。咱们且忙忙收拾房屋，岂不使人见怪？你的意思我却知道，守着舅舅姨爹住着，未免拘紧了你，不如你各自住着，好任意施为。你既如此，你自去挑所宅子去住。我和你姨娘，——姊妹们别了这几年，却要厮守几日。我带了你妹子投你姨娘家去，你道好不好？”薛蟠见母亲如此说，情知扭不过的，只得吩咐人夫一路奔荣国府来。

那时王夫人已知薛蟠官司一事，亏贾雨村维持了结，才放了心。又见哥哥升了边缺，正愁又少了娘家的亲戚来往，略加寂寞。过了几日，忽家人传报：“姨太太带了哥儿姐儿，合家进京，正在门外下车。”喜的王夫人忙带了女媳人等，接出大厅，将薛姨妈等接了进去。姊妹们暮年相会，自不必说悲喜交集，泣笑叙阔一番。忙又引了拜见贾母，将人情土物各种酬献了。合家俱厮见过，忙又治席接风。

薛姨妈

薛蟠已拜见过贾政，贾琏又引着拜见了贾赦、贾珍等。贾政便使人上来对王夫人说：“姨太太已有了春秋[2]，外甥年轻不知世路，在外住着恐有人生事。咱们东北角上梨香院一所十来间房，白空闲着，打扫了，请姨太太和姐儿哥儿住了甚好。”王夫人未及留，贾母也就遣人来说“请姨太太就在这里住下，

① 没眼色——不知趣、不识相。

② 春秋——常用作对别人年岁的敬称。

大家亲密些”等语。薛姨妈正要同居一处，方可拘紧些儿子；若另住在外，又恐他纵性惹祸，遂忙道谢应允。又私与王夫人说明：“一应日费供给一概免却，方是处常之法。”王夫人知他家不难于此，遂亦从其愿。从此后薛家母子就在梨香院住了。

原来这梨香院即当日荣公暮年养静之所，小小巧巧，约有十余间房屋，前厅后舍俱全。另有一门通街，薛蟠家人就走此门出入。西南有一角门，通一夹道，出夹道便是王夫人正房的东边了。每日或饭后，或晚间，薛姨妈便过来，或与贾母闲谈，或与王夫人相叙。宝钗日与黛玉迎春姊妹等一处，或看书下棋，或作针黹，倒也十分乐业。

只是薛蟠起初之心，原不欲在贾宅居住，但恐姨父管约拘禁，料必不自在的；无奈母亲执意在此，且宅中又十分殷勤苦留，只得暂且住下，一面使人打扫出自己的房屋，再移居过去的。谁知自从在此住了不上一月的光景，贾宅族中凡有的子侄，俱已认熟了一半，凡是那些纨袴气习者，莫不喜与他来往，今日会酒，明日观花，甚至聚赌嫖娼，渐渐无所不至，引诱的薛蟠比当日更坏了十倍。虽然贾政训子有方，治家有法，一则族大人多，照管不到这些；二则现任族长乃是贾珍，彼乃宁府长孙，又现袭职，凡族中事，自有他掌管；三则公私冗杂，且素性潇洒，不以俗务为要，每公暇之时，不过看书着棋而已，余事多不介意。况且这梨香院相隔两层房舍，又有街门另开，任意可以出入，所以这些子弟们竟可以放荡畅怀的闹，因此遂将移居之念渐渐打灭了。

第五回

游幻境指迷十二钗　饮仙醪曲演红楼梦

春困成葳拥绣衾，恍随仙子别红尘。
问谁幻入华胥境，千古风流造业人。

薛宝钗

第四回中既将薛家母子在荣府内寄居等事略已表明，此回则暂不能写矣。

如今且说林黛玉自在荣府以来，贾母万般怜爱，寝食起居，一如宝玉，迎春、探春、惜春三个亲孙女倒且靠后；便是宝玉和黛玉二人之亲密友爱处，亦自较别个不同，日则同行同坐，夜则同息同止，真是言和意顺，略无参商[①]。不想如今忽然来了一个薛宝钗，年岁虽大不多，然品格端方，容貌丰美，人多谓黛玉所不及。而且宝钗行为豁达，随分从时[②]，不比黛玉孤高自许，目无下尘，故比黛玉大得下

① 略无参商——指彼此感情融洽，没有一点隔阂、矛盾。“参”和“商”都是星宿名，属二十八宿。因两星此出彼没，故常用来比喻两人分离不得见面。

② 随分从时——安于本分、顺应环境。

人之心。便是那些小丫子们，亦多喜与宝钗去顽。因此黛玉心中便有些悒郁不忿之意，宝钗却浑然不觉。那宝玉亦在孩提之间，况自天性所禀来的一片愚拙偏僻，视姊妹弟兄皆出一意，并无亲疏远近之别。其中因与黛玉同随贾母一处坐卧，故略比别个姊妹熟惯些。既熟惯，则更觉亲密；既亲密，则不免一时有求全之毁，不虞之隙[1]。这日不知为何，他二人言语有些不合起来，黛玉又气的独在房中垂泪，宝玉又自悔言语冒撞，前去俯就，那黛玉方渐渐的回转来。

因东边宁府中花园内梅花盛开，贾珍之妻尤氏乃治酒，请贾母、邢夫人、王夫人等赏花。是日先携了贾蓉之妻，二人来面请。贾母等于早饭后过来，就在会芳园游顽，先茶后酒，不过皆是宁荣二府女眷家宴小集，并无别样新文趣事可记。

尤氏

一时宝玉倦怠，欲睡中觉，贾母命人好生哄着，歇一回再来。贾蓉之妻秦氏便忙笑回道：“我们这里有给宝叔收拾下的屋子，老祖宗放心，只管交与我就是了。”又向宝玉的奶娘丫鬟等道：“嬷嬷、姐姐们，请宝叔随我这里来。”贾母素知秦氏是个极妥当的人，生的袅娜纤巧，行事又温柔和平，乃重孙媳中第一个得意之人，见他去安置宝玉，自是安稳的。

当下秦氏引了一簇人来至上房内间。宝玉抬头看见一幅画贴在上面，画的人物固好，其故事乃是《燃藜图》，也不看系何人所画，心中便有些不快。又有一副对联，写的是：

世事洞明皆学问，人情练达即文章。

① 求全之毁，不虞之隙——因要求完美而常有责难；因相处亲密而常有料不到的矛盾。毁：诋毁，责难。不虞：没料到。隙：嫌隙、裂痕。

及看了这两句，纵然室宇精美，铺陈华丽，亦断断不肯在这里了，忙说：“快出去！快出去！”秦氏听了笑道：“这里还不好，可往那里去呢？不然往我屋里去罢。”宝玉点头微笑。有一个嬷嬷说道：“那里有个叔叔往侄儿房里睡觉的理？”秦氏笑道：“哎哟哟，不怕他恼。他能多大呢，就忌讳这些个！上月你没看见我那个兄弟来了，虽然与宝叔同年，两个人若站在一处，只怕那个还高些呢。”宝玉道：“我怎么没见过？你带他来我瞧瞧。”众人笑道：“隔着二三十里，往那里带去，见的日子有呢。”说着大家来至秦氏房中。刚至房门，便有一股细细的甜香袭人而来。宝玉觉得眼饧[①]骨软，连说“好香！”入房向壁上看时，有唐伯虎画的《海棠春睡图》[②]，两边有宋学士秦太虚写的一副对联[③]，其联云：

嫩寒锁梦因春冷，芳气笼人是酒香。

案上设着武则天当日镜室中设的宝镜[④]，一边摆着飞燕立着舞过的金盘[⑤]，盘内盛着安禄山掷过伤了太真乳的木瓜[⑥]。上面设着寿阳公主于含章殿下卧的榻[⑦]，悬的是同昌公主制的联珠帐。宝玉含笑连说：“这里好！”秦氏笑道：“我这屋子大约神仙也可以住得了。”说着亲

---

① 眼饧——眼皮滞涩、朦胧欲睡。

② 《海棠春睡图》——海棠春睡：喻杨贵妃醉态。

③ 宋学士秦太虚写的一副对联——北宋词人秦观，一字太虚，乃苏（轼）门四学士之一。词风婉约媚丽，多写男女情爱。嫩寒：春天的微寒。锁梦：不成梦，不能入睡。

④ 武则天当日镜室中设的宝镜——武则天：唐高宗的皇后，后登基称帝，改国号为周。史载她的宫闱生活十分秽乱。据说在高宗时她曾造了一座镜殿，四壁都安着镜子。

⑤ 飞燕立着舞过的金盘——飞燕：赵飞燕，汉成帝的皇后，身轻善舞。

⑥ 安禄山掷过伤了太真乳的木瓜——太真：杨玉环，道号太真，受宠于唐玄宗，封为贵妃。安史之乱前，玄宗宠信安禄山，杨贵妃曾认安禄山为养子，关系暧昧。

⑦ 寿阳公主于含章殿下卧的榻——寿阳公主：南朝宋武帝刘裕的女儿。

自展开了西子浣过的纱衾[1]，移了红娘抱过的鸳枕[2]。于是众奶母服侍宝玉卧好，款款散了，只留袭人、媚人、晴雯、麝月四个丫鬟为伴。秦氏便分咐小丫鬟们，好生在廊檐下看着猫儿狗儿打架。

秦可卿为宝玉安排午睡

那宝玉刚合上眼，便惚惚的睡去，犹似秦氏在前，遂悠悠荡荡，随了秦氏，至一所在。但见朱栏白石，绿树清溪，真是人迹希逢，飞尘不到。宝玉在梦中欢喜，想道："这个去处有趣，我就在这里过一生，纵然失了家也愿意，强如天天被父母师傅打呢。"正胡思之间，忽听山后有人作歌曰：

春梦随云散，飞花逐水流；寄言众儿女，何必觅闲愁。

宝玉听了是女子的声音。歌音未息，早见那边走出一个人来，蹁跹袅娜，端的与人不同。有赋[3]为证：

方离柳坞[4]，乍出花房。但行处，鸟惊庭树[5]；将到时，影度

① 西子浣过的纱衾——西子：西施。衾：被子。传说中有西子浣纱的故事。

② 红娘抱过的鸳枕——红娘：崔莺莺的丫鬟。这里是指莺莺到西厢与张生幽会时，红娘送衾枕事。

③ 赋——文体名。赋有骈体的，也有散体的。

④ 柳坞——植柳以为屏障。坞：原指作为屏障的土堡。

⑤ 鸟惊庭树——极言仙姑之美。与"沉鱼落雁"义同。

回廊[①]。仙袂乍飘兮，闻麝兰[②]之馥郁；荷衣[③]欲动兮，听环佩之铿锵。靥笑春桃兮，云堆翠髻；唇绽樱颗兮[④]，榴齿[⑤]含香。纤腰之楚楚[⑥]兮，回风舞雪[⑦]；珠翠之辉辉兮，满额鹅黄[⑧]。出没花间兮，宜嗔宜喜[⑨]；徘徊池上兮，若飞若扬。蛾眉颦笑兮，将言而未语；莲步[⑩]乍移兮，待止而欲行。羡彼之良质兮，冰清玉润；慕彼之华服兮，闪灼文章[⑪]。爱彼之貌容兮，香培玉琢[⑫]；美彼之态度兮，凤翥龙翔[⑬]。其素若何，春梅绽雪。其洁若何，秋菊被霜。其静若何，松生空谷。其艳若何，霞映澄塘。其文若何，龙游曲沼。其神若何，月射寒江。应惭西子，实愧王嫱[⑭]。奇矣哉，生于孰地，来自何方；信矣乎，瑶池不二，紫府[⑮]无双。果何人哉？如斯之美也。

宝玉见是一个仙姑，喜的忙来作揖问道："神仙姐姐不知从那里来，如今要往那里去？也不知这是何处，望乞携带携带。"仙姑笑道："吾居离恨天之上，灌愁海之中，乃放春山遣香洞太虚幻境警幻仙姑是也：司人间之风情月债，掌尘世之女怨男痴。因近来风流冤孽，缠绵

① 影度回廊——身影在回廊上移动。回廊：曲折回环的走廊。

② 麝兰——麝香和兰草，为古代贵族妇女常佩之香料。亦用以代指香气。

③ 荷衣——用荷花、荷叶制成的衣裳，神仙的一种服饰。屈原《九歌·少司命》："荷衣兮蕙带。"

④ 唇绽樱颗兮——形容双唇似刚成熟的樱桃那样鲜红饱满。

⑤ 榴齿——形容牙齿整齐如一排石榴子。

⑥ 楚楚——原义为鲜明整洁的样子，这里作纤细秀美解。

⑦ 回风舞雪——形容仙子体态轻盈飘忽。

⑧ 满额鹅黄——妇女在额上涂嫩黄色作妆饰的习俗。鹅黄：嫩黄，黄色之娇美者，如幼鹅的毛色。

⑨ 宜嗔宜喜——无论是生气还是高兴，都使人感到美。

⑩ 莲步——旧时对美女脚步的称谓。

⑪ 闪灼文章——花纹灿烂。文章：花纹错杂相间。

⑫ 香培玉琢——用香料造就，用美玉雕成。

⑬ 凤翥龙翔——意即龙飞凤舞，形容仙子体态风度的飘逸。翥：鸟向上飞。

⑭ 王嫱——王昭君，汉元帝时宫人，貌美。

⑮ 瑶池、紫府——均古代传说中的仙境。瑶池在昆仑山上，西王母所居之处。

于此处，是以前来访察机会，布散相思。今忽与尔相逢，亦非偶然。此离吾境不远，别无他物，仅有自采仙茗一盏，亲酿美酒一瓮，素练魔舞歌姬数人，新填《红楼梦》仙曲十二支，试随吾一游否？”宝玉听说，便忘了秦氏在何处了，竟随了仙姑，至一所在，有石牌横建，上书“太虚幻境”四个大字，两边一副对联，乃是：

贾宝玉神游太虚幻境

假作真时真亦假，
无为有处有还无。

转过了牌坊，便是一座宫门，上面横书四个大字，道是“孽海情天”。又有一副对联，大书云：

厚地高天，堪叹古今情不尽；痴男怨女，可怜风月债难偿。

宝玉看了，心下自思道：“原来如此。但不知何为‘古今之情’，何为‘风月之债’？从今倒要领略领略。”宝玉只顾如此一想，不料早把些邪魔招入膏肓[①]了。当下随了仙姑进入二层门内，至两边配殿，皆有匾额对联，一时看不尽许多，惟见有几处写着的是“痴情司”“结怨司”“朝啼司”“夜怨司”“春感司”“秋悲司”。看了，因向仙姑道：“敢烦仙姑引我到那各司中游玩游玩，不知可使得？”仙姑道：“此各司中皆贮的是普天之下所有的女子过去未来的簿册，尔凡眼尘躯，未便先知的。”宝玉听了，那里肯依，复央之再四。仙姑无奈，

① 膏肓——古代中医称心脏与横膈膜之间的部位叫膏肓。膏：心之下。肓：横膈膜。后遂称病重垂危、不可救药叫病入膏肓。

说："也罢，就在此司内略随喜随喜[1]罢了。"宝玉喜不自胜，抬头看这司的匾上，乃是"薄命司"三字，两边对联写的是：

春恨秋悲皆自惹，花容月貌为谁妍。

宝玉看了，便知感叹。进入门来，只见有十数个大厨，皆用封条封着。看那封条上，皆是各省的地名。宝玉一心只拣自己的家乡封条看，遂无心看别省的了。只见那边厨上封条上大书七字云："金陵十二钗正册"。宝玉问道："何为'金陵十二钗正册'？"警幻道："即贵省中十二冠首女子之册，故为'正册'。"宝玉道："常听人说，金陵极大，怎么只十二个女子？如今单我家里，上上下下，就有几百女孩子呢。"警幻冷笑道："贵省女子固多，不过择其紧要者录之。下边二厨则又次之。余者庸常之辈，则无册可录矣。"宝玉听说，再看下首二厨上，果然写着"金陵十二钗副册"，又一个写着"金陵十二钗又副册"。宝玉便伸手先将"又副册"厨开了，拿出一本册来，揭开一看，只见这首页上画着一幅画，又非人物，也无山水，不过是水墨滃染的满纸乌云浊雾而已。后有几行字迹，写的是：

霁月难逢，彩云易散。心比天高，身为下贱。风流灵巧招人怨。寿夭多因毁谤生，多情公子空牵念。[2]

宝玉看了，又见后面画着一簇鲜花，一床破席，也有几句言词，写道是：

枉自温柔和顺，空云似桂如兰；

---

① 随喜——佛教术语。谓见人作善事而随之生欢喜心。后游览参观寺院，亦称随喜。

② "霁月难逢"一首——晴雯判词。画面喻晴雯处境的污浊与险恶。霁月难逢：雨过天晴时的明月叫"霁月"，点"晴"字，喻晴雯人品高尚，然而遭遇艰难。身为下贱：指晴雯身为女奴，地位十分低下。多情公子：指贾宝玉。

堪羡优伶有福，谁知公子无缘。[1]

宝玉看了不解。遂掷下这个，又去开了副册厨门，拿起一本册来，揭开看时，只见画着一株桂花，下面有一池沼，其中水涸泥干，莲枯藕败，后面书云：

根并荷花一茎香，平生遭际实堪伤。
自从两地生孤木，致使香魂返故乡。[2]

宝玉看了仍不解。便又掷了，再去取“正册”看，只见头一页上便画着两株枯木，木上悬着一围玉带；又有一堆雪，雪下一股金簪。也有四句言词，道是：

可叹停机德，堪怜咏絮才。
玉带林中挂，金簪雪里埋。[3]

宝玉看了仍不解。待要问时，情知他必不肯泄漏；待要丢下，又不舍。遂又往后看时，只见画着一张弓，弓上挂着香橼。也有一首歌词云：

---

① “枉自温柔和顺”一首——袭人判词。画面寓“花气袭（谐音席）人”四字，隐花袭人姓名。优伶：旧时对歌舞戏剧艺人的称谓，这里指蒋玉菡。公子：指贾宝玉。根据脂批，袭人出嫁先于宝玉出家，故有末二句判词。

② “根并荷花一茎香”一首——香菱判词。画面“一枝桂花”暗指“夏金桂”，“莲枯藕败”隐指英莲及其结局。根并荷花：指菱根挨着莲根。隐喻香菱就是原来的英莲。遭际：遭遇。两地生孤木：拆字法，两个“土”（地）字，加一个“木”字，指“桂”，寓夏金桂。照画面与后二句判词，香菱的结局当被夏金桂虐待致死。

③ “可叹停机德”一首——薛宝钗和林黛玉判词。停机德：指符合封建道德规范要求的一种妇德。东汉乐羊子远出求学，中道而归，其妻以停下织机割断经线为喻，劝其不要中断学业，以期求取功名。这里指薛宝钗。咏絮才：指女子敏捷的才思。晋人谢道韫，聪明有才辩，某天大雪，韫叔谢安问：“白雪纷纷何所似？”韫堂兄谢朗答道：“撒盐空中差可拟。”道韫曰：“未若柳絮因风起。”谢安赞赏不已。这里指林黛玉。玉带林中挂：前三字倒读谐“林黛玉”三字。又暗示贾宝玉对林黛玉的牵挂。金簪雪里埋：金簪，喻“宝钗”，雪，谐音“薛”。句意暗寓其结局之冷落与凄苦。

二十年来辨是非，榴花开处照宫闱。
三春争及初春景，虎兕相逢大梦归。[①]

后面又画着两人放风筝，一片大海，一只大船，船中一女子掩面泣涕之状。也有四句写云：

才自精明志自高，生于末世运偏消。
清明涕送江边望，千里东风一梦遥。[②]

后面又画几缕飞云，一湾逝水。其词曰：

富贵又何为，襁褓之间父母违。
展眼吊斜晖，湘江水逝楚云飞。[③]

后面又画着一块美玉，落在泥垢之中。其断语云：

欲洁何曾洁，云空未必空。
可怜金玉质，终陷淖泥中。[④]

---

① “二十年来辨是非”一首——元春判词。画面的“一张弓”，谐音“宫闱”的“宫”字；“弓”上悬着一个“香橼”，谐元春的“元”字。三春：这里隐指迎春、探春、惜春。初春：指元春。争及：怎及。兕：犀牛类猛兽。大梦归：死亡。

② “才自精明志自高”一首——探春判词。画面暗指探春远嫁海隅，犹如断线的风筝，一去不返。后二句诗与此意同。运偏消：命运偏偏愈来愈不济。

③ “富贵又何为”一首——史湘云判词。前二句说史湘云自幼父母双亡，家庭的富贵并不能给她以温暖。襁褓之间：指婴儿时期。襁：背孩子用的系带；褓：包孩子用的小被。后二句说史湘云婚后好景不长，转眼之间夫妻离散。吊：凭吊，伤悼。湘江水逝楚云飞：藏“湘”“云”二字，并暗用宋玉《高唐赋》中楚怀王梦会巫山神女事，喻夫妻生活的短暂，与该判词画面含意相同。

④ “欲洁何曾洁”一首——妙玉判词。画面“一块美玉”寓其名，“落在泥垢之中”喻其结局。后二句诗与此意同。洁：既指清洁，亦指佛教所说的净。佛教认为现实世界是污秽的，唯有天堂佛国才算“净土”，所以佛教又称净教。妙玉有“洁癖”，又身在佛门，故云欲“洁”。空：超脱尘缘。金玉质：喻妙玉“出身不凡，心性高洁”。淖：泥沼，烂泥。

后面忽见画着个恶狼，追扑一美女，欲啖之意。其书云：

子系中山狼，得志便猖狂。
金闺花柳质，一载赴黄粱。[①]

后面便是一所古庙，里面有一美人在内看经独坐。其判云：

勘破三春景不长，缁衣顿改昔年妆。
可怜绣户侯门女，独卧青灯古佛旁。[②]

后面便是一片冰山，上面有一只雌凤。其判曰：

凡鸟偏从末世来，都知爱慕此生才。
一从二令三人木，哭向金陵事更哀。[③]

后面又是一座荒村野店，有一美人在那里纺绩。其判云：

---

① “子系中山狼”一首——迎春判词。画面与判词均暗示迎春嫁了忘恩负义的凶恶丈夫，致被折磨而死。子：旧时对男子的尊称。系：是。“子”“系”又合而成“孙（孫）”子，指迎春的丈夫孙绍祖。“中山狼”：古代寓言，赵简子在中山（国名）打猎，把一只狼赶得走投无路，东郭先生将狼藏进袋中救了它；赵简子一走，狼反而要吃掉东郭先生。后遂以中山狼比喻忘恩负义的人。赴黄粱：这里喻死亡。唐人沈既济《枕中记》说：寒儒卢生枕在道士吕翁给他的一个神奇的枕上睡去，梦中享尽荣华富贵，梦醒，还不到蒸熟一顿黄粱米饭的时间，后以喻人生如梦。

② “勘破三春景不长”一首——惜春判词。画面与判词暗示惜春的结局是出家为尼。据脂批，惜春为尼后过着“缁衣乞食”的生活。勘破：看破。缁衣：黑色的衣服，这里指僧尼服装。青灯：佛前海灯。

③ “凡鸟偏从末世来”一首——王熙凤判词。画面的“雌凤”象征王熙凤，“一片冰山”喻王熙凤倚作靠山的财势似冰山难以持久。“凡鸟”合而成“鳳（凤）”字，点其名。一从二令三人木：难确知其含义。或谓指贾琏对王熙凤态度变化的三个阶段：始则听从，续则使令，最后休弃（“人木”合成“休”字）。据脂批，贾府“事败”，王熙凤曾落入“狱神庙”，后短命而死。

事败休云贵，家亡莫论亲。

偶因济刘氏，巧得遇恩人。①

后面又画着一盆茂兰，旁有一位凤冠霞帔美人。也有判云：

桃李春风结子完，到头谁似一盆兰。

如冰水好空相妒，枉与他人作笑谈。②

后面又画着高楼大厦，有一美人悬梁自缢。其判云：

情天情海幻情身，情既相逢必主淫。

漫言不肖皆荣出，造衅开端实在宁。③

宝玉还欲看时，那仙姑知他天分高明，性情颖慧，恐把仙机泄漏，遂掩了卷册，笑向宝玉道："且随我去游玩奇景，何必在此打这闷葫芦！"

宝玉恍恍惚惚，不觉弃了卷册，又随了警幻来至后面。但见珠帘绣幕，画栋雕檐，说不尽那光摇朱户金铺地，雪照琼窗玉作宫。更见仙花馥郁，异草芬芳，真好个所在。宝玉正在观之不尽，忽听警幻笑道：

① "事败休云贵"一首——巧姐判词。画面暗指巧姐的结局是成为以纺绩为生的乡村妇女。判词前二句写巧姐在贾府事败后被"狠舅奸兄"所卖。后二句写巧姐为刘姥姥所救。巧：语意双关，含巧姐之"巧"与凑巧之"巧"。恩人：指刘姥姥。

② "桃李春风结子完"一首——李纨判词。画面暗示李纨晚年因子得贵、诰命加身。首句"桃李""完"寓李纨二字，全句寓李纨生子后就青春丧偶。次句寓贾兰的"兰"字，兼指将来贾府诸子孙中唯贾兰显贵。后二句句意似说李纨一生三从四德，晚年荣华方至，却随即死去，只留得一个诰封虚名，白白地给世人作谈资笑料。

③ "情天情海幻情身"一首——秦可卿判词。根据脂批，小说第十三回回目原为："秦可卿淫丧天香楼"。画上所画当指此。脂批又云："老朽因（秦可卿）有魂托凤姐贾家后事二件……其言其意则令人悲切感服，姑赦之，因命芹溪（雪芹）删去。"但曹雪芹虽删去了这段情节，却在判词和画中仍保留了初稿里关于秦可卿结局的某些暗示。情天情海：与"太虚幻境"的匾额"孽海情天"义同，喻世间风月情多。幻情身：幻变的情的化身。后两句意谓别以为不长进的东西都出自荣国府，造祸开端的其实是宁国府里的人，指贾珍等伤风坏俗的秽行。

“你们快出来迎接贵客！”一语未了，只见房中又走出几个仙子来，皆是荷袂蹁跹，羽衣飘舞，娇若春花，媚如秋月。一见了宝玉，都怨谤警幻道：“我们不知系何‘贵客’，忙的接了出来！姐姐曾说今日今时必有绛珠妹子的生魂前来游玩，故我等久待。何故反引这浊物来污染这清净女儿之境？”

宝玉听如此说，便吓得欲退不能退，果觉自形污秽不堪。警幻忙携住宝玉的手，向众姊妹道：“你等不知原委：今日原欲往荣府去接绛珠，适从宁府经过，偏遇宁荣二公之灵，嘱吾云：‘吾家自国朝定鼎[①]以来，功名奕世[②]，富贵传流，虽历百年，奈运终数尽，不可挽回者。故遗之子孙虽多，竟无可以继业。其中惟嫡孙宝玉一人，禀性乖张，生情怪谲，虽聪明灵慧，略可望成，无奈吾家运数合终，恐无人规引入正。幸仙姑偶来，万望先以情欲声色等事警其痴顽，或能使彼跳出迷人圈子，然后入于正路，亦吾兄弟之幸矣。’如此嘱吾，故发慈心，引彼至此。先以彼家上中下三等女子之终身册籍，令彼熟玩，尚未觉悟；故引彼再至此处，令其再历饮馔声色之幻，或冀将来一悟，亦未可知也。”

说毕，携了宝玉入室。但闻一缕幽香，竟不知其所焚何物，宝玉遂不禁相问。警幻冷笑道：“此香尘世中既无，尔何能知？此香乃系诸名山胜境内初生异卉之精，合各种宝林珠树之油所制，名‘群芳髓’。”宝玉听了，自是羡慕而已。

大家入座，小丫鬟捧上茶来。宝玉自觉清香异味，纯美非常，因又问何名。警幻道：“此茶出在放春山遣香洞，又以仙花灵叶上所带之宿露而烹，此茶名曰‘千红一窟’。”宝玉听了，点头称赏。

因看房内，瑶琴、宝鼎、古画、新诗，无所不有；更喜窗下亦有唾绒[③]，奁间时渍粉污。壁上也见悬着有一副对联，书云：“幽微灵秀地，无可奈何天。”

---

① 定鼎——传说夏禹曾收九州之金，铸造九鼎，夏商周三代都把它们作为传国的重器。后世因称新朝定都建国为定鼎。

② 奕世——一代接一代，世代绵延。奕：重、累。

③ 唾绒——古代妇女刺绣，每当换线停针，用齿咬断绣线，口中常沾留线绒，随口吐出，俗谓唾绒。

宝玉看毕，无不羡慕。因又请问众仙姑姓名：一名痴梦仙姑，一名钟情大士[①]，一名引愁金女，一名度恨菩提[②]，各各道号不一。

少刻，有小丫鬟来调桌安椅，设摆酒馔。真是琼浆满泛玻璃盏，玉液浓斟琥珀杯，更不用再说那肴馔之盛。宝玉因闻得此酒清香甘洌，异乎寻常，又不禁相问。警幻道："此酒乃以百花之蕊，万木之汁，加以麟髓之醅、凤乳之麯[③]酿成，因名为'万艳同杯'。"宝玉称赏不迭。

饮酒间，又有十二个舞女上来，请问演何词曲。警幻道："就将新制《红楼梦》十二支演上来。"舞女们答应了，便轻敲檀板[④]，款按银筝[⑤]，听他歌道是："开辟鸿蒙……"方歌了一句，警幻便说道："此曲不比尘世中所填传奇之曲[⑥]，必有生旦净末之则[⑦]，又有南北九宫之限[⑧]。此或咏叹一人，或感怀一事，偶成一曲，即可谱入管弦。若非个中人[⑨]，不知其中之妙。料尔亦未必深明此调。若不先阅其稿，后听其歌，翻成嚼蜡矣。"说毕，回头命小丫鬟取了《红楼梦》原稿来，递与宝玉。宝玉接来，一面目视其文，一面耳聆其歌曰：

〔红楼梦引子〕开辟鸿蒙，谁为情种？都只为风月情浓。趁着这奈何天，伤怀日，寂寥时，试遣愚衷。因此上，演出这怀金悼玉

① 大士——佛教称佛和菩萨为大士。

② 菩提——佛教名词。梵文音译，意译为觉悟、成佛。

③ 醅、麯——醅：未经过滤的酒。麯：酿酒用的发酵物，多用大麦麸皮等制成。这里"麟髓之醅""凤乳之麯"均极言酿造仙酒的原料之珍异。

④ 檀板——乐器名。即拍板，亦名牙板。因用檀木制成，故名檀板，因其色红，亦称红牙板。

⑤ 款按银筝——款：动作缓慢、舒徐的样子。按：弹筝的动作。筝：一种弦乐器。

⑥ 传奇之曲——明代以后通称南戏为传奇。曲：曲词。

⑦ 生旦净末之则——传统戏曲中的脚色类型，主要分为生、旦、净、丑四类，或生、旦、净、末、丑五类，总称为"行当"。演员扮演人物，皆按"行当"，各有自己的表演程式（即法则），不能随意混用。

⑧ 南北九宫之限——南北九宫，指古代戏曲的宫调（即调式）。南：指南曲（传奇）；北：指北曲（杂剧）；九宫：即九个宫调（正宫、中吕、南吕、仙吕、黄钟五宫，大石调、双调、商调、越调四调，合为九宫调）。

⑨ 个中人——指处在局中，洞悉内情的人。在这里作"行家"解。

的《红楼梦》[1]。

〔终身误〕都道是金玉良姻，俺只念木石前盟。空对着，山中高士晶莹雪；终不忘，世外仙姝寂寞林。叹人间，美中不足今方信。纵然是齐眉举案，到底意难平。[2]

〔枉凝眉〕一个是阆苑仙葩，一个是美玉无瑕。若说没奇缘，今生偏又遇着他；若说有奇缘，如何心事终虚化？一个枉自嗟呀，一个空劳牵挂。一个是水中月，一个是镜中花。想眼中能有多少泪珠儿，怎经得秋流到冬尽，春流到夏！[3]

宝玉听了此曲，散漫无稽，不见得好处；但其声韵凄惋，竟能销魂醉魄。因此也不察其原委，问其来历，就暂以此释闷而已。因又看下面道：

〔恨无常〕喜荣华正好，恨无常又到。眼睁睁，把万事全抛。荡悠悠，把芳魂消耗。望家乡，路远山高。故向爹娘梦里相寻告：儿命已入黄泉，天伦呵，须要退步抽身早！[4]

---

① 〔红楼梦引子〕一首——《红楼梦》十二支曲与金陵十二钗册子判词互为补充，预示了书中主要人物的命运和结局。开辟鸿蒙：开天辟地以来。鸿蒙：旧指宇宙形成以前的原始混沌状态。遣：排遣，抒发。愚："我"的自谦辞。衷：衷曲，情怀。怀金悼玉：以薛宝钗（金）和林黛玉（玉）代指金陵十二钗。

② 〔终身误〕一首——曲名意即误了终身。曲子从贾宝玉婚后仍念念不忘死去的林黛玉，写薛宝钗婚后境遇的冷落和难堪。金玉良姻：指贾宝玉与薛宝钗的姻缘，书中有金锁配玉的说法。木石前盟：指贾宝玉与林黛玉的爱情，书中有神瑛侍者以甘露灌溉绛珠仙草的神话描写。齐眉举案：喻妻子对丈夫的恭顺，成为妇德的楷模。案：碗。

③ 〔枉凝眉〕一首——曲名意谓徒然悲愁。曲子从宝黛爱情遇变故而破灭，写林黛玉泪尽而死的悲惨命运。阆苑仙葩：指林黛玉。阆苑：神仙的园林；仙葩：仙花。美玉无瑕：指贾宝玉。瑕：玉的疵病。嗟呀：伤感叹息。

④ 〔恨无常〕一首——曲名有不得寿终与荣辱无定双重意思。曲子从元妃的暴死，写贾府的即将大祸临头。无常：本佛教用语，指世间一切事物忽生忽灭，变幻无定，后讹称勾命鬼。这里指元春的死亡，兼有风云变幻的意味。黄泉：旧时谓天玄地黄，称地下水为黄泉，后用以代指冥间。天伦：旧时指父子、兄弟等天然的亲属关系，这里是父亲的代称。

〔分骨肉〕一帆风雨路三千，把骨肉家园齐来抛闪。恐哭损残年，告爹娘，休把儿悬念。自古穷通皆有定，离合岂无缘？从今分两地，各自保平安。奴去也，莫牵连。[①]

〔乐中悲〕襁褓中，父母叹双亡。纵居那绮罗丛，谁知娇养？幸生来，英豪阔大宽宏量，从未将儿女私情略萦心上。好一似，霁月光风耀玉堂。厮配得才貌仙郎，博得个地久天长，准折得幼年时坎坷形状。终久是云散高唐，水涸湘江。这是尘寰中消长数应当，何必枉悲伤！[②]

〔世难容〕气质美如兰，才华阜比仙。天生成孤癖人皆罕。你道是啖肉食腥膻，视绮罗俗厌；却不知太高人愈妒，过洁世同嫌。可叹这，青灯古殿人将老；辜负了，红粉朱楼春色阑。到头来，依旧是风尘肮脏违心愿。好一似，无瑕白玉遭泥陷；又何须，王孙公子叹无缘。[③]

〔喜冤家〕中山狼，无情兽，全不念当日根由。一味的骄奢淫荡贪欢构。觑着那，侯门艳质同蒲柳；作践的，公府千金似下流。

---

① 〔分骨肉〕一首——曲名即骨肉分离的意思。曲子从探春远嫁海隅时对父母的强颜劝慰，写她与骨肉亲人分离时的悲苦心境。抛闪：抛开。残年：晚年，指老年人。穷通：人生遭遇的窘困和显达。定：指命中注定。缘：缘分，机缘。奴：旧时女子的自称。牵连：牵挂留恋。

② 〔乐中悲〕一首——曲名谓乐中寓悲。写史湘云虽生于富贵之家，但自幼父母双亡，虽嫁得“才貌仙郎”，又中途离散。绮罗丛：代指富贵家庭。霁月光风：雨过天晴时明净景象，喻史湘云胸怀开朗，磊落光明。厮配：相配。才貌仙郎：据脂批，当指卫若兰。准折：抵销；弥补。坎坷：道路不平，喻人生道路的曲折多艰。“云散”二句喻史湘云的夫妻离散，晚景孤凄。水涸湘江：传说舜南巡死于苍梧，二妃随征，溺于湘江，俗呼湘君。消：灭；长：生，这里指盛衰变化。数：气数，运数。

③ 〔世难容〕一首——曲名意谓难为世俗所容。写妙玉的为人及其不幸遭际。罕：少见。啖：吃。膻：羊臊气。红粉：胭脂、香粉，代指年轻女子。朱楼：指富贵人家女子住的绣楼。春色阑：春色将尽，喻女子的青春将逝。风尘肮脏：一说“风尘”指扰攘的尘世；肮脏读如亢臧，又作抗脏，不屈不阿的意思。一说“风尘”犹云烟花，旧指娼妓的生活；肮脏作龌龊不洁解。

叹芳魂艳魄，一载荡悠悠。①

〔虚花悟〕将那三春看破，桃红柳绿待如何？把这韶华打灭，觅那清淡天和。说什么，天上夭桃盛，云中杏蕊多。到头来，谁把秋捱过？则看那，白杨村里人呜咽，青枫林下鬼吟哦。更兼着，连天衰草遮坟墓。这的是，昨贫今富人劳碌，春荣秋谢花折磨。似这般，生关死劫谁能躲？闻说道，西方宝树唤婆娑，上结着长生果。②

〔聪明累〕机关算尽太聪明，反算了卿卿性命。生前心已碎，死后性空灵。家富人宁，终有个家亡人散各奔腾。枉费了，意悬悬半世心；好一似，荡悠悠三更梦。忽喇喇似大厦倾，昏惨惨似灯将尽。呀！一场欢喜忽悲辛。叹人世，终难定！③

〔留余庆〕留余庆，留余庆，忽遇恩人；幸娘亲，幸娘亲，积得阴功。劝人生，济困扶穷，休似俺那爱银钱忘骨肉的狠舅奸兄！正是乘除加减，上有苍穹。④

〔晚韶华〕镜里恩情，更那堪梦里功名！那美韶华去之何迅！

---

① 〔喜冤家〕一首——曲名意谓喜庆婚嫁招来冤家对头。写迎春的婚后不幸遭际。觑：看。侯门艳质：犹言侯门千金小姐。蒲柳：即水杨，易生易凋，旧时常用以比喻本性低贱或易于衰朽的东西，此取前一义。

② 〔虚花悟〕一首——曲名意谓参悟到良辰美景皆虚幻，亦即“色空”的禅理。写惜春因看破贾府好景不长而决意皈依佛门。韶华：美好时光，喻青春年华。天和：自然的和气，亦即所谓元气。觅天和：犹言修道养性。天上夭桃、云中杏蕊：喻荣华富贵。夭夭：茂盛艳丽的样子。白杨村：指坟地，古人在墓地多种白杨。青枫林：用杜甫《梦李白》“魂来枫林青”之意。婆娑：似为梵文“婆颇娑”的省称，意即光明；或谓即“婆罗”，一种常绿乔木，相传佛祖释迦牟尼在此树下涅槃（逝世）。长生果：虚拟的一种食之能长生不老的果实；或喻解脱人世一切痛苦而修成正果。

③ 〔聪明累〕一首——曲名即聪明反为聪明误之意。写王熙凤的悲惨结局和贾府一败涂地的情景。机关：心机，权术。卿卿：夫妻间的爱称。意悬悬：提心吊胆，时刻劳神。

④ 〔留余庆〕一首——曲名意谓前辈留下的德泽。写贾府势败家亡时骨肉相残及巧姐由刘姥姥救出火坑事。余庆：与“阴功”义近，意为前辈的善行而使后辈获得善报。《易·坤》：“积善之家，必有余庆。”奸兄：似指曾得凤姐好处的贾蔷之流。续书指贾芸，恐非。乘除加减：意谓人生的荣枯消长，浮沉赏罚，皆有定数，丝毫不爽。苍穹：青天。

再休提绣帐鸳衾。只这带珠冠，披凤袄，也抵不了无常性命。虽说是，人生莫受老来贫，也须要阴骘积儿孙。气昂昂头戴簪缨，气昂昂头戴簪缨；光灿灿胸悬金印；威赫赫爵禄高登，成赫赫爵禄高登；昏惨惨黄泉路近。问古来将相可还存？也只是虚名儿与后人钦敬。①

〔好事终〕画梁春尽落香尘。擅风情，秉月貌，便是败家的根本。箕裘颓堕皆从敬，家事消亡首罪宁。宿孽总因情。②

〔收尾·飞鸟各投林〕为官的，家业凋零；富贵的，金银散尽；有恩的，死里逃生；无情的，分明报应。欠命的，命已还；欠泪的，泪已尽。冤冤相报实非轻，分离聚合皆前定。欲知命短问前生，老来富贵也真侥幸。看破的，遁入空门；痴迷的，枉送了性命。好一似食尽鸟投林，落了片白茫茫大地真干净！③

歌毕，还要歌副曲。警幻见宝玉甚无趣味，因叹：“痴儿竟尚未悟！”那宝玉忙止歌姬不必再唱，自觉朦胧恍惚，告醉求卧。警幻便命撤去残席，送宝玉至一香闺绣阁之中，其间铺陈之盛，乃素所未见之物。更可骇者，早有一位女子在内，其鲜艳妩媚，有似乎宝钗，风流袅娜，则又如黛玉。正不知何意，忽警幻道：“尘世中多少富贵之家，那些绿窗风月，绣阁烟霞，皆被淫污纨袴与那些流荡女子悉皆玷辱。更可恨者，自古来多少轻薄浪子，皆以‘好色不淫’为饰，又以‘情而不

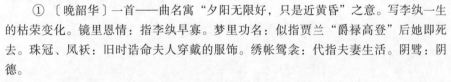

① 〔晚韶华〕一首——曲名寓“夕阳无限好，只是近黄昏”之意。写李纨一生的枯荣变化。镜里恩情：指李纨早寡。梦里功名：似指贾兰“爵禄高登”后她即死去。珠冠、凤袄：旧时诰命夫人穿戴的服饰。绣帐鸳衾：代指夫妻生活。阴骘：阴德。

② 〔好事终〕一首——曲名意谓情事终了，含有嘲讽意味。曲子从秦可卿的悬梁自缢，写贾府纲常毁堕，道德败坏。画梁春尽落香尘：暗指秦可卿于天香楼悬梁自尽。箕裘：簸箕和皮袍。箕裘颓堕：指贾府的儿孙不能继承祖业。敬：指贾敬。宁：指宁国府。宿孽：犹言祸根。

③ 〔收尾·飞鸟各投林〕一首——曲名喻家败人散各奔东西。此曲总写贾宝玉和金陵十二钗等的不幸结局和贾府最终“树倒猢狲散”的衰败景象。据脂批透露，贾府“事败抄没”后，“子孙流散”，“一败涂地”。贾宝玉“悬崖撒手”，“弃而为僧”。

淫’[1]作案，此皆饰非掩丑之语也。好色即淫，知情更淫。是以巫山之会，云雨之欢，皆由既悦其色，复恋其情所致也，吾所爱汝者，乃天下古今第一淫人也。”

宝玉听了，唬的忙答道：“仙姑差了。我因懒于读书，家父母尚每垂训饬，岂敢再冒‘淫’字？况且年纪尚小，不知‘淫’字为何物。”警幻道：“非也。淫虽一理，意则有别。如世之好淫者，不过悦容貌，喜歌舞，调笑无厌，云雨无时，恨不能尽天下之美女供我片时之兴趣，此皆皮肤滥淫之蠢物耳。如尔则天分中生成一段痴情，吾辈推之为‘意淫’。‘意淫’二字，惟心会而不可口传，可神通而不可语达。汝今独得此二字，在闺阁中，固可为良友，然于世道中未免迂阔怪诡，百口嘲谤，万目睚眦[2]。今既遇令祖宁荣二公剖腹深嘱，吾不忍君独为我闺阁增光，见弃于世道，是以特引前来，醉以灵酒，沁以仙茗，警以妙曲，再将吾妹一人，乳名兼美字可卿者，许配与汝。今夕良时，即可成姻。不过令汝领略此仙闺幻境之风光尚如此，何况尘境之情景哉？而今后万万解释[3]，改悟前情，留意于孔孟之间，委身于经济之道[4]。”说毕便秘授以云雨之事，推宝玉入房，将门掩上自去。

那宝玉恍恍惚惚，依警幻所嘱之言，未免有儿女之事，难以尽述。至次日，便柔情缱绻[5]，软语温存，与可卿难解难分。因二人携手出去游玩之时，忽至一个所在，但见荆榛遍地，狼虎同群，迎面一道黑溪阻路，并无桥梁可通。正在犹豫之间，忽见警幻后面追来，告道：“快休前进，作速回头要紧！”宝玉忙止步问道：“此系何处？”警幻道：“此即迷津[6]也。深有万丈，遥亘千里，中无舟楫可通，只有一个木筏，乃木居士掌舵，灰侍者撑篙，不受金银之谢，但遇有缘者渡之。尔

---

① 情而不淫——感情志趣相投，却不流于淫乱。

② 睚眦——瞪眼、怒目而视。也引申为很小的怨隙。

③ 解释——这里是领悟、不受困惑的意思。

④ 经济之道——指封建社会的治国理民、经邦济世之道。

⑤ 缱绻——犹言缠绵。本为牢固相结之意。后多用以形容情投意合、难舍难分的样子。

⑥ 迷津——佛家谓三界（欲界、色界、无色界）六道（天道、人道、阿修罗道、畜生道、饿鬼道、地狱道）都是迷误虚妄的境界，故称迷津；比喻人沉溺于迷途之中。津：江河的渡口。

今偶游至此，设如堕落其中，则深负我从前谆谆警戒之语矣。”话犹未了，只听迷津内水响如雷，竟有许多夜叉海鬼将宝玉拖将下去。吓得宝玉汗下如雨，一面失声喊叫：“可卿救我！”吓得袭人辈众丫鬟忙上来搂住，叫：“宝玉别怕，我们在这里！”

却说秦氏正在房外嘱咐小丫头们好生看着猫儿狗儿打架，忽听宝玉在梦中唤他的小名，因纳闷道：“我的小名这里从没人知道的，他如何知道，在梦里叫出来？”正是：

一场幽梦同谁近，千古情人独我痴。

第 六 回

贾宝玉初试云雨情　刘姥姥一进荣国府

题曰：

朝叩富儿门，富儿犹未足。
虽无千金酬，嗟彼胜骨肉。

却说秦氏因听见宝玉从梦中唤他的乳名，心中自是纳闷，又不好细问。彼时宝玉迷迷惑惑，若有所失。众人忙端上桂圆汤来，呷了两口，遂起身整衣。袭人伸手与他系裤带时，不觉伸手至大腿处，只觉冰凉一片黏湿，唬的忙退出手来，问是怎么了。宝玉红涨了脸，把他的手一捻。袭人本是个聪明女子，年纪本又比宝玉大两岁，近来也渐通人事，今见宝玉如此光景，心中便觉察一半了，不觉也羞的红胀了脸面，不敢再问。仍旧理好衣裳，遂至贾母处来，胡乱吃毕了晚饭，过这边来。

袭人忙趁众奶娘丫鬟不在旁时，另取出一件中衣[①]来与宝玉换上。宝玉含羞央告道："好姐姐，千万别告诉人。"袭人亦含羞笑问道："你梦见什么故事了？是那里流出来的那些脏东西？"宝玉道："一言难尽。"说着便把梦中之事细说与袭人听了。说至警幻所授云雨之情，

① 中衣——贴身衬裤。

羞的袭人掩面伏身而笑。宝玉亦素喜袭人柔媚娇俏，遂强袭人同领警幻所训云雨之事。袭人素知贾母已将自己与了宝玉的，今便如此，亦不为越礼，遂和宝玉偷试一番，幸得无人撞见。自此宝玉视袭人更比别个不同，袭人待宝玉更为尽心。暂且别无话说。

袭人

按荣府中一宅人合算起来，人口虽不多，从上至下也有三四百了；虽事不多，一天也有一二十件，竟如乱麻一般，并无个头绪可作纲领。正寻思从那一件事自那一个人写起方妙，恰好忽从千里之外，芥荳之微，小小一个人家，因与荣府略有些瓜葛，这日正往荣府中来，因此便就此一家说来，倒还是头绪。你道这一家姓甚名谁，又与荣府有甚瓜葛？且听细讲。

方才所说的这小小之家，乃本地人氏，姓王，祖上曾作过小小的一个京官，昔年与凤姐之祖、王夫人之父认识。因贪王家的势利，便连了宗[①]，认作侄儿。那时只有王夫人之大兄、凤姐之父与王夫人随在京中的，知有此一门连宗之族，余者皆不认识。目今其祖已故，只有一个儿子，名唤王成，因家业萧条，仍搬出城外原乡中住去了。王成新近亦因病故，只有其子，小名狗儿。狗儿亦生一子，小名板儿，嫡妻刘氏，又生一女，名唤青儿。一家四口，仍以务农为业。因狗儿白日间又作些生

① 连了宗——亦作“联宗”。旧时为拉关系把同姓而本非一个宗族的人认了本家，叫作“联宗”。

刘姥姥

计，刘氏又操井臼等事，青板姊弟两个无人看管，狗儿遂将岳母刘姥姥接来一处过活。这刘姥姥乃是个积年的老寡妇，膝下又无儿女，只靠两亩薄田度日。今者女婿接来养活，岂不愿意，遂一心一计，帮趁着女儿女婿过活起来。

因这年秋尽冬初，天气冷将上来，家中冬事未办，狗儿未免心中烦虑，吃了几杯闷酒，在家闲寻气恼，刘氏也不敢顶撞。因此刘姥姥看不过，乃劝道："姑爷，你别嗔着我多嘴。咱们村庄人，那一个不是老老诚诚的，守多大碗儿吃多大的饭。你皆因年小的时候，托着你那老家之福，吃喝惯了，如今所以把持不住。有了钱就顾头不顾尾，没了钱就瞎生气，成个什么男子汉大丈夫呢！如今咱们虽离城住着，终是天子脚下。这长安城[①]中，遍地都是钱，只可惜没人会去拿去罢了。在家跳蹋[②]会子也不中用。"狗儿听说，便急道："你老只会炕头儿上混说，难道叫我打劫偷去不成？"刘姥姥道："谁叫你偷去呢。也到底想法儿大家裁度，不然那银子钱自己跑到咱家来不成？"狗儿冷笑道："有法儿还等到这会子呢。我又没有收税的亲戚，作官的朋友，有什么法子可想的？便有，也只怕他们未必来理我们呢！"

刘姥姥道："这倒不然。谋事在人，成事在天。咱们谋到了，看菩萨的保佑，有些机会，也未可知。我倒替你们想出一个机会来。当日你们原是和金陵王家连过宗的，二十年前，他们看承你们还好；如今自然是你们拉硬屎[③]，不肯去亲近他，故疏远起来。想当初我和女儿还去过

① 长安城——在今陕西西安市西北。

② 跳蹋——也作"跳跶"。急得顿足。

③ 拉硬屎——装作硬气。俗谓瘦驴拉硬屎——瞎逞能。

一遭。他们家的二小姐着实响快，会待人，倒不拿大[①]。如今现是荣国府贾二老爷的夫人。听得说，如今上了年纪，越发怜贫恤老，最爱斋僧敬道，舍米舍钱的。如今王府虽升了边任[②]，只怕这二姑太太还认得咱们。你何不去走动走动，或者他念旧，有些好处，也未可知。要是他发一点好心，拔一根寒毛比咱们的腰还粗呢。”刘氏一旁接口道：“你老虽说的是，但只你我这样个嘴脸，怎么好到他门上去的。先不先，他们那些门上的人也未必肯去通信。没的去打嘴现世[③]。”

谁知狗儿利名心最重，听如此一说，心下便有些活动起来。又听他妻子这话，便笑接道：“姥姥既如此说，况且当年你又见过这姑太太一次，何不你老人家明日就走一趟，先试试风头再说。”刘姥姥道：“哎哟哟！可是说的‘侯门深似海[④]’，我是个什么东西，他家人又不认得我，我去了也是白去的。”狗儿笑道：“不妨，我教你老人家一个法子：你竟带了外孙子板儿，先去找陪房[⑤]周瑞，若见了他，就有些意思了。这周瑞先时曾和我父亲交过一件事，我们极好的。”刘姥姥道：“我也知道他的。只是许多时不走动，知道他如今是怎样。这也说不得了，你又是个男人，又这样个嘴脸，自然去不得；我们姑娘年轻媳妇子，也难卖头卖脚的，倒还是舍着我这付老脸去碰一碰。果然有些好处，大家都有益；便是没银子来，我也到那公府侯门见一见世面，也不枉我一生。”说毕，大家笑了一回，当晚计议已定。

次日天未明，刘姥姥便起来梳洗了，又将板儿教训了几句。那板儿才五六岁的孩子，一无所知，听见带他进城逛去，便喜的无不应承。于是刘姥姥带他进城，找至宁荣街。

来至荣府大门石狮子前，只见簇簇轿马，刘姥姥便不敢过去，且掸了掸衣服，又教了板儿几句话，然后蹭[⑥]到角门前。只见几个挺胸叠肚

---

① 拿大——摆架子，瞧不起人。

② 边任——防守边疆的重任。

③ 打嘴现世——说嘴打嘴，现世现报。

④ 侯门深似海——形容官僚贵族之家宅大院深、门禁森严，难以进入。后常以“侯门深似海”，喻故友旧识因地位悬殊而隔绝。

⑤ 陪房——旧时富家女子的随嫁仆人。

⑥ 蹭——这里是行动缓慢、欲行又止的样子。

指手画脚的人，坐在大板凳上，说东谈西呢。刘姥姥只得蹭上来问：“太爷们纳福[①]。”众人打量了他一会，便问：“那里来的？”刘姥姥陪笑道：“我找太太的陪房周大爷的，烦那位太爷替我请他老出来。”那些人听了，都不瞅睬[②]，半日方说道：“你远远的在那墙角下等着，一会子他们家有人就出来的。”内中有一老年人说道：“不要误他的事，何苦要他。”因向刘姥姥道：“那周大爷已往南边去了。他在后一带住着，他娘子却在家。你要找时，从这边绕到后街上后门上去问就是了。”

刘姥姥听了谢过，遂携了板儿，绕到后门上。只见门前歇着些生意担子，也有卖吃的，也有卖顽耍物件的，闹吵吵三二十个小孩子在那里厮闹。刘姥姥便拉住一个道：“我问哥儿一声，有个周大娘可在家么？”孩子们道：“那个周大娘？我们这里周大娘有三个呢，还有两个周奶奶，不知是那一行当[③]的？”刘姥姥道：“是太太的陪房周瑞。”孩子道：“这个容易，你跟我来。”说着，跳跳蹿蹿的引着刘姥姥进了后门，至一院墙边，指与刘姥姥道：“这就是他家。”又叫道：“周大娘，有个老奶奶来找你呢，我带了来了。”

周瑞家的在内听说，忙迎了出来，问：“是那位？”刘姥姥忙迎上来问道：“好呀，周嫂子！”周瑞家的认了半日，方笑道：“刘姥姥，你好呀！你说说，能几年，我就忘了。请家里来坐罢。”刘姥姥一壁里走着，一壁笑说道：“你老是贵人多忘事，那里还记得我们了呢。”说着，来至房中。周瑞家的命雇的小丫头倒上茶来吃着。周瑞家的又问板儿道：“你都长这么大了。”又问些别后闲话。又问刘姥姥：“今日还是路过，还是特来的？”刘姥姥便说：“原是特来瞧瞧嫂子你，二则也请请姑太太的安。若可以领我见一见更好，若不能，便借重嫂子转致意罢了。”

周瑞家的听了，便已猜着几分来意。只因昔年他丈夫周瑞争买田地一事，其中多得狗儿之力，今见刘姥姥如此而来，心中难却其意；二

---

① 纳福——受福。旧时见面常用的客套话。

② 瞅睬——理睬。

③ 行当——本指戏曲中角色的分类，这里指职务的类别。

则也要显弄自己的体面。听如此说，便笑说道："姥姥你放心。大远的诚心诚意来了，岂有个不教你见个真佛[①]去的呢。论理，人来客至回话，却不与我相干。我们这里都是各占一样儿：我们男的只管春秋两季地租子，闲时只带着小爷们出门子就完了；我只管跟太太奶奶们出门的事。皆因你原是太太的亲戚，又拿我当个人，投奔了我来，我就破个例，给你通个信去。但只一件，姥姥有所不知，我们这里又不比五年前了。如今太太竟不大管事，都是琏二奶奶管家了。你道这琏二奶奶是谁？就是太太的内侄女，当日大舅老爷的女儿，小名凤哥的。"刘姥姥听了，罕问道："原来是他！怪道呢，我当日就说他不错呢。这等说来，我今儿还得见他了。"周瑞家的道："这自然的。如今太太事多心烦，有客来了，略可推得去的就推过去了，都是凤姑娘周旋迎待。今儿宁可不会太太，倒要见他一面，才不枉这里来一遭。"刘姥姥道："阿弥陀佛！全仗嫂子方便了。"周瑞家的道："说那里话。俗语说的：'与人方便，自己方便。'不过用我说一句话罢了，害着我什么。"说着，便叫小丫头到倒厅[②]上悄悄的打听打听，老太太屋里摆了饭了没有。小丫头去了。这里二人又说些闲话。

周瑞家的

刘姥姥因说："这凤姑娘今年大还不过二十岁罢了，就这等有本事，当这样的家，可是难得的。"周瑞家的听了道："我的姥姥，告诉不得你呢。这位凤姑娘年纪虽小，行事却比世人都大呢。如今出挑的美人一样的模样儿，少说些有一万个心眼子。再要赌口齿，十个会说话的男人也说他不过。回来你见了就信了。就只一件，待下人未免太严些

① 真佛——佛教术语。佛教徒谓佛有报、应、化三身，"报身佛"相对于"化身佛"称为真佛，又名"无相之法身"，即难以见到之意。因此世俗借此喻难以见到的人物。这里指王熙凤。

② 倒厅——古代建筑，大厅多数是坐北向南，坐南向北的厅房以及大厅后面向后院开门的附属部分，均称"倒厅"。

个。”说着，只见小丫头回来说：“老太太屋里已摆完了饭了，二奶奶在太太屋里呢。”周瑞家的听了，连忙起身，催着刘姥姥说：“快走，快走。这一下来他吃饭是个空子，咱们先赶着去。若迟一步，回事的人也多了，难说话。再歇了中觉，越发没了时候了。”说着一齐下了炕，打扫打扫衣服，又教了板儿几句话，随着周瑞家的，逶迤往贾琏的住处来。

先到了倒厅，周瑞家的将刘姥姥安插在那里略等一等。”自己先过了影壁，进了院门，知凤姐未下来，先找着凤姐的一个心腹通房大丫头[①]名唤平儿的。周瑞家的先将刘姥姥起初来历说明，又说：“今日大远的特来请安。当日太太是常会的，今日不可不见，所以我带了他进来了。等奶奶下来，我细细回明，奶奶想也不责备我莽撞的。”平儿听了，便作了主意：“叫他们进来，先在这里坐着就是了。”周瑞家的听了，方出去引他两个进入院来。

平儿

上了正房台矶，小丫头打起猩红毡帘，方入堂屋，只闻一阵香扑了脸来，竟不辨是何气味，身子如在云端里一般，满屋中之物都耀眼争光的，使人头悬目眩。刘姥姥此时

① 通房大丫头——贴身侍婢收纳为妾，称“通房丫头”。其地位低于姨娘。通房又称“收房”。

惟点头咂嘴念佛而已。于是来至东边这间屋内，乃是贾琏的女儿巧姐儿睡觉之所。平儿站在炕沿边，打量了刘姥姥两眼，只得问个好让坐。刘姥姥见平儿遍身绫罗，插金带银，花容玉貌的，便当是凤姐儿了。才要称姑奶奶，忽见周瑞家的称他是平姑娘，又见平儿赶着周瑞家的称周大娘，方知不过是个有些体面的丫头了。于是让刘姥姥和板儿上了炕，平儿和周瑞家的对面坐在炕沿上，小丫头子斟了茶来吃茶。

刘姥姥只听见咯当咯当的响声，大有似乎打箩柜筛面[①]的一般，不免东瞧西望的。忽见堂屋中柱子上挂着一个匣子，底下又坠着一个秤砣般一物，却不住的乱幌。刘姥姥心中想着："这是什么爱物儿[②]？有甚用呢？"正呆时，只听得当的一声，又若金钟铜磬一般，不防倒唬的一展眼。接着又是一连八九下。方欲问时，只见小丫头子们齐乱跑，说："奶奶下来了。"周瑞家的与平儿忙起身，命刘姥姥："只管等着，是时候我们来请你。"说着，都迎出去了。

刘姥姥屏声侧耳默候。只听远远有人笑声，约有一二十妇人，衣裙窸窣，渐入堂屋，往那边屋内去了。又见两三个妇人，都捧着大漆捧盒，进这边来等候。听得那边说了声"摆饭"，渐渐的人才散出，只有伺候端菜的几个人。半日鸦雀不闻之后，忽见二人抬了一张炕桌来，放在这边炕上，桌上碗盘森列，仍是满满的鱼肉在内，不过略动了几样。板儿一见了，便吵着要肉吃，刘姥姥一巴掌打了他去。忽见周瑞家的笑嘻嘻走过来，招手儿叫他。刘姥姥会意，于是携了板儿下炕，至堂屋中，周瑞家的又和他唧咕了一会，方过这边屋里来。

只见门外錾铜钩上悬着大红撒花软帘，南窗下是炕，炕上大红毡条，靠东边板壁立着一个锁子锦[③]靠背与一个引枕，铺着金心绿闪缎大坐褥，旁边有雕漆痰盒。那凤姐儿家常带着秋板貂鼠昭君套[④]，围着

① 打箩柜筛面——箩柜：装有筛面箩的木柜。筛面时用脚不断踩踏机关，发出"咯当咯当"的声音。

② 爱物儿——玩意儿。

③ 锁子锦——用金色丝线织成锁链形图案的锦缎。

④ 秋板貂鼠昭君套——貂：鼬属的一种小型动物。貂皮是贵重的短毛细皮，以紫貂最贵。秋板貂是指秋季的绒毛尚未长全的貂鼠皮，又称"秋皮"。昭君套：没有顶的女用皮帽罩，因形同戏曲、绘画中昭君出塞所戴之罩，故名。

攒珠勒子[①]，穿着桃红撒花袄，石青刻丝灰鼠披风[②]，大红洋绉银鼠皮裙，粉光脂艳，端端正正坐在那里，手内拿着小铜火箸儿拨手炉内的灰。平儿站在炕沿边，捧着小小的一个填漆[③]茶盘，盘内一个小盖钟。凤姐也不接茶，也不抬头，只管拨手炉内的灰，慢慢的问道："怎么还不请进来？"一面说，一面抬身要茶时，只见周瑞家的已带了两个人在地下站着呢。这才忙欲起身、犹未起身时，满面春风的问好，又嗔着周瑞家的怎么不早说。刘姥姥在地下已是拜了数拜，问姑奶奶安。凤姐忙说："周姐姐，快搀起来，别拜罢，请坐。我年轻，不大认得，可也不知是什么辈数，不敢称呼。"周瑞家的忙回道："这就是我才回的那姥姥了。"凤姐点头。刘姥姥已在炕沿上坐了。板儿便躲在背后，百般的哄他出来作揖，他死也不肯。

凤姐儿笑道："亲戚们不大走动，都疏远了。知道的呢，说你们弃厌我们，不肯常来；不知道的那起小人，还只当我们眼里没人似的。"刘姥姥忙念佛道："我们家道艰难，走不起，来了这里，没的给姑奶奶打嘴，就是管家爷们看着也不像。"凤姐儿笑道："这话没的叫人恶心。不过借赖着祖父虚名，作个穷官儿，谁家有什么，不过是个旧日的空架子。俗语说，'朝廷还有三门子穷亲戚'呢，何况你我。"说着，又问周瑞家的回了太太了没有。周瑞家的道："如今等奶奶的示下。"凤姐道："你去瞧瞧，要是有人有事就罢，得闲儿呢就回，看怎么说。"周瑞家的答应着去了。

这里凤姐叫人抓些果子与板儿吃，刚问些闲话时，就有家下许多媳妇管事的来回话。平儿回了，凤姐道："我这里陪客呢，晚上再来回。若有很要紧的，你就带进来现办。"平儿出去了，一会儿进来说："我都问了，没什么紧事，我就叫他们散了。"凤姐点头。只见周瑞家的回来，向凤姐道："太太说了，今日不得闲，二奶奶陪着便是一样。多谢费心想着。白来逛逛呢便罢；若有甚说的，只管告诉二奶奶，都是一

---

① 勒子——帽箍，用珠玉穿缀或以绒缎做成，套于额上，掩及耳间。

② 披风——古称褙子。宋代用作妇女常服，两腋下开长衩，多为直领。清代妇女礼服外套多用披风，作用与男褂相似。

③ 填漆——漆器工艺之一，即填彩漆。有"磨显填漆"和"镂嵌填漆"两种，前者"先堆后填"，后者"刻后再填"，都需磨平。

样。”刘姥姥道：“也没甚说的，不过是来瞧瞧姑太太、姑奶奶，也是亲戚们的情分。”周瑞家的道：“没甚说的便罢；若有话，只管回二奶奶，是和太太一样的。”一面说，一面递眼色与刘姥姥。

刘姥姥会意，未语先飞红的脸，欲待不说，今日又所为何来？只得忍耻说道：“论理今儿初次见姑奶奶，却不该说，只是大远的奔了你老这里来，也少不的说了。”刚说到这里，只听二门上小厮们回说：“东府里的小大爷进来了。”凤姐忙止刘姥姥：“不必说了。”一面便问：“你蓉大爷在那里呢？”只听一路靴子脚响，进来了一个十七八岁的少年，面目清秀，身材俊俏，轻裘宝带，美服华冠。刘姥姥此时坐不是，立不是，藏没处藏。凤姐笑道：“你只管坐着，这是我侄儿。”刘姥姥方扭扭捏捏在炕沿上坐了。

刘姥姥一进荣国府

贾蓉笑道：“我父亲打发我来求婶子，说上回老舅太太给婶子的那架玻璃炕屏[1]，明日请一个要紧的客，借了略摆一摆就送过来。”凤姐道：“说迟了一日，昨儿已经给了人了。”贾蓉听着，嘻嘻的笑着，在炕沿上半跪道：“婶子若不借，又说我不会说话了，又挨一顿好打呢。婶子只当可怜侄儿罢。”凤姐笑道：“也没见你们，王家的东西都是好的不成？你们那里放着那些好东西，只是看不见，偏我的就是好的。”贾蓉笑道：“那里有这个好呢！只求开恩罢。”凤姐道：“要碰一点儿，你可仔细你的皮！”因命平儿拿了楼房的钥匙，传几个妥当人抬去。贾蓉喜的眉开眼笑，说：“我亲自带了人拿去，别由他们乱碰。”

① 炕屏——陈设在炕上的一种小屏风。

贾蓉

说着便起身出去了。

这里凤姐忽又想起一事来，便向窗外："叫蓉哥回来。"外面几个人接声说："蓉大爷快回来。"贾蓉忙复身转来，垂手侍立，听阿凤指示。那凤姐只管慢慢的吃茶，出了半日的神，又笑道："罢了，你且去罢。晚饭后你来再说罢。这会子有人，我也没精神了。"贾蓉应了一声，方慢慢的退去。

这里刘姥姥心神方定，才又说道："今日我带了你侄儿来，也不为别的，只因他老子娘在家里，连吃的都没有。如今天又冷了，越想没个派头儿[①]，只得带了你侄儿奔了你老来。"说着又推板儿道："你那爹在家怎么教你来？打发咱们作煞事[②]来？只顾吃果子咧。"凤姐早已明白了，听他不会说话，因笑止道："不必说了，我知道了。"因问周瑞家的："这姥姥不知可用了早饭没有？"刘姥姥忙说道："一早就往这里赶咧，那里还有吃饭的工夫咧。"凤姐听说，忙命快传饭来。一时周瑞家的传了一桌客饭来，摆在东边屋内，过来带了刘姥姥和板儿过去吃饭。

凤姐说道："周姐姐，好生让着些儿，我不能陪了。"于是过东边房里来。又叫过周瑞家的去，问他才回了太太，说了些什么？周瑞家的道："太太说，他们家原不是一家子，不过因出一姓，当年又与太老爷在一处作官，偶然连了宗的。这几年来也不大走动。当时他们来一遭，却也没空了他们。今儿既来了瞧瞧我们，是他的好意思，也不可简慢了他。便是有什么说的，叫奶奶裁度着就是了。"凤姐听了说道："我说

① 派头儿——这里是"盼头儿"的衍音。

② 煞事——啥事。

呢，既是一家子，我如何连影儿也不知道。”

说话时，刘姥姥已吃毕了饭，拉了板儿过来，舔舌咂嘴的道谢。凤姐笑道：“且请坐下，听我告诉你老人家。方才的意思，我已知道了。若论亲戚之间，原该不等上门来就该有照应才是。但如今家内杂事太烦，太太渐上了年纪，一时想不到也是有的。况是我近来接着管些事，都不知道这些亲戚们。二则外头看着虽是烈烈轰轰的，殊不知大有大的艰难去处，说与人也未必信罢。今儿你既老远的来了，又是头一次见我张口，怎好叫你空回去呢。可巧昨儿太太给我的丫头们做衣裳的二十两银子，我还没动呢，你若不嫌少，就暂且先拿了去罢。”

那刘姥姥先听见告艰难，只当是没有，心里便突突的；后来听见给他二十两，喜的又浑身发痒起来，说道：“嗳，我也是知道艰难的。但俗语说的：‘瘦死的骆驼比马大’，凭他怎样，你老拔根寒毛比我们的腰还粗呢！”周瑞家的见他说的粗鄙，只管使眼色止他。凤姐看见，笑而不睬，只命平儿把昨日那包银子拿来，再拿一吊钱来，都送到刘姥姥的跟前。凤姐乃道：“这是二十两银子，暂且给这孩子做件冬衣罢。若不拿着，就真是怪我了。这钱雇车坐罢。改日无事，只管来逛逛，方是亲戚们的意思。天也晚了，也不虚留你们了，到家里该问好的问个好儿罢。”一面说，一面就站了起来。

刘姥姥只管千恩万谢的，拿了银子钱，随了周瑞家的来至外面。周瑞家的道：“我的娘啊！你见了他怎么倒不会说了？开口就是‘你侄儿’。我说句不怕你恼的话，便是亲侄儿，也要说和软些。蓉大爷才是他的正经侄儿呢，他怎么又跑出这么一个侄儿来了？”刘姥姥笑道：“我的嫂子，我见了他，心眼儿里爱还爱不过来，那里还说的上话来呢。”二人说着，又到周瑞家坐了片时，刘姥姥便要留下一块银子与周瑞家孩子们买果子吃，周瑞家的如何放在眼里，执意不肯。刘姥姥感谢不尽，仍从后门去了。正是：

得意浓时易接济，受恩深处胜亲朋。

第七回

送宫花贾琏戏熙凤　宴宁府宝玉会秦钟

话说周瑞家的送了刘姥姥去后，便上来回王夫人话。谁知王夫人不在上房，问丫鬟们时，方知往薛姨妈那边闲话去了。周瑞家的听说，便转出东角门至东院，往梨香院来。刚至院门前，只见王夫人的丫鬟金钏儿和一个才留了头[1]的小女孩儿站在台阶坡儿上玩。见周瑞家的来了，便知有话回，因向内努嘴儿。周瑞家的轻轻掀帘进去，只见王夫人和薛姨妈长篇大套的说些家务人情等语。

金钏

周瑞家的不敢惊动，遂进里间来。只见薛宝钗穿着家常衣服，头上只散挽着鬟儿[2]，坐在炕里边，伏在小炕桌上同丫鬟莺儿正描花样子呢。见他进来，宝钗才放

① 留头——又叫“留满头”。旧时女子幼年剃发，随着年事增长，先留顶心头发，再留全发，叫作“留头”。

② 鬟儿——也写作“纂儿”。妇女的发髻。

下笔，转过身来，满面堆笑让：“周姐姐坐。”周瑞家的也忙陪笑问：“姑娘好？”一面炕沿上坐了，因说：“这有两三天也没见姑娘到那边逛逛去，只怕是你宝兄弟冲撞了你不成？”宝钗笑道：“那里的话。只因我那种病又发了，所以这两天没出屋子。”周瑞家的道：“正是呢，姑娘到底有什么病根儿，也该趁早儿请个大夫来，好生开个方子，认真吃几剂药，一势儿除了根才是。小小年纪倒作下个病根儿，也不是玩的。”

宝钗听了便笑道：“再不要提吃药。为这病请大夫吃药，也不知白花了多少银子钱呢。凭你什么名医仙药，从不见一点儿效。后来还亏了一个秃头和尚，说专治无名之症，因请他看了。他说我这是从胎里带来的一股热毒，幸而先天壮，还不相干；若吃寻常药，是不中用的。他就说了一个海上方①，又给了一包药末子作引子②，异香异气的，不知是那里弄了来的。他说发了时吃一丸就好。倒也奇怪，吃他的药倒效验些。”

周瑞家的因问：“不知是个什么海上方儿？姑娘说了，我们也记着，说与人知道，倘遇见这样病，也是行好的事。”

宝钗见问，乃笑道：“不用这方儿还好，若用了这方儿，真真把人琐碎死。东西药料一概都有限，只难得‘可巧’二字：要春天开的白牡丹花蕊十二两，夏天开的白荷花蕊十二两，秋天的白芙蓉花蕊十二两，冬天的白梅花蕊十二两。将这四样花蕊，于次年春分这日晒干，和在药末子一处，一齐研好。又要雨水这日的雨水十二钱……”周瑞家的忙道：“哎哟！这么说来，这就得三年的工夫。倘或雨水这日竟不下雨，这却怎处呢？”宝钗笑道：“所以说那里有这样可巧的雨，便没雨也只好再等罢了。还要白露这一日的露水十二钱，霜降这日的霜十二钱，小雪这日的雪十二钱，把这四样水调匀，和了药，再加十二钱蜂蜜，十二钱白糖，丸了龙眼大的丸子，盛在旧磁坛内，埋在花根底下。若发了病

---

① 海上方——旧时传说，东海（一说在渤海）之中的蓬莱、方丈、瀛洲三神山上，有不死之药。后人遂称民间验方、秘方为“海上方”，意谓从东海神仙处求得的灵验药方。

② 引子——“药引”，指处方中能引药力达到病变部位的药物，是中医方剂中“君、臣、佐、使”四个部分的“使”的俗称，也叫“引经报使”或“引经药”。

时，拿出来吃一丸，用十二分黄柏[1]煎汤送下。”

周瑞家的听了笑道：“阿弥陀佛，真巧死人的事儿！等十年也未必都这样巧的呢。”宝钗道：“竟好，自他说了去后，一二年间可巧都得了，好容易配成一料。如今从南带至此，现今就埋在梨花树底下呢。”周瑞家的又问道：“这药可有名字没有呢？”宝钗道：“有。这也是那癞头和尚说下的，叫作‘冷香丸’。”周瑞家的听了点头儿，因又说：“这病发了时到底觉怎样着？”宝钗道：“也不觉甚怎么着，只不过喘嗽些，吃一丸下去也就好些了。”

周瑞家的还欲说话时，忽听王夫人问：“谁在房里呢？”周瑞家的忙出去答应了，趁便回了刘姥姥之事。略待半刻，见王夫人无语，方欲退出，薛姨妈忽又笑道：“你且站住。我有一宗东西，你带了去罢。”说着便叫香菱。只听帘栊响处，方才和金钏儿玩的那个小丫头进来了，问：“奶奶叫我作什么？”薛姨妈道：“把匣子里的花儿拿来。”香菱答应了，向那边捧了个小锦匣来。薛姨妈道：“这是宫里头的新鲜样法，拿纱堆的花儿十二支，昨儿我想起来，白放着可惜了儿的，何不给他们姊妹们戴去。昨儿要送去，偏又忘了。你今儿来的巧，就带了去罢。你家的三位姑娘，每人一对，剩下的六枝，送林姑娘两枝，那四枝给了凤哥罢。”王夫人道：“留着给宝丫头戴罢，又想着他们作什么。”薛姨妈道：“姨娘不知道，宝丫头古怪着呢，他从来不爱这些花儿粉儿的。”

说着，周瑞家的拿了匣子，走出房门，见金钏儿仍在那里晒日阳儿。周瑞家的因问他道：“那香菱小丫头子，可就是常说临上京时买的、为他打人命官司的那个小丫头么？”金钏儿道：“可不就是他。”正说着，只见香菱笑嘻嘻的走来。周瑞家的便拉了他的手，细细的看了一会，因向金钏儿笑道：“倒好个模样儿，竟有些像咱们东府里蓉大奶奶的品格儿。”金钏儿笑道：“我也是这么说呢。”周瑞家的又问香菱：“你几岁投身到这里？”又问：“你父母今在何处？今年十几岁了？本处是那里人？”香菱听问，都摇头说：“不记得了。”周瑞家的和金钏儿听了，倒反为叹息伤感一回。

---

① 黄柏——中药名，性寒味苦，清热解毒。

一时间周瑞家的携花至王夫人正房后头来。

原来近日贾母说孙女儿们太多了，一处挤着倒不方便，只留宝玉黛玉二人这边解闷，却将迎、探、惜三人移到王夫人这边房后三间小抱厦内居住，令李纨陪伴照管。

如今周瑞家的故顺路先往这里来，只见几个小丫头子都在抱厦内听呼唤呢。迎春的丫鬟司棋与探春的丫鬟侍书二人正掀帘子出来，手里都捧着茶钟，周瑞家的便知他们姊妹在一处坐着呢，遂进入内房，只见迎春、探春二人正在窗下围棋。周瑞家的将花送上，说明缘故。二人忙住了棋，都欠身道谢，命丫鬟们收了。

周瑞家的答应了，因说："四姑娘不在房里，只怕在老太太那边呢。"丫鬟们道："那屋里不是四姑娘！"周瑞家的听了，便往这边屋内来。只见惜春正同水月庵的小姑子智能儿一处玩耍呢，见周瑞家的进来，惜春便问他何事。周瑞家的便将花匣打开，说明原故。惜春笑道："我这里正和智能儿说，我明儿也剃了头同他作姑子去呢，可巧又送了花儿来；若剃了头，可把这花儿戴在那里呢？"说着，大家取笑一回，惜春命丫鬟入画来收了。

惜春

周瑞家的因问智能儿："你是什么时候来的？你师父那秃歪剌[1]往那里去了？"智能儿道："我们一早就来了。我师父见了太太，就往于老爷府内去了，叫我在这里等他呢。"周瑞家的又道："十五的月例香供银子可曾得了没有？"智能儿摇头说："我不知道。"惜春听了，便问周瑞家的："如今各庙月例银子是谁管着？"周瑞家的道："是余信管着。"惜春听了笑道："这就是了。他师父一来，余信家的就赶上来，和他师父咕唧了半日，想是就为这事了。"

① 秃歪剌——骂尼姑的话。秃：指光头。歪剌：也作歪辣，又叫歪剌骨，歪剌货，意谓不正当的女人。

智能儿

那周瑞家的又和智能儿劳叨了一会，便往凤姐儿处来。穿夹道从李纨后窗下过，隔着玻璃窗户，见李纨在炕上歪着睡觉呢，遂越过西花墙，出西角门进入凤姐院中。走至堂屋，只见小丫头丰儿坐在凤姐的房门槛上，见周瑞家的来了，连忙摆手儿叫他往东屋里去。周瑞家的会意，忙蹑手蹑足往东边房里来，只见奶子正拍着大姐儿睡觉呢。周瑞家的悄问奶子道："姐儿睡中觉呢？也该清醒了。"奶子摇头儿。正说着，只听那边一阵笑声，却有贾琏的声音。接着房门响处，平儿拿着大铜盆出来，叫丰儿舀水进去。平儿便到这边来，一见了周瑞家的便问："你老人家又跑了来作什么？"周瑞家的忙起身，拿匣子与他，说送花儿一事。平儿听了，便打开匣子，拿了四枝，转身去了。半刻工夫，手里拿出两枝来，先叫彩明吩咐道："送到那边府里给小蓉大奶奶戴去。"次后方命周瑞家的回去道谢。

周瑞家的这才往贾母这边来。穿过穿堂，顶头忽见他女儿打扮着才从他婆家来。周瑞家的忙问："你这会跑来作什么？"他女儿笑道："妈一向身上好？我在家里等了这半日，妈竟不出去，什么事情这样忙的不回家？我等烦了，自己先到了老太太跟前请了安了，这会子请太太的安去。妈还有什么不了的差事，手里是什么东西？"周瑞家的笑道："嗳！今儿偏偏的来了个刘姥姥，我自己多事，为他跑了半日；这会子又被姨太太看见了，叫送这个花儿与姑娘奶奶们。这会子还没送清楚呢。你这会子跑来，一定有什么事情。"他女儿笑道："你老人家倒会猜。实对你老人家说，你女婿前儿因多吃了两杯酒，和人分争，不知怎的被人放了一把邪火[1]，说他来历不明，告到衙门里，要递解[2]还乡。

① 放了一把邪火——即造谣中伤。

② 递解——旧时把解往别处的犯人由所经各地派人一站转一站地押送叫"递解"。

所以我来和你老人家商议商议，这个情分，求那一个可以了事。”周瑞家的听了道：“我就知道的。这有什么大不了的事！你且家去等我，我给林姑娘送了花儿去就回家去。此时太太二奶奶都不得闲儿，你回去等我。这有什么，忙的如此。”女儿听说，便回去了，又说：“妈，好歹快来。”周瑞家的道：“是了。小人儿家没经过什么事，就急得你这样了。”说着，便往黛玉房中去了。

谁知此时黛玉不在自己房中，却在宝玉房中大家解九连环[①]玩呢。周瑞家的进来笑道：“林姑娘，姨太太着我送花儿与姑娘戴来了。”宝玉听说，便先问：“什么花儿？拿来给我。”一面早伸手接过来了。开匣看时，原来是宫制堆纱新巧的假花儿。黛玉只就宝玉手中看了一看，便问道：“还是单送我一个人的，还是别的姑娘们都有呢？”周瑞家的道：“各位都有了，这两枝是姑娘的了。”黛玉冷笑道：“我就知道，别人不挑剩下的也不给我。”周瑞家的听了，一声儿不言语。宝玉便问道：“周姐姐，你作什么到那边去了？”周瑞家的因说：“太太在那里，因回话去了，姨太太就顺便叫我带来了。”宝玉道：“宝姐姐在家作什么呢？怎么这几日也不过这边来？”周瑞家的道：“身上不大好呢。”宝玉听了，便和丫头说：“谁去瞧瞧。只说我与林姑娘打了来请姨太太姐姐安，问姐姐是什么病，现吃什么药。论理我该亲自来的，就说才从学里来，也着了些凉，异日再亲自来看罢。”说着，茜雪便答应去了。周瑞家的自去。无话。

茜雪

原来这周瑞的女婿，便是雨村的好友冷子兴，近因卖古董和人打官司，故教女

① 九连环——一种智力玩具，用金属丝制成一狭长的方圈，上套九个圆环，可解下套上，手续极繁，玩时以能全部解下圆环者为胜。

人来讨情分。周瑞家的仗着主子的势利，把这些事也不放在心上，晚间只求求凤姐儿便完了。

至掌灯时分，凤姐已卸了妆，来见王夫人回话："今儿甄家送了来的东西，我已收了。咱们送他的，趁着他家有年下进鲜[1]的船回去，一并都交给他们带了去罢。"王夫人点头。凤姐又道："临安伯老太太生日的礼已经打点了，派谁送去呢？"王夫人道："你瞧谁闲着，就叫他们去四个女人就是了，又来当什么正经事问我。"凤姐又笑道："今日珍大嫂子来，请我明日过去逛逛，明日倒没有什么事情。"王夫人道："有事没事都害不着什么。每常他来请，有我们，你自然不便意；他既不请我们，单请你，可知是他诚心叫你散淡散淡，别辜负了他的心，便有事也该过去才是。"凤姐答应了。当下李纨、迎、探等姐妹们亦来定省毕，各自归房。无话。

次日凤姐梳洗了，先回王夫人毕，方来辞贾母。宝玉听了，也要跟了逛去。凤姐只得答应，立等着换了衣服，姐儿两个坐了车，一时进入宁府。早有贾珍之妻尤氏与贾蓉之妻秦氏婆媳两个，引了多少姬妾丫鬟媳妇等接出仪门。那尤氏一见了凤姐，必先嘲笑一阵，一手携了宝玉同入上房来归坐。秦氏献茶毕，凤姐因说："你们请我来作什么？有什么好东西孝敬，就快献上来，我还有事呢。"尤氏秦氏未及答话，地下几个姬妾先就笑说："二奶奶今儿不来就罢，既来了就依不得二奶奶了。"正说着，只见贾蓉进来请安。宝玉因问："大哥哥今日不在家么？"尤氏道："出城与老爷请安去了。可是，你怪闷的，坐在这里作什么？何不也去逛逛？"

秦氏笑道："今儿巧，上回宝叔立刻要见的我那兄弟，他今儿也在这里，想在书房里呢，宝叔何不去瞧一瞧？"宝玉听了，即便下炕要走。尤氏凤姐都忙说："好生着，忙什么？"一面便吩咐好生小心跟着，别委曲着他，倒比不得跟了老太太过来就罢了。凤姐说道："既这么着，何不请进这秦小爷来，我也瞧一瞧。难道我见不得他不成？"尤氏笑道："罢，罢！可以不必见，他比不得咱们家的孩子们，胡打海摔的惯了。人家的孩子都是斯斯文文的惯了，乍见了你这破落户，还被人

① 进鲜——封建时代官僚贵族向皇帝进献水果鱼虾等时鲜物品。

笑话死了呢。”凤姐笑道：“普天下的人，我不笑话就罢了，竟叫这小孩子笑话我不成？”贾蓉笑道：“不是这话，他生的腼腆，没见过大阵仗儿，婶子见了，没的生气。”凤姐道：“凭他什么样儿的，我也要见一见！别放你娘的屁了。再不带我看看，给你一顿好嘴巴。”贾蓉笑嘻嘻的说：“我不敢扭着，就带他来。”

说着，果然出去带进一个小后生来，较宝玉略瘦些，眉清目秀，粉面朱唇，身材俊俏，举止风流，似在宝玉之上，只是怯怯羞羞，有女儿之态，腼腆含糊，慢向凤姐作揖问好。凤姐喜的先推宝玉，笑道：“比下去了！”便探身一把携了这孩子的手，就命他身旁坐了，慢慢的问他年纪、读书等事，方知学名唤秦钟。早有凤姐的丫鬟媳妇们见凤姐初会秦钟，并未备得表礼[①]来，遂忙过那边去告诉平儿。平儿知道凤姐与秦氏厚密，虽是小后生家，亦不可太俭，遂自作主意，拿了一匹尺头[②]、两个“状元及第”的小金锞子[③]，交付与来人送过去。凤姐犹笑说“太简薄”等语。秦氏等谢毕，一时吃过饭，尤氏、凤姐、秦氏等抹骨牌[④]，不在话下。

秦钟

那宝玉自见了秦钟的人品出众，心中似有所失，痴了半日，

① 表礼——旧日赠送或赏赐的礼物。

② 尺头——衣料。

③ “状元及第”的小金锞子——小金锞子：金子铸成的小锭。状元及第：这里指金锭上的一种“吉祥图案”，作考中的状元戴金花骑马的形状（也有只用“状元及第”四字的）。

④ 抹骨牌——即打骨牌。骨牌：又名“牙牌”或“牌九”。一种用兽骨或竹、木、象牙等制的娱乐品，也用作赌具。

自己心中又起了呆意，乃自思道："天下竟有这等人物！如今看来，我就成了泥猪癞狗了。可恨我为什么生在这侯门公府之中，若也生在寒门薄宦之家，早得与他交结，也不枉生了一世。我虽如此比他尊贵，可知锦绣纱罗，也不过裹了我这根死木头；美酒羊羔，也不过填了我这粪窟泥沟。'富贵'二字，不料遭我荼毒了！"秦钟自见了宝玉形容出众，举止不凡，更兼金冠绣服，娇婢侈童，心中亦自思道："果然这宝玉怨不得人溺爱他。可恨我偏生于清寒之家，不能与他耳鬓交接，可知'贫窭'二字限人，亦世间之大不快事。"二人一样的胡思乱想。忽然宝玉问他读什么书。秦钟见问，因而答以实话。二人你言我语，十来句后，越觉亲密起来。

一时摆上茶果，宝玉便说："我两个又不吃酒，把果子摆在里间小炕上，我们那里坐去，省得闹你们。"于是二人进里间来吃茶。秦氏一面张罗与凤姐摆酒果，一面忙进来嘱宝玉道："宝叔，你侄儿倘或言语不防头[①]，你千万看着我，不要理他。他虽腼腆，却性子左强[②]，不大随和此是有的。"宝玉笑道："你去罢，我知道了。"秦氏又嘱了他兄弟一回，方去陪凤姐。

一时凤姐尤氏又打发人来问宝玉："要吃什么，外面有，只管要去。"宝玉只答应着，也无心在饮食上，只问秦钟近日家务等事。秦钟因说："业师[③]于去年病故，家父又年纪老迈，残病在身，公务繁冗，因此尚未议及延师一事，目下不过在家温习旧课而已。再读书一事，必须有一二知己为伴，时常大家讨论，才能进益。"宝玉不待说完，便答道："正是呢，我们却有个家塾，合族中有不能延师的，便可入塾读书，子弟们中亦有亲戚在内可以附读。我因业师上年回家去了，也现荒废着呢。家父之意，亦欲暂送我去温习旧书，待明年业师上来，再各自在家里读。家祖母因说：一则家里子弟太多，生恐大家淘气，反不好；二则也因我病了几天，遂暂且耽搁着。如此说来，尊翁如今也为此事悬心。今日回去，何不禀明，就往我们敝塾中来，我亦相伴，彼此有益，

① 不防头——冒失，不留神、不经意。

② 左强——执拗倔强。"强"即"犟"。

③ 业师——旧时称给本人授业的老师。

岂不是好事？”秦钟笑道：“家父前日在家提起延师一事，也曾提起这里的义学[①]倒好，原要来和这里的亲翁商议引荐。因这里又事忙，不便为这点小事来聒絮的。宝叔果然度小侄或可磨墨涤砚，何不速速的作成，又彼此不致荒废，又可以常相谈聚，又可以慰父母之心，又可以得朋友之乐，岂不是美事？”宝玉道：“放心，放心。咱们回来先告诉你姐夫姐姐和琏二嫂子。你今日回家就禀明令尊，我回去再禀明家祖母，无不速成之理。”二人计议已定。那天气已是掌灯时候，出来又看他们玩了一回牌。算帐时，却又是秦氏尤氏二人输了戏酒的东道，言定后日吃这东道。一面就叫送饭。

吃毕晚饭，因天黑了，尤氏说：“先派两个小子送了这秦相公家去。”媳妇们传出去半日，秦钟告辞起身。尤氏问：“派了谁送去？”媳妇们回说：“外头派了焦大，谁知焦大醉了，又骂呢。”尤氏、秦氏都说：“偏又派他做什么？放着这些小子们，那一个派不得？偏要惹他去。”凤姐道：“我成日家说你太软弱了，纵的家里人这样还了得了。”尤氏叹道：“你难道不知这焦大的？连老爷都不理他的，你珍大哥哥也不理他。只因他从小儿跟着太爷们出过三四回兵，从死人堆里把太爷背了出来，得了命；自己挨着饿，却偷了东西来给主子吃；两日没得水，得了半碗水给主子喝，他自己喝马溺。不过仗着这些功劳情分，有祖宗时都另眼相待，如今谁肯难为他去？他自己又老了，又不顾体面，一味吃酒，吃醉了，无人不骂。我常说给管事的，不要派他差事，全当一个死的就完了。

焦大

① 义学——也叫“义塾”，一种免费学校。有宗族办的，也有私人集资或用地方公费办的。一般招收主办者的族人、亲友或乡里子弟。

今儿又派了他。”凤姐道：“我何曾不知这焦大。倒是你们没主意，有这样的，何不打发他远远的庄子上去就完了。”说着，因问：“我们的车子可齐备了？”地下众人都应道：“伺候齐了。”

凤姐起身告辞，和宝玉携手同行。尤氏等送至大厅，只见灯烛辉煌，众小厮都在丹墀[①]侍立。那焦大又恃贾珍不在家，即在家亦不好怎样他，更可以任意洒落洒落[②]。因趁着酒兴，先骂大总管赖二，说他不公道，欺软怕硬：“有了好差事就派别人，像这等黑更半夜送人的事，就派我。没良心的王八羔子！瞎充管家！你也不想想，焦大太爷跷跷脚，比你的头还高呢。二十年头里的焦大太爷眼里有谁？别说你们这一起杂种王八羔子们！”

正骂的兴头上，贾蓉送凤姐的车出来，众人喝他不听，贾蓉忍不得，便骂了他两句，使人捆起来，“等明日酒醒了，问他还寻死不寻死了！”那焦大那里把贾蓉放在眼里，反大叫起来，赶着贾蓉叫：“蓉哥儿，你别在焦大跟前使主子性儿。别说你这样儿的，就是你爹、你爷爷，也不敢和焦大挺腰子[③]！不是焦大一个人，你们就做官儿享荣华受富贵？你祖宗九死一生挣下这家业，到如今了，不报我的恩，反和我充起主子来了。不和我说别的还可，若再说别的，咱们红刀子进去白刀子出来！”凤姐在车上说与贾蓉道：“以后还不早打发了这个没王法的东西！留在这里岂不是祸害？倘或亲友知道了，岂不笑话咱们，这样的人家连个王法规矩都没有。”贾蓉答应“是”。

众小厮见他太撒野了，只得上来几个，揪翻捆倒，拖往马圈里去。焦大越发连贾珍都说出来，乱嚷乱叫说：“我要往祠堂里哭太爷去。那里承望到如今生下这些畜牲来！每日家偷狗戏鸡，爬灰[④]的爬灰，养小叔子的养小叔子。我什么不知道？咱们‘胳膊折了往袖子里藏’！”众小厮听他说出这些没天日的话来，唬的魂飞魄散，也不顾别的了，便把他捆起来，用土和马粪满满的填了他一嘴。

---

① 丹墀——丹：红色。墀：台阶；也称阶面。古代宫殿台阶上的地面涂成红色，叫“丹墀”。这里泛指台阶。

② 洒落洒落——数说人家的不是。

③ 挺腰子——犹言硬抗、耍威风。

④ 爬灰——公公与儿媳妇私通。

凤姐和贾蓉等也遥遥的闻得，便都装作没听见。宝玉在车上见这般醉闹，倒也有趣，因问凤姐道："姐姐，你听他说'爬灰的爬灰'，什么是'爬灰'？"凤姐听了，连忙立眉嗔目断喝道："少胡说！那是醉汉嘴里混唚[①]，你是什么样的人，不说没听见，还倒细问！等我回去回了太太，仔细捶你不捶你！"唬的宝玉忙央告道："好姐姐，我再不敢了。"凤姐道："这才是呢。等到了家，咱们回了老太太，打发你同你秦家侄儿学里念书去要紧。"说着，却自回往荣府而来。正是：

不因俊俏难为友，正为风流始读书。

① 混唚——又作"混吣"。骂人的话。牲畜呕吐叫"唚"。混唚，把别人说话比作牲畜呕吐，较骂人"胡说"更甚。

第八回

比通灵金莺微露意　探宝钗黛玉半含酸

话说凤姐和宝玉回家，见过众人。宝玉先便回明贾母秦钟要上家塾之事，自己也有了个伴读的朋友，正好发奋；又着实的称赞秦钟的人品行事，最使人怜爱。凤姐又在一旁帮着说“过日他还来拜见老祖宗”等语，说的贾母喜欢起来。凤姐又趁势请贾母后日过去看戏。贾母虽年老，却极有兴头。至后日，又有尤氏来请，遂携了王夫人、林黛玉、宝玉等过去看戏。至晌午，贾母便回来歇息了。王夫人本是好清净的，见贾母回来，也就回来了。然后凤姐坐了首席，尽欢至晚无话。

却说宝玉因送贾母回来，待贾母歇息了中觉，意欲还去看戏取乐，又恐扰的秦氏等人不便，因想起近日薛宝钗在家养病，未去亲候，意欲去望他一望。若从上房后角门过去，又恐遇见别事缠绕，再或可巧遇见他父亲，更为不妥，宁可绕远路罢了。当下众嬷嬷丫鬟伺候他换衣服，见他不换，仍出二门去了，众嬷嬷小丫鬟只得跟随出来，还只当他去那府中看戏。谁知到穿堂，便向东向北绕厅后而去。偏顶头遇见了门下清客相公[1]詹光、单聘仁二人走来，一见了宝玉，便都笑着赶上来，一个抱住腰，一个携着手，都道：“我的菩萨哥儿，我说作了好梦呢，好容

① 清客相公——清客：旧时依附于官僚富贵人家帮闲凑趣的门客。相公：这里是对读书人的一般称呼，近似“先生”。

易得遇见了你。”说着，请了安，又问好，唠叨了半日，方才走开。老嬷嬷叫住，因问：“二位是从老爷跟前来的不是？”二人点头道：“老爷在梦坡斋小书房里歇中觉呢，不妨事的。”一面说，一面走了。说的宝玉也笑了。于是转弯向北奔梨香院来。可巧银库房的总领名唤吴新登与仓上的头目名戴良，还有几个管事的头目，共有七八人，从帐房里出来，一见了宝玉赶来，都一齐垂手站立。独有一个买办名唤钱华，因他多日未见宝玉，忙上来打千儿①请安，宝玉忙含笑携他起来。众人都笑说：“前儿在一处看见二爷写的斗方儿②，字法越发好了，多早晚儿赏我们几张贴贴。”宝玉笑道：“在那里看见了？”众人道：“好几处都有，都称赞的了不得，还和我们寻呢。”宝玉笑道：“不值什么，你们说与我的小幺儿们就是了。”一面说，一面前走，众人待他过去，方都各自散了。闲言少述。

且说宝玉来至梨香院中，先入薛姨妈室中来，正见薛姨妈打点针黹与丫鬟们呢。宝玉忙请了安，薛姨妈忙一把拉了他，抱入怀内，笑说：“这们冷天，我的儿，难为你想着来，快上炕来坐着罢。”命人倒滚滚的茶来。宝玉因问：“哥哥不在家？”薛姨妈叹道：“他是没笼头的马，天天忙不了，那里肯在家一日。”宝玉道：“姐姐可大安了？”薛姨妈道：“可是呢，你前儿又想着打发人来瞧他。他在里间不是，你去瞧他去，里间比这里暖和，那里坐着，我收拾收拾就进去和你说话儿。”宝玉听说，忙下了炕来至里间门前，只见吊着半旧的红细软帘。宝玉掀帘一迈步进去，先就看见薛宝钗坐在炕上作针线，头上挽着漆黑油光的鬓儿，蜜合色棉袄，玫瑰紫二色金银鼠比肩褂，葱黄绫棉裙，一色半新不旧，看去不觉奢华。唇不点而红，眉不画而翠，脸若银盆，眼如水杏。罕言寡语，人谓藏愚；安分随时，自云守拙③。宝玉一面看，一面问：“姐姐可大愈了？”宝钗抬头只见宝玉进来，连忙起身含笑答

① 打千儿——旧时满族男子向人请安，左膝前屈，右腿后弯，上身微俯，右手下垂，行半跪礼。

② 斗方儿——一种一二尺见方的单幅笺纸，置四角于上下左右四方，写字作画其中，可张挂或收藏。

③ 藏愚、守拙——藏愚：藏智巧于愚讷的外表之中；守拙：拙于应世而淡泊自守。

说："已经大好了，倒多谢记挂着。"说着，让他在炕沿上坐了，即命莺儿斟茶来。一面又问老太太姨娘安，别的姐妹们都好。一面看宝玉头上戴着累丝嵌宝紫金冠，额上勒着二龙抢珠金抹额，身上穿着秋香色立蟒白狐腋[①]箭袖，系着五色蝴蝶鸾绦，项上挂着长命锁、记名符，另外有一块落草时衔下来的宝玉。宝钗因笑说道："成日家说你的这玉，究竟未曾细细的赏鉴，我今儿倒要瞧瞧。"说着便挪近前来。宝玉亦凑了上去，从项上摘了下来，递在宝钗手内。宝钗托于掌上，只见大如雀卵，灿若明霞，莹润如酥，五色花纹缠护。这就是大荒山中青埂峰下的那块顽石的幻相。后人曾有诗嘲云：

女娲炼石已荒唐，又向荒唐演大荒[②]。
失去幽灵真境界，幻来亲就臭皮囊[③]。
好知运败金无彩[④]，堪叹时乖玉不光[⑤]。
白骨如山忘姓氏，无非公子与红妆。

那顽石亦曾记下他这幻相并癞僧所镌的篆文，今亦按图画于后。但其真体最小，方能从胎中小儿口内衔下。今若按其体画，恐字迹过于微细，使观者大废眼光，亦非畅事。故今只按其形式，无非略展些规矩[⑥]，使观者便于灯下醉中可阅。今注明此故，方无胎中之儿口有多

---

① 狐腋——狐狸腋窝部位的皮。皮质轻软，毛色纯白，集之成裘，十分轻暖，是一种名贵的皮毛。

② "又向"句——荒唐：指荒唐的人间。演大荒：演述大荒山青埂峰顽石的故事。

③ "幻来"句——指石头幻形为通灵宝玉。幻：幻化。就：附。臭皮囊：佛教徒对人躯体的厌称，认为其中藏有痰粪等秽物，故称。这里指贾宝玉。

④ "好知"句——好知：应当知道。运败金无彩：据脂批"伏下文，又夹入宝钗，不是虚图对的工"，当指原稿后半部关于薛宝钗结局的情节。金：指金锁，寓指宝钗及金玉良缘。

⑤ 时乖玉不光——指原稿后半部贾宝玉潦倒穷困的遭遇。时乖：时运不好。

⑥ 展些规矩——放大些尺寸。规、矩：画圆和求方的两种工具，引申为比例、尺寸的意思。

大，怎得衔此狼犺[1]蠢大之物等语之谤。

宝钗看毕，又从新翻过正面来细看，口中念着："莫失莫忘，仙寿恒昌。"念了两遍，乃回头向莺儿笑道："你不去倒茶，也在这里发呆作什么？"莺儿嘻嘻笑道："我听这两句话，倒像和姑娘的项圈上的两句话是一对儿。"宝玉听了，忙笑道："原来姐姐那项圈上也有八个字，我也赏鉴赏鉴。"宝钗道："你别听他的话，没有什么字。"宝玉笑央："好姐姐，你怎么瞧我的了呢？"宝钗被缠不过，因说道："也是个人给了两句吉利话儿，所以錾上了，叫天天带着；不然，沉甸甸的有什么趣儿？"一面说，一面解了排扣，从里面大红袄上将那珠宝晶莹黄金灿烂的璎珞掏将出来。宝玉忙托了锁看时，果然一面有四个篆字，两面八字，共成两句吉谶[2]。亦曾按式画下形相。

宝玉看了，也念了两遍，又念自己的两遍，因笑问："姐姐这八个字倒真与我的是一对。"莺儿笑道："是个癞头和尚送

黄金莺

金玉巧缘

① 狼犺——形容蠢大笨重。

② 吉谶——预示吉利的话。谶：预言。

的，他说必须錾在金器上……”宝钗不待说完，便嗔他不去倒茶，一面又问宝玉从那里来。

宝玉此时与宝钗就近，只闻一阵阵凉森森甜丝丝的幽香，竟不知系何香气，遂问：“姐姐熏的是什么香？我竟从未闻见过这味儿。”宝钗笑道：“我最怕熏香，好好的衣服，熏的烟燎火气的？”宝玉道：“既如此，这是什么香？”宝钗想了一想，笑道：“是了，是我早起吃了丸药的香气”宝玉笑道：“什么丸药这么好闻？姐姐，给我一丸尝尝。”宝钗笑道：“又混闹了，一个药也是混吃的？”

一语未了，忽听外面人说：“林姑娘来了。”说犹未了，林黛玉已摇摇的走了进来，一见了宝玉，便笑道：“哎哟，我来的不巧了！”宝玉等忙起身笑让坐。宝钗因笑道：“这话怎么说？”黛玉笑道：“早知他来，我就不来了。”宝钗道：“我更不解这意。”黛玉笑道：“要来一群都来，要不来一个也不来；今儿他来了，明儿我再来，如此间错开了来着，岂不天天有人来了？也不至于太冷落，也不至于太热闹了。姐姐如何反不解这意思？”

宝玉因见他外面罩着大红羽缎[1]对衿褂子，因问：“下雪了么？”地下婆娘们道：“下了这半日雪珠儿了。”宝玉道：“取了我的斗篷来不曾？”黛玉便道：“是不是，我来了他就该去了。”宝玉笑道：“我多早晚儿说要去了？不过拿来预备着。”宝玉的奶母李嬷嬷因说道：“天又下雪，也好早晚的了，就在这里同姐姐妹妹一处玩玩罢。姨妈那里摆茶果子呢。我叫丫头去取了斗篷来，说给小幺儿们散了罢。”宝玉应允。李嬷嬷出去，命小厮

李嬷嬷

① 羽缎——又称羽毛缎，一种毛织品，疏细者称羽纱，厚密者称羽缎，着水不湿，可御雨雪。

们都各散去不提。

这里薛姨妈已摆了几样细巧茶果来留他们吃茶。宝玉因夸前日在那府里珍大嫂子的好鹅掌鸭信[1]。薛姨妈听了，忙也把自己糟的取了些来与他尝。宝玉笑道："这个须得就酒才好。"薛姨妈便令人去灌了最上等的酒来。李嬷嬷便上来道："姨太太，酒倒罢了。"宝玉央道："妈妈，我只喝一钟。"李嬷嬷道："不中用！当着老太太、太太，那怕你吃一坛呢。想那日我眼错不见一会，不知是那一个没调教的，只图讨你的好儿，不管别人死活，给了你一口酒吃，葬送的我挨了两日骂。姨太太不知道，他性子又可恶，吃了酒更弄性。有一日老太太高兴了，又尽着他吃，什么日子又不许他吃。何苦我白赔在里面。"薛姨妈笑道："老货，你只放心吃你的去，我也不许他吃多了，便是老太太问，有我呢。"一面令小丫鬟："来，让你奶奶们去，也吃一杯搪搪雪气。"那李嬷嬷听如此说，只得和众人去吃些酒水。这里宝玉又说："不必温暖了，我只爱吃冷的。"薛姨妈忙道："这可使不得，吃了冷酒，写字手打飐儿。"宝钗笑道："宝兄弟，亏你每日家杂学旁收[2]的，难道就不知道酒性最热，若热吃下去，发散的就快；若冷吃下去，便凝结在内，以五脏去暖他，岂不受害？从此还不快不要吃那冷的了。"宝玉听这话有情理，便放下冷酒，命人暖来方饮。

黛玉磕着瓜子儿，只抿着嘴笑。可巧黛玉的小丫鬟雪雁走来与黛玉送小手炉，黛玉因含笑问他："谁叫你送来的？难为他费心，那里就冻死了我！"雪雁道："紫鹃姐姐怕姑娘冷，使我送来的。"黛玉一面接了，抱在怀中，笑道："也亏你倒听他的话。我平日和你说的，全当耳旁风；怎么他说了你就依，比圣旨还快些！"宝玉听这话，知是黛玉借此奚落他，也无回复之词，只嘻嘻的笑两声罢了。宝钗素知黛玉是如此惯了的，也不去睬他。薛姨妈因道："你素日身子弱，禁不得冷的，他们记挂着你倒不好？"黛玉笑道："姨妈不知道。幸亏是姨妈这里，倘或在别人家，人家岂不恼？好说就看的人家连个手炉也没有，巴巴的从

---

① 鸭信——鸭舌头，可制成名菜。信：舌头。

② 杂学旁收——相对于应世举业的"正途"学问而言，即不去攻读《四书》《五经》时文八股而爱好诗词曲赋小说戏曲以至茶酒医药等闲杂学问。

家里送个来。不说丫鬟们太小心过余，还只当我素日是这等轻狂惯了呢。”薛姨妈道：“你是个多心的，有这样想，我就没这样心。”

说话时，宝玉已是三杯过去。李嬷嬷又上来拦阻。宝玉正在心甜意洽之时，和宝黛姊妹说说笑笑的，那肯不吃。宝玉只得屈意央告：“好妈妈，我再吃两钟就不吃了。”李嬷嬷道：“你可仔细，老爷今儿在家，提防问你的书！”宝玉听了这话，便心中大不自在，慢慢的放下酒，垂了头。黛玉先忙的说：“别扫大家的兴！舅舅若叫你，只说姨妈留着呢。这个妈妈，他吃了酒，又拿我们来醒脾[1]了！”一面悄推宝玉，使他赌气；一面悄悄的咕哝说：“别理那老货，咱们只管乐咱们的。”那李嬷嬷不知黛玉的意思，因说道：“林姐儿，你不要助着他了。你倒劝劝他，只怕他还听些。”林黛玉冷笑道：“我为什么助他？我也不犯着劝他，你这妈妈太小心了，往常老太太又给他酒吃，如今在姨妈这里多吃一口，料也不妨事。必定姨妈这里是外人，不当在这里的也未可定？”李嬷嬷听了，又是急，又是笑，说道：“真真这林姐儿，说出一句话来，比刀子还尖。你这算了什么！”宝钗也忍不住笑着，把黛玉腮上一拧，说道：“真真这个颦丫头的一张嘴，叫人恨又不是，喜欢又不是。”薛姨妈一面又说：“别怕，别怕，我的儿！来这里没好的你吃，别把这点子东西唬的存在心里，倒叫我不安。只管放心吃，都有我呢。越发吃了晚饭去，便醉了，就跟着我睡罢。”因命：“再烫热酒来！姨妈陪你吃两杯，可就吃饭罢。”宝玉听了，方又鼓起兴来。

李嬷嬷因吩咐小丫头子们：“你们在这里小心着，我家里换了衣服就来。”悄悄的回姨太太：“别由着他，多给他吃。”说着便家去了。这里虽还有三两个婆子，都是不关痛痒的，见李嬷嬷走了，也都悄悄去寻方便去了。只剩下两个小丫头子，乐得讨宝玉的欢喜。幸而薛姨妈千哄万哄的，只容他吃了几杯，就忙收过了。作了酸笋鸡皮汤，宝玉痛喝了两碗，又吃了半碗碧粳粥。一时薛林二人也吃完了饭，又酽酽的沏上茶来大家吃了，薛姨妈方放了心。雪雁等三四个丫头已吃了饭，进来伺候。黛玉因问宝玉道：“你走不走？”宝玉乜斜[2]倦眼道：“你要走，

① 醒脾——即开胃；可引申为开心。

② 乜斜——眯着眼睛，斜眼看人。

我和你一同走。”黛玉听说，遂起身道：“咱们来了这一日，也该回去了。还不知那边怎么找咱们呢。”说着，二人便告辞。

小丫头忙捧过斗笠来，宝玉便把头略低一低，命他戴上。那丫头便将着大红猩毡斗笠一抖，才往宝玉头上一合，宝玉便说：“罢，罢！好蠢东西，你也轻些儿！难道没见过别人戴过的？让我自己戴罢。”黛玉站在炕沿上道：“罗唆什么，过来，我瞧瞧罢。”宝玉忙就近前来。黛玉用手整理，轻轻笼住束发冠，将笠沿掖在抹额之上，将那一颗核桃大的绛绒簪缨扶起，颤巍巍露于笠外。整理已毕，端相了端相，说道：“好了，披上斗篷罢。”宝玉听了，方接了斗篷披上。薛姨妈忙道：“跟你们的妈妈都还没来呢，且略等等不迟。”宝玉道：“我们倒去等他们，有丫头们跟着也够了。”薛姨妈不放心，到底命两个妇女跟随他兄妹方罢。他二人道了扰，一径回至贾母房中。

贾母尚未用晚饭，知是薛姨妈处来，更加欢喜。因见宝玉吃了酒，遂命他自回房去歇着，不许再出来了。因命人好生看待着。忽想起跟宝玉的人来，遂问众人：“李奶子怎么不见？”众人不敢直说家去了，只说：“才进来的，想有事才去了。”宝玉踉跄回头道：“他比老太太还受用呢，问他作什么！没有他只怕我还多活两日。”一面说，一面来至自己的卧室。只见笔墨在案，晴雯先接出来，笑说道：“好，好，要我研了那些墨，早起高兴，只写了三个字，丢下笔就走了，哄的我们等了一日。快来与我写完这些墨才罢！”宝玉忽然想起早起的事来，因笑道：“我写的那三个字在那里呢？”晴雯笑道：“这个人可醉了。你头里过那府里去，嘱咐贴在这门斗上，这会子又这么问。我生怕别人贴坏了，我亲自爬高上梯的贴上，这会子还冻的手僵冷的呢。”宝玉听了，笑道：“我忘了。你的手冷，我替你渥着。”说着便伸手携了晴雯的手，同仰首看门斗上新书的三个字。

一时黛玉来了，宝玉笑道：“好妹妹，你别撒谎，你看这三个字那一个好？”黛玉仰头看里间门斗上新贴了三个字，写着“绛云轩”。黛玉笑道：“个个都好。怎么写的这们好了？明儿也与我写一个匾。”宝玉嘻嘻的笑道：“又哄我呢。”说着又问：“袭人姐姐呢？”晴雯向里间炕上努嘴。宝玉一看，只见袭人和衣睡着在那里。宝玉笑道：“好，太渥早了些。”因又问晴雯道：“今儿我在那府里吃早饭，有一碟子豆腐皮的包子，我想着你爱吃，和珍大奶奶说了，只说我留着晚上吃，叫人送过来的，你可吃了？”晴雯道：“快别提。一送了来，我知道是我的，偏我才吃了饭，就放在那里。后来李奶奶来了看见，说：‘宝玉未必吃了，拿来给我孙子吃去罢。’他就叫人拿了家去了。”接着茜雪捧上茶来。宝玉因让“林妹妹吃茶”。众人笑说：“林妹妹早走了，还让呢。”

宝玉吃了半碗茶，忽又想起早起的茶来，因问茜雪道：“早起沏了一碗枫露茶，我说过，那茶是三四次后才出色的，这会子怎么又沏了这个来？”茜雪道：“我原是留着的，那会子李奶奶来了，他要尝尝，就给他吃了。”宝玉听了，将手中的茶杯只顺手往地下一掷，豁啷一声，打了个粉碎，泼了茜雪一裙子的茶。又跳起来问着茜雪道：“他是你那一门子的奶奶，你们这么孝敬他？不过是仗着我小时候吃过他几日奶罢了。如今逞的他比祖宗还大了。如今我又吃不着奶了，白白的养着祖宗作什么！撵了出去，大家干净！”说着便要去立刻回贾母，撵他乳母。

原来袭人实未睡着，不过故意装睡，引宝玉来怄[①]他玩耍。先闻得说字问包子等事，也还可不必起来；后来摔了茶钟，动了气，遂连忙起来解释劝阻。早有贾母遣人来问是怎么了。袭人忙道：“我才倒茶来，被雪滑倒了，失手砸了钟子。”一面又安慰宝玉道：“你立意要撵他也好，我们也都愿意出去，不如趁势连我们一齐撵了，我们也好，你也不愁，再有好的来服侍你。”宝玉听了这话，方无了言语，被袭人等扶至炕上，脱换了衣服。不知宝玉口内还说些什么，只觉口齿缠绵，眼眉愈加饧涩，忙服侍他睡下。袭人伸手从他项上摘下那通灵玉来，用自己的手帕包好，塞在褥子底下，次日带时便冰不着脖子。那宝玉就枕便睡着了。彼时李嬷嬷等已进来了，听见醉了，不敢前来再加触犯，只悄悄的打听睡了，方放心散去。

次日醒来，就有人回：“那边小蓉大爷带了秦相公来拜。”宝玉忙接了出去，领了拜见贾母。贾母见秦钟形容标致，举止温柔，堪陪宝玉读书，心中十分欢喜，便留茶留饭，又命人带去见王夫人等。众人因素爱秦氏，今见了秦钟是这般人品，也都欢喜，临去时都有表礼。贾母又

① 怄——这里是撩拨逗弄、厮缠、磨人的意思。

与了一个荷包[1]并一个金魁星[2]，取“文星和合”[3]之意。又嘱咐他道：“你家住的远，或有一时寒热饥饱不便，只管住在这里，不必限定了。只和你宝叔在一处，别跟着那些不长进的东西们学。”秦钟一一的答应，回去禀知他父亲秦业现任营缮郎[4]，年近七十，夫人早亡。因当年无儿女，便向养生堂[5]抱了一个儿子并一个女儿。谁知儿子又死了，只剩女儿，小名唤可儿，长大时，生的形容袅娜，性格风流。因素与贾家有些瓜葛，故结了亲，许与贾蓉为妻。那秦业至五旬之上方得了秦钟。因去岁业师亡故，未暇延请高明之士，只得暂时在家温习旧课。正思要和亲家去商议送往他家塾中，暂且不致荒废，可巧遇见了宝玉这个机会。又知贾家塾中现今司塾的是贾代儒，乃当今之老儒，秦钟此去，学业料必进益，成名可望，因此十分喜悦。只是宦囊羞涩[6]，那贾家上上下下都是一双富贵眼睛，贽见礼必须丰厚，容易拿不出来，又恐误了儿子的终身大事，说不得东拼西凑的恭恭敬敬封了二十四两贽见礼[7]，亲自带了秦钟，来代儒家拜见了，然后听宝玉上学之日，好一同入塾。正是：

早知日后闲争气，岂肯今朝错读书。

① 荷包——用以装药品、香料等细小物品的扁圆形绣花小袋。

② 金魁星——黄金铸成的魁星神像，有祝颂功名顺利的意思。魁星：本作奎星，北斗第一星。

③ 文星和合——“文星”又称文昌星、文曲星，星相家以其为吉星、主文运、保功名。“和合”与荷包谐音，且为中国民间所奉喜庆吉祥之神。

④ 营缮郎——官名。明清时工部有营缮司，设郎中、员外郎等职。

⑤ 养生堂——又叫育婴堂。一种收养弃婴的慈善机构。

⑥ 宦囊羞涩——意谓做官者手头拮据。

⑦ 贽见礼——旧时学生拜见老师时所送的礼，封套上要写“贽敬”。

第　九　回

恋风流情友入家塾　起嫌疑顽童闹学堂

话说秦业父子专候贾家的人来送上学择日之信。原来宝玉急于要和秦钟相遇，却顾不得别的，遂择了后日一定上学。“后日一早请秦相公到我这里，会齐了，一同前去。”打发了人送了信。

至是日一早，宝玉起来时，袭人早把书笔文物包好，收拾得停停妥妥，坐在床沿上发闷。见宝玉醒来，只得服侍他梳洗。宝玉见他闷闷的，因笑问道：“好姐姐，你怎么又不自在了？难道怪我上学去丢的你们冷清了不成？”袭人笑道：“这是那里话。读书是极好的事，不然就潦倒一辈子，终久怎么样呢？但只一件：只是念书的时节想着书，不念的时节想着家些。别和他们一处玩闹，碰见老爷不是玩的。虽说是奋志要强，那功课宁可少些，一则贪多嚼不烂，二则身子也要保重。这就是我的意思，你可要体谅。”袭人说一句，宝玉应一句。袭人又道：“大毛衣服[①]我也包好了，交出给小子们去了。学里冷，好歹想着添换，比不得家里有人照顾。脚炉手炉的炭也交出去了，你可着他们添。那一起懒贼，你不说，他们乐得不动，白冻坏了你。”宝玉道：“你放心，出

① 大毛衣服——大毛：相对“小毛”而言，通常指白狐皮，也泛指其他狐、貂、猞猁等贵重皮毛中长毛可御严寒的直毛皮筩子。用这种皮筩子做的皮袄，叫作大毛衣服。

外头我自己都会调停的。你们也别闷死在这屋里，长和林妹妹一处去玩笑着才好。”说着，俱已穿戴齐备，袭人催他去见贾母、贾政、王夫人等。宝玉又去嘱咐了晴雯、麝月等几句，方出来见贾母。贾母也未免有几句嘱咐的话。然后去见王夫人，又出来书房中见贾政。

偏生这日贾政回家早些，正在书房中与相公清客们闲谈。忽见宝玉进来请安，回说上学里去，贾政冷笑道：“你如果再提‘上学’两个字，连我也羞死了。依我的话，你竟玩你的去是正理。仔细站脏了我这地，靠脏了我的门！”众清客相公们都早起身笑道：“老世翁何必又如此。今日世兄一去，三二年就可显身成名的了，断不似往年仍作小儿之态了。天也将饭时，世兄竟快请罢。”说着便有两个年老的携了宝玉出去。

贾政因问：“跟宝玉的是谁？”只听外面答应了两声，早进来三四个大汉，打千儿请安。贾政看时，认得是宝玉的奶母之子，名唤李贵。因向他道：“你们成日家跟他上学，他到底念了些什么书！倒念了些流言混语在肚子里，学了些精致的淘气。等我闲一闲，先揭了你的皮，再和那不长进的算账！”吓的李贵忙双膝跪下，摘了帽子，碰头有声，连连答应“是”，又回说：“哥儿已念到第三本《诗经》，什么‘呦呦鹿鸣，荷叶浮萍’，小的不敢撒谎。”说的满座哄然大笑起来。贾政也撑不住笑了。因说道：“那怕再念三十本《诗经》，也都是掩耳盗铃，哄人而已。你去请学里太爷的安，就说我说了：什么《诗经》古文[①]，一概不用虚应故事[②]，只

李贵

① 古文——通常指先秦两汉以及唐宋八大家的散文。

② 虚应故事——照旧例行事，敷衍应付。故事：犹言成例、老例。

是先把《四书》一气讲明背熟，是最要紧的。”李贵忙答应“是”。见贾政无话，方退出去。

此时宝玉独站在院外屏声静候，待他们出来，便忙忙的走了。李贵等一面掸衣服，一面说道：“哥儿听见了不曾？可先要揭我们的皮呢！人家的奴才跟主子赚些好体面，我们这等奴才白陪着挨打受骂的。从此后也可怜见些才好。”宝玉笑道：“好哥哥，你别委屈，我明儿请你。”李贵道：“小祖宗，谁敢望你请，只求听一句半句话就有了。”

说着，又至贾母这边，秦钟已早来等候着了，贾母正和他说话儿呢。于是二人见过，辞了贾母。宝玉忽想起未辞黛玉，因又忙至黛玉房中来作辞。彼时黛玉才在窗下对镜理妆，听宝玉说上学去，因笑道：“好，这一去，可定是要‘蟾宫折桂’去了。我不能送你了。”宝玉道：“好妹妹，等我下了学再吃饭。那胭脂膏子也等我来再制。”唠叨了半日，方撤身去了。黛玉忙又叫住问道：“你怎么不去辞辞你宝姐姐呢？”宝玉笑而不答，一径同秦钟上学去了。

原来这贾家之义学，离此也不甚远，不过一里之遥，原系始祖所立，恐族中子弟有贫穷不能请师者，即入此中肄业。凡族中有官爵之人，皆供给银两，按俸之多寡帮助，为学中之费。特共举年高有德之人为塾掌[①]，专为训课子弟。如今宝、秦二人来了，一一的都互相拜见过，读起书来。

自此以后，他二人同来同往，同坐同起，愈加亲密。又兼贾母爱惜，也时常的留下秦钟，住上三天五日，与自己的重孙一般疼爱。因见秦钟不甚宽裕，更又助他些衣履等物，不上一月之工，秦钟在荣府便熟了。

宝玉终是不安分之人，竟一味随心所欲，因此又发了癖性，又特向秦钟悄说道：“咱们俩个人一样的年纪，况又是同窗，以后不必论叔侄，只论弟兄朋友就是了。”先是秦钟不肯，当不得宝玉不依，只叫他“兄弟”，或叫他的表字“鲸卿”，秦钟也只得混着乱叫起来。

原来这学中虽都是本族人丁与些亲戚的子弟，俗语说的好：“一龙

---

① 塾掌——塾：私塾。旧时民间办的学校。私塾的主管者，叫“塾掌”。

生九种，九种各别[①]。”未免人多了，就有龙蛇混杂，下流人物在内。自宝、秦二人来了，都生的花朵儿一般的模样，又见秦钟腼腆温柔，未语面先红，怯怯羞羞，有女儿之风；宝玉又是天生成惯能作小服低，赔身下气，情性体贴，话语绵缠，因此二人更加亲厚，也怨不得那起同窗人起了疑，背地里你言我语，诟谇谣诼[②]，布满书房内外。

原来薛蟠自来王夫人处住后，便知有一家学，学中广有青年子弟，不免偶动了龙阳之兴[③]，因此也假来上学读书，不过是三日打鱼，两日晒网，白送些束脩礼物与贾代儒，却不曾有一些儿进益，只图结交些契弟[④]。谁想这学内就有好几个小学生，图了薛蟠的银钱吃穿，被他哄上手的，也不消多记。更又有两个多情的小学生，亦不知是那一房的亲眷，亦未考真名姓，只因生得妩媚风流，满学中都送了他两个外号，一号“香怜”，一号“玉爱”。虽都有窃慕之意，将不利于孺子之心[⑤]，只是都惧薛蟠的威势，不敢来沾惹。如今宝、秦二人一来，见了他两个，也不免缱绻羡慕，亦因知系薛蟠相知，故未敢轻举妄动。香、玉二人心中，也一般的留情与宝、秦。因此四人心中虽有情意，只未发迹。每日一入学中，四处各坐，却八目勾留，或设言托意，或咏桑寓柳[⑥]，遥以心照，却外面自为避人眼目。不意偏又有几个滑贼看出形景来，都背后挤眉弄眼，或咳嗽扬声，这也非止一日。

可巧这日代儒有事，早已回家去了，只留下一句七言对联，命学生对了，明日再来上书；将学中之事，又命贾瑞暂且管理。妙在薛蟠如今

① 一龙生九种，九种各别——俗传龙生九子不成龙，各有所好。

② 诟谇谣诼——诟谇：辱骂斥责。谣诼：造谣诽谤。

③ 龙阳之兴——即喜好男色。战国时有个叫龙阳君的人，以男色事魏王而得宠。后世因以“龙阳”代指“男色”。

④ 契弟——气味相投的兄弟。这里含有男色的意思。

⑤ 将不利于孺子之心——周武王死时，其子成王年幼，成王之叔周公旦摄政，管叔、蔡叔、霍叔等诸叔散布流言说：“公将不利于孺子。”意思是说，周公要篡夺成王的王位。这里是说有人想在这两个孩子身上打主意。孺子：小孩子；小后生。

⑥ 咏桑寓柳——借咏赞桑树来赞美柳树，喻表面称赞某一事物，实际寓托着对另一事物的真实感情。

不大来学中应卯[1]了，因此秦钟趁此和香怜挤眉弄眼，递暗号儿，二人假装出小恭，走至后院说梯己话。秦钟先问他："家里的大人可管你交朋友不管？"一语未了，只听背后咳嗽了一声。二人唬的忙回头看时，原来是窗友名金荣者。香怜本有些性急，羞怒相激，问他道："你咳嗽什么？难道不许我两个说话不成？"金荣笑道："许你们说话，难道不许我咳嗽不成？我只问你们：有话不明说，许你们这样鬼鬼祟祟的干什么故事？我可也拿住了，还赖什么？先得让我抽个头[2]儿，咱们一声儿不言语，不然就大家奋起来[3]。"秦、香二人急的飞红的脸，便问道："你拿住什么了？"金荣笑道："我现拿住了是真的。"说着，又拍着手笑嚷道："贴的好烧饼！你们都不买一个吃去？"秦钟、香怜二人又气又急，忙进去向贾瑞前告金荣，说金荣无故欺负他两个。

贾代儒　贾瑞

原来这贾瑞最是个图便宜没行止的人，每在学中以公报私，勒索子弟们请他；后又附助着薛蟠图些银钱酒肉，一任薛蟠横行霸道，他不但不去管约，反助纣为虐[4]讨好儿。偏那薛蟠本是浮萍心性，今日爱东，明日爱西，近来又有了新朋友，把香、玉二人又丢开一边。就连金荣亦是当日的好朋友，自有了香、玉二人，便弃了金荣。近日连香、玉亦已见弃。故贾瑞也无了提携帮衬之人，不说薛蟠得新弃旧，只怨香、玉二人不在薛蟠前提携帮补他，因此贾瑞金荣等一干人，也正在醋妒他

① 应卯——古代军营、官府点名都在卯时（上午五时至七时），故称点名为"点卯"。应卯：到班应名；也常引申为按例到场，应付差事。

② 抽个头——抽头，原指设局聚赌抽取头钱以获利，这里是占便宜的意思。

③ 奋起来——声张开来的意思。

④ 助纣为虐——亦作"助桀为虐"。比喻帮助恶人作坏事。桀、纣：夏、商两朝的末代君主，史称暴君。

两个。今见秦、香二人来告金荣，贾瑞心中便更不自在起来，虽不好呵叱秦钟，却拿着香怜作法，反说他多事，着实抢白了几句。香怜反讨了没趣，连秦钟也讪讪的各归座位去了。金荣越发得了意，摇头咂嘴的，口内还说许多闲话，玉爱偏又听了不忿[①]，两个人隔座咕咕唧唧的角起口来。金荣只一口咬定说："方才明明的撞见他两个在后院子里亲嘴摸屁股，两个商议定了，一对一肏，撅草根儿抽长短，谁长谁先干。"金荣只顾得意乱说，却不防还有别人。谁知早又触怒了一个，你道这个是谁？

原来是贾蔷，亦系宁府中之正派玄孙，父母早亡，从小儿跟着贾珍过活，如今长了十六岁，比贾蓉生的还风流俊俏。他弟兄二人最相亲厚，常相共处。宁府人多口杂，那些不得志的奴仆们，专能造言诽谤主人，因此不知又有什么小人诟谇谣诼之词。贾珍想亦风闻得些口声不大好，自己也要避些嫌疑，如今竟分与房舍，命贾蔷搬出宁府，自去立门户过活去了。这贾蔷外相既美，内性又聪明，虽然应名来上学，亦不过虚掩眼目而已，仍是斗鸡走狗、赏花玩柳为事。上有贾珍溺爱，下有贾蓉匡助[②]，因此族人谁敢来触逆于他？他既和贾蓉最好，今见有人欺负秦钟，如何肯依？如今自己要挺身出来报不平，心中却忖度一番，想道："金荣贾瑞一干人，都是薛大叔的相

茗烟

① 不忿——不高兴，不服气。

② 匡助——帮助，辅助。

知，向日我又与薛大叔相好，倘或我一出头，他们告诉了老薛，我们岂不伤和气？待要不管，如此谣言，说的大家没趣。如今何不用计制伏，又止息口声，又伤不了脸面。”想毕，也装作出小恭，走至外面，悄悄的把跟宝玉的书童名唤茗烟者唤到身边，如此这般，调拨他几句。

这茗烟乃是宝玉第一个得用的，且又年轻不谙世事，如今听贾蔷说金荣如此欺负秦钟，连他爷宝玉都干连在内，不给他个利害，下次越发狂纵难制了。这茗烟无故就要欺压人的，如今得了这个信，又有贾蔷助着，便一头进来找金荣，也不叫金相公了，只说：“姓金的，你是什么东西！”贾蔷遂跺一跺靴子，故意整整衣服，看看日影儿说：“是时候了。”遂先向贾瑞说有事要早走一步。贾瑞不敢强他，只得随他去了。这里茗烟先一把揪住金荣，问道：“我们肏屁股不肏屁股，管你相干，横竖没肏你爹去就罢了！你是好小子，出来动一动你茗大爷！”唬的满屋中子弟都怔怔的痴望。贾瑞忙吆喝：“茗烟不得撒野！”金荣气黄了脸，说：“反了！奴才小子都敢如此，我只和你主子说。”便夺手要去抓打宝玉、秦钟。尚未去时，从脑后飕的一声，早见一方砚瓦飞来，并不知系何人打来的，幸未打着，却又打在旁人的座上，这座上乃是贾兰、贾菌。

贾蔷

这贾菌亦系荣国府近派的重孙，其母亦少寡，独守着贾菌。这贾菌与贾兰最好，所以二人同桌而坐。谁知贾菌年纪虽小，志气最大，极是淘气不怕人的。他在座上冷眼看见金荣的朋友暗助金荣，飞砚来打茗烟，偏没打着茗烟，便落在他桌上，正打在面前，将一个磁砚水壶打了个粉碎，溅了一书墨水。贾菌如何依得？便骂：“好囚攮的们，这不都动了手了么？”骂着，也便抓起砚砖来要打回去。贾兰是个省事的，忙按住砚，极口劝道：“好兄弟，不与咱们相干。”贾菌如何忍得住？便两手抱起书匣子来，照那边抡了去。终是身小力薄，却抡不到那里，刚到宝玉、秦钟桌案上就落了下来。只听哗啷啷一声，砸在桌上，书本纸片等至于笔砚之物撒了一桌，又把宝玉的一碗茶也砸得碗碎茶流。贾菌便跳出来，要揪打那一个飞砚的。金荣此时随手抓了一根毛竹大板在手，地狭人多，那里经得舞动长板？茗烟早吃了一下，乱嚷：“你们还不来动手！”宝玉还有三个小厮：一名锄药，一名扫红，一名墨雨。这三个岂有不淘气的，一齐乱嚷：“小妇养的！动了兵器了！”墨雨遂掇[①]起一根门闩，扫红、锄药手中都是马鞭子，蜂拥而上。贾瑞急的拦一回这个，劝一回那个，谁听他的话，肆行大闹。众顽童也有趁势帮着打太平拳[②]助乐的，也有胆小藏在一边的，也有直立在桌上拍着手儿乱笑、喝着声儿叫打的，登时间鼎沸起来。

贾兰

外边李贵等几个大仆人听见里边作反起来，忙都进来一齐喝住。问是何缘故，众声不一，这一个如此说，那一个又如彼说。李贵且喝骂

① 掇——拾取。

② 打太平拳——别人打架，在旁趁机捅几下冷拳，因不易为人发觉，所以叫“打太平拳”。

了茗烟四个一顿，撵了出去。秦钟的头早撞在金荣的板上，打起一层油皮，宝玉正拿褂襟子替他揉呢，见喝住了众人，便命："李贵，收书！拉马来，我去回太爷去！我们被人欺负了，不敢说别的，守礼来告诉瑞大爷，瑞大爷反倒派我们不是，听着人家骂我们，反调唆他们打我们。茗烟见人欺负我，他岂有不为我的？他们反打伙儿打了茗烟，连秦钟的头也打破。还在这里念什么书？"

李贵劝道："哥儿不要性急。太爷既有事回家去了，这会子为这点子事去聒噪他老人家，倒显的咱们没理。依我的主意，那里事情那里了结，何必去惊动他老人家？这都是瑞大爷的不是，太爷不在这里，你老人家就是这学里的头脑了，众人看着你行事。众人有了不是，该打的打，该罚的罚，如何等闹到这步田地还不管？"贾瑞道："我吆喝着都不听。"李贵笑道："不怕你老人家恼我，素日你老人家到底有些不正经，所以这些兄弟才不听。就闹到太爷跟前去，连你老人家也是脱不过的。还不快作主意撕罗[①]开了罢！"宝玉道："撕罗什么？我必是回去的！"秦钟哭道："有金荣，我是不在这里念书的。"宝玉道："这是为什么？难道有人家来的，咱们倒来不得？我必回明白众人，撵了金荣去。"又问李贵："金荣是那一房的亲戚？"李贵想了一想道："也不用问了。若问起那一房的亲戚，更伤了兄弟们的和气。"

茗烟在窗外道："他是东胡同子里璜大奶奶的侄儿。那是什么硬正仗腰子的[②]亲戚，也来唬我们。璜大奶奶是他姑娘。你那姑妈只会打旋磨子[③]，给我们琏二奶奶跪着借当头[④]。我眼里就看不起他那样的主子奶奶！"李贵忙断喝不止，说："偏你这小狗肏的知道，有这些蛆嚼[⑤]！"宝玉冷笑道："我只当是谁的亲戚，原来是璜嫂子的侄儿，我就去问问他来！"说着便要走，叫茗烟进来包书。茗烟包着书，又得

---

① 撕罗——调停，解决。

② 硬正仗腰子的——犹言有硬的后台。仗腰子的：也作"仗腰眼子的"，指可作依仗的靠山。

③ 打旋磨子——围着人打转转，向人献殷勤的意思。

④ 借当头——旧时用实物作抵押去当铺借钱叫当或典当，用作抵押典质的东西叫当头。借别人的东西去当铺典当，叫作"借当头"。

⑤ 蛆嚼——即嚼蛆。骂人胡说八道的意思。

意道："爷也不用自己去见，等我到他家，就说老太太有话问他呢，雇上一辆车拉进去，当着老太太问他，岂不省事。"李贵忙喝道："你要死！仔细回去我好不好先捶了你，然后再回老爷太太，就说宝玉全是你调唆的。我这里好容易劝哄的好了一半了，你又来生个新法子。你闹了学堂，不说变法儿压息了才是，倒要往大里闹！"茗烟方不敢作声儿了。

此时贾瑞也怕闹大了，自己也不干净，只得委曲着来央告秦钟，又央告宝玉。先是他二人不肯。后来宝玉说："不回去也罢了，只叫金荣赔不是便罢。"金荣先是不肯，后来当不得贾瑞也来逼他去赔不是，李贵等又从旁再三好劝金荣说："原是你起的祸端，你不这样，怎得了局？"金荣强不得，只得与秦钟作了揖。宝玉还不依，偏定要磕头。贾瑞只要暂息此事，又悄悄的劝金荣说："俗语说的好：'杀人不过头点地。'你既惹出事来，少不得下点气儿，磕个头就完事了。"金荣无奈，只得进前来与秦钟磕头。且听下回分解。

第　十　回

金寡妇贪利权受辱　张太医论病细穷源

话说金荣因人多势众，又兼贾瑞勒令，赔了不是，给秦钟磕了头，宝玉方才不吵闹了。大家散了学，金荣回到家中，越想越气，说："秦钟不过是贾蓉的小舅子，又不是贾家的子孙，附学读书，也不过和我一样。他因仗着宝玉合他好，他就目中无人。他既是这样，就该行些正经事，人也没的说。他素日又和宝玉鬼鬼祟祟的，只当人都是瞎子，看不见。今日他又去勾搭人，偏偏的撞在我眼睛里。就是闹出事来，我还怕什么不成？"

他母亲胡氏听见他咕咕唧唧的说，因问道："你又要管什么闲事？好容易我和你姑妈说了，你姑妈千方百计的才向他们西府里的琏二奶奶跟前说了，你才得了这个念书的地方。若不是仗着人家，咱们家里还有力量请先生吗？况且人家学里，茶也有，饭也有。你这二年在那里念书，家里也省得好大的嚼用呢。省出来的，你又爱穿件鲜明衣服。再者，不是因你在那里念书，你就认得什么薛大爷了？那薛大爷一年不给不给，这二年也帮了咱们有七八十两银子。你如今要闹出了这个学房，再要找这么个地方，我告诉你说罢，比登天还难呢！你给我老老实实的玩一会子睡你的觉去，好多着呢。"于是金荣忍气吞声，不多一时他自去睡了。次日仍旧上学去了，不在话下。

且说他姑娘，原聘给的是贾家玉字辈的嫡派，名唤贾璜。但其族人那里皆能像宁荣二府的富势，原不用细说。这贾璜夫妻守着些小的产业，又时常到宁荣二府里去请请安，又会奉承凤姐并尤氏，所以凤姐尤氏也时常资助资助他，方能如此度日。今日正遇天气晴明，又值家中无事，遂带了一个婆子，坐上车，来家里走走，瞧瞧寡嫂并侄儿。

闲话之间，金荣的母亲便提起昨日贾家学房里的那事，从头至尾，一五一十都向他小姑子说了。这璜大奶奶不听则已，听了，一时怒从心上起，说道："这秦钟小崽子是贾门的亲戚，难道荣儿不是贾门的亲戚？人都别特势利了，况且都作的是什么有脸的好事？就是宝玉，也犯不上向着他到这个田地。等我去到东府瞧瞧我们珍大奶奶，再向秦钟他姐姐说说，叫他评评这个理。"金荣的母亲听了这话，急的了不得，忙说道："这都是我的嘴快，告诉了姑奶奶了，求姑奶奶别去说去，别管他们谁是谁非。倘或闹起来，怎么在那里站得住？若是站不住，家里不但不能请先生，反倒在他身上添出许多嚼用来呢。"璜大奶奶听了，说道："那里管得许多，你等我说了，看是怎么样！"也不容他嫂子劝，一面叫老婆子瞧了车，就坐上往宁府里来。

到了宁府，进了大门，到了东边小角门前下了车，进去见了贾珍之妻尤氏。也未敢气高，殷殷勤勤叙过寒温，说了些闲话，方问道："今日怎么没见蓉大奶奶？"尤氏说道："他这些日子不知怎么着，经期有两个多月没来。叫大夫瞧了，又说并不是喜。那两日，到了下半天就懒的动，话也懒的说，眼神也发眩。我说他：'你且不必拘礼，早晚不必照例上来，你就好生养养罢。就是有亲戚一家儿来，有我呢。就有长辈们怪你，等我替你告诉。'连蓉哥我都嘱咐了，我说：'你不许累掯[1]他，不许招他生气，叫他静静的养养就好了。他要想什么吃，只管到我这里取来。倘或我这里没有，只管望你琏二婶子那里要去。倘或他有个好歹，你再要娶这么个媳妇，这么个模样儿，这么个性情的人儿，打着灯笼也没地方找去。'他这为人行事，那个亲戚，那个一家的长辈不喜欢他？所以我这两日好不烦心，焦的我了不得。偏偏今日早晨他兄弟来瞧他，谁知那小孩子家不知好歹，看见他姐姐身上不大爽快，就有事也不该告诉他，别说是这么一点子小事，就是你受了一万分的委曲，也不

① 累掯——亦作"勒掯"。强制、逼勒的意思。

该向他说才是。谁知他们昨儿学房里打架，不知是那里附学来的一个人欺侮了他了。里头还有些不干不净的话，都告诉了他姐姐。婶子，你是知道那媳妇的：虽则见了人有说有笑，会行事儿，他可心细，又心重，不拘听见个什么话儿，都要度量个三日五夜才罢。这病就是打这个秉性上头思虑出来的。今儿听见有人欺负了他兄弟，又是恼，又是气。恼的是那群混帐狐朋狗友的扯是搬非、调三惑四的那些人；气的是他兄弟不学好，不上心读书，以致如此学里吵闹。他听了这事，今日索性连早饭也没吃。我听见了，我方到他那边安慰了他一会子，又劝解了他兄弟一会子。我叫他兄弟到那边府里找宝玉去了，我才看着他吃了半盏燕窝粥，我才过来了。婶子，你说我心焦不心焦？况且如今又没个好大夫，我想到他这病上，我心里倒像针扎似的。你们知道有什么好大夫没有？”

金氏听了这半日话，把方才在他嫂子家的那一团要向秦氏理论的盛气，早吓的丢在爪洼国①去了。听见尤氏问他有知道好大夫的话，连忙答道：“我们这么听着，实在也没见人说有个好大夫。如今听起大奶奶这个病来，定不得还是喜呢，嫂子倒别教人混治。倘或认错了，这可是了不得的。”尤氏道：“可不是呢。”正是说话间，贾珍从外进来，见了金氏，便向尤氏问道：“这不是璜大奶奶么？”金氏向前给贾珍请了安。贾珍向尤氏说道：“让这大妹妹吃了饭去。”贾珍说着话

璜大奶奶见尤氏

① 爪洼国——古代南洋国名，今属印度尼西亚。明清时，常用以喻指极遥远的地方。

儿，就往那屋里去了。金氏此来，原要向秦氏说说秦钟欺负了他侄儿的事，听见秦氏有病，不但不能说，亦且不敢提了。况且贾珍尤氏又待的很好，反转怒为喜，又说了一会子话儿，方家去了。

金氏去后，贾珍方过来坐下，问尤氏道："今日他来，有什么说的事情么？"尤氏答道："倒没说什么。一进来的时候，脸上倒像着恼的气色似的，及说了半天话，又提起媳妇这么病，他倒渐渐的气色平定了。你又叫让他吃饭，他听见媳妇这么病，也不好意思只管坐着，又说了几句闲话儿就去了，倒没求什么事。如今且说媳妇这病，你到那里寻一个好大夫来与他瞧瞧要紧，可别耽误了。现今咱们家走的这群大夫，那里要得，一个个都是听着人的口气儿，人怎么说，他也添几句文话儿说一遍。可倒殷勤的很，三四个人一日轮流着倒有四五遍来看脉。他们大家商量着立个方子，吃了也不见效，倒弄得一日换四五遍衣裳，坐起来见大夫，其实于病人无益。"

贾珍说道："可是。这孩子也糊涂，何必脱脱换换的，倘再着了凉，更添一层病，那还了得。衣裳任凭是什么好的，可又值什么呢？孩子的身子要紧，就是一天穿一套新的，也不值什么。我正要进来告诉你：方才冯紫英来看我，他见我有些抑郁之色，问我是怎么了。我才告诉他说，媳妇忽然身子有好大的不爽快，因为不得个好大夫，断不透是喜是病，又不知有妨碍无妨碍，所以我这两日心里着实着急。冯紫英因说起他有一个幼时从学的先生，姓张名友士，学问最渊博的，更兼医理极深，且能断人的生死。今年是上京给他儿子来捐官[①]，现在他家住着呢。这么看来，竟是合该媳妇的病在他手里除灾亦未可知。我即刻差人拿我的名帖请去了。今日倘或天晚了不能来，明日想必一定来。况且冯紫英又即刻回家亲自去求他，务必叫他来瞧瞧。等这个张先生来瞧瞧再说罢。"

尤氏听了，心中甚喜，因说道："后日是太爷的寿日，到底怎么样办？"贾珍说道："我方才到了太爷那里去请安，兼请太爷来家来受一受一家子的礼。太爷说：'我是清净惯了的，我不愿意往你们那是非场中去闹去。你们必定说是我的生日，要叫我去受众人些头，莫过你把我

① 捐官——封建时代向政府纳钱粮买官，叫捐官。

从前注的《阴骘文》[1]给我令人好好的写出来刊了，比叫我无故受众人的头还强百倍呢。倘或明日后日这两日一家子要来，你就在家里好好的款待他们就是了。也不必给我送什么东西来，连你后日也不必来；你要心中不安，你今日就给我磕了头去。倘或后日你要来，又跟随多少人来闹我，我必和你不依。'如此说了又说，后日我是再不敢去的了。且叫来升来，吩咐他预备两日的筵席。"尤氏因叫人叫了贾蓉来："吩咐来升照旧例预备两日的筵席，要丰丰富富的。你再亲自到西府里去请老太太、大太太、二太太和你琏二婶子来逛逛。你父亲今日又听见一个好大夫，业已打发人请去了，想必明日必来。你可将他这些日子的病症细细的告诉他。"

贾蓉一一的答应着出去了。正遇着方才去冯紫英家请那先生的小子回来了，因回道："奴才方才到了冯大爷家，拿了老爷的名帖请那先生去。那先生说道：'方才这里大爷也向我说了。但是今日拜了一天的客，才回到家，此时精神实在不能支持，就是去到府上也不能看脉。'他说等调息一夜，明日务必到府。他又说，他'医学浅薄，本不敢当此重荐，因我们冯大爷和府上的大人既已如此说了，又不得不去。你先替我回明大人就是了。大人的名帖实不敢当'，仍叫奴才拿回来了。哥儿替奴才回一声儿罢。"贾蓉转身复进去，回了贾珍尤氏的话，方出来叫了来升来，吩咐他预备两日的筵席的话。来升听毕，自去照例料理。不在话下。

且说次日午间，人回道："请的那张先生来了。"贾珍遂延入大厅坐下。茶毕，方开言道："昨承冯大爷示知老先生人品学问，又兼深通医学，小弟不胜钦敬。"张先生道："晚生粗鄙下士，本知见浅陋，昨因冯大爷示知，大人家第谦恭下士，又承呼唤，敢不奉命。但毫无实学，实增颜汗[2]。"贾珍道："先生不必过谦。就请先生进去看看儿妇，仰仗高明，以释下怀。"

---

① 《阴骘文》——相传为文昌帝君所作，是一篇宣扬因果报应的"劝善"文字。文昌帝君：又称梓潼帝君，姓张名亚子，道家说他死后成为掌握文昌府事和人间禄籍（科举等事）之神，所以元代封他为文昌帝君。

② 颜汗——或作"汗颜"。因受到称许恭维而羞愧得脸上出汗，实即"惭愧"一词的形象化表述。颜，颜面。

于是，贾蓉同了进去。到了内室，见了秦氏，向贾蓉说道：“这就是尊夫人了？”贾蓉道：“正是。请先生坐下，让我把贱内的病症说一说再看脉何如？”那先生道：“依小弟意下，竟先看脉再请教病源为是。我是初造尊府的，本也不晓得什么，但是我们冯大爷务必叫小弟过来看看，小弟所以不得不来。如今看了脉息，看小弟说的是不是，再将这些日子的病势讲一讲，大家斟酌一个方儿，可用不可用，那时大爷再定夺就是了。”贾蓉道：“先生实在高明，如今恨相见之晚。就请先生看一看脉息，可治不可治，以便使家父母放心。”于是家下媳妇们捧过大迎枕①来，一面给秦氏靠着，一面给秦氏拉着袖口，露出手脉来。先生方伸手按在右手脉上，调息了至数②，宁神细诊了半刻工夫，换过左手，亦复如是。诊毕脉息，说道：“我们外边坐罢。”

贾蓉于是同先生到外边屋里炕上坐了，一个婆子端了茶来。贾蓉道：“先生请茶。”于是陪先生吃了茶，遂问道：“先生看这脉息，还治得治不得？”先生道：“看得尊夫人脉息：左寸沉数，左关沉伏；右寸细而无力，右关虚而无神。其左寸沉数者，乃心气虚而生火；左关沉伏者，乃肝家气滞血亏。右寸细而无力者，乃肺经气分太虚；右关虚而无神者，乃脾土被肝木克制。心气虚而生火者，应现今经期不调，夜间不寐。肝家血亏气滞者，应肋下疼胀，月信过期，心中发热。肺经气分太虚者，头目不时眩晕，寅卯之间必然自汗，如坐舟中。脾土被肝木克制者，必定不思饮食，精神倦怠，四肢酸软。据我看这脉息，应当有这些症候才对。或以这个脉为喜脉，则小弟不敢闻命矣。”旁边一个贴身伏侍的婆子道：“何尝不是这样呢。真正先生说得如神，倒不用我们说的了。如今我们家里现有好几位太医老爷瞧着呢，都不能说的这样真切。有的说道是喜，有的说道是病，这位说不相干，这位又说怕冬至前后，总没有个真着话儿。求老爷明白指示指示。”

那先生笑道：“大奶奶这个症候，可是那众位耽搁了。要在初次行经的日期就用药治起来，只怕此时已全愈了。如今既是把病耽误到这

① 迎枕——中医切脉时，垫在病人手背下的小枕，亦作“迎手”。

② 调息了至数——中医诊脉，医生先要稳定自己的呼吸，叫作“调息”。一呼一吸叫作一息。正常人一息间脉搏跳动的次数叫作“至数”。调息了至数，指医生诊病时先调整好自己的呼吸，然后诊察病人在医生一息间的脉动次数。

地位，也是应有此灾。依我看来，这病尚有三分治得。吃了我的药看，若是夜里睡的着觉，那时又添了二分拿手了。据我看这脉息：大奶奶是个心性高强聪明不过的人；但聪明太过，则不如意事常有；不如意事常有，则思虑太过。此病是忧虑伤脾，肝木忒旺，经血所以不能按时而至。大奶奶从前的行经的日子问一问，断不是常缩，必是常长的。是不是？”这婆子答道：“可不是，从没有缩过，或是长两日三日，以至十日不等都长过的。”先生听了道：“妙啊！这就是病源了。从前若能够以养心调经之药服之，何至于此！这如今明显出一个水亏木旺的症候来。待用药看看。”于是写了方子，递与贾蓉，上写的是：

益气养荣补脾和肝汤：人参二钱　白术二钱，土炒　云苓三钱　熟地四钱　归身二钱，酒洗　白芍二钱，炒　川芎钱半　黄芪三钱　香附米二钱，制　醋柴胡八分　怀山药二钱，炒　真阿胶二钱，蛤粉炒　延胡索钱半，酒炒　炙甘草八分　引用建莲子七粒去心　红枣二枚

贾蓉看了，说：“高明的很。还要请教先生，这病与性命终久有妨无妨？”先生笑道：“大爷是最高明的人。人病到这个地位，非一朝一夕的症候，吃了这药也要看医缘了。依小弟看来，今年一冬是不相干的。总是过了春分，就可望全愈了。”贾蓉也是个聪明人，也不往下细问了。

于是贾蓉送了先生去了，方将这药方子并脉案都给贾珍看了，说的话也都回了贾珍并尤氏了。尤氏向贾珍说道：“从来大夫不像他说的这么痛快，想必用的药也不错。”贾珍道：“人家原不是混饭吃久惯行医的人。因为冯紫英我们好，他好容易求了他来了。既有这个人，媳妇的病或者就能好了。他那方子上有人参，就用前日买的那一斤好的罢。”贾蓉听毕话，方出来叫人抓药去煎给秦氏吃。不知秦氏服了此药病势如何，下回分解。

第十一回

庆寿辰宁府排家宴　见熙凤贾瑞起淫心

话说是日贾敬的寿辰，贾珍先将上等可吃的东西、稀奇些的果品，装了十六大捧盒，着贾蓉带领家下人等与贾敬送去，向贾蓉说道：“你留神看太爷喜欢不喜欢，你就行了礼起来，说‘父亲遵太爷的话不敢前来，在家里率领合家都朝上行了礼了’。”贾蓉听罢，即率领家人去了。

贾敬

这里渐渐的就有人来。先是贾琏、贾蔷到来看了各处的座位，并问：“有什么玩意儿没有？”家人答道：“我们爷原算计本来请太爷今日来家，所以并未敢预备玩意儿。前日听见太爷不来了，现叫奴才们找了一班小戏儿并一档子打十番的[①]，都在园子里戏台上预备着呢。”

次后邢夫人、王夫人、凤姐、宝玉

① 一档子打十番的——一班演奏十番的艺人。一档子：一班、一拨儿。十番：又称十番锣鼓，一种用乐器合奏的套曲。

都来了，贾珍并尤氏接了进去。尤氏的母亲已先在这里。大家见过了，彼此让了坐。贾珍尤氏二人递了茶，因说道："老太太原是老祖宗，我父亲又是侄儿，这样日子，原不敢请他老人家来；但是这个时候，天气又凉爽，满园的菊花盛开，请老祖宗过来散散闷，看着众儿孙热热闹闹的，是这个意思。谁知老祖宗又不赏脸。"凤姐未等王夫人开口，先说道："老太太昨日还说要来呢，因为晚上看见宝兄弟他们吃桃儿，他老人家又嘴馋了，吃了有大半个，五更天时候就一连起来了两次，今日早晨略觉身子倦些。因叫我回大爷，今日断不能来了，说有好吃的要几样，还要很烂的呢。"贾珍听了笑道："我说老祖宗是爱热闹的，今日不来，必定有个原故，若是这么着就是了。"

王夫人道："前日听见你大妹妹说，蓉哥媳妇身上有些不大好，到底是怎么样？"尤氏道："他这个病得的也奇。上月中秋还跟着老太太、太太们玩了半夜，回家来好好的。到了二十以后，一日比一日觉懒了，又懒得吃东西，这将近有半个多月。经期又有两个月没来。"邢夫人接着说道："别是喜罢？"

正说着，外头人回道："大老爷、二老爷并一家的爷们都来了，在厅上呢。"贾珍连忙出去了。

这里尤氏复说："从前大夫也有说是喜的。昨日冯紫英荐了他幼时从学过的一个先生，医道很好，瞧了说不是喜，竟是一个大症候。昨日开了方子，吃了一剂药，今日头眩的略好些，别的仍不见怎么样大见效。"

凤姐道："我说他不是十分支持不住，今日这样的日子，再也不肯不扎挣着上来。"尤氏道："你是初三日在这里见他的，他强扎挣了半天，也是因你们娘儿两个好的上头，他才恋恋的舍不得去。"凤姐听了，眼圈儿红了一会子，方说道："'天有不测风云，人有旦夕祸福'，这点年纪，倘或因这病上有个长短，人生在世有甚么趣儿？"

正说着，贾蓉进来，给邢夫人、王夫人、凤姐都请了安，方回尤氏道："方才我去给太爷送吃食去，并回说我父亲在家中伺候老爷们，款待一家子的爷们，遵太爷的话并不敢来。太爷听了甚喜欢，说：'这才是。'叫告诉父亲母亲好生伺候太爷太太们，叫我好生伺候叔叔婶子们并哥哥们。还说那《阴骘文》叫他们急急刻出来，印一万张散人。我将此话都回了我父亲了。我这会子还得快出去打发太爷们并合家爷们吃饭。”凤姐说：“蓉哥儿，你且站着。你媳妇今日到底是怎么着？”贾蓉皱皱眉儿说道：“不好么！婶子回来瞧瞧去就知道了。”于是贾蓉出去了。

这里尤氏向邢夫人、王夫人道：“太太们在这里吃饭，还是在园子里吃去？有小戏儿现预备在园子里预备着呢。”王夫人向邢夫人道：“这里很好。”尤氏就吩咐媳妇婆子们：“快摆饭来。”门外一齐答应了一声，都各人端各人的去了。不多一时，摆上了饭。尤氏让邢夫人、王夫人并他母亲都上坐了，他与凤姐、宝玉侧席坐了。邢夫人、玉夫人道：“我们来原为给大老爷拜寿，这岂不是我们来过生日来了么？”凤姐说道：“大老爷原是好养静的，已经修炼成了，也算得是神仙了。太太们这么一说，这就叫作‘心到神知’了。”一句话说的满屋里的人都笑起。

尤氏的母亲并邢夫人、王夫人、凤姐都吃毕饭，漱了口，净了手；才说要往园子里去，贾蓉进来向尤氏说道：“老爷们并众位叔叔哥哥兄弟们也都吃了饭了。大老爷说家里有事，二老爷是不爱听戏又怕人闹的慌，都才去了。别的一家子爷们都被琏二叔并蔷兄弟让过去听戏去了。方才南安郡王、东平郡王、西宁郡王、北静郡王四家王爷，并镇国公牛府等六家，忠靖侯史府等八家，都差人持名帖送寿礼来，俱回了我父亲，先收在帐房里，礼单都上了档子①了。老爷的领谢的名帖都交给各来人了，各来人也各照旧例赏过，都让吃了饭才去了。母亲该请二位太太、老娘、婶子都过园子里去坐着罢。”尤氏道：“也是才吃完了饭，就要过去了。”

凤姐说：“我回太太，我先瞧瞧蓉哥儿媳妇去，我再过去。”王夫人道：“很是。我们都要去瞧礁他，倒怕他嫌我们闹的慌，说我们问他好罢。”尤氏道：“好妹妹，媳妇听你的话，你去开导开导他，我也放心。你就快些过园子里来。”宝玉也要跟了凤姐去瞧秦氏去，王夫人

① 上了档子——档子：分门别类登记的簿册。据《清稗类钞》，清初尚无此类册籍，有事记在木片上，年久积多，用皮条穿挂，叫“档子”或“牌子”；后来写在簿册上，也相沿叫“档子”。上了档子：就是记在了簿册上。

道："你看看就过去罢，那是侄儿媳妇。"于是尤氏请了邢夫人、王夫人并他母亲都过会芳园去了。

凤姐、宝玉方和贾蓉到秦氏这边来。进了房门，悄悄的走到里间房门，秦氏见了，要站起来，凤姐说："快别起来，看头晕。"于是凤姐就紧行了两步，拉住秦氏的手，说道："我的奶奶！怎么几日不见，就瘦的这样了？"于是就坐在秦氏坐的褥子上。宝玉也问了好，在对面椅子上坐了。贾蓉叫："快倒茶来，婶子和二叔在上房还未喝茶呢。"

秦氏拉着凤姐的手，强笑道："这都是我没福。这样人家，公公婆婆当自己的女孩儿似的待。婶娘，你侄儿虽说年轻，却也是他敬我，我敬他，从来没有红过脸儿。就是一家子的长辈同辈之中，除了婶子倒不用说了，别人也从无不和我好的，这如今得了这个病，把我那要强的心一分也没了。公婆面前未得孝顺一天儿；就是婶娘这样疼我，我就有十分孝顺的心，如今也不能够了。我自想着，来必熬的过年去呢。"

宝玉正眼瞅着那《海棠春睡图》并那秦太虚写的"嫩寒锁梦因春冷，芳气袭人是酒香"的对联，不觉想起在这里睡梦到"太虚幻境"的事。正自出神，听得秦氏说了这些话，如万箭穿心，那眼泪不知不觉就流下来了。

凤姐心中虽十分难过，但恐怕病人见了反添心酸，倒不是来开导劝解的意思了。见宝玉这个样子，因说道："宝玉兄弟，你特婆婆妈妈的了。他病人不过是这么说，那里就到得这个田地了？况且能多大年纪的人，略病一病儿，就这么想那么想的，这不是自己倒给自己添病了么？"

贾蓉道："他这病也不用别的，只是吃得些饮食就不怕了。"

凤姐道："宝玉兄弟，太太叫你快过去呢。你别在这里只管这么着，倒招的媳妇也心里不好。太太那里又等着你。"因向贾蓉说道："你先同你宝叔过去罢，我还略坐一坐。"贾蓉听说，即同宝玉过会芳园来了。

这里凤姐又劝解了秦氏一番，说了许多衷肠话儿。尤氏打发人请了两三遍，凤姐才向秦氏说道："你好生养着罢，我再来看你。合该你这病要好，所以前日就有人荐了这个好大夫，再也是不怕的了。"秦氏笑道："任凭是神仙也罢，治得病治不得命。婶子，我知道我这病不过是挨日子。”凤姐说道：“你只管这么想，病那里能好呢？总要想开了才是。况且听得大夫说，若是不治，怕的是春天不好呢。如今才九月半，还有四五个月的工夫，什么病治不好呢？咱们若是不能吃人参的人家，这也难说了；你公公婆婆听见治得好，别说一日二钱人参，就是二斤也能够吃的起。好生养着罢，我过园子里去了。”秦氏又道：“婶子，恕我不能跟过去了。闲了时候还求婶子常过来瞧瞧我，咱们娘儿们坐坐，多说几遭话儿。”凤姐听了，不觉又眼圈儿一红，遂说道：“我得了闲儿必常来看你。”

于是凤姐带领跟来的婆子丫头并宁府的媳妇婆子们，从里头绕进园子的便门来。但见：

黄花满地，白柳横坡。小桥通若耶之溪，曲径接天台之路[①]。石中清流激湍，篱落飘香；树头红叶翩翻，疏林如画。西风乍紧，初罢莺啼；暖日当暄[②]，又添蛩语[③]。遥望东南，建几处依山之榭；纵观西北，结三间临水之轩[④]。笙簧[⑤]盈耳，别有幽情；罗绮[⑥]穿林，倍添韵致。

凤姐正自看园中的景致，一步步行来赞赏。猛然从假山石后走过一个人来，向前对凤姐说道：“请嫂子安。”凤姐猛然见了，将身子望后一退，说道：“这是瑞大爷不是？”贾瑞说道：“嫂子连我也不认得了？不是我是谁！”凤姐道：“不是不认得，猛然一见，不想倒是大爷到这里来。”贾瑞道：“也是合该我与嫂子有缘。我方才偷出了席，在这个清净地方略散一散，不想就遇见嫂子也从这里来。这不是有缘

---

① 若耶之溪、天台之路——若耶溪：在浙江省绍兴县南。传说春秋时越国的美女西施曾在这里浣纱。天台路：传说汉代刘晨、阮肇入天台山采药，遇到两个仙女留住半年。这里借典形容园中溪水、路径的幽美别致，反衬下文。

② 暖日当暄——温和的日光晒得正暖。当：正当。暄：暖和。

③ 蛩语——蟋蟀的鸣声。蛩：蟋蟀。

④ 榭、轩——榭：高台上建筑的房屋。轩：敞亮别致的小屋或小室。

⑤ 笙簧——笙：乐器，用瓠制成，有十三个管筒。簧：指笙管底部安装的发声器。这里用“笙簧”代指笙簧之声以形容流水声的悠扬悦耳。

⑥ 罗绮——皆丝织品。这里代指服饰华丽的人们。

么？”一面说着，一面拿眼睛不住的觑看凤姐。

凤姐是个聪明人，见他这个光景，如何不猜透八九分呢？因向贾瑞假意含笑道：“怨不得你哥哥时常提你，说你很好。今日见了，听你说这几句话儿，就知道你是个聪明和气的人了。这会子我要到太太们那里去，不得和你说话儿，等闲了咱们再说话儿罢。”贾瑞道：“我要到嫂子家里去请安，又恐怕嫂子年轻，不肯轻易见人。”凤姐假意笑道：“一家子骨肉，说什么年轻不年轻的话。”贾瑞听了这话，再不想到今日得这个奇遇，那神情光景亦发不堪的难看。凤姐说道：“你快入席去罢，看他们拿住罚酒。”贾瑞听了，身上已木了半截，慢慢的一面走着，一面回过头来看。

贾瑞戏凤姐

凤姐故意的把脚步放迟了些儿，见他去远了，心里暗忖道：“这才是知人知面不知心呢，那里有这样禽兽似的人呢。他如果如此，等几时叫他死在我的手里，他才知道我的手段！”

于是凤姐方移步前来。将转过了一重山坡，见两三个婆子慌慌张张的走来，见了凤姐，笑说道：“我们奶奶见二奶奶只是不来，急的了不得，叫奴才们又来请奶奶来了。”凤姐说道：“你们奶奶就是这么急脚鬼似的。”凤姐慢慢的走着，问：“戏唱了几出了？”那婆子回道：“有八九出了。”

说话之间，已来到了天香楼的后门，见宝玉和一群丫头在那里玩呢。凤姐说道：“宝兄弟，别特淘气了。”一个丫头说道：“太太们都在楼上坐着呢，请奶奶就从这边上去罢。”

凤姐听了，款步提衣上了楼，见尤氏已在楼梯口等着呢。尤氏笑说道："你们娘儿两个特好了，见了面总舍不得来了。你明日搬来和他住着罢。你坐下，我先敬你一钟。"于是凤姐在邢、王二夫人前告了坐，又在尤氏的母亲前周旋了一遍，仍同尤氏坐在一桌上吃酒听戏。

尤氏叫拿戏单来，让凤姐点戏，凤姐说道："亲家太太和太太们在这里，我如何敢点。"邢夫人、王夫人说道："我们和亲家太太都点了好几出了，你点两出好的我们听。"凤姐立起身来答应了一声，方接过戏单，从头一看，点了一出《还魂》[1]，一出《弹词》[2]，递过戏单去说："现在唱的这《双官诰》，唱完了，再唱这两出，也就是时候了。"

王夫人道："可不是呢，也该趁早叫你哥哥嫂子歇歇，他们又心里不静。"尤氏说道："太太们又不常过来，娘儿们多坐一会子去，才有趣儿，天还早呢。"

凤姐立起身来望楼下一看，说："爷们都往那里去了？"旁边一个婆子道："爷们才到凝曦轩，带了打十番的那里吃酒去了。"凤姐说道："在这里不便宜，背地里又不知干什么去了！"尤氏笑道："那里都像你这正经人呢。"

于是说说笑笑，点的戏都唱完了，方才撤下酒席，摆上饭来。吃毕，大家才出园子来，到上房坐下，吃了茶，方才叫预备车，向尤氏的母亲告了辞。尤氏率同众姬妾并家下婆子媳妇们方送出来；贾珍率领众子侄都在车旁侍立，等候着呢，见了邢夫人、王夫人说道："二位婶子明日还过来逛逛。"王夫人道："罢了，我们今日整坐了一日，也乏了，明日歇歇罢。"于是都上车去了。贾瑞犹不时拿眼睛觑凤姐。贾珍等都进去了后，李贵才拉过马来，宝玉骑上，随王夫人去了。这里贾珍同一家子的弟兄子侄吃过了晚饭，大家方散了。

次日，仍是众族人等闹了一日，不必细说。

此后凤姐不时来看秦氏。秦氏也有几日好些，也有几日仍是那样。

---

① 《还魂》——明代汤显祖著《牡丹亭》的第三十五出。《牡丹亭》写柳梦梅和杜丽娘的爱情故事。《还魂》一出写杜丽娘死而复生和柳梦梅结为夫妇。

② 《弹词》——清初洪昇著《长生殿》的第三十八出。《长生殿》写唐玄宗、杨贵妃的故事。《弹词》一出写唐玄宗的乐工李龟年，经"安史之乱"，流落江南，以弹琵琶卖唱为生。唱的是唐玄宗和杨贵妃的悲欢离合及唐王朝的盛衰陈迹。

贾珍、尤氏、贾蓉好不焦心。

且说贾瑞到荣府来了几次，偏都遇见凤姐往宁府那边去了。这年正是十一月三十日冬至，到交节的那几日，贾母、王夫人、凤姐天天着人去看秦氏，回来的人都说："这几日也没见添病，也不见甚好。"王夫人向贾母说："这个症候，遇着这样的大节不添病，就有好大的指望了。"贾母说："可是呢，好个孩子，要是有些原故，可不叫人疼死。"说着，一阵心酸，向凤姐说道："你们娘儿两个也好了一场，明日大初一，过了明日，后日再看看他去。细细的瞧瞧他那光景，倘或好些儿，你回来告诉我，我也喜欢喜欢。那孩子素日爱吃的，你也常叫人做些给他送过去。"凤姐一一的答应了。

到了初二日，吃了早饭，来到宁府，看见秦氏的光景，虽未甚添病，但是那脸上身上的肉全瘦尽了。于是和秦氏坐了半日，说了些闲话儿，又将这病无妨的话开导了一番。秦氏说道："好不好，春天就知道了。如今现过了冬至，又没怎么样，或者好的了也未可知。婶子回老太太、太太放心罢。昨日老太太赏的那枣泥馅的山药糕，我倒吃了两块，倒像克化[①]的动似的。"凤姐说道："明日再给你送来。我到你婆婆那里瞧瞧，就要赶着回去回老太太的话去。"秦氏道："婶子替我请老太太、太太安罢。"

凤姐答应着就出来了，到了尤氏上房坐下。尤氏道："你冷眼瞧媳妇是怎么样？"凤姐低了半日头，说道："这实在没法儿了。你也该将一应的后事给他料理料理，冲[②]一冲也好。"尤氏道："我也暗暗的预备了。就是那件东西不得好木头，暂且慢慢的办罢。"于是凤姐吃了茶，说了一会子话儿，说道："我要快回去回老太太的话去呢。"尤氏道："你可慢慢的说，别吓着老人家。"凤姐道："我知道。"

于是凤姐回来，见了贾母，说："蓉哥儿媳妇请老太太安，给老太太磕头，说他好了些了，求老祖宗放心。他再略好些，还要给老祖宗请安来呢。"贾母道："你看他是怎么样？"凤姐说："暂且无妨，精神

---

① 克化——消化。

② 冲——一种习俗，有冲散噩运之意。如为重病人预先准备丧事或提前举行婚礼等，认为可以冲掉病灾。

还好呢。”贾母听了，沉吟了半日，因向凤姐说：“你换换衣服歇歇去罢。”

凤姐答应着出来，见过了王夫人，到了家中，平儿将换的家常的衣服给凤姐换了。凤姐方坐下，问道：“家里没什么事么？”平儿方端了茶来，递了过去，说道：“没有什么事。就是那三百银子的利银，旺儿媳妇送进来，我收了。再有瑞大爷使人来打听奶奶在家没有，他要来请安说话。”

凤姐听了，哼了一声，说道：“这畜生合该作死，看他来了怎么样！”平儿因问道：“这瑞大爷是为什么只管来？”凤姐遂将九月里宁府园子里遇见他的光景，并他说的话，都告诉平儿。平儿说道：“癞蛤蟆想吃天鹅肉，没人伦的混帐东西，起这个念头，叫他不得好死！”凤姐道：“等他来了，我自有道理。”不知贾瑞来时作何光景，且听下回分解。

第十二回

王熙凤毒设相思局　贾天祥正照风月鉴

话说凤姐正与平儿说话，只见有人回说：“瑞大爷来了。”凤姐急命：“快请进来！”贾瑞见往里让，心中喜出望外，急忙进来，见了凤姐，满面陪笑，连连问好。凤姐也假意殷勤，让茶让坐。

贾瑞见凤姐如此打扮，亦发酥倒，因饧了眼问道：“二哥哥怎么还不回来？”凤姐道：“不知什么缘故。”贾瑞笑道：“别是路上有人绊住了脚，舍不得回来也未可知。”凤姐道：“可知男人家见一个爱一个也是有的。”贾瑞笑道：“嫂子这话说错了，我就不这样。”凤姐笑道：“像你这样的人能有几个呢，十个里也挑不出一个来。”贾瑞听了，喜的抓耳挠腮，又道：“嫂子天天也闷得很。”凤姐道：“正是呢，只盼个人来说话解解闷儿。”贾瑞笑道：“我倒天天闲着，天天过来替嫂子解解闷，可好不好？”凤姐笑道：“你哄我呢，你那里肯往我这里来？”贾瑞道：“我在嫂子跟前，若有一点谎话，天打雷劈！只因素日闻得人说，嫂子是个利害人，在你跟前一点也错不得，所以唬住了我。如今见嫂子最是有说有笑极疼人的，我怎么不来？死了也愿意的！”凤姐笑道：“果然你是明白人，比蓉儿兄弟两个强远了。我看他那样清秀，只当他们心里明白，谁知竟是两个胡涂虫，一点不知人心。”

贾瑞听了这话，越发撞在心坎上，由不得又往前凑了一凑，觑眼看凤姐的荷包，然后又问带的什么戒指。凤姐悄悄道：“放尊重些，别叫丫头们看见笑话。”贾瑞如听纶音[1]佛语一般，忙往后退。凤姐笑道：“你该去了。”贾瑞说：“我再坐一坐儿。——好狠心的嫂子。”凤姐又悄悄的道：“大天白日，人来人往，你就在这里也不方便。你且去，等着晚上起了更你来，悄悄的在西边穿堂儿里等我。”贾瑞听了，如得珍宝，忙问道：“你别哄我。但只是那里人过的多，怎么好躲的？”凤姐道：“你只管放心。我把上夜的小厮们都放了假，两边门一关，再没别人了。”贾瑞听了，喜之不尽，忙忙的告辞而去，心内以为得手。

王熙凤

盼到晚上，果然黑地里摸入荣府，趁掩门时，钻入穿堂。果见魆黑无人，往贾母那边去的门户已锁，倒只有向东的门未关。贾瑞听着，半日不见人来，忽听咯噔一声，东边的门也关了。贾瑞急的也不敢则声，只得悄悄的出来，将门撼了撼，关的铁桶一般。此时要求出去亦不能够，南北皆是大房墙，要跳亦无攀援。这屋内又是过堂风，空落落；现是腊月天气，夜又长，朔风凛凛，侵肌裂骨，一夜几乎不曾冻死。好容易盼到早晨，只见一个老婆子先将东门开了进来，去叫西门。贾瑞瞅他背着脸，一溜烟抱着肩跑了出来，幸而天气尚早，人都未起，从后门一径跑回家去。

原来贾瑞父母早亡，只有他祖父代儒教养。那代儒素日教训最严，不许贾瑞多走一步，生怕他在外吃酒赌钱，有误学业。今忽见他一夜不归，只料定他在外非饮即赌，嫖娼宿妓，那里想到这段公案，因此气了

① 纶音——皇帝的命令。纶：古代缚印玺或帷幕用的带子。

一夜。贾瑞也捻着一把汗，少不得回来撒谎，只说："往舅舅家去了，天黑了，留我住了一夜。"代儒道："自来出门，非禀我不敢擅出，如何昨日私自去了？据此亦该打，何况是撒谎。"因此，发狠到底打了三四十板，还不许吃早饭，令他跪在院内读文章，定要补出十天的功课来方罢。贾瑞直冻了一夜，今又遭了苦打，且饿着肚子，跪着在风地里读文章，其苦万状。

此时贾瑞前心犹未改，再想不到是凤姐捉弄他的。过后两日，得了空，仍来找凤姐。凤姐故意抱怨他失信，贾瑞急的赌神罚咒。凤姐因见他自投罗网，少不得再寻别计令他知改，故又约他道："今日晚上，你别在那里了。你在我这房后小过道子里那间空屋里等我，可别冒失了。"贾瑞道："果然？"凤姐道："谁可哄你，你不信就别来。"贾瑞道："来，来，来，就死也要来！"凤姐道："这会子你先去罢。"贾瑞料定晚间必妥，此时先去了。凤姐在这里便点兵派将，设下圈套。

那贾瑞只盼不到晚上，偏生家里又有亲戚来了，直吃了晚饭才去，那天已有掌灯时分。又等他祖父安歇了，方溜进荣府，直往那夹道中屋子里来等着，就像那热锅上的蚂蚁一般。只是干转，左等不见人影，右听也没个声音，心下自思道："别是又不来了，又冻我一夜不成？"正自胡猜，只见黑魆魆的来了一个人，贾瑞便想定是凤姐，不管青红皂白，等那人刚至门前，便如饿虎扑食、猫儿捕鼠的一般，抱住叫道："我的亲嫂子，等死我了。"说着，抱到屋里炕上就亲嘴扯裤子，满口里"亲娘""亲爹"的乱叫起来。那人只不作声。贾瑞拉了自己裤子，硬帮帮的就想顶入。忽见灯光一闪，只见贾蔷举着个火纸捻子[①]照道："谁在屋里？"只见炕上那人笑道："瑞大叔要肏我呢。"贾瑞一见，却是贾蓉，直臊得无地可入，不知要怎么样才好，回身就要跑，被贾蔷一把揪住道："别走！如今琏二婶已经告到太太跟前，说你无故调戏他。他暂用了个脱身计，哄你在这边等着，太太气死过去，因此叫我来拿你。刚才你又拦住他，没的说，跟我去见太太！"

贾瑞听了，魂不附体，只说："好侄儿，只说没有见我，明日我重重的谢你。"贾蔷道："你若谢我，放你不值什么，只不知你谢我多

① 捻子——这里指引火用的纸卷儿。

少？况且口说无凭，写一文契来。”贾瑞道：“这如何落纸呢？”贾蔷道：“这也不妨，写一个赌钱输了外人账目，借头家银若干两便罢。”贾瑞道：“这也容易。只是此时无纸笔。”贾蔷道：“这也容易。”说毕，翻身出来，纸笔现成，拿来命贾瑞写。他两做好做歹，只写了五十两，然后画了押，贾蔷收起来。

然后撕掳贾蓉。贾蓉先咬定牙不依，只说：“明日告诉族中的人评评理。”贾瑞急的直叩头。贾蔷做好做歹的，也写了一张五十两欠契才罢。

贾蔷又道：“如今要放你，我就担着不是。老太太那边的门早已关了，老爷正在厅上看南京的东西，那一条路定难过去，如今只好走后门。若这一走，倘或遇见了人，连我也完了。等我们先去哨探哨探，再来领你。这屋你还藏不得，少时就来堆东西。等我寻个地方。”说毕，拉着贾瑞，仍熄了火，出至院外，摸着大台矶底下，说道：“这窝儿里好，你只蹲着，别哼一声，等我们来再动。”说毕，二人去了。

贾瑞此时身不由己，只得蹲在那里。心下正盘算。只听头顶上一声响，哗拉拉一净桶尿粪从上面直泼下来，可巧浇了他一头一身。贾瑞掌不住哎哟了一声，忙又掩住口，不敢声张，满头满脸浑身皆是尿粪，冰冷打战。只见贾蔷跑来叫：“快走，快走！”贾瑞如得了命，三步两步从后门跑到家里，天已三更，只得叫门。开门人见他这般景况，问是怎的了？少不得扯谎说：“黑了，失脚掉在茅厕里了。”一面到了自己房中更衣洗濯，心下方想到是凤姐玩他，因此发一回恨；再

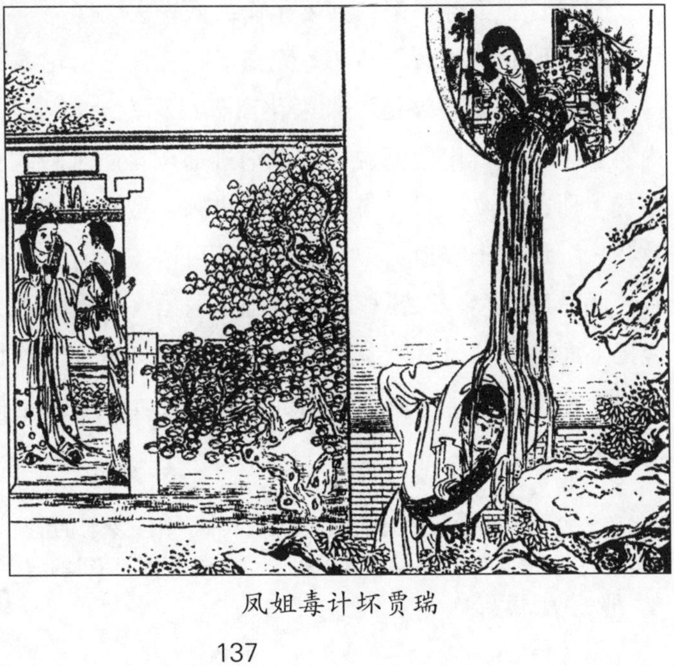

凤姐毒计坏贾瑞

想想凤姐的模样儿，又恨不得一时搂在怀内，一夜竟不曾合眼。

自此满心想凤姐，只不敢往荣府去了。贾蓉两个常常的来索银子，他又怕祖父知道，正是相思尚且难禁，更又添了债务；日间功课又紧，他二十来岁人，尚未娶亲，迩来想着凤姐，未免有那“指头告了消乏[①]”等事；更兼两回冻恼奔波，因此三五下里夹攻，不觉就得了一病：心内发膨胀，口中无滋味，脚下如绵，眼中似醋，黑夜作烧，白昼常倦，下溺连精，嗽痰带血。诸如此症，不上一年都添全了。于是不能支持，一头睡倒，合上眼还只梦魂颠倒，满口乱说胡话，惊怖异常。百般请医疗治，诸如肉桂、附子、鳖甲、麦冬、玉竹等药，吃了有几十斤下去，也不见个动静。

倏又腊尽春回，这病更又沉重。代儒也着了忙，各处请医疗治，皆不见效。因后来吃“独参汤[②]”，代儒如何有这力量，只得往荣府来寻。王夫人命凤姐秤二两给他，凤姐回说：“前儿新近都替老太太配了药，那整的太太又说留着送杨提督的太太配药，偏生昨儿我已送了去了。”王夫人道：“就是咱们这边没了，你打发个人往你婆婆那边问问，或是你珍大哥哥那府里再寻些来，凑着给人家。吃好了，救人一命，也是你的好处。”凤姐听了，也不遣人去寻，只得将些渣末泡须凑了几钱，命人送去，只说：“太太送来的，再也没了。”然后回王夫人，只说：“都寻了来，共凑了有二两送去。”

那贾瑞此时要命心甚切，无药不吃，只是白花钱，不见效。

忽然这日有个跛足道人来化斋，口称专治冤业之症[③]。贾瑞偏生在内听见了，直着声叫喊说：“快请进那位菩萨来救我！”一面叫，一面在枕上叩首。众人只得带了那道士进来。贾瑞一把拉住，连叫：“菩萨救我！”那道士叹道：“你这病非药可医。我有个宝贝与你，你天天看时，此命可保矣。”说毕，从褡裢中取出一面镜子来，两面皆可照人，镜把上面錾着“风月宝鉴”四字，递与贾瑞道：“这物出自太虚幻境空灵殿上，警幻仙子所制，专治邪思妄动之症，有济世保生之功。所以带

---

① 指头告了消乏——手淫。

② 独参汤——中医方剂名。治元气大亏、阳气暴脱的危症。

③ 冤业之症——迷信说法，由于“结冤造孽”而得的病症。业：同“孽”，罪过、邪恶的意思。

他到世上，单与那些聪明杰俊、风雅王孙等看照。千万不可照正面，只照他的背面，要紧，要紧！三日后吾来收取，管叫你好了。”说毕，佯常而去[1]，众人苦留不住。

贾瑞收了镜子，想道：“这道士倒有意思，我何不照一照试试。”想毕，拿起“风月宝鉴”来，向反面一照，只见一个骷髅立在里面，唬得贾瑞连忙掩了，骂：“道士混帐，如何唬我！我倒再照照正面是什么。”想着，又将正面一照，只见凤姐站在里面招手叫他。贾瑞心中一喜，荡悠悠的觉得进了镜子，与凤姐云雨一番，凤姐仍送他出来。到了床上，哎哟了一声，一睁眼，镜子从手里掉过来，仍是反面立着一个骷髅。贾瑞自觉汗津津的底下已遗了一滩精。心中到底不足，又翻过正面来，只见凤姐还招手叫他，他又进去。如此三四次。到了这次，刚要出镜子来，只见两个人走来，拿铁锁把他套住，拉了就走。贾瑞叫道：“让我拿了镜子再走。”只说了这句，就再不能说话了。

旁边伏侍贾瑞的众人，只见他先还拿着镜子照，落下来，仍睁开眼拾在手内，末后镜子落下来便不动了。众人上来看时，已没了气了，身子底下冰凉渍湿一大滩精，这才忙着穿衣抬床。

代儒夫妇哭的死去活来，大骂道士，“是何妖镜！若不早毁此物，遗害于世不小。”遂命架火来烧，只听镜内哭道：“谁叫你们瞧正面了？你们自己以假为真，何苦来烧我！”正哭着，只见那跛足道人从外跑来，喊道：“谁敢毁‘风月宝鉴’，吾来救也！”说着，直入中堂，抢入手内，飘然去了。

当下，代儒料理丧事，各处去报丧。三日起经[2]，七日发引[3]，寄灵于铁槛寺，日后带回原籍。当下贾家众人齐来吊问，荣国府贾赦赠银二十两，贾政亦是二十两。宁国府贾珍亦有二十两，别者族中人贫富不一，或三两或五两，不可胜数。另有各同窗家分资，也凑了二三十两。代儒家道虽然淡薄，倒也丰丰富富完了此事。

---

① 佯常而去——大模大样地离去。佯常：同“扬长”。或谓佯常亦作“常佯”“倘佯”，意为徘徊、盘旋，自由自在地往来。

② 起经——旧俗，人死后第三天，开始请和尚道士念经，叫起经。

③ 发引——出殡时，送丧人牵着引索作前导，把灵柩从停放的地方运出，叫发引。引：牵引灵柩的索子。

谁知这年冬底，林如海的书信寄来，却为身染重疾，写书特来接林黛玉回去。贾母听了，未免又加忧闷，只得忙忙的打点黛玉起身。宝玉大不自在，怎奈父女之情，也不好拦阻的。于是贾母定要贾琏送他去，仍叫带回来。一应土仪盘缠[①]，不消烦说，自然要妥帖。作速择了日期，贾琏与林黛玉辞别了贾母等，带领仆从，登舟往扬州去了。要知端的，且听下回分解。

① 土仪盘缠——用土产作为赠人的礼物叫土仪。仪：礼物。盘缠：即盘川，旅费。

第十三回

秦可卿死封龙禁尉　王熙凤协理宁国府

话说凤姐自贾琏送黛玉往扬州去后，心中实在无趣，每到晚间，不过和平儿说笑一回，就胡乱睡了。

这日夜间，正和平儿灯下拥炉倦绣，早命浓薰绣被，二人睡下，屈指算行程该到何处，不知不觉已交三鼓。平儿已睡熟了。凤姐方觉星眼微朦，恍惚只见秦氏从外走了进来，含笑说道："婶子好睡！我今日回去，你也不送我一程。因娘儿们素日相好，我舍不得婶婶，故来别你一别。还有一件心事未了，非告诉婶婶，别人未必中用。"

秦可卿

凤姐听了，恍惚问道："有何心事？你只管托我就是了。"秦氏道："婶婶，你是个脂粉队里的英雄，连那些束带顶冠的男子也不能及你，你如何连两句俗语也不晓得？常言'月满则亏，水满则溢'；又道是'登高必跌重'。如今我们家赫赫扬扬，已将百载，一日倘或乐极悲生，若应了那句‘树倒猢狲散’的俗语，岂不虚称了一世的诗书旧族了？”凤姐听了此话，心胸不快，十分敬畏，忙问道：“这话虑的极是，但有何法可以永保无虞？”秦氏冷笑道：“婶婶好痴也。否极泰来[①]，荣辱自古周而复始，岂人力能可保常的？但如今能于荣时筹画下将来衰时的世业，亦可能常保永全了。即如今日诸事都妥，只有两件未妥，若把此事如此一行，则后日可保永全了。”

凤姐便问何事。秦氏道：“目今祖茔虽四时祭祀，只是无一定钱粮；第二，家塾虽立，无一定供给。依我想来，如今盛时固不缺祭祀供给，但将来败落之时，此二项有何出处？莫若依我定见，趁今日富贵，将祖茔附近多置田庄房舍地亩，以备祭祀供给之费皆出自此处，将家塾亦设于此。会同族中长幼，大家定了则例，日后按房掌管这一年的地亩、钱粮、祭祀、供给之事。如此周流，又无争竞，亦不有典卖等弊。便是有了罪，凡物皆可入官，这祭祀产业连官也不入的。便败落下来，子孙回家读书务农，也有个退步，祭祀又可永继。若目今以为荣华不绝，不思后日，终非长策。眼见不日又有一件非常喜事，真是烈火烹油、鲜花着锦之盛。要知道，也不过是瞬息的繁华，一时的欢乐，万不可忘了那‘盛筵必散’的俗语。此时若不早为后虑，临期只恐后悔无益了。”凤姐忙问：“有何喜事？”秦氏道：“天机不可泄漏。只是我与婶婶好了一场，临别赠你两句话，须要记着。”因念道：

三春去后诸芳尽，各自须寻各自门。

凤姐还欲问时，只听二门上传事的云板连叩四下[②]，正是丧音，将凤姐惊醒。人回说：“东府蓉大奶奶没了。”凤姐闻听，唬了一身冷汗，出了一回神，只得忙忙的穿衣，往王夫人处来。

彼时合家皆知，无不纳罕，都有些疑心。那长一辈的想他素日孝

---

① 否极泰来——意思是情况坏到极点，就会往好的方面转化。否、泰：《周易》中的两个卦名。“否”，表示滞塞、坏运气、凶险；“泰”，表示亨通、好运气、吉利。

② 云板连叩四下——报凶丧大事的讯号。旧俗吉事常用三数，凶事常用四数，有“神三鬼四”之说。

顺，平一辈的想他素日和睦亲密，下一辈的想他素日慈爱，以及家中仆从老小想他素日怜贫惜贱、慈老爱幼之恩，莫不悲嚎痛哭者。

秦可卿

闲言少叙，却说宝玉因近日林黛玉回去，剩得自己孤恓，也不和人玩耍，每到晚间便索然睡了。如今从梦中听见说秦氏死了，连忙翻身爬起来，只觉心中似戳了一刀的，忍不住哇的一声，直喷出一口血来。袭人等慌了，忙上来搀扶，问是怎么样了，又要回贾母来请大夫。宝玉道："不用忙，不相干，这是急火攻心，血不归经[①]。"说着便爬起来，要衣服换了，来见贾母，即时要过去。袭人见他如此，心中虽放不下，又不敢拦，只是由他罢了。贾母见他要去，因说："才咽气的人，那里不干净；二则夜里风大，等明早再去不迟。"宝玉那里肯依？贾母命人备车，多派跟随人役，拥护前来。

一直到了宁国府前，只见府门大开，两边灯笼照如白昼，乱烘烘人来人往，里面哭声摇山振岳。宝玉下了车，忙忙奔至停灵之室，痛哭一番，然后见过尤氏。谁知尤氏正犯了胃疼旧疾，睡在床上，然后出来见贾珍。彼时贾代儒、贾代修、贾敕、贾效、贾敦、贾赦、贾政、贾琮、贾、贾珩、贾珖、贾琛、贾琼、贾璘、贾蔷、贾菖、贾菱、贾芸、贾芹、贾蓁、贾萍、贾藻、贾蘅、贾芬、贾芳、贾兰、贾菌、贾芝等都来了。贾珍哭的泪人一般，正和贾代儒等说道："合家大小，远近亲友，谁不知我这媳妇比儿子还强十倍？如今伸腿去了，可见这长房内绝灭无人了。"说着又哭起来。众人忙劝道："人已辞世，哭也无益，且商议

① 急火攻心，血不归经——中医病症名。中医认为人的情绪受到突如其来的刺激，可以引起情志之火内发，而使心火肝火亢盛，干扰正常营血，逼血妄行，就会出现吐血、出鼻血等症状。但这只是一时的现象，与虚劳损伤引起的吐血不同。所以宝玉说"不用忙，不相干"。

如何料理要紧。”贾珍拍手道：“如何料理？不过尽我所有罢了！”

正说着，只见秦业、秦钟并尤氏的几个眷属尤氏姊妹也都来了。贾珍便命贾琼、贾琛、贾璘、贾蔷四个人去陪客，一面吩咐去请钦天监阴阳司[①]来择日。择准停灵七七四十九日，三日后开丧送讣闻。这四十九日，单请一百单八众禅僧在大厅上拜大悲忏[②]，超度前亡后化诸魂，以免亡者之罪；另设一坛于天香楼上，是九十九位全真道士[③]，打四十九日解冤洗业醮[④]。然后停灵于会芳园中，灵前另外五十众高僧、五十位高道，对坛按七作好事[⑤]。那贾敬闻得长孙媳死了，因自为早晚就要飞升，如何肯又回家染了红尘，将前功尽弃呢？因此并不在意，只凭贾珍料理。

贾珍见父亲不管，亦发恣意奢华。看板时，几副杉木板皆不中用。可巧薛蟠来吊问，因见贾珍寻好板，便说道：“我们木店里有一副板，叫作什么樯木，出在潢海铁网山上，作了棺材，万年不坏。这还是当年先父带来，原系义忠亲王老千岁要的，因他坏了事[⑥]，就不曾拿去。现在还封在店内，也没有人出价敢买。你若要，就抬来使罢。”贾珍听说，喜之不尽，即命人抬来。大家看时，只见帮底皆厚八寸，纹若槟榔，味若檀麝，以手扣之，叮 两两——指芭蕉与海棠。

如金玉。大家都奇异称赏。贾珍笑问：“价值多少？”薛蟠笑道：“拿一千两银子来，只怕也没处买去。什么价不价，赏他们几两工钱就

---

① 钦天监阴阳司——钦天监：明清时代的官署名，主管观天文、定历数、卜吉凶、辨禁忌等事。阴阳司：作者虚拟的官署名。

② 拜大悲忏——拜忏：请僧众念经拜佛，代人消灾或超度亡魂的一种宗教活动。拜大悲忏：是在拜忏时念“大悲咒”。

③ 全真道士——本指道士中信奉全真教派的人，后来也作为各派道士的通称。全真教：系道教的北宗，是南宋时金道士王喆所创，杂糅儒家的忠孝、佛教的戒律和道教的丹鼎而成。

④ 打醮——旧时请僧道设坛念经，祈福消灾、超度亡魂的一种宗教仪式。

⑤ 按七作好事——旧时迷信，认为人死后还会转生。从刚死之日算起，每七天为一期，期满后即再降生；若一期届满未得生缘，须再等一期；最多到第七期，必定降生。由于从已死到再生之间祸福未定，所以死者的亲属每隔七天要设奠一次，请僧道替死者诵经修福，直到七七为止。

⑥ 坏了事——这里指因获罪而被革去官爵。

是了。”贾珍听说，忙谢不尽，即命解锯糊漆。贾政劝道：“此物恐非常人可享者，殓以上等杉木也就是了。”此时贾珍恨不能代秦氏之死，这话如何肯听？

因忽又听得秦氏之丫鬟名唤瑞珠者，见秦氏死了，他也触柱而亡。此事可罕，合族人也都称叹。贾珍遂以孙女之礼殓殡，一并停灵于会芳园中之登仙阁。小丫鬟名宝珠者，因见秦氏身无所出，乃甘心愿为义女，誓任摔丧驾灵[①]之任。贾珍喜之不尽，即时传下，从此皆呼宝珠为小姐。那宝珠按未嫁女之丧，在灵前哀哀欲绝。于是，合族人丁并家下诸人，都各遵旧制行事，自不得紊乱。

瑞珠

贾珍因想着贾蓉不过是个黉门监[②]，灵幡经榜上写时不好看，便是执事[③]也不多，因此心中甚不自在。可巧这日正是首七第四日，早有大明宫掌宫内相[④]戴权，先备了祭礼遣人来，次后坐了大轿，打伞鸣锣，亲来上祭。贾珍忙接着，让至逗蜂轩献茶。贾珍心中打算定了主意，因而趁便就说要与贾蓉捐个前程的话。戴权会意，因笑道：“想是为丧礼上风光些？”贾珍忙笑道：“老内相所见不差。”戴权道：“事倒凑巧，正有个美缺。如今三百员龙禁尉短了两员，昨儿襄阳侯的兄弟老三来求我，现拿了一千五百两银子送到我家里。你知道，咱们都是老相与，不拘怎么样，看着他爷爷的分上，胡乱应了。还剩了一个缺，谁知永兴节度使冯胖子

① 摔丧驾灵——旧日出殡，将起动棺材时，先由主丧孝子在灵前摔碎瓦盆一只，叫作“摔丧”，也称“摔盆”。主丧孝子亲自抬扶灵柩或牵引灵车叫作“驾灵”。后来，主丧孝子只在灵柩前领路，也称“驾灵”。

② 黉门监——监生。本指在明清时代最高学府国子监读书的学生，后来也可以捐钱买得，不一定要在国子监里读书。黉：古代学校名。

③ 执事——这里指仪仗，有时也指差事或当差的人。

④ 内相——本为翰林的别称。这里是对太监的尊称。

来求我，要与他孩子捐，我就没工夫应他。既是咱们的孩子要捐，快写个履历来。”贾珍听说，忙吩咐：“快命书房里人恭敬写了大爷的履历来。”小厮不敢怠慢，去了一刻，便拿了一张红纸来与贾珍。贾珍看了，忙送与戴权。看时，上面写道：

江南江宁府江宁县监生贾蓉，年二十岁。曾祖，原任京营节度使世袭一等神威将军贾代化；祖，乙卯科进士贾敬；父，世袭三品爵威烈将军贾珍。

戴权

戴权看了，回手便递与一个贴身的小厮收了，说道：“回来送与户部堂官[①]老赵，说我拜上他，起一张五品龙禁尉的票，再给个执照，就把这履历填上，明儿我来兑银子送去。”小厮答应了，戴权也就告辞了。贾珍十分款留不住，只得送出府门。临上轿，贾珍因问：“银子还是我到部兑，还是一并送入老内相府中？”戴权道：“若到部里，你又吃亏了。不如平准一千二百银子，送到我家就完了。”贾珍感谢不尽，说：“待服满[②]后，亲带小儿到府叩谢。”于是作别。

接着，又听喝道之声，原来是忠靖侯史鼎的夫人来了。王夫人、邢夫人、凤姐等刚迎入上房，又见锦乡侯、川宁侯、寿山伯三家祭礼摆在灵前。少时，三人下轿，贾珍等忙接上大厅。如此亲朋你来我去，也不能胜数。只这四十九日，宁国府街上一条白漫漫人来人往，花簇簇官去官来。

---

① 堂官——明、清时代称各衙署的长官叫堂官。

② 服满——指服丧期满。

贾珍命贾蓉次日换了吉服，领凭回来。灵前供用执事等物，俱按五品职例。灵牌疏上皆写“天朝诰授贾门秦氏恭人[①]之灵位”。会芳园临街大门大开，旋在两边起了鼓乐厅，两班青衣按时奏乐，一对对执事摆的刀斩斧齐。更有两面朱红销金大字牌对竖在门外，上面大书：“防护内廷紫禁道御前侍卫龙禁尉”。对面高起着宣坛[②]，僧道对坛榜文，榜上大书“世袭宁国公冢孙[③]妇、防护内廷御前侍卫龙禁尉贾门秦氏恭人之丧。四大部洲[④]至中之地、奉天承运太平之国，总理虚无寂静教门僧录司正堂万虚、总理元始三一教门道录司[⑤]正堂叶生等，敬谨修斋，朝天叩佛”，以及“恭请诸伽兰[⑥]、揭谛[⑦]、功曹[⑧]等神，圣恩普锡，神威远镇，四十九日消灾洗业平安水陆道场[⑨]”等语，亦不消烦记。

只是贾珍虽然此时心意满足，但里面尤氏又犯了旧疾，不能料理事务，惟恐各诰命[⑩]来往，亏了礼数，怕人笑话，因此心中不自在。当下正忧虑时，因宝玉在侧问道：“事事都算安贴了，大哥哥还愁什么？”贾珍见问，便将里面无人的话说了出来。宝玉听说笑道：“这有何难？我荐一个人与你权理这一个月的事，管必妥当。”贾珍忙问：“是谁？”宝玉见座间还有许多亲友，不便明言，走至贾珍耳边说了两句。贾珍听了喜不自禁，连忙起身笑道：“果然妥贴，如今就去。”说着拉

---

① 恭人——封建时代，妇女根据丈夫或子孙的官职品级受封赠。明、清时四品官的妻子叫“恭人”，五品官的妻子叫“宜人”。贾蓉是五品龙禁尉，秦氏本应称“宜人”，此处明写“恭人”，或隐含讽喻。

② 宣坛——僧道讲经作法时所设置的台子。

③ 冢孙——嫡长孙。冢：大，引申为嫡长之意。

④ 四大部洲——印度古代传说，称人类所居的世界为四大部洲。

⑤ 僧录司、道录司——明、清时代掌管全国僧道事务的最高官衙。

⑥ 伽兰——梵语僧伽摩兰的简称。意思是僧众居住的园林、寺院。这里指卫护园林、寺院的伽兰神。

⑦ 揭谛——佛教传说中的护法猛神。

⑧ 功曹——也称“四值功曹”。道教传说他们是值年、月、日、时的神，掌管传递人间呈文给玉皇大帝。

⑨ 水陆道场——又叫水陆斋，简称水陆，是一种用诵经拜佛、施舍斋食来“超度”所谓水陆二界鬼众的佛教迷信活动。

⑩ 诰命——本指皇帝赐爵授官的诏令，在此义同“命妇”，代指受皇帝封赠的贵妇人。

了宝玉，辞了众人，便往上房里来。

可巧这日非正经日期[1]，亲友来的少，里面不过几位近亲堂客，邢夫人、王夫人、凤姐并合族中的内眷陪坐。闻人报："大爷进来了。"唬的众婆娘唿的一声，往后藏之不迭，独凤姐款款站了起来。贾珍此时也有些病症在身，二则过于悲痛了，因拄个拐踱了进来。邢夫人等因说道："你身上不好，又连日事多，该歇歇才是，又进来做什么？"贾珍一面扶拐，扎挣着要蹲身跪下请安道乏。邢夫人等忙叫宝玉搀住，命人挪椅子来与他坐。

贾珍断不肯坐，因勉强陪笑道："侄儿进来有一件事要求二位婶娘并大妹妹。"邢夫人等忙问："什么事？"贾珍忙笑道："婶子自然知道，如今孙子媳妇没了，侄儿媳妇偏又病倒，我看里头着实不成个体统。怎么屈尊大妹妹一个月，在这里料理料理，我就放心了。"邢夫人笑道："原来为这个。你大妹妹现在你二婶子家，只和你二婶子说就是了。"王夫人忙道："他一个小孩子家，何曾经过这些事？倘或料理不清，反叫人笑话，倒是再烦别人好。"贾珍笑道："婶娘的意思侄儿猜着了，是怕大妹妹劳苦了。若说料理不开，我包管必料理的开，便是错一点儿，别人看着还是不错的。从小儿大妹妹玩笑着就有杀伐决断，如今出了阁，又在那府里办事，越发历练老成了。我想了这几日，除了大妹妹再无人了。婶子不看侄儿、侄儿媳妇的分上，只看死了的分上罢！"说着滚下泪来。

王夫人心中怕的是凤姐未经过丧事，怕他料理不清，惹人耻笑。今见贾珍苦苦的说到这步田地，心中已应了几分，却又眼看着凤姐出神。那凤姐素日最喜揽事办，好卖弄才干，虽然当家妥当，也因未办过婚丧大事，恐人还不服，巴不得遇见这事。今见贾珍如此一来，他心中早已欢喜。先见王夫人不允，后见贾珍说的情真，王夫人有活动之意，便向王夫人道："大哥哥说的这么恳切，太太就依了罢。"王夫人悄悄的道："你可能么？"凤姐道："有什么不能的。外面的大事已经大哥哥料理清了，不过是里头照管照管，便是我有不知道的，问问太太就是了。"王夫人见说的有理，便不作声。贾珍见凤姐允了，又陪笑道：

---

① 正经日期——丧礼诵经期间吊祭死者的正日子。经：指诵经。

“也管不得许多了，横竖要求大妹妹辛苦辛苦。我这里先与妹妹行礼，等事完了，我再到那府里去谢。”说着，就作揖下去，凤姐还礼不迭。

贾珍便忙向袖中取了宁国府对牌[1]出来，命宝玉送与凤姐，又说：“妹妹爱怎样就怎样，要什么只管拿这个取去，也不必问我。只求别存心替我省钱，只要好看为上；二则也要同那府里一样待人才好，不要存心怕人抱怨。只这两件外，我再没不放心的了。”凤姐不敢就接牌，只看着王夫人。王夫人道：“你哥哥既这么说，你就照看照看罢了。只是别自作主意，有了事，打发人问你哥哥、嫂子要紧。”宝玉早向贾珍手里接过对牌来，强递与凤姐了。贾珍又问：“妹妹住在这里，还是天天来呢？若是天天来，越发辛苦了。不如我这里赶着收拾出一个院落来，妹妹住过这几日倒安稳。”凤姐笑道：“不用。那边也离不得我，倒是天天来的好。”贾珍听说，只得罢了。然后又说了一回闲话，方才出去。

一时女眷散后，王夫人因问凤姐：“你今儿怎么样？”凤姐道：“太太只管请回去，我须得先理出一个头绪来，才回去得呢。”王夫人听说，便先同邢夫人等回去，不在话下。

这里凤姐来至三间一所抱厦内坐了，因想：头一件是人口混杂，遗失东西；第二件，事无专执，临期推委；第三件，需用过费，滥支冒领；第四件，任无大小，苦乐不均；第五件，家人豪纵，有脸者不服钤束，无脸者不能上进。此五件实是宁国府中风俗，不知凤姐如何处治，且听下回分解。正是：

金紫万千谁治国，裙钗一二可齐家。

---

① 对牌——用木、竹制成的支领财物的凭证，上有标记，从中劈作两半。支领财物时，以两半标记相合为凭。

第十四回

林如海捐馆扬州城　贾宝玉路谒北静王

话说宁国府中都总管来升闻得里面委请了凤姐，因传齐同事人等说道："如今请了西府里琏二奶奶管理内事，倘或他来支取东西，或是说话，我们须要比往日小心些。每日大家早来晚散，宁可辛苦这一个月，过后再歇着，不要把老脸丢了。那是个有名的烈货，脸酸心硬。一时恼了，不认人的。"众人都道："有理。"又有一个笑道："论理，我们里面也须得他来整治整治，都忒不像了。"正说着，只见来旺媳妇拿了对牌来领取呈文京榜[①]纸札[②]，票上批着数目。众人连忙让坐倒茶，一面命人按数取纸来抱着，同来旺媳妇一路来至仪门口，方交与来旺媳妇自己抱进去了。

凤姐即命彩明钉造簿册。即时传来升媳妇，兼要家口花名册来查看，又限于明日一早传齐家人媳妇进来听差等语。大概点了一点数目单册，问了来升媳妇几句话，便坐车回家。一宿无话。

至次日，卯正二刻便过来了，那宁国府中婆娘媳妇闻得到齐，只

---

① 呈文、京榜——都是纸的名称。呈文纸是一种质地较结实、价钱较便宜的纸，旧时书写呈文及商店簿记多用之。京榜是一种比较高级的榜纸，因其规格适宜于向京城销售，故称京榜。

② 纸札——也作"纸扎""纸劄"。这里是"纸张"的意思。札：古代无纸，字写在小木板上，叫"札"。

来升媳妇

王熙凤协理宁国府

见凤姐正与来升媳妇分派，众人不敢擅入，只在窗外听觑。只听凤姐和来升媳妇道：“既托了我，我就说不得要讨你们嫌了。我可比不得你们奶奶好性儿，由着你们去。再不要说你们‘这府里原是这样’的话，如今可要依着我行，错我半点儿，管不得谁是有脸的，谁是没脸的，一例现清白处治。”说着，便吩咐彩明念花名册，按名一个一个的唤进来看视。

一时看完，便又吩咐道：“这二十个分作两班，一班十个，每日在里头单管人客来往倒茶，别的事不用他们管。这二十个也分作两班，每日单管本家亲戚茶饭，别的事也不用他们管。这四十个人也分作两班，单在灵前上香添油，挂幔守灵，供茶供饭，随起举哀[①]，别的事也不与他们相干。这四个人单在内茶房收

① 随起举哀——这里指分派奴仆随同死者亲眷一起号哭。举哀本是孝眷的事，但旧时有钱人家为了装潢门面，也令奴仆或专门雇人来一同哭丧，以示悲痛。

管杯碟茶器，若少一件，便叫他四个描赔[①]。这四个人单管酒饭器皿，少一件，也是他四个描赔。这八个单管监收祭礼。这八个单管各处灯油、蜡烛、纸札，我总支了来，交与你八个，然后按我的定数再往各处去分派。这三十个每日轮流各处上夜，照管门户，监察火烛，打扫地方。这下剩的按着房屋分开，某人守某处，某处所有桌椅古董起，至于痰盒掸帚，一草一苗，或丢或坏，就和守这处的人算帐摊赔。来升家的每日揽总查看，或有偷懒的，赌钱吃酒的，打架拌嘴的，立刻来回我。你要徇情，经我查出，三四辈子的老脸就顾不成了。如今都有定规，以后那一行乱了，只和那一行说话。素日跟我的人，随身自有钟表，不论大小事，我是皆有一定的时辰，横竖你们上房里也有时辰钟。卯正二刻我来点卯，巳正吃早饭，凡有领牌回事的，只在午初刻。戌初烧过黄昏纸[②]，我亲到各处查一遍，回来上夜的交明钥匙。第二日仍是卯正二刻过来。说不得咱们大家辛苦这几日罢，事完了，你们家大爷自然赏你们。”

说罢，又吩咐按数发与茶叶、油烛、鸡毛掸子、笤帚等物。一面又搬取家伙：桌围、椅搭、坐褥、毡席、痰盒、脚踏之类。一面交发，一面提笔登记，某人管某处，某人领某物，开得十分清楚。众人领了去，也都有了投奔，不似先时只拣便宜的做，剩下的苦差没个招揽。各房中也不能趁乱失迷东西。便是人来客往，也都安静了，不比先前一个正摆茶，又去端饭，正陪举哀，又顾接客，如这些无头绪、荒乱、推托、偷闲、窃取等弊，次日一概都蠲[③]了。

凤姐见自己威重令行，心中十分得意。因见尤氏犯病，贾珍又过于悲哀，不大进饮食，自己每日从那府中煎了各样细粥、精致小菜，命人送来劝食。贾珍也另外吩咐每日送上等菜到抱厦内，单与凤姐。那凤姐不畏勤劳，天天于卯正二刻就过来点卯理事，独在抱厦内起坐，不与众妯娌合群，便有堂客来往，也不迎会。

---

① 描赔——照原样或原价赔偿。描：照底样描摹。

② 黄昏纸——旧时有丧人家，每天按一定时间在灵前烧纸钱。日落黄昏时烧的那一次，叫“黄昏纸”。

③ 蠲——减去，免除。

这日乃五七正五日上，那应佛僧[①]正开方破狱[②]，传灯照亡[③]，参阎君，拘都鬼，筵请地藏王[④]，开金桥[⑤]，引幢幡[⑥]；那道士们正伏章申表[⑦]，朝三清[⑧]，叩玉帝[⑨]；禅僧们行香，放焰口[⑩]，拜水忏[⑪]；又有十三众尼僧，搭绣衣，靸红鞋，在灵前默诵接引诸咒[⑫]，十分热闹。

那凤姐必知今日人客不少，在家中歇宿一夜，至寅正，平儿便请起来梳洗。及收拾完备，更衣盥手，吃了两口奶子糖粳米粥，漱口已毕，已是卯正二刻了。来旺媳妇率领诸人伺候已久。凤姐出至厅前，上了车，前面打了一对明角灯[⑬]，大书“荣国府”三个大字，款款来至宁府。大门上门灯朗挂，两边一色戳灯，照如白昼，白汪汪穿孝仆从两

---

① 应佛僧——也叫“应付僧”“应赴僧”，专门支应佛事的和尚。

② 开方破狱——民间习俗在人死亡后邀僧尼、道士大作超度亡灵的活动之一种。开方（放）：开度。破狱：诵念《破地狱偈文》以拯救亡灵出地狱得解脱而往生。

③ 传灯照亡——旧时认为人死后走向冥途，黑暗无边，而佛法能破除黑暗，犹如明灯。因此于人将死时在脚后燃灯以照亡灵，故云“传灯照亡”。

④ 地藏王——菩萨名，他“安忍不动如大地，静虑深密如秘藏”，故名地藏。据佛教传说，他于释迦既灭之后，弥勒未生之前，在“人天地狱”之中救苦救难。

⑤ 开金桥——迷信传说，“善人”死后鬼魂所走的是金桥。为死者开金桥，使他来世能“托生”于福禄之地。

⑥ 幢幡——都是旗子一类的东西。幢：竿头安装宝珠，竿身饰以锦帛的旗子。幡：一种垂直悬挂在高竿上的窄长旗子。

⑦ 伏章申表——道士斋醮时俯首屈身恭读表章。这里章与表皆系向上帝奏告的文书。

⑧ 三清——道教合称该教的最高境界“玉清”“上清”“太清”为“三清”；也称居住在其中的“玉清元始天尊”“上清灵宝天尊”“太清太上老君”三位尊神为“三清”。

⑨ 玉帝——即玉皇大帝，是道教所尊奉的最高天神。

⑩ 放焰口——和尚替丧事人家念“焰口经”及施舍饮食于众鬼神，为饿鬼超度，为死者祈福的迷信活动。焰口：据佛教传说，地狱中的饿鬼，腹大如山，喉细似针，一切饮食到了口边即化为火炭，故称“焰口”。

⑪ 拜水忏——和尚念“水忏经”来为死者祈求免除冤孽灾祸的活动。水忏：又叫慈悲水忏，佛教经文之一。据说是唐代悟达禅师遇异僧用水替他洗好人面疮后，他为报恩而作。

⑫ 接引诸咒——接引咒，接引死者至“极乐世界”的咒语。

⑬ 明角灯——又叫羊角灯，灯罩用羊角胶制成，半透明，能防风雨。

边侍立。请车至正门上，小厮等退去，众媳妇上来揭起车帘。凤姐下了车，一手扶着丰儿，两个媳妇执着手把灯罩，簇拥着凤姐进来。宁府诸媳妇迎来请安接待。

凤姐缓缓走入会芳园中登仙阁灵前，一见了棺材，那眼泪恰似断线之珠，滚将下来。院中许多小厮垂手伺候烧纸。凤姐吩咐得一声："供茶烧纸。"只听一棒锣鸣，诸乐齐奏，早有人端过一张大圈椅来，放在灵前，凤姐坐了，放声大哭。于是里外男女上下，见凤姐出声，都忙忙接声嚎哭。

一时贾珍尤氏遣人来劝，凤姐方才止住。来旺媳妇献茶漱口毕，凤姐方起身，别过族中诸人，自入抱厦内来。按名查点，各项人数都已到齐，只有迎送亲客上的一人未到。即命传到，那人已张惶愧惧。凤姐冷笑道："我说是谁误了，原来是你！你原比他们有体面，所以才不听我的话。"那人道："小的天天都来的早，只有今儿，醒了觉得早些，因又睡迷了，来迟了一步，求奶奶饶过这次。"正说着，只见荣国府中的王兴媳妇来了，在前探头。

凤姐且不发放这人，却先问："王兴媳妇做什么？"王兴媳妇巴不得先问他完了事，连忙进去说："领牌取线，打车轿网络[①]。"说着，将个帖儿递上去。凤姐命彩明念道："大轿两顶，小轿四顶，车四辆，共用大小络子若干根，用珠儿线若干斤。"凤姐听了，数目相合，便命彩明登记，取荣国府对牌掷下。王兴家的去了。

凤姐方欲说话时，见荣国府的四个执事人进来，都是要支取东西领牌来的。凤姐命彩明要了帖念过，听了一共四件，指两件说道："这两件开销错了，再算清了来取。"说着掷下帖子来。那二人扫兴而去。

凤姐因见张材家的在旁，因问："你有什么事？"张材家的忙取帖儿回说："就是方才车轿围做成，领取裁缝工银若干两。"凤姐听了，便收了帖子，命彩明登记。待王兴家的交过牌，得了买办的回押相符，然后方与张材家的去领。一面又命念那一个，是为宝玉外书房完竣，支买纸料糊裱。凤姐听了，即命收帖儿登记，待张材家的缴清，又发与这人去了。

---

① 车轿网络——车轿上用丝线编织成的网状装饰品。

凤姐便说道："明日他也睡迷了，后日我也睡迷了，将来都没了人了。本来要饶你，只是我头一次宽了，下次人就难管，不如现开发的好。"登时放下脸来，喝命："带出去，打二十板子！"一面又掷下宁国府对牌："出去说与来升，革他一月银米！"众人听说，观凤姐眉立知是恼了，不敢怠慢，拖人的出去拖人，执牌传谕的忙去传谕。那人身不由己，已拖出去挨了二十大板，还要进来叩谢。凤姐道："明日再有误的，打四十，后日的六十，有不怕挨打的，只管误！"说着，吩咐："散了罢。"窗外众人听说，方各自执事去了。彼时宁国荣国两处执事领牌交牌的，人来人往不绝，那抱愧被打之人含羞去了。这才知道凤姐利害，众人不敢偷闲，自此兢兢业业，执事保全。不在话下。

如今且说宝玉因见今日人众，恐秦钟受了委曲，因默与他商议，要同他往凤姐处来坐。秦钟道："他的事多，况且不喜人去，咱们去了，他岂不烦腻？"宝玉道："他怎好腻我们？不相干，只管跟我来。"说着，便拉了秦钟，直至抱厦。凤姐才吃饭，见他们来了，便笑道："好长腿子，快上来罢。"宝玉道："我们偏了[①]。"凤姐道："在这边外头吃的，还是那边吃的？"宝玉道："这边同那些浑人吃什么？原是那边，我们两个同老太太吃了来的。"一面归坐。

凤姐吃毕饭，就有宁国府中的一个媳妇来领牌，为支取香灯事。凤姐笑道："我算着你们今儿该来支取，总不见来，想是忘了。这会子到底来取，要忘了，自然是你们包出来，都便宜了我。"那媳妇笑道："何尝不是忘了，方才想起来，再迟一步，也领不成了。"说罢，领牌而去。

一时登记交牌。秦钟因笑道："你们两府里都是这牌，倘或别人私弄一个，支了银子跑了，怎样？"凤姐笑道："依你说，都没王法了。"宝玉因道："怎么咱们家没人领牌子做东西？"凤姐道："人家来领的时候，你还做梦呢。我且问你，你们这夜书多早晚才念呢？"宝玉道："巴不得这如今就念才好，他们只是不快收拾出书房来，这也无法。"凤姐笑道："你请我一请，包管就快了。"宝玉道："你要快也不中用，他们该做到那里的，自然就有了。"凤姐笑道："便是他们

① 偏了——谦辞，占先、僭越之意。这里是表示自己已经吃过了的客气话。

做，也得要东西，搁不住我不给对牌是难的。”宝玉听说，便猴[1]向凤姐身上立刻要牌，说：“好姐姐，给出牌子来，叫他们要东西去。”凤姐道：“我乏的身子上生疼，还搁的住揉搓？你放心罢，今儿才领了纸裱糊去了，他们该要的还等叫去呢，可不傻了？”宝玉不信，凤姐便叫彩明查册子与宝玉看了。

正闹着，人回：“苏州去的人昭儿来了。”凤姐急命唤进来。昭儿打千儿请安。凤姐便问：“回来做什么？”昭儿道：“二爷打发回来的。林姑老爷是九月初三日巳时没的。二爷带了林姑娘同送林姑老爷灵到苏州，大约赶年底就回来了。二爷打发小的来报个信请安，讨老太太示下，还瞧瞧奶奶家里好，叫把大毛衣服带几件去。”凤姐道：“你见过别人了没有？”昭儿道：“都见过了。”说毕，连忙退出。凤姐向宝玉笑道：“你林妹妹可在咱们家住长了。”宝玉道：“了不得，想来这几日他不知哭的怎样呢。”说着，蹙眉长叹。

凤姐见昭儿回来，因当着人未及细问贾琏，心中自是记挂，待要回去，争奈事情繁杂，一时去了，恐有延迟失误，惹人笑话。少不得耐到晚上回来，复令昭儿进来，细问一路平安信息。连夜打点大毛衣服，和平儿亲自检点包裹，再细细追想所需何物，一并包藏交付昭儿。又细细吩咐昭儿“在外好生小心服侍，不要惹你二爷生气；时时劝他少吃酒，别勾引他认得混帐老婆，果然有这些事，回来打折你的腿”等语。赶乱完了，天已四更将尽，纵睡下又走了困，不觉又是天明鸡唱，忙梳洗了过宁府中来。

那贾珍因见发引日近，亲自坐车，带了阴阳司吏，往铁槛寺来踏看寄灵所在。又一一嘱咐住持[2]色空，好生预备新鲜陈设，多请名僧，以备接灵使用。色空忙看晚斋。贾珍也无心茶饭，因天晚不得进城，就在净空胡乱歇了一夜。次日早，便进城来料理出殡之事，一面又派人先往铁槛寺，连夜另外修饰停灵之处，并厨茶等项接灵人口坐落。

里面凤姐见日期有限，也预先逐细分派料理，一面又派荣府中车轿人从跟王夫人送殡，又顾自己送殡去占下处。目今正值缮国公诰命亡故，

---

① 猴——这里作动词用，形容像猴子一样屈身攀抱、纠缠。

② 住持——主持寺庙事务的和尚，取常住护持的意思。

王、邢二夫人又去打祭送殡；西安郡王王妃华诞[1]，送寿礼；镇国公诰命生了长男，预备贺礼；又有胞兄王仁连家眷回南，一面写家信禀叩父母并带往之物；又有迎春染病，每日请医服药看医生启帖、症源、药案等事，亦难尽述。又兼发引在迩，因此忙的凤姐茶饭也没工夫吃得，坐卧不能清净。刚到了宁府，荣府的人又跟到宁府；既回到荣府，宁府的人又找到荣府。凤姐见如此，心中倒十分欢喜，并不偷安推托，恐落人褒贬，因此日夜不暇，筹画得十分的整肃。于是合族上下无不称叹者。

这日伴宿[2]之夕，里面两班小戏并耍百戏[3]的与亲朋堂客伴宿。尤氏犹卧于内室，一应张罗款待，独是凤姐一人周全承应。合族中虽有许多妯娌，但或有羞口的，或有羞脚的，或有不惯见人的，或有惧贵怯官的，种种之类，俱不及凤姐举止舒徐，言语慷慨，珍贵宽大；因此也不把众人放在眼里，挥霍指示，任其所为，目若无人。

一夜中灯明火彩，客送官迎，那百般热闹，自不用说。

至天明，吉时已到，一般六十四名青衣请灵，前面铭旌[4]上大书：

> 奉天洪建兆年不易之朝诰封一等宁国公冢孙妇防护内廷紫禁道御前侍卫龙禁尉享强寿[5]贾门秦氏恭人之灵柩。

一应执事陈设，皆系现赶着新做出来的，一色光艳夺目。宝珠自行未嫁女之礼外，摔丧驾灵，十分哀苦。

宝珠

---

① 华诞——旧时对别人生日的敬称。

② 伴宿——丧家在出殡的前一夜全家整宿守灵不睡，叫“伴宿”，又称“坐夜”。

③ 百戏——古代乐舞杂技表演的总称，这里专指“杂技”。

④ 铭旌——同“明旌”，也叫“旌铭”，又简称“铭”。旧时丧仪用具，绛帛粉书，上写死者官衔、姓名，用竹竿挑起，竖在灵前右方。

⑤ 享强寿——强寿是指国家强盛永久。书中秦氏的铭旌上写“享强寿”，转意为寿命终于强健之年，意同“强死”。这里暗含自杀之意。

那时官客送殡的，有镇国公牛清之孙现袭一等伯牛继宗，理国公柳彪之孙现袭一等子柳芳，齐国公陈翼之孙世袭三品威镇将军陈瑞文，治国公马魁之孙世袭三品威远将军马尚，修国公侯晓明之孙世袭一等子侯孝康；缮国公诰命亡故，故其孙石光珠守孝未曾来得。这六家与宁荣二家，当日所称“八公”的便是。余者更有南安郡王之孙，西宁郡王之孙，忠靖侯史鼎，平原侯之孙世袭二等男蒋子宁，定城侯之孙世袭二等男兼京营游击①谢鲸，襄阳侯之孙世袭二等男戚建辉，景田侯之孙五城兵马司②裘良，余者锦乡伯公子韩奇，神武将军公子冯紫英，陈也俊、卫若兰等诸王孙公子，不可枚数。堂客算来亦有十来顶大轿，三四十小轿，连家下大小轿车辆，不下百余十乘。连前面各色执事、陈设、百耍，浩浩荡荡，一带摆三四里远。

走不多时，路旁彩棚高搭，设席张筵，和音奏乐，俱是各家路祭③：第一座是东平王府祭棚，第二座是南安郡王祭棚，第三座是西宁郡王，第四座是北静郡王的。原来这四王，当日惟北静王功高，及今子孙犹袭王爵。现今北静王水溶年未弱冠④，生得形容秀美，情性谦和。近闻宁国公冢孙妇告殂，因想当日彼此祖父相与之情，同难同荣，未以异姓相视，因此不以王位自居，上日也曾探丧上祭，如今又设路奠，命麾下⑤各官在此伺候。自己五更入朝，公事已毕，便换了素服，坐大轿鸣锣张伞而来，至棚前落轿。手下各官两旁拥侍，军民人众不得往还。

一时只见宁府大殡浩浩荡荡、压地银山一般从北而至。早有宁府开路传事人看见，连忙回去报与贾珍。贾珍急命前面驻扎，同贾赦、贾政三人连忙迎来，以国礼相见。水溶在轿内欠身含笑答礼，仍以世交称呼接待，并不妄自尊大。贾珍道：“犬妇之丧，累蒙郡驾下临，荫

---

① 游击——官名，游击将军的简称。

② 五城兵马司——明、清时代，在京都设五城兵马司，掌管中、东、西、南、北五城巡缉盗贼，平治街道，稽查囚犯及防火等事。

③ 路祭——旧时出殡时，亲友在灵柩经过的路上设供致祭，叫“路祭”。

④ 弱冠——古时男子二十岁行加冠礼，表示已经成人，但还未到壮年，故称“弱冠”。《礼记·曲礼上》：“人生……二十曰弱冠。”疏：“二十成人初加冠，体犹未壮，故曰弱也。”

⑤ 麾下——犹言部下。麾：古代指挥军队用的旗帜。

生[1]辈何以克当？”水溶笑道：“世交之谊，何出此言。”遂回头命长府官[2]主祭代奠。贾赦等一旁还礼毕，复身又来谢恩。

水溶十分谦逊，因问贾政道：“那一位是衔宝而诞者？几次要见一见，都为杂冗所阻，想今日是来的，何不请来一会？”贾政听说，忙回去，急命宝玉脱去孝服，领他前来。那宝玉素日就曾听得父兄亲友人等说闲话时，赞水溶是个贤王，且生得才貌双全，风流潇洒，每不以官格国体所缚。每思相会，只是父亲拘束严密，无由得会，今见反来叫他，自是欢喜。一面走，一面早瞥见那水溶坐在轿内，好个仪表人材。不知近看时又是怎样，且听下回分解。

北静郡王

① 荫生——明、清时代依靠先辈的余荫而取得监生资格的人叫“荫生”。荫：受先人恩惠庇护的意思。

② 长府官——这里当指王府的长史。始设于汉代；清代亲王、世子、郡王府中各置长吏一人，统帅府属官员，总管全府事务。

第十五回

王凤姐弄权铁槛寺　秦鲸卿得趣馒头庵

话说宝玉举目见北静王水溶头上戴着洁白簪缨银翅王帽，穿着江牙海水五爪坐龙白蟒袍，系着碧玉红鞓[①]带，面如美玉，目似明星，真好秀丽人物。宝玉忙抢上来参见，水溶连忙从轿内伸出手来挽住。见宝玉戴着束发银冠，勒着双龙出海抹额，穿着白蟒箭袖，围着攒珠银带，面若春花，目如点漆。水溶笑道："名不虚传，果然如'宝'似'玉'。"因问："衔的那宝贝在那里？"宝玉见问，连忙从衣内取了递与过去。水溶细细的看了，又念了那上头的字，因问："果灵验否？"贾政忙道："虽如此说，只是未曾试过。"水溶一面极口称奇道异，一面理好彩绦，亲自与宝玉带上，又携手问宝玉几岁，读何书。宝玉一一的答应。

水溶见他语言清楚，谈吐有致，一面又向贾政笑道："令郎真乃龙驹凤雏，非小王在世翁前唐突，将来'雏凤清于老凤声'[②]，未可量也。"贾政忙陪笑道："犬子岂敢谬承金奖？赖藩郡余祯[③]，果如是言，亦荫生辈之幸矣。"水溶又道："只是一件，令郎如是资质，想老

---

① 鞓——皮革制成的带子。

② "雏凤清于老凤声"——比喻儿子将胜过父亲。

③ 赖藩郡余祯——犹言"托郡王的福"。藩郡：这里指受封的郡王。祯：吉祥。

北静王见宝玉

太夫人、夫人辈自然钟爱极矣；但吾辈后生，甚不宜钟溺，钟溺则未免荒失学业。昔小王曾蹈此辙，想令郎亦未必不如是也。若令郎在家难以用功，不妨常到寒第。小王虽不才，却多蒙海上众名士凡在都者，未有不另垂青目①，是以寒第高人颇聚。令郎常去谈谈会会，则学问可以日进矣。”贾政忙躬身答应。

水溶又将腕上一串念珠卸了下来，递与宝玉道：“今日初会，仓促竟无敬贺之物，此系前日圣上亲赐蕶苓香念珠一串，权为贺敬之礼。”宝玉连忙接了，回身奉与贾政。贾政与宝玉一齐谢过。于是贾赦、贾珍等一齐上来请回舆，水溶道：“逝者已登仙界，非碌碌你我尘寰中之人也。小王虽上叨天恩，虚邀郡袭，岂可越仙輀②而进也？”贾赦等见执意不从，只得告辞谢恩回来，命手下掩乐停音，滔滔然将殡过完，方让水溶回舆去了。不在话下。

且说宁府送殡，一路热闹非常。刚至城门前，又有贾赦、贾政、贾珍等诸同僚属下各家祭棚接祭，一一的谢过，然后出城，竟奔铁槛寺大路行来。彼时贾珍带贾蓉来到诸长辈前，让坐轿上马，因而贾赦一辈的各自上了车轿，贾珍一辈的也将要上马。凤姐因记挂着宝玉，怕他在郊外纵性逞强，不服家人的话，贾政管不着这些小事，惟恐有个失闪，难

① 垂青目——也作“垂青”，意思是用青眼（即正眼）看人，表示尊重、看得起。

② 輀——古时载运灵柩的车子。

见贾母，因此便命小厮来唤他。宝玉只得来到他车前。凤姐笑道："好兄弟，你是个尊贵人，女孩儿一样的人品，别学他们猴在马上。下来，咱们姐儿两个坐车，岂不好？"宝玉听说，便忙下了马，爬入凤姐车上，二人说笑前来。

不一时，只见从那边两骑马压地飞来，离凤姐车不远，一齐蹿下来，扶车回说："这里有下处，奶奶请歇更衣[③]。"凤姐急命请邢夫人、王夫人的示下，那人回来说："太太们说不用歇了，叫奶奶自便罢。"凤姐听了，便命歇了再走。众小厮听了，一带辕马，岔出人群，往北飞走。宝玉在车内急命请秦相公。

那时秦钟正骑马随着他父亲的轿，忽见宝玉的小厮跑来，请他去打尖[④]。秦钟看时，只见凤姐的车往北而去，后面拉着宝玉的马，搭着鞍笼，便知宝玉同凤姐坐车，自己也便带马赶上来，同入一庄门内。早有家人将众庄汉撵尽。那庄农人家无多房舍，婆娘们无处回避，只得由他们去了。那些村姑庄妇见了凤姐、宝玉、秦钟的人品衣服，礼数款段[⑤]，岂有不爱看的？

一时凤姐进入茅堂，因命宝玉等先出去玩玩。宝玉等会意，因同秦钟出来，带着小厮们各处游玩。凡农家动用之物，皆不曾见过。宝玉一见了锹、镢、锄、犁等物，皆以为奇，不知何项所使，其名为何。小厮在旁一一告诉了名色，说明原委。宝玉听了，因点头叹道："怪道古人诗上说，'谁知盘中餐，粒粒皆辛苦'，正为此也。"一面说，一面又至一间房前，只见炕上有个纺车，宝玉又问小厮们："这又是什么？"小厮们又告诉他原委。宝玉听说，便上来拧转作耍，自为有趣。

只见一个约有十七八岁的村庄丫头跑了来乱嚷："别动坏了！"众小厮忙断喝拦阻。宝玉忙丢开手，陪笑说道："我因为没见过这个，所以试他一试。"那丫头道："你们那里会弄这个，站开了，我纺与你瞧。"秦钟暗拉宝玉笑道："此卿大有意趣。"宝玉一把推开，笑道："该死的！再胡说，我就打了。"说着，只见那丫头纺起线来。宝玉正

③ 更衣——对大小便的雅称。

④ 打尖——在旅途或劳作中间休息、饮食，俗称"打尖"。

⑤ 款段——形容仪态举止从容舒缓的样子。

要说话时，只听那边老婆子叫道："二丫头，快过来！"那丫头听见，丢下纺车，一径去了。

二丫头纺线示范

宝玉怅然无趣。只见凤姐打发人来叫他两个进去。凤姐洗了手，换衣服抖灰，问他们换不换。宝玉不换，只得罢了。家下仆妇们将带着行路的茶壶茶杯、十锦屉盒、各样小食端来，凤姐等吃过茶，待他们收拾完备，便起身上车。外面旺儿预备下赏封，赏了本村主人，庄妇等来叩赏。凤姐并不在意，宝玉却留心看时，内中并无二丫头。一时上了车，出来走不多远，只见迎头二丫头怀里抱着他小兄弟，同着几个小女孩子说笑而来。宝玉恨不得下车跟了他去，料是众人不依的，少不得以目相送，争奈车轻马快，一时展眼无踪。

走不多时，仍又跟上大殡了。早有前面法鼓金铙，幢幡宝盖，铁槛寺接灵众僧齐至。少时到入寺中，另演佛事，重设香坛。安灵于内殿偏室之中，宝珠安于里寝室相伴。外面贾珍款待一应亲友，也有扰饭的，也有不吃饭而辞的，一应谢过乏，从公侯伯子男一起一起的散去，至未末时分方才散尽了。里面的堂客皆是凤姐张罗接待，先从显官诰命散起，也到晌午大错[①]时方散尽了。只有几个亲戚是至近的，等做过三日安灵道场方去。那时邢、王二夫人知凤姐必不能来家，也便就要进城。王夫人要带宝玉去，宝玉乍到郊外，那里肯回去？只要跟凤姐住着。王夫人无法，只得交与凤姐，便回来了。

原来这铁槛寺原是宁荣二公当日修造，现今还是有香火地亩布

① 晌午大错——晌午，正午；晌午错，正午已过；晌午大错，正午过去较久而未到下一个时辰。

施[1]，以备京中老了[2]人口，在此便宜寄放。其中阴阳两宅[3]俱已预备妥贴，好为送灵人口寄居。不想如今后辈人口繁盛，其中贫富不一，或性情参商[4]：有那家业艰难安分的，便住在这里了；有那尚排场有钱势的，只说这里不方便，一定另外或村庄或尼庵寻个下处，为事毕宴退之所。即今秦氏之丧，族中诸人皆权在铁槛寺下榻，独有凤姐嫌不方便，因而早遣人来和馒头庵[5]的姑子净虚说了，腾出两间房子来作下处。

原来这馒头庵就是水月庵，因他庙里做的馒头好，就起了这个浑号，离铁槛寺不远。当下和尚功课已完，奠过晚茶，贾珍便命贾蓉请凤姐歇息。凤姐见还有几个妯娌陪着女亲，自己便辞了众人，带了宝玉、秦钟往水月庵来。原来秦业年迈多病，不能在此，只命秦钟等待安灵罢了。那秦钟便只跟着凤姐、宝玉，一时到了水月庵，净虚带领智善、智能两个徒弟出来迎接，大家见过。凤姐等来至净室更衣净手毕，因见智能儿越发长高了，模样儿越发出息了，因说道："你们师徒怎么这些日子也不往我们那里去？"净虚道："可是这几天都没工夫，因胡老爷府里产了公子，太太送了十两银子来这里，叫请几位师父念三日《血盆经》[6]，忙的没个空儿，就没来请奶奶的安。"

不言老尼陪着凤姐。且说秦钟、宝玉二人正在殿上玩耍，因见智能儿过来，宝玉笑道："能儿来了。"秦钟道："理那东西作什么？"宝玉笑道："你别弄鬼，那一日在老太太屋里，一个人没有，你搂着他作什么来？这会子还哄我。"秦钟笑道："这可是没有的话。"宝玉笑道："有没有也不管你，你只叫住他倒碗茶来我吃，就丢开手。"秦钟笑道："这又奇了，你叫他倒去，还怕他不倒？何必要我说呢。"宝玉道："我叫他倒的是无情趣的，不及你叫他倒的是有情趣的。"秦钟只

---

① 香火地亩布施——施舍地亩给寺庙，其收入作为香火之费。

② 老了——"死了"。旧俗讳说"死"字，故用"老"字代替。

③ 阴阳两宅——迷信说法，埋葬死人的墓地或寄放灵柩之处叫"阴宅"，活人居住的地方叫"阳宅"。

④ 性情参商——性情各有不同，合不来的意思。

⑤ 铁槛寺、馒头庵——槛：门槛，比喻生死界限。馒头：喻坟墓。

⑥ 《血盆经》——佛经名，全称是《目连正教血盆经》，又叫《女人血盆经》。旧时迷信，认为妇女产时出血不吉利，要请僧众念血盆经祈福消灾。

得说道："能儿，倒碗茶来给我。"那智能儿自幼在荣府走动，无人不识，因常与宝玉秦钟玩耍。他如今大了，渐知风月，便看上了秦钟人物风流。那秦钟极爱他妍媚，二人虽未上手，却已情投意合了。今智能儿见了秦钟，心眼俱开，走去倒了茶来。秦钟笑说："给我。"宝玉叫："给我！"智能儿抿嘴笑道："一碗茶也争，我难道手里有蜜！"宝玉先抢得了，吃着，方要问话，只见智善来叫智能儿去摆茶碟子。一时，来请他两个去吃茶果点心。他两个那里吃这些东西？坐一坐仍出来玩耍。

凤姐也略坐片时，便回至净室歇息，老尼相送。

此时众婆娘媳妇见无事，都陆续散了，自去歇息，跟前不过几个心腹常侍小婢。老尼便趁机说道："我正有一事，要到府里求太太，先请奶奶一个示下。"凤姐因问何事，老尼道："阿弥陀佛！只因当日我先在长安县内善才庵内出家的时节，那时有个施主姓张，是大财主。他有个女儿小名金哥，那年都往我庙里来进香，不想遇见了长安府府太爷的小舅子李衙内[1]。那李衙内一心看上，要娶金哥，打发人来求亲，不想金哥已受了原任长安守备[2]的公子之聘。张家若退亲，又怕守备不依，因此说已有了人家。谁知李公子执意不依，定要娶他女儿，张家正无计策，两处为难。不想守备家听了此信，也不管青红皂白，便来作践辱骂，说一个女儿许几家，偏不许退定礼，就打官司告状起来。那张家急了，只得着人上京来寻门路，赌气偏要退定礼。我想如今长安节度云老爷与府上最契，可以求太太与老爷说声，打发一封书去，求云老爷和那守备说一声，不怕那守备不依。若是肯行，张家连倾家孝顺也都情愿。"

凤姐听了笑道："这事倒不大，只是太太再不管这样的事。"老尼道："太太不管，奶奶也可以主张了。"凤姐听说笑道："我也不等银子使，也不做这样的事。"净虚听了，打去妄想，半晌叹道："虽如此

① 衙内——唐代藩镇于所居州城之内又筑小城一重，作节度使的治所，前为节堂（办公的地方），后为私第，称作"牙城"。并自募亲兵由牙内指挥使统帅，保护牙城。五代及宋初，藩镇多用自己的子弟充当牙内指挥使，后遂称贵官之子弟为"衙内"。衙：同"牙"。

② 守备——明、清所置官名，掌管分守城堡或营务粮饷等事。

说，只是张家已知我来求府里，如今不管这事，张家不知道没工夫管这事，不希罕他的谢礼，倒像府里连这点子手段也没有的一般。”

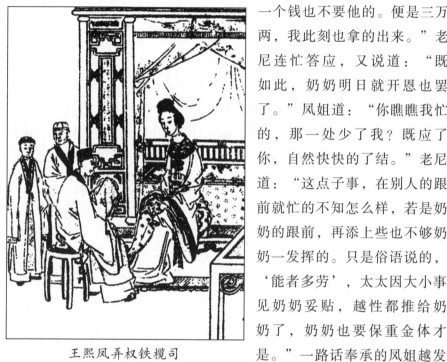

凤姐听了这话，便发了兴头，说道：“你是素日知道我的，从来不信什么是阴司地狱报应的，凭是什么事，我说要行就行。你叫他拿三千银子来，我就替他出这口气。”老尼听说，喜不自禁，忙说：“有，有！这个不难。”凤姐又道：“我比不得他们拉篷扯纤的图银子。这三千银子，不过是给打发说去的小厮做盘缠，使他赚几个辛苦钱，我一个钱也不要他的。便是三万两，我此刻也拿的出来。”老尼连忙答应，又说道：“既如此，奶奶明日就开恩也罢了。”凤姐道：“你瞧瞧我忙的，那一处少了我？既应了你，自然快快的了结。”老尼道：“这点子事，在别人的跟前就忙的不知怎么样，若是奶奶的跟前，再添上些也不够奶奶一发挥的。只是俗语说的，‘能者多劳’，太太因大小事见奶奶妥贴，越性都推给奶奶了，奶奶也要保重金体才是。”一路话奉承的凤姐越发受用，也不顾劳乏，更攀谈起来。

王熙凤弄权铁槛司

谁想秦钟趁黑无人，来寻智能儿。刚至后面房中，只见智能儿独在房中洗茶碗，秦钟跑来便搂着亲嘴。智能儿急的跺脚说：“这算什么！再这么我就叫唤。”秦钟求道：“好人，我已急死了。你今儿再不依。我就死在这里。”智能儿道：“你想怎样？除非我出了这牢坑，离了这些人，才依你。”秦钟道：“这也容易，只是远水救不得近渴。”说着，一口吹了灯，满屋漆黑，将智能儿抱到炕上，就云雨起来。那智能儿百般挣扎不起，又不好叫的，少不得依他了。

正在得趣，只见一人进来，将他二人按住，也不则声。二人不知是谁，唬的不敢动一动。只听那人嗤的一声，掌不住笑了，二人听声方知是宝玉。秦钟连忙起身，抱怨道："这算什么？"宝玉笑道："你倒不依，咱们就叫喊起身。"羞的智能儿趁黑地跑了。宝玉拉了秦钟出来道："你可还和我强？"秦钟笑道："好亲人，你只别嚷的众人知道了，你要怎样我都依你。"宝玉笑道："这会子也不用说，等一会儿睡下，再细细的算账。"

一时宽衣安歇的时节，凤姐在里间，秦钟、宝玉在外间，满地下皆是家下婆子，打铺坐更。凤姐因怕通灵玉失落，便等宝玉睡下，命人拿来塞在自己枕边。宝玉不知与秦钟算何账目，未见真切，未曾记得，此系疑案，不敢纂创，一宿无话。

至次日一早，便有贾母王夫人打发了人来看宝玉，又命多穿两件衣服，无事宁可回去。宝玉那里肯回去？又有秦钟恋着智能儿，调唆宝玉求凤姐再住一天。凤姐想了一想：凡丧仪大事虽妥，还有一半点小事未曾安插，可以借此再住一日，岂不又在贾珍跟前送了满情？二则又可以完净虚那事；三则顺了宝玉的心，贾母听见，岂不欢喜？因有此三益，便向宝玉道："我的事都完了，你要在这里逛，少不得索性辛苦一日罢了，明儿可是定要走的了。"宝玉听说，千姐姐万姐姐的央求："只住一日，明儿必回去的。"于是又住了一夜。

凤姐便命悄悄将昨日老尼之事，说与来旺儿。来旺儿心中俱已明白，急忙进城找着主文的相公，假托贾琏所嘱，修书一封，连夜往长安县来，不过百里路程，两日工夫俱已妥协。那节度使名唤云光，久受贾府之情，这点小事，岂有不允之理？给了回书，旺儿回来，且不在话下。

却说凤姐等又过一日，次日方别了老尼，着他三日后往府里去讨信。那秦钟与智能儿百般不忍分离，背地里多少幽期密约，俱不用细述，只得含恨而别。凤姐又到铁槛寺中照望一番，然后众人都回家。宝珠执意不肯回家，贾珍只得派妇女相伴。要知端的，再听下回分解。

第十六回

贾元春才选凤藻宫　秦鲸卿夭逝黄泉路

话说宝玉见收拾了外书房，约定与秦钟读夜书。偏那秦钟秉赋最弱，因在郊外受了些风霜，又与智能儿偷期绻缱，未免失于调养，回来时便咳嗽伤风，懒进饮食，大有不胜之态，遂不敢出门，只在家中养息。宝玉便扫了兴头，只得付于无可奈何，且自静候大愈时再约。

那凤姐已是得了云光的回信，俱已妥协。老尼达知张家，果然那守备忍气吞声的收了前聘之物。谁知那张家父母如此爱势贪财，却养了一个知义多情的女儿，闻得父母退了前夫，他便一条麻绳悄悄的自缢了。那守备之子闻得金哥自缢，他也是个极多情的，遂也投河而死，不负妻义。张李两家没趣，真是人财两空。这里凤姐却坐享了三千两，王夫人等连一点消息也不知道。自此凤姐胆识愈壮，以后有了这样的事，便恣意的作为起来，也不消多记。

一日正是贾政的生辰，宁荣二处人丁都齐集庆贺，闹热非常。忽有门吏忙忙进来，至席前报说："有六宫都太监[①]夏老爷来降旨。"唬的贾赦、贾政等一干人不知是何消息，忙止了戏文，撤去酒席，摆了香案，启中门跪接。早见六宫都太监夏守忠乘马而至，前后左右又有许

① 六宫都太监——六宫：皇后与妃嫔所居之处。都太监：太监的总管，作者虚拟的官名。都：总管之谓。

多内监跟从。那夏守忠也并不曾负诏捧敕，至檐前下马，满面笑容，走至厅上，南面而立，口内说：“特旨：立刻宣贾政入朝，在临敬殿上陛见[1]。”说毕，也不及吃茶，便乘马去了。贾赦等不知是何兆头，只得急忙更衣入朝。

夏守忠

贾母等合家人等心中皆惶恐不定，不住的使人飞马来往报信。有两个时辰工夫，忽见赖大等三四个管家喘吁吁跑进仪门报喜，又说“奉老爷命，速请老太太带领太太等进朝谢恩”等语。

那时贾母正心神不定，在大堂廊下伫立，那邢夫人、王夫人、尤氏、李纨、凤姐、迎春姊妹以及薛姨妈等皆在一处，听如此信至，贾母便唤进赖大来细问端的。赖大禀道：“小的们只在临敬门外伺候，里头的信息一概不能得知。后来还是夏太监出来道喜，说咱们家大小姐晋封为凤藻宫尚书[2]，加封贤德妃。后来老爷出来亦如此说。如今老爷又往东宫去了，速请老太太领着太太

赖大

① 陛见——臣下谒见皇帝。陛：宫殿的台阶。

② 凤藻宫尚书——凤藻宫：作者虚拟的宫名。尚书：官名。

们去谢恩。”

贾母等听了方心神安定，不免又都洋洋喜气盈腮。于是都按品级大妆起来。贾母带领邢夫人、王夫人、尤氏，一共四乘大轿入朝。贾赦、贾珍亦换了朝服，带领贾蓉、贾蔷奉侍贾母大轿前往。

于是宁荣两处上下里外，莫不欣然踊跃，个个面上皆有得意之状，言笑鼎沸不绝。

谁知近日水月庵的智能儿私逃进城，找至秦钟家下看视秦钟，不意被秦业知觉，将智能儿逐出，将秦钟打了一顿，自己气的老病发作，三五日光景呜呼死了。秦钟本自怯弱，又带病未愈，受了笞杖，今见老父气死，此时悔痛无及，更又添了许多症候。因此宝玉心中怅然如有所失。虽闻得元春晋封之事，亦未解得愁闷。贾母等如何谢恩，如何回家，亲朋如何来庆贺，宁荣两处近日如何热闹，众人如何得意，独他一个皆视有如无，毫不曾介意。因此众人嘲他越发呆了。

且喜贾琏与黛玉回来，先遣人来报信，明日就可到家，宝玉听了，方略有些喜意。细问原由，方知贾雨村亦进京陛见，皆由王子腾累上保本[①]，此来候补京缺，与贾琏是同宗弟兄，又与黛玉有师徒之谊，故同路作伴而来。林如海已葬入祖坟了，诸事停妥，贾琏方进京的。本该出月到家，因闻得元春喜信，遂昼夜兼程而进，一路俱各平安。宝玉只问得黛玉“平安”二字，余者也就不在意了。

好容易盼至明日午错，果报：“琏二爷和林姑娘进府了。”见面时彼此悲喜交加，未免又大哭一阵，后又致喜庆之词。宝玉心中品度黛玉，越发出落的超逸了。黛玉又带了许多书籍来，忙着打扫卧室，安插器具，又将些纸笔等物分送宝钗、迎春、宝玉等人。宝玉又将北静王所赠鹡鸰香串珍重取出来，转赠黛玉。黛玉说：“什么臭男人拿过的！我不要他。”遂掷而不取。宝玉只得收回。暂且无话。

且说贾琏自回家参见过众人，回至房中。正值凤姐近日多事之时，无片刻闲暇之工，见贾琏远路归来，少不得拨冗接待，房内无外人，便笑道：“国舅老爷大喜！国舅老爷一路风尘辛苦。小的听见昨日的头起

---

① 保本——封建官吏向皇帝保荐人才的奏本。

熙凤撒娇

报马[1]来报，说今日大驾归府，略预备了一杯水酒掸尘，不知可赐光谬领否？”贾琏笑道：“岂敢岂敢，多承多承。”一面平儿与众丫鬟参拜毕，献茶。贾琏遂问别后家中的诸事，又谢凤姐的操持劳碌。

凤姐道：“我那里照管得这些事！见识又浅，口角又笨，心肠又直率，人家给个棒槌，我就认作‘针’。脸又软，搁不住人给两句好话，心里就慈悲了。况且又没经历过大事，胆子又小，太太略有些不自在，就吓的我连觉也睡不着了。我苦辞了几回，太太又不容辞，倒反说我图受用，不肯习学了。殊不知我是捻着一把汗儿呢。一句也不敢多说，一步也不敢多走。你是知道的，咱们家所有的这些管家奶奶们，那一位是好缠的？错一点儿他们就笑话打趣，偏一点儿他们就指桑说槐的报怨。‘坐山看虎斗’，‘借剑杀人’，‘引风吹火’，‘站干岸儿’，‘推倒油瓶不扶’，都是全挂子的武艺。况且我年纪轻，头等不压众，怨不得不放我在眼里。更可笑那府里忽然蓉儿媳妇死了，珍大哥又再三再四的在太太跟前跪着讨情，只要请我帮他几日；我是再三推辞，太太断不依，只得从命。依旧被我闹过去了，不过不成体统，至今珍大哥哥还抱怨后悔呢。你这一来了，明儿你见了他，好歹描补[2]描补，就说我年纪小，原没见过世面，谁叫大爷错委了他呢。”

正说着，只听外间有人说话，凤姐便问：“是谁？”平儿进来回道：“姨太太打发了香菱妹子来问我一句话，我已经说了，打发他回去

① 报马——这里代指报告消息的人。

② 描补——这里指说话办事有不周到处，事后加以解释弥补。

了。”贾琏笑道：“正是呢，方才我见姨妈去，不防和一个年轻的小媳妇子撞了个对面，生的好齐整模样。我疑惑咱们家并无此人，说话时因问姨妈，谁知就是上京来买的那小丫头，名叫香菱的，竟与薛大傻子做了屋里人，开了脸[①]，越发出挑的标致了。那薛大傻子真玷辱了他。”

凤姐道：“哎！往苏杭去了一趟回来，也该见些世面了，还是这么眼馋肚饱的。你要爱他，不值什么，我拿平儿去换了他来如何？那薛老大也是‘吃着碗里看着锅里’的，这一年来的光景，他为要香菱不能到手，和姨妈打了多少饥荒[②]。也因姨妈看着香菱模样儿好还是末则，其为人行事，却又比别的女孩子不同，温柔安静，差不多的主子姑娘也跟他不上呢，故此摆酒请客的费事，明堂正道的与他做了屋里人。过了没半月，也看的马棚风[③]一般了，我倒心里可惜了的。”一语未了，二门上小厮传报：“老爷在大书房等二爷呢。”贾琏听了，忙忙整衣出去。

这里凤姐乃问平儿：“方才姨妈有什么事，巴巴的打发了香菱来？”平儿笑道：“那里来的香菱，是我借他暂撒个谎。奶奶说说，旺儿嫂子越发连个成算也没有了。”说着，又走至凤姐身边，悄悄的说道：“奶奶的那利钱银子，迟不送来，早不送来，这会子二爷在家，他且送这个来了。幸亏我在堂屋里撞见，不然时走了来回奶奶，二爷倘或问奶奶是什么利钱，奶奶自然不肯瞒二爷的，少不得照实告诉二爷。我们二爷那脾气，油锅里的钱还要找出来花呢，听见奶奶有了这个体己，他还不放心的花了呢？所以我赶着接了过来，叫我说了他两句，谁知奶奶偏听见了问，我就撒谎说香菱来了。”凤姐听了笑道：“我说呢，姨妈知道你二爷来了，忽喇巴[④]儿的反打发个房里人来？原来是你这蹄子闹鬼。”

说话时贾琏已进来，凤姐便命摆上酒馔来，夫妻对坐。凤姐虽善饮，却不敢任兴，只陪侍着贾琏。一时贾琏的乳母赵嬷嬷走来，贾琏凤姐忙让吃酒，令其上炕去。赵嬷嬷执意不肯。平儿等早于炕沿下设

① 开了脸——旧俗女子出嫁时用线绞净脸上的汗毛，修齐鬓角，叫作“开脸”。
② 打饥荒——义有多种，此指纠缠不休。
③ 马棚风——比喻习以为常。不当一回事。
④ 忽喇巴——忽然、凭空。

下一杌①，又有一小脚踏，赵嬷嬷在脚踏上坐了。贾琏向桌上拣两色肴馔与他放在杌上自吃。凤姐又道："妈妈很嚼不动那个，没的矼了他的牙②。"因向平儿道："早起我说那一碗火腿炖肘子很烂，正好给妈妈吃，你怎么不拿了去叫他们热来？"又道："妈妈，你尝一尝你儿子带来的惠泉酒③。"赵嬷嬷道："我喝呢，奶奶也喝一盅，怕什么？只不要过多了就是了。我这会子跑了来，倒也不为酒饭，倒有一件正经事，奶奶好歹记在心里，疼顾我些罢。我们这爷，只是嘴里说的好，到了跟前就忘了我们。幸亏我从小儿奶了你这么大。我也老了，有的是那两个儿子，你就另眼照看他们些，别人也不敢呲牙儿④的。我还再四的求了你几遍，你答应的倒好，到如今还是燥屎⑤。这如今又从天上跑出这一件大喜事来，那里用不着人呢？所以倒是来和奶奶说是正经，靠着我们爷，只怕我还饿死呢。"

贾琏、凤姐吃饭，让赵嬷嬷炕上就坐

凤姐笑道："妈妈你放心，两个奶哥哥都交给我。你从小儿奶的儿子，你还有什么不知他那脾气的？拿着皮肉倒往那不相干的外人身上贴。可是现放着奶哥哥，那一个不比人强？你疼顾照看他们，谁敢说个'不'字儿？没的白便宜外人。我这话也说错了，我们看着是'外

① 杌——小凳子。

② 矼牙——又作"硌牙"，牙齿嚼到硬东西而感到难受。

③ 惠泉酒——惠泉水所酿的酒。惠泉在江苏无锡惠山第一峰下，号称"天下第二泉"。

④ 呲牙儿——掀唇露齿。这里引申为议论讥诮别人。

⑤ 燥屎——歇后语："燥屎——干搁着"。此指对受托之事漫不经心，搁置未办。

人’，你却看着‘内人[①]’一样呢。”说的满屋里人都笑了。赵嬷嬷也笑个不住，又念佛道：“可是屋子里跑出青天来了。若说‘内人’‘外人’这些混帐原故，我们爷是没有，不过是脸软心慈，搁不住人求两句罢了。”凤姐笑道：“可不是呢，有‘内人’的他才慈软呢，他在咱们娘儿们跟前才是刚硬呢！”赵嬷嬷笑道：“奶奶说的太尽情了，我也乐了，再吃一杯好酒。从此我们奶奶作了主，我就没的愁了。”

贾琏此时没好意思，只是讪笑吃酒，说“胡说”二字，——“快盛饭来，吃完了还要往珍大爷那边去商议事呢。”凤姐道：“可是别误了正事。才刚老爷叫你作什么？”贾琏道：“就为省亲。”凤姐忙问道：“省亲[②]的事竟准了不成？”贾琏笑道：“虽不十分准，也有八分准了。”凤姐笑道：“可见当今[③]的隆恩。历来听书看戏，古时从未有的。”赵嬷嬷又接口道：“可是呢，我也老糊涂了。我听见上上下下吵嚷了这些日子，什么省亲不省亲，我也不理论他去；如今又说省亲，到底是怎么个原故？”贾琏道：“如今当今体贴万人之心，世上至大莫如‘孝’字[④]，想来父母儿女之情，皆是一理，不是贵贱上分别的。当今自为日夜侍奉太上皇、皇太后，尚不能略尽孝意，因见宫里嫔妃才人等皆是入宫多年，抛离父母音容，岂有不思想之理？在儿女思想父母，是分所当然的。若是父母在家只管思念儿女，竟不能一见，倘因此成疾致病，甚至死亡，皆由朕躬[⑤]禁锢，不能使其遂天伦之愿，亦大伤天和之事。故启奏太上皇、皇太后，每月逢二六日期，准其椒房[⑥]眷属入宫请安看视。于是太上皇、皇太后大喜。深赞当今至孝纯仁，体天格物。因此二位老圣人又下旨意，说椒房眷属入宫，未免有国体仪制，母女尚不能惬怀。竟大开方便之恩，特降谕诸椒房贵戚，除二六日入宫之恩外，

---

① 内人——对人称自己的妻子为“内人”。

② 省亲——探望父母等长辈尊亲。省：探望问安。

③ 当今——意同“今上”，即当朝皇帝。

④ 世上至大莫如“孝”字——《孝经·圣治章》：“人之行莫大于孝。”封建帝王“以孝治天下”，目的在由孝及忠，以巩固封建宗法制和君主制的统治。

⑤ 朕躬——皇帝自称。朕：本古人自称之词，意同“我”，至秦始皇始定为皇帝专用的自称，后代沿之。躬：自身。

⑥ 椒房——汉代后妃住的宫室用花椒和泥涂壁，取其温暖有香气；又因花椒结实多，兼有希求多子之意。后以椒房代指后妃居处或后妃。

凡有重宇别院之家，可以驻跸关防[1]之处，不妨启请内廷鸾舆[2]入其私第，庶可略尽骨肉私情、天伦中之至性。此旨一下，谁不踊跃感戴？现今周贵人[3]的父亲已在家里动了工了，修盖省亲别院呢。又有吴贵妃的父亲吴天祐家，也往城外踏看地方去了。这岂不有八九分了？”

赵嬷嬷道：“阿弥陀佛！原来如此。这样说，咱们家也要预备接咱们大小姐了？”贾琏道：“这何用说呢！不然，这会子忙的是什么？”

凤姐笑道：“若果如此，我可也见个大世面了。可恨我小几岁年纪，若早生二三十年，如今这些老人家也不薄我没见世面了。说起当年太祖皇帝仿舜巡[4]的故事，比一部书还热闹，我偏没造化赶上。”

赵嬷嬷道：“哎哟哟，那可是千载希逢的！那时候我才记事儿，咱们贾府正在姑苏扬州一带监造海舫，修理海塘，只预备接驾一次，把银子都花的淌海水似的！说起来……”凤姐忙接道：“我们王府也预备过一次。那时我爷爷单管各国进贡朝贺的事，凡有的外国人来，都是我们家养活。粤、闽、滇、浙所有的洋船货物都是我家的。”

赵嬷嬷道：“那是谁不知道的？如今还有个口号儿呢，说‘东海少了白玉床，龙王来请江南王’，这说的就是奶奶府上了。还有如今现在江南的甄家，哎哟哟，好势派！独他家接驾四次，若不是我们亲眼看见，告诉谁谁也不信的。别讲银子成了土泥，凭是世上所有的，没有不是堆山塞海的，‘罪过可惜’四个字竟顾不得了。”

凤姐道：“常听见我们太爷们也这样说，岂有不信的。只纳罕他家怎么就这么富贵呢？”赵嬷嬷道：“告诉奶奶一句话，也不过是拿着皇帝家的银子往皇帝身上使罢了！谁家有那些钱买这个虚热闹去？”

正说的热闹，王夫人又打发人来瞧凤姐吃了饭不曾。凤姐便知有事等他，忙忙的吃了半碗饭，漱口要走，又有二门上小厮们回：“东府里

① 驻跸关防——驻跸：帝王后妃在宫外的停留驻扎。跸：帝王后妃出行，戒严清道，以防常人停留窥视。关防：出于礼制和保安的需要而采取的分隔内外的措施。清代内务府有执掌“关防”的机构和人员。

② 鸾舆——皇帝、后妃所乘的宫车。鸾：车上的鸾铃。

③ 贵人——妃嫔称号的一种。

④ 舜巡——古时天子巡行四方，祭山川，施教化，谓之“巡狩”。相传帝舜曾南巡至苍梧之野，故这里称皇帝的巡行叫“舜巡”。

蓉、蔷二位哥儿来了。”贾琏才漱了口，平儿捧着盆洗手，见他二人来了，便问：“什么话？快说。”凤姐闻得，便止步听他二人回些什么。贾蓉先回说：“我父亲打发我来回叔叔：老爷们已经议定了，从东边一带，接着东府里花园起，转至北边，一共丈量准了，三里半大，可以盖造省亲别院了。已经传人画图样去了，明日就得。叔叔才回家，未免劳乏，不用过我们那边去了，有话明日一早再请过去说罢。”贾琏笑着忙说道：“多谢大爷费心体谅，我就从命不过去了。正经是这个主意才省事，盖的也容易；若采置别处地方去，那更费事，且倒不成体统。你回去说这样很好，若老爷们再要改时，全仗大爷谏阻，万不可另寻地方。明日一早我给大爷请安去，再细说罢。”贾蓉忙应几个“是”。

贾蔷又近前回说：“下姑苏请聘教习，采买女孩子，置办乐器行头[①]等事，大爷派了侄儿，带领着来管家两个儿子，还有单聘仁、卜固修两个清客相公，一同前往，所以命我来见叔叔。”贾琏听了，将贾蔷打量了打量，笑道：“你能在这一行？这个事虽不算甚大，里头大有藏掖[②]的。”贾蔷笑道：“只好学习着办罢了。”

贾蓉在身旁灯影下悄拉凤姐的衣襟，凤姐会意，因笑道：“你也太操心了，难道大爷比咱们还不会用人？偏你又怕他不在行了。谁都是在行的？孩子们已长的这么大了，‘没吃过猪肉，也看见过猪跑’。大爷派他去，原不过是个坐纛旗儿[③]，难道认真的叫他去讲价钱会经纪[④]去呢！依我说，就很好。”贾琏道：“自然是这样。并不是我驳回，少不得替他算计算计。”因问：“这一项银子动那一处的？”贾蔷道：“才也议到这里，赖爷爷说，不用从京里带下去，江南甄家还收着我们五万银子。明日写一封书信会票[⑤]我们带去，先支三万，下剩二万存着，等置办花烛彩灯并各色帘栊帐幔的使费。”贾琏点头道：“这个主意

① 行头——演戏所用的服装、道具等。

② 藏掖——隐匿，这里指营私舞弊的机会。

③ 坐纛旗儿——纛：古代军中大旗。坐纛旗儿：即主帅，这里借指主事的人。

④ 经纪——买卖。商人亦称经纪人。这里指旧时为买卖双方撮合交易从中赚取佣金的人。

⑤ 会票——即“汇票”，唐时号曰：“飞钱”，明清始有“会票”之称。会票不仅用于汇款，且用作清偿债务的凭证。

好。”

凤姐忙向贾蔷道：“既这样，我有两个在行妥当人，你就带他们去办，这个便宜了你呢。”贾蔷忙陪笑说：“正要和婶婶讨两个人呢，这可巧了。”因问名字，凤姐便问赵嬷嬷。彼时赵嬷嬷已听呆了话，平儿忙笑推他，他才醒悟过来，忙说：“一个叫赵天梁，一个叫赵天栋。”凤姐道：“可别忘了。我可干我的去了。”说着便出去了。

贾蓉忙送出来，又悄悄的向凤姐道：“婶子要什么东西，吩咐我开个账给蔷兄弟带了去。叫他按账置办了来。”凤姐笑道：“别放你娘的屁！我的东西还没处撂呢，希罕你们的鬼鬼祟祟的？”说着一径去了。

这里贾蔷也悄问贾琏：“要什么东西，顺便置来孝敬叔叔。”贾琏笑道：“你别兴头[1]。才学着办事，倒先学会了这把戏。我短了什么，少不得写信来告诉你。且不要论到这里。”说毕，打发他二人去了。

接着回事的人来，不止三四次，贾琏害乏，便传与二门上，一应不许传报，俱等明日料理。凤姐至三更时分方下来安歇。一宿无话。

次早贾琏起来，见过贾赦、贾政，便往宁府中来，合同老管事人等，并几位世交门下清客相公，审察两府地方，缮画省亲殿宇，一面参度办理人丁。

自此后，各行匠役齐集，金银铜锡以及土木砖瓦之物，搬运移送不歇。先令匠人拆宁府会芳园墙垣楼阁，直接入荣府东大院中。荣府东边所有下人一带群房尽已拆去。当日宁荣二宅，虽有一小巷界断不通，然这小巷亦系私地，并非官道，故可以连属。会芳园本是从北角墙下引来一股活水，今亦无烦再引。其山石树木虽不敷用，贾赦住的乃是荣府旧园，其中竹树山石以及亭榭栏杆等物，皆可挪就前来。如此两处又甚近，凑来一处，省得许多财力，纵亦不敷用，所添亦有限。全亏一个胡老明公[2]号山子野者，一一筹画起造。

贾政不惯于俗务，只凭贾赦、贾珍、贾琏、赖大、来升、林之孝、吴新登、詹光、程日兴九人安插摆布；凡堆山凿池，起楼竖阁，种竹

① 兴头——得意扬扬。

② 明公——本用以称呼有学识有地位的人，后泛作对人的尊称，如同“先生”。

栽花，一应点景等事，又有山子野调度。贾政下朝闲暇，不过各处看望看望。最要紧处和贾赦等商议商议便罢了。贾赦只在家高卧，有芥豆之事，贾珍等或自去回明，或写略节；或有话说，便传呼贾琏、赖大等领命。贾蓉单管打造金银器皿。贾蔷已起身往姑苏去了。贾珍、赖大等又点人丁、开册籍、监工等事，一笔不能写到，不过是喧阗热闹非常而已。暂且无话。

且说宝玉近因家中有这等大事，贾政不来问他的书，心中是件畅事；无奈秦钟之病日重一日，也着实悬心，不能乐业。这一日早起来，才梳洗完毕，意欲回了贾母去望候秦钟，忽见茗烟在二门照壁前探头缩脑，宝玉忙出来问他："作什么？"茗烟道："秦相公不中用了！"宝玉听说，吓了一跳，忙问道："我昨儿才瞧了他来，还明明白白，怎么今日就不中用了？"茗烟道："我也不知道，才刚是他家的老头子来特告诉我的。"宝玉听了，忙转身回明贾母。贾母吩咐："好生派妥当人跟去，到那里去望望秦钟，尽一尽同窗之情就回来，不许多耽搁了。"宝玉听了，忙忙的更衣出来，车犹未备，急的满厅乱转。一时催促的车到，忙上了车，李贵、茗烟等跟随，来至秦钟门首，悄无一人，遂蜂拥至内室，唬的秦钟的两个远房婶母并几个弟兄都藏之不迭。

此时秦钟已发过两三次昏了，移床易箦①多时矣。宝玉一见，便不禁失声。李贵忙劝道："不可不可，秦相公是弱症，未免炕上挺扛的骨头不受用，所以暂且挪下来松散些。哥儿如此，岂不反添了他的病？"宝玉听了，方忍住，近前看见秦钟面如白蜡，合目呼吸于枕上。宝玉忙叫道："鲸兄！宝玉来了。"连叫两三声，秦钟不睬。宝玉又道："宝玉来了。"

那秦钟早已魂魄离身，只剩得一口悠悠余气在胸，正见许多鬼判持牌提索来捉他。那秦钟魂魄那里肯去？又记挂着家中无人掌管家务，又记挂着父亲还有留积下的三四千两银子，又记挂着智能儿尚无下落，因此百般求告鬼判。无奈这些鬼判都不肯徇私，反叱咤秦钟道："亏你还是读过书的人，岂不知俗语说的：'阎王叫你三更死，谁敢留人到五

---

① 易箦——易：更换。箦：竹席。孔子弟子曾参恪守礼制，病危时一定要人换掉大夫才能寝用的华美竹席，后因称人之将死为"易箦"。

更。’我们阴间上下都是铁面无私的，不比你们阳间瞻情顾面，有许多的关碍处。”

正闹着，那秦钟魂魄听见“宝玉来了”四字，便忙又央求道：“列位神差，略发慈悲，让我回去，和这一个好朋友说一句话就来的。”众鬼道：“又是什么好朋友？”秦钟道：“不瞒列位，就是荣国公的孙子，小名宝玉儿。”那判官听了，先就唬慌起来，忙喝骂鬼使道：“我说你们放了他回去走走罢，你们断不依我的话，如今只等他请出个运旺时盛的人来才罢。”众鬼见都判如此，也都忙了手脚，一面又抱怨道：“你老人家先是那等雷霆电雹，原来见不得‘宝玉’二字。依我们愚见，他是阳，我们是阴，怕他们也无益于我们，不如拿了秦钟一走完事。”判官闻听，连喝不可，于是将秦钟魂魄放回，苏醒过来。睁眼见宝玉在旁，无奈痰堵咽喉，不能出语，只翻眼将宝玉看了一看，头摇一摇，听喉内哼了一声，遂瞑然而逝。且听下回分解。

宝玉看秦钟

第十七、十八回

大观园试才题对额　荣国府归省庆元宵

诗曰：

豪华虽足美，离别却难堪。
传得虚名在，谁人识苦甘。

话说秦钟既死，宝玉痛哭不已，李贵等好容易劝解半日方住，归时犹是凄恻哀痛。贾母帮了几十两银子，外又另备奠仪，宝玉去吊纸[①]。七日后便送殡掩埋了，别无述记。只有宝玉日日思慕感悼，然亦无可如何了。

又不知历几何时。

这日贾珍等来回贾政："园内工程俱已告竣，大老爷已瞧过了，只等老爷瞧了，或有不妥之处，再行改造，好题匾额对联。"贾政听了，沉思一回，说道："这匾额对联倒是一件难事。论理该请贵妃赐题才是，然贵妃若不亲睹其景，大约亦必不肯妄拟；若直待贵妃游幸[②]过再

① 吊纸——这里指在死者灵前烧纸吊祭。

② 游幸——旧称帝王、后妃的行动所至为"幸"，如到某地称"幸某地"，游赏称"游幸"。

请题，偌大[1]景致，若干亭榭，无字标题，也觉寥落无趣，任有花柳山水，也断不能生色。”众清客在旁笑答道：“老世翁所见极是。如今我们有个愚见：各处匾额对联断不可少，亦断不可定名。如今且按其景致，或两字、三字、四字，虚合其意，拟了出来，暂且做灯匾联悬了。待贵妃游幸时，再请定名，岂不两全？”贾政等听了，都道：“所见不差。我们今日且看看去，只管题了，若妥当便用；不妥时，然后将雨村请来，令他再拟。”众人笑道：“老爷今日一拟定佳，何必又待雨村？”贾政笑道：“你们不知，我自幼于花鸟山水题咏上就平平；如今上了年纪，且案牍劳烦，于这怡情悦性文章上更生疏了。纵拟了出来，不免迂腐古板，反不能使花柳园亭生色，倘不妥协，反没意思。”众清客笑道：“这也无妨。我们大家看了公拟，各举其长，优则存之，劣则删之，未为不可。”贾政道：“此论极是。且喜今日天气和暖，大家去逛逛。”说着起身，引众人前往。

贾珍先去园中知会众人。可巧近日宝玉因思念秦钟，忧感不尽，贾母常命人带他到园中去戏耍。此时亦才进来，忽见贾珍走来，向他笑道：“你还不出去，老爷一会儿就来了。”宝玉听了，带着奶娘小厮们，一溜烟就出园来。方转过弯，顶头贾政引着众客来了，躲之不及，只得一边站了。贾政近因闻得塾师尝称赞宝玉专能对对联，虽不喜读书，偏倒有些歪对才情，今日偶然撞见这机会，便命他跟来。宝玉只得随往，尚不知何意。

贾政刚至园门前，只见贾珍带领许多执事人来，一旁侍立。贾政道：“你且把园门都关上，我们先瞧了外面再进去。”贾珍听说，命人将门关了。贾政先秉正[2]看门。只见正门五间，上面桶瓦泥鳅脊[3]；那门栏窗槅，皆是细雕新鲜花样，并无朱粉涂饰；一色水磨群墙[4]，下面

① 偌大——这么大。偌：如此，这样。

② 秉正——这里是摆正了姿势、选正了位置的意思。秉：执；把握。

③ 桶瓦泥鳅脊——古建筑术语称“桶瓦硬山卷棚式”。桶瓦：半圆筒形的瓦。泥鳅脊：屋面两坡桶瓦垄过脊时呈卷棚式，状如泥鳅。

④ 水磨群墙——窗台和腰线石以下的墙体称群墙，用磨砖对缝作法砌筑。

白石台矶，凿成西番草花样[①]。左右一望，皆雪白粉墙，下面虎皮石，随势砌去，果然不落富丽俗套，自是欢喜。遂命开门，只见迎面一带翠嶂挡在前面。众清客都道："好山，好山！"贾政道："非此一山，一进来园中所有之景悉入目中，则有何趣？"众人都道："极是。非胸中大有邱壑，焉想及此。"说着，往前一望，见白石崚嶒[②]，或如鬼怪，或如猛兽，纵横拱立，上面苔藓成斑，藤萝掩映，其中微露羊肠小径。贾政道："我们就从此小径游去，回来由那一边出去，方可遍览。"

说毕，命贾珍在前引导，自己扶了宝玉，逶迤进入山口。抬头忽见山上有镜面白石一块，正是迎面留题处。贾政回头笑道："诸公请看，此处题以何名方妙？"众人听说，也有说该题"叠翠"二字妙的，也有说该题"锦嶂"的，又有说"赛香炉"[③]的，又有说"小终南"[④]的，种种名色，不止几十个。原来众客心中早知贾政要试宝玉的功业进益如何，只将些俗套来敷衍。宝玉亦料定此意。贾政听了，便回头命宝玉拟来。宝玉道："尝闻古人有云：'编新不如述旧，刻古终胜雕今。'况此处并非主山正景，原无可题之处，不过是探景一进步耳。莫若直书'曲径通幽处'[⑤]这句旧诗在上，倒还大方气派。"众人听了，都赞道："是极！二世兄天分高，才情远，不似我们读腐了书的。"贾政笑道："不可谬奖。他年小，不过以一知充十用，取笑罢了。再俟选拟。"

说着，进入石洞来。只见佳木茏葱，奇花烂灼，一带清流，从花木深处曲折泻于石隙之下。再进数步，渐向北边，平坦宽豁，两边飞楼插空，雕甍[⑥]绣槛，皆隐于山坳树杪[⑦]之间。俯而视之，则清溪泻雪，

---

① 西番草花样——一种连续不断的西番草图案。西番草即西番莲，常绿缠绕植物，夏季开花，也叫缠枝莲。

② 崚嶒——形容山石怪异突兀。

③ 香炉——指江西庐山香炉峰，其形圆耸，气霭若烟，因称香炉峰。峰下有瀑布，著称于世。

④ 终南——终南山，横亘陕西南部，主峰在西安市南，山势高峻奇幻。

⑤ 曲径通幽处——见唐代常建《题破山寺后禅院》诗。一作"竹径通幽处"。

⑥ 甍——屋脊。

⑦ 杪——树梢。

石磴穿云，白石为栏，环抱池沿，石桥三港[1]，兽面衔吐[2]。桥上有亭，贾政与诸人上了亭子，倚栏坐了，因问：“诸公以何题此？”诸人都道：“当日欧阳公《醉翁亭记》[3]有云：‘有亭翼然’，就名‘翼然’。”贾政笑道：“‘翼然’虽佳，但此亭压水而成，还须偏于水题方称。依我拙裁，欧阳公之‘泻出于两峰之间’，竟用他这一个‘泻’字。”有一客道：“是极，是极。竟是‘泻玉’二字妙。”贾政拈髯寻思，因抬头见宝玉侍侧，便笑命他也拟一个来。宝玉听说，连忙回道：“老爷方才所议已是。但是如今追究了去，似乎当日欧阳公题酿泉用一‘泻’字则妥，今日此泉若亦用‘泻’字，则觉不妥。况此处虽云省亲驻跸别墅，亦当入于应制[4]之例，用此等字眼，亦觉粗陋不雅。求再拟较此蕴藉[5]含蓄者。”贾政笑道：“诸公听此论若何？方才众人编新，你又说不如述古；如今我们述古，你又说粗陋不妥。你且说你的来我听。”宝玉道：“有用‘泻玉’二字，则莫若‘沁芳’二字，岂不新雅？”贾政拈髯点头不语。众人都忙迎合，赞宝玉才情不凡。贾政道：“匾上二字容易。再作一副七言对联来。”宝玉听说，立于亭上，四顾一望，便机上心来，乃念道：

绕堤柳借三篙翠，隔岸花分一脉香。[6]

贾政听了，点头微笑。众人先称赞不已。

于是出亭过池，一山一石，一花一木，莫不着意观览。忽抬头看见前面一带粉垣，里面数楹[7]修舍，有千百竿翠竹遮映。众人都道：“好

---

① 港——指桥洞。

② 兽面衔吐——旧时大宅门上铜环，多铸兽头衔之，称为兽环。

③ 欧阳公《醉翁亭记》——宋代欧阳修的一篇著名游记。醉翁亭：在安徽滁县西南。醉翁：欧阳修的自号。

④ 应制——这里指奉帝王诏命而作的诗文，多为歌功颂德之作。

⑤ 蕴藉——含蓄不露，耐人寻味。

⑥ “绕堤”一联——从上下文看，此联与“沁芳”一匾相配，意在题水，但字面上并不直接说出。“三篙”“一脉”都代指流水。全句说绕堤翠柳映得水光澄碧，隔岸花香沁得流水芬芳。

⑦ 楹——堂前柱子。房屋一间也叫一楹。

个所在！”于是大家进来，只见入门便是曲折游廊，阶下石子漫成甬路。上面小小三间房舍，一明两暗，里面都是合着地步[①]打就的床几椅案。从里间房内又得一小门，出去则是后院，有一大株梨花兼着芭蕉，又有两间小小退步[②]。后院墙下忽开一隙，得泉一派，开沟仅尺许，灌入墙内，绕阶缘屋至前院，盘旋竹下而出。

贾政笑道：“这一处倒还罢了。若能月夜坐此窗下读书，不枉虚生一世。”说毕看着宝玉，唬的宝玉忙垂了头。众客忙用话开释，又说道：“此处的匾该题四个字。”贾政笑问：“那四字？”一个道是“淇水遗风”。贾政道：“俗。”又一个是“睢园雅迹”[③]。贾政道：“也俗。”贾珍笑道：“还是宝兄弟拟一个来。”贾政道：“他未曾作，先要议论人家的好歹，可见就是个轻薄人。”众客道：“议论的极是，其奈他何？”贾政忙道：“休如此纵了他。”因命他道：“今日任你狂为乱道，先设议论来，然后方许你作。方才众人说的，可有使得的？”宝玉见问，答道：“都似不妥。”贾政冷笑道：“怎么不妥？”宝玉道：“这是第一处行幸之处，必须颂圣方可。若用四字的匾，又有古人现成的，何必再作？”贾政道：“难道‘淇水’‘睢园’不是古人的？”宝玉道：“这太板腐了。莫若‘有凤来仪’四字。”众人都哄然叫妙。贾政点头道：“畜生，畜生，可谓‘管窥蠡测’[④]矣。”因命：“再题一联来。”宝玉便念道：

宝鼎茶闲烟尚绿，幽窗棋罢指犹凉。[⑤]

---

① “合着地步”句——这里指根据房间的大小、方位等具体情况来配制家具。

② 退步——这里指套间一类可作退居之所的附属建筑。

③ 睢园雅迹——睢园：汉代梁孝王刘武在睢阳（今河南商丘）所造的花园，即梁园，又名修竹园。梁孝王好宾客，司马相如、枚乘等辞赋家皆曾被延居园中，吟咏游赏。又唐代王勃《滕王阁序》有“睢园绿竹，气凌彭泽之樽”的句子。这里题“睢园雅迹”是从景物多竹及人物风雅想来。

④ 管窥蠡测——意思是从管子里看天，用瓢量海水。比喻见识短浅。蠡：瓠瓢。

⑤ “宝鼎”一联——此联说烹茶鼎炉绿烟袅袅，窗下着棋指头生凉；而“茶闲”“棋罢”之后尚觉烟绿指凉，正是因为窗外有“千百竿翠竹遮映”。意在写竹子茂密幽深。

贾政摇头说道："也未见长。"说毕，引众人出来。

方欲走时，忽又想起一事来，因问贾珍道："这些院落房宇并几案桌椅都算有了，还有那些帐幔帘子并陈设玩器古董，可也都是一处一处合式配就的？"贾珍回道："那陈设的东西早已添了许多，自然临期合式陈设。帐幔帘子，昨日听见琏兄弟说，还不全。那原是一起工程之时就画了各处的图样，量准尺寸，就打发人办去的。想必昨日得了一半。"贾政听了，便知此事不是贾珍的首尾[1]，便命人去唤贾琏。

一时，贾琏赶来，贾政问他共有几种，现今得了几种，尚欠几种。贾琏见问，忙向靴桶取靴掖[2]内装的一个纸折略节来，看了一看，回道："妆蟒绣堆[3]、刻丝弹墨并各色绸绫大小幔子一百二十架，昨日得了八十架，下欠四十架。帘子二百挂，昨日俱得了。外有猩猩毡帘子二百挂，金丝藤红漆竹帘子二百挂，墨漆竹帘子二百挂，五彩线络盘花帘二百挂，每样得了一半，也不过秋天都全了。椅搭、桌围、床裙、桌套，每分一千二百件，也有了。"

一面走，一面说，倏尔[4]青山斜阻。转过山怀中，隐隐露出一带黄泥筑就矮墙，墙头皆用稻茎掩护。有几百株杏花，如喷火蒸霞一般。里面数楹茅屋，外面却是桑、榆、槿、柘，各色树稚新条，随其曲折，编就两溜青篱。篱外山坡之下，有一土井，旁有桔槔辘轳[5]之属。下面分畦列亩，佳蔬菜花，漫然无际。

贾政笑道："倒是此处有些道理。固然系人力穿凿，此时一见，未免勾引起我归农之意。我们且进去歇息歇息。"说毕，方欲进篱门去，忽见路旁有一石碣，亦为留题之备。众人笑道："更妙，更妙！此处若

---

① 首尾——事情的始末。这里是经办的意思。

② 靴掖——塞掖在靴筒内的小夹子，用皮革或绸缎制成，可装名帖、钱票等物。

③ 妆蟒绣堆——妆蟒指妆缎和蟒缎，织有普通图案的叫妆缎，织有蟒形花纹的叫蟒缎。绣堆指用绣花和堆花这两种不同的工艺方法制作的花绣织品。

④ 倏尔——忽然间。倏：急速。

⑤ 桔槔辘轳——桔槔：用杠杆的井上汲水工具。辘轳：用滑轮的井上汲水工具。

悬匾待题，则田舍家风一洗尽矣。立此一碣，又觉生色许多，非范石湖田家之咏[①]不足以尽其妙。”贾政道：“诸公请题。”众人道：“方才世兄有云，‘编新不如述旧’，此处古人已道尽矣，莫若直书‘杏花村’[②]妙极。”贾政听了，笑向贾珍道：“正亏提醒了我。此处妙极，只是还少一个酒幌[③]。明日竟作一个，不必华丽，就依外面村庄的式样作来，用竹竿挑在树梢。”贾珍答应了，又回道：“此处竟还不可养别的雀鸟，只是买些鹅鸭鸡养着，才都相称了。”贾政与众人都道：“更妙。”贾政又向众人道：“‘杏花村’固佳，只是犯了正名[④]，直待请名方可。”众客都道：“是呀。如今虚的，便是什么字样好？”

大家想着，宝玉却等不得了，也不等贾政的命，便说道：“旧诗有云：‘红杏梢头挂酒旗’[⑤]。如今莫若‘杏帘在望’四字。”众人都道：“好个‘在望’！又暗合‘杏花村’意。”宝玉冷笑道：“村名若用‘杏花’二字，则俗陋不堪了。又有古人诗云：‘柴门临水稻花香’[⑥]，何不就用‘稻香村’的妙？”众人听了，亦发哄声拍手道：“妙！”贾政一声断喝：“无知的业障！你能知道几个古人？能记得几首熟诗？也敢在老先生前卖弄！你方才那些胡说的，不过是试你的清浊，取笑而已，你就认真了！”

说着，引人步入茆堂[⑦]，里面纸窗木榻，富贵气象一洗皆尽。贾政心中实是欢喜，却瞅宝玉道：“此处如何？”众人见问，都忙悄悄的推宝玉，教他说好。宝玉不听人言，便应声道：“不及‘有凤来仪’多矣。”贾政听了道：“无知的蠢物！你只知朱楼画栋、恶赖[⑧]富丽为

---

① 范石湖田家之咏——范石湖即宋代诗人范成大，自号石湖居士，有《石湖诗集》。他晚年所作的《四时田园杂兴》描写田家生活、景物，最被人们传诵。

② 杏花村——出自唐代杜牧《清明》诗：“借问酒家何处有，牧童遥指杏花村。”

③ 酒幌——也作酒帘、酒旗，即酒家的招牌，以竹竿挑布帘，挂在门首。

④ 犯了正名——这里或指园中景物题名不应直用前人已有的“杏花村”之名，否则即与之相犯，失之浅俗。犯：与应避忌的法则相抵触的意思。

⑤ 红杏梢头挂酒旗——见明代唐寅《题杏林春燕》诗。

⑥ 柴门临水稻花香——见唐代许浑《晚自朝台津至韦隐居郊园》诗。

⑦ 茆堂——茅堂。“茆”同“茅”。

⑧ 恶赖——庸俗鄙劣。

佳，那里知道这清幽气象？终是不读书之过！”宝玉忙答道：“老爷教训的固是，但古人常云‘天然’二字，不知何意？”

众人见宝玉牛心[1]，都怪他呆痴不改。今见问“天然”二字，众人忙道：“别的都明白，为何连‘天然’不知？‘天然’者，天之自然而有，非人力之所成也。”宝玉道：“却又来！此处置一田庄，分明见得人力穿凿扭捏而成。远无邻村，近不负郭[2]，背山山无脉，临水水无源，高无隐寺之塔，下无通市之桥，峭然孤出，似非大观。争似先处有自然之理，得自然之气，虽种竹引泉，亦不伤于穿凿。古人云‘天然图画’四字，正畏非其地而强为地，非其山而强为山，虽百般精巧而终不相宜……”未及说完，贾政气的喝命：“叉出去！”刚出去，又喝命：“回来！”命：“再题一联，若不通，一并打嘴！”宝玉只得念道：

新涨绿添浣葛处，好云香护采芹人。

贾政听了，摇头说：“更不好。”一面引人出来，转过山坡，穿花度柳，抚石依泉，过了荼蘼架，再入木香棚，越牡丹亭，度芍药圃，入蔷薇院，出芭蕉坞，盘旋曲折。忽闻水声潺湲，泻出石洞，上则萝薜倒垂，下则落花浮荡。众人都道：“好景，好景！”贾政道：“诸公题以何名？”众人道：“再不必拟了，恰恰乎是‘武陵源’三个字。”贾政笑道：“又落实了，而且陈旧。”众人笑道：“不然就用‘秦人旧舍’[3]四字也罢了。”宝玉道：“这越发过露了。‘秦人旧舍’说避乱之意，如何使得？莫若‘蓼汀花溆’[4]四字。”贾政听了，便批“胡说”。

于是要进港洞时，又想起有船无船。贾珍道：“采莲船共四只，座

① 牛心——犟；死心眼儿。

② 负郭——靠近城郭。负：这里是背倚的意思。

③ 武陵源、秦人旧舍——武陵源即桃花源。晋陶渊明《桃花源记》叙武陵捕鱼者无意中走入桃花源，见其中居民往来耕作怡然自乐，自称“先世避秦时乱”来到这个与世隔绝的地方。所谓“‘秦人旧舍’说避乱之意”即指此。

④ 蓼汀花溆——“蓼汀”当从唐代罗邺《雁》诗“暮天新雁起汀洲，红蓼花开水国愁”想来。汀：汀洲，水边平沙。溆：浦；水边。

船一只，如今尚未造成。”贾政笑道：“可惜不得入了。”贾珍道：“从山上盘道亦可以进去。”说毕，在前导引，大家攀藤抚树过去。只见水上落花愈多，其水愈清，溶溶荡荡，曲折萦迂。池边两行垂柳，杂着桃杏，遮天蔽日，真无一些尘土。忽见柳阴中又露出一个折带朱栏板桥来，度过桥去，诸路可通，便见一所清凉瓦舍，一色水磨砖墙，清瓦花堵。那大主山所分之脉，皆穿墙而过。

贾政道：“此处这所房子，无味的很。”因而步入门时，忽迎面突出插天的大玲珑山石来，四面群绕各式石块，竟把里面所有房屋悉皆遮住，而且一株花木也无。只见许多异草：或有牵藤的，或有引蔓的，或垂山巅，或穿石隙，甚至垂檐绕柱，萦砌盘阶，或如翠带飘飖，或如金绳盘屈，或实若丹砂，或花如金桂，味芬气馥，非花香之可比。贾政不禁笑道：“有趣！只是不大认识。”有的说：“是薜荔藤萝。”贾政道：“薜荔藤萝不得如此异香。”宝玉道：“果然不是。这些之中也有藤萝薜荔，那香的是杜若蘅芜，那一种大约是茝兰，这一种大约是清葛，那一种是金䔲草，这一种是玉蕗藤，红的自然是紫芸，绿的定是青芷。想来《离骚》《文选》[①]等书上所有的那些异草，也有叫作什么藿姜荨的，也有叫作什么纶组紫绛的，还有石帆、水松、扶留等样的，又有叫什么绿荑的，还有什么丹椒、蘼芜、风莲的。如今年深岁改，人不能识，故皆象形夺名，渐渐的唤差了，也是有的。”未及说完，贾政喝道：“谁问你来！”唬的宝玉倒退，不敢再说。

贾政因见两边俱是超手游廊，便顺着游廊步入。只见上面五间清厦连着卷棚，四面出廊，绿窗油壁，更比前几处清雅不同。贾政叹道：“此轩中煮茶操琴，亦不必再焚名香矣。此造已出意外，诸公必有佳作新题以颜其额[②]，方不负此。”众人笑道：“再莫若‘兰风蕙露’贴切了。”贾政道：“也只好用这四字。其联若何？”一人道：“我倒想了一对，大家批削改正。”念道是：

---

① 《离骚》《文选》——《离骚》：战国时楚国诗人屈原的代表作，其中写了许多香草，象征作者所追求的理想和美德。《文选》：即《昭明文选》，南朝梁昭明太子萧统选编，为现存最早的一部诗文选集。

② 以颜其额——在匾额上题字。颜：这里用作动词，即题字其上。额：匾。

麝兰芳霭斜阳院，杜若香飘明月洲。

众人道：“妙则妙矣，只是‘斜阳’二字不妥。”那人道：“古人诗云‘蘼芜满手泣斜晖’[①]。”众人道：“颓丧，颓丧。”又一人道：“我也有一联，诸公评阅评阅。”因念道：

三径[②]香风飘玉蕙，一庭明月照金兰。

贾政拈髯沉吟，意欲也题一联。忽抬头见宝玉在旁不敢作声，因喝道：“怎么你应说话时又不说了？还要等人请教你不成！”宝玉听说，便回道：“此处并没有什么‘兰麝’‘明月’‘洲渚’之类，若要这样着迹说起来，就题二百联也不能完。”贾政道：“谁按着你的头，叫你必定说这些字样呢？”宝玉道：“如此说，匾上则莫若‘蘅芷清芬’四字。”对联则是：

吟成荳蔻才犹艳，睡足荼蘼梦也香。

贾政笑道：“这是套的‘书成蕉叶文犹绿’，不足为奇。”众客道：“李太白‘凤凰台’之作，全套‘黄鹤楼’[③]，只要套得妙。如今细评起来，方才这一联，竟比‘书成蕉叶’犹觉幽娴活泼。视‘书成’之句，竟似套此而来。”贾政笑说：“岂有此理！”

说着，大家出来。行不多远，则见崇阁巍峨，层楼高起，面面琳宫[④]合抱，迢迢复道[⑤]萦纡，青松拂檐，玉栏绕砌，金辉兽面，彩焕螭

① 蘼芜满手泣斜晖——句出唐代鱼玄机《闺怨》：“蘼芜盈手泣斜晖，闻道邻家夫婿归。”

② 三径——汉代蒋诩归里隐居，荆棘塞门，于舍中竹下开三径，只与求仲、羊仲二人交往。后常以“三径”泛指庭园间小路。

③ 李太白“凤凰台”之作，全套“黄鹤楼”——李白《登金陵凤凰台》一诗，在遣词造句方面套用了崔颢的《黄鹤楼》诗。《黄鹤楼》曾被誉为唐人七律之冠，但李白诗仍能自出新意，寄托深远，故这里说“套得妙”。

④ 琳宫——神仙所居之处，这里是说宫室瑰丽犹如仙境。

⑤ 复道——楼阁之间架空连接的通道。

头[①]。贾政道："这是正殿了，只是太富丽了些。"众人都道："要如此方是。虽然贵妃崇节尚俭，天性恶繁悦朴，然今日之尊，礼仪如此，不为过也。"一面说，一面走，只见正面现出一座玉石牌坊来，上面龙蟠螭护，玲珑凿就。贾政道："此处书以何文？"众人道："必是'蓬莱仙境'方妙。"贾政摇头不语。宝玉见了这个所在，心中忽有所动，寻思起来，倒像那里曾见过的一般，却一时想不起那年月日的事。贾政又命他作题，宝玉只顾细思前景，全无心于此了。众人不知其意，只当他受了这半日的折磨，精神耗散，才尽辞穷了；再要考难逼迫，着了急，或生出事来，倒不便。遂忙都劝贾政："罢，罢，明日再题罢了。"贾政心中也怕贾母不放心，遂冷笑道："你这畜生，也竟有不能之时了。也罢，限你一日，明日若再不能，我定不饶。这是要紧一处，更要好生作来！"

说着，引人出来，再一观望，原来自进门起，所行至此，才游了十之五六。又值人来回，有雨村处遣人回话。贾政笑道："此数处不能游了。虽如此，到底从那一边出去，纵不能细观，也可稍览。"说着，引客行来，至一大桥前，见水如晶帘一般奔入。原来这桥便是通外河之闸，引泉而入者。贾政因问："此闸何名？"宝玉道："此乃沁芳泉之正源，就名'沁芳闸'。"贾政道："胡说，偏不用'沁芳'二字。"

于是一路行来，或清堂茅舍，或堆石为垣，或编花为牖，或山下得幽尼佛寺，或林中藏女道丹房[②]，或长廊曲洞，或方厦圆亭，贾政皆不及进去。因说半日腿酸，未尝歇息，忽又见前面又露出一所院落来，贾政笑道："到此可要进去歇息歇息了。"说着，一径引入，绕着碧桃花，穿过一层竹篱花障编就的月洞门，俄见粉墙环护，绿柳周垂。贾政与众人进去，一入门，两边都是游廊相接。院中点衬几块山石，一边种着数本芭蕉；那一边乃是一棵西府海棠[③]，其势若伞，丝垂碧缕，葩吐丹砂。众人赞道："好花，好花！从来也见过许多海棠，那里有这样妙的？"贾政道："这叫作'女儿棠'，乃是外国之种。俗传系出'女儿

① 螭头——这里指古代建筑中一种螭头形的屋顶装饰。

② 丹房——道士炼丹的处所。

③ 西府海棠——海棠名贵品种之一，枝梗略坚，花色稍红，"西府"中名"紫绵"者色重瓣多，尤为上品。

国’中，云彼国此种最盛，亦荒唐不经之说罢了。”众人笑道：“然虽不经，如何此名传久了？”宝玉道：“大约骚人咏士，以此花之名色红晕若施脂，轻弱似扶病，大近乎闺阁风度，所以以‘女儿’命名。想因被世间俗恶听了，他便以野史纂入为证，以俗传俗，以讹传讹，都认真了。”众人都摇身赞妙。

一面说话，一面都在廊外抱厦下打就的榻上坐了。贾政因问：“想几个什么新鲜字来题此？”一客道：“‘蕉鹤’二字最妙。”又一个道：“‘崇光泛彩’①方妙。”贾政与众人都道：“好个‘崇光泛彩’！”宝玉也道：“妙极。”又叹：“只是可惜了。”众人问：“如何可惜？”宝玉道：“此处蕉棠两植，其意暗蓄‘红’‘绿’二字在内。若只说蕉，则棠无着落；若只说棠，蕉亦无着落。固有蕉无棠不可，有棠无蕉更不可。”贾政道：“依你如何？”宝玉道：“依我，题‘红香绿玉’四字，方两全其妙。”贾政摇头道：“不好，不好！”

说着，引人进入房内。只见这几间房内收拾的与别处不同，竟分不出间隔来的。原来四面皆是雕空玲珑木板，或“流云百蝠”②，或“岁寒三友”③，或山水人物，或翎毛花卉，或集锦④，或博古⑤，或万福万寿各种花样，皆是名手雕镂，五彩销金嵌宝的。一槅一槅，或有贮书处，或有设鼎处，或安置笔砚处，或供花设瓶、安放盆景处。其槅各式各样，或天圆地方，或葵花蕉叶，或连环半璧。真是花团锦簇，剔透玲珑。倏尔五色纱糊就，竟系小窗；倏尔彩绫轻覆，竟系幽户。且满墙满壁，皆系随依古董玩器之形抠成的槽子。诸如琴、剑、悬瓶、桌屏之类，虽悬于壁，却都是与壁相平的。众人都赞：“好精致想头！难为怎么想来！”

---

① 崇光泛彩——苏轼《海棠》诗有“东风渺渺泛崇光”之句，写月光笼罩下的海棠。这里借此诗意点海棠，但“有棠无蕉”，不能兼顾“蕉棠两植”的景物，故宝玉不满意。

② 流云百蝠——云朵、蝙蝠组成的图案，“蝠”与“福”谐音，取吉祥多福之意。

③ 岁寒三友——松、竹经冬不凋，梅则斗寒开花，故有“岁寒三友”之称。

④ 集锦——这里指集合了各种花样的图案。

⑤ 博古——这里指以古器物的图形装饰成的工艺品，如博古屏。

原来贾政等走了进来，未进两层，便都迷了旧路，左瞧也有门可通，右瞧又有窗暂隔，及到了跟前，又被一架书挡住。回头再走，又有窗纱明透，门径可行；及至门前，忽见迎面也进来了一群人，都与自己形相一样，——却是一架玻璃大镜相照。及转过镜去，益发见门子多了。贾珍笑道："老爷随我来。从这门出去，便是后院，从后院出去，倒比先近了。"说着，又转了两层纱厨锦槅，果得一门出去，院中满架蔷薇、宝相。转过花障，则见青溪前阻。众人咤异："这股水又是从何而来？"贾珍遥指道："原从那闸起流至那洞口，从东北山坳里引到那村庄里，又开一道岔口，引到西南上，共总流到这里，仍旧合在一处，从那墙下出去。"众人听了，都道："神妙之极！"说着，忽见大山阻路。众人都道："迷了路了。"贾珍笑道："随我来。"仍在前导引，众人随他，直由山脚边忽一转，便是平坦宽阔大路，豁然大门现于面前。众人都道："有趣，有趣，真搜神夺巧之至！"于是大家出来。

那宝玉一心只记挂着里边，又不见贾政吩咐，少不得跟到书房。贾政忽想起他来，方喝道："你还不去？难道还逛不足？也不想逛了这半日，老太太必悬挂着。快进去，疼你也白疼了。"宝玉听说，方退了出来。

至院外，就有跟贾政的几个小厮上来拦腰抱住，都说："今儿亏我们，老爷才喜欢，老太太打发人出来问了几遍，都亏我们回说喜欢；不然，若老太太叫你进去，就不得展才了，人人都说，你才那些诗比世人的都强。今日得了这样的彩头[1]，该赏我们了。"宝玉笑道："每人一吊钱。"众人道："谁没见那一吊钱！把这荷包赏了罢。"说着，一个上来解荷包，那一个就解扇囊，不容分说，将宝玉所佩之物尽行解去。又道："好生送上去罢。"一个抱了起来，几个围绕，送至贾母二门前。那时贾母已命人看了几次。众奶娘丫鬟跟上来，见过贾母，知不曾难为着他，心中自是欢喜。

少时袭人倒了茶来，见身边佩物一件无存，因笑道："带的东西又是那起没脸的东西们解了去了。"林黛玉听说，走来瞧瞧，果然一件无存，因向宝玉道："我给的那个荷包也给他们了？你明儿再想我的东

① 彩头——好运气；也指获得的奖品、赏物。

西，可不能够了！”说毕，赌气回房，将前日宝玉所烦他作的那个香袋儿——才做了一半，赌气拿过来就铰。宝玉见他生气，便知不妥，忙赶过来，早剪破了。宝玉已见过这香囊：虽尚未完，却十分精巧，费了许多工夫。今见无故剪了，却也可气。因忙把衣领解了，从里面红袄襟上将黛玉所给的那荷包解了下来，递与黛玉瞧道：“你瞧瞧，这是什么？我那一回把你的东西给人了？”林黛玉见他如此珍重，带在里面，可知是怕人拿去之意，因此又自悔莽撞，未见皂白，就剪了香袋。因此又愧又气，低头一言不发。

宝玉道：“你也不用剪，我知道你是懒待给我东西。我连这荷包奉还，何如？”说着，掷向他怀中便走。黛玉见如此，越发气起来，声咽气堵，又汪汪的滚下泪来，拿起荷包来又剪。宝玉见他如此，忙回身抢住，笑道：“好妹妹，饶了他罢！”黛玉将剪子一摔，拭泪说道：“你不用同我好一阵歹一阵的，要恼，就撂开手。这当了什么？”说着，赌气上床，面向里倒下拭泪。禁不住宝玉上来“好妹妹”长“好妹妹”短赔不是。

前面贾母一片声找宝玉。众奶娘丫鬟们忙回说：“在林姑娘房里呢。”贾母听说道：“好，好，好！让他姊妹们一处玩玩罢。才他老子拘了他半天，让他开心一会子罢。只别叫他们辩嘴，不许牛了他。”众人答应着。

黛玉被宝玉缠不过，只得起来道：“你的意思不叫我安生，我就离了你。”说着往外就走。宝玉笑道：“你到那里，我跟到那里。”一面仍拿起荷包来带上。黛玉伸手抢道：“你说不要了，这会子又带上，我也替你怪臊的！”说着，“嗤”的一声又笑了。宝玉道：“好妹妹，明儿另替我作个香袋儿罢。”黛玉道：“那也只瞧我高兴罢了。”一面说，一面二人出房，到王夫人上房中去了，可巧宝钗亦在那里。

此时王夫人那边热闹非常。原来贾蔷已从姑苏采买了十二个女孩子，并聘了教习，以及行头等事来了。那时薛姨妈另迁了东北上一所幽静房舍居住，将梨香院早已腾挪出来，另行修理了，就令教习在此教演女戏。又另派家中旧有曾演学过歌唱的女人们，如今皆已皤然[①]老妪

① 皤然——头发银白的样子。皤：白。

矣，着他们带领管理。就令贾蔷总理其日用出入银钱等事，以及诸凡大小所需之物料账目。

又有林之孝家的来回："采访聘买的十个小尼姑、小道姑都有了，连新做的二十分道袍也有了。外有一个带发修行的，本是苏州人氏，祖上也是读书仕宦之家。因生了这位姑娘自小多病，买了许多替身儿[①]皆不中用，足的这位姑娘亲自入了空门，方才好了，所以带发修行，今年才十八岁，法名妙玉。如今父母俱已亡故，身边只有两个老嬷嬷、一个小丫头伏侍。文墨也极通，经文也不用学了，模样儿又极好。因听见'长安'都中有观音遗迹并贝叶遗文[②]，昨岁随了师父上来，现在西门外牟尼院住着。他师父极精演先天神数[③]，于去冬圆寂[④]了。妙玉本欲扶灵回乡的，他师父临寂遗言，说他'衣食起居不宜回乡，在此静居，后来自然有你的结果'。所以他竟未回去。"王夫人不等回完，便说："既这样，我们何不接了他来。"林之孝家的回道："请他，他说：'侯门公府，必以贵势压人，我再不去的。'"王夫人笑道：

妙玉

① 替身儿——迷信习俗以为命中有灾难的人，可以用舍身出家做僧尼的办法来消灾。官僚、地主家庭往往买穷人家子女代替出家，叫作"替身"。

② 贝叶遗文——古代写在贝叶上的佛经。贝叶：贝多树的叶子。古时印度僧人多用以写佛教经文。

③ 先天神数——北宋理学家邵雍，根据《易传》关于八卦形成的解释，掺杂道教思想，虚构了一个世界构造的图式，叫"先天八卦图"，用以推测宇宙和人事的变化。据说这种图式和所据的"象数"原理，在没有天地以前，就已存在，故其学称"先天学"。"先天神数"即指此类学说。

④ 圆寂——佛教用语。一作"灭度"，梵文"涅槃"的意译。原意是佛教所说的烦恼寂灭、功德圆满的最高境界。后用来称佛或僧侣的逝世。

“他既是官宦小姐，自然骄傲些，就下个帖子请他何妨？”林之孝家的答应了出去，命书启相公写请帖去请妙玉。次日遣人备车轿去接。等后话再表，暂且搁过。

当下又有人回，工程上等着糊东西的纱绫，请凤姐去开楼拣纱绫；又有人来回，请凤姐开库，收金银器皿。连王夫人并上房丫鬟等，皆一时不得闲的。

宝钗便说：“咱们别在这里碍手碍脚，找探丫头去。”说着，同宝玉、黛玉往迎春等房中来闲玩，无话。

王夫人等日日忙乱，直到十月将尽，幸皆全备：各处监管都交清账目；各处古董文玩，皆已陈设齐备；采办鸟雀的，自仙鹤、孔雀以及鹿、兔、鸡、鹅等类，悉已买全，交于园中各处像景饲养；贾蔷那边也演出二十出杂戏来；小尼姑、道姑也都学会了念几卷经咒。贾政方略觉心意宽畅，又请贾母等进园，色色斟酌，点缀妥当，再无一些遗漏不当之处了。于是贾政方择日题本[①]。本上之日，奉朱批准奏：次年正月十五上元之日，恩准贾妃省亲。贾府领了此恩旨，益发昼夜不闲，年也不曾好生过。

展眼元宵在迩，自正月初八日，就有太监出来先看方向：何处更衣，何处燕坐[②]，何处受礼，何处开宴，何处退息。又有巡察地方总理关防太监等，带了许多小太监出来，各处关防，挡围幙；指示贾宅人员何处退，何处跪，何处进膳，何处启事，种种仪注不同。外面又有工部官员并五城兵备道打扫街道，撵逐闲人。贾赦等督率匠人扎花灯烟火之类，至十四日，俱已停妥。这一夜，上下通不曾睡觉。

至十五日五鼓，自贾母等有爵者，皆按品服大妆。园内各处，帐舞蟠龙，帘飞彩凤，金银焕彩，珠宝争辉，鼎焚百合之香，瓶插长春之蕊，静悄无人咳嗽。贾赦等在西街门外，贾母等在荣府大门外。街头巷口，俱系围幙挡严。

正等的不耐烦，忽一太监坐大马而来，贾母忙接入，问其消息。太

① 题本——明清时，各衙门用正式文书向皇帝奏事叫题本；非正式的叫奏本。本：臣下奏事的文书。

② 燕坐——闲坐。燕：安闲。

监道："早多着呢！未初刻用过晚膳，未正二刻还到宝灵宫拜佛，酉初刻进大明宫领宴看灯方请旨，只怕戌刻才起身呢。"凤姐听了道："既是这么着，老太太、太太且请回房，等是时候再来也不迟。"于是贾母等暂且自便，园中悉赖凤姐照理。又命执事人带领太监们去吃酒饭。

一时传人一担一担的挑进蜡烛来，各处点灯。方点完时，忽听外边马跑之声。一时，有十来个太监都喘吁吁跑来拍手儿。这些太监会意，都知道是"来了，来了"，各按方向站住。贾赦领合族子侄在西街门外，贾母领合族女眷在大门外迎接。半日静悄悄的。忽见一对红衣太监骑马缓缓的走来，至西街门下了马，将马赶出围幙之外，便垂手面西站住。半日又是一对，亦是如此。少时便来了十来对，方闻得隐隐细乐之声。一对对龙旌凤翣，雉羽夔头[①]，又有销金提炉焚着御香；然后一把曲柄七凤黄金伞过来，便是冠袍带履。又有值事太监捧着香珠、绣帕、漱盂、拂尘等类。一队队过完，后面方是八个太监抬着一顶金顶金黄绣凤版舆，缓缓行来。贾母等连忙路旁跪下。早飞跑过几个太监来，扶起贾母、邢夫人、王夫人来。那銮舆抬进大门，入仪门往东去，到一所院落门前，有执拂太监跪请下舆更衣。于是抬舆入门，太监等散去，只有昭容、彩嫔等引领元春下舆。只见院内各色花灯烱灼，皆系纱绫扎成，精致非常。上面有一匾灯，写着"体仁沐德"四字。元春入室，更衣毕复出，上舆进园。只见园中香烟缭绕，花彩缤纷，处处灯光相映，时时细乐声喧，说不尽这太平气象，富贵风流。

荣国府归省庆元宵

① 龙旌凤翣，雉羽夔头——帝后的仪仗用物。翣：用野鸡或孔雀羽毛编成的大掌扇。雉：野鸡。夔：古代传说中灵异动物。

那贾妃在轿内看此园内外如此豪华，因默默叹息奢华过费。忽又见执拂太监跪请登舟，贾妃乃下舆。只见清流一带，势如游龙，两边石栏上，皆系水晶玻璃各色风灯，点的如银光雪朗；上面柳杏诸树虽无花叶，然皆用通草[①]绸绫纸绢依势作成，粘于枝上的，每一株悬灯数盏；更兼池中荷荇凫鹭之属，亦皆系螺蚌羽毛之类作就的。诸灯上下争辉，真系玻璃世界，珠宝乾坤。船上亦系各种精致盆景诸灯，珠帘绣幙，桂楫兰桡[②]，自不必说。已而入一石港，港上一面匾灯，明现着“蓼汀花溆”四字。

按此四字并“有凤来仪”等处，皆系上回贾政偶然一试宝玉之课艺才情耳，何今日认真用此匾联？况贾政世代诗书，来往诸客屏侍座陪者，悉皆才技之流，岂无一名手题撰，竟用小儿一戏之辞苟且搪塞？真似暴发新荣之家，滥使银钱，一味抹油涂朱，毕则大书“前门绿柳垂金锁，后户青山列锦屏”之类，则以为大雅可观，岂《石头记》中通部所表之宁荣贾府所为哉！据此论之，竟大相矛盾了。诸公不知，待蠢物将原委说明，大家方知。

当日这贾妃未入宫时，自幼亦系贾母教养。后来添了宝玉，贾妃乃长姊，宝玉为弱弟，贾妃之心上念母年将迈，始得此弟，是以怜爱宝玉，与诸弟待之不同。且同随祖母，刻未暂离。那宝玉未入学堂之先，三四岁时，已得贾妃手引口传，教授了几本书、数千字在腹内了。其名分虽系姊弟，其情状有如母子。自入宫后，时时带信出来与父母说：“千万好生扶养，不严不能成器，过严恐生不虞，且致父母之忧。”眷念切爱之心，刻未能忘。前日贾政闻塾师背后赞宝玉偏才尽有，贾政未信，适巧遇园已落成，令其题撰，聊一试其情思之清浊。其所拟之匾联虽非妙句，在幼童为之，亦或可取。即另使名公大笔为之，固不费难，然想来倒不如这本家风味有趣。更使贾妃见之，知系其爱弟所为，亦或不负其素日切望之意。因有这段原委，故此竟用了宝玉所题之联额。那日虽未曾题完，后来亦曾补拟。

---

① 通草——通脱木，五加科小乔木。茎含大量白髓，采髓作薄片，可制通草花或其他饰品。也可入药。

② 桂楫兰桡——指华美的船只。楫、桡都是船桨。桂、兰都是香木。

元春

闲文少述，且说贾妃看了四字，笑道：“‘花溆’二字便妥，何必‘蓼汀’？”侍座太监听了，忙下小舟登岸，飞传与贾政。贾政听了，即忙移换。一时，舟临内岸，复弃舟上舆，便见琳宫绰约①，桂殿巍峨。石牌坊上明显“天仙宝镜”四字，贾妃忙命换“省亲别墅”四字。于是进入行宫②，但见庭燎③烧空，香屑布地，火树琪花④，金窗玉槛。说不尽帘卷虾须，毯铺鱼獭⑤，鼎飘麝脑之香，屏列雉尾之扇。真是：

金门玉户神仙府，
桂殿兰宫妃子家。

贾妃乃问：“此殿何无匾额？”随侍太监跪启曰：“此系正殿，外臣未敢擅拟。”贾妃点头不语。礼仪太监跪请升座受礼，两陛乐起。礼仪太监二人引贾赦、贾政等于月台⑥下排班，殿上昭容传谕曰：“免。”太监引贾赦等退出。又有太监引荣国太君及女眷等自东阶升月

① 绰约——美丽多姿。

② 行宫——古代皇帝后妃外出，临时下榻之处。

③ 庭燎——古代贵族庭院中用以照明的大烛，用松、竹、苇等捆扎成束，灌以油脂。

④ 火树琪花——形容灯火之盛。语出苏味道《观灯诗》：“火树银花合，星桥铁锁开。”琪：美玉。

⑤ 帘卷虾须，毯铺鱼獭——虾须帘：用虾须做成的帘子。鱼獭毯：用水獭皮做的毯子。鱼獭：即水獭，皮毛珍贵。

⑥ 月台——古代建筑正殿前的露天平台，三面有台阶可上。

台上排班，昭容再谕曰：“免。”于是引退。

茶已三献，贾妃降座，乐止。退入侧殿更衣，方备省亲车驾出园。至贾母正室，欲行家礼，贾母等俱跪止不迭。贾妃满眼垂泪，方彼此上前厮见，一手搀贾母，一手搀王夫人，三个人满心里皆有许多话，只是俱说不出，只管呜咽对泣。邢夫人、李纨、王熙凤、迎、探、惜三姊妹等，俱在旁围绕，垂泪无言。半日，贾妃方忍悲强笑，安慰贾母、王夫人道：“当日既送我到那不得见人的去处，好容易今日回家，娘儿们一会，不说说笑笑，反倒哭起来。一会子我去了，又不知多早晚才来！”说到这句，不觉又哽咽起来。邢夫人等忙上来解劝。贾母等让贾妃归座，逐次一一见过，又不免哭泣一番。然后东西两府掌家执事人丁在厅外行礼，及两府掌家执事媳妇领丫鬟等行礼毕。贾妃因问：“薛姨妈、宝钗、黛玉因何不见？”王夫人启曰：“外眷无职，未敢擅入。”贾妃听了，忙命快请。一时，薛姨妈等进来，欲行国礼，亦命免过，上前各叙阔别寒温。又有贾妃原带进宫去的丫鬟抱琴等上来叩见，贾母等连忙扶起，命人别室款待。执事太监及彩嫔、昭容各侍从人等，宁国府及贾赦那宅两处自有人款待，只留三四个小太监答应。母女姊妹深叙些离别情景，及家务私情。

元春省亲

又有贾政至帘外问安，贾妃垂帘行参等事。又隔帘含泪谓其父曰：“田舍之家，虽齑盐布帛[1]，终能聚天伦之乐；今虽富贵已极，骨肉各

① 齑盐布帛——形容生活的清苦。齑：切碎的腌菜。齑盐：泛指粗茶淡饭。布帛：原指棉织品和丝织品，这里泛指素衣布裳。

方，然终无意趣！”贾政亦含泪启道：“臣，草莽寒门，鸠群鸦属之中，岂意征凤鸾之瑞①。今贵人上锡天恩，下昭祖德，此皆山川日月之精奇、祖宗之远德钟于一人，幸及政夫妇。且今上启天地生物之大德，垂古今未有之旷恩，虽肝脑涂地，臣子岂能得报于万一！惟朝乾夕惕②，忠于厥③职外，愿我君万岁千秋，乃天下苍生之同幸也。贵妃切勿以政夫妇残年为念，懑愤金怀④，更祈自加珍爱。惟业业兢兢，勤慎恭肃以侍上，庶不负上体贴眷爱如此之隆恩也。”贾妃亦嘱“只以国事为重，暇时保养，切勿记念”等语。贾政又启：“园中所有亭台轩馆，皆系宝玉所题；如果有一二稍可寓目者，请别赐名为幸。”

元妃听了宝玉能题，便含笑说：“果进益了。”贾政退出。贾妃见宝、林二人亦发比别姊妹不同，真是姣花软玉一般。因问：“宝玉为何不进见？”贾母乃启：“无谕，外男不敢擅入。”元妃命快引进来。小太监出去引宝玉进来，先行国礼毕，元妃命他进前，携手揽于怀内，又抚其头颈笑道：“比先竟长了好些……”一语未终，泪如雨下。

尤氏、凤姐等上来启道：“筵宴齐备，请贵妃游幸。”元妃等起身，命宝玉导引，遂同诸人步至园门前。早见灯光火树之中，诸般罗列非常。进园来先从“有凤来仪”“红香绿玉”“杏帘在望”“蘅芷清芬”等处，登楼步阁，涉水缘山，百般眺览徘徊。一处处铺陈不一，一桩桩点缀新奇。贾妃极加奖赞，又劝：“以后不可太奢，此皆过分之极。”已而至正殿，谕免礼归座，大开筵宴。贾母等在下相陪，尤氏、李纨、凤姐等亲捧羹把盏。

元妃乃命传笔砚侍候，亲搦湘管，择其几处最喜者赐名。按其书云：

“顾恩思义”　匾额

---

① 征凤鸾之瑞——意谓出现了能呈祥瑞的鸾凤。征：迹象；证验。凤鸾：喻指元春。

② 朝乾夕惕——从早到晚兢兢业业，不敢稍有懈怠。乾：“乾乾”的简省，自强不息的意思。惕：小心谨慎。《易·乾》：“君子终日乾乾，夕惕若厉，无咎。”

③ 厥——其。相当于“他的”“那个”。

④ 懑愤金怀——心里烦闷郁愤的意思。“金”是表示尊重的修饰词。

“天地启宏慈，赤子苍头[1]同感戴；

古今垂旷典[2]，九州万国被恩荣。”此一匾一联书于正殿

“大观园”园之名

“有凤来仪”赐名曰“潇湘馆”

“红香绿玉”改作“怡红快绿”即名曰“怡红院”

“蘅芷清芬”赐名曰“蘅芜苑”

“杏帘在望”赐名曰“浣葛山庄”

正楼曰“大观楼”，东面飞楼曰“缀锦阁”，西面斜楼曰“含芳阁”；更有“蓼风轩”“藕香榭”“紫菱洲”“荇叶渚”等名；又有四字的匾额十数个，诸如“梨花春雨”“桐剪秋风”“荻芦夜雪”等名，此时悉难全记。又命旧有匾联俱不必摘去。于是先题一绝云：

衔山抱水建来精，多少工夫筑始成。

天上人间诸景备，芳园应锡[3]大观名。

写毕，向诸姊妹笑道：“我素乏捷才，且不长于吟咏，妹辈素所深知。今夜聊以塞责，不负斯景而已。异日少暇，必补撰《大观园记》并《省亲颂》等文，以记今日之事。妹辈亦各题一匾一诗，随才之长短，亦暂吟成，不可因我微才所缚。且喜宝玉竟知题咏，是我意外之想。此中‘潇湘馆’‘蘅芜苑’二处，我所极爱，次之‘怡红院’‘浣葛山庄’，此四大处，必得别有章句题咏方妙。前所题联虽佳，如今再各赋五言律一首，使我当面试过，方不负我自幼教授之苦心。”宝玉只得答应了，下来自去构思。

迎、探、惜三人之中，要算探春又出于姊妹之上，然自忖亦难与薛、林争衡，只得勉强随众塞责而已。李纨也勉强凑成一律。贾妃先挨次看姊妹们的，写道是：

---

① 赤子苍头——泛指老百姓。赤子：指初生的婴儿。苍头：原指老年的奴仆，这里指老年人。

② 旷典——空前的大恩典。

③ 锡——赐。《公羊传》庄公元年：“锡者何？赐也。”

旷性怡情匾额　（迎　春）

园成景备特精奇，奉命羞题额旷怡。
谁信世间有此境，游来宁不①畅神思？

万象争辉匾额　（探　春）

名园筑出势巍巍，奉命何惭学浅微。
精妙一时言不出，果然万物生光辉。

文章造化②匾额　（惜　春）

山水横拖③千里外，楼台高起五云中。
园修日月光辉④里，景夺文章造化功。

文采风流匾额　（李　纨）

秀水明山抱复回，风流文采胜蓬莱⑤。
绿裁歌扇迷芳草，红衬湘裙舞落梅⑥。
珠玉自应传盛世⑦，神仙何幸下瑶台⑧。
名园一自邀⑨游赏，未许凡人到此来。

---

① 宁不——怎不。

② 文章造化——指大观园的精巧华美巧夺天工。文章：文采；花纹。造化：创造化育万物的自然界。

③ 横拖——横亘延伸。

④ 日月光辉——喻皇帝后妃的恩泽有如日月的光辉。

⑤ 蓬莱——仙山名。《史记·秦始皇本纪》：“海中有三神山，名曰蓬莱、方丈、瀛洲。”

⑥ “绿裁”一联——绿绢裁制的歌扇同碧草一色，迷离难分；红装衬着湘裙舞动如梅花落瓣，随风飞回。歌扇：古时女子歌唱常以扇遮面，故称歌扇。湘裙：疑为“缃裙”，即浅黄色细绢所制之裙；一说为湘绣所做的裙子。

⑦ “珠玉”句——珠玉：喻精彩的诗文。

⑧ “神仙”句——喻元春归省；瑶台：神仙所居之处，这里代指皇宫。

⑨ 邀——叨受；蒙受。

凝晖钟瑞[①]匾额　（薛宝钗）

芳园筑向帝城西，华日祥云笼罩奇。
高柳喜迁莺出谷，修篁时待凤来仪[②]。
文风已著宸游夕，孝化应隆归省时[③]。
睿藻[④]仙才盈彩笔，自惭何敢再为辞。

世外仙源匾额　（林黛玉）

名园筑何处，仙境别红尘。
借得山川秀，添来景物新。
香融金谷酒[⑤]，花媚玉堂人[⑥]。
何幸邀恩宠，宫车过往频。

贾妃看毕，称赏一番，又笑道："终是薛、林二妹之作与众不同，非愚姊妹可同列者。"原来林黛玉安心今夜大展奇才，将众人压倒，不想贾妃只命一匾一咏，倒不好违谕多作，只胡乱作一首五言律应景罢了。

彼时宝玉尚未作完，只刚作了"潇湘馆"与"蘅芜苑"二首，正作"怡红院"一首，起草内有"绿玉春犹卷"一句。宝钗转眼瞥见，便趁众人不理论[⑦]，急忙回身悄推他道："他因不喜'红香绿玉'四字，

---

① 凝晖钟瑞——阳光瑞气凝集会聚之意。晖：日光，喻皇恩。钟：聚。

② "高柳"一联——上句说高高的柳树欢迎黄莺从幽谷中飞来。化用《诗·小雅·伐木》："伐木丁丁，鸟鸣嘤嘤，出自幽谷，迁于乔木。"这里喻元春出深闺进宫闱。下句说修长的丛竹时刻等待凤凰的到临。传说凤凰食竹实，呈祥瑞。这里喻元春归省。篁：竹林。修：长。

③ "文风"一联——宸游之夕朝廷倡导诗礼之风已经彰著，归省之时以孝教育感化万民之德更加隆盛。宸游：皇帝后妃出外巡游。宸：北辰所居，即帝王所居，代指帝王。孝化：封建孝道的教化作用。

④ 睿藻——称颂帝王所作诗文的用语，此指元春题咏。睿：明智。藻：文辞。

⑤ 金谷酒——晋代石崇有金谷园，常与宾客游宴其中，命各赋诗，"不能者，罚酒三斗"（见其《金谷诗序》）。又李白《春夜宴桃李园序》："不有佳作，何伸雅怀？如诗不成，罚依金谷酒数。"这里借指大观园开筵赋诗。

⑥ 玉堂人——指元春。玉堂：嫔妃所居之处。

⑦ 理论——理会。

改了‘怡红快绿’；你这会子偏用‘绿玉’二字，岂不是有意和他争驰了？况且蕉叶之说也颇多，再想一个字改了罢。”

宝玉见宝钗如此说，便拭汗道：“我这会子总想不起什么典故出处来。”宝钗笑道：“你只把‘绿玉’的‘玉’字改作‘蜡’字就是了。”宝玉道：“‘绿蜡’可有出处？”宝钗见问，悄悄的咂嘴点头道：“亏你今夜不过如此，将来金殿对策[①]，你大约连‘赵钱孙李’[②]都忘了呢？唐钱珝咏芭蕉诗头一句‘冷烛无烟绿蜡干’，你都忘了不成？”宝玉听了，不觉洞开心臆，笑道：“该死，该死！现成眼前之物偏倒想不起来了，真可谓‘一字师’[③]了。从此后我只叫你师父，再不叫姐姐了。”宝钗亦悄悄的笑道：“还不快作上去，只管姐姐妹妹的。谁是你姐姐？那上头穿黄袍的才是你姐姐，你又认我这姐姐来了。”一面说笑，因说笑又怕他耽延工夫，遂抽身走开了。宝玉只得续成，共有了三首。

此时林黛玉未得展其才，自是不快。因见宝玉独作四律，大费神思，何不代他作两首，也省他些精神不到之处。想着，便也走至宝玉案旁，悄问：“可都有了？”宝玉道：“才有了三首，只少‘杏帘在望’一首了。”黛玉道：“既如此，你只抄录前三首罢。赶你写完那三首，我也替你作出这首来了。”说毕，低头一想，早已吟成一律，便写在纸条上，搓成个团子，掷在他跟前。宝玉打开一看，只见此首比自己所作的三首高过十倍，真是喜出望外，遂忙恭楷呈上。贾妃看道：

有凤来仪　臣　宝玉谨题

秀玉[④]初成实，堪宜待凤凰。竿竿青欲滴，个个[⑤]绿生凉。

---

① 金殿对策——金殿：即金銮殿，皇帝受朝见的殿堂。对策：原指汉代被荐举的人对答皇帝有关政治、经义的策问。清代科举制度，会试后还要参加由皇帝主持的殿试，殿试的题目为策问。

② 赵钱孙李——《百家姓》的头一句。《百家姓》：北宋时编的集姓氏为四言韵语的书，作者佚名。旧时流行的启蒙课本之一。

③ 一字师——唐代诗僧齐已《早梅》诗：“前村深雪里，昨夜数枝开。”郑谷看了后，改“数枝”为“一枝”，齐已钦服下拜。时人称郑谷为“一字师”。

④ 秀玉——喻竹。竹子别称绿玉，见《正字通》。

⑤ 个个——竹叶簇聚，形状像许多“个”字。

迸砌妨阶水，穿帘碍鼎香[①]。莫摇清碎影，好梦昼初长。

蘅芷[②]清芬

蘅芜满净苑，萝薜助芬芳。软衬三春草，柔拖一缕香[③]。

轻烟[④]迷曲径，冷翠[⑤]滴回廊。谁谓池塘曲，谢家幽梦长。

怡红快绿

深庭长日静，两两[⑥]出婵娟。绿蜡春犹卷，红妆夜未眠[⑦]。

凭栏垂绛袖，倚石护青烟[⑧]。对立东风里，主人应解怜[⑨]。

杏帘在望

杏帘招客饮，在望有山庄。菱荇鹅儿水，桑榆燕子梁[⑩]。

一畦春韭绿，十里稻花香。盛世无饥馁，何须耕织忙。

贾妃看毕，喜之不尽，说："果然进益了！"又指"杏帘"一首为前三首之冠，遂将"浣葛山庄"改为"稻香村"。又命探春另以彩笺

---

① "迸砌"一联——"妨阶水之迸砌，碍鼎香之穿帘"。砌：石阶的边沿。两句都写竹子长得茂密，既挡住了阶下泉水不使溅上阶沿，又留住了鼎炉香烟不使穿帘散去。

② 蘅芷——杜蘅、白芷，都是香草。

③ "软衬"一联——此联承上，写满苑异草，牵藤引蔓，柔软如春日嫩草，吐露出一缕芳香。

④ 轻烟——藤蔓纤柔，夹缠萦绕，犹如轻烟。

⑤ 冷翠——草上露珠，清冷碧翠。

⑥ 两两——指芭蕉与海棠。

⑦ "绿蜡"一联——上句说春天蕉叶卷而未舒，犹如翠烛；下句写海棠入夜犹开，像少女未眠。苏轼《海棠》诗："只恐夜深花睡去，故烧高烛照红妆"，以红妆喻海棠。

⑧ "凭栏"一联——上句说槛外海棠，红花如凭栏美人垂下的大红衫袖；下句说石旁芭蕉，绿叶像守护的青烟。

⑨ 解怜——懂得爱惜。

⑩ "菱荇"一联——菱荇：菱角、荇菜。上句说鹅儿在长着菱荇的水面上嬉戏。下句意思是燕子飞越桑榆之间，忙忙碌碌地在梁上筑巢。

誊录出方才一共十数首诗，出令太监传与外厢。贾政等看了，都称颂不已。贾政又进《归省颂》。元春又命以琼酥金脍等物，赐与宝玉并贾兰。

此时贾兰极幼，未达诸事，只不过随母依叔行礼，故无别传。贾环从年内染病未痊，自有闲处调养，故亦无传。

那时贾蔷带领十二个女戏，在楼下正等的不耐烦，只见一太监飞跑说："作完了诗，快拿戏目来！"贾蔷急将锦册呈上，并十二人花名单子。少时，太监出来，只点了四出戏：

第一出，《豪宴》；第二出，《乞巧》；
第三出，《仙缘》；第四出，《离魂》。

贾蔷忙张罗扮演起来。一个个歌欺裂石之音[①]，舞有天魔之态。虽是妆演的形容，却作尽悲欢情状。刚演完了，一太监执一金盘糕点之属进来，问："谁是龄官？"贾蔷便知是赐龄官之物，喜的忙接了，命龄官叩头。太监又道："贵妃有谕，说'龄官极好，再作两出戏，不拘那两出就是了'。"贾蔷忙答应了，因命龄官作《游园》《惊梦》[②]二出。龄官自为此二出原非本角之戏，执意不作，定要作《相约》《相骂》[③]二出。贾蔷扭他不过，只得依他作了。贾妃甚喜，命"不可难为了这女孩子，好生教习"，额外赏了两匹宫缎、两个荷包并金银锞子、食物之类。然后撤筵，将未到之处复又游玩。忽见山环佛寺，忙另盥手进去焚香拜佛，又题一匾云："苦海慈航"[④]。又额外加恩与一般幽尼女道。

少时，太监跪启："赐物俱齐，请验等例。"乃呈上略节。贾妃从

---

① 歌欺裂石之音——欺：超过。裂石之音：比喻声音的激越。

② 《游园》《惊梦》——原本《牡丹亭》中的《惊梦》一出，到了演出本分为《游园》《惊梦》两出。演杜丽娘梦中与柳梦梅在牡丹亭欢会事。

③ 《相约》《相骂》——明代月榭主人《钗钏记》传奇中的两出。《相约》演皇甫吟与史碧桃约为婚姻事。《相骂》演丫鬟云香与老夫人张氏拌嘴相骂事。

④ 苦海慈航——佛教宣扬现实世界如同苦海，劝人出家是菩萨的慈悲行为，就像用船救人超度苦海。

头看了，俱甚妥协，即命照此遵行。太监听了，下来一一发放。原来贾母的是金玉如意各一柄，沉香拐杖一根，伽楠念珠一串，“富贵长春”宫缎四匹，“福寿绵长”宫绸四匹，紫金“笔锭如意”[1]锞十锭，“吉庆有鱼”[2]银锞十锭。邢夫人、王夫人二分，只减了如意、拐杖、念珠四件。贾敬、贾赦、贾政等，每分御制新书二部，宝墨二匣，金、银爵[3]各二支，表礼按前。宝钗、黛玉诸姊妹等，每人新书一部，宝砚一方，新样格式金银锞二对。宝玉亦同此。贾兰则是金银项圈二个，金银锞二对。尤氏、李纨、凤姐等，皆金银锞四锭，表礼四端。外表礼二十四端，清钱一百串，是赐与贾母、邢王二夫人及诸姊妹房中奶娘众丫鬟的。贾珍、贾琏、贾环、贾蓉等，皆是表礼一分，金锞一双。其余彩缎百端[4]，金银千两，御酒华筵，是赐东西两府凡园中管理工程、陈设、答应[5]及司戏、掌灯诸人的。外有清钱五百串，是赐厨役、优伶、百戏、杂行人丁的。

众人谢恩已毕，执事太监启道：“时已丑正三刻，请驾回銮。”贾妃听了，不由的满眼又滚下泪来，却又勉强堆笑，拉住贾母、王夫人的手，紧紧的不忍释放，再四叮咛：“不须挂念，好生自养。如今天恩浩荡，一月许进内省视一次，见面是尽有的，何必伤惨？倘明岁天恩仍许归省，万不可如此奢华糜费了！”贾母等已哭的哽噎难言了。贾妃虽不忍别，怎奈皇家规范，违错不得，只得忍心上舆去了。这里诸人好容易将贾母、王夫人安慰解劝，搀扶出园去了。且听下回分解。

---

① 笔锭如意——金锭子上的字样，以“笔锭”谐音“必定”，意谓一定吉祥、事事如意。

② 吉庆有鱼——银锭上的字样，以“鱼”谐音“余”。

③ 爵——古代的三脚酒器。

④ 端——布帛长度单位。

⑤ 陈设、答应——此处均指近侍当差之人。

第十九回

情切切良宵花解语　意绵绵静日玉生香

话说贾妃回宫，次日见驾谢恩，并回奏归省之事，龙颜甚悦。又发内帑彩缎金银等物，以赐贾政及各椒房等员，不必细说。

且说荣宁二府中因连日用尽心力，真是人人力倦，各各神疲，又将园中一应陈设动用之物收拾了两三天方完。第一个凤姐事多任重，别人或可偷安躲静，独他是不能脱得的；二则本性要强，不肯落人褒贬，只扎挣着与无事的人一样。第一个宝玉是极无事最闲暇的。偏这日一早，袭人的母亲又亲来回过贾母，接袭人家去吃年茶，晚上才得回来。因此，宝玉只和众丫头们掷骰子赶围棋作戏。正在房内顽的没兴头，忽见丫头们来回说：“东府珍大爷来请过去看戏、放花灯。”宝玉听了，便命换衣裳。才要去时，忽又有贾妃赐出糖蒸酥酪来；宝玉想上次袭人喜吃此物，便命留与袭人了。自己回过贾母，过去看戏。

谁想贾珍这边唱的是《丁郎认父》《黄伯央大摆阴魂阵》，更有《孙行者大闹天宫》《姜子牙斩将封神》等类的戏文，倏尔神鬼乱出，忽又妖魔毕露，甚至于扬幡过会，号佛[1]行香，锣鼓喊叫之声远闻巷外。满街之人个个都赞：“好热闹戏，别人家断不能有的。”宝玉见繁华热闹到如此不堪的田地，只略坐了一坐，便走开各处闲耍。先是进内

① 号佛——口宣佛号，即大声念佛。

去和尤氏和丫鬟姬妾说笑了一回，便出二门来。尤氏等仍料他出来看戏，遂也不曾照管。贾珍、贾琏、薛蟠等只顾猜枚行令，百般作乐，也不理论，纵一时不见他在座，只道在里边去了，故也不问。至于跟宝玉的小厮们，那年纪大些的，知宝玉这一来了，必是晚间才散，因此偷空也有去会赌的，也有往亲友家去吃年茶的，更有或嫖或饮的，都私散了，待晚间再来；那小些的，都钻进戏房里瞧热闹去了。

宝玉见一个人没有，因想："这里素日有个小书房，内曾挂着一轴美人，极画的得神。今日这般热闹，想那里自然无人，那美人也自然是寂寞的，须得我去望慰他一回。"想着，便往书房里来。刚到窗前，闻得房内有呻吟之韵。宝玉倒唬了一跳：敢是美人活了不成？乃乍着胆子，舔破窗纸，向内一看——那轴美人却不曾活，却是茗烟按着一个女孩子，也干那警幻所训之事。宝玉禁不住大叫："了不得！"一脚踹进门去，将那两个唬开了，抖衣而颤。

茗烟见是宝玉，忙跪下哀求。宝玉道："青天白日，这是怎么说！珍大爷知道了，你是死是活？"一面看那丫头，虽不标致倒还白净，些微亦有动人处，羞的脸红耳赤，低首无言。宝玉跺脚道："还不快跑！"一语提醒了那丫头，飞也似去了。宝玉又赶出去，叫道："你别怕，我是不告诉人的。"急的茗烟在后叫："祖宗，这是分明告诉人了！"宝玉因问："那丫头十几岁了？"茗烟道："大不过十六七岁了。"宝玉道："连他的岁属也不问问，别的自然越发不知了，可见他白认得你了！可怜，可怜！"又问："名字叫什么？"茗烟大笑道："若说出名字来话长——真真新鲜奇文，竟是写不出来的。据他说，他母亲养他的时节做了个梦，梦见得了一匹锦，上面是五色富贵不断头万字的花样，所以他的名字叫作万儿。"宝玉听了笑道："真也新奇，想必他将来有些造化。说着，沉思一会？"

茗烟因问："二爷为何不看这样的好戏？"宝玉道："看了半日，怪烦的，出来逛

万儿

逛，就遇见你们了。这会子作什么呢？”茗烟笑道：“这会子没人知道，我悄悄的引二爷往城外逛逛去，一会子再往这里来，他们就不知道了。”宝玉道：“不好，仔细花子[1]拐了去。便是他们知道了，又闹大了，不如往熟近些的地方去，还可就来。”茗烟道：“熟近地方，谁家可去？这却难了。”宝玉笑道：“依我的主意，咱们竟找你花大姐姐去，瞧他在家作什么呢。”茗烟笑道：“好，好！倒忘了他家。”又道：“若他们知道了，说我引着二爷胡走，要打我呢？”宝玉道：“有我呢。”茗烟听说，拉了马，二人从后门就走了。

幸而袭人家不远，不过一半里路程，展眼已到门前。茗烟先进去叫袭人之兄花自芳。此时袭人之母接了袭人与几个外甥女儿、几个侄女儿来家，正吃果茶。听见外面有人叫“花大哥”，花自芳慌忙出去看时，见是他主仆两个，唬的惊疑不止，连忙抱下宝玉来，在院内嚷道：“宝二爷来了！”别人听见还可，袭人听了，也不知为何，忙跑出来迎着宝玉，一把拉着问：“你怎么来了？”宝玉笑道：“我怪闷的，来瞧瞧你作什么呢。”袭人听了，才放下心来，嗐了一声，笑道：“你也忒胡闹了，可作什么来呢！”一面又问茗烟：“还有谁跟来？”茗烟笑道：“别人都不知，就只我们两个。”袭人听了，复又惊慌，说道：“这还了得！倘或碰见了人，或是遇见了老爷，街上人挤车碰，马轿纷纷的，若有个闪失，这也是玩得的？你们的胆子比斗还大！都是茗烟调唆的，回去我定告诉嬷嬷们打你！”茗烟撅了嘴道：“二爷骂着打着，叫我引了来，这会子推到我身上。我说别来罢，——不然我们还去罢。”花自芳忙劝：“罢了，已是来了，也不用多说了。只是茅檐草舍，又窄又脏，爷怎么坐呢？”

袭人之母也早迎了出来。袭人拉了宝玉进去。宝玉见房中三五个女孩儿，见他进来，都低了头，羞惭惭的。花自芳母子两个百般怕宝玉冷，又让他上炕，又忙另摆果桌，又忙倒好茶。袭人笑道：“你们不用白忙，我自然知道，果子也不用摆，也不敢乱给东西吃。”一面说，一面将自己的坐褥拿了铺在一个杌上，宝玉坐了；用自己的脚炉垫了脚；

---

① 花子——这里指诓骗小孩的拐子。亦称“拍花子”。

向荷包内取出两个梅花香饼儿[①]来，又将自己的手炉掀开焚上，仍盖好，放在宝玉怀内；然后将自己的茶杯斟了茶，送与宝玉。彼时他母兄已是忙另齐齐整整摆上一桌子果品来。袭人见总无可吃之物，因笑道："既来了，没有空去之理，好歹尝一点儿，也是来我家一趟。"说着，便拈了几个松子穰，吹去细皮，用手帕托着送与宝玉。

宝玉看见袭人两眼微红，粉光融滑，因悄问袭人："好好的哭什么？"袭人笑道："何尝哭？才迷了眼揉的。"因此便遮掩过了。因见宝玉穿着大红金蟒狐腋箭袖，外罩石青貂裘排穗褂。袭人道："你特为往这里来又换新服，他们就不问你往那去吗？"宝玉道："珍大爷那里去看戏换的。"袭人点头。又道："坐一坐就回去罢，这个地方不是你来的。"宝玉笑道："你就家去才好呢，我还替你留着好东西呢。"袭人悄笑道："悄悄的，叫他们听着什么意思？"一面又伸手从宝玉项上将通灵玉摘了下来，向他姊妹们笑道："你们见识见识。时常说起来都当希罕，恨不能一见，今儿可尽力瞧了。再瞧什么希罕物儿，也不过是这么个东西。"说毕，递与他们传看了一遍，仍与宝玉挂好。又命他哥哥去或雇一乘小轿，或雇一辆小车，送宝玉回去。花自芳道："有我送去，骑马也不妨了。"袭人道："不为不妨，为的是碰见人。"

花自芳忙去雇了一顶小轿来，众人也不敢相留，只得送宝玉出去。袭人又抓些果子与茗烟，又把些钱与他买花炮放，教他："不可告诉人，连你也有不是。"一直送宝玉至门前，看着上轿，放下车帘。花、茗二人牵马跟随。来至宁府街，茗烟命住轿，向花自芳道："须等我同二爷还到东府里混一混，才好过去的，不然人家就疑惑了。"花自芳听说有理，忙将宝玉抱出轿来，送上马去。宝玉笑说："倒难为你了。"于是仍进后门来，俱不在话下。

却说宝玉自出了门，他房中这些丫鬟们都越性恣意的玩笑，也有赶围棋的，也有掷骰抹牌的，嗑了一地瓜子皮。偏奶母李嬷嬷拄拐进来请安，瞧瞧宝玉，见宝玉不在家，丫头们只顾玩闹，十分看不过。因叹道："只从我出去了，不大进来，你们越发没个样儿了，别的妈妈们越不敢说你们了。那宝玉是个丈八的灯台——照见人家，照不见自家的。

① 梅花香饼儿——用香料粉末做成的梅花状小饼，可以佩带，也可焚烧。

只知嫌人家脏，这是他的屋子，由着你们遭塌，越不成体统了。”这些丫头们明知宝玉不讲究这些，二则李嬷嬷已是告老解事出去的了，如今管他们不着，因此只顾玩，并不理他。那李嬷嬷还只管问“宝玉如今一顿吃多少饭”“什么时辰睡觉”等语。丫头们总胡乱答应。有的说：“好一个讨厌的老货！”

李嬷嬷又问道：“这盖碗里是酥酪，怎不送与我去？我就吃了罢。”说毕，拿匙就吃。一个丫头道：“快别动！那是说了给袭人留着的，回来又惹气了。你老人家自己承认，别带累我们受气。”李嬷嬷听了，又气又愧，便说道：“我不信他这样坏了。别说我吃了一碗牛奶，就是再比这个值钱的，也是应该的。难道待袭人比我还重？难道他不想想怎么长大了？我的血变的奶，吃的长这么大，如今我吃他一碗牛奶，他就生气了？我偏吃了，看怎么着！你们看袭人不知怎样，那是我手里调理出来的毛丫头，什么阿物儿[1]！”一面说，一面赌气将酥酪吃尽。又一丫头笑道：“他们不会说话，怨不得你老人家生气。宝玉还时常送东西孝敬你老去，岂有为这个不自在的。”李嬷嬷道：“你们也不必装狐媚子[2]哄我，打量上次为茶撵茜雪的事我不知道呢。明儿有了不是，我再来领！”说着，赌气去了。

秋纹

少时，宝玉回来，命人去接袭人。只见晴雯躺在床上不动，宝玉因问：“敢是病了？再不然输了？”秋纹道：“他倒是赢的。谁知李老太太来了，混输了，他气的睡去了。”宝玉笑道：“你别和他一般见识，由他去就是了。”说着，袭人

① 阿物儿——如同说“东西”“家伙”（指人），是一种轻蔑的口气。

② 装狐媚子——用狐狸精善迷人来比喻献媚讨好。

已来，彼此相见。袭人又问宝玉何处吃饭，多早晚回来，又代母妹问诸同伴姊妹好。一时换衣卸妆。宝玉命取酥酪来，丫鬟们回说：“李奶奶吃了。”宝玉才要说话，袭人便忙笑道：“原来是留的这个，多谢费心。前儿我吃的时候好吃，吃过了好肚子疼，足的吐了才好。他吃了倒好，搁在这里倒白糟蹋了。我只想风干栗子吃，你替我剥栗子，我去铺床。”

宝玉听了信以为真，方把酥酪丢开，取栗子来，自向灯前检剥。一面见众人不在房中，乃笑问袭人道：“今儿那个穿红的是你什么人？”袭人道：“那是我两姨妹子。”宝玉听了，赞叹了两声。袭人道：“叹什么？我知道你心里的缘故，想是说他那里配红的。”宝玉笑道：“不是，不是。那样的人不配穿红的，谁还敢穿？我因为见他实在好的很，怎么也得他在咱们家就好了。”袭人冷笑道：“我一个人是奴才命罢了，难道连我的亲戚都是奴才命不成？定还要拣实在好的丫头才往你家来？”宝玉听了，忙笑道：“你又多心了。我说往咱们家来，必定是奴才不成？说亲戚就使不得？”袭人道：“那也般配不上。”宝玉便不肯再说，只是剥栗子。袭人笑道：“怎么不言语了？想是我才冒撞冲犯了你，明儿赌气花几两银子买他们进来就是了。”宝玉笑道：“你说的话，怎么叫我答言呢。我不过是赞他好，正配生在这深堂大院里，没的我们这种浊物倒生在这里。”袭人道：“他虽没这样造化，倒也是娇生惯养的呢，我姨爹姨娘的宝贝。如今十七岁，各样的嫁妆都齐备了，明年就出嫁。”

宝玉听了“出嫁”二字，不禁又嗐了两声。正是不自在，又听袭人叹道：“只从我来这几年，姊妹们都不得在一处。如今我要回去了，他们又都去了。”宝玉听这话内有文章，不禁吃一惊，忙丢下栗子，问道：“怎么，你如今要回去？”袭人道：“我今儿听见我妈和哥哥商议，教我再耐烦一年，明年他们上来，就赎我出去的呢。”宝玉听了这话，越发怔了，因问：“为什么要赎你？”袭人道：“这话奇了！我又比不得是你这里的家生子儿[1]，一家子都在别处，独我一个人在这里，怎么是个了局？”宝玉道：“我不叫你去也难。”袭人道：“从来没这

① 家生子儿——指家奴的子女。按清代法律，家奴子女世代为奴，永远服役。

道理。便是朝廷宫里，也有个定例，或几年一选，几年一入，也没有个长远留下人的理，别说你了！”

宝玉想一想，果然有理。又道：“老太太不放你也难。”袭人道：“为什么不放？我果然是个最难得的，或者感动了老太太，老太太必不放我出去的，设或多给我们家几两银子，留下我，然或有之；其实我也不过是个平常的人，比我强的多而且多。自我从小来了，跟着老太太，先服侍了史大姑娘几年，如今又服侍了你几年。如今我们家来赎，正是该叫去的，只怕连身价也不要，就开恩叫我去呢。若说为服侍的你好，不叫我去，断然没有的事。那服侍的好，是分内应当的，不是什么奇功。我去了，仍旧有好的来了，不是没了我就不成事。”宝玉听了这些话，竟是有去的理，无留的理，心内越发急了，因又道：“虽然如此说，我只一心留下你，不怕老太太不和你母亲说。多多给你母亲些银子，他也不好意思接你了。”袭人道：“我妈自然不敢强。且慢说和他好说，又多给银子；就便不好和他说，一个钱也不给，安心要强留下我，他也不敢不依。但只是咱们家从没干过这倚势仗贵霸道的事。这比不得别的东西，因为你喜欢，加十倍利弄了来给你，那卖的人不得吃亏，可以行得。如今无故平空留下我，于你又无益，反叫我们骨肉分离，这件事，老太太、太太断不肯行的。”宝玉听了，思忖半晌，乃说道：“依你说，你是去定了？”袭人道：“去定了。”宝玉听了，自思道：“谁知这样一个人，这样薄情无义。”乃叹道：“早知道都是要去的，我就不该弄了来，临了剩我一个孤鬼儿。”说着，便赌气上床睡去了。

原来袭人在家，听见他母兄要赎他回去，他就说至死也不回去的。又说：“当日原是你们没饭吃，就剩我还值几两银子，要不叫你们卖，没有个看着老子娘饿死的理。如今幸而卖到这个地方，吃穿和主子一样，又不朝打暮骂。况且如今爹虽没了，你们却又整理的家成业就，复了元气。若果然还艰难，把我赎出来，再多掏澄几个钱，也还罢了，其实又不难了。这会子又赎我作什么？权当我死了，再不必起赎我的念头！”因此哭闹了一阵。

他母兄见他这般坚执，自然必不出来的了。况且原是卖倒的死契[1]，明仗着贾宅是慈善宽厚之家，不过求一求，只怕身价银一并赏了还是有的事呢。二则，贾府中从不曾作践下人，只有恩多威少的。且凡老少房中所有亲侍的女孩子们，更比待家下众人不同，平常寒薄人家的小姐，也不能那样尊重的。因此，他母子两个也就死心不赎了。次后忽然宝玉去了，他二人又是那般景况，他母子二人心下更明白了，越发石头落了地，而且是意外之想，彼此放心，再无赎念了。

如今且说袭人自幼见宝玉性格异常，其淘气憨顽自是出于众小儿之外，更有几件千奇百怪口不能言的毛病儿。近来仗着祖母溺爱，父母亦不能十分严紧拘管，更觉放荡弛纵，任性恣情，最不喜务正。每欲劝时，料不能听，今日可巧有赎身之论，故先用骗词，以探其情，以压其气，然后好下箴规[2]。今见他默默睡去了，知其情有不忍，气已馁堕。自己原不想栗子吃，只因怕为酥酪又生事故，亦如茜雪之茶等事，是以假以栗子为由，混过宝玉不提就完了。于是命小丫头子们将栗子拿去吃了，自己来推宝玉。只见宝玉泪痕满面，袭人便笑道："这有什么伤心的，你果然留我，我自然不出去。"宝玉见这话有文章，便说道："你倒说说，我还要怎么留你，我自己也难说了。"袭人笑道："咱们素日好处，再不用说。但今日你安心留我，不在这上头。我另说出两三件事来，你果然依了我，就是你真心留我了，刀搁在脖子上，我也不出去的了。"

宝玉忙笑道："你说，那几件？我都依你。好姐姐，好亲姐姐，别说两三件，就是两三百件，我也依。只求你们同看着我，守着我，等我有一日化成了飞灰，——飞灰还不好，灰还有形有迹，还有知识。——等我化成一股轻烟，风一吹便散了的时候，你们也管不得我，我也顾不得你们了，那时凭我去，我也凭你们爱那里去就去了。"话未说完，急的袭人忙捂他的嘴，说："好好的，正为劝你这些，倒更说的狠了。"宝玉忙说道："再不说这话了。"袭人道："这是头一件要改的。"宝玉道："改了，再要说，你就拧嘴。还有什么？"

---

① 卖倒的死契——指旧社会买卖人口所立的一种字据，其载明永远不能赎取者叫"死契"。"卖倒"即"卖定""卖死"、不可变更的意思。

② 箴规——规劝；告诫。

袭人道："第二件，你真爱读书也罢，假爱也罢，只是在老爷跟前或在别人跟前，你别只管批驳诮谤，只作出个喜读书的样子来，也教老爷少生些气，在人前也好说嘴。他心里想着，我家代代读书，只从有了你，不承望你不喜读书，已经他心里又气又愧了。而且背前背后乱说那些混话，凡读书上进的人，你就起个名字叫作'禄蠹'[①]；又说只除'明明德'[②]外无书，都是前人自己不能解圣人之书，便另出己意，混编纂出来的。这些话，怎么怨得老爷不气，不时时打你。叫别人怎么想你？"宝玉笑道："再不说了。那原是那小时不知天高地厚，信口胡说，如今再不敢说了。还有什么？"

袭人道："再不可毁僧谤道，调脂弄粉。还有更要紧的一件，再不许吃人嘴上擦的胭脂了，与那爱红的毛病儿。"宝玉道："都改，都改。再有什么，快说。"袭人笑道："再也没有了。只是百事检点些，不任意任情的就是了。你若果都依了，便拿八人轿也抬不出我去了。"宝玉笑道："你在这里长远了，不怕没八人轿你坐。"袭人冷笑道："这我可不希罕的。有那个福气，没有那个道理。纵坐了，也没甚趣。"

二人正说着，只见秋纹走进来。说："快三更了，该睡了。方才老太太打发嬷嬷来问，我答应睡了。"宝玉命取表来看时，果然针已指到亥正，方从新盥漱，宽衣安歇，不在话下。

至次日清晨，袭人起来，便觉身体发重，头疼目胀，四肢火热。先时还扎挣的住，次后捱不住，只要睡着，因而和衣躺在炕上。宝玉忙回了贾母，传医诊视，说道："不过偶感风寒，吃一两剂药疏散疏散就好了。"开方去后，令人取药来煎好。刚服下去，命他盖上被渥汗，宝玉自去黛玉房中来看视。

彼时黛玉自在床上歇午，丫鬟们皆出去自便，满屋内静悄悄的。宝玉揭起绣线软帘，进入里间，只见黛玉睡在那里，忙走上来推他道："好妹妹，才吃了饭，又睡觉。"将黛玉唤醒。黛玉见是宝玉，因说

---

① 禄蠹——禄：古代官吏的俸禄。蠹：蛀虫。"禄蠹"之称用以讽刺那些热衷功名利禄的人。

② 明明德——语出《大学》。前一个"明"字作动词，彰明、发扬的意思；后一个"明"字修饰"德"，"明德"即所谓至德、完美的德行。

道："你且出去逛逛。我前儿闹了一夜，今儿还没有歇过来，浑身酸疼。"宝玉道："酸疼事小，睡出来的病大。我替你解闷儿，混过困去就好了。"黛玉只合着眼，说道："我不困，只略歇歇儿，你且别处去闹会子再来。"宝玉推他道："我往那去呢，见了别人就怪腻的。"

黛玉听了，嗤的一声笑道："你既要在这里，那边去老老实实的坐着，咱们说话儿。"宝玉道："我也歪着。"黛玉道："你就歪着。"宝玉道："没有枕头，咱们在一个枕头上。"黛玉道："放屁！外头不是枕头？拿一个来枕着。"宝玉出至外间，看了一看，回来笑道："那个我不要，也不知是那个脏婆子的。"黛玉听了，睁开眼，起身笑道："真真你就是我命中的'天魔星'[①]！请枕这一个！"说着，将自己枕的推与宝玉，又起身将自己的再拿了一个来，自己枕了，二人对面倒下。

黛玉因看见宝玉左边腮上有钮扣大小的一块血渍，便欠身凑近前来，以手抚之细看，又道："这又是谁的指甲刮破了？"宝玉侧身，一面躲，一面笑道："不是刮的，只怕是才刚替他们淘漉胭脂膏子，搵上了一点儿。"说着，便找手帕子要揩拭。黛玉便用自己的帕子替他揩拭了，口内说道："你又干这些事了。干也罢了，必定还要带出幌子来。便是舅舅看不见，别人看见了，又当奇事新鲜话儿去学舌讨好儿，吹到舅舅耳朵里，又该大家不净净惹气。"

宝玉总未听见这些话，只闻得一股幽香，却是从黛玉袖中发出，闻之令人醉魂酥骨。宝玉一把便将黛玉的袖子拉住，要瞧笼着何物。黛玉笑道："冬寒十月，谁带什么香呢？"宝玉笑道："既然如此，这香是那里来的？"黛玉道："连我也不知道。想必是柜子里头的香气，衣服上熏染的也未可知。"宝玉摇头道："未必。这香的气味奇怪，不是那些香饼子、香毬子、香袋子的香。"黛玉冷笑道："难道我也有什么'罗汉''真人'给我些香不成？便是得了奇香，也没有亲哥哥亲兄弟弄了花儿、朵儿、霜儿、雪儿替我炮制。我有的是那些俗香罢了。"

---

① 天魔星——天魔：佛家语，印度古代传说中四魔之一，即"他化自在天魔"，为魔界之主，常率众魔扰人身心、障碍佛法、破坏善事。这里是缠人的"冤家"的意思。

宝玉笑道："凡我说一句，你就拉上这么些，不给你个利害，也不知道，从今儿可不饶你了。"说着翻身起来，将两只手呵了两口，便伸手向黛玉膈肢窝内两肋下乱挠。黛玉素性触痒不禁，宝玉两手伸来乱挠，便笑的喘不过气来，口里说："宝玉！你再闹，我就恼了。"宝玉方住了手，笑问道："你还说这些不说了？"黛玉笑道："再不敢了。"一面理鬓笑道："我有奇香，你有'暖香'没有？"

宝玉见问，一时解不来，因问："什么'暖香'？"黛玉点头笑叹道："蠢才，蠢才！你有玉，人家就有金来配你；人家有'冷香'，你就没有'暖香'去配？"宝玉方听出来，笑道："方才求饶，如今更说狠了。"说着，又去伸手。黛玉忙笑道："好哥哥，我可不敢了。"宝玉笑道："饶便饶你，只把袖子我闻一闻。"说着，便拉了袖子笼在面上，闻个不住。黛玉夺了手道："这可该去了。"宝玉笑道："去，不能。咱们斯斯文文的躺着说话儿。"说着，复又倒下。黛玉也倒下，用手帕子盖上脸。宝玉有一搭没一搭的说些鬼话，黛玉只不理。宝玉问他几岁上京，路上见何景致古迹，扬州有何遗迹故事，土俗民风。黛玉只不答。

宝玉只怕他睡出病来，便哄他道："哎哟！你们扬州衙门里有一件大故事，你可知道？"黛玉见他说的郑重，且又正言厉色，只当是真事，因问："什么事？"宝玉见问，便忍着笑顺口诌道：

扬州有一座黛山，山上有个林子洞。

黛玉笑道："就是扯谎，自来也没听见这山。"宝玉道："天下山水多着呢，你那里知道这些不成？等我说完了，你再批评。"黛玉道："你且说。"宝玉又诌道：

林子洞里原来有群耗子精。那一年腊月初七日，老耗子升座议事，因说："明日乃是腊八，世上人都熬腊八粥。如今我们洞中果品短少，须得趁此打劫些来方妙。"乃拔令箭一枝，遣一能干的小耗前去打听。一时小耗回报："各处察访打听已毕，惟有山下庙里果米最多。"老耗问："米有几样？果有几品？"小耗道："米豆成仓，不可胜记。果品有五种：一红枣，二栗子，三落花生，四菱角，五香芋。”老耗听了大喜，即时点耗前去。乃拔令箭问：“谁去偷米？”一耗便接令去偷米。又拔令箭问：“谁去偷豆？”又一耗接令去偷豆。然后一一的都各领令去了。只剩了香芋一种，因又拔令箭问：“谁去偷香芋？”只见一个极小极弱的小耗应道：“我愿去偷香芋。”老耗并众耗见他这样，恐不谙练，且怯懦无力，都不准他去。小耗道：“我虽年小身弱，却是法术无边，口齿伶俐，机谋深远。此去管比他们偷的还巧呢。”众耗忙问：“如何比他们巧呢？”小耗道：“我不学他们直偷。我只摇身一变，也变成个香芋，滚在香芋堆里，使人看不出，听不见，却暗暗的用分身法搬运，渐渐的就搬运尽了。岂不比直偷硬取的巧些？”众耗听了，都道：“妙却妙，只是不知怎么个变法？你先变个我们瞧瞧。”小耗听了，笑道：“这个不难，等我变来。”说毕，摇身说“变”，竟变了一个最标致美貌的一位小姐。众耗忙笑道：“变错了，变错了。原说变果子的，如何变出小姐来？”小耗现形笑道：“我说你们没见世面，只认得这果子是香芋，却不知盐课林老爷的小姐才是真正的香玉呢。”

黛玉听了，翻身爬起来，按着宝玉笑道：“我把你烂了嘴的！就知道你是编我呢。”说着，便拧的宝玉连连央告，说：“好妹妹，饶我罢，再不敢了！我因为闻你香，忽然想起这个故典来。”黛玉笑道：“饶骂了人，还说是故典呢。”

一语未了，只见宝钗走来，笑问：“谁说故典呢？我也听听。”黛玉忙让坐，笑道：“你瞧瞧，有谁！他饶骂了人，还说是故典。”宝钗笑道：“原来是宝兄弟，怨不得他，他肚子里的故典原多。只是可惜一件，凡该用故典之时，他偏就忘了。有今日记得的，前儿夜里的芭蕉诗就该记得。眼面前的倒想不起来，别人冷的那样，你急的只出汗。这会子偏又有记性了。”黛玉听了笑道：“阿弥陀佛！到底是我的好姐姐，你一般也遇见对子了。可知一还一报，不爽不错的。”刚说到这里，只听宝玉房中一片声嚷，吵闹起来。未知何事，下回分解。

第二十回

王熙凤正言弹妒意　林黛玉俏语谑娇音

话说宝玉在林黛玉房中说“耗子精”，宝钗撞来，讽刺宝玉元宵不知“绿蜡”之典，三人正在房中互相讥刺取笑。那宝玉正恐黛玉饭后贪眠，一时存了食，或夜间走了困，皆非保养身体之法；幸而宝钗走来，大家谈笑，那林黛玉方不欲睡，自己才放了心。忽听他房中嚷起来，大家侧耳听了一听，林黛玉先笑道：“这是你妈妈和袭人叫嚷呢。那袭人也罢了，你妈妈再要认真排场①他，可见老背晦了。”

宝玉忙要赶过来，宝钗忙一把拉住道：“你别和你妈妈吵才是，他老糊涂了，倒要让他一步为是。”宝玉道：“我知道了。”说毕走来，只见李嬷嬷拄着拐棍，在当地骂袭人：“忘了本的小娼妇！我抬举起你来，这会子我来了，你大模大样的躺在炕上，见我来也不理一理。一心只想装狐媚子哄宝玉，哄的宝玉不理我，听你们的话。你不过是几两臭银子买来的毛丫头，这屋里你就作耗②，如何使得！好不好拉出去配一个小子，看你还妖精似的哄宝玉不哄？”袭人先只道李嬷嬷不过为他躺着生气，少不得分辨说：“病了，才出汗，蒙着头，原没看见你老人家”等语。后来只管听他说“哄宝玉”“装狐媚”，又说“配小子”

① 排场——在这里义同下文的“排揎”，数落、责难的意思。

② 作耗——捣乱生事。

等，由不得又愧又委屈，禁不住哭起来。

李嬷嬷痛骂袭人

宝玉虽听了这些话，也不好怎样，少不得替袭人分辨病了吃药等话，又说：“你不信，只问别的丫头们。”李嬷嬷听了这话，益发气起来了，又说：“你只护着那起狐狸，那里还认得我了？叫我问谁去？谁不帮着你呢？谁不是袭人拿下马[1]来的？我都知道那些事。我只和你在老太太、太太跟前去讲了。把你奶了这么大，到如今吃不着奶了，把我丢在一旁，逞着丫头们要我的强。”一面说，一面也哭起来。彼时黛玉、宝钗等也走过来劝说：“妈妈，你老人家担待他们一点子就完了。”李嬷嬷见他二人来了，便拉住诉委屈，将当日吃茶，茜雪出去，与昨日酥酪等事，唠唠叨叨说个不清。

可巧凤姐正在上房算完输赢帐，听得后面高声嚷动，便知是李嬷嬷老病发了，排揎宝玉的人。——正值他今儿输了钱，迁怒于人。便连忙赶过来，拉了李嬷嬷，笑道：“好妈妈，别生气。大节下，老太太才喜欢了一日，你是个老人家，别人高声，你还要管他们呢；难道你反不知道规矩，在这里嚷起来，叫老太太生气不成？你只说谁不好，我替你打他。我家里烧的滚热的野鸡，快来跟我吃酒去。”一面说，一面拉着走，又叫：“丰儿，替你李奶奶拿着拐棍子，擦眼泪的手帕子。”那李嬷嬷脚不沾地跟了凤姐走了，一面还说：“我也不要这老命了，索性今儿没了规矩，闹一场子，讨个没脸，强如受那娼妇蹄子的气！”后面宝钗、黛玉随着，见凤姐儿这般，都拍手笑道：“亏这一阵风来，把个老婆子撮了去了。”

① 拿下马——降伏。

宝玉点头叹道："这又不知是那里的账，只拣软的排揎。昨儿又不知是那个姑娘得罪了，上在他账上。"一句未了，晴雯在旁笑道："谁又不疯了，得罪他作什么？便得罪了他，就有本事承任，不犯带累别人！"袭人一面哭，一面拉宝玉道："为我得罪了一个老奶奶，你这会子又为我得罪这些人，这还不够我受的，还只是拉别人。"宝玉见他这般病势，又添了这些烦恼，连忙忍气吞声，安慰他仍旧睡下出汗。又见他汤烧火热，自己守着他，歪在旁边，劝他只养着病，别想着些没要紧的事生气。袭人冷笑道："要为这些事生气，这屋里一刻还站不得了。但只是天长日久，只管这样，可叫人怎么样才好呢？时常我劝你，别为我们得罪人，你只顾一时为我们那样，他们都记在心里，遇着坎儿[①]，说的好说不好听，大家什么意思。"一面说，一面禁不住流泪，又怕宝玉烦恼，只得又勉强忍着。

一时杂使的老婆子煎了二和药[②]来。宝玉见他才有汗意，不肯叫他起来，自己便端着就枕与他吃了，即命小丫头子们铺炕。袭人道："你吃饭不吃饭，到底老太太、太太跟前坐一会子，和姑娘们玩一会子再回来。我就静静的躺一躺也好。"宝玉听说，只得替他去了簪环，看他躺下，自往上房来。同贾母吃毕饭，贾母犹欲同那几个老管家嬷嬷斗牌解闷，宝玉惦记着袭人，便回至房中，见袭人朦朦睡去。自己要睡，天气尚早。彼时晴雯、绮霰、秋纹、碧痕都寻热闹，找鸳鸯、琥珀等耍戏去了，独见麝月一个人在外间房里灯下抹骨牌。

麝月

① 坎儿——地上的坡埂，走路时易绊。遇着坎儿，喻碰在当口上。

② 二和药——即二煎药，指煎了第二次的中药汤剂。

宝玉笑问道："你怎不同他们玩去？"麝月道："没有钱。"宝玉道："床底下堆着那么些，还不够你输的？"麝月道："都玩去了，这屋里交给谁呢？那一个又病了，满屋里上头是灯，地下是火。那些老妈妈子们，老天拔地，服侍一天，也该叫他们歇歇；小丫头子们也是服侍了一天，这会子还不叫他们玩玩去。所以让他们都去罢，我在这里看着。"

宝玉听了这个话，公然又是一个袭人。因笑道："我在这里坐着，你放心去罢。"麝月道："你既在这里，越发不用去了，咱们两个说话玩笑岂不好？"宝玉笑道："咱两个作什么呢？怪没意思的。也罢了，早上你说头痒，这会子没什么事，我替你篦头罢。"麝月听了便道："就是这样。"说着，将文具镜匣搬来，卸去钗钏，打开头发，宝玉拿了篦子替他一一的梳篦。只篦了三五下，只见晴雯忙忙走进来取钱。一见了他两个，便冷笑道："哦，交杯盏还没吃，倒上头了①！"宝玉笑道："你来，我也替你篦一篦。"晴雯道："我没那么大福。"说着，拿了钱，便摔帘子出去了。

宝玉为麝月梳头

宝玉在麝月身后，麝月对镜，二人在镜内相视。宝玉便向镜内笑道："满屋里就只是他磨牙。"麝月听说，忙向镜中摆手，宝玉会意。忽听唿一声帘子响，晴雯又跑进来问道："我怎么磨牙了？咱们倒得说说。"麝月笑道："你去你的罢，又来问人了。"晴雯也笑道："你又护着。你们那瞒神弄鬼的，我都知道。等我捞回本儿来再说话。"说着，一径出去了。这里宝玉通了头，命麝月悄悄的服侍他睡下，不肯惊

① 交杯盏、上头——旧时婚礼，用两杯酒以彩线连之，新婚夫妇换杯饮酒，叫吃"交杯盏"。旧时女子出嫁时梳发髻叫"上头"，表示由姑娘变成了媳妇。

动袭人。一宿无话。

至次日清晨起来，袭人已是夜间发了汗，觉得轻省了些，只吃些米汤静养。宝玉放了心，因饭后走到薛姨妈这边来闲逛。彼时正月内，学房中放年学，闺阁中忌针黹，却都是闲时。贾环也过来玩，正遇见宝钗、香菱、莺儿三个赶围棋作耍。贾环见了也要玩。宝钗素习看他亦如宝玉，并没他意。今儿听他要玩，让他上来坐了一处。一磊十个钱，头一回自己赢了，心中十分欢喜。后来接连输了几盘，便有些着急。赶着这盘正该自己掷骰子，若掷个七点便赢，若掷个六点，下该莺儿掷三点就赢了。因拿起骰子来，狠命一掷，一个作定了五，那一个乱转。莺儿拍着手只叫“幺”，贾环便瞪着眼，“六——七——八”混叫。那骰子偏生转出幺来。贾环急了，伸手便抓起骰子来，然后就拿钱，说是个六点。莺儿便说：“分明是个幺！”宝钗见贾环急了，便瞅莺儿说道：“越大越没规矩，难道爷们还赖你？还不放下钱来呢！”

莺儿满心委曲，见宝钗说，不敢作声，只得放下钱来，口内嘟囔说：“一个作爷的，还赖我们这几个钱，连我也不放在眼里。前儿我和宝二爷玩，他输了那些，也没着急。下剩的钱，还是几个小丫头子们一抢，他一笑就罢了。”宝钗不等说完，连忙断喝。贾环道：“我拿什么比宝玉呢。你们怕他，都和他好，都欺负我不是太太养的。”说着，便哭了。宝钗忙劝他：“好兄弟，快别说这话，人家笑话你。”又骂莺儿。

正值宝玉走来，见了这般形况，问是怎么了。贾环不敢作声。宝钗素知他家规矩，凡作兄弟的，都怕哥哥。却不知那宝玉是不要人怕他的。他想着：“弟兄们一并都有父母教训，何必我多事，反生疏了。况且我是正出，他是庶出[①]，饶这样还有人背后谈论，还禁得辖治他了？”更有个呆意思存在心里。——你道是何呆意？因他自幼姊妹丛中长大，亲姊妹有元春、探春，伯叔的有迎春、惜春，亲戚中又有史湘云、林黛玉、薛宝钗等诸人。他便料定，天地间灵淑之气只钟于女子，男儿们不过是些渣滓浊沫而已。因此把一切男子都看成混沌浊物，可有

① 正出、庶出——封建宗法制度下，正室（妻）所生的子女为“正出”，称为“嫡”；侧室（妾）所生的子女为“庶出”，称为“庶”。

可无。只是父亲叔伯兄弟之伦，因是圣人遗训，不可违忤，所以，弟兄之间不过尽其大概的情理就罢了，并不想自己是男子，须要为子弟之表率。是以贾环等都不怕他。只因怕贾母不依，才让他三分。如今宝钗恐怕宝玉教训他，倒没意思，便连忙替贾环掩饰。宝玉道：“大正月里哭什么？这里不好，你到别处玩去。你天天念书，倒念糊涂了。比如这件东西不好，横竖那一件好，就舍了这件取那个。难道你守着这个东西哭一会子就好了不成？你原是取乐玩的，倒招自己烦恼。不如快去为是。”贾环听了，只得回来。

赵姨娘

赵姨娘见他这般，因问：“又是那里垫了踹窝[①]来了？”贾环便说：“同宝姐姐玩的，莺儿欺负我，赖我的钱，宝玉哥哥撵我来了。”赵姨娘啐道：“谁叫你上高台盘去了？下流没脸的东西！那里玩不得？谁叫你跑了去讨没意思！”

正说着，可巧凤姐在窗外过，都听在耳内。便隔窗说道：“大正月又怎么了？环兄弟小孩子家，一点半点儿错了，你只教导他，说这样话作什么？凭他怎么着，还有老爷太太管他呢，就大口啐他？他现是主子，不好了，横竖有教导他的人，与你什么相干？环兄弟，出来，跟我玩去。”

贾环素日怕凤姐比怕王夫人更甚，听见叫他，忙唯唯的出来。赵姨娘也不敢作声。

凤姐向贾环道：“你也是个没气性的东西！时常说给你：要吃，要喝，要玩，要笑，只爱同那一个姐姐妹妹哥哥嫂子玩，就同那个玩。你

① 垫了踹窝——垫平路面，引申为供人践踏、代人受过。踹窝：路面上践踏成的坑窝。

不听我的话，反叫这些人教的歪心邪意，狐媚子霸道的。自己不尊重，要往下流走，安着坏心，还只怨人家偏心。输了几个钱？就这么个样儿！”因问贾环：“你输了多少钱？”贾环见问，只得诺诺的回说：“输了一二百钱。”凤姐啐道：“亏了你还是个爷，输了一二百钱就这样！”回头叫丰儿：“去取一吊钱来，姑娘们都在后头玩呢，把他送了玩去。你明儿再这么下流狐媚子，我先打了你，再叫人告诉学里，皮不揭了你的！为你这个不尊重，恨的你哥哥牙根痒痒，不是我拦着，窝心脚把你的肠子窝出来呢。”喝命：“去罢！”贾环诺诺的跟了丰儿，得了钱，自己和迎春等玩去。不在话下。

史湘云

且说宝玉正和宝钗玩笑，忽见人说：“史大姑娘来了。”宝玉听了，抬身就走。宝钗笑道：“等着，咱们两个一齐走，瞧瞧他去。”说着，下了炕，同宝玉一齐来至贾母这边。只见史湘云大笑大说的，见他两个来，忙问好厮见。正值林黛玉在旁，因问宝玉打那里来的？宝玉便说：“在宝姐姐那里来。”黛玉冷笑道：“我说呢，亏了绊住，不然早就飞了来了。”宝玉笑道：“只许同你玩，替你解闷儿。不过偶然去他那里，就说这些闲话。”林黛玉道：“好没意思的话！去不去管我什么事，我又没叫你替我解闷儿。可许你从此不理我呢！”说着，便赌气回房去了。

宝玉忙跟了来，问道：“好好的又生气了？就是我说错了，你到底也还坐在那里，和别人说笑一会子。”林黛玉道：“你管我呢！”宝玉笑道：“我自然不敢管你，只没有个看着你自己作践了身子呢。”林黛玉道：“我作践坏了身子，我死我的，与你何干！”宝玉道：“何苦来，大正月里，死了活了的。”林黛玉道：“偏说死！我这会子就死！你怕死，你长命百岁的，如何？”宝玉笑道：“要像只管这样闹，我还怕死吗？倒不如死了干净。”黛玉忙道：“正是了，要是这样闹，不如死了干净。”宝玉道：“我说我自己死了干净，别听错了话赖人。”正说着，宝钗走来道：“史大妹妹等你呢。”说着，便推宝玉走了。这里黛玉越发气闷，只向窗前流泪。

没两盏茶的工夫，宝玉仍来了。林黛玉见了，越发抽抽噎噎的哭个不住。宝玉见了这样，知难挽回，打叠起千百样的款语温言来劝慰。不料自己未张口，只见黛玉先说道：“你又来作什么？死活凭我去罢了，横竖如今有人和你玩，比我又会念，又会作，又会写，又会说笑，又怕你生气拉了你去，你又作什么来？”宝玉听了，忙上来悄悄的说道：“你这么个明白人，难道连‘亲不间疏，先不僭后’[①]也不知道？我虽糊涂，却明白这两句话。头一件，咱们是姑舅姊妹，宝姐姐是两姨姊妹，论亲戚，他比你疏。第二件，你先来，咱们两个一桌吃，一床睡，从小儿一处长大的，他是才来的，岂有个为他疏你的？”林黛玉啐道：“我难道叫你疏他？我成了个什么人了呢？我为的是我的心。”宝玉道：“我也是为的是我的心。难道你就知你的心，不知我的心不成？”

林黛玉听了，低头一语不发，半日说道：“你只怨人行动嗔怪了你，你再不知道你自己怄人难受。就拿今日天气比，分明今儿冷的这样，你怎么倒脱了青肷[②]披风呢？”宝玉笑道：“何尝不穿着，见你一恼，我一暴躁[③]就脱了。”林黛玉叹道：“回来伤了风，又该饿着吵吃的了。”

二人正说着，只见湘云走来，笑道：“爱哥哥，林姐姐，你们天天一处玩，我好容易来了，也不理我一理儿。”黛玉笑道：“偏是咬舌子爱说话，连个‘二’哥哥也叫不出来，只是‘爱’哥哥‘爱’哥哥的。回来赶围棋儿，又该你闹‘幺爱三四五’了。”宝玉笑道：“你学惯了他，明儿连你还咬起来呢。”史湘云道：“他再不放人一点儿，专挑

---

① 亲不间疏，先不僭后——亲密者不被疏远者所离间，先到者不被后来者所超越。间：离间。僭：超越本分。

② 青肷——指青狐腋部或胸腹部的毛皮。

③ 暴躁——由于心中烦躁而感到身上燥热的意思。

人的不好。就算你比世人好，也不犯着见一个打趣一个。我指出一个人来，你敢挑他，我就服你。”黛玉忙问是谁。湘云道：“你敢挑宝姐姐的短处，就算你是好的。”黛玉听了，冷笑道：“我当是谁，原来是他！我那里敢挑他呢。”宝玉不等说完，忙用话岔开。

湘云笑道：“这一辈子我自然比不上你。我只保佑着明儿得一个咬舌的林姐夫，时时刻刻你可听‘爱’‘厄’去。阿弥陀佛，那才现在我眼里！”说的众人一笑，湘云忙回身跑了。要知端详，下回分解。

第二十一回

贤袭人娇嗔箴宝玉　俏平儿软语救贾琏

话说史湘云跑了出来，怕林黛玉赶上，宝玉在后忙说：“仔细绊跌了！那里就赶上了？”林黛玉赶到门前，被宝玉叉手在门框上拦住，笑劝道：“饶他这一遭罢。”林黛玉扳着手说道：“我若饶过云儿，再不活着！”湘云见宝玉拦住门，料黛玉不能出来，便立住脚笑道：“好姐姐，饶我这一遭罢。”恰值宝钗来在湘云身后，也笑道：“我劝你两个看宝兄弟分上，都丢开手罢。”黛玉道：“我不依。你们是一气的，都戏弄我不成！”宝玉劝道：“谁敢戏弄你？你不打趣他，他焉敢说你！”

四人正难分解，有人来请吃饭，方往前边来。那天早又掌灯时分，王夫人、李纨、凤姐、迎、探、惜等都往贾母这边来，大家闲话了一回，各自归寝。湘云仍往黛玉房中安歇。

宝玉送他二人到房，那天已二更多时，袭人来催了几次，方回自己房中来睡。次日天明时，便披衣靸[①]鞋往黛玉房中来时，不见紫鹃、翠缕二人，只见他姊妹两个尚卧在衾内。那林黛玉严严密密裹着一幅杏子红绫被，安稳合目而睡。那史湘云却一把青丝拖于枕畔，被只齐胸，一弯雪白的膀子撂于被外，又带着两个金镯子。宝玉见了，叹道：“睡觉

① 靸——通作“趿”，穿鞋时把鞋后帮踩在脚后跟下。

还是不老实！回来风吹了，又嚷肩窝疼了。”一面说，一面轻轻的替他盖上。林黛玉早已醒了，觉得有人，就猜着定是宝玉，因翻身一看，果不出所料。因说道：“这早晚就跑过来作什么？”宝玉说道：“这天还早呢！你起来瞧瞧。”黛玉道：“你先出去，让我们起来。”宝玉听了，转身出至外边。

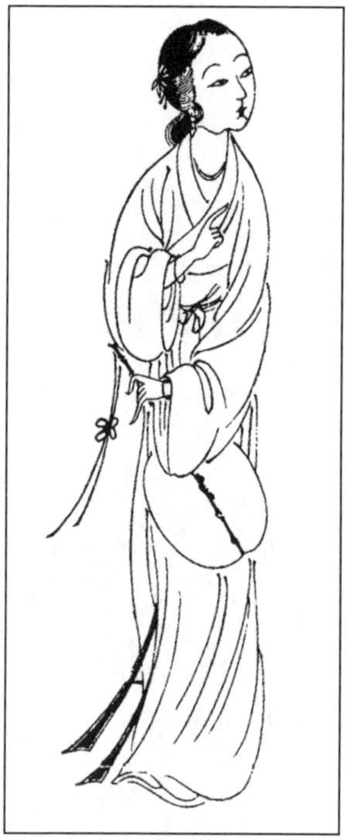

翠缕

黛玉起来叫醒湘云，二人都穿了衣服。宝玉复又进来，坐在镜台旁边，只见紫鹃、雪雁进来服侍梳洗。湘云洗了脸，翠缕便拿残水要泼，宝玉道：“站着，我趁势洗了就完了，省得又过去费事。”说着便走过来，弯腰洗了两把。紫鹃递过香皂去，宝玉道：“这盆里的就不少，不用搓了。”再洗了两把，便要手巾。翠缕道：“还是这个毛病儿，多早晚才改呢。”宝玉也不理，忙忙的要过青盐擦了牙，漱了口。

完毕，见湘云已梳完了头，便走过来笑道：“好妹妹，替我梳上头罢。”湘云道：“这可不能了。”宝玉笑道：“好妹妹，你先时怎么替我梳了呢？”湘云道：“如今我忘了，怎么梳呢？”宝玉道：“横竖我不出门，又不戴冠子勒子，不过打几根散辫子就完了。”说着，又千妹妹万妹妹的央告。湘云只得扶他的头过来，一一梳篦。在家不戴冠，并不总角，只将四围短发编成小辫，往顶心发上归了总，编一根大辫，红绦结住。自发顶至辫梢，一路四颗珍珠，下

湘云为宝玉梳头

面有金坠脚。湘云一面编着，一面说道：“这珠子只三颗了，这一颗不是的。我记得都是一样的，怎么少了一颗？”宝玉道：“丢了一颗。”湘云道：“必定是外头去弄丢了，被人拣了去，倒便宜他。”

黛玉一旁盥手，冷笑道：“也不知是真丢了，也不知是给了人镶什么戴去了！”宝玉不答，因镜台两边俱是妆奁等物，顺手拿起来赏玩，不觉又顺手拈了胭脂，意欲要往口边送，因又怕史湘云说。正犹豫间，湘云果在身后看见，一手掠着辫子，便伸手来“拍”的一下，将胭脂从他手中打落，说道：“这不长进的毛病儿，多早晚才改过！”

一语未了，只见袭人进来，看见这般光景，知是梳洗过了，只得回来自己梳洗。忽见宝钗走来，因问：“宝兄弟那去了？”袭人含笑道：“宝兄弟那里还有在家里的工夫！”宝钗听说，心中明白。又听袭人叹道：“姊妹们和气，也有个分寸礼节，也没个黑家白日闹的！凭人怎么劝，都是耳旁风。”宝钗听了，心中暗忖道：“倒别看错了这个丫头，听他说话，倒有些识见。”宝钗便在炕上坐了，慢慢的闲言中套问他年纪家乡等语，留神窥察，其言语志量深可敬爱。

一时宝玉来了，宝钗方出去。宝玉便问袭人道：“怎么宝姐姐和你说的这么热闹，见我进来就跑了？”问一声不答，再问时，袭人方道：“你问我么？我那里知道你们的原故。”宝玉听了这话，见他脸上气色非往日可比，便笑道：“怎么动了真气？”袭人冷笑道：“我那里敢动气！只是从今以后别进这屋子了。横竖有人服侍你。再别来支使我。我仍旧还服侍老太太去。”一面说，一面便在炕上合眼倒下。宝玉见了这般景况，深为骇异，禁不住赶来劝慰。那袭人只管合了眼不理。宝玉无了主意，因见麝月进来，便问道：“你姐姐怎么了？”麝月道：“我知道么？问你自己便明白了。”

宝袭投机

宝玉听说，呆了一回，自觉无趣，便起身叹道："不理我罢，我也睡去。"说着，便起身下炕，到自己床上歪下。

袭人听他半日无动静，微微的打鼾，料他睡着，便起身拿一领斗篷来，替他刚压上，只听"忽"的一声，宝玉便掀过去，也仍合目装睡。袭人明知其意，便点头冷笑道："你也不用生气，从此后我只当哑子，再不说你一声儿，如何？"宝玉禁不住起身问道："我又怎么了？你又劝我。你劝我也罢了，才刚又没见你劝我，一进来你就不理我，赌气睡了。我还摸不着是为什么，这会子你又说我恼了。我何尝听见你劝我什么话了？"袭人道："你心里还不明白，还等我说呢！"

正闹着，贾母遣人来叫他吃饭，方往前边来，胡乱吃了半碗饭，仍回至自己房中。只见袭人睡在外头炕上，麝月在旁边抹骨牌。宝玉素知麝月与袭人亲厚，一并连麝月也不理，揭起软帘自往里间来。麝月只得跟进来，宝玉便推他出去，说："不敢惊动你们。"麝月只得笑着出来，唤了两个小丫头进来。宝玉拿一本书，歪着看了半天，因要茶，抬头只见两个小丫头在地下站着。一个大些儿的生得十分水秀，宝玉便问："你叫什么名字？"那丫头便说："叫蕙香。"宝玉又问："是谁起的？"蕙香道："我原叫芸香的，是花大姐姐改了蕙香。"宝玉道："正经该叫'晦气'罢了，什么蕙香呢！"又问："你姊妹几个？"蕙

蕙香（四儿）

香道：“四个。”宝玉道：“你第几？”蕙香道：“第四。”宝玉道：“明儿就叫‘四儿’，不必什么‘蕙香’‘兰气’的。那一个配比这些花，没的玷辱了好名好姓的。”一面说，一面命他倒了茶来吃。袭人和麝月在外间听了抿嘴而笑。

这一日，宝玉也不大出房，也不和姊妹丫头等厮闹，自己闷闷的，只不过拿着书解闷，或弄笔墨；也不使唤众人，只叫四儿答应。谁知四儿是个聪敏乖巧不过的丫头，见宝玉用他，他变尽方法笼络宝玉。至晚饭后，宝玉因吃了两杯酒，眼饧耳热之际，若往日则有袭人等大家喜笑有兴，今日却冷清清的一人对灯，好没兴趣。待要赶了他们去，又怕他们得了意，以后越发来劝；若拿出做上的规矩来镇唬，似乎无情太甚。说不得横心只当他们死了，横竖自家也要过的。便权当他们死了，毫无牵挂，反能怡然自悦。因命四儿剪灯烹茶，自己看了一回《南华经》。正看至《外篇·胠箧》一则，其文曰：

故绝圣弃知[①]，大盗乃止；擿[②]玉毁珠，小盗不起；焚符破玺[③]，而民朴鄙；掊斗折衡[④]，而民不争；殚残[⑤]天下之圣法，而民始可与论议。擢乱六律[⑥]，铄绝竽瑟[⑦]，塞瞽旷[⑧]之耳，而天下始人

---

① 绝圣弃知——抛弃聪明智巧的意思。“圣”在这里是睿智、于事无所不通的意思。

② 擿——同“掷”，扔掉。

③ 焚符破玺——烧毁信符，砸碎印玺。符：古时用竹、木、金、玉等制成，上刻文字，剖成两半，以相契合为凭证。玺：印章。

④ 掊斗折衡——把斗击破，把秤折断。掊：击。衡：秤。

⑤ 殚残——毁灭。殚：尽。

⑥ 擢乱六律——擢乱：搅乱。六律：音乐术语，我国古代律制将一个八度分为十二个音阶，从低到高逢奇数的合称“六律”，逢偶数的合称“六吕”。在这里“六律”泛指音律。

⑦ 铄绝竽瑟——销毁乐器。铄：销熔。竽：笙类。笙是古代簧管乐器，大的名竽，有三十六簧。瑟：琴类。瑟身为长方形木质音箱，一般是二十五弦，每根弦都有一活动支柱，用以调弦，确定音高。这里竽瑟泛指乐器。

⑧ 瞽旷——即师旷，春秋时代晋国乐师，目盲。相传他善于审音辨律。瞽：瞎眼。先秦时以盲人为乐官，故“瞽”又为乐官的代称。

含其聪[①]矣；灭文章，散五采，胶离朱[②]之目，而天下始人含其明矣；毁绝钩绳而弃规矩[③]，攦工倕之指[④]，而天下始人有其巧矣。

看至此，意趣洋洋，趁着酒兴，不禁提笔续曰：

焚花散麝，而闺阁始人含其劝[⑤]矣；戕宝钗之仙姿，灰黛玉之灵窍，丧减情意，而闺阁之美恶始相类矣。彼含其劝，则无参商之虞矣；戕其仙姿，无恋爱之心矣；灰其灵窍，无才思之情矣。彼钗、玉、花、麝者，皆张其罗而穴其隧[⑥]，所以迷眩缠陷[⑦]天下者也。

续毕，掷笔就寝。头刚着枕便酣然睡去，一夜竟不知所之，直至天明方醒。翻身看时，只见袭人和衣睡在衾上。宝玉将昨日的事已付与度外，便推他说道："起来好生睡，看冻着了。"

原来袭人见他无晓夜和姊妹们厮闹，若直劝他，料不能改，故用柔情以警之，料他不过半日片刻仍复好了。不想宝玉一日一夜竟不回转，自己反不得主意，直一夜没好生睡得。今忽见宝玉如此，料他心意回转，便越性不睬他。宝玉见他不应，便伸手替他解衣，刚解开了钮子，被袭人将手推开，又自扣了。宝玉无法，只得拉他的手笑道："你到底怎么了？"连问几声，袭人睁眼说道："我也不怎么。你睡醒了，你自过那边房里去梳洗，再迟了就赶不上。"宝玉道："我过那里去？"袭人冷笑道："你问我，我知道？你爱往那里去，就往那里去。从今咱

---

① 聪——灵敏的听觉。

② 离朱——亦作"离娄"，古代传说中视力最强的人。

③ 钩绳规矩——钩：定曲线的工具。绳：定直线的工具。规：画圆形的工具。矩：画方形的工具。

④ 攦工倕之指——攦：折断。工倕：相传为尧时巧匠。

⑤ 劝——劝勉，箴规。在这里作名词用。

⑥ 穴其隧——挖好了陷阱。穴：洞。此处用作动词，义同挖。隧：地道。此处引申作陷阱。

⑦ 迷眩缠陷——迷眩：指用声色迷惑人。缠陷：指用罗网陷阱捕捉人。眩：昏花惑乱。

们两个丢开手，省得鸡生鹅斗，叫别人笑。横竖那边腻了过来，这边又有个什么‘四儿’‘五儿’服侍。我们这起东西，可是白‘玷辱了好名好姓’的。”宝玉笑道：“你今儿还记着呢！”袭人道：“一百年还记着呢！比不得你，拿着我的话当耳旁风，夜里说了，早起就忘了。”宝玉见他娇嗔满面，情不可禁，便向枕边拿起一根玉簪来，一跌两段，说道：“我再不听你说，就同这个一样。”袭人忙的拾了簪子，说道：“大清早起，这是何苦来！听不听什么要紧，也值得这种样子。”宝玉道：“你那里知道我心里急！”袭人笑道：“你也知道着急么！可知我心里怎么样？快起来洗脸去罢。”说着，二人方起来梳洗。

宝玉往上房去后，谁知黛玉走来，见宝玉不在房中，因翻弄案上书看，可巧翻出昨日的《庄子》来。看至所续之处，不觉又气又笑，不禁也提笔续书一绝云：

无端弄笔是何人？作践南华《庄子因》[1]。
不悔自己无见识，却将丑语怪他人！

写毕，也往上房来见贾母，后往王夫人处来。

谁知凤姐之女大姐儿病了，正乱着请大夫来诊脉。大夫便说：“替夫人奶奶们道喜，姐儿发热是见喜[2]了，并非别症。”王夫人凤姐听了，忙遣人问：“可好不好？”医生回道：“病虽险，却顺，倒还不妨。预备桑虫猪尾要紧。”凤姐听了，登时忙将起来：一面打扫房屋供奉痘疹娘娘，一面传与家人忌煎炒等物，一面命平儿打点铺盖衣服与贾琏隔房，一面又拿大红尺头与奶子丫头亲近人等裁衣。外面又打扫净室，款留两个医生，轮流斟酌诊脉下药，十二日不放家去。贾琏只得搬出外书房来斋戒，凤姐与平儿都随着王夫人日日供奉娘娘。

那个贾琏，只离了凤姐便要寻事，独寝了两夜，便十分难熬，便暂将小厮们内有清俊的选来出火。不想荣国府内有一个极不成器破烂酒头

① 《庄子因》——一部阐释《庄子》的书，清代康熙时林云铭著。

② 见喜——旧时以小儿出痘疹（天花）为险症，忌讳直说，又因痘疹发出后可望平安，所以称为“见喜”。

厨子，名唤多官，人见他懦弱无能，都唤他作“多浑虫”。二年前他父亲替他娶了一个媳妇，今年方二十来岁年纪，生得有几分人才，见者无不羡爱。他生性轻浮，最喜拈花惹草，多浑虫又不理论，只是有酒有肉有钱，便诸事不管了，所以荣宁二府之人都得入手。因这个媳妇美貌异常，轻浮无比，众人都呼他作“多姑娘儿”。如今贾琏在外熬煎，往日也曾见过这媳妇，失过魂魄，只是内惧娇妻，外惧娈宠[①]，不曾下得手。那多姑娘儿也曾有意于贾琏，只恨没空。今闻贾琏挪在外书房来，他便没事也要走两趟去招惹。招惹的贾琏似饥鼠一般，少不得和心腹的小厮们计议，合同遮掩谋求，多以金帛相许。小厮们焉有不允之理，况都和这媳妇是旧交，一说便成。是夜二鼓人定，多浑虫醉昏在炕，贾琏便溜了来相会。进门一见面，早已神魂失据，也不用情谈款叙，便宽衣动作起来。谁知这媳妇有天生的奇趣，一经男子挨身，便觉遍身筋骨瘫软，使男子如卧绵上；更兼淫态浪言，压倒娼妓。贾琏此时恨不得化在他身上。那媳妇故作浪语，在下说道：“你家女儿出花儿，供着娘娘，你也该忌两日，倒为我脏了身子。快离了我这里罢。”贾琏一面大动，一面喘吁吁答道：“你就是娘娘！我那里管什么娘娘呢！”那媳妇越浪，贾琏越丑态毕露。一时事毕，两个又海誓山盟，难分难舍。此后遂成相契。

一日大姐毒尽瘢回，十二日后送了娘娘，合家祭天祀祖，还愿焚香，庆贺放赏已毕。贾琏仍复搬进卧室，见了凤姐，正是俗语云“新婚不如远别”，更有无限恩爱，自不必烦絮。

次日早起，凤姐往上屋去后，平儿收拾贾琏在外的衣服铺盖，不承望枕套中抖出一绺青丝来。平儿会意，忙拽在袖内，便走至这边房内来，拿出头发来，向贾琏笑道：“这是什么？”贾琏看见着了忙，赶上来要抢。平儿便跑，被贾琏一把揪住，按在炕上，从手中来夺，口内笑道：“小蹄子，你不趁早拿出来，我把你膀子撅折了。”平儿笑道：“你就是个没良心的。我好意瞒着他来问你，你倒赌狠！等他回来我告诉他，看你怎么着。”贾琏听说，忙陪笑央求道：“好人，赏我罢，我再不赌狠了。”

---

① 娈宠——男宠。

一语未了，只听凤姐声音进来。贾琏此时松了手不是，抢又不是，只叫“好人，别叫他知道”。平儿刚起身，凤姐已走进来，命平儿快开匣子，替太太找样子。平儿忙答应了找时，凤姐见了贾琏，忽然想起来，便问平儿：“拿出去的东西都收进来了么？”平儿道：“收进来了。”凤姐道：“可少什么没有？”平儿道：“细细的查了查，没少一件儿。”凤姐道：“不少就好，只是别多出来罢？”平儿笑道：“不丢万幸，谁还添出来呢？”凤姐冷笑道：“这半个月难保干净，或者有相厚的丢下的什么戒指、汗巾[①]、香袋儿，也未可定。”一席话，说的贾琏脸都黄了。贾琏在凤姐身后，只望着平儿杀鸡抹脖使眼色儿，求他遮盖。平儿只装看不见，因笑道：“怎么我的心就和奶奶的心一样！我就怕有这些个，留神搜了一搜，竟一点破绽也没有。奶奶不信时，那些东西我还没收呢，奶奶亲自翻寻一遍去。”凤姐笑道：“傻丫头，他便有这些东西，那里肯叫咱们翻着了？”说着，寻了样子出去了。

平儿指着鼻子，晃着头笑道：“这件事怎么回谢我呢？”喜的个贾琏身痒难挠，跑上来搂着，“心肝肠肉”乱叫乱谢。平儿仍拿了头发笑道：“这是我一生的把柄了。好就好，不好就抖露出这事来。”贾琏笑道：“你只好生收着罢，千万别叫他知道。”口里说着，瞅他不防，便抢了过来，笑道：“你拿着终是祸患，不如我烧了他完事了。”一面说着，一面便塞于靴掖内。平儿咬牙道：“没良心的东西，过了河就拆桥，明儿还想我替你撒谎！”贾琏见他娇俏动情，便搂着求欢，被平儿夺手跑了，急的贾琏弯着腰恨道：“死促狭[②]小淫妇！一定浪上人的火来，他又跑了。”平儿在窗外笑道：“我浪我的，谁叫你动火了？难道图你受用一回，叫他知道了，又不待见[③]我！”贾琏道：“你不用怕他，等我性子上来，把这醋罐打个稀烂，他才认得我呢！他防我像防贼似的，只许他同男人说话，不许我和女人说话；我和女人略近些，他就疑惑，他不论小叔子侄儿，大的小的，说说笑笑，就都使得。以后我也不许他见人！”平儿道：“他醋你使得，你醋他使不得。他原行的正

① 汗巾——系腰用的长巾。

② 促狭——刁钻机灵，爱捉弄人。

③ 不待见——不喜欢、讨厌的意思。俗有“人嫌狗不待见”的话。

走的正；你行动便有个坏心，连我也不放心，别说他了。”贾琏道：“哦！也罢了。都是你们行的是，我凡行动都存坏心。多早晚都死在我手里呢！”

一句未了，凤姐走进院来，因见平儿在窗外，就问道：“要说话两个人不在屋里说，怎么跑出一个来，隔着窗子，是什么意思？”贾琏在窗内接道：“你可问他，倒像屋里有老虎吃他呢。”平儿道：“屋里一个人没有，我在他跟前作什么？”凤姐笑道：“正是没人才好呢。”平儿听说，便道：“这话是说我呢？”凤姐笑道：“不说你说谁？”平儿道：“别叫我说出好话来了。”说着，也不打帘子让凤姐，自己先摔帘子进来，往那边去了。凤姐自掀帘子进来，说道：“平儿疯魔了。这蹄子认真要降伏我了，仔细你的皮要紧！”贾琏听了，倒在炕上，拍手笑道：“我竟不知平儿这么利害，从此倒服他了。”凤姐道：“都是你惯的他，我只和你算账就完了！”贾琏听说忙道：“你两个不和，又拿我来垫喘儿了。我躲开你们。”凤姐道：“我看你躲到那里去。”贾琏道：“我自然有去处。”说着就走。凤姐道：“你别走，我有话和你商量。”不知商量何事，且听下回分解。

第二十二回

听曲文宝玉悟禅机　制灯谜贾政悲谶语

话说贾琏听凤姐说有话商量，因止步问是何话。凤姐道："二十一是薛妹妹的生日，你到底怎么样呢？"贾琏道："我知道怎么样？你连多少大生日都料理过了，这会子倒没了主意？"凤姐道："大生日料理，不过是有一定的则例在那里。如今他这生日，大又不是，小又不是，所以和你商量。"贾琏听了，低头想了半日道："你竟糊涂了。现有比例！那林妹妹就是例。往年怎么给林妹妹做的，如今也照样给薛妹妹过就是了。"凤姐听了，冷笑道："我难道连这个也不知道？我原也这么想来着。但昨儿听见老太太说，问起大家的年纪生日来，听见薛大妹妹今年十五岁，虽不是整生日，也算得将笄[1]之年。老太太说要替他做生日，自然和往年给林妹妹做的不同了。"贾琏道："这么着，就比林妹妹的多增些。"凤姐道："我也这么想着，所以讨你的口气。我若私自添了东西，你又怪我不告诉明白你了。"贾琏笑道："罢，罢，这空头情我不领。你不盘察我就够了，我还怪你！"说着，一径去了，不在话下。

---

① 笄——用金属、玉石、骨角等物制成的别头发用的一种簪子。古代女子十五岁而始戴笄，表示成年，可以许嫁。故后来称女子到了成年为"及笄"或"将笄之年"。

且说史湘云住了两日，因要回去。贾母因说："等过了你宝姐姐的生日，看了戏再回去。"史湘云听了，只得住下。又一面遣人回去，将自己旧日作的两色针线活计取来，为宝钗生辰之仪。

谁想贾母自见宝钗来了，喜他稳重和平，正值他才过第一个生辰，便自己益蜀资二十两，唤了凤姐来，交与他置酒戏。凤姐凑趣笑道："一个老祖宗给孩子们做生日，不拘怎样，谁还敢争？又办什么酒戏呢？既高兴，要热闹，就说不得自己花费几两老库里的体己。这早晚找出这霉烂的二十两银子来做东道，这意思还叫我赔上。果然拿不出来也罢了，金的、银的、圆的、扁的，压塌了箱子底，只是勒掯我们。举眼看看，谁不是儿女？难道将来只有宝兄弟顶了你老人家上五台山[①]不成？那些东西只留给他，我们如今虽不配使，也别太苦了我们。这个够酒的？够戏的？"说的满屋里都笑起来。贾母亦笑道："你们听听这嘴！我也算会说的，怎么说不过这猴儿。你婆婆也不敢强嘴，你和我啷啷的。"凤姐笑道："我婆婆也是一样的疼宝玉，我也没处去诉冤，倒说我强嘴。"说着，又引着贾母笑了一回，贾母十分喜悦。

到晚间，众人都在贾母前，定省之余，大家娘儿姊妹等说笑时，贾母因问宝钗爱听何戏等语，爱吃何物等语。宝钗深知贾母年老之人，喜热闹戏文，爱吃甜烂之食，便总依贾母往日素喜者说了出来。贾母更加欢悦。次日便先送过衣服玩物去，王夫人、凤姐、黛玉等诸人皆有，随分不一，不须细说。

至二十一日，就贾母内院中搭了家常小巧戏台，定了一班新出的小戏，昆弋两腔[②]俱有。就在贾母上房摆了几席家宴酒席，并无一个外客，只有薛姨妈、史湘云、宝钗是客，余者皆是自己人。这日早起，

---

① 顶了你老人家上五台山——旧俗出殡，主丧的"孝子"在灵前头顶铭旌，持幡领路，叫作"顶灵"。这里的"顶"，即"顶灵"。五台山：在山西省五台县，是我国古代佛教"圣地"之一。这里因为不好直说死，就用"上五台山"暗喻"死后登仙成佛"。

② 昆弋两腔——两种戏曲声腔。昆腔即昆山腔，起源于江苏昆山县，经明人魏良辅等加工整理后，盛行于明代后期和清代。用昆腔唱的词曲（包括南曲和北曲）叫作昆曲。弋腔，即弋阳腔，起源于江西弋阳县。

宝玉因不见林黛玉，便到他房中来寻，只见林黛玉歪在炕上。宝玉笑道："起来吃饭去，就开戏了。你爱看那一出？我好点。"林黛玉冷笑道："你既这么说，你就特叫一班戏来，拣我爱的唱给我看。这会子犯不上借着光儿问我。"宝玉笑道："这有什么难的？明儿就叫一班子，也叫他们借咱们的光儿。"一面说，一面拉起他来，携手出去吃了饭。

点戏时，贾母一定先叫宝钗点。宝钗推让一遍，无法，只得点了一出《西游记》。贾母自是欢喜，又让薛姨妈，薛姨妈见宝钗点了，不肯再点。贾母便特命凤姐点。凤姐虽有邢、王二夫人在前，但因贾母之命不敢违拗，且知贾母喜热闹，更喜谑笑科诨①，便点了一出《刘二当衣》。贾母果真更又喜欢，然后便命黛玉点。黛玉又让王夫人等先点，贾母道："今日原是我特带着你们取笑，咱们只管咱们的，别理他们。我巴巴的唱戏摆酒，为他们不成？他们在这里白听白吃，已经便宜了，还让他们点呢！"说着，大家都笑了。黛玉方点了一出。然后宝玉、史湘云、迎、探、惜、李纨等俱各点了。按出扮演。

至上酒席时，贾母又命宝钗点。宝钗点了一出《鲁智深醉闹五台山》。宝玉道："你只好点这些戏。"宝钗道："你白听了这几年戏，那里知道这出戏排场词藻都好呢。"宝玉道："我从来怕这些热闹戏。"宝钗笑道："要说这一出热闹，你更算不知戏了。你过来，我告诉你，这一出戏是一套北《点绛唇》②，铿锵顿挫，韵律不用说是好了；那词藻中有一支《寄生草》③极妙。你何曾知道。"宝玉见说的这般好，便凑近来央告："好姐姐，念与我听听。"宝钗便念给他听道：

---

① 科诨——插科打诨的简称，指穿插在戏曲中令人发笑的滑稽动作和对话。诨：指古代戏曲中逗笑的台词。

② 一套北《点绛唇》——《点绛唇》：曲牌名，由同名词牌演变而来。有南曲、北曲两种。南曲入黄钟宫，用词的全阕。北曲入仙吕宫，只用词的前半阕，通章押韵。《山门》的唱段是用的一套北曲，以仙吕《点绛唇》开头，所以说"是一套北《点绛唇》"。

③《寄生草》——曲牌名，是《点绛唇》套曲中的一支曲子。在《山门》中为鲁智深拜别师父时所唱。

漫揾[①]英雄泪，相离处士家[②]。谢慈悲剃度[③]在莲台[④]下。没缘法[⑤]转眼分离乍[⑥]。赤条条来去无牵挂。那里讨烟蓑雨笠卷单行[⑦]？一任俺芒鞋破钵随缘化[⑧]！

宝玉听了，喜的拍膝摇头，称赏不已，又赞宝钗无书不知。林黛玉道："安静看戏罢，还没唱《山门》，你倒《妆疯》[⑨]了。"说的湘云也笑了。于是大家看戏，到晚方散。

贾母深爱那做小旦的和那做小丑的，因命人带进来，细看时益发可怜见。因问他年纪，那小旦才十一岁，小丑才九岁，大家叹息了一回。贾母令人另拿些肉果与他两个，又另外赏钱两串。凤姐笑道："这个孩子扮上活像一个人，你们再看不出来。"宝钗心里也知道，便只一笑不肯说。宝玉也猜着了，亦不敢说。史湘云接口道："倒像林妹妹的模样儿。"宝玉听了，忙把湘云瞅了一眼。众人听了。留神细看，都笑起来了，说果然像他。一时散了。

晚间，湘云更衣时，便命翠缕把衣包打开收拾。翠缕道："忙什么，等去的时候包也不迟。"湘云道："明早就走。还在这里做什么？——看人家的脸子！"

宝玉听了这话，忙赶近前说道："好妹妹，你错怪了我。林妹妹

---

① 漫揾——漫：随意，不经意。揾：揩拭。

② "相离"句——处士：不做官的隐居之士。这里指七宝村的赵员外。鲁智深打死郑屠后，先在他家避难，后因走漏风声，只得离开那里去五台山出家当和尚。

③ 剃度——佛家语。指佛教徒剃去须发，接受戒条，出家为僧的仪式。佛教认为这是超度人们脱离生死苦难之始，故称"剃度"。

④ 莲台——也叫"莲华台"，即佛像所坐的莲花状台座。

⑤ 缘法——缘分，机缘。

⑥ 乍——这里是仓促之意。

⑦ "烟蓑"句——烟蓑雨笠：蓑衣斗笠。卷单行：离寺而去。游方僧人寺寄寓，须先将衣钵袋挂在僧堂的钩上，得到住持的许可，才能住下，这种手续叫"挂褡"，也叫"挂单"。离寺就叫"卷单"。"单"即僧人的执照。

⑧ "芒鞋"句——芒鞋：草鞋。随缘化：随机缘而求人布施，这里有随遇而安的意思。化：化缘，指僧徒向人劝募乞讨。

⑨ 《妆疯》——北曲折子戏，演唐代尉迟敬德因不肯挂帅出征而假装疯病的故事。本元代无名氏杂剧《功臣宴敬德不伏老》第三折，俗称《妆疯》。

是个多心的人。别人分明知道，不肯说出来，也皆因怕他恼。谁知你不防头就说了出来，他岂不恼你？我是怕你得罪了人，所以才使眼色。你这会子恼我，岂不辜负了我？要是别人，那怕他得罪了人，与我何干呢？”湘云摔手道：“你那花言巧语，别望着我说。我原不及你林妹妹，别人拿他取笑都使得，我说了就有不是。我本也不配和他说话。他是小姐主子，我是奴才丫头！”宝玉急的说道：“我倒是为你，为出不是来了。我要有坏心，立刻就化成灰，叫万人拿脚踹！”湘云道：“大正月里，少信着嘴胡说这些没要紧的歪话！你要说，你说给那些小性儿、行动爱恼人、会辖治你的人听去！别叫我啐你。”说着，进贾母里间屋里，忿忿的躺着去了。

宝玉没趣，只得又来找黛玉。谁知才进门，便被黛玉推出来了，将门关上。宝玉又不解何故，在窗外只是低声叫“好妹妹”“好妹妹”。黛玉总不理他。宝玉闷闷的垂头不语。

袭人早知端的，当此时断不能劝。那宝玉只呆呆的站着。黛玉只当他回去了，却开了门，只见宝玉还站在那里。黛玉不好再闭门，宝玉因跟进来，问道：“凡事都有个原故，说出来，人也不委曲。好好的就恼，到底为什么呢？”林黛玉冷笑道：“问我呢，我也不知为什么。我原是给你们取笑的。拿着我比戏子。”宝玉道：“我并没有比你，也并没有笑你，为什么恼我呢？”黛玉道：“你还要比？你还要笑？你不比不笑，比人家比了笑了的还利害呢！”宝玉听说，无可分辩。

黛玉又道：“这还可恕。你为什么又和云儿使眼色？这安的是什么心？莫不是他和我玩，他就自轻自贱了？他是公侯的小姐，我原是民间的丫头，他和我玩，设若我回了口，那不是他自惹轻贱？你是这主意不是？你却也是好心，只是那一个不领你的情，一般也恼了。你又拿我作情，倒说我小性儿，行动肯恼。你又怕他得罪了我。我恼他，与你何干？他得罪了我，又与你何干呢？”

宝玉听了，方知才和湘云私谈，他也听见了。细想自己原为怕他二人恼了，故在中间调和，不料自己反落了两处的数落，正合着前日所看《南华经》上，有“巧者劳而智者忧，无能者无所求，饱食而遨游，泛若不系之舟”[①]；又曰“山木自寇，源泉自盗”[②]等句，因此越想越无趣。再细想来，如今不过这几个人，尚不能应酬妥协，将来犹欲为何？想到其间，也不分辩，自己转身回房来。林黛玉见他去了。便知他回思无趣，赌气去了，一言也不发，不禁自己越发添了气，便说：“这一去，一辈子也别来了，也别说话！”

宝玉不理，竟回来躺在床上，只是闷闷的。袭人虽深知原委，不敢就说，只得以别事来解释，因笑道：“今儿看了戏，又勾出几天戏来。宝姑娘一定要还席的。”宝玉冷笑道：“他还不还，管我什么相干？”袭人见这话不是往日的口吻，因又笑道：“这是怎么说？好好儿的大正月里，娘儿们姊妹们都喜喜欢欢的，你又怎么这个样儿了？”宝玉冷笑道：“他们娘儿们姊妹们欢喜不欢喜，也与我无干。”袭人笑道：“大家随和，你也随和，不好？”宝玉道：“什么‘大家彼此’！他们有‘大家彼此’，我只是‘赤条条来去无牵挂’的。”说到这句，不觉泪下。袭人见此光景，不肯再说。宝玉细想这句意味，不禁大哭起来，翻身起来至案边，提笔立占一偈云：

你证我证，心证意证。是无有证，斯可云证。无可云证，是立足境。[③]

写毕，自己虽解悟，又恐人看此不解，因又填一支《寄生草》，写

① “巧者劳而智者忧”几句——语出《庄子·列御寇》。意思是心灵手巧的人总是辛苦劳碌，聪明智慧的人总是多思多虑，而无挂无碍的人则什么也不追求，吃饱了就任兴漫游，好像没有缆绳拴住的小船，自由自在地随水漂流。无能：在这里是自忘其能，无所挂碍的意思。

② “山木自寇，源泉自盗”——“山木自寇”：语出《庄子·人间世》。意思是山中的树木因成材而招人来砍伐。“源泉自盗”似从《庄子·山木》中“甘井先竭”之句化出，意思是源泉之水因甘美而惹人来盗饮。

③ “你证我证”一偈——证：印证；证验。佛教用语中又作领悟解。此偈用意双关，既是谈禅，也是说情。就后一义说，其大意是：彼此都想从对方得到感情的印证而频添烦恼；看来只有到了灭绝情意，无须再证验时，方谈得上感情上的彻悟；到了万境归空，什么都无可证验之时，才是真正的立足之境。黛玉所续二句说：连立足之境也没有，那才是真正的干净了。

在偈后，又念了一遍，自觉心中无有挂碍，便上床睡了。

谁知黛玉见宝玉此番果断而去，假以寻袭人为由，来看动静。袭人回道：“已经睡了。”黛玉听说，就欲回去。袭人笑道：“姑娘请站住，有一个字帖儿，瞧瞧写的是什么话。”便将宝玉方才所写的拿给黛玉看。黛玉看了，知是宝玉为一时感忿而作，不觉可笑可叹，便向袭人道：“作的是个玩意儿，无甚关系。”说毕，便拿了回房去，次日和宝钗、湘云同看。宝钗念其词曰：

> 无我原非你，从他不解伊。肆行无碍凭来去。茫茫着甚悲愁喜，纷纷说甚亲疏密。从前碌碌却因何？到如今，回头试想真无趣！①

看毕，又看那偈语，因笑道：“这是我的不是了，我昨儿一支曲子把他这个话惹出来的。这些道书禅机最能移性。明儿认真说起这些疯话来，存了这个念头，岂不是从我这支曲子起的呢？我成了个罪魁了。”说着，便撕了个粉碎，递与丫头们，叫快烧了！黛玉笑道：“不该撕，等我问他。你们跟我来，包管叫他收了这个念头。”

三人说着过来，见了宝玉，黛玉先笑道：“宝玉，我问你：至贵者‘宝’，至坚者‘玉’。尔有何贵？尔有何坚？”宝玉竟不能答。三人拍手笑道：“这样钝愚，还参禅呢。”湘云也拍手笑道：“宝哥哥可输了。”黛玉又道：“你道‘无可云证，是立足境’，固然好了，只是据我看来，还未尽善。我再续两句在后。”因念云：‘无立足境，是方干净。’”宝钗道：“实在这方悟彻。当日南宗六祖惠

---

① “无我原非你”一首——此曲为宝玉对“你证我证”一偈的解释。意亦双关，以谈禅之名谈情。“无我原非你”：没有我也就没有你，你我相互依存，意取《庄子·齐物论》：“非彼无我，非我无所取。”原意是，没有它（“道”、真宰）就没有我，没有我也就没有东西来体现它了。“从他不解伊”：任凭他人不理解你好了。从：任凭。伊：你。“肆行无碍凭来去”：自己何妨随心所欲地自由行动呢。

能[1]，初寻师至韶州，闻五祖弘忍在黄梅，他便充役火头僧。五祖欲求法嗣[2]，令诸僧各出一偈。上座神秀[3]说道：‘身是菩提树，心如明镜台，时时勤拂拭，莫使有尘埃。’[4]彼时惠能在厨房舂米，听了这偈，说道：‘美则美矣，了则未了。’因自念一偈曰：‘菩提本非树，明镜亦非台，本来无一物，何处染尘埃？’[5]五祖便将衣钵[6]传他。今儿这偈语，亦同此意了。只是方才这句机锋，尚未完全了结，这便丢开手不成？”黛玉笑道：“彼时不能答，就算输了，这会子答上了，也不为出奇。只是以后再不许谈禅了。连我们两个所知所能的，你还不知不能呢，还去参禅呢？”宝玉自己以为觉悟，不想忽被黛玉一问，便不能答；宝钗又比出“语录”[7]来，此皆素不见他们能者。自己想了一

---

① 南宗六祖惠能——据传，南天竺人菩提达摩于五世纪初来中国传播禅法，建立了早期禅宗，被推为禅宗东土始祖。达摩传慧可（二祖），慧可传僧粲（三祖），僧粲传道信（四祖），道信传弘忍（五祖）。弘忍死后，禅宗分成南北两宗。北宗以神秀为六祖，南宗以惠能为六祖。惠能，一作慧能，中国佛教禅宗的实际创立者。初投弘忍门下当“行者”，在碓房里舂米。因作“菩提本无树”一偈，得到弘忍的赏识，便将禅法密授与他，并付予法衣，史称南宗六祖。后来中国佛教史上的禅宗和思想史上的禅学，一般指南宗和惠能的禅学。

② 法嗣——佛门宗派传法的继承人。隋唐以后的佛教宗派，模仿世俗的封建宗法制度，把师徒之间的传承关系看作像父子继承的关系一样，故仿宗法制度的方式建立自己的谱系，即所谓“法裔”“法嗣”的制度。

③ 上座神秀——神秀，少年出家，投禅宗五祖弘忍门下，是个博学的和尚。弘忍生前，是寺中的上座（僧职，地位仅次于住持）；弘忍死后，成为禅宗北派的创始人，史称北宗六祖。

④ “身是菩提树”一偈——菩提树：常绿乔木，据《西域记》载即毕钵罗树，相传释迦在此树下悟道成佛。“菩提”为梵文音译，其义为“觉悟”。尘：佛教以色、声、香、味、触、法为“六尘”。这首偈代表了禅宗北宗的主张，认为人自身虽有佛性，但因受尘世杂念搅扰，必须通过坐禅，逐渐修炼，方能领悟，因称“渐悟”。

⑤ “菩提本非树”一偈——这首偈代表了禅宗南宗“顿悟”的主张，同北宗的“渐悟”相对。即认为所谓“觉悟”不是外在的而只要向内心寻求，因此主张不用诵经、坐禅、布施，只要体会佛经的精神，主观上顿时觉悟，便可立地成佛。

⑥ 衣钵——佛家师徒间传承授受的法器。衣：指袈裟。钵：指僧人盛饭食器。

⑦ 语录——古代一种语体文。起源于唐代，僧徒用当时通俗口语记载其师的传授，叫“语录”。到了宋代，儒家讲学风起，门生弟子仿照佛家语录体将其师言论直录成书，语录体遂大行于世。

想："原来他们比我的知觉在先，尚未解悟，我如今何必自寻苦恼？"想毕，便笑道："谁又参禅，不过一时玩话罢了。"说着，四人仍复如旧。

忽然人报："娘娘差人送出一个灯谜来，命你们大家去猜，猜后每人也作一个送进去。"四人听说忙出来，至贾母上房。只见一个小太监。拿了一盏四角平头白纱灯，专为灯谜而制，上面已有了一个，众人都争看乱猜。小太监又下谕道："众小姐猜着，不要说出来，每人只暗暗的写了，一齐封进宫去，娘娘自验是否。"宝钗听了，近前一看，是一首七言绝句，并无新奇，口中少不得称赞，只说难猜，故意寻思，其实一见就猜着了。宝玉、黛玉、湘云、探春四个人也都解了，各自暗暗写了。一并将贾环、贾兰等传来，一齐各揣机心猜了，写在纸上。然后各人拈一物作成一谜，恭楷写了，挂在灯上。

太监去了，至晚出来，传谕道："前日娘娘所制，俱已猜着，惟二小姐与三爷猜的不是。小姐们作的也都猜了，不知是否。"说着，也将写的拿出来。也有猜着的，也有猜不着的，都胡乱说猜着了。太监又将颁赐之物送与猜着之人，每人一个宫制诗筒[①]，一柄茶筅[②]，独迎春、贾环二人未得。迎春自为玩笑小事，并不介意，贾环便觉得没趣。且又听太监说："三爷作这个不通，娘娘也没猜，叫我带回问三爷是个什么。"众人听了，都来看他作的是什么，写道：

大哥有角只八个，二哥有角只两根。
大哥只在床上坐，二哥爱在房上蹲。

众人看了，大发一笑。贾环只得告诉太监说："是一个枕头，一个兽头[③]。"太监记了，领茶而去。

贾母见元春这般有兴，自己越发喜欢，便命速作一架小巧精致围屏灯来，设于堂屋，命他姊妹们各自暗暗的作了，写出来粘于屏上，然后

---

① 诗筒——装诗歌草稿用的竹筒。庚辰本脂批："诗筒，身边所佩之物，以待偶成之句草录暂收之。"

② 茶筅——用竹子做的洗涤茶具的刷箒。

③ 兽头——古代建筑塑在屋檐角上的两角怪兽。

预备下香茶细果以及各色玩物，为猜着之贺。贾政朝罢，见贾母高兴，况在节间，晚上也来承欢取乐。上面贾母、贾政、宝玉一席，下面王夫人、宝钗、黛玉、湘云又一席，迎春、探春、惜春三人又一席，俱在下面。地下婆娘丫鬟站满。李宫裁、王熙凤二人在里间又一席。贾政因不见贾兰，便问："怎么不见兰哥儿？"地下婆娘忙进里间问李氏，李氏起身笑着回道："他说方才老爷并没叫他去，他不肯来。"婆娘回复了贾政。众人都笑说："天生的牛心古怪。"贾政忙遣贾环与两个婆娘将贾兰唤来。贾母命他在身旁坐了，抓果品给他吃。大家说笑取乐。

往常间只有宝玉长谈阔论，今日贾政在这里，便惟有唯唯而已。余者湘云虽系闺阁弱女，却素喜谈论，今日贾政在席，也自缄口禁言。黛玉本性懒与人共，原不肯多语。宝钗原不妄言轻动，便此时亦是坦然自若。故此一席虽是家常取乐，反见拘束不乐。贾母亦知因贾政一人在此所致，酒过三巡，便撵贾政去歇息。贾政亦知贾母之意，撵了他去，好让他们姊妹兄弟们取乐。因陪笑道："今日原听见老太太这里大设春灯雅谜，故也备了彩礼酒席，特来入会，何疼孙子孙女之心，便不略赐与儿子半点？"贾母笑道："你在这里，他们都不敢说笑，没的倒叫我闷的慌。你要猜谜，我便说一个你猜，猜不着是要罚的。"贾政忙笑道："自然要罚。若猜着了，也是要领赏的呢。"贾母道："这个自然。"说着便念道：

猴子身轻站树梢。①　　——打一果名

贾政已知是荔枝，便故意乱猜别的，罚了许多东西；然后方猜着，也得了贾母的东西。然后也念一个与贾母猜，念道：

身自端方，体自坚硬。虽不能言，有言必应。②　——打一用物

---

① 贾母灯谜——"站树梢"，义同"立枝"："立""荔"谐音，故谜底为"荔枝"。"荔枝"又与"离枝"谐音，故脂批说此谜的寓意在暗示"所谓'树倒猢狲散'是也"。

② 贾政灯谜——谜底是砚。"必"与"笔"谐音，谜面即"有言必（笔）应"。又"砚""验"谐音，意寓贾母等人所作灯谜中的谶言，必将得到应验。

说毕，便悄悄的说与宝玉。宝玉会意，又悄悄的告诉了贾母。贾母想了想，果然不差，便说："是砚台。"贾政笑道："到底是老太太，一猜就是。"回头说："快把贺彩送上来。"地下妇女答应一声，大盘小盘一齐捧上。贾母逐件看去，都是灯节下所用所玩新巧之物，甚喜，遂命："给你老爷斟酒。"宝玉执壶，迎春送酒。贾母因说："你瞧瞧那屏上，都是他姊妹们做的，再猜一猜我听。"

贾政答应，起身走至屏前，只见头一个写道是：

能使妖魔胆尽摧，身如束帛气如雷。
一声震得人方恐，回首相看已化灰。①

贾政道："这是爆竹吗？"宝玉答道："是。"贾政又看道：

天运人功理不穷，有功无运也难逢。
因何镇日纷纷乱，只为阴阳数不通。②

贾政道："是算盘。"迎春笑道："是。"又往下看是：

阶下儿童仰面时，清明妆点最堪宜。
游丝一断浑无力，莫向东风怨别离。③

① 元春灯谜——此谜是元春得宠和短寿的形象写照。"能使"句，迷信传说爆竹能驱除鬼魅，故云妖魔胆摧。首二句喻元春为妃后身价百倍，声势烜赫。后两句暗示元春昙花一现，贾府好景不长。

② 迎春灯谜——此谜隐喻迎春一生的遭际。天运：天数。人功：算盘上的珠子，要靠人去拨，故曰人功。镇日：整天，"镇""整"通。阴阳：指上下排算珠，兼指男女、夫妻。数：运数，命运。

③ 探春灯谜——此谜是以断线风筝暗示探春远嫁不归。"清明"句，说清明时节是最适宜放风筝的好时光，与第五回判词中"清明涕送江边望"之句参看，实点出佚稿中她出嫁的季节。游丝：本指春天昆虫吐出飘荡在空中的飞丝，这里指放风筝的线。浑：全。

贾政道："好像是风筝。"探春笑道："是。"又看道是：

前身色相总无成，不听菱歌听佛经。
莫道此生沉黑海，性中自有大光明。①

贾政道："这是佛前海灯嘎。"惜春笑答道："是海灯。"

贾政心内沉思道："娘娘所作爆竹，此乃一响而散之物。迎春所作算盘，是打动乱如麻。探春所作风筝，乃飘飘浮荡之物。惜春所作海灯，一发清净孤独。今乃上元佳节，如何皆作此不祥之物为戏耶？"心内愈思愈闷，因在贾母之前，不敢形于色，只得仍勉强往下看去。只见后面写着七言律诗一首，却是宝钗所作，随念道：

朝罢谁携两袖烟，琴边衾里总无缘。
晓筹不用鸡人报，五夜无烦侍女添。
焦首朝朝还暮暮，煎心日日复年年。
光阴荏苒须当惜，风雨阴晴任变迁。

贾政看完，心内自忖道："此物还倒有限。只是小小年纪作此等词语，更觉不祥，皆非永远福寿之辈。"想到此处，愈觉烦闷，大有悲戚之状，因而将适才的精神减去十分之八九，只垂头沉思。

贾母见贾政如此光景，想到或是他身体劳乏亦未可定，又兼之恐拘束了他众姊妹不得高兴玩耍，便对贾政道："你竟不必猜了，安歇着去罢。让我们再坐一会，也就散了。"贾政一闻此言，连忙答应几个"是"字，又勉强劝了贾母一回酒，方才退出去了。回至房中只是思索，翻来覆去竟难成寐，不由伤悲感慨，不在话下。

且说贾母见贾政去了，便道："你们可自在乐一乐罢。"一言未

① 惜春灯谜——此谜暗示惜春为尼的归宿。"前身"句，意为前世因迷恋尘世色相，未能修成正果。色相：佛教用语，一切有形质、颜色、相貌可见的东西，都叫色相。无成：没有悟道成佛。不听菱歌：即看破红尘。乐府诗中菱歌莲曲，内容多属男女情歌。沉黑海：投身佛门与人间繁华欢乐绝缘，从世人来看，就像沉入漆黑的海底。性：佛性。大光明：佛祖释迦牟尼曾称大光明王，后以此代指佛。

了，早见宝玉跑至围屏灯前，指手画脚，满口批评，这个这一句不好，那一个破的不恰当，如同开了锁的猴儿一般。宝钗便道："还像适才坐着，大家说说笑笑，岂不斯文些儿。"凤姐自里间忙出来插口道："你这个人，就该老爷每日合你寸步不离方好。适才我忘了，为什么不当着老爷，撺掇叫你也作诗谜儿。若果如此，怕不得这会子正出汗呢。"说的宝玉急了，扯着凤姐厮缠了一会儿。

贾母又和李宫裁并众姊妹说笑了一会，也觉有些困倦。听了听已交四鼓了，因命将食物撤去，赏给众人，随起身道："我们安歇罢。明日还是节下，该当早起。明日晚间再玩罢。"于是众人方慢慢的散去。未知次日如何，且听下回分解。

第二十三回

西厢记妙词通戏语　牡丹亭艳曲警芳心

话说贾元春自那日幸大观园回宫去后，便命将那日所有的题咏，命探春依次抄录妥协，自己编次，叙其优劣，又命在大观园勒石①，为千古风流雅事。因此，贾政命人各处选拔精工名匠，在大观园磨石镌字，贾珍率领蓉、萍等监工。因贾蔷又管理着文官等十二个女戏并行头等事，不大得便，因此贾珍又将贾菖、贾菱唤来监工。一日，汤蜡钉朱②，动起手来。这也不在话下。

且说那个玉皇庙并达摩庵两处，一班的十二个小沙弥并十二个小道士，如今挪出大观园来，贾政正想发到各庙去分住。不想后街上住的贾芹之母周氏，正盘算着也要到贾政这边谋一个大小事务与儿子管管，也好弄些银钱使用，可巧听见这件事出来，便坐轿子来求凤姐。凤姐因见他素日不大拿班作势的，便依允了，想了几句话便回王夫人说："这些小和尚道士万不可打发到别处去，一时娘娘出来就要承应。倘或散了，若再用时，可是又费事。依我的主意，不如将他们竟送到咱们家庙里铁槛寺去，月间不过派一个人拿几两银子去买柴米就完了，说声用，走

---

① 勒石——在石碑上刻字。

② 汤蜡钉朱——刻碑时的两道工序。将熔化了的白蜡涂在已经用朱色写好文字的石碑面上，保护朱书，以免擦掉，叫作"汤蜡"，也作"烫蜡"。汤蜡后石工按朱书镌刻，叫作"钉朱"。

去叫来，一点儿不费事呢。”王夫人听了，便商之于贾政。贾政听了笑道：“倒是提醒了我，就是这样。”即时唤贾琏来。

当下贾琏正同凤姐吃饭，一闻呼唤，不知何事，放下饭便走。凤姐一把拉住，笑道：“你且站住，听我说话。若是别的事我不管，若是为小和尚们的事，好歹依我这么着。”如此这般教了一套话。贾琏笑道：“我不知道，你有本事你说去。”凤姐听了，把头一梗，把筷子一放，腮上似笑不笑的瞅着贾琏道：“你当真的，还是玩话？”贾琏笑道：“西廊下[①]五嫂子的儿子芸儿来求了我两三遭，要个事情管管。我依了，叫他等着。好容易出来这件事，你又夺了去。”凤姐笑道：“你放心。园子东北角子上，娘娘说了，还叫多多的种松柏树，楼底下还叫种些花草。等这件事出来，我管保叫芸儿管这工程。”贾琏道：“果这样也罢了。只是昨儿晚上，我不过是要改个样儿，你就就扭手扭脚的。”凤姐听了，嗤的一声笑了，向贾琏啐了一口，低下头便吃饭。

贾芹

贾琏已经笑着去了，走到前面见了贾政，果然是小和尚一事。贾琏便依了凤姐的主意，说道：“如今看来，芹儿倒大大的出息了，这件事竟交给他去管办。横竖照头里的规例，每月叫芹儿支领就是了。”贾政原不大理论这些事，听贾琏如此说，便如此依了。贾琏回到房中告诉凤姐，凤姐即命人去告诉了周氏。贾芹便来见贾琏夫妻两个，感谢不尽。凤姐又作

① 廊下——建筑术语。中国建筑史上自隋唐以来，府第、衙署、寺庙这一类多院落的大建筑群，四周皆以廊庑围绕，沿回廊两侧之街巷则称东西廊下（正房皆坐北朝南，所以不会有南北廊下）。宋以后回廊多以廊屋和围墙代替，形成今天四合院的面貌，但东西廊下之旧称仍沿用不变。

情央贾琏先支三个月的供给，叫他写了领字，贾琏批票画了押，登时发了对牌出去。银库上按数发出三个月的供给来，白花花二三百两。贾芹随手拈了一块，撂与掌秤的人，叫他们吃茶罢。于是命小厮拿回家，与母亲商议。登时雇了大叫驴，自己骑上；又雇了几辆车，至荣国府角门前，唤出二十四个人来，坐上车，一径往城外铁槛寺去了。当下无话。

如今且说贾元春，因在宫中自编大观园题咏之后，忽想起那大观园中景致，自己幸过之后，贾政必定敬谨封锁，不敢使人进去骚扰，岂不寥落？况家中现有几个能诗会赋的姊妹，何不命他们进去居住，也不使佳人落魄，花柳无颜。却又想到宝玉自幼在姊妹丛中长大，不比别的兄弟，若不命他进去，只怕他冷清了，一时不大畅快，未免贾母、王夫人愁虑，须得也命他进园居住方妙。想毕，遂命太监夏守忠到荣国府来下一道谕，命宝钗等只管在园中居住，不可禁约封锢，命宝玉仍随进去读书。

彩云

贾政、王夫人接了这谕，待夏守忠去后，便来回明贾母，遣人进去各处收拾打扫，安设帘幔床帐。别人听了还自犹可，惟宝玉听了这谕，喜的无可不可。正和贾母盘算，要这个，弄那个，忽见丫鬟来说：“老爷叫宝玉。”宝玉听了，好似打了个焦雷，登时扫去兴头，脸上转了颜色，便拉着贾母扭的好似扭股儿糖，杀死不敢去。贾母只得安慰他道：“好宝贝，你只管去，有我呢，他不敢委曲了你。况且你又作了那篇好文章。想是娘娘叫你进去住，他吩咐你几句，不过不教你在里头淘气。他说什么，你只好生答应着就是了。”一面安慰，一面唤了两个老嬷嬷来，吩咐“好生带了宝玉去，别叫他老子唬着他”。老嬷嬷答应了。

宝玉只得前去，一步挪不了三寸，蹭到这边来。可巧贾政在王夫人房中商议事情。金钏儿、彩云、彩霞、绣鸾、绣凤等众丫鬟都在廊檐底下站着呢，一见宝玉来，都抿着嘴笑。金钏儿一把拉住宝玉，悄悄的笑道："我这嘴上是才擦的香浸胭脂，你这会子可吃不吃了？"彩云一把推开金钏儿，笑道："人家正心里发虚，你还奚落他。趁这会子喜欢，快进去罢。"宝玉只得挨进门去。原来贾政和王夫人都在里间呢。赵姨娘打起帘子，宝玉躬身进去。只见贾政和王夫人对面坐在炕上说话，地下一溜椅子，迎春、探春、惜春、贾环四个人都坐在那里。一见他进来，惟有探春和惜春、贾环站了起来。

贾政一举目，见宝玉站在跟前，神彩飘逸，秀色夺人；又看看贾环，人物委琐，举止粗糙；忽又想起贾珠来，再看看王夫人只有这一个亲生的儿子，素爱如珍，自己的胡须将已苍白：因这几件上，把素日嫌恶宝玉之心不觉减了八九。半晌说道："娘娘吩咐说，你日日外头嬉游，渐次疏懒了，如今叫禁管，同你姊妹在园里读书写字。你可好生用心习学，再如不守分安常，你可仔细着！"宝玉连连的答应了几个"是"。王夫人便拉他在身旁坐下。他姊弟三人依旧坐下。

王夫人摸挲着宝玉的脖项说道："前儿的丸药都吃完了？"宝玉答道："还有一丸。"王夫人道："明儿再取十丸来，天天临睡的时候，叫袭人服侍你吃了再睡。"宝玉道："从太太吩咐了，袭人天天临睡打发我吃。"贾政问道："袭人是何人？"王夫人道："是个丫头。"贾政道："丫头不管叫个什么罢了，是谁这样刁钻，起这样的名字？"王夫人见贾政不喜欢了，便替宝玉掩饰道："是老太太起的。"贾政道："老太太如何知道这话，一定是宝玉。"宝玉见瞒不过，只得起身回道："因素日读诗，曾记古人有一句诗云'花气袭人知昼暖'，因这个丫头姓花，便随口起了这个名字。"王夫人忙又道："宝玉，你回去改了罢。老爷也不用为这小事动气。"贾政道："其实无妨碍，又何用改？只可见宝玉不务正，专在这些浓词艳赋上做工夫。"说毕，断喝了一声："作业的畜生，还不出去！"王夫人也忙道："去罢，只怕老太太等你吃饭呢。"宝玉答应了，慢慢的退出去，向金钏儿笑着伸伸舌头，带着两个嬷嬷一溜烟去了。

刚至穿堂门前，只见袭人倚门立在那里，一见宝玉平安回来，堆下笑来问道："叫你作什么？"宝玉告诉他："没有什么，不过怕我进园去淘气，吩咐吩咐。"一面说，一面回至贾母跟前，回明原委。

只见黛玉在那里，宝玉便问他："你住在那一处好？"黛玉正心里盘算这事，忽见宝玉问他，便笑道："我心里想着潇湘馆好，爱那几竿竹子隐着一道曲栏，比别处更觉幽静些。"宝玉听了拍手笑道："正和我的主意一样，我也要叫你住那里。我就住怡红院，咱们两个又近，又都清幽。"

二人正计较，就有贾政遣人来回贾母说："二月二十二日子好，哥儿姐儿们就搬进去的。这几日内遣人进去分派收拾。"宝钗住了蘅芜苑，黛玉住了潇湘馆，贾迎春住了缀锦楼，探春住了秋爽斋，惜春住了蓼风轩，李氏住了稻香村，宝玉住了怡红院。每一处添两个老嬷嬷，四个丫头，除各人奶娘亲随丫鬟不算外，另有专管收拾打扫的。至二十二曰，一齐进去，登时园内花招绣带，柳拂香风，不似前番那等寂寞了。

闲言少叙。且说宝玉自进花园以来，心满意足，再无别项可生贪求之心了。每日只和姊妹丫头们一处，或读书，或写字，或弹琴下棋，作画吟诗，以至描鸾刺凤，斗草[1]簪花，低吟悄唱，拆字猜枚，无所不至，倒也十分快乐。他曾有几首四时即事诗[2]，虽不算好，却倒是真情真景。

春夜即事

霞绡云幄[3]任铺陈，隔巷蟆更听未真。
枕上轻寒窗外雨，眼前春色梦中人。
盈盈烛泪因谁泣，点点花愁为我嗔。
自是小鬟娇懒惯，拥衾不耐笑言频。

夏夜即事

倦绣佳人幽梦长，金笼鹦鹉唤茶汤。

① 斗草——又称"斗百草"，一种很古的民俗游戏，春夏花草繁茂之期，闺中多喜此戏，参加者各采花草竹木，举其名称作对，以吉祥而少见者为胜。

② 即事诗——以眼前事物为题材的诗。

③ 霞绡云幄——彩色丝衾，轻纱帷帐。绡：轻软的丝织品。幄：帐幕。

窗明麝月开宫镜，室霭檀云品御香[①]。
琥珀杯倾荷露滑，玻璃槛纳柳风凉[②]。
水亭处处齐纨动[③]，帘卷朱楼罢晚妆。

秋夜即事

绛芸轩里绝喧哗，桂魄流光浸茜纱[④]。
苔锁石纹容睡鹤，井飘桐露湿栖鸦[⑤]。
抱衾婢至舒金凤，倚槛人归落翠花[⑥]。
静夜不眠因酒渴，沉烟重拨索烹茶。

冬夜即事

梅魂竹梦已三更，锦罽鹴衾[⑦]睡未成。
松影一庭惟见鹤，梨花[⑧]满地不闻莺。
女儿翠袖诗怀冷，公子金貂酒力轻[⑨]。
却喜侍儿知试茗，扫将新雪及时烹。

---

① “窗明”二句——打开镜匣，好像明月映窗；御香弥漫，好像檀云绕室。麝月：月亮。檀云：香云。品：鉴赏。

② “琥珀”二句——琥珀：黄褐色透明松脂化石，可作器皿饰物。荷露：指酒，以花露为名。滑：酒味醇美。玻璃：一种石英类透明晶体，不同于今之玻璃。这里“荷露”“柳风”又都是夏天实景，可以引起荷翻露珠似倾杯、垂柳成行如栏杆的联想。一说：这里的“麝月”“檀云”“琥珀”“玻璃”又指贾府的四个丫头。

③ 齐纨动——意谓夏日女子所穿绢绸衫裙随风飘动。又团扇多以细绢制成，也可解作纨扇摇动。齐纨：古代齐国出产的细绢。

④ “桂魄”句——月光如水，浸透了窗纱。桂魄：月亮，传说月中有桂。

⑤ “苔锁”二句——纹痕上布满青苔的岩石可容仙鹤憩息，井边飘落沾满秋露的桐叶，沾湿了栖止在树上的乌鸦。

⑥ “抱衾”二句——上句用《西厢记》第四本第一折红娘抱衾而至的故事。舒：展。金凤：绣有金凤图案的被褥。下句写贵族女子兴尽人归卸下头饰。翠花：饰有翡翠珠玉的簪花。

⑦ 锦罽鹴衾——锦罽：织有文彩的毛毯。鹴衾：疑指绣有鹔鹴图案花纹的被子。鹴：鹔鹴，雁的一种。也是传说中五方神鸟之一。

⑧ 梨花——喻雪。

⑨ “公子”句——公子穿着貂裘还嫌酒力不足以御寒。金貂：黄色貂皮。貂皮轻暖，十分珍贵。

因这几首诗，当时有一等势利人，见是荣国府十二三岁的公子作的，抄录出来各处称颂；再有一等轻浮子弟，爱上那风骚妖艳之句，也写在扇头壁上，不时吟哦赏赞。因此竟有人来寻诗觅字，倩画求题的。宝玉益发得了意，镇日家做这些外务。

谁想静中生烦恼，忽一日不自在起来，这也不好，那也不好，出来进去只是发闷。园中那些女孩儿，正在混沌世界，天真烂熳之时，坐卧不避，嬉笑无心，那里知宝玉此时的心事。那宝玉心内不自在，便懒在园内，只在外头鬼混，却痴痴的，又说不出什么滋味来。

茗烟见他这样，因想与他开心，左思右想，皆是宝玉玩烦了的，不能开心，惟有这件，宝玉不曾见过。想毕，便走去到书坊内，把那古今小说并那飞燕、合德、武则天、杨贵妃的外传与那传奇的脚本买了许多来，孝敬宝玉。宝玉一见，如得珍宝。茗烟又嘱咐他不可拿进园去，“若叫人知道了，我就吃不了兜着走了”。宝玉那里舍的不拿进去？踟蹰再三，单把那文理雅道些的，拣了几套进去，放在床头上，无人时方看。那粗俗过露的，都藏在外面书房里。

那一日正当三月中浣[1]，早饭后，宝玉携了一套《会真记》[2]，走到沁芳闸桥边桃花树下一块石上坐着，展开《会真记》从头细看。正看到“落红成阵”，只见一阵风过，把树头上桃花吹下一大半来，落的满身满书满地皆是。宝玉要抖将下来，恐怕脚步践踏了，只得兜了那花瓣来至池边，抖在池内。那花瓣浮在水面，飘飘荡荡，竟流出沁芳闸去了。

回来只见地下还有许多花瓣，宝玉正踟蹰间，只听背后有人说道：“你在这里做什么？”宝玉一回头，却是林黛玉来了，肩上担着花锄，锄上挂着花囊，手内拿着花帚。宝玉笑道：“来得正好，你把这些花瓣

---

① 中浣——指每月的中旬。浣：洗涤。唐代规定官吏们一个月中每十日休假一天，用来沐浴、洗涤。一个月分为上浣、中浣、下浣。后借作上旬、中旬、下旬的别称。

② 《会真记》——唐代元稹作的传奇小说《莺莺传》。因文中有“会真”诗三十韵，故又称《会真记》。金、元人把其中的故事演为诸宫调和杂剧，名为《西厢记》。这里是指元代王实甫的杂剧《西厢记》。

扫好起来，撂在那水里去罢。我才撂了好些在那里呢。”林黛玉道：“撂在水里不好。你看这里的水干净，只一流出去，有人家的地方儿，什么没有？仍旧把花遭塌了。那畸角上我有一个花冢，如今把他扫了，装在这绢袋里，拿土埋上，日久不过随土化了，岂不干净？”

宝玉听了喜不自禁，笑道：“待我放下书，帮你来收拾。”黛玉道：“什么书？”宝玉见问，慌的藏之不迭，便说道：“不过是《中庸》《大学》。”黛玉笑道：“你又在我跟前弄鬼。趁早儿给我瞧，好多着呢。”宝玉道：“好妹妹，要论你，我是不怕的。你看了，好歹别告诉别人去。真是好文章！你要看了，连饭也不想吃呢。”一面说，一面递了过去。林黛玉把花具且都放下，接书来瞧，从头看去，越看越爱看，不到一顿饭工夫，将十六出俱已看完，自觉词藻警人，余香满口。虽看完了书，却只管出神，心内还默默的记诵。

宝玉道：“妹妹，你说好不好？”林黛玉笑道：“果然有趣。”宝玉笑道：“我就是个‘多愁多病’身，你就是那‘倾国倾城貌’[①]。”林黛玉听了，不觉带腮连耳通红，登时直竖起两道似蹙非蹙的眉，瞪了一双似睁非睁的眼，微腮带怒，薄面含嗔，指宝玉道：“你这该死的胡说！好好儿的把这淫词艳曲弄了来，说这些混话欺负我。我告诉舅舅舅母去。”说到“欺负”两个字上，早又把眼睛圈儿红了，转身就走。宝玉着了急，向前拦住说道：“好妹妹，千万饶我这一遭，原是我说错了。若有心欺负你，明儿我掉在池子里，教个癞头鼋吞了去，变个大忘八[②]，等你明儿做了‘一品夫人’病老归西的时候，我往你坟上替你驮一辈子的碑去。”说的林黛玉嗤的一声笑了，揉着眼睛，一面笑道：“一般也唬的这么个样儿，还只管胡说。‘呸，原来是个银样蜡枪头。’”宝玉听了，笑道：“你这个呢？我也告诉去。”林黛玉笑道：“你说你会过目成诵，难道我就不能一目十行么？”

---

① 倾国倾城貌——《西厢记》第一本第四折，张生称自己是“多愁多病身”，莺莺是“倾国倾城貌”。倾：倾覆。《后汉书·孝武李夫人传》：“延年侍上起舞，歌曰：‘北方有佳人，绝世而独立，一顾倾人城，再顾倾人国。’”后常用“倾国倾城”形容女子的美貌。

② 癞头鼋、大忘八——鼋：大鳖。这里的大忘八指俗传能驮碑的大乌龟，是传说中龙所生的怪物，似龟，好负重。

西厢记妙词通戏语

宝玉一面收书，一面笑道：“正经快把花埋了罢，别提那个了。”二人便收拾落花，正才掩埋妥协，只见袭人走来，说道：“那里没找到，摸在这里来了。那边大老爷身上不好，姑娘们都过去请安，老太太叫打发你去呢。快回去换衣裳去罢。”宝玉听了，忙拿了书，别了黛玉，同袭人回房换衣不提。

这里林黛玉见宝玉去了，又听见众姊妹也不在房，自己闷闷的。正欲回房，刚走到梨香院墙角上，只听墙内笛韵悠扬，歌声婉转。林黛玉便知是那十二个女孩子演习戏文呢。虽未留心去听，偶然两句吹到耳内，明明白白，一字不落，唱道：“原来姹紫嫣红开遍，似这般都付与断井颓垣。”林黛玉听了，倒也十分感慨缠绵，便止住步侧耳细听，又听唱道：“良辰美景奈何天，赏心乐事谁家院。”听了这两句，不觉点头自叹，心下自思道：“原来戏上也有好文章。可惜世人只知看戏，未能领略这其中的趣味。”想毕，又后悔不该胡想，耽误了听曲子。又侧耳时，只听唱道：“则为你如花美眷，似水流年……”林黛玉听了这两句，不觉心动神摇。又听道“你在幽闺自怜”等句，亦发如醉如痴，站立不住，便一蹲身坐在一块山子石上，细嚼“如花美眷，似水流年”八个字的滋味。忽又想起前日见古人诗中有“水流花谢两无情”[①]之句，再词中又有“流水落花春去也，天上人间”[②]之句，又有方才所见《西厢记》中“花落水流红，闲愁万种”[③]之句，都一时想起来，凑聚在一处。仔细忖度，不觉心痛神驰，眼中落眼。正没个开交处，忽觉身背后有人拍了一下，及回头看时，不知是谁，下回分解。

① 水流花谢两无情——见唐代崔涂《旅怀》诗。

② “流水”二句——见南唐李煜《浪淘沙》词。原词说好时光已如花落春去，相见之难犹如天上与人间之隔。

③ “花落”二句——《西厢记》第一本《楔子》中莺莺的唱词。

第二十四回

醉金刚轻财尚义侠　痴女儿遗帕惹相思

话说林黛玉正自情思萦逗、缠绵固结之时，忽有人从背后击了一下，说道："你作什么一个人在这里？"林黛玉倒唬了一跳，回头看时，不是别人，却是香菱。林黛玉道："你这个傻丫头，唬我一跳。你这会子打那里来？"香菱嘻嘻的笑道："我来寻我们的姑娘的，找他总找不着。你们紫鹃也找你呢，说琏二奶奶送了什么茶叶来给你的。回家去坐着罢。"一面说着，一面拉着黛玉的手回潇湘馆来。果然凤姐送了两小瓶上用新茶来。林黛玉和香菱坐了，谈讲些这一个绣的好，那一个刺的精，又下一回棋，看两句书，香菱便走了，不在话下。

如今且说宝玉因被袭人找回房去，果见鸳鸯歪在床上看袭人的针线呢，见宝玉来了，便说道："你往那里去了？老太太等着你呢，叫你过那边请大老爷的安去。还不快换了衣服走呢！"袭人便进房去取衣服。宝玉坐在床沿上，脱了鞋等靴子穿的工夫，回头见鸳鸯穿着水红绫子袄儿，青缎子坎肩儿，下面露着玉色绸袜，大红绣鞋，向那边低着头看针线，脖子上戴着扎花领子①。宝玉便把脸凑在他脖项上，闻那香油气，不住用手摩挲，其白腻不在袭人之下，便猴上身去涎皮笑道："好姐姐，把你嘴上的胭脂赏我吃了罢。"一面说着，一面扭股糖似的粘在身

① 领子——亦称领衣、眉子，即俗所谓"假领"。清代衣、领分用。

上。鸳鸯便叫道："袭人，你出来瞧瞧。你跟了他一辈子，也不劝劝，还是这么着。"袭人抱了衣服出来，向宝玉道："左劝也不改，右劝也不改，你到底是怎么样？你再这么着，这个地方可就难住了。"一边说，一边催他穿了衣服，同鸳鸯往前面来见贾母。

见过贾母，出至外面，人马俱已齐备。刚欲上马，只见贾琏请安回来了，正下马，二人对面，彼此问了两句话。只见旁边转出一个人来，"请宝叔安"。宝玉看时，只见这人容长脸，长挑身材，年纪只好十八九岁，生得着实斯文清秀，倒也十分面善，只是想不起是那一房的，叫什么名字，贾琏笑道："你怎么发呆，连他也不认得？他是后廊上①住的五嫂子的儿子芸儿。"宝玉笑道："是了，是了，我怎么就忘了。"因问他母亲好，这会子什么勾当？贾芸指着贾琏道："找二叔说句话。"宝玉笑道："你倒比先越发出息了，倒像我的儿子。"贾琏笑道："好不害臊！人家比你大四五岁呢，就替你作儿子了？"宝玉笑道："你今年十几岁了？"贾芸道："十八岁。"

贾芸

① 后廊上——这里不是指房屋的后廊，是指贾府附近的某一居处。如说"西廊下"，也是指某一居处而言。

原来这贾芸最伶俐乖巧的，听宝玉这样说像他的儿子，便笑道："俗语说的，'摇车里的爷爷，拄拐儿的孙孙'。虽然岁数大，山高遮不住太阳。只从我父亲没了，这几年也无人照管教导。如若宝叔不嫌侄儿蠢笨，认作儿子，就是我的造化了。"贾琏笑道："你听见了？认儿子不是好开交的呢。"说着就进去了。宝玉笑道："明儿你闲了，只管来找我，别和他们鬼鬼祟祟的。这会子我不得闲儿。明儿你到书房里来，和你说天话儿，我带你园里玩去。"说着扳鞍上马，众小厮围随往贾赦这边来。

见了贾赦，不过是偶感些风寒，先述了贾母问的话，然后自己请了安。贾赦先站起来回了贾母话，次后便唤人来："带哥儿进去太太屋里坐着。"宝玉退出，来至后面，进入上房。邢夫人见了他来，先倒站了起来，请过贾母安，宝玉方请安。邢夫人拉他上炕坐了，方问别人好，又命人倒茶来。一钟茶未吃完，只见贾琮来问宝玉好。邢夫人道："那里找活猴儿去！你那奶妈子死绝了，也不收拾收拾你，弄的黑眉乌嘴的，那里像大家子念书的孩子！"

正说着，只见贾环、贾兰小叔侄两个也来了，请过安，邢夫人便叫他两个椅子上坐了。贾环见宝玉同邢夫人坐在一个坐褥上，邢夫人又百般摩挲抚弄他，早已心中不自在了，坐不多时，便和贾兰使眼色儿要走。贾兰只得依他，一同起身告辞。宝玉见他们要走，自己也就起身，要一同回去。邢夫人笑道："你且坐着，我还和你说话呢。"宝玉只得坐了。邢夫人向他两个道："你们回去，各人替我问你们各人的母亲好。你们姑娘、姐姐、妹妹都在这里呢，闹的我头晕，今儿不留你们吃饭了。"贾环等答应着，便出来回家去了。

宝玉笑道："可是姐姐们都过来了，怎么不见？"邢夫人道："他们坐了一会子，都往后头不知那屋里去了。"宝玉道："大娘方才说有话说，不知是什么话？"邢夫人笑道："那里有什么话，不过是叫你等着，同你姊妹们吃了饭去。还有一个好玩的东西给你带回去玩。"娘儿两个说话，不觉又晚饭时候。调开桌椅，罗列杯盘，母女姊妹们吃毕了饭。宝玉去辞贾赦，同姊妹们一同回家，见过贾母、王夫人等，各自回房安息。不在话下。

且说贾芸进去见了贾琏，因打听可有什么事情。贾琏告诉他："前儿倒有一件事情出来。偏生你婶子再三求了我，给了贾芹了。他许了我，说明儿园里还有几处要栽花木的地方，等这个工程出来，一定给你就是了。”贾芸听了，半晌说道：“既是这样，我就等着罢。叔叔也不必先在婶子跟前提我今儿来打听的话，到跟前再说也不迟。”贾琏道：“提他作什么，我那里有这些工夫说闲话儿呢。明儿一个五更，还要到兴邑去走一趟，须得当日赶回来才好。你先去等着，后日起更以后你来讨信儿，来早了我不得闲。”说着便回后面换衣服去了。

贾芸出了荣国府回家，一路思量，想出一个主意来，便一径往他母舅卜世仁家来。原来卜世仁现开香料铺，方才从铺子里来，忽见贾芸进来，彼此见过了，因问他这早晚什么事跑了来。贾芸笑道：“有件事求舅舅帮衬[①]帮衬。我有一件要紧事，用些冰片麝香使用，好歹舅舅每样赊四两给我，八月里按数送了银子来。”卜世仁冷笑道：“再休提赊欠一事。前儿也是我们铺子里一个伙计，替他的亲戚赊了几两银子的货，至今总未还上。因此我们大家赔上，立了合同，再不许替亲友赊欠。谁要赊欠，就要罚他二十两银子的东道，还赶出铺子去。况且如今这个货也短，你就拿现银子到我们这不三不四的小铺子里来买，也还没有这些，只好倒扁儿[②]去。这是一。二则你那里有正经事，不过赊了去又是胡闹。你只说舅舅见你一遭儿就派你一遭儿不是。你小人儿家很不知好歹，也到底立个主见，赚几个钱，弄得穿是穿吃是吃的，我看着也喜欢。”

贾芸笑道：“舅舅说的倒干净。我父亲没的时候，我年纪又小，不知事。后来听见我母亲说，都还亏舅舅们在我们家出主意，料理的丧事。难道舅舅就不知道的，还是有一亩地两间房子，是我不成器，花了不成？巧媳妇做不出没米的粥来，叫我怎么样呢？还亏是我呢，要是别个，死皮赖脸三日两头儿来缠着舅舅，要三升米二升豆子的，舅舅也就没有法呢。”

卜世仁道：“我的儿，舅舅要有，还不是该当的。我天天和你舅母

---

① 帮衬——意为帮助。

② 倒扁儿——即倒揣。这里指无货可卖，须到别家铺子去套购货物来应付门面。

说，只愁你没算计儿。你但凡立的起来，到你大房里，就是他们爷儿们见不着，便下个气，和他们的管家管事的人们嬉和嬉和[①]，也弄个事儿管管。前儿我出城去，碰见了你们三房里的老四，坐着好体面车，又带着四五辆车，有四五十和尚道士，往家庙里去了。他那不亏能干，就有这样的好事儿到他身上了？”

贾芸听他韶刀的不堪，便起身告辞。卜世仁道：“怎么急的这样？吃了饭再去罢。”一句未完，只见他娘子说道：“你又糊涂了。说着没有米，这里买了半斤面来下给你吃，这会子还装胖呢。留下外甥挨饿不成？”卜世仁说：“再买半斤来添上就是了。”他娘子便叫女孩儿：“银姐，往对门王奶奶家去问，有钱借二三十个，明儿就送过来。”夫妻两个说话，那贾芸早说了几个“不用费事”，去的无影无踪了。

不言卜家夫妇，且说贾芸赌气离了母舅家门，一径回归旧路。心下正自烦恼，一边想，一边低头只管走，不想一头就碰在一个醉汉身上，把贾芸一把抓住，骂道：“你瞎了眼，碰起我来了。”贾芸听声音像是熟人，仔细一看，原来是紧邻倪二。这倪二是个泼皮，专放重利债，在赌博场中吃饭，专爱吃酒打架。此时正从欠钱人家索了利钱，吃醉回来，不想被贾芸碰了一头，就要动手。贾芸叫道：“老二住手！是我冲撞了你。”倪二听见是熟人的语音，将醉眼睁开看时，见是贾芸，忙把手松了，趔趄[②]着笑道：“原来是贾二爷，我该死，我该死。这会子往那里去？”贾芸道：“告诉不得你，平白的又讨了个没趣儿。”倪二道：“不妨不妨，有什么不平的事，告诉我，替你出气。这三街六巷，凭他是谁，有人得罪了我醉金刚倪二的街坊，管叫他人离家散！”

贾芸道：“老二，你且别气，听我告诉你这原故。”说着，便把卜世仁一段事告诉了倪二。倪二听了大怒，“要不是令舅，我便骂出好话来，真真气死我倪二。也罢，你也不用愁，我这里现有几两银子，你要用只管拿去。我们好街坊，这银子我是不要利钱的。”一面说，一面从搭包[③]里掏出一卷银子来。

---

① 嬉和嬉和——即“递嬉（嘻）和”，主动亲近、讨好之意。

② 趔趄——踉跄。脚步歪斜不稳。

③ 搭包——也作搭膊。有两种：一种是长条形，两端有口袋，搭在肩上，前后盛放钱物。一种是用长条布捆叠成腰带状，扎在腰间，也可裹系钱物。

贾芸心下自思："倪二素日虽然是泼皮，却因人而施，颇有义侠之名。若今日不领他这情，怕他臊了，反为不美。不如借了他的，改日加倍还他也倒罢了。"因笑道："老二，你果然是个好汉，既蒙高情，怎敢不领？回家按例写了文约送过来便是了。"倪二大笑道："这不过是十五两三钱银子，若要写文约，我就不借了。"贾芸听了，一面接了银子，一面笑道："我遵命就是了，何必着急。"倪二笑道："这才是呢。天气黑了，我还有点事儿，你竟请回罢。我还求你带个信儿给我们家，叫他们早些关门睡罢，我不回家去了；倘或有要紧事儿，叫我们女儿明儿一早到马贩子王短腿家来找我。"一面说，一面趔趄着脚儿去了。

且说贾芸偶然碰了这件事，心中也十分罕异，想那倪二倒果然有些意思，只是还怕他一时醉中慷慨，到明日加倍的要起来，便怎处，心内犹豫不决。忽又想道："不妨，等那件事成了，也可加倍还他。"想毕，一直走到个钱铺里，将那银子称了称，分两不错，心下越发欢喜。先将倪二的话捎给他娘子知道，方回家来。见他母亲自在炕上拈线，见他进来，便问那里去了一天。贾芸恐他母亲生气，便不提卜世仁的事来，只说在西府里等琏二叔的，问他母亲吃了饭不曾。他母亲已吃过了，说："留的饭在那里，叫小丫头子拿过来与你吃罢。"

那天已是掌灯时候，贾芸吃了饭收拾歇息，一宿无话。次日一早起来，洗了脸，便出南门，大香铺里买了冰麝，便往荣国府来。一打听贾琏出了门，贾芸便往后面来。到贾琏院门前，只见几个小厮拿着大高笤帚在那里扫院子呢。忽见周瑞家的从门里出来叫小厮们："先别扫，奶奶出来了。"贾芸忙上前笑问："二婶婶那去？"周瑞家的道："老太太叫，想必是裁什么尺头。"

正说着，只见一群人簇着凤姐出来了。贾芸深知凤姐是喜奉承尚排场的，忙把手逼着[1]，恭恭敬敬抢上来请安。凤姐连正眼也不看，仍往前走着，只问他母亲好，"怎么不来我们这里逛逛？"贾芸道："只是身上不大好，倒时常记挂着婶子，要来瞧瞧，又不能来。"凤姐笑道：

① 把手逼着——逼：读闭。逼着：并着。两臂下垂，两手紧贴身体的两侧，以示敬畏的样子。

“可是你会撒谎，不是我提起他来，你就不说他想我了。”贾芸笑道：“侄儿不怕雷打了，就敢在长辈前撒谎。昨儿晚上还提起婶子来，说婶子身子生的单弱，事情又多，亏婶子好大精神，竟料理的周周全全；要是差一点儿的，早累的不知怎么样呢。”

凤姐听了满脸是笑，不由的便止了步，问道：“怎么好好的你娘儿们在背地里嚼起我来？”贾芸道：“有个原故，只因我有个朋友，家里有几个钱，现开香铺。只因他身上捐着个通判[1]，前儿选了云南不知那一处，连家眷一齐去，把这香铺也不在这里开了。把账物攒了一攒[2]，该给人的给人，该贱发的贱发了，像这贵重的，都分送了亲朋。所以我得了些冰片、麝香。我就和我母亲商量。贱卖了可惜，要送人，也没有人家儿配使这些香料，因想起婶娘来。往年间还拿大包的银子买这些东西呢，别说今年贵妃宫中，就是这个端阳节，所用也一定比往常要加上十倍。所以拿来孝敬婶娘。”一面将一个锦匣递过去。

凤姐正是要办端阳的节礼，采买香料，便笑了笑，命丰儿：“接过芸哥儿的来。送了家去，交给平儿。”因又说道：“看着你这样知好歹，怪不得你叔叔常提起你，说你好，说话儿也明白，心里有见识。”

贾芸听这话入了港，便打进一步来，故意问道：“原来叔叔也常提我？”凤姐见问，便要告诉给他事情管的话，一想，又恐他看轻了，只说得了这点儿香料，便许他管事了。因且把派他种花木的事，一字不提，随口说了两句淡话，便往贾母那里去了。贾芸也不好提的，只得回来。

因昨日见了宝玉，叫他到外书房等着，贾芸吃了饭便又进来，到贾母那边仪门外绮霰斋书房里来。只见焙茗在那里掏小雀儿玩。贾芸在他身后把脚一跺，道：“小猴儿又淘气了。”焙茗回头见是贾芸，便笑道：“何苦二爷唬我这么一跳。”因又笑说：“我不叫‘焙茗’了，我们宝二爷嫌‘烟’字不好，改了叫‘焙茗’了，二爷明日只叫我焙茗罢。”贾芸点头笑着同进书房，便坐下问：“宝二爷下来没有？”焙茗道：“今儿总没下来。二爷说什么，我替你哨探哨探去。”说着，便

① 通判——明清时为协助知府处理政务的官。

② 攒了一攒——攒：凑聚。这里把现有的家财凑一凑。

去了。

这里贾芸便看字画古玩，有一顿饭工夫还不见来，再看看别的小厮，都玩去了。正是烦闷，只听门前娇声嫩语的叫了一声“哥哥”。贾芸往外瞧时，看是一个十五六岁的丫头，生的倒甚齐整，两只眼儿水灵灵的，见了贾芸，便抽身要躲。恰值焙茗走来，见那丫头在门前，便说道：“好，好，正抓不着个信儿。”贾芸见了焙茗，也就赶出来，问怎么样了，焙茗道：“等了半日，也没个人儿出来。这就是宝二爷房里的。”因说道：“好姑娘。你进去带个信儿，就说廊上的二爷来了。”

那丫头听说，方知是本家的爷们，便不似先前那等回避，下死眼把贾芸盯了两眼。听那贾芸说道：“什么是廊上廊下的。你只说是芸儿就是了。”半晌，那丫头冷笑了一笑：“依我说，二爷竟请回家去，有什么话明儿再来。今儿晚上得空儿我回了他。”焙茗道：“这是怎么说？”那丫头道：“他今儿也没睡中觉，自然吃的晚饭早。晚上他又不下来，难道只是叫二爷在这里等着挨饿不成？不如家去，明儿来是正经。就便回来，有人带信，也不过嘴里答应着罢咧。”贾芸听这丫头说话简便俏丽，待要问他的名字，因是宝玉房里的，又不便问，只得说道：“这话倒是，我明儿再来。”说着便往外走。焙茗道：“我倒茶去，二爷吃了茶再去。”贾芸一面走，一面回头说：“不吃茶，我还有事呢。”口里说话，眼睛瞧那丫头还站在那里呢。

那贾芸一径回家。至次日来至大门前，可巧遇见凤姐往那边去请安，才上了车，见贾芸来，便命人唤住，隔窗子笑道：“芸儿，你竟有胆子在我的跟前弄鬼。怪道你送东西给我，原来你有事求我。昨儿你叔叔才告诉我说你求他。”贾芸笑道：“求叔叔这事，婶娘休提，我这里正后悔呢。早知这样，我一起头儿就求婶娘，这会子也早完了，谁承望叔叔竟不能的。”凤姐笑道：“哦，你那里没成儿[1]，昨儿又来寻我了。”贾芸道：“婶娘辜负了我的孝心，我并没有这个意思。若有这个意思，昨儿还不求婶娘吗？如今婶娘既知道了，我倒要把叔叔丢下，少不得求婶娘好歹疼我一点儿。”

凤姐冷笑道：“你们要拣远路儿走，叫我也难说。早告诉我一声

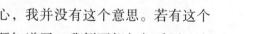

① 没成儿——没指望。

儿，有什么不成的，多大点子事，耽误到这会子。那园子里还要种树种花，我只想不出一个人来，你早来不早完了？”贾芸笑道：“既这样，婶子明儿就派我罢。”凤姐半晌道：“这个我看着不大好。等明年正月里烟火灯烛那个大宗儿下来，再派你罢。”贾芸道：“好婶娘，先把这个派了我，果然这个办的好，再派我那个罢。”凤姐笑道：“你倒会拉长线儿。罢了，要不是你叔叔说，我不管你的事。我也不过吃了饭就过来，你到午错的时候来领银子，后儿就进去种花树。”说毕，令人驾起香车，一径去了。

贾芸喜不自禁，来至绮霰斋打听宝玉，谁知宝玉一早便往北静王府里去了。贾芸便呆呆的坐到晌午，打听凤姐回来，便写个领票来领对牌。至院外，命人通报了，彩明走了出来，单要了领票进去，批了银数年月，一并连对牌交与了贾芸。贾芸接了，看那批上银数批了二百两，心中喜不自禁，翻身走到银库上，交与收牌票的，领了银子，回家告诉母亲，自是母子俱各欢喜。次日一个五鼓，贾芸先找了倪二，将前银按数还他。又拿了五十两银子，出西门找到花儿匠方椿家里去买树。不在话下。

且说宝玉，自那日见了贾芸，曾说着他明日进来说话。这原是富贵公子的口角，那里还记在心上，因而便忘怀了。这日晚上，从北静王府里回来，见过贾母、王夫人等，回至园内，换了衣服，正要洗澡。袭人因被薛宝钗烦了去打结子[①]；秋纹、碧痕两个去催水；晴雯又因他母亲的生日接出去了；麝月又现在家中养病；虽还有几个作粗活听唤的丫头，料是叫不着他们，都出去玩去了。不想这一刻工夫，只剩了宝玉在屋里，偏生要喝茶，一连叫了两三声，方见两三个老嬷嬷走进来。宝玉见了他们，连忙摇手儿说：“罢，罢，不用了。”老婆子们只得退出来。

宝玉见没丫头们，只得自己下来，拿了碗向茶壶去倒茶。只听背后有人说道：“二爷仔细着烫了手，让我来倒罢。”一面说，一面走上来，接了碗过去。宝玉倒唬了一跳，问：“你在那里来着？忽然来了，唬我一跳。”那丫头一面递茶，一面笑着回说：“我在后院子里，才从

① 结子——用丝绳或绦带编结成各种花样，用以系挂珠玉等饰物，下有长穗。

里间后门进来，难道二爷就没听见脚步响么？”宝玉一面吃茶，一面仔细打量那丫头：穿着几件半新不旧的衣裳，倒是一头黑鸦鸦的好头发，挽着个儿，容长脸面，细挑身材，却十分俏丽甜净。

宝玉看了，便笑问道：“你也是我这屋里的人么？”那丫头道：“是的。”宝玉道：“既是这屋里的，我怎么不认得？”那丫头听说，便冷笑了一声道：“认不得的也多呢，岂只我一个？从来我又不递茶递水，拿东拿西，眼面前的事一件也做不着，那里认得呢？”宝玉道：“你为什么不作那眼面前的事？”那丫头道：“这话我也难说。只是有一句话回二爷：昨儿有个什么芸儿来找二爷。我想二爷不得空儿，便叫焙茗回他，叫他今日早起来，不想二爷又上北府里去了。”

刚说到这句话，只见秋纹、碧痕嘻嘻哈哈的说笑着进来，两个人共提着一桶水，一手撩着衣裳，趔趔趄趄，泼泼撒撒的。那丫头便忙迎去接。那秋纹、碧痕一个抱怨，“你湿了我的裙子”，一个又说“你踹了我的鞋”。忽见走出一个人来接水，二人看时，不是别人，原来是小红。二人便都诧异，将水放下，忙进房来东瞧西望，并没个别人，只有宝玉，便心中大不自在。只得且预备下洗澡之物，待宝玉脱了衣裳，二人便带上门出来，走到那边房内便找小红，问他方才在屋里做什么。小红道：“我何曾在屋里呢？只因我的手帕子不见了，往后头找去。不想二爷要茶喝，叫姐姐们一个儿也没有，我赶着进去倒了碗茶，姐姐们便来了。”

林红玉

秋纹听了，兜脸啐了一口，骂道：“没脸的下流东西！正经叫你催水去，你说有事，倒叫我们去，你可等着做这个巧宗儿。一里一里的，这不上来了？难道我们倒跟不上你么？你也拿镜子照照，配递茶递水不配！”碧痕道：“明儿我说给他们，凡要茶要水送东送西的事，咱们都别动，只叫他去便是了。”秋纹道：“这么说，不如我们散了，单让他在这屋里呢。”二人你一句，我一句，正闹着，只见有个老嬷嬷进来传凤姐的话说：“明日有人带花儿匠来种树，叫你们严禁些，衣服裙子别混晒混晾的。那土山上一溜都拦着帏幙，可别混跑。”秋纹便问：“明儿不知是谁带进匠人来监工？”那婆子道：“是什么后廊上的芸二爷。”秋纹、碧痕俱不知道，只管混问别的话，那小红心内明白，知是昨儿外书房见的那人了。

原来这小红本姓林，小名红玉，只因“玉”字犯了宝黛二人的名字，便改叫他“小红”。原是府中世仆，他父母现在收管各处房田事务。这红玉年方十四岁，进府当差把他派在怡红院中，倒也清幽雅静。不想后来命姊妹及宝玉等进大园居住，偏生这一所儿，又被宝玉点了。

碧痕

这小红虽然是个不谙事体的丫头，因他原有几分容貌，心内便想向上攀高，每每要在宝玉面前现弄现弄。只是宝玉身边一干人，都是伶牙俐齿的，那里插的下手去？不想今儿才有些消息，又遭秋纹等一场恶话，心内早灰了一半。正没好气，忽然听见老嬷嬷说起贾芸来，不觉心中一动，便闷闷的回房，睡在床上暗暗盘算，翻来掉去，正没个抓寻。忽听窗外正低低的叫道：“红玉，你的手帕子我拾在这里呢。”红玉听了，忙走出来看，不是别人，正是贾芸。红玉不觉的粉面含羞，问道：“二爷在那里拾着的？”贾芸笑道：“你过来，我告诉你。”一面说，一面就上来拉他。那红玉急回身一跑，却被门槛子绊倒。要知端的，下回分解。

贾芸识小红

第二十五回

魇魔法姊弟逢五鬼①　红楼梦通灵遇双真②

话说小红心神恍惚，情思缠绵，忽朦胧睡去，遇见贾芸要拉他，却回身一跑，被门槛绊了一跤，唬醒过来，方知是梦。因此翻来覆去，一夜无眠。至次日天明，方才起来，就有几个丫头子来会他去打扫房子地面，提洗脸水。这小红也不梳洗，向镜中胡乱挽了一挽头发，洗了洗手，腰内束了一条汗巾子，便来打扫房屋。

谁知宝玉昨儿见了小红，也就留了心。若要直点名唤他来使用，一则怕袭人等寒心；二则又不知他是怎么个情性，因此纳闷。早起来也不梳洗，只坐着出神。一时下了纸窗，隔着纱屉子③，向外看的真切，只见好几个丫头在那里扫地，都擦胭抹粉，簪花插柳的，独不见昨儿那一个。宝玉便靸拉着鞋走出了房门，只装着看花儿，东瞧西望，一抬头，只见西南角上游廊底下栏杆上有一个人倚在那里，却为一株海棠花所

---

① 魇魔法、五鬼——魇魔法：一种迷信活动，认为施行一种所谓“法术”可以驱使鬼神折磨人，致人于死。五鬼：旧时星命家所称的恶煞之一，取象于鬼宿第五星。

② 双真——真：真人，即仙人。双真：这里指癞头和尚和跛足道人。

③ 纱屉子——旧时的窗户分两层，里面一层是用纱绷上的，透明、通气，称“纱屉子”。外面一层窗槅是用纸糊或木板装的，白天可以卸下来或支起，晚间再安上或放下。

遮，看不真切。只得又转了一步，仔细一看，正是昨日那个丫头在那里出神。宝玉要迎上去，又不好意思。正想着，忽见碧痕来催他洗脸，只得进去了。

却说小红正自出神，忽见袭人招手叫他，只得走上前来。袭人笑道："咱们的喷壶坏了，你到林姑娘那边去借来使使。"小红答应了，便往潇湘馆去。正走上翠烟桥，抬头一望，只见山坡上高处都拦着帏幙，方想起今日有匠役在此种树。因转身一望，只见那边远远一簇人在那里掘土，贾芸正坐在那山子石上监工。小红待要过去，又不敢过去，只得闷闷的向潇湘馆取了喷壶回来，无精打彩自向房内躺着。众人只说他一时身上不爽快，都不理论。

展眼过了一日，原来次日就是王子腾夫人的寿诞，那里原打发人来请贾母、王夫人，王夫人见贾母不自在，也便不去了。倒是薛姨妈同着凤姐并贾家几个姊妹、宝钗、宝玉一齐都去了，至晚方回。

可巧王夫人见贾环下了学，便命他来抄个《金刚咒》唪诵[1]。那贾环便来王夫人炕上坐着，命人点了蜡烛，拿腔作势的抄写。一时又叫彩云倒杯茶来，一时又叫玉钏儿来剪剪蜡花，一时又说金钏儿挡了灯影。众丫鬟们素日厌恶他，都不答理。只有彩霞还和他合的来，倒了一钟茶来递与他。因见王夫人和人说话儿，他便悄悄的向贾环说道："你安些分罢，何苦讨这个厌那个厌的。"贾环把眼

贾环坐在坑上叫彩霞倒茶

① 《金刚咒》唪诵——《金刚咒》是《金刚经》后面附的咒语。佛家说唪诵这几句咒语可以消灾祈福。唪诵：大声念经。

一瞅道："我也知道了，你别哄我。如今你和宝玉好，把我不答理，我也看出来了。"彩霞咬着牙，向贾环头上戳了一指头道："没良心的！狗咬吕洞宾[1]，不识好人心。"

两人正说着，只见凤姐跟着王夫人都过来了，王夫人便一长一短的问他，今儿是那几位堂客，戏文好歹，酒席如何。不多时，宝玉也来了，进门见了王夫人，也规规矩矩说了几句话，便命人除去抹额，脱了袍服，拉了靴子，便一头滚在王夫人怀里。王夫人便用手满身满脸摩挲抚弄他，宝玉也搬着王夫人的脖子说长道短。王夫人道："我的儿，你又吃多了酒，脸上滚热的。你还只是揉搓，一会儿闹上酒来。还不在那里静静的倒一会子呢。"说着，便叫人拿个枕头来。宝玉听说便下来，在王夫人身后倒下，又叫彩霞来替他拍着。宝玉便和彩霞说笑，只见彩霞淡淡的不大答理，两眼睛只向贾环处看。宝玉便拉他的手笑道："好姐姐，你也理我理儿呢。"一面说，一面拉他的手，彩霞夺手不肯，便说："再闹，我就嚷了。"

二人正闹着，原来贾环听的见，素日原恨宝玉，如今又见他和彩霞闹，心中越发按不下这口毒气。因一沉思，计上心来，故作失手，将那一盏油汪汪的蜡烛向宝玉脸上只一推，只听宝玉"哎哟"了一声。满屋里众人都唬了一跳。连忙将地下的桌灯移过来一照，只见宝玉满脸满身都是油。王夫人又急又气，一面命人来替宝玉擦洗，一面又骂贾环。凤姐三步两步的上炕去替宝玉收拾着，一面笑道："老三还是这么慌脚鸡似的。我说你上不得高台盘。赵姨娘平时也该教导教导他。"一句话提醒了王夫人，便叫过赵姨娘来骂道："养出这样黑心种子来，也不教训教训！几番几次我都不理论，你们得了意了，越发上来了！"

那赵姨娘只得忍气吞声，也上去帮着他们替宝玉收拾。只见宝玉左边脸上烫了一溜燎泡，幸而没伤眼睛。王夫人看了，又心疼，又怕明日贾母问时难以回答，急的又把赵姨娘数落一顿。又安慰了宝玉一回，一面取败毒消肿药来敷上。宝玉道："虽然有些疼，还不妨事。明儿老太太问，只说是我自己烫的罢了。"凤姐笑道："就说是自己烫的，也要

① 狗咬吕洞宾——歇后语："狗咬吕洞宾——不识好人心"。吕洞宾是传说中的八仙之一。

骂人不小心。横竖有一场气生。”王夫人命人好生送了宝玉回房去后，袭人等见了，都慌的了不得。

林黛玉见宝玉出了一天门，就觉闷闷的，没个可说话的人。晚间打发人来问了两三遍，知道烫了，便亲自赶过来瞧，只见宝玉自己拿镜子照呢。左边脸上满满的敷了一脸的药。黛玉只当烫的十分利害，忙近前瞧瞧。宝玉把脸遮着，摇手叫他出去：知他素性好洁，故不肯叫他看。黛玉也便罢了，问他疼的怎么样。宝玉道：“也不很疼。养一两日就好了。”林黛玉坐了一会儿，回去了。

次日，宝玉见了贾母，虽然自己承认是自己烫的，贾母免不得又把跟从的人骂一顿。

过了一日，就有宝玉寄名的干娘[1]马道婆进荣国府来请安。见了宝玉，唬一大跳，问起原由，说是烫的，便点头叹息一回，向宝玉脸上用指头画了一画，口内嘟嘟囔囔的又咒诵了一回，说道：“管保就好了，这不过是一时飞灾。”又向贾母道：“祖宗老菩萨那里知道，那佛经上说的利害，大凡那王公卿相人家的子弟，只一生长下来，暗里便有许多促狭鬼跟着他，得空便拧他一下，或掐他一下，或吃饭时打下他的饭碗来，或走着推他一跤，所以往往的那些大家子孙多有长不大的。”

贾母听如此说，便赶着问：“这有什么佛法解释[2]没有呢？”马道婆说道：“这个容易，只是替他多做些因果善事也就罢了。再那经上还说，西方有

马道婆

① 寄名的干娘——这里是指把子弟寄其名下为义子的道姑。“寄名”是为了得到神的保佑，免除灾难。

② 佛法解释——这里是用佛法消灾祛病之意。解释：消散。

位大光明普照菩萨，专管照耀阴暗邪祟，若有善男信女虔心供奉者，可以永佑儿孙康宁，再无撞客[①]邪祟之灾。”贾母道：“倒不知怎么供奉这位菩萨？”马道婆道：“也不值些什么，不过除香烛供养之外，一天多添几斤香油，点上个大海灯。这海灯，便是菩萨现身法像[②]，昼夜不敢息的。”贾母道：“一天一夜也得多少油？我也做个好事。”马道婆说：“这也不拘多少，随施主愿心。像我们家里，就有好几处的王妃诰命供奉着呢：南安郡王府里的太妃，他许的愿心大，一天是四十八斤油，一斤灯草，那海灯也只比缸略小些；锦田侯的诰命次一等，一天不过二十四斤油；再还有几家也有五斤的、三斤的、一斤二斤的，都不拘数。少不得替他点。”贾母听了，点头思忖。马道婆又道：“还有一件，若是为父母尊亲长上的，多舍些不妨；若是像老祖宗如今为宝玉，若舍多了，怕哥儿禁不起，反折了福气了。要舍，大则七斤，小则五斤，也就是了。”贾母说：“既这么样，就一日五斤，每月打趸来关了去[③]。”马道婆念了一声“阿弥陀佛慈悲大菩萨”。贾母又命人来吩咐：“以后大凡宝玉出门的日子，拿几串钱交给他的小子们，一路施舍给僧道穷苦之人。”

说毕，那马道婆又坐了一回，便又往各房问安，闲逛了一回。一时来至赵姨娘房里，二人见过，赵姨娘命小丫头倒了茶来与他吃。赵姨娘正粘鞋呢，马道婆见炕上堆着些零碎绸缎，因说道：“可是我正没了鞋面子。姨奶奶你有零碎绸子缎子，不拘颜色，做一双鞋穿罢。”赵姨娘叹口气道：“你瞧瞧那里头，还有那一块是成样的？有东西也到不了我这里！你不嫌不好，挑两块去就是了。”马道婆见说，果真便挑了两块，掖在袖里。

赵姨娘问道：“前日我打发人送了五百钱去，你可在药王[④]跟前

① 撞客——旧时迷信认为突然神智昏迷、胡言乱语，是鬼、神附体，俗称“撞客”。

② 现身法像——佛教说：佛为化度众生而变幻出无数的“化身”来。“现身法像”就是佛所变幻出的形象。这里是说“海灯”就是佛的“化身”。

③ 打趸来关了去——凑总数领走。趸：整数。关：领取。

④ 药王——菩萨名。传说以神农或扁鹊为药王；一说唐代孙思邈为药王。迷信传说认为祈求药王可以愈病。

上了供没有？”马道婆道：“早已替你上了供了。”赵姨娘叹气道：“阿弥陀佛！我手里但凡从容些，也时常的上个供，只是心有余而力不足。”马道婆道：“你只管放心，将来熬的环哥儿大了，得个一官半职，那时你要做多大的功德，还怕不能么？”赵姨娘听了笑道：“罢，罢，再别提起。如今就是榜样。我们娘儿们跟的上这屋里那一个儿？宝玉还是小孩子家，长的得人意儿，大人偏疼他些儿，也还罢了；我只不服这个主儿。”一面说，一面伸出两个指头儿来。马道婆会意，便问道：“可是琏二奶奶？”赵姨娘唬的忙摇手儿，起身掀帘子一看，见无人，方回身向马道婆说：“了不得，了不得！提起这个主儿，这一分家私要不都叫他搬了娘家去，我也不是个人！”

马道婆见他如此说，便探他口气说道：“我还用你说？难道都看不出来的！也亏你们心里不理论，只凭他去。倒也好。”赵姨娘道：“我的娘，不凭他去，难道谁还敢把他怎么样吗？”马道婆道：“不是我说句造孽的话，你们没有本事！也难怪别人。明里不敢罢咧，暗里也算计了，还等到如今！”赵姨娘听这话里有话，心内暗暗的欢喜，便说道：“怎么暗里算计？我倒有这个意思，只是没这样的能干人。你若教给我这个法子，我大大的谢你。”

马道婆听说这话拿拢了一处，便又故意说道：“阿弥陀佛！你快休问我，我那里知道这些事？罪罪过过的。”赵姨娘道：“你又来了。你是最肯济困扶危的人，难道就眼睁睁的看人家来摆布死了我们娘儿两个不成？难道还怕我不谢你？”马道婆听说如此，便笑道：“若说我不忍叫你娘儿们受人委曲，还犹可，若说谢我，那我可是不想的呀。”赵姨娘听这话口气松动了，便说：“你这么个明白人，怎么糊涂起来了？果然法子灵验，把他两个绝了，明日这家私不怕不是我环儿的？那时你要什么不得呢？”马道婆听了，低了头，半晌说道：“那时候事情妥了，又无凭据，你还理我呢！”赵姨娘道：“这又何难。我攒了几两体己，还有几件衣服簪子，你先拿几样去。我再写个欠契给你，那时候儿我照数还你。”马道婆想了一回道：“也罢了！我少不得先垫上了。”赵姨娘不及再问，忙将一个小丫头也支开，赶着开了箱子，将首饰拿了些出来，并体己散碎银子，又写了五十两欠约，递与马道婆道：“你先拿去作供养。”

马道婆见了这些东西，又有欠字，遂满口应承，伸手先将银子拿了，然后收了欠契。向赵姨娘要了张纸，拿剪子铰了两个纸人儿，问了他二人的年庚，写在上面，又找了一张蓝纸，铰了五个青面鬼，叫并在一处，拿针钉了："回去我再作法，自有效验的。"忽见王夫人的丫头进来道："姨奶奶在屋里呢？太太等你呢。"于是二人方散了，马道婆自去。

却说林黛玉因见宝玉近日烫了脸，总不出门，倒时常在一处说说话儿。这日饭后看了两篇书，自觉无趣，便同紫鹃、雪雁做了一回针线，总闷闷不舒，便出来看庭前新迸出的稚笋，不觉出了院门，来到园中，四顾无人，惟见花光鸟语，信步便往怡红院中来。只见几个丫头舀水，都在回廊上围着看画眉洗澡呢。听见房内笑声，原来是李宫裁、凤姐、宝钗都在这里。一见他进来都笑道："这不又来了一个？"林黛玉笑道："今儿齐全，谁下帖子请来的？"凤姐道："前儿我打发了丫头送了两瓶茶叶给姑娘，可还好吗？"林黛玉笑道："我正忘了，多谢你想着。"宝玉道："我尝了不好，也不知别人尝着怎么样。"宝钗道："口头也还好。"凤姐道："那是暹罗[①]国进贡的。我尝着没什么趣儿，还不如我们每常喝的呢。"黛玉道："我吃着却好。不知你们脾胃怎么样？"宝玉道："你说好，把我的都拿了吃去罢。"凤姐道："我那里还多着呢。"黛玉道："我叫丫头取去了。"凤姐道："不用取去，我打发人送来。我明儿还有一件事求你，一同打发人送来罢。"

黛玉听了笑道："你们听听，这是吃了他们家一点子茶叶，就来使唤人了。"凤姐笑道："你既吃了我们家的茶[②]，怎么还不给我们家作媳妇儿？"众人都大笑起来。黛玉涨红了脸，回过头去，一声儿不言语。李宫裁笑向宝钗道："真真我们二婶子的诙谐是好的。"黛玉道："什么诙谐，不过是贫嘴贱舌讨人厌罢了。"说着便啐了一口。凤姐笑道："你别作梦！你给我们家作了媳妇，还亏负你么？"指宝玉道："你瞧瞧，人物儿配不上？门第儿配不上？根基儿家私儿配不上？那一点还玷辱了你？"黛玉抬身就走。宝钗便叫："颦儿急了，还不回来坐

---

① 暹罗——古国名，在今泰国一带。

② 吃了我们家的茶——女子受聘，俗谓"吃茶"。

着。走了倒没意思。”说着便站起来拉住。

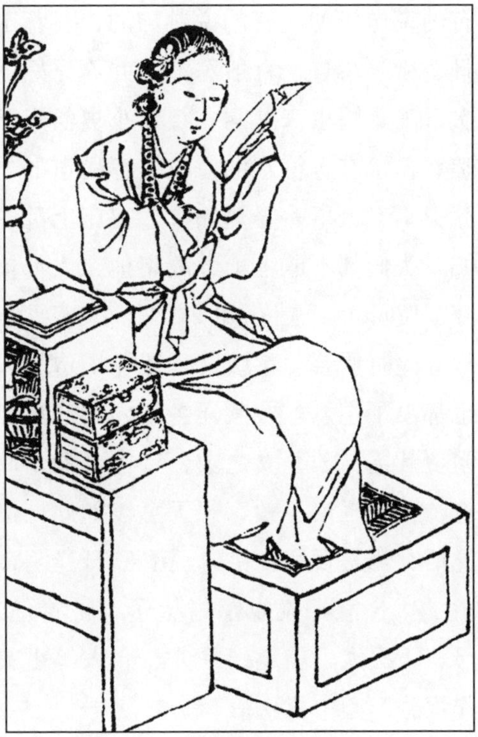

周姨娘

刚至房门前，只见赵姨娘和周姨娘两个人进来瞧宝玉。宝玉和众人都起身让坐，独凤姐不理。宝钗正欲说话时，只见王夫人房内的丫头来说：“舅太太来了，请奶奶姑娘们过去呢。”李宫裁听了，连忙叫着凤姐等走了。赵、周两人也都出去了。宝玉道：“我也不能出去，你们好歹别叫舅母进来。”又道：“林妹妹，你略站一站，我说一句话。”凤姐听了，回头向黛玉笑道：“有人叫你说话呢。”说着便把黛玉往里一推，和李纨笑着去了。

这里宝玉拉住黛玉的手，只是嘻嘻的笑，又不说话。黛玉不觉又红了脸，挣着要走。宝玉道：“哎哟！好头疼！”黛玉道：“该，阿弥陀佛！”宝玉大叫一声，将身一跳，离地跳有三四尺高，口内乱嚷，尽是胡话。

黛玉并众丫头们都唬慌了，忙去报知王夫人与贾母。此时王子腾的夫人也在这里，都一齐来时，宝玉益发拿刀弄杖，寻死觅活的，闹得天翻地覆。贾母、王夫人见了，唬的抖衣乱颤，“儿”一声“肉”一声放声大哭。于是惊动众人，连贾赦、邢夫人、贾珍、贾政、贾琏、贾蓉、贾芸、贾萍、薛姨妈、薛蟠并周瑞家的一干家中上上下下里里外外众媳妇丫头等，都来园内看视。

登时园内乱麻一般。正没个主见，只见凤姐手持一把明晃晃钢刀砍进园来，见鸡杀鸡，见狗杀狗，见人就要杀人。众人越发慌了。周瑞媳妇忙带着几个有力量的胆壮的婆娘上去抱住，夺下刀来，抬回房去。平儿、丰儿等哭的哀天叫地。贾政等心中也着忙。当下众人七言八语，有的说送祟的，有的说跳神的，有荐玉皇阁的张道士捉怪的，整闹了半日，祈求祷告，百般医治，并不见好。日落后，王子腾夫人告辞去了。次日王子腾也来瞧问。接着小史侯家、邢夫人弟兄辈并各亲戚眷属都来瞧看，也有送符水的，也有荐僧道的，也有荐医的。他叔嫂二人愈发糊涂，不省人事，身热如火，在床上乱说，到夜间更甚，因此那些婆娘媳妇丫头们都不敢上前，故将他二人都抬到王夫人的上房内，派人轮班看守。贾母、王夫人、邢夫人、薛姨妈等寸步不离，只围着哭。

此时贾赦、贾政又恐哭坏了贾母，日夜熬油费火，闹的人口不安，也都没了主意。贾赦还各处去寻僧觅道。贾政见不灵效，着实懊恼，因阻贾赦道："儿女之数，皆由天命，非人力可强者。他二人之病出于不意，百般医治不效，想天意该如此，也只好由他们去罢。"贾赦也不理此话，仍是百般忙乱。看看三日光阴，凤姐、宝玉躺在床上，连气息都微了。合家都说没了指望了，忙将他二人的后事衣履都治备下了。贾母、王夫人、贾琏、平儿、袭人等更哭的死去活来。只有赵姨娘外面假作忧悲，心中称愿。

到了第四日早晨，宝玉忽睁开眼向贾母说道："从今以后，我可不在你家了！快收拾了，打发我走罢。"贾母听了这话，如同摘心去肝一般。

赵姨娘在旁劝道："老太太也不必过于悲痛。哥儿已是不中用了，不如把哥儿的衣服穿好，让他早些回去，也免他些苦；只管舍不得他，这口气不断，他在那里也受罪不安生……"这些话没说完，被贾母照脸啐了一口，骂道："烂了舌头的混帐老婆，怎么见得不中用了？你愿意他死了，有什么好处？你别做梦！他死了，我只和你们要命。都是你们素日调唆着逼他写字念书，把胆子唬破了，见了他老子就像个避猫鼠儿一样，都不是你们这起淫妇调唆的？这会子逼死了他，你们遂了心，我饶那一个！"一面骂，一面哭。

贾政在旁听见这些话，心里越发难过，便喝退赵姨娘，自己上来委婉解劝。一时忽有人来回说："两口棺材都做齐了。"贾母闻之，如刀刺心，一发哭着大骂："是谁叫做的棺材？快把做棺材的人拿来打死！"

正闹的天翻地覆，没个开交，只闻得隐隐的木鱼声响，念了一句：

“南无[1]解冤解结菩萨！有那人口不利、家宅不安、中邪祟逢凶险的，找我们医治。”贾母、王夫人都听见了，便命人向街上找寻去。原来是一个癞头和尚同一个跛足道人。见那和尚是怎的模样：

鼻如悬胆两眉长，目似明星蓄宝光；
破衲芒鞋无住迹，腌臜更有满头疮。

那道人是何模样？看他时：

一足高来一足低，浑身带水又拖泥；
相逢若问家何处，却在蓬莱弱水西[2]。

贾政因命人请进来，问他二人：“在何山修道？”那僧笑道：“长官不须多话。因闻得府上人口欠安，故特来医治。”贾政道：“有两个人中了邪，不知有何仙方可治疗？”那道人笑道：“你家现有希世奇珍，可治此病，何须问方？”贾政心中便动了，因道：“小儿落草时虽带了一块宝玉下来，上面刻着‘能除邪祟’，然亦未见灵验。”那僧道：“长官有所不知，那‘宝玉’原是灵的。只因为声色货利所迷，故此不灵验了。今将此宝取出来，待我们持颂持颂，自然依旧灵了。”

贾政听说，便向宝玉项上取下那玉来递与他二人。那和尚擎在掌上，长叹一声道：“青埂峰一别，展眼已过十三载矣！人世光阴，如此迅速，尘缘未断，奈何奈何！”可羡你当时的那段好处：

天不拘兮地不羁，心头无喜亦无悲；
却因锻炼通灵后，便向人间觅是非。

可叹你今日这番经历：

---

① 南无——佛教用语。虔诚皈依、祈求度我之意。这里是普救众生的意思。

② 蓬莱弱水西——蓬莱：传说渤海中的仙山。弱水，汉代东方朔《十洲记》：“凤麟洲在西海之中央，四面有弱水绕之，鸿毛不浮，不可越也。”

粉渍脂痕污宝光①，绮栊昼夜困鸳鸯②。
沉酣一梦终须醒，冤孽偿清好散场③！

念毕，又摩弄一回，说了些疯话，递与贾政道："此物已灵，不可亵渎，悬于卧室上槛，将他二人安在一室之内，除亲身妻母外，不可使阴人④冲犯。三十三日之后，包管身安病退，复旧如初。"贾政忙命人让茶，他二人已经走了，只得依言而行。

凤姐、宝玉果一日好似一日的，渐渐醒来，知道饿了，贾母、王夫人才放了心。众姊妹都在外间听消息，林黛玉先念了一声"阿弥陀佛"，薛宝钗笑而不言，惜春道："宝姐姐笑什么？"宝钗道："我笑如来佛⑤比人还忙：又要讲经说法，又要普渡众生；又要保佑人家病痛，都叫他速好；又要管人家的婚姻，叫他成就。你说可忙不忙？可好笑不好笑？"一时黛玉红了脸，啐了一口道："你们都不是好人，再不跟着好人学，只跟着凤丫头学得贫嘴烂舌的。"一面说，一面摔帘子出去了。欲知端详，下回分解。

---

① "粉渍"句——谓通灵玉被脂粉玷污失去精彩的光泽。渍：沾染。脂：胭脂、香粉之类。

② "绮栊"句——绮栊：华丽的房屋。栊：房屋的窗户，在此代指房屋。鸳鸯：借指男女。是说宝玉在富贵的环境里，整天和姊妹丫鬟们在一起厮混。

③ "沉酣"二句——意谓人生如梦境般虚幻，终有醒悟的时候；生活如还债般苦恼，还清了孽债，大家便散伙收场。沉酣：浓睡貌。

④ 阴人——这里指女人。

⑤ 如来佛——佛教对佛有十种称号，每种称号表示某种德行。"如来"是佛的十种称号之一，通常就佛的"法身"而言，解释为无往而不在。

第二十六回

蜂腰桥设言传心事　潇湘馆春困发幽情

话说宝玉养过了三十三天之后，不但身体强壮，亦且连脸上疮痕平复，仍回大观园内去。这也不在话下。

且说近日宝玉病的时节，贾芸带着家下小厮坐更看守，昼夜在这里，那小红同众丫鬟也在这里守着宝玉，彼此相见多日，都渐渐混熟了。那小红见贾芸手里拿块绢子，倒像是自己从前掉的，待要问他，又不好问。不料那和尚道士来过，用不着一切男人，贾芸仍种树去了。这件事待要放下又放不下，待要问去，又怕人猜疑，正是犹豫不决神魂不定之际，忽听窗外问道："姐姐在屋里没有？"小红闻听，在窗眼内望外一看，原来是本院的个小丫头佳蕙，因答说："在家里呢，你进来罢。"佳蕙听了跑进来，就坐在床上，笑道："我好造化！才刚在院子里洗东西，宝玉叫往林姑娘那里送茶叶，花大姐姐交给我送去。可巧老太太那里给林姑娘送钱来，正分给他们的丫头们呢。见我去了，林姑娘就抓了两把给我。也不知多少，你替我收着。"便把手绢子打开，把钱倒了出来，交给小红，小红就替他一五一十的数了收起。

佳蕙道："你这两月心里到底觉怎么样？依我说，你竟家去住两日，请一个大夫来瞧瞧，吃两剂药，就好了。"小红道："那里的话？好好儿的，家去作什么？"佳蕙道："我想起来了。林姑娘生的弱，时常他吃药，你就和他要些来吃，也是一样。"小红道："胡说！药也是混吃的？”佳蕙道：“你这也不是个长法儿，又懒吃懒喝的，终久怎么样？”小红道：“怕什么？还不如早些儿死了倒干净！”佳蕙道：“好好的，怎么说这些话？”小红道：“你那里知道我心里的事？”

佳蕙点头想了一会儿，道：“可也怨不得，这个地方难站。就像昨日老太太因宝玉病了这些日子，说服侍的人都辛苦了，如今身上好了，各处还完了愿，叫把跟着的人都按着等儿赏他们。我们算年纪小，上不去，我也不抱怨；像你怎么也不算在里头？我心里就不服。袭人那怕他得十分儿，也不恼他，原该的。说良心话，谁还敢比他呢？别说他素日殷勤小心，便是不殷勤小心，也拼不得。可气晴雯、绮霞他们这几个，都算在上等里去，仗着宝玉疼他们，众人就捧着他们。你说可气不可气？”小红道：“也犯不着气他们。俗语说的好，‘千里搭长棚，没有个不散的筵席’，谁守谁一辈子呢？不过三年五载，各人干各人的去了。那时谁还管谁呢？”这两句话不觉感动了佳蕙的心肠，由不得眼睛红了，又不好意思无端的哭，只得勉强笑道：“你这话说的却是。昨儿宝玉还说，明儿怎么样收拾房子，怎么样做衣裳，倒像有几万年的熬煎。”

小红听了冷笑了两声，方要说话，只见一个未留头的小丫头子走进来，手里拿着些花样子并两张纸，说道：“这是两个花样子，叫你描出来呢。”说着向小红掷下，回身就跑了。小红向外问道：“到底是谁的？也等不得说完就跑，谁蒸下馒头等着你，怕冷了不成！”那小丫头在窗外只说得一声：“是绮大姐姐的。”抬起脚来咕咚咕咚又跑了。小红便赌气把那样子掷在一边，向抽屉内找笔，找了半天都是秃的，因说道：“前儿一枝新笔，放在那里了？怎么想不起来。”一面说着，一面出神，想了一会儿方笑道：“是了，前儿晚上莺儿拿了去了。”便向佳蕙道：“你替我取了来。”佳蕙道：“花大姐姐还等着我替他抬箱子呢，你自己取去罢。”小红道：“他等着你，你还坐着闲磕牙儿？我不叫你取去，他也不等着你了。坏透了的小蹄子！”说着，自己便出房来，出了怡红院，一径往宝钗院内来。

刚至沁芳亭畔，只见宝玉的奶娘李嬷嬷从那边走来。小红立住笑问道：“李奶奶，你老人家那去了？怎打这里来？”李嬷嬷站住将手一拍道：“你说说，好好的又看上了那个种树的什么云哥儿雨哥儿的，这会子逼着我叫了他来，明儿叫上房里听见，可又是不好。”小红笑道：“你老人家当真的就依了他去叫么？”李嬷嬷道：“可怎么样呢？”小红笑道：“那一个要是知道好歹，就不进来才是。”李嬷嬷道：“他又不痴，为什么不进来？”小红道：“既是进来，你老人家该别和他一块儿来，回来叫他一个人乱碰，看他怎么样！”李嬷嬷道：“我有那样工夫和他走？不过告诉了他，回来打发个小丫头子或是老婆子，带进他来就完了。”说着，拄着拐杖一径去了。小红听说，便站着出神，且不去取笔。

不多时，只见一个小丫头跑来，见红玉站在那里，便问道：“林姐姐，你在这里作什么呢？”小红抬头见是小丫头坠儿。小红道：“那去？”坠儿道：“叫我带进芸二爷来。”说着一径跑了。这里红玉刚走到蘅芜苑门前，只见那边坠儿引着贾芸来了。那贾芸一面走，一面拿眼把小红一溜；那小红只装着和坠儿说话，也把眼去一溜贾芸：四目相对时，小红不觉脸红了，一扭身往蘅芜苑去了。

小红走至蜂腰桥，只见坠儿引着贾芸来了

这里贾芸随着坠儿，逶迤来至怡红院中。坠儿先进去回明了，然后方领贾芸进去。贾芸看时，只见院内略有几点山石，种着芭蕉，那边有两只仙鹤在松树下剔翎[1]。一溜回廊上吊着各色笼子，笼着仙禽异鸟。上面小小五间抱厦，一色雕镂新鲜花样隔扇，上面悬着一个匾额，四个大字，题道是“怡红快绿”。贾芸想道：“怪道叫‘怡红院’，原来匾上是这四个字。”正想着，只听里面隔着纱窗子笑说道：“快进来罢。

① 剔翎——鸟类用嘴啄刮自己的羽毛。

我怎么就忘了你两三个月！”贾芸听得是宝玉的声音，连忙进入房内。抬头一看，只见金碧辉煌，文章灼，却看不见宝玉在那里。一回头，只见左边立着一架大穿衣镜，从镜后转出两个一般大的十五六岁的丫头来说：“请二爷里头屋里坐。”贾芸连正眼也不敢看，连忙答应了。又进一道碧纱厨，只见小小一张填漆床上，悬着大红销金撒花帐子。宝玉穿着家常衣服，靸着鞋，倚在床上拿着一本书，看见他进来，将书掷下，早带笑立起身来。贾芸忙上前请了安。宝玉让坐，便在下面一张椅子上坐了。宝玉笑道：“自从那个月见了你，我叫你往书房里来，谁知接接连连许多事情，就把你忘了。”贾芸笑道：“总是我没造化，偏又遇着叔叔身上欠安。叔叔如今可大安了？”宝玉道：“大好了。我倒听见说你辛苦了好几天。”贾芸道：“辛苦也是该当的。叔叔大安了，也是我们一家子的造化。”

说着，只见有个丫鬟端了茶来与他。那贾芸嘴里和宝玉说话，眼睛却瞅那丫鬟：细挑身材，容长脸面，穿着银红袄儿，青缎背心，白绫细折裙。贾芸自从宝玉病了，他在里头混了两天，都把有名人口认记了一半。他看见这丫鬟，知道是袭人，在宝玉房中比别个不同，如今他端了茶来，宝玉又在旁边坐着，便忙站起来笑道：“姐姐怎么替我倒起茶来？我来到叔叔这里，又不是客，让我自己倒罢了。”宝玉道：“你只管坐着罢。丫头们跟前也是这么着。”贾芸笑道：“虽如此说，叔叔房里的姐姐们，我怎么敢放肆呢。”一面说，一面坐下吃茶。

那宝玉便和他说些没要紧的散话。又说道谁家的戏子好，谁家的花园好；又告诉他谁家的丫头标致，谁家的酒席丰盛；又是谁家有奇货，谁家有异物。那贾芸口里只得顺着他说，说了一会儿，见宝玉有些懒懒的了，便起身告辞。宝玉也不甚留，只说：“你明儿闲了，只管来。”仍命小丫头子坠儿送他出去。

贾芸出了怡红院，见四顾无人，便慢慢停着些走，口里一长一短和坠儿说话，先问他：“几岁了？名字叫什么？你父母在那一行档上？在宝叔房内几年了？一个月多少钱？共总宝叔房内有几个女孩子？”那坠儿见问，便一桩桩的都告诉他了。贾芸又道：“才刚那个与你说话的，他可是叫小红？”坠儿笑道：“你问他作什么？”贾芸道：“方才他问你什么绢子，我倒拣了一块。”坠儿听了笑道：“他问了我好几遍，可有看见他的绢子的，我有那么大工夫管这些事？今儿他又问我，他说我替他找着了，他还谢我呢。才在蘅芜苑门口说的，二爷也听见了，不是我撒谎。好二爷，你既拣了，给我罢。我看他拿什么谢我。”

原来上月贾芸进来种树之时，便拣了一块罗帕，便知是园内的人失落的，但不知是那一个人的，故不敢造次[①]。今听见小红问坠儿，便知是小红的，心内不胜喜幸。又见坠儿追索，心中早得了主意，便向袖内将自己的一块取出来，向坠儿笑道：“我给是给你，你若得了他的谢礼，可不许瞒着我。”坠儿满口里答应了，接了绢子，送出贾芸，回来找小红，不提。

如今且说宝玉打发了贾芸去后，意思懒懒的歪在床上，似有朦胧之态。袭人便走上来，坐在床沿上推他，说道：“怎么又要睡觉？你闷的很，出去逛逛不好？”宝玉见说，便拉他的手笑道：“我要去，只是舍不得你。”袭人笑道：“你别没的说了！”一面说，一面拉了宝玉起来。宝玉道：“可往那去呢？怪腻腻烦烦的。”袭人道：“你出去就好了。只管这么葳蕤，越发心里烦腻了。”

宝玉无精打采的，只得依他。晃出了房门，在回廊上调弄了一回雀儿；出至院外，顺着沁芳溪看了一回金鱼。只见那边山坡上两只小鹿箭也似的跑来，宝玉不解何意。正自纳闷，只见贾兰在后面拿着一张小弓儿赶来，一见宝玉在前面，便站住了，笑道：“二叔叔在家里呢，我只当出门去了。”宝玉道：“你又淘气了。好好的射他作什么？”贾兰笑道：“这会子不念书，闲着作什么？所以演习演习骑射。”宝玉道：“磕牙，那时才不演呢。”

说着，顺着脚一径来至一个院门前，只见凤尾森森，龙吟细细[②]，正是潇湘馆。宝玉信步走入，只见湘帘垂地，悄无人声。走至窗前，觉得一缕幽香从碧纱窗中暗暗透出。宝玉便将脸贴在纱窗上，看时，耳内忽听得细细的长叹了一声道：“‘每日家情思睡昏昏。’[③]”宝玉听

① 造次——轻率、鲁莽。

② 凤尾森森，龙吟细细——凤尾森森：喻竹林茂盛。龙吟：常用以形容箫笛之类管乐器的声音，这里喻风吹竹林发出的声响。

③ 每日家情思睡昏昏——《西厢记》杂剧第二本《崔莺莺夜听琴》第一折莺莺的唱词。描写崔莺莺思念张生的烦闷心绪。家：一作“价”，语尾助词，无义。

了，不觉心内痒将起来，再看时，只见黛玉在床上伸懒腰。宝玉在窗外笑道："为甚么'每日家情思睡昏昏'？"一面说，一面掀帘子进来了。

林黛玉自觉忘情，不觉红了脸，拿袖子遮了脸，翻身向里装睡着了。宝玉才走上来要搬他的身子，只见黛玉的奶娘并两个婆子却跟了进来说："妹妹睡觉呢，等醒了再请来。"刚说着，黛玉便翻身坐了起来，笑道："谁睡觉呢。"那两三个婆子见黛玉起来，便笑道："我们只当姑娘睡着了。"说着，便叫紫鹃说："姑娘醒了，进来伺候。"一面说，一面都去了。

黛玉坐在床上，一面抬手整理鬓发，一面笑向宝玉道："人家睡觉，你进来作什么？"宝玉见他星眼微饧，香腮带赤，不觉神魂早荡，一歪身坐在椅子上，笑道："你才说什么？"黛玉道："我没说什么？"宝玉笑道："给你个榧子[①]吃！我都听见了。"

二人正说话，只见紫鹃进来。宝玉笑道："紫鹃，把你们的好茶倒碗我喝。"紫鹃道："那里有好的呢？要好的，只是等袭人来。"黛玉道："别理他，你先给我舀水去罢。"紫鹃笑道："他是客，自然先倒了茶来再舀水去。"说着倒茶去了。宝玉笑道："好丫头，'若共你多情小姐同鸳帐，怎舍得叠被铺床？'[②]"林黛玉登时撂下脸来，说道："你说什么？"宝玉笑道："我何尝说什么？"黛玉便哭道："如今新兴的，外头听了村话来，也说给我听；看了混帐书，也来拿我取笑儿。我成了替爷们解闷的了。"一面哭着，一面下床来往外就走。宝玉不知要怎样，心下慌了，忙赶上来，"好妹妹，我一时该死，你好歹别告诉去。我再要说这些话，嘴上就长个疔，烂了舌头。"

正说着，只见袭人走来说道："快回去穿衣服，老爷叫你呢。"宝玉听了，不觉打了个焦雷似的，也顾不得别的，急忙回来，穿了衣服，出园来，只见焙茗在二门前等着，宝玉便问道："你可知道叫我是为什

---

① 榧子——拇指和中指紧捏，猛然相捻发出声响，俗称"榧子"。向对方"打榧子"含有轻佻、玩笑的意思。

② "若共你"二句——《西厢记》杂剧第一本《张君瑞闹道场》第二折张生的唱词。原剧"多情小姐"指莺莺，"叠被铺床"者指红娘。这里宝玉自比张生，把黛玉比作莺莺，把紫鹃比作红娘。

么？”焙茗道：“爷快出来罢，横竖是见去的，到那里就知道了。”一面说，一面催着宝玉。

转过大厅，宝玉心里正自狐疑，只听墙角边一阵呵呵大笑，回头见薛蟠拍着手笑了出来，笑道：“要不说姨爹叫你，你那里肯出来的这么快？”焙茗也笑道：“爷别怪我。”忙跪下了。宝玉怔了半天，方解过来，是薛蟠哄他出来的。薛蟠连忙打恭作揖赔不是，又求“不要难为了小子，都是我逼他去的”。宝玉也无法了，只好笑问道：“你哄我也罢了，怎么说我父亲呢？我告诉姨娘去，评评这个理，可使得么？”薛蟠忙道：“好兄弟，我原为求你快些出来，就忘了忌讳这句话。改日你也哄我，说我的父亲就完了。”宝玉道：“阿哟，越发该死了！”又向焙茗道：“反叛杂种，还跪着作什么？”焙茗连忙叩头起来。

薛蟠道：“要不是，我也不敢惊动：只因明儿五月初三日，是我的生日，谁知老胡和老程他们，他不知那里寻了来的这么粗这么长粉脆的鲜藕，这么大的大西瓜，这么长一尾新鲜的鲟鱼，这么大的一个暹罗国进贡的灵柏香熏的暹猪。你说，他这四样礼，可难得不难得？那鱼、猪不过贵而难得，这藕和瓜亏他怎么种出来的。我连忙孝敬了母亲，赶着给你们老太太、姨母送了些去。如今留了些，我要自己吃，恐怕折福，左思右想，除我之外，惟有你还配吃，所以特请你来。可巧唱曲儿的小幺儿又来了，我和你乐一天何如？”

一面说，一面来至他书房里。只见詹光、程日兴、胡斯来、单聘仁等并唱曲儿的都在这里，见他进来，请安的，问好的，都彼此见过了。吃毕茶，薛蟠即命人摆酒来。说犹未了，众小厮七手八脚摆了半天，方才停当归坐。宝玉果见瓜藕新异，因笑道：“我的寿礼还未送来，倒先扰了。”薛蟠道：“可是呢，你明儿来拜寿，打算送我什么新鲜物儿？”宝玉道：“我可有什么可送的？若论银钱吃的穿的东西，究竟还不是我的，惟有我写一张字，或画一张画，这才是我的。”

薛蟠笑道：“你提画儿，我才想起来了。昨儿我看见人家一卷春宫[①]，画的着实好。上面还有许多的字，也没细看，只看落的款，原来是什么‘庚黄’画的。真真的好的了不得！”宝玉听说，心下猜疑道：

① 春宫——淫画。

“古今字画也都见过些，那里有个‘庚黄’？”想了半天，不觉笑将起来，命人取过笔来，在手心里写了两个字，又问薛蟠道：“你看真了是‘庚黄’？”薛蟠道：“怎么没看真！”宝玉将手一撒，与他看道：“别是这两字罢？其实和‘庚黄’相去不远。”众人都看时，原来是“唐寅”两个字，都笑道：“想必是这两字，大爷一时眼花了也未可知。”薛蟠只觉没意思，笑道：“谁知他是‘糖银’是‘果银”的。”

正说着，小厮来回“冯大爷来了”。宝玉便知是神武将军冯唐之子冯紫英来了。薛蟠等一齐都叫“快请”。说犹未了，只见冯紫英一路说笑，已进来了。众人忙起席让坐。冯紫英笑道：“好呀！也不出门了，在家里高乐罢。”宝玉薛蟠都笑道：“一向少会，老世伯身上康健？”紫英答道：“家父倒也托庇康健。近来家母偶着了些风寒，不好了两天。”薛蟠见他面上有些青伤，笑道：“这脸上又和谁挥拳来的？挂了幌子了。”冯紫英笑道：“从那一遭把仇都尉的儿子打伤了，我就记了，再不和人怄气，如何又挥拳？这脸上，是前日打围[①]，在铁网山被兔鹘[②]捎了一翅膀。”宝玉道：“几时的话？”紫英道：“三月二十八日去的，前儿初六才回。”宝玉道：“怪道前儿初三四儿，我在沈世兄家赴席不见你呢。我要问，不知怎么就忘了。单你去了，还是老世伯也去了？”紫英道：“可不是家父去，我没法儿，去罢了。难道我闲疯了，咱们几个人吃酒听唱的不乐，寻那个苦恼去？这一次，大不幸之中却有大幸。”

薛蟠众人见他吃完了茶，都说道：“请入席，有话慢慢的说。”冯紫英听说，便立起身来说道：“论理，我该陪饮几杯才是，只是今儿有一件很要紧的事，回去还要见家父面回，实不敢领。”薛蟠宝玉众人那里肯依，死拉着不放。冯紫英笑道：“这又奇了。你我这些年，那回儿有这个道理的？果然不能遵命。若必定叫我喝，拿大杯来，我领两杯就是了。”众人听说，只得罢了，薛蟠执壶，宝玉把盏，斟了两大海[③]。那冯紫英站着，一气而尽。宝玉道：“你到底把这个‘不幸之幸”说完

① 打围——围猎禽兽叫“打围”，亦即打猎。

② 兔鹘——即鹘，一种猎鹰，善扑兔雁等，出自松花江下游地区，又称“海东青”。

③ 大海——这里指大酒杯。

了再走。”冯紫英笑道：“今日说的也不尽兴。我为这个，还要特治一个东儿，请你们去细谈一谈；二则还有所恳之处。”说着，撒手就走。薛蟠道：“越发说的人热剌剌的丢不下。多早晚才请我们，告诉了，也免的人犹疑。”冯紫英道：“多则十日，少则八天。”一面说，一面出门上马去了。众人回来，依席又饮了一回方散。

宝玉回至园中，袭人正惦记着他去见贾政，不知是祸是福；只见宝玉醉醺醺的回来，问其原故，宝玉一一向他说了。袭人道：“人家牵肠挂肚的等着，你且高乐去，也到底打发人来给个信儿。”宝玉道：“我何尝不要送信儿？只因冯世兄来了，就混忘了。”

正说着，只见宝钗走进来笑道：“偏了我们新鲜东西了。”宝玉笑道：“姐姐家的东西，自然先偏了我们了。”宝钗摇头笑道：“昨儿哥哥倒特特的请我吃，我不吃，叫他留着请人送人罢。我知道我的命小福薄，不配吃那个。”说着，丫鬟倒了茶来，吃茶说闲话儿，不在话下。

却说那林黛玉听见贾政叫了宝玉去了，一日不回来，心中也替他忧虑。至晚饭后，闻得宝玉来了，心里要找他问问是怎么样了。一步步行来，见宝钗进宝玉的院内去了，自己也便随后走了来。刚到了沁芳桥，只见各色水禽都在池中浴水，也认不出名色来，但见一个个文彩炫耀，好看异常，因而站住看了一会儿，再往怡红院来。只见门已关了，黛玉便以手扣门。

谁知晴雯、碧痕正拌了嘴，没好气，忽见宝钗来，那晴雯正把气移在宝钗身上，偷着在院内抱怨说：“有事没事跑了来坐着，叫我们三更半夜的也不得睡觉！”忽听又有人叫门，晴雯越发动了气，也并不问是谁，便说道：“都睡下了，明儿再来罢！”林黛玉素知丫头们的情性，他们彼此玩要惯了，恐怕院内的丫头没听真是他的声音，只当是别的丫头们来了，所以不开门，因而又高声说道：“是我，还不开门么？”晴雯偏又没听出来，便使性子说道：“凭你是谁，二爷吩咐的，一概不许放人进来呢！”林黛玉听了，不觉气怔在门外，待要高声问他，斗起气来，自己又回思一番：“虽说是舅母家如同自己家一样，到底是客边[1]。如今父母双亡，无依无靠，现在他家依栖。如此认真怄气，也觉

① 客边——以客人的身份寄居在别人家里。

无趣。”一面想，一面又滚下泪珠来。真是回去不是，站着不是，正没主意，只听里面一阵笑语之声，细听一听，竟是宝玉、宝钗二人。林黛玉心中越发动了气，左思右想，忽然想起了早起的事来：“必定是宝玉恼我要告他的原故。但只我何尝告去了？你也打听打听，就恼我到这步田地！你今儿不叫我进来，难道明儿就不见面了？”越想越伤感起来，也不顾苍苔露冷，花径风寒，独立墙角边花阴之下，悲悲戚戚呜咽起来。

原来这林黛玉秉绝代之姿容，具希世俊美，不期这一哭，那附近柳枝花朵上的宿鸟栖鸦一闻此声，俱忒楞楞[1]飞起远避，不忍再听。正是：

花魂默默无情绪，鸟梦痴痴何处惊。

因有一首诗道：

颦儿才貌世应希，独抱幽芳出绣闺；
呜咽一声犹未了，落花满地鸟惊飞。

那林黛玉正自啼哭，忽听“吱喽”一声，院门开处，不知是那一个出来。要知端的，下回分解。

① 忒楞楞——象声词，形容鸟飞的声音。

第二十七回

滴翠亭杨妃戏彩蝶　埋香冢飞燕泣残红①

话说林黛玉正自悲泣，忽听院门响处，只见宝钗出来了，宝玉、袭人一群人送了出来。待要上去问着宝玉，又恐当着众人问羞了宝玉不便，因而闪过一旁，让宝钗去了，宝玉等进去关了门，方转过来，犹望着门洒了几点泪。自觉无味，方转身回自己房中来，无精打彩的卸了残妆。

紫鹃、雪雁素日知道林黛玉的情性：无事闷坐，不是愁眉，便是长叹，且好端端的不知为了什么，常常的便自泪不干。先时还有人解劝，怕他思父母，想家乡，受委曲，只得用话来宽慰。谁知后来一年一月的竟常常的如此，把这个样儿看惯了，也都不理论了。所以也没人去理他，由他闷坐，只管外间自便去了。那林黛玉倚着床栏杆，两手抱膝，眼睛含泪，好似木雕泥塑的一般，直坐到二更多天方才睡了。

至次日乃是四月二十六日，原来这日未时交芒种节。尚古风俗：凡交芒种节的，这日都要设摆各色礼物，祭饯花神，言芒种一过，便是夏日了，众花皆卸，花神退位，须要饯行。闺中更兴这个风俗，所以大观园中之人都早起来了。那些女孩子们，或用花瓣柳枝编成轿马的，或用

① 杨妃、飞燕——唐玄宗妃杨玉环和汉成帝妃赵飞燕，均为古代著名美人。环肥燕瘦，可堪对举，在此分别喻宝钗、黛玉。

绫锦纱罗叠成干旄旌幢[1]的，都用彩线系了。每一棵树每一枝花上，都系了这些物事。满园里绣带飘飖，花枝招展，更兼这些人打扮得桃羞杏让，燕妒莺惭，一时也道不尽。

且说宝钗、迎春、探春、惜春、李纨、凤姐等并巧姐、大姐、香菱与众丫鬟们在园内玩耍，独不见林黛玉。迎春因说道："林妹妹怎么不见？好个懒丫头！这会子还睡觉不成？"宝钗道："你们等着，我去闹了他来。"说着便丢下了众人，一直往潇湘馆来。正走着，只见文官等十二个女孩子也来了，上来问了好，说了一回闲话。宝钗回身指道："他们都在那里呢，你们找他们去罢。我叫林姑娘去就来。"说着便逶迤往潇湘馆来。忽然抬头见宝玉进去了，宝钗便站住低头想了想：宝玉和黛玉是从小儿一处长大，他兄妹间多有不避嫌疑之处，嘲笑无忌，喜怒无常；况且黛玉素多猜忌，好弄小性儿的；此刻自己也跟了进去，一则宝玉不便，二则黛玉嫌疑，罢了，倒是回来的妙。想毕抽身回来。

宝钗扑蝶

刚要寻别的姊妹去，忽见前面一双玉色蝴蝶，大如团扇，一上一下迎风翩跹，十分有趣。宝钗意欲扑了来玩耍，遂向袖中取出扇子来，向草地下来扑。只见那一双蝴蝶忽起忽落，来来往往，穿花度柳，将欲过河去了，倒引的宝钗蹑手蹑脚的一直跟到池中滴翠亭

① 干旄旌幢——干通"竿"；旄，牦牛尾。干旄，古代饰牦牛尾于旗竿，以示威仪。旌，与旄相似，另有五彩鸟羽装饰。幢，形状像伞。

上，香汗淋漓，娇喘细细。宝钗也无心扑了，刚欲回来，只听滴翠亭里边嘁嘁喳喳有人说话。原来这亭子四面俱是游廊，盖在池中水上，四面雕镂槅子，糊着纸。

宝钗在亭外听见说话，便煞住脚往里细听，只听说道："你瞧瞧这手帕子，果然是你丢的那块，你就拿着；要不是，就还芸二爷去。"又有一人说："可不是我那块！拿来给我罢。"又听道："你拿什么谢我呢？难道白寻了来不成？"又答道："我已经许了谢你，自然是不哄你的。"又听说道："我寻了来给你，自然谢我；但只是拣的人，你就不谢他么？"那一个又说道："你别胡说。他是个爷们家，拣了我们的东西，自然该还的。我拿什么谢他呢？"又听说道："你不谢他，我怎么回他呢？况且他再三再四的和我说了，若没谢的，不许我给你呢。"半晌，又听说道："也罢，拿我这个给他，算谢他的罢。——你要告诉别人呢？须起个誓来。"又听说道："我要告诉一个人，嘴上就长一个疔，日后不得好死！"又听说道："哎呀！咱们只顾说话，恐怕有人来悄悄在外头听见。不如把这槅子都推开了，便是有人来，见咱们在这里，他们只当我们说闲话儿呢。若走到跟前，咱们也看的见，就别说了。"

宝钗在外面听见这话，心中吃惊，想道："怪道从古至今那些奸淫狗盗的人，心机都不错。这一开了，见我在这里，他们岂不臊了？况且才说话的声音，大似宝玉房里的红儿的言语。他素昔眼空心大，是个头等刁钻古怪的东西。今儿我听了他的短儿，一时人急造反，狗急跳墙，不但生事，而且我还没趣。如今赶着躲了，料也躲不及，少不得要使个'金蝉脱壳'[①]的法子。"犹未想完，只听"咯吱"一声，宝钗便故意放重了脚步，笑着叫道："颦儿，我看你往那里藏？"一面说，一面故意往前赶。那亭内的小红、坠儿刚一推窗，只听宝钗如此说着又往前赶，两个人都唬怔了。宝钗反向他二人笑道："你们把林姑娘藏在那里了？"坠儿道："何曾见林姑娘来？"宝钗道："我才在河那边看着林姑娘在这里蹲着弄水玩呢。我要悄悄的唬他一跳，还没有走到跟前，

① 金蝉脱壳——蝉由幼虫变为成虫时，要脱掉外壳（蝉蜕）。喻以假象作掩蔽暗中溜走。

他倒看见我了，朝东一绕就不见了。别是藏在里头了？”一面说，一面故意进去寻了一寻，抽身就走。口内说道：“一定是又钻在山洞子里去了。遇见蛇，咬一口也罢了。”一面说一面走，心中又好笑：这件事算遮过去了，不知他二人是怎样。

谁知小红听了宝钗的话，便信以为真，让宝钗去远，便拉坠儿道：“了不得了！林姑娘蹲在这里，一定听了话去了！”坠儿听说，也半日不言语。小红又道：“这可怎么样呢？”坠儿道：“便是听了，管谁筋疼，各人干各人的就完了。”小红道：“若是宝姑娘听见，还倒罢了。那林姑娘嘴里又爱刻薄人，心里又细，他一听见了，倘或走漏了风声，怎么样呢？”二人正说着，只见文官、香菱、司棋、侍书等上亭子来了。二人只得掩住这话，且和他们玩笑。

只见凤姐站在山坡上招手叫，小红连忙弃了众人，跑至凤姐跟前，堆着笑问：“奶奶使唤我做什么事？”凤姐打谅了一打谅，见他生的干净俏丽，说话知趣，因笑道：“我的丫头们今日没跟进来。我这会子想起一件事来，要使唤个人出去，不知你能干不能干？说的齐全不齐全？”小红笑道：“奶奶有什么话，只管吩咐我说去。要说的不齐全，误了奶奶的事，凭奶奶责罚奴才就是了。”凤姐笑道：“你是那位姑娘屋里的？我使你出去，他回来找你，我好替你说。”小红道：“我是宝二爷屋里的。”凤姐听了笑道：“哎哟！你原来是宝玉屋里的，怪道呢。也罢了，等他问，我替你说。你到我们家，告诉你平姐姐：外头屋里桌子上汝窑盘子架儿底下放着一卷银子，那是一百二十两，给绣匠的工价，等张材家的来要，当面称给他瞧了，再给他拿去。再里头床头间有一个小荷包拿了来。”

小红听说，撤身去了，回来只见凤姐不在山坡上了。因见司棋从山洞里出来，站着系裙子，便赶上来问道：“姐姐，不知道二奶奶往那里去了？”司棋道：“没理论。”小红听了，抽身又往四下里一看，只见那边探春、宝钗在池边看鱼。小红上来陪笑问道：“姑娘们可知道二奶奶那去了？”探春道：“往你大奶奶院里找去。”小红听了，才往稻香村来，顶头只见晴雯、绮霞、碧痕、紫绡、麝月、侍书、入画、莺儿等一群人来了。晴雯一见了小红，便说道：“你只是疯罢！院子里花儿也不浇，雀儿也不喂，茶炉子也不弄，就在外头逛。”小红道：“昨儿二爷说了，今儿不用浇花，过一日浇一回罢。我喂雀儿的时候，姐姐还睡觉呢。”碧痕道：“茶炉子呢？”小红道：“今儿不该我的班儿，有茶没茶别问我。”绮霞道：“你听听他的嘴！你们别说了，让他逛去罢。”小红道：“你们再问问，我逛了没有？二奶奶使唤我说话取东西来。”说着将荷包举给他们看，方没言语了，大家分路走开。晴雯冷笑道：“怪道呢！原来爬上高枝儿去了，把我们不放在眼里。不知说了一句话半句话，名儿姓儿知道了不曾呢，就把他兴的这样！这一遭半遭儿的也算不得什么，过了后儿还得听呵！有本事从今儿出了这园子，长长远远的在高枝儿上才算好的呢。”一面说着去了。

司棋

这里小红听了，不便分证，只得忍着气来找凤姐。到了李氏房中，果见凤姐在这里和李氏说话呢。小红上来回道：“平姐姐说，奶奶刚出来了，他就把银子收了起来，才张材家的来讨，当面称了给他拿了去了。”说着将荷包递了上去。又道：“平姐姐教我来回奶奶：才旺儿进来讨奶奶的示下，好往那家子去。平姐姐就把那话按着奶奶的主意打发他去了。”凤姐笑道：“他怎么按我的主意打发他去了呢？”小红道：“平姐姐说：我们奶奶问这里奶奶好。我们二爷没在家，虽然迟了两天，只管请奶奶放心。等五奶奶好些，我们奶奶还会了五奶奶来瞧奶奶呢。五奶奶前儿打发了人来说，舅奶奶带了信来了，问奶奶好，还要和这里的姑奶奶寻两丸延年神验万全丹。若有了，奶奶打发人来，只管送在我们奶奶这里。明儿有人去，就顺路给那边舅奶奶带去的。”

话未说完，李氏笑道：“哎哟哟！这些话我就不懂了。什么“奶奶’‘爷爷’的一大堆。”凤姐笑道：“怨不得你不懂，这是四五门子的话呢。”说着又向小红笑道：“好孩子，难为你说的齐全。不像他们扭扭捏捏的蚊子似的。嫂子你不知道，如今除了我随手使的这几个丫头老婆子之外，我就怕和别人说话。他们必定把一句话拉长了作两三截儿，咬文咬字，拿着腔儿，哼哼唧唧的，急的我冒火，他们那里知道！先时我们平儿也是这么着，我就问着他：难道必定装蚊子哼哼就算美人了？说了几遭，才好些儿了。”李宫裁笑道：“都像你泼辣货才好。”凤姐又道：“这个丫头就好。刚才这两遭，说话虽不多，口角儿就很剪断。”说着又向小红笑道：“你明儿服侍我去罢。我认你做女儿，我一调理，你就出息了。”

小红听了，扑哧一笑。凤姐道：“你怎么笑？你说我年轻，比你能大几岁，就做你的妈了？你作春梦呢！你打听打听，这些人里头比你大的，赶着我叫妈，我还不理呢。今儿抬举了你了！”小红笑道：“我不是笑这个，我笑奶奶认错了辈数了。我妈是奶奶的女儿，这会子又认我做女儿。”凤姐道：“谁是你妈？”李宫裁笑道：“你原来不认得他？他是林之孝的女孩儿。”凤姐听了十分诧异，说道：“哦！原来是他的丫头。”又笑道：“林之孝两口子都是锥子扎不出一声儿来的。我成日家说，他们倒是配就了的一对夫妻，一个天聋，一个地哑。那里承望养出这么个伶俐丫头来？你十几岁了？”小红道：“十七岁了。”又问名字，小红道：“原叫红玉的，因为重了宝二爷，如今只叫红儿了。”

凤姐听说将眉一皱，把头一回，说道：“讨人嫌的很！得了玉的益似的，你也玉，我也玉。”因说道：“嫂子不知道，上月我还和他妈说：‘赖大家的如今事多，也不知这府里谁是谁的人，你替我好好的挑两个丫头我使’，他只管答应着，他饶不挑，倒把他的女孩子送往别处去。难道跟我必定不好？”李氏笑道：“你可是又多心了。他进来在先，你说话在后，怎么怨的他妈？”凤姐道：“既这么着，明儿我和宝玉说，叫他再要人，叫这丫头跟我。可不知本人愿意不愿意？”小红笑道：“愿意不愿意，我们也不敢说。只是跟着奶奶，我们也学些眉眼高低，出入上下，大小的事也得见识见识。”刚说着，只见王夫人的丫头来请，凤姐便辞了李宫裁去了。小红回怡红院去，不在话下。

且说林黛玉因夜间失寐，次日起来迟了，闻得众姊妹都在园中作饯花会，恐人笑他痴懒，连忙梳洗了出来。刚到了院中，只见宝玉进门来了，笑道："好妹妹，你昨儿可告我了没有？教我悬了一夜心。"林黛玉便回头叫紫鹃道："把屋子收拾了，下一扇纱屉子；看那大燕子回来，把帘子放下来，拿狮子[1]倚住；烧了香就把炉罩上。"一面说一面又往外走。

宝玉见他这样，还认作是昨日中晌的事，那知晚间的这件公案？还打恭作揖的。林黛玉正眼也不看，各自出了院门，一直找别的姊妹去了。宝玉心中纳闷，自己猜疑：看起这个光景来，不像是为昨日的事；但只昨日我回来的晚了，又没有见他，再没有冲撞了他的去处。一面想，一面由不得随后追了来。

只见宝钗、探春正在那边看鹤舞，见黛玉去了，三个一同站着说话儿。又见宝玉来了，探春便笑道："宝哥哥，身上好？我整整的三天没见你了。"宝玉笑道："妹妹身上好？我前儿还在大嫂子跟前问你呢。"探春道："二哥哥，你往这里来，我和你说句话。"宝玉听说，便跟了他，离了钗、玉两个，到了一棵石榴树下。探春因说道："这几天老爷可曾叫你？"宝玉笑道："没有叫。"探春说："昨儿我恍惚听见说老爷叫你出去的。"宝玉笑道："那想是别人听错了，并没叫我。"探春又笑道："这几个月，我又攒下有十来吊钱了。你还拿了去，明儿出门逛去的时候，或是好字画，好轻巧玩意儿，替我带些来。"宝玉道："我这么城里城外、大廊小庙的逛，也没见个新奇精致东西，左不过是那些金玉

探春

① 狮子——这里是一种压帘用的带座的小石狮子。

铜磁没处撂的古董儿，再就是绸缎吃食衣服了。”探春道：“谁要这些作什么？怎么像你上回买的那柳枝儿编的小篮子，整竹子根挖的香盒儿，胶泥垛的风炉儿，这就好了。我喜欢的了不得，谁知他们都爱上了，都当宝贝儿似的抢了去了。”宝玉笑道：“原来要这个。这不值什么，拿几吊钱出去给小子们，管拉两车来。”探春道：“小子们知道什么。你拣那有意思儿又不俗气的东西，多多的替我带几件来。我还像上回的鞋做一双你穿，比那一双还加工夫，如何呢？”

宝玉笑道：“你提起鞋来，我想起个故事：那一回我穿着，可巧遇见了老爷，老爷就不受用，问是谁做的。我那里敢提三妹妹，我就回说是前日我生日，是舅母给的。老爷听了，不好说什么，半日还说：‘何苦来！虚耗人力，作践绫罗，做这样的东西。’我回来告诉了袭人，袭人说这还罢了，赵姨娘气的抱怨的了不得：‘正经环兄弟，鞋搭拉袜搭拉的没人看的见，且作这些东西！’”探春听说，登时沉下脸来，道：“你说，这话糊涂到什么田地？怎么我是该做鞋的人么？环儿难道没有分例的？衣裳是衣裳，鞋袜是鞋袜，丫头老婆一屋子，怎么抱怨这些话，给谁听呢？我不过是闲着没事儿，做一双半双，爱给那个哥哥兄弟，随我的心。谁敢管我不成！这也是白气。”宝玉听了，点头笑道：“你不知道，他心里自然又有个想头了。”

探春

探春听说，益发动了气，将头一扭，说道：“连你也糊涂了！他那想头自然是有的，不过是那阴微下贱的见识。他只管这么想，我只管认得老爷太太两个人，别人我一概不管。就是姊妹弟兄跟前，谁和我好，我就和谁好，什么偏的庶的，我也一概不知道。论理我不该说他，但忒昏愦的不像了！还有笑话儿呢：就是上回我给你那钱，替我带那玩的东西。过了两天，他见了我，也是说没钱使，怎么苦，怎么难过，我也不理论。谁知后来丫头们出去了，他就抱怨起我来，说我攒的钱为什么给你使，倒不给环儿使呢。我听见这话，又好笑又好气，我就出来往太太跟前去了。”

正说着，只见宝钗那边笑道：“说完了，来罢。显见的是哥哥妹妹了，丢下别人，且说体己去。我们听一句儿就使不得了？”说着，探春、宝玉二人方笑着来了。

宝玉因不见了黛玉，便知他躲了别处去了，想了一想，索性迟两日，等他的气消一消再去也罢了。因低头看见许多凤仙、石榴等各色落花，锦重重的落了一地，因叹道：“这是他心里生了气，也不收拾这花儿来了。等我送了去，明日再问他。”说着，只见宝钗约着他们往外头去。宝玉道：“我就来。”说毕，等他二人去远了，便把那花兜了起来，登山渡水，过树穿花，一直奔了那日同林黛玉葬桃花的去处来。将已到了花冢，犹未转过山坡，只听山坡那边有呜咽之声，一行数落着，哭的好不伤感。宝玉心下想道：“这不知是那房里的丫头，受了委曲，跑到这个地方来哭？”一面想，一面煞住脚步，听他哭道是：

花谢花飞花满天，红消香断有谁怜？
游丝软系飘春榭，落絮轻沾扑绣帘。
闺中女儿惜春暮，愁绪满怀无释处。
手把花锄出绣闺，忍踏落花来复去。
柳丝榆荚自芳菲，不管桃飘与李飞。
桃李明年能再发，明年闺中知有谁？
三月香巢已垒成，梁间燕子太无情！
明年花发虽可啄，却不道人去梁空巢也倾。
一年三百六十日，风刀霜剑严相逼。
明媚鲜妍能几时，一朝飘泊难寻觅。
花开易见落难寻，阶前闷杀葬花人。
独倚花锄泪暗洒，洒上空枝见血痕。
杜鹃无语正黄昏，荷锄归去掩重门。
青灯照壁人初睡，冷雨敲窗被未温。

怪奴底事[①]倍伤神，半为怜春半恼春：
怜春忽至恼忽去，至又无言去不闻。
昨宵庭外悲歌发，知是花魂与鸟魂？
花魂鸟魂总难留，鸟自无言花自羞。
愿奴胁下生双翼，随花飞到天尽头。
天尽头，何处有香丘？
未若锦囊收艳骨，一抔净土[②]掩风流。
质本洁来还洁去，强于污淖陷渠沟。
尔今死去侬收葬，未卜侬身何日丧？
侬今葬花人笑痴，他年葬侬[③]知是谁？
试看春残花渐落，便是红颜老死时。
一朝春尽红颜老，花落人亡两不知！

黛玉埋香冢

正是一面低吟，一面哽咽，那边哭的已伤心，却不道这边宝玉听了早已痴倒。要知端的，下回分解。

① 底事——甚么事。底：何。

② 一抔净土——抔：掬。一抔：一捧，双手捧物。《史记·张释之列传》：“取长陵一抔土”，比喻盗开坟墓。后人就以“一抔土”代指坟墓。这里“一抔净土”指花冢。

③ 侬——我。

第二十八回

蒋玉菡情赠茜香罗　薛宝钗羞笼红麝串

话说林黛玉只因昨夜晴雯不开门一事，错疑在宝玉身上。至次日又可巧遇见饯花之期，正是一腔无明[1]正未发泄，又勾起伤春愁思，因把些残花落瓣去掩埋，由不得感花伤已，哭了几声，便随口念了几句。不想宝玉在山坡上听见，先不过点头感叹；次后听到“侬今葬花人笑痴，他年葬侬知是谁”“一朝春尽红颜老，花落人亡两不知”等句，不觉痛倒山坡之上，怀里兜的落花撒了一地。试想林黛玉的花颜月貌，将来亦到无可寻觅之时，宁不心碎肠断！既黛玉终归无可寻觅之时，推之于他人，如宝钗、香菱、袭人等，亦可以到无可寻觅之时矣。宝钗等终归无可寻觅之时，则自己又安在哉？且自身尚不知何在何往，则斯处、斯园、斯花、斯柳，又不知当属谁姓矣！因此一而二，二而三，反复推求了去，真不知此时此际，如何解释这段悲伤。正是花影不离身左右，鸟声只在耳东西。

那黛玉正自伤感，忽听山坡上也有悲声，心下想道：“人人都笑我有些痴病，难道还有一个痴子不成？”想着，抬头一看，只见是宝玉坐

---

① 无明——佛教用语。意译为“痴”，即“没有智慧”。佛家认为，人的种种烦恼痛苦，是由“无明”引起的。后也称发火动怒为“无明火起”，无明便成为怒火的代称。

在山坡上哭呢。黛玉看见，便啐道："呸！我打谅是谁，原来是这个狠心短命的……"刚说到"短命"二字，又把口掩住，长叹了一声，自己抽身便走。

这里宝玉痛哭了一回，忽然抬头不见了黛玉，便知黛玉看见他躲开了，自己也觉无味。抖抖土起来，下山寻归旧路，往怡红院来。可巧看见黛玉在前头走，连忙赶上去说道："你且站住。我知道你不理我，我只说一句话，从今以后撂开手。"黛玉回头看见是宝玉，待要不理他，听他说"只说一句话"，便说"请说"。宝玉笑道："两句话，说了你听不听呢？"黛玉听说，回头就走。

宝玉在后面叹道："既有今日，何必当初！"林黛玉听见这话，由不得站住，回头道："当初怎么样？今日怎么样？"宝玉叹道："当初姑娘来了，那不是我陪着玩笑？凭我心爱的，姑娘要，就拿去；我爱吃的，听见姑娘也爱吃，连忙干干净净收着，等着姑娘回来。一个桌子上吃饭，一个床儿上睡觉，丫头们想不到的，我怕姑娘生气，我替丫头们想到了。我想着姊妹们从小儿长大，亲也罢，热也罢，和气到头儿，才见得比人好。如今谁承望姑娘人大心大，不把我放在眼里，三日不理四日不见的，倒把外四路的[1]什么宝姐姐凤姐姐的放在心坎儿上。我又没个亲兄弟亲姊妹。——虽然有两个，你难道不知道是和我隔母的？我也和你是独出，只怕我和你的心一样。谁知我是白操了这番心，有冤无处诉！"说着不觉哭起来。

那时黛玉耳内听了这话，眼内见了这形景，心内不觉灰了大半，也不觉滴下泪来，低头不语。宝玉见他这般形景，遂又说道："我也知道我如今不好了，但只凭我怎么不好，万不敢在妹妹跟前有错处。便有一二分错处，你倒是或教导我，戒我下次，或骂我两句，打我两下，我都不灰心。谁知你总不理我，叫我摸不着头脑，少魂失魄，不知怎么样才是。就是死了，也是个屈死鬼，任凭高僧高道忏悔也不能超生，还得你申明了缘故，我才得托生呢！"

黛玉听了这个话，不觉将昨晚的事都忘在九霄云外了，便说道："你既这么说，为什么昨日我去了，你不叫丫头开门呢？"宝玉诧异

---

① 外四路——指关系疏远。

道："这话从那里说起？我要是这么样，立刻就死了！"林黛玉啐道："大清早起死呀活的，也不忌讳。你说有呢就有，没有就没有，起什么誓呢？"宝玉道："实在没有见你去。就是宝姐姐坐了一坐，就出来了。"林黛玉想了一想，笑道："是了。想必是你的丫头们懒待动，丧声恶气的也是有的。"宝玉道："想必是这个原故。等我回去问了是谁，教训教训他们就好了。"黛玉道："你的那些姑娘们也该教训教训，只是论理不该我说。今儿得罪了我的事小，倘或明儿宝姑娘来，什么贝姑娘来，也得罪了，事情可就大了。"说着抿着嘴儿笑。宝玉听了，又是咬牙，又是笑。

二人正说话，只见丫头来请吃饭，遂都往前头去了。王夫人见了黛玉，因问道："大姑娘，你吃那鲍太医的药可好些？"黛玉道："也不过这么着。老太太还叫我吃王大夫的药呢。"宝玉道："太太不知道，林妹妹是内症，先天生的弱，所以禁不住一点儿风寒，不过吃两剂煎药就好了，散了风寒，还是吃丸药的好。"王夫人道："前儿大夫说了个丸药的名字，我也忘了。"宝玉道："我知道那些丸药，不过叫他吃什么人参养荣丸。"王夫人道："不是。"宝玉又道："八珍益母丸？左归？右归？再不，就是麦味地黄丸。"王夫人道："都不是。我只记得有个'金刚'两个字的。"宝玉拍手笑道："从来没听见有个什么'金刚丸'。若有了'金刚丸'，自然有'菩萨散'了！"说的满屋里人都笑了。宝钗抿嘴笑道："想是天王补心丹。"王夫人笑道："是这个名儿。如今我也糊涂了。"宝玉道："太太倒不糊涂，都是叫'金刚''菩萨'支使糊涂了。"王夫人道："扯你娘的臊！又欠你老子捶你了。"宝玉笑道："我老子再不为这个捶我的。"

王夫人又道："既有这个名儿，明儿就叫人买些来吃。"宝玉笑道："这些药都是不中用的。太太给我三百六十两银子，我替妹妹配一料丸药，包管一料不完就好了。"王夫人道："放屁！什么药就这么贵？"宝玉笑道："当真的呢，我这个方子比别的不同。那个药名儿也古怪，一时也说不清。只讲那头胎紫河车，人形带叶参，龟大何首乌，千年松根茯苓胆，诸如此类的药都不算为奇，只在群药里算，那为君的药[①]，说起来唬人一跳。前儿薛大哥哥求了我一二年，我才给了他这方子。他拿了方子去又寻了二三年，花了有上千的银子，才配成了。太太不信，只问宝姐姐。”宝钗听说，笑着摇手儿说：“我不知道，也没听见。你别叫姨娘问我。”王夫人笑道：“到底是宝丫头，好孩子，不撒谎。”宝玉站在当地，听见如此说，一回身把手一拍，说道：“我说的倒是真话呢，倒说我撒谎。”口里说着，忽一回身，只见林黛玉坐在宝钗身后抿着嘴笑，用手指头在脸上画着羞他。

凤姐因在里间屋里看着人放桌子，听如此说，便走来笑道：“宝兄弟不是撒谎，这倒是有的。上日薛大哥亲自和我来寻珍珠[②]，我问他做什么，他说配药。他还抱怨说，不配也罢了，如今那里知道这么费事。我问他什么药，他说：‘是宝兄弟说的方子，说了多少药，我也不记得。’他说：‘不然我也买几颗珍珠了，只是定要头上带过的，所以来和我寻。妹妹就没散的花儿，那头上下来的也使得。过后儿我拣好的再给妹妹穿了来。’我没法儿，把两枝珠花儿现拆了给他。还要了一块三尺上用大红纱去乳钵乳了隔面子[③]呢。”凤姐说一句，那宝玉念一句佛，说：“太阳照在屋子里呢！”凤姐说完了，宝玉又道：“太太打量怎么着？这不过也是将就罢咧。正经按那方子，这珍珠宝石定要在古坟里的，有那古时富贵人家装裹的头面[④]，拿了来才好。如今那里为这个去刨坟掘墓？所以只是活人带过的，也可以使得。”王夫人道：“阿弥陀佛，不当家花拉的！就是坟里有，人家死了几百年，这会子翻尸盗骨的，作了药也不灵啊！”

宝玉因向黛玉说道：“你听见了没有？难道二姐姐也跟着我撒谎不成？”脸望着黛玉说话，却拿眼睛瞟着宝钗。黛玉便拉王夫人道：“舅

---

① 为君的药——中医处方中的各味药，根据不同的作用、药量，分为君、臣、佐、使。在群药中，有一种起主要作用的药，叫“君药”。

② 珍珠——产自蚌类壳中，可以入药，有泻热、定惊、镇心、下痰、安魂魄等功能，外用可拔毒生肌，内服时均研粉吞服或与其他药物共配成丸。珍珠粉要研得极细，否则伤胃。

③ 去乳钵乳了隔面子——用乳钵把药研成粉末，再筛出细面。乳钵：一种研磨药面用的小臼；把药研细叫乳。隔面子：筛药面子，这里用大红纱筛药面子。

④ 装裹的头面——指死人戴的珠宝。装裹：装殓。头面：这里指死人头上戴的首饰。

母听听，宝姐姐不替他圆谎，他只问着我。”王夫人也道：“宝玉，你很会欺负你妹妹。”宝玉笑道：“太太不知道这原故。宝姐姐先在家里住着，那薛大哥哥的事，他也不知道，何况如今在里头住着呢，自然是越发不知道了。林妹妹才在背后羞我，打谅我撒谎呢。”

正说着，只见贾母房里的丫头找宝玉和黛玉去吃饭。黛玉也不叫宝玉，便起身拉了那丫头就走。那丫头说：“等着宝二爷一块儿去。”黛玉道：“他不吃饭，不和咱们走。咱们走，我们先走了。”说着便出去了。宝玉道：“我今儿还跟着太太吃罢。”王夫人道：“罢，罢，我今儿吃斋，你正经吃你的去罢。”宝玉道：“我也跟着吃斋。”说着便叫那丫头“去罢”，自己先跑到桌子上坐了。王夫人向宝钗等笑道：“你们只管吃你们的，由他去罢。”宝钗因笑道：“你正经去罢。吃不吃，陪着林妹妹走一趟，他心里正不自在呢。”宝玉道：“理他呢，过一会子就好了。”

一时吃过饭，宝玉一则怕贾母记挂，二则也想着林黛玉，忙忙的要茶漱口。探春、惜春都笑道：“二哥哥，你成日家忙的是什么？吃饭吃茶也是这么忙碌碌的。”宝钗笑道：“你叫他快吃了瞧他林妹妹去罢，叫他在这里胡闹些什么呢？”宝玉吃了茶，便出来，一直往西院来。

可巧走到凤姐院门前，只见凤姐在门前站着，蹬着门槛子，拿耳挖子剔牙，看着十来个小厮们挪花盆呢。见宝玉来了，笑道：“你来的好。进来，进来，替我写几个字儿。”宝玉只得跟了进来。到了屋里，凤姐命人取过笔砚纸来，向宝玉道：“大红妆缎四十匹，蟒缎四十匹，上用纱各色一百匹，金项圈四个。”宝玉道：“这算什么？又不是账，又不是礼物，怎么个写法儿？”凤姐道：“你只管写上，横竖我自己明白就罢了。”宝玉听说，只得写了。凤姐一面收起来，一面笑道：“还有句话告诉你，不知你依不依？你屋里有个丫头叫小红，我要叫了来使唤，明儿我再替你挑一个，可使得？”宝玉道：“我屋里的人也多得很，姐姐喜欢谁，只管叫了来，何必问我？”凤姐笑道：“既这么着，我就叫人带他去了。”宝玉道：“只管带去。”说着便要走。凤姐道：“你回来，我还有一句话呢。”宝玉道：“老太太叫我呢，有话等我回来罢。”

说着便来至贾母这边，只见都已吃完了饭了。贾母因问他：“跟着你娘吃了什么好的？”宝玉笑道：“也没什么好的，我倒多吃了一碗饭。”因问：“林妹妹在那里？”贾母道：“里头屋里呢。”

宝玉进来，只见地下一个丫头吹熨斗，炕上两个丫头打粉线，黛玉弯着腰拿着剪子裁什么呢。宝玉走进来，笑道：“哦，这是作什么呢？才吃了饭，这么控着头，一会子又头疼了。”黛玉并不理，只管裁他的。有一个丫头说道：“那块绸子角儿还不好呢，再熨熨罢。”黛玉便把剪子一撂，说道：“理他呢，过一会子就好了。”宝玉听了，自是纳闷。

只见宝钗、探春等也来了，和贾母说了一回话。宝钗也进来问：“林妹妹做什么呢？”因见黛玉裁剪，笑道：“妹妹越发能干了，连裁剪都会了。”黛玉笑道：“这也不过是撒谎哄人罢了。”宝钗笑道：“我告诉你个笑话儿，才刚为那个药，我说了个不知道，宝兄弟心里不受用了。”林黛玉道：“理他呢，过会子就好了。”宝玉向宝钗道：“老太太要抹骨牌，正没人呢，你顽骨牌去罢。”宝钗听说，便笑道：“我是为抹骨牌才来么？”说着便走了。林黛玉道：“你倒是去罢，这里有老虎，看吃了你！”说着又裁。宝玉见他不理，只得还陪笑说道：“你也出去逛逛再裁不迟。”林黛玉总不理。宝玉便问丫头们：“这是谁叫裁的？”林黛玉见问丫头们，便说道：“凭他谁叫我裁，也不管二爷的事！”宝玉方欲说话，只见有人进来回说“外头有人请”。宝玉听了，忙撤身出来。黛玉向外头说道：“阿弥陀佛！赶你回来，我死了也罢了。”

宝玉来到外面，只见焙茗说道：“冯大爷家请。”宝玉听了，知道是昨日的话，便说：“要衣裳去。”就自己便往书房里来。焙茗一直到了二门前等人，只见出来了一个老婆子，焙茗上去说道：“宝二爷在书房里等出门的衣裳，你老人家进去带个信儿。”那婆子啐道：“放你娘的屁！宝二爷如今在园里住着，跟他的人都在园里，你又跑了这里来带信儿来了！”焙茗听了，笑道：“骂的是，我也糊涂了。”说着一径往东边二门前来。可巧门上小厮在甬路底下踢球，焙茗将缘故说了。有个小厮跑了进去，半日才抱了一个包袱出来，递与焙茗。回到书房里，宝玉换了，命人备马，只带着焙茗、锄药、双瑞、双寿四个小厮去了。

一径到了冯紫英家门口，有人报与了冯紫英，出来迎接进去。只见薛蟠早已在那里久候了，还有许多唱曲儿的小厮并唱小旦的蒋玉菡、锦香院的妓女云儿。大家都见过了，然后吃茶。宝玉擎茶笑道：“前儿所言幸与不幸之事，我昼夜悬想，今日一闻呼唤即至。”冯紫英笑道：“你们令表兄弟倒都心实。前日不过是我的设辞，诚心请你们喝一杯酒，恐又推托，故说下这句话。今日一邀即至，谁知都信真了。”说毕大家一笑，然后摆上酒来，依次坐定。冯紫英先命唱曲儿的小厮过来进酒，然后命云儿也来敬三钟。

冯紫英家宴

那薛蟠三杯下肚，不觉忘了情，拉着云儿的手笑道：“你把那体己新样儿的曲子唱个我听，我吃一坛如何？”云儿听说，只得拿起琵琶来，唱道：

两个冤家，都难丢下，想着你来又惦记着他。两个人形容俊俏，都难描画，想昨宵幽期私订在荼架。一个偷情，一个寻拿，拿住了三曹对案[①]，我也无回话。

唱毕笑道：“你喝一坛子罢了。”薛蟠听说，笑道：“不值一坛，再唱好的来。”

宝玉笑道：“听我说罢：这么滥饮，易醉而无味。我先喝一大海，发一新令，有不遵者，连罚十大海，逐出席外与人斟酒。”冯紫英、蒋玉菡等都道：“有理。”宝玉拿起海来一气饮干，说道：“如今要

① 三曹对案——指诉讼案件中的原告、被告和证人。审案件时，这三方面的人同时到场，进行对证，叫作“三曹对案”。

云儿

说悲、愁、喜、乐四个字，却要说出女儿来，还要注明这四字的原故。说完了，喝门杯。酒面要唱一个新鲜时样曲儿；酒底要席上生风[①]一样东西，或古诗旧对、《四书》《五经》成语。”

薛蟠不等说完，先站起来拦道：“我不来，别算我。这竟是捉弄我呢！”云儿也站起来，推他坐下，笑道：“怕什么？这还亏你天天吃酒呢，难道你连我也不如？回来我还说呢。说是了，罢；不是了，不过罚上几杯，那里就醉死了？你如今一乱令，倒喝十大海，下去斟酒不成？”众人都拍手道妙。薛蟠听说无法，只得坐了。听宝玉说道：

女儿悲，青春已大守空闺。女儿愁，悔教夫婿觅封侯[②]。
女儿喜，对镜晨妆颜色美。女儿乐，秋千架上春衫薄。

众人听了，都说好，独有薛蟠扬脸摇头说：“不好，该罚！”众人问：“如何该罚？”薛蟠道：“他说的我全不懂，怎么不该罚？”云儿便拧他一把，笑道：“你悄悄的想你的罢。回来说不出，又该罚了。”于是拿琵琶，听宝玉唱道：

---

① 门杯、酒面、酒底、席上生风——门杯：对公杯而言，酒宴时用以敬酒、罚酒等公用的酒杯叫公杯，放在各人面前的酒杯叫门杯，也叫门前杯。酒面：斟满一杯酒，不饮，先行酒令，叫酒面。“酒面”的本义是满杯的样子。酒底：每行完一个酒令时，饮干一杯酒，叫“酒底”。席上生风：借酒席上的食品或装饰等现成东西，说一句与此有关的古诗或古文。

② 悔教夫婿觅封侯——见唐代王昌龄《闺怨》诗。

滴不尽相思血泪抛红豆[①]，开不完春柳春花满画楼，睡不稳纱窗风雨黄昏后，忘不了新愁与旧愁，咽不下玉粒金莼[②]噎满喉，照不见菱花镜[③]里形容瘦。展不开的眉头，捱不明的更漏。呀！恰便似遮不住的青山隐隐，流不断的绿水悠悠。

唱完，大家齐声喝彩，独薛蟠说没板儿。宝玉饮了门杯，便拈起一片梨来，说道：

雨打梨花深闭门。[④]

完了令。下该冯紫英，说道：

女儿悲，儿夫染病在垂危。女儿愁，大风吹倒梳妆楼。
女儿喜，头胎养了双生子。女儿乐，私向花园掏蟋蟀。

说毕，唱道：

你是个可人，你是个多情，你是个刁钻古怪鬼灵精，你是个神仙也不灵。我说的话儿你全不信，只叫你去背地里细打听，才知道我疼你不疼！

唱完，饮了门杯，说道：

① 红豆——又名相思子，大如豌豆，色鲜红。这里用以代指眼泪。

② 玉粒金莼——玉粒：喻上好的米饭。莼：我国江南生长的一种睡莲科水生植物，夏天开赤褐色小花，嫩叶是一种名菜。金莼：泛指美味的菜肴。

③ 菱花镜——古代铜镜。以其镜面平亮，映日光影如菱花，故称。

④ 雨打梨花深闭门——宋代李重元《忆王孙》词：“……杜宇声声不忍闻，欲黄昏，雨打梨花深闭门。”又宋代秦观《鹧鸪天》词也有此句：“甫能炙得灯儿了，雨打梨花深闭门。”

鸡声茅店月。[1]

令完，下该云儿。云儿便说道：

女儿悲，将来终身指靠谁？

薛蟠叹道："我的儿，有你薛大爷在，你怕什么？"众人都道："别混他，别混他！"云儿又道：

女儿愁，妈妈[2]打骂何时休？

薛蟠道："前儿我见了你妈，还吩咐他不叫他打你呢。"众人都道："再多言者罚酒十杯。"薛蟠连忙自己打了一个嘴巴子，说道："没耳性[3]，再不许说了。"云儿又道：

女儿喜，情郎不舍还家里。女儿乐，住了箫管弄弦索。

说完，便唱道：

豆蔻开花三月三，一个虫儿往里钻。钻了半日不得进去，爬到花上打秋千。肉儿小心肝，我不开时你怎么钻？

唱毕，饮了门杯，说道：

桃之夭夭。[4]

① 鸡声茅店月——见唐代温庭筠《商山早行》诗："鸡声茅店月，人迹板桥霜。"

② 妈妈——这里指妓女的养母，即"鸨儿"。

③ 没耳性——没记性。

④ 桃之夭夭——《诗经·周南·桃夭》："桃之夭夭，灼灼其华（花）。"夭夭：美丽茂盛的样子。

令完了，下该薛蟠。薛蟠道：“我可要说了：女儿悲……”说了半日，不见说底下的。冯紫英笑道：“悲什么？快说。”薛蟠登时急的眼睛铃铛一般，便说道：“女儿悲……”又咳嗽了两声，方说道：“女儿悲，嫁了个男人是乌龟。”众人听了都大笑起来。薛蟠道：“笑什么？难道我说的不是？一个女儿嫁了汉子，要做忘八，他怎么不伤心呢？”众人笑的弯腰说道：“你说的是，快说底下的罢。”薛蟠瞪了瞪眼，又说道：

女儿愁……

说了这句，又不言语了。众人道：“怎么愁？”薛蟠道：

绣房蹿出个大马猴。

众人呵呵笑道：“该罚，该罚！先还可恕，这句更不通了。”说着便要斟酒。宝玉笑道：“押韵就好。”薛蟠道：“令官都准了，你们闹什么？”众人听说，方罢了。云儿笑道：“下两句越发难说了，我替你说罢。”薛蟠道：“胡说！当真我就没好的了！听我说罢：

女儿喜，洞房花烛朝慵起。

众人听了，都诧异道：“这句何其太雅？”薛蟠又道：

女儿乐，一根𣰆䙗往里戳。

众人听了，都扭着脸说道：“该死，该死！快唱了罢。”薛蟠便唱道：

一个蚊子哼哼哼。

众人都怔了，说："这是个什么曲儿？"薛蟠还唱道：

两个苍蝇嗡嗡嗡。

众人都道："罢，罢，罢！"薛蟠道："爱听不听！这是新鲜曲儿，叫作哼哼韵儿。你们要懒待听，连酒底都免了，我就不唱。"众人都道："免了罢，免了罢，倒别耽误了别人家。"

于是蒋玉菡说道：

女儿悲，丈夫一去不回归。女儿愁，无钱去打桂花油[①]。
女儿喜，灯花并头结双蕊。[②]女儿乐，夫唱妇随真和合。

说毕，唱道：

可喜你天生成百媚娇，恰便似活神仙离碧霄。度青春，年正小；配鸾凤，真也巧。呀！看天河正高，听谯楼[③]鼓敲，剔银灯同入鸳帏悄。

唱毕，饮了门杯，笑道："这诗词上我倒有限。幸而昨日见了一副对子，可巧只记得这句，幸而席上还有这件东西。"说毕，便干了酒，拿起一朵木樨[④]来，念道：

花气袭人知昼暖。

众人倒都依了，完令。薛蟠又跳了出来，喧嚷道："了不得，了不得！该罚，该罚！这席上又没有宝贝，你怎么念起宝贝来了？"蒋玉菡

---

① 桂花油——一种有桂花香气的发油。

② 灯花并头结双蕊——蜡烛芯点燃后呈穗状，叫"烛花"。"双蕊"即两个"烛花"。旧时认为它象征吉祥或夫妻久别相会。

③ 谯楼——鼓楼。古代击鼓报时之楼。

④ 木樨——桂花。

怔了，说道："何曾有宝贝？"薛蟠道："你还赖呢！你再念来。"蒋玉菡只得又念了一遍。薛蟠道："袭人可不是宝贝是什么？你们不信，只问他。"说毕，指着宝玉。宝玉没好意思起来，说："薛大哥，你该罚多少？"薛蟠道："该罚，该罚！"说着拿起酒来，一饮而尽。冯紫英与蒋玉菡等不知原故，云儿便告诉了出来。蒋玉菡忙起身陪罪。众人都道："不知者不作罪。"

蒋玉菡

少刻，宝玉出席解手，蒋玉菡便随了出来。二人站在廊檐下，蒋玉菡又陪不是。宝玉见他妩媚温柔，心中十分留恋，便紧紧的搭着他的手，叫他："闲了往我们那里去。还有一句话借问，也是你们贵班中，有一个叫琪官的，他在那里？如今名驰天下，我独无缘一见。"蒋玉菡笑道："就是我的小名儿。"宝玉听说，不觉欣然跌足笑道："有幸，有幸！果然名不虚传。今儿初会，便怎么样呢？"想了一想，向袖中取出扇子，将一个玉玦扇坠[1]解下来，递与琪官，道："微物不堪，略表今日之谊。"琪官接了，笑道："无功受禄，何以克当？也罢，我这里得了一件奇物，今日早起方系上，还是簇新的，聊可表我一点亲热之意。"说毕撩衣，将系小衣儿一条大红汗巾子解了下来，递与宝玉，道："这汗巾子是茜香国女国王所贡之物，夏天系着，肌肤生香，不生汗渍。昨日北静王给我的，今日才上身。若是别人，我断不肯相赠。二爷请把自己系的解下来。给我系着。"宝玉听说，喜不自禁，连忙接了，将自己一条松花绿的汗巾解了下来，递与琪官。

① 玉玦扇坠——系在扇轴上的饰物。玉玦：古玉器名，环状，有缺口。

二人方束好，只听一声大叫："我可拿住了！"只见薛蟠跳了出来，拉着二人道："放着酒不吃，两个人逃席出来干什么？快拿出来我瞧瞧。"二人都道："没有什么。"薛蟠那里肯依，还是冯紫英出来才解开了。于是复又归坐饮酒，至晚方散。

宝玉回至园中，宽衣吃茶。袭人见扇子上的坠儿没了，便问道："往那里去了。"宝玉道："马上丢了。"袭人也不理论，及睡时。见他腰里系一条血点似的大红汗巾子，袭人便猜了八九分，因说道："你有了好的系裤子，把我的那条还我罢。"宝玉听说，方想起那条汗巾子原是袭人的，不该给人，心里后悔，口里说不出来，只得笑道："我赔你一条罢。"袭人听了，点头叹道："我就知道，你又干这些事了，也不该拿着我的东西给那起混账人那。也难为你，心里没个算计儿。"还要说几句，又恐怄上他的酒来，少不得也睡了。

至次日天明方醒，只见宝玉笑道："夜里失了盗也不知道，你瞧瞧裤子上。"袭人低头一看，只见昨日宝玉系的那条汗巾子系在自己腰里了，便知是宝玉夜间换了，忙一顿解下来，说道："我不希罕这行子[①]，趁早儿拿了去！"宝玉见他如此，只得委婉解劝了一回。袭人无法，暂且系上。过后宝玉出去，终久解下来掷在个空箱子里，自己又换了一条系着。

宝玉并未理论，因问起昨日可有什么事情，袭人便回说："二奶奶打发人叫了小红去了。他原要等爷来着，我想什么要紧，我就作了主，打发他去了。"宝玉道："很是。我已知道了，何必等我？"袭人又道："昨儿贵妃打发夏太监出来，送了一百二十两银子，叫在清虚观初一到初三打三天平安醮[②]，唱戏献供，叫珍大爷领着众位爷们跪香拜佛呢。还有端午的节礼也赏了。"说着命小丫头子来，将昨日娘娘所赐之物取了出来，只见上等宫扇两柄，红麝香珠[③]二串，凤尾罗二端，芙蓉

① 行子——贬称自己所不喜爱的东西或人。

② 打平安醮——旧时因病或因丧事延请僧、道诵经叫"打醮"。为一般祈福消灾举行的"打醮"仪式，叫"打平安醮"。

③ 红麝香珠——又叫"红麝串""红麝串子"。用麝香加上其他配料做成的红色念珠儿，穿成串子，戴在手腕上作装饰。麝香为雄麝之麝香腺中分泌物，干燥后成红棕至暗棕色颗粒。

簟[1]一领。宝玉见了，喜不自胜，因问道："别人的也都是一样吗？"袭人道："老太太的多着一个香如意，一个玛瑙枕。太太、老爷、姨太太的只多着一个如意。你的同宝姑娘的一样。林姑娘同我们三位姑娘只单有扇子同数珠儿，别人都没了。大奶奶、二奶奶他两个是每人两匹纱，两匹罗，两个香袋儿，两个锭子药[2]。"

宝玉听了道："这是怎么个原故？怎么林姑娘的倒不和我的一样，倒是宝姐姐的和我一样？别是传错了罢？"袭人道："昨儿拿出来，都是一份一份的写着签子，怎么会错了？你的是在老太太屋里的，我去拿来的。老太太说了，明儿叫你一个五更天进去谢恩呢。"宝玉道："自然要走一趟。"说着便叫紫鹃来："拿了这个到你们姑娘那里去，就说是昨儿我得的，爱什么留下什么。"紫鹃答应了，拿了去，不一时回来说："林姑娘说了，昨儿也得了，二爷留着罢。"宝玉听说，便命人收了。刚洗了脸出来，要往贾母那里请安去，只见黛玉顶头来了。宝玉赶上去笑道："我的东西叫你拣，你怎么不拣？"黛玉昨日所恼宝玉的心事早又丢开，只顾今日的事了，因说道："我没这么大福气禁受，比不得宝姑娘，什么金什么玉的，我们不过是草木人儿罢了！"宝玉听他提出"金玉"二字来，不觉心里疑猜，便说道："除了别人说什么金什么玉，我心里要有这个想头，天诛地灭，万世不得人身！"林黛玉听他这话，便知他心里动了疑，忙又笑道："好没意思，白白的起什么誓？管你什么金什么玉的呢？"宝玉道："我心里的事也难对你说，日后自然明白。除了老太太、老爷、太太这三个人，第四个就是妹妹了。要有第五个人，我也说个誓。"林黛玉道："你也不用说誓，我很知道你心里有'妹妹'，但只是见了'姐姐'，就把'妹妹'忘了。"宝玉道："那是你多心，我再不是这么样的。"林黛玉道："昨儿宝丫头不替你圆谎，为什么问着我呢？那要是我，你又不知怎么样了。"正说着，只见宝钗从那边来了，二人便走开了。

宝钗分明看见，只装看不见，低头过去了，到了王夫人那里，坐了

① 芙蓉簟——编有芙蓉花图案的细竹席。簟：竹席。

② 锭子药——把药制成坚硬的小块叫"锭子药"，亦称"药锭子"，常做成各种花样。

一回，然后到了贾母这边，只见宝玉在这里呢。宝钗因往日母亲对王夫人等曾提过“金锁是个和尚给的，等日后有玉的方可结为婚姻”等语。所以总远着宝玉。昨儿见元春所赐的东西，独他与宝玉一样，心里越发没意思起来，幸亏宝玉被一个黛玉缠绵住了，心心念念只惦记着黛玉，并不理论这事。此刻忽见宝玉笑问道：“宝姐姐；我瞧瞧你的那香串子呢。”可巧宝钗左腕上笼着一串，见宝玉问他，少不得褪了下来。宝钗生的肌肤丰泽，一时褪不下来。宝玉在旁看着雪白肐膊，不觉动了羡慕之心，”暗暗想道：“这个膀子若长在林妹妹身上，或者还得摸一摸，偏生长在他身上。”正是恨没福，忽然想起“金玉”一事来，再看看宝钗的形容，只见脸若银盆，眼同水杏，唇不点而含丹，眉不画而横翠，比黛玉另具一种妩媚风流，不觉又呆了，宝钗褪了串子来递给他，他也忘了接。

宝钗见他呆呆的，自己倒不好意思起来，丢下串子，回身才要走，只见黛玉蹬着门槛子，嘴里咬着绢子笑呢。宝钗道：“你又禁不得风吹，怎么又站在那风口里？”黛玉笑道：“何曾不是在屋里来着。只因听见天上一声叫，出来瞧了瞧，原来是个呆雁。”薛宝钗道：“呆雁在那里呢？我也瞧一瞧。”黛玉道：“我才出来，他就‘忒儿’一声的飞了。”口里说着，将手里的绢子一甩，向宝玉脸上甩来。宝玉不防，正打在眼上，“哎哟”了一声。要知端的，下回分解。

第二十九回

享福人福深还祷福　痴情女情重愈斟情

话说宝玉正自发怔，不想黛玉将手帕子甩了来，正碰在眼睛上，倒唬了一跳，问这是谁。黛玉摇着头儿笑道："不敢，是我失了手。因为宝姐姐要看呆雁，我比给他看，不想失了手。"宝玉揉着眼睛，待要说什么，又不好说的。

一时，凤姐来了，因说起初一日在清虚观打醮的事来，约着宝钗、宝玉、黛玉等看戏去。宝钗笑道："罢，罢，怪热的。什么没看过的戏，我不去。"凤姐道："他们那里凉快，两边又有楼。咱们要去，我头几天先打发人去，把那些道士都赶出去，把楼上打扫干净，挂起帘子来，一个闲人不许放进庙去，才是好呢。我已经回了太太了，你们不去，我自家去。这些日子也闷的很了。家里唱动戏，我又不得舒舒服服的看。"

贾母听说，笑道："既这么着，我同你去。"凤姐听说，笑道："老祖宗也去，敢仔好！可就是我又不得受用了。"贾母道："到明儿，我在正面楼上，你们在旁边楼上，你也不用到我这边来立规矩，好不好？"凤姐笑道："这就是老祖宗疼我了。"贾母因又向宝钗道："你也去，连你母亲也去。长天老日的，在家里也是睡觉。"宝钗只得答应着。

贾母又打发人去请了薛姨妈，顺路告诉王夫人，要带了他们姊妹去。王夫人因一则身上不好，二则预备着元春有人出来，早已回了不去的；听贾母如今这样说，笑道：“还是这么高兴。”因打发人去到园子里告诉：“有要逛去的，只管初一跟了老太太逛去。”这句话一传开了，别人还可以，只是那些丫头们天天不得出门槛儿，听了这话，谁不爱去？便是各人的主子懒怠去，他也百般的撺掇了去，因此李纨等都说去。贾母心中越发喜欢，早已吩咐人去打扫安置，不必细说。

单表到了初一这一日，荣国府门前车辆纷纷，人马簇簇。那底下凡执事人等，闻得是贵妃作好事，贾母亲去拈香，正是初一日乃月之首日，况是端阳节间，因此凡动用的什物，一色都是齐全的，不同往日。少时，贾母等出来。贾母坐一乘八人大轿，李氏、凤姐、薛姨妈每人一乘四人轿，宝钗、黛玉二人共坐一辆翠盖珠缨八宝车，迎春、探春、惜春三人共坐一辆朱轮华盖车。然后贾母的丫头鸳鸯、鹦鹉、琥珀、珍珠，林黛玉的丫头紫鹃、雪雁、春纤，宝钗的丫头莺儿、文杏，迎春的丫头司棋、绣桔，探春的丫头侍书、翠墨，惜春的丫头入画、彩屏，薛姨妈的丫头同喜、同贵，外带着香菱、香菱的丫头臻儿，李氏的丫头素云、碧月，凤姐的丫头平儿、丰儿、小红，并王夫人两个丫头也要跟了凤姐去的是金钏儿、彩云，奶子抱着大姐儿另在一轿车上，还有几个粗使的丫头，一共又连上各房的老嬷嬷奶子并跟出门的家人媳妇子们，黑压压的站了一街的车。

素云

碧月

那街上的人见是贾府去烧香，都站在两边观看。那些小门小户的妇女，也都开了门在门口站着，七言八语，指手画脚，就像看那过庙会的一般。只见前头的全副执事摆开，一位青年公子骑着银鞍白马，彩辔朱缨，在那八人轿前领着那些车轿人马，浩浩荡荡，一片锦绣香烟，遮天压地而来。却是鸦雀无闻，只有车轮马蹄之声。不多时，已到了清虚观门口。只听钟鸣鼓响，早有张法官①执笏披衣，带领众道士在路旁迎接。宝玉下了马，贾母的轿刚至山门②以内，因看见有守门大帅并千里眼、顺风耳、本境城隍土地各位泥胎圣像，便命住轿。贾珍带领各子侄来迎接。凤姐的轿子却赶在头里先到了，带着鸳鸯等迎接上来。见贾母下了轿，忙来搀扶。可巧有个十二三岁的小道士儿，拿着个剪筒③，照管各处剪蜡花，正欲得便且藏出去，不想一头撞在凤姐怀里。凤姐便一扬手，照脸打了个嘴巴，把那小孩子打了一个筋斗，骂道："小野杂种，往那里跑？"那小道士也不顾拾烛剪，爬起来往外还要跑。正值宝钗等下车，众婆娘媳妇正围随的风雨不透，但见一个小道士滚了出来，都喝声叫："拿，拿，拿！打，打，打！"

贾母听了忙问："是怎么了？"贾珍忙出来问。凤姐上去搀住贾母，就回说："一个小道士儿，剪灯花的，没躲出去，这会子混钻呢。"贾母听说，忙道："快带了那孩子来，别唬着他。小门小户的孩子，都是娇生惯养的，那里见的这个势派。倘或唬着他，倒怪可怜见的，他老子娘岂不疼的慌？"说着，便叫贾珍去好生带了来。贾珍只得去拉了那孩子来。那孩子还一手拿着蜡剪，跪在地下乱颤。贾母命贾珍拉起来，叫他不要怕。问他几岁了。那孩子总说不出话来。贾母还说"可怜见儿的"，又向贾珍道："珍哥儿，带他去罢。给他些钱买果子吃，别叫人难为了他。"贾珍答应，领他去了。这里贾母带着众人，一层一层的瞻拜观玩。外面小厮们见贾母等进入二层山门，忽见贾珍领了一个小道士出来，叫人来带去，给他几百钱，不要难为了他。家人听说，忙上来领了下去。

---

① 法官——这里是对有职位的道士的尊称。

② 山门——佛寺的外门，后亦泛称佛寺的二道门为"山门"。一说："山门"应是"三门"，指佛寺外面的三座门，象征"三解脱门"。

③ 剪筒——存纳蜡烬（蜡花）的用具。

贾珍站在阶矶上，因问："管家在那里？"底下站的小厮们见问，都一齐喝声说："叫管家！"登时林之孝一手扣着帽绊跑了来，到贾珍跟前。贾珍道："虽说这里地方大，今儿不承望来这么些人。你使的人，你就带了在这院子里罢；使不着的，打发到那院里去。把小幺儿们多挑几个在这二层门上同两边的角门上，伺候着要东西传话。你可知道不知道，今儿姑娘奶奶们都出来了，一个闲人也不许到这里来！"林之孝忙答应"知道"，又说了几个"是"。贾珍道："去罢。"又问："怎么不见蓉儿？"一声未了，只见贾蓉从钟楼里跑了出来。贾珍道："你瞧瞧他，我这里也还没敢说热，他倒乘凉去了！"喝命家人啐他。那小厮们都知道贾珍素日的性子，违拗不得，有个小厮便上来向贾蓉脸上啐了一口。贾珍又道："问着他！"那小厮便问贾蓉道："爷还不怕热，哥儿怎么先乘凉去了？"贾蓉垂着手，一声不敢说。那贾芸、贾萍、贾芹等听见了，不但他们慌了，亦且连贾璜、贾、贾琼等也都忙了，一个一个从墙根儿底下慢慢的溜上来。

贾珍又向贾蓉道："你站着作什么？还不骑了马跑回家去告诉你娘母子去！老太太同姑娘们都来了，叫他们快来伺候。"贾蓉听说，忙跑了出来，一叠声要马，一面抱怨道："早都不知做什么的，这会子寻趁[①]我。"一面又骂小子们："捆着手呢？马也拉不来。"要打发小子去，又恐后来对出来，说不得亲自走一趟，骑马去了。

且说贾珍方要抽身进去，只见张道士站在旁边陪笑说道："论理我不比别人，应该里头伺候。只因天气炎热，众位千金都出来了，法官不敢擅入，请爷示下。恐老太太问，或要随喜那里，我只在这里伺候罢了。"贾珍知道这张道士虽然是当日荣国府国公的替身[②]，曾经先皇御口亲呼为"大幻仙人"，如今现掌"道录司"印，又是当今封为"终了真人"，现今王公藩镇都称他为"神仙"，所以不敢轻慢。二则他又常往两个府里去，凡夫人小姐都是见的。今见他如此说，便笑道："咱们自己，你又说起这话来。再多说，我把你这胡子还揪了你的呢！还不跟

① 寻趁——本意是寻找。这里是故意找碴的意思。

② 替身——旧时，王公贵族有寄名为僧、道的，本人不在寺、观，而由别人代替，这种代人为僧、道者，称为"替身"。

我进来。”那张道士呵呵的笑着，跟了贾珍进来。

贾珍到贾母跟前，控身[1]陪笑说：“这张爷爷进来请安。”贾母听了，忙道：“搀他来。”贾珍忙去搀了过来。那张道士先呵呵笑道：“无量寿佛！老祖宗一向福寿康宁？众位奶奶姑娘们纳福？一向没到府里请安，老太太气色越发好了。”贾母笑道：“老神仙，你好？”张道士笑道：“托老太太万福，小道也还康健。别的倒罢了，只记挂着哥儿，一向身上好？前日四月二十六日，我这里做遮天大王圣诞，人也来的少，东西也很干净，我说请哥儿来逛逛，怎么说不在家？”贾母说道：“果真不在家。”一面回头叫宝玉。谁知宝玉解手去了才来，忙上前问：“张爷爷好？”张道士忙抱住问了好，又向贾母笑道：“哥儿越发发福了。”贾母道：“他外头好，里头弱。又搭着他老子逼着他念书，生生的把个孩子逼出病来了。”张道士道：“前日我在好几处看见哥儿写的字，作的诗，都好的了不得，怎么老爷还抱怨说哥儿不大喜欢念书呢？依小道看来，也就罢了。”又叹道：“我看见哥儿的这个形容身段，言谈举动，怎么就同当日国公爷一个稿子？”说着两眼流下泪来。贾母听说，也由不得满脸泪痕，说道：“正是呢，我养这些儿子孙子，也没一个像他爷爷的，就只这玉儿还像他爷爷。”

那张道士又向贾珍道：“当日国公爷的模样儿，爷们一辈的不用说，自然没赶上，大约连大老爷、二老爷也记不清楚了。”说毕又呵呵大笑道：“前日在一个人家看见一位小姐，今年十五岁了，长的倒也好个模样儿。我想着哥儿也该提亲了。若论这小姐的模样儿，聪明智慧，根基家当，倒也配的过。但不知老太太怎么样？小道也不敢造次。等请了老太太的示下，才敢向人去说。”贾母道：“上回有个和尚说了，这孩子命里不该早娶，等再大一大儿再定罢。你可如今也讯听着，不管他根基富贵，只要模样儿配的上就来告诉我。便是那家子穷，也不过帮他几两银子就完了。只是模样性格儿难得好的。”

说毕，只见凤姐笑道：“张爷爷，我们丫头的寄名符儿你也不换去。前儿亏你还有那么大脸，打发人和我要鹅黄缎子去！要不给你，又恐怕你那老脸上下不来。”张道士呵呵大笑道：“你瞧，我眼花了，也

① 控身——半弯腰的姿势，表示恭敬。

没看见奶奶在这里，也没道谢。寄名符早已有了，前日原想送去，不承望娘娘来作好事，就混忘了，还在佛前镇着呢。待我取来。”说着跑到大殿上去，一时拿了一个茶盘，搭着大红蟒缎经袱子[1]，托出符来。大姐儿的奶子接了符。张道士方欲抱过大姐儿来，只见凤姐笑道：“你就手里拿出来罢了，又用个盘子托着。”张道士道：“手里不干不净的，怎么拿？用盘子洁净些。”凤姐笑道：“你只顾拿出盘子来，倒唬我一跳呢。我不说你是为送符，倒像是和我们化布施来了。”众人听说，哄然一笑，连贾珍也撑不住笑了。贾母回头道：“猴儿猴儿，你不怕割舌头下地狱？”凤姐笑道：“我们爷儿们不相干。他怎么常常的说我该积阴骘，迟了就短命呢？”

张道士将凤姐要的寄名符用盘拖出来

张道士也笑道：“我拿出盘子来一举两用，却不为化布施，倒要将哥儿的这块玉请了下来，托出去给那些远来的道友并徒子徒孙们见识见识。”贾母道：“既这么着，你老人家老天拔地的跑什么呢？就带他去瞧了，叫他进来，岂不省事？”张道士道：“老太太不知道，看着小道是八十多岁的人，托老太太的福倒也健朗；只是外面的人多，气味难闻，况且大暑热的天，哥儿受不惯，倘或哥儿受了腌臜气味，倒值多了。”贾母听说，便命宝玉摘下通灵玉来，放在盘内。那张道士兢兢业业的用蟒袱子垫着，捧了出去。

---

① 经袱子——过去称包裹书卷的布、帛为“袱子”；僧道用以包裹经卷的叫“经袱子”。

这里贾母与众人各处游玩了一回，方去上楼。只见贾珍回说：“张爷爷送了玉来了。”刚说着，只见张道士捧了盘子，走到跟前笑道：“众人托小道的福，见了哥儿的玉，实在稀罕。都没什么敬贺之物，这是他们各人传道的法器①，都愿意为敬贺之礼。哥儿便不希罕，只留着玩耍赏人罢。”贾母听说，向盘内看时，只见也有金璜②，也有玉玦，或有事事如意，或有岁岁平安，皆是珠穿宝嵌，玉琢金镂，共有三五十件。因说道：“你也胡闹。他们出家人是那里来的，何必这样？这断断不能收的！”张道士笑道：“这是他们一点儿敬意，小道也不能阻挡。老太太若不留下，倒叫他们看着小道平常，不像是门下出身③了。”贾母听如此说，方命人接了。宝玉笑道：“老太太，张爷爷既这么说，又推辞不得，我要这个也无用，不如叫小子们捧了这个，跟着我出去散给穷人罢。”贾母笑道：“这话说的也是。”张道士又忙拦道：“哥儿虽要行好，但这些东西虽说不甚希奇，到底也是几件器皿。若给了穷人，一则与他们也无益，二则反倒遭塌了这些东西。要舍给穷人，何不就散钱与他们？”宝玉听说，便命收下，等晚间拿钱施舍罢了。说毕，张道士方退出去。

这里贾母和众人上了楼。贾母在正面楼上坐了，凤姐等占了东楼，众丫头等在西楼，轮流伺候。贾珍一时来回：“神前拈了戏④，头一本是《白蛇记》⑤。”贾母便问：“是什么故事？”贾珍道：“是汉高祖斩蛇起首的故事。第二本是《满床笏》⑥。”贾母点头笑道：“倒是第二本也罢了。神佛既这样，也只得如此。”又问第三本，贾珍道：“第

① 法器——道士传道诵经使用的器具。

② 金璜——璜，玉制的半璧形装饰品（璧：扁平圆形玉器，中有圆孔）。金璜：仿璜制成的金饰。

③ 门下出身——门下：门庭之下。张道士是荣国公的替身，故云。

④ 神前拈了戏——打醮演戏是给“神”看的，不能由人指定戏目，而要用抽签、拈阄一类的方式，由“神”选出要看的戏。

⑤ 《白蛇记》——或指明代无名氏弋阳腔剧本，演刘邦斩白蛇起义的故事。

⑥ 《满床笏》——清代传奇剧，一名《十醋记》，演唐郭子仪“七子八婿，富贵寿考”的故事。

三本是《南柯梦》[①]。”贾母听了便不言语。贾珍退了下来，走至外边，预备着申表、焚钱粮[②]、开戏，不在话下。

且说宝玉在楼上，坐在贾母旁边，因叫个小丫头子捧着方才那一盘子贺物，将自己的玉带上，用手翻弄寻拨，一件一件的挑与贾母看。贾母因看见有个赤金点翠的麒麟[③]，便伸手拿了起来，笑道：“‘这件东西像是我看见谁家的孩子也带着这么一个。”宝钗笑道：“史大妹妹有一个，比这个小些。”贾母道：“原来是云儿有这个。”宝玉道：“他这么往我们家去住着，我也没看见。”探春笑道：“宝姐姐有心，不管什么他都记得。”黛玉冷笑道：“他在别的上头心还有限，惟有这些人带的东西上，他才是留心呢。”宝钗听说，便回头装没听见。

宝玉听见史湘云有这件东西，自己便将那麒麟忙拿起来揣在怀里。一面心里又想到怕人看见他听见史湘云有了，他就留这件，因此手里揣着，却拿眼睛瞟人。只见众人倒不理论，惟有黛玉瞅着他点头儿，似有赞叹之意。宝玉心里不觉没好意思起来，又掏了出来，向黛玉笑道：“这个东西倒好玩，我替你留着，到了家穿上个穗子你带好不好？”黛玉将头一扭道：“我不希罕。”宝玉笑道：“你既然不希罕，我可就拿着了。”说着又揣了起来。

刚要说话，只见贾珍之妻尤氏和贾蓉续娶的媳妇胡氏婆媳两个来了，见过贾母，贾母道：“你们又来做什么？我不过没事来逛逛。”一句话没说了，只见人报：“冯将军家有人来了。”原来冯紫英家听见贾府在庙里打醮，连忙预备了猪羊香烛茶食之类赶来送礼。凤姐听了，忙赶过正楼来，拍手笑道：“哎呀！我就不防这个。只说咱们娘儿们来闲逛逛，人家只当咱们大摆斋坛[④]的来送礼。都是老太太闹的。这又不得

---

① 《南柯梦》——明代汤显祖著传奇剧，名《南柯记》。演淳于棼梦至大槐安国，拜驸马，当太守，显赫一时，而终于失宠见逐的故事。

② 申表、焚钱粮——申表：向神明申奏表章。焚钱粮：又名“烧包袱”，用纸糊的口袋，内装金、银箔纸折叠成的元宝。祭神时与“申表”同时焚烧。

③ 赤金点翠的麒麟——麒麟状的嵌有翠鸟羽毛的纯金佩饰。点翠是中国羽毛传统工艺之一，以翠鸟之蓝紫色羽毛巧妙地粘贴而成，色彩鲜艳，永不褪色。麒麟为传说中的瑞兽。

④ 斋坛——僧道诵经的场所。

不预备赏封儿。”刚说了，只见冯家的两个管家女人上楼来了。

冯家两个未去，接着赵侍郎也有礼来了。于是接二连三，都听见贾府打醮，女眷都在庙里，凡一应远亲近友、世家相与都来送礼。贾母才后悔起来，说：“又不是什么正经斋事，我们不过闲逛逛，没的惊动了人家。”因此虽看了一天戏，至下午便回来，次日便懒怠去。凤姐又说：“打墙也是动土[①]，已经惊动了人，今儿乐得还去逛逛。”那贾母因昨日张道士提起宝玉说亲的事来，谁知宝玉一日心中不自在，回家来生气，嗔着张道士与他说了亲，口口声声说从今以后不再见张道士了，别人也并不知为什么原故；二则黛玉昨日回家又中了暑：因此二事，贾母便执意不去了。凤姐见不去，自己带了人去了，也不在话下。

且说宝玉因见黛玉病了，心里放不下，饭也懒待吃，不时来问。只怕他有个好歹。黛玉因说道：“你只管看你的戏去罢，在家里做甚么？”宝玉因昨日张道士提亲之事，心中大不受用，今听见林黛玉如此说，心里因想道：“别人不知道我的心还可恕，连他也奚落起我来。”因此心中更比往日的烦恼加了百倍。要是别人跟前，断不能动这肝火，只是林黛玉说了这话，又比往日别人说这话不同，由不得立刻沉下脸来，说道：“我白认得了你罢了！”林黛玉听说，便冷笑了两声道：“你白认得了我吗？我那里能够像人家有什么配的上你的？”宝玉听了，便走来直问到脸上：“你这么说，是安心咒我天诛地灭？”林黛玉一时解不过这个话来。宝玉又道：“昨儿还为这个赌了几回咒，今儿你到底又重我一句。我便天诛地灭，你

情缘难断

① 打墙也是动土——旧时迷信，盖房或筑墙都须先祭土神，然后“破土”，叫“动土”。这句意谓，反正要动手干，大干小干都一样。

又有什么益处？”黛玉一闻此言，方想起昨日的话来。今日原是自己说错了，又是急，又是愧，便抽抽搭搭的哭起来说：“我要安心咒你，我也天诛地灭。何苦来呢！我知道，昨日张道士说亲，你怕挡了你的好姻缘，你心里生气，来拿我煞性子。”

原来那宝玉自幼生成有一种下流痴病，况从幼时和黛玉耳鬓厮磨，心情相对；及如今稍知时事，又看了那些邪书僻传，凡远亲近友之家所见的那些闺英阁秀，皆未有稍及林黛玉者，所以早存了一段心事，只不好说出来，故每每或喜或怒，变尽法子暗中试探。那黛玉偏生他也是个有些痴病的，也每用假情试探。因你也将真心真意瞒了起来，只用假意，我也将真心真意瞒了起来，都只用假意，如此两假相逢，终有一真。其间琐琐碎碎，难保不有口角之事。即如此刻，宝玉的心内想的是：“别人不知我的心还可恕，难道你就不想我的心里眼里只有你？你不能为我解烦恼，反来拿这话堵噎我。可见我心里时时刻刻白有了你，你心里竟没我。”宝玉心里是这意思，只是口里说不出来。那黛玉心里想着：“你心里自然有我，虽有‘金玉相对’之说，你岂是重这邪说不重人的。我便时常提这‘金玉’，你只管了然自若无闻的，方见得是待我重，而无毫发私心了。怎么我只一提‘金玉’的事，你就着急，可知你心里时时有‘金玉’，见我一提，你又怕我多心，故意着急，安心哄我。”

那宝玉心中又想着：“我不管怎么样都好，只要你随意。我便立刻因你死了也是情愿的。你知也罢，不知也罢，只由我的心，那才是你和我近，不和我远。”黛玉心里又想着：“你只管你就是了，你好我自好。要把自己丢开，只管周旋我，是你不叫我近你，竟叫我远了。”看官，你道两个人原是一个心，如此看来，却都是多生了枝叶，将那求近之心，反弄成疏远之意了。此皆他二人素习所存私心，难以备述。

如今只述他们外面的形容。那宝玉又听见他说“好姻缘”三个字，越发逆了己意，心里干噎，口里说不出话来，便赌气向颈上抓下通灵宝玉，咬咬牙，恨命往地下一摔，道：“什么捞什子，我砸了你，就完了事了！”偏生那玉坚硬非常，摔了一下，竟文风没动。宝玉见不破，便回身找东西来砸。林黛玉见他如此，早已哭起来，说道：“何苦来，你摔砸那哑吧东西？有砸他的，不如来砸我！”二人闹着，紫鹃、雪雁等忙来解劝。后来见宝玉下死力砸玉，忙上来夺，又夺不下来，见比往日闹的大了，少不得去叫袭人。袭人忙赶了来，才夺了下来。宝玉冷笑道：“我砸我的东西，与你们什么相干！”

痴情女情重愈斟情

袭人见他脸都气黄了，眼眉都变了，从来没气的这么样，便拉着他的手，笑道：“你和妹妹拌嘴，不犯着砸他；倘或砸坏了，叫他心里脸上怎么过的去？”黛玉一行哭着，一行听了这话说到自己心坎儿上来，可见宝玉连袭人不如，越发伤心大哭起来。心里一烦恼，把方才吃的香薷饮[①]解暑汤便承受不住，“哇”的一声都吐出来了。紫鹃忙上来用绢子接住，登时一口一口的把块绢子吐湿了。雪雁忙上来捶揉。紫鹃道：“虽然生气，姑娘到底也该保重些。才吃了药好些儿，这会子因和宝二爷拌嘴，又吐了出来。倘或犯了病，宝二爷怎么过的去呢？”宝玉听了这话，说到自己心坎儿上来，可见黛玉不如紫鹃呢。又见黛玉脸红头胀，一行啼哭，一行气凑，一行是泪，一行是汗，不胜怯弱。宝玉见了这般，又自己后悔方才不该同他较证[②]，这会子他这样光景，我又替不了他。心里想着，也由不的滴下泪来。

袭人见他两个哭的悲痛，也心酸起来，又摸着宝玉的手冰凉，待要劝宝玉不哭罢，一则又恐宝玉有什么委曲闷在心里，二则又恐薄了黛

① 香薷饮——香薷：植物名，叶茎可入药。香薷饮：是由香薷、厚朴、扁豆制成的一种药剂。治伤暑感冒。

② 较证——辩驳是非。

玉，两头儿为难。正是女儿家的心性，不觉也流下泪来。紫鹃一面收拾了吐的药，一面拿扇子替黛玉轻轻的扇着，见三个人都鸦雀无声，各人哭各人的，也由不得伤心起来，也拿绢子擦泪。

四个人都无言对泣。

还是袭人勉强笑向宝玉道："你不看别的，你看看这玉上穿的穗子，也不该同林姑娘拌嘴。"林黛玉听了，也不顾病，赶来夺过去，顺手抓起一把剪子来就铰。袭人、紫鹃忙要夺时，已经剪了好几段。黛玉哭道："我也是白效力，他也不希罕，自有别人替他再穿好的去。"袭人忙接了玉道："何苦来，这是我才多嘴的不是了。"宝玉向黛玉道："你只管铰，我横竖不带他，也没有什么。"

只顾里头闹，谁知那些老婆子们见黛玉大哭大吐，宝玉又砸玉，不知道要闹到什么田地儿，便连忙的一齐往前头去回了贾母、王夫人知道，好不至于连累了他们。那贾母、王夫人见他们忙忙的作一件正经事来告诉，也都不知有了什么缘故，便一齐进园来瞧。急的袭人抱怨紫鹃为什么惊动了老太太、太太；紫鹃又只当是袭人去告诉的，也抱怨袭人。那贾母、王夫人进来，见宝玉也无言，林黛玉也无话，问起来又没为什么事，便将这祸移到袭人、紫鹃两个人身上，说："为什么你们不小心服侍？这会子闹起来都不管了！"因此将他二人连骂带说教训了一顿。二人都没的说，只得听着。还是贾母带出宝玉去了，方才平服。

过了一日，至初三日，乃是薛蟠生日，家里摆酒唱戏，贾府诸人都去了。宝玉因得罪了黛玉，二人总未见面，心中正自后悔，无精打采，那里还有心肠去看戏？因而推病不去。黛玉不过前日中了些暑溽之气，本无甚大病，听见他不去，心里想："他是好吃酒听戏的，今日反不去，自然是因为昨儿气着了。再不然，他见我不去，他也没心肠去。只是昨儿千不该万不该铰了那玉上的穗子。管定他再不带了，还得我穿了他才带。"因而心中十分后悔。

那贾母见他两个都生了气，只说趁今儿那边看戏，他两个见了也就完了，不想又都不去。老人家急的抱怨说："我这老冤家是那世里造下的孽障，偏生遇见了这么两个不省事的小冤家，没有一天不叫我操心。真真是俗语说的，'不是冤家不聚头'了。几时我闭了这眼，断了这口气，凭着你们两个冤家闹上天去，我眼不见心不烦，也就罢了。偏他娘的又不咽这口气！”自己抱怨着也哭了。这话传入宝、林二人耳内，原来他二人竟是从未听见过“不是冤家不聚头”的这句俗语，如今忽然得了这句话，好似参禅的一般，都低头细嚼这句话的滋味，都不觉潸然泪下。虽不曾会面，然一个在潇湘馆临风洒泪，一个在怡红院对月长吁，却是人居两地，情发一心了。

袭人因劝宝玉道：“千万不是，都是你的不是。往日家里小厮们和他们的姊妹拌嘴，或是两口子分争，你听见了，你还骂那些小子们蠢，不能体贴女孩儿们的心肠。今儿怎么你也这么着了？明儿初五，大节下，你们两个再这么仇人似的，老太太越发要生气，一定弄的大家不安生。依我劝，你正经下个气，陪个不是，大家还是照常一样儿的，这么着不好吗？”宝玉听见了，不知依与不依？且听下回分解。

第三十回

宝钗借扇机带双敲　龄官划蔷痴及局外

话说林黛玉与宝玉角口后，也自后悔，但又无去就他之理，因此日夜闷闷，如有所失。紫鹃也看出八九分意，便劝道：“论前儿的事，竟是姑娘太浮躁了些。别人不知宝玉的脾气，难道咱们也不知道的？为那玉也不是闹了一遭两遭了。”黛玉啐道：“你倒来替人派我的不是。我怎么浮躁了？”紫鹃笑道：“好好儿的，为什么又铰了那穗子？不是宝玉只有三分不是，姑娘倒有七分不是了？我看他素日在姑娘身上就好，皆因姑娘小性儿，常要歪派[①]他，才这么样。”

黛玉正欲答话，只听院外叫门。紫鹃听了一听，笑道：“这是宝玉的声音，想必是来赔不是了。”林黛玉听了说：“不许开门！”紫鹃道：“姑娘又不是了。这么热天毒日头地下，晒坏了他，如何使得呢？”口里说着，便出去开门，果然是宝玉。一面让他进来，一面笑道：“我只当是宝二爷再不上我们的门了，谁知这会子又来了。”宝玉笑道：“你们把极小的事倒说大了。好好的，为什么不来？我便死了，魂也要一日来一百遭。妹妹可大好了？”紫鹃道：“身上病好了，只是心里气不大好。”宝玉笑道：“我知道了，有什么气呢。”一面说着，一面进来，只见黛玉又在床上哭呢。

① 歪派——故意找碴编派别人的意思。

那黛玉本不曾哭，听见宝玉来，由不得伤心，止不住滚下泪来。宝玉笑着走近床来，道：“妹妹身上可大好了？”林黛玉只顾拭泪，并不答应。宝玉便挨在床沿上坐了，一面笑道：“我知道妹妹不恼我。但只是我不来，叫旁人看着，倒像是咱们又拌了嘴的似的。若等他们来劝咱们，那时候儿岂不咱们倒觉生分了？不如这会子，你要打要骂，凭着你怎么样，千万别不理我。”说着，又把“好妹妹”叫了几万声。黛玉心里原是再不理宝玉的，这会子见宝玉说“别叫人知道他们拌了嘴就生分了似的”这一句话，又可见得比人原亲近，因又撑不住哭道：“你也不用哄我。从今以后，我也不敢亲近二爷，二爷也全当我去了。”宝玉听了笑道：“你往那去呢？”黛玉道：“我回家去。”宝玉笑道：“我跟了你去。”黛玉道：“我死了。”宝玉道。“你死了，我做和尚！”黛玉一闻此言，登时将脸放下来，问道：“想是你要死了，胡说的是什么！你们家倒有几个亲姐姐亲妹妹呢，明儿都死了，你几个身子去作和尚去呢？等我倒把这话告诉人去评评理。”

宝玉自知这话说的造次了，后悔不来，登时脸上红胀，低了头不敢作一声。幸而屋里没人。林黛玉直瞪瞪的瞅了他半天，气的一声儿也说不出来。见宝玉憋的脸上紫胀，便咬着牙用指头狠命的在他额颅上戳了一下，哼了一声，咬牙说道：“你这个……”刚说了三个字，便又叹了一口气，仍拿起手帕子来擦眼泪。宝玉心里原有无限的心事，又兼说错了话，正自后悔，又见黛玉戳他一下，要说又说不出来，自叹自泣，因此自己也有所感，不觉滚下泪来。要用帕子揩拭，不想又忘了带来，便用衫袖去擦。

黛玉虽然哭着，却一眼看见，他穿着簇新藕合纱衫，竟去拭泪，便一面自己拭着泪，一面回身将枕边搭的一方绡帕子拿起来，向宝玉怀里一摔，一语不发，仍掩面而泣。宝玉见他摔了帕子来，忙接住拭了泪，又挨近前些，伸手拉了黛玉一只手，笑道：“我的五脏都揉碎了，你还只是哭。走罢，我同你往老太太那里去罢。”黛玉将手一摔道：“谁同你拉拉扯扯的。一天大似一天，还是这么涎皮赖脸的，连个道理也不知道。”

一句没说完，只听喊道：“好了！”宝、林二人不防，都唬了一跳，回头看时，只见凤姐跑了进来，笑道：“老太太在那里抱怨天抱怨地，只叫我来瞧瞧你们好了没有。我说不用瞧，过不了三天，他们自己就好了。老太太骂我，说我懒，我来了，果然应了我的话了。也没见你们两个人有些什么可拌的，三日好了，两日恼了，越大越成了孩子了！有这会子拉着手哭的，昨儿为什么又成了乌眼鸡[①]似的呢？还不跟我走，到老太太跟前，叫老人家也放些心呢。”说着拉了黛玉起来。黛玉回头叫丫头们，一个也没有。凤姐道：“又叫他们作什么？有我服侍你呢。”一面说，一面拉了就走。宝玉在后面跟着出了园门。

到了贾母跟前，凤姐笑道：“我说他们不用人费心，自己就会好的。老祖宗不信，一定叫我去说合。我赶到那里要说合，谁知两个人在一块儿对赔不是了。对哭对诉，倒像‘黄鹰抓住了鹞子的脚’，两个都扣了环[②]了，那里还要人去说合呢。”说的满屋里都笑起来。

此时宝钗正在这里。那黛玉只一言不发，挨着贾母坐下。宝玉没甚说的，便向宝钗笑道：“大哥哥好日子，偏生我又不好了，没别的礼送，连个头也不得磕去。大哥哥不知我病，倒像我推故不去似的。倘或明日闲了，姐姐替我分辩分辩。”宝钗笑道：“这也多事。你便要去也不敢惊动，何况身上不好？弟兄们日日一处，要存这个心倒生分了。”宝玉又笑道：“姐姐知道体谅我就好了。”又道：“姐姐怎么不听戏去？”宝钗道：“我怕热，看了两出，热的很。要走，客又不散。我少不得推身上不好，就来了。”

宝玉听说，自己由不得脸上没意思，只得又搭讪笑道：“怪不得他们拿姐姐比杨妃，原来也体丰怯热。”宝钗听说，顿时红了脸，待要发作，又不好怎么样。回思了一回，脸越下不来，便冷笑了两声，说道：“我倒像杨妃，只是没一个好哥哥好兄弟可以作得杨国忠的！”正说着，可巧小丫头靓儿因不见了扇子，和宝钗笑道：“必是宝姑娘藏了我的。好姑娘，赏我罢。”宝钗指他厉声说道：“你要仔细！你见我和谁玩过！有和你素日嘻皮笑脸的那些姑娘们，你该问他们去！”说的个靓儿跑了。宝玉自知又把话说造次了，当着许多人，比才在黛玉跟前更不好意思，便急回身又同别人搭讪去了。

---

① 乌眼鸡——乌眼鸡好斗，形容人吵架，怒目而视。

② 扣了环——喻亲密不可分。鹰鹞爪距相互紧扣，不易掰开。

林黛玉听见宝玉奚落宝钗，心中着实得意，才要搭言也趁势儿取个笑儿，不想靓儿因找扇子，宝钗又发了两句话，他便改口笑道："宝姐姐，你听了两出什么戏？"宝钗因见黛玉面上有得意之态，一定是听了宝玉方才奚落之言，遂了他的心愿，忽又见问他这话，便笑道："我看的是李逵骂了宋江，后来又赔不是。"宝玉便笑道："姐姐通今博古，色色都知道，怎么连这一出戏的名字也不知道，就说了这么一套？这叫作《负荆请罪》。"宝钗笑道："原来这叫《负荆请罪》！你们通今博古，才知道'负荆请罪'，我不知道什么是'负荆请罪'！"

一句话还未说完，宝玉、黛玉二人心里有病，听了这话，早把脸羞红了。凤姐于这些上虽不通达，但只见他三人形景，便知其意，便也笑着问道："这么大暑天，谁还吃生姜呢？"众人不解其意，便说道："没有吃生姜。"凤姐故意用手摸着腮，诧异道："既没人吃生姜，怎么这么辣辣的？"宝玉、黛玉二人听了这话，越发不好意思了。宝钗再欲说话，见宝玉十分羞愧，形景改变，也就不好再说，只得一笑收住。别人总未解得他们四个人的话来，因此付之一笑。

一时宝钗、凤姐去了，黛玉笑向宝玉道："你也试着比我利害的人了。谁都像我心拙口笨的，由着人说呢。"宝玉正因宝钗多心，自己没趣，又见黛玉来问着他，越发没好气起来。欲待要说两句，又恐黛玉多心，说不得忍着气，无精打采一直出来。

谁知目今盛暑之际，又当早饭已过，各处主仆人等多半都因日长神倦之时，宝玉背着手，到一处，一处鸦雀无声。从贾母这里出来，往西走过了穿堂，便是凤姐的院落。到他们院门前，只见院门掩着。知道凤姐素日的规矩，每到天热，午间要歇一个时辰，进去不便，遂进角门，来到王夫人的上房里。只见几个丫头手里拿着针线，却打盹呢。王夫人在里间凉榻上睡着，金钏儿坐在旁边捶腿，也乜斜着眼乱恍。

宝玉轻轻的走到跟前，把他耳朵上坠子一摘，金钏儿睁开眼，见是宝玉。宝玉便悄悄的笑道："就困的这么着？"金钏儿抿嘴儿一笑，摆手令他出去，仍合上眼。宝玉见了他，就有些恋恋不舍的，悄悄的探头瞧瞧王夫人合着眼，便自己向身边荷包里带的香雪润津丹掏出了一丸来，便向金钏儿嘴里一送。金钏儿并不睁眼，只管噙了。宝玉上来便拉着手，悄悄的笑道："我和太太讨了你，咱们在一处罢。"金钏儿不

宝玉取一丸香送金钏口里

答。宝玉又道："等太太醒了，我就说。"金钏儿睁开眼，将宝玉一推，笑道："你忙什么！'金簪子掉在井里头，有你的只是有你的'，连这句话语难道也不明白？我倒告诉你个巧宗儿，你往东小院儿里头拿环哥儿同彩云去。"宝玉笑道："谁管他们的事，咱们只说咱们的。"只见王夫人翻身起来，照金钏儿脸上就打了个嘴巴子，指着骂道："下作小娼妇，好好的爷们，都叫你教坏了。"宝玉见王夫人起来，早一溜烟跑了。

这里金钏儿脸半边火热，一声不敢言语，登时众丫头听见王夫人醒了，都忙进来。王夫人便叫玉钏儿："把你妈叫来，带出你姐姐去。"金钏儿听说，忙跪下哭道："我再不敢了。太太要打骂，只管发落，别叫奴才出去就是天恩了。我跟了太太十来年，这会子撵出去，我还见人不见人了？"王夫人固然是个宽仁慈厚的人，从来不曾打过丫头们一下，今忽见金钏儿行此无耻之事，此乃生平最恨的，所以气忿不过，打了一下，骂了几句。虽金钏儿苦求，亦不肯收留，到底唤了金钏儿的母亲白老媳妇儿领出去了。那金钏儿含羞忍辱的出去了，不在话下。

且说宝玉见王夫人醒来，自己没趣，忙进大观园来。只见赤日当空，树阴匝地，满耳蝉声，静无人语。刚到了蔷薇花架，只听有人哽噎之声。宝玉心中疑惑，便站住细听，果然那边架下有人。此时正是五月，那蔷薇花叶茂盛之际，宝玉便悄悄的隔着篱笆洞儿一看，只见一个女孩子蹲在花下，手里拿着根别头的簪子在地下抠土，一面悄悄的流泪。宝玉心中想道："难道这也是个痴丫头，又像颦儿来葬花不成？"

因又自笑道："若真也葬花，可谓'东施效颦'[①]了，不但不为新奇，且更可厌了。"想毕，便要叫那女子，说："你不用跟着林姑娘学了。"话未出口，幸而再看时，这女孩子面生，不是个侍儿，倒像那十二个学戏的女孩子里头的一个，却辨不出他是生旦净丑那一个脚色来。宝玉忙把舌头一伸，将口掩住，自己想道："幸而不曾造次。上两回皆因造次了。颦儿也生气，宝钗也多心，如今再得罪了他们，越发没意思了。"

龄官

一面想，一面又恨认不得这个是谁。再留神细看，只见这女孩子眉蹙春山，眼颦秋水，面薄腰纤，袅袅婷婷，大有林黛玉之态。宝玉早又不忍弃他而去，只管痴看。只见他虽然用金簪划地，并不是掘土埋花，竟是向土上画字。宝玉用眼随着簪子的起落，一直一画一点一勾的看了去，数一数，十八笔。自已又在手心里用指头仿着他方才下笔的规矩写了，猜是个什么字。写成一想，原来就是蔷薇花的"蔷"字。宝玉想道："一定是他也要作诗填词。这会子见了这花，因有所感，或者偶成了两句，一时兴至怕忘了，在地下画着推敲，也未可知。且看他底下再写什么？"一面想，一面又看，只见那女孩子还在那里画呢，画来画去，还是个"蔷"字。再看，还是个"蔷"字。里面的原是早已痴了，画完一个又画一个，已经画了有几十个"蔷"。外面的不觉也看痴了，两个眼睛珠儿只

① 东施效颦——颦：皱眉。相传春秋时越国美女西施因病捧心皱眉，显得更美，邻女东施，如法仿效但却更丑，引起人们的讥笑。

管随着簪子动，心里却想："这女孩子一定有什么话说不出来的心事，才这么个样儿。外面既是这个样儿，心里不知怎么熬煎呢。看他的模样儿这么单薄，心里那里还搁的住熬煎？可恨我不能替你分些过来。"

却说伏中阴晴不定，片云可以致雨，忽一阵凉风过了，唰唰的落下一阵雨来。宝玉看着那女子头上往下滴水，把衣裳登时湿了。宝玉想道："这是下雨了。他这个身子，如何禁得骤雨一激！"因此禁不住便说道："不用写了。你看下大雨，身上都湿了。"那女孩子听说倒唬了一跳，抬头一看，只见花外一个人叫他"不要写了"，一则宝玉脸面俊秀；二则花叶繁茂，上下俱被枝叶隐住，刚露着半边脸儿：那女孩子只当是个丫头，再不想是宝玉，因笑道："多谢姐姐提醒了我。难道姐姐在外头有什么遮雨的？"一句提醒了宝玉，"哎哟"了一声，才觉得浑身冰凉。低头一看，自己身上也都湿了。说声"不好"，只得一气跑回怡红院去了，心里却还记挂着那女孩子没处避雨。

原来明日是端阳节，那文官等十二个女子都放了学，进园来各处玩耍。可巧小生宝官、正旦玉官两个女孩子，正在怡红院和袭人玩笑，被大雨阻住。大家把沟堵了，水积在院内，把些绿头鸭、花鸂鶒、彩鸳鸯，捉的捉，赶的赶，缝了翅膀，放在院内玩耍，将院门关了。袭人等都在游廊上嘻笑。

宝玉见关着门，便用手扣门，里面诸人只顾笑，那里听见？叫了半日，拍的门山响，里面方听见了，估料着宝玉这会子再不回来的。袭人笑道："谁这会子叫门，没人开去？"宝玉道："是我。"麝月道："是宝姑娘的声音。"晴雯道："胡说！宝姑娘这会子做什么来？"袭人道："让我隔着门缝儿瞧瞧，可开就开，别叫他淋着回去。"说着，便顺着游廊到门前，往外一瞧，只见宝玉淋的雨打鸡一般。袭人见了又是着忙又是好笑，忙开了门，笑的弯腰拍手道："那里知道是爷回来了，你这么大雨里跑了来？"

宝玉一肚子没好气，满心里要把开门的踢几脚，方开了门，并不看真是谁，还只当是那些小丫头子们，便一脚踢在肋上。袭人"哎哟"了一声。宝玉还骂道："下流东西们！我素日担待你们得了意，一点儿也不怕，越发拿我取笑儿了。"口里说着，低头见是袭人哭了，方知踢错了，忙笑道："哎哟，是你来了！踢在那里了？"袭人从来不曾受过一句大话的，今儿忽见宝玉生气踢他一下，又当着许多人，又是羞，又是气，又是疼，真一时置身无地。待要怎么样，料着宝玉未必是安心踢他，少不得忍着说道："没有踢着。还不换衣裳去呢。"

宝玉一面进房来解衣，一面笑道："我长了这么大，今日是头一遭儿生气打人，不想就偏碰见了你！"袭人一面忍痛换衣裳，一面笑道："我是个起头儿的人，不论事大事小是好是歹，自然也该从我起。但只是别说打了我，明儿顺了手也只管打起别人来。"宝玉道："我才也不是安心。"袭人道："谁说是安心呢？素日开门关门，都是那起小丫头们的事。他们是憨皮惯了的，早已恨的人牙痒痒，他们也没个怕惧儿。要是他们，踢一下子，唬唬他们也好些。才刚是我淘气，不叫开门的。"

说着，那雨已住了，宝官、玉官也早去了。袭人只觉肋下疼的心里发闹，晚饭也不曾好吃。至晚间洗澡时脱了衣服，只见肋上青了碗大的一块，自己倒唬了一跳，又不好声张。一时睡下，梦中作痛，由不得"哎哟"之声从睡梦中哼出。宝玉虽说不是安心，因见袭人懒懒的，心里也不安稳。半夜里听见袭人"哎哟"，便知踢重了，自己下床来悄悄的秉灯来照。刚到床前，只见袭人嗽了两声。吐出一口痰来，"哎哟"一声，睁眼见了宝玉，倒唬了一跳道："作什么？"宝玉道："你梦里'哎哟'，必定踢重了。我瞧瞧。"袭人道："我头上发晕，嗓子里又腥又甜，你倒照一照地下罢。"宝玉听了，果然持灯向地下一照，只见一口鲜血在地。宝玉慌了，只说："了不得了！"袭人见了，也就心冷了半截。要知端的，下回分解。

第三十一回

撕扇子作千金一笑　因麒麟伏白首双星

话说袭人见了自己吐的鲜血在地，也就冷了半截，想着往日常听人说，“少年吐血，年月不保，纵然命长，终是废人了”。想起此言，不觉将素日想着后来争荣夸耀之心尽皆灰了，眼中不觉的流下泪来。宝玉见他哭了，也不觉心酸起来，因问道：“你心里觉的怎么样？”袭人勉强笑道：“好好的，觉怎么呢？”宝玉的意思即刻便要叫人烫黄酒，要山羊血黎洞丸[①]来。袭人拉了他的手，笑道：“你这一闹不大紧，闹起多少人来，倒抱怨我轻狂。分明人不知道，倒闹的人知道了，你也不好，我也不好。正经明儿你打发小子问问王太医去，弄点子药吃吃就好了。人不知鬼不觉的可不好？”宝玉听了有理，也只得罢了，向案上斟了茶来，给袭人漱了口。袭人知宝玉心内是不安稳的，待要不叫他服侍，他又必不依；二则定要惊动别人，不如由他去罢：因此只在榻上由宝玉去服侍。一交五更，宝玉也顾不得梳洗，忙穿衣出来，将王济仁叫来，亲自确问。王济仁问其原故，不过是伤损，便说了个丸药的名字，怎么吃，怎么敷。宝玉记了，回园依方调治，不在话下。

① 山羊血黎洞丸——黎洞丸：中成药名，由血竭、三七、儿茶、雄黄、牛黄等十余味中药组成。治金疮出血，跌打损伤，瘀血奔心、头昏不省及痛肿等症。因为配方用山羊血，故称“山羊血黎洞丸”。

这日正是端阳佳节，蒲艾簪门，虎符系臂[1]。午间，王夫人治了酒席，请薛家母女等过节。宝玉见宝钗淡淡的，也不和他说话，自知是昨儿的原故。王夫人见宝玉没精打彩，也只当是金钏儿昨日之事，他没好意思的，越发不理他。黛玉见宝玉懒懒的，只当是他为得罪了宝钗的原故，心中不自在，形容也就懒懒的。凤姐昨日晚上王夫人就告诉了他宝玉、金钏儿的事，知道王夫人不喜欢，自己如何敢说笑？也就随着王夫人的气色行事，更觉淡淡的。迎春姊妹见众人没意思，也都没意思了。因此，大家坐了一坐就散了。

那黛玉天性喜散不喜聚。他想的也有个道理，他说："人有聚就有散，聚时欢喜，到散时岂不清冷？既清冷则生伤感，所以不如倒是不聚的好。比如那花开时令人爱慕，谢时则增惆怅，所以倒是不开的好。"故此人以为欢喜之时，他反以为悲恸。那宝玉的情性只愿常聚不散，花常开不谢，及到筵散花谢，虽有万种悲伤，也就没奈何了。因此，今日之筵，大家无兴散了。林黛玉还不觉怎么着，倒是宝玉心中闷闷不乐，回至房中，长吁短叹。

偏偏晴雯上来换衣裳，不防又把扇子失了手跌在地下，将骨子跌折。宝玉因叹道："蠢才，蠢才！将来怎么样？明儿你自己当家立业，难道也是这么顾前不顾后的？"晴雯冷笑道："二爷近来气大的很，行动就给脸子瞧。前儿连袭人都打了，今儿又来寻我的不是，要踢要打凭爷去。就是跌了扇子，也算不得什么大事。先时连那么样的玻璃缸、玛瑙碗不知弄坏了多少，也没见个大气儿，这会子一把扇子就这么着了，何苦来呢！要嫌我们就打发了我们，再挑好的使。好离好散的，倒不好？"宝玉听了这些话，气的浑身乱战，因说道："你不用忙，将来横竖有散的日子！"

袭人在那边早已听见，忙赶过来向宝玉道："好好的，又怎么了？可是我说的'一时我不到，就有事故儿'。"晴雯听了冷笑道："姐姐既会说，就该早来，也省了我们惹的爷生气。自古以来，就是你一个

① 蒲艾簪门，虎符系臂——蒲、艾：都是香草。簪：插。虎符：这里指用绫罗制成的小老虎。旧俗每逢端午节，将蒲艾插在门上，把虎符系在儿童的臂上，认为可以"避邪"。

人会服侍，我们原没服侍过。因为你服侍的好，昨日才挨窝心脚；我们不会服侍的，到明儿还不知犯什么罪呢！”袭人听了这话，又是恼，又是愧，待要说几句话，又见宝玉已经气的黄了脸，少不得自己忍了性子道：“好妹妹，你出去逛逛儿，原是我们的不是。”晴雯听他说“我们”两字，自然是他和宝玉了，不觉又添了醋意，冷笑几声，道：“我倒不知道你们是谁，别教我替你们害臊了！你们鬼鬼祟祟干的那些事儿，也瞒不过我去。不是我说：正经明公正道的，连个姑娘[1]还没挣上去呢，也不过和我似的，那里就称上‘我们’来了！”袭人羞的脸紫胀起来，想一想原来是自己把话说错了。

宝玉一面说道：“你们气不忿，我明儿偏抬举他。”袭人忙拉了宝玉的手道：“他一个糊涂人，你和他分证什么？况且你素日又是有担待的，比这大的过去了多少，今儿是怎么了？”晴雯冷笑道：“我原是糊涂人，那里配和我说话？”袭人听说道：“姑娘到底是和我拌嘴，是和二爷拌嘴呢？要是心里恼我，你只和我说，不犯着当着二爷吵；要是恼二爷，不该这么吵的万人知道。我才也不过为了事，进来劝开了，大家保重。姑娘倒寻上我的晦气。又不像是恼我，又不像是恼二爷，夹枪带棒，终久是个什么主意？我就不说，让你说去。”说着便往外走。

宝玉向晴雯道：“你也不用生气，我也猜着你的心事了。我回太太去，你也大了，打发你出去可好不好？”晴雯见听了这话，不觉又伤起心来，含泪说道：“我为什么出去？要嫌我，变着法儿打发我出去，也不能够！”宝玉道：“我何曾经过这个吵闹？一定是你要出去了。不如回太太，打发你去罢。”说着，站起来就要走。袭人忙回身拦住，笑道：“往那里去？”宝玉道：“回太太去。”袭人笑道：“好没意思！认真的去回，你也不怕臊了他？便是他认真的要去，也等把这气下去了，等无事中说话儿回了太太也不迟。这会子急急的当一件正经事去回，岂不叫太太犯疑？”宝玉道：“太太必不犯疑，我只明说是他闹着要去的。”晴雯哭道：“我多早晚闹着要去了？饶生了气，还拿话压派我。只管去回，我一头碰死了也不出这门儿。”宝玉道：“这也奇了。你又不去。你又闹些什么？我经不起这吵，不如去了倒干净。”说着一

① 姑娘——这里指通房丫头。

定要去回。袭人见拦不住，只得跪下了。碧痕、秋纹、麝月等众丫鬟见吵闹，都鸦雀无闻的在外头听消息，这会子听见袭人跪下央求，便一齐进来都跪下了。

宝玉忙把袭人扶起来，叹了一声，在床上坐下，叫众人起去，向袭人道："叫我怎么样才好？这个心使碎了也没人知道。"说着不觉滴下泪来。袭人见宝玉流下泪来，自己也就哭了。

晴雯在旁哭着，方欲说话，只见黛玉进来，便出去了。黛玉笑道："大节下怎么好好的哭起来？难道是为争粽子吃争恼了不成？"宝玉和袭人都扑嗤的一笑。黛玉道："二哥哥不告诉我，我问你就知道了。"一面说，一面拍着袭人的肩膀，笑道："好嫂子，你告诉我，必定是你两口儿拌了嘴了？告诉妹妹，替你们和息和息。"袭人推他道："林姑娘你闹什么？我们一个丫头，姑娘只是混说。"黛玉笑道："你说你是个丫头，我只拿你当嫂子待。"宝玉道："你何苦来替他招骂名儿。饶这么着，还有人说闲话，还搁的住你来说这些个？"袭人笑道："林姑娘，你不知道我的心事，除非一口气不来，死了倒也罢了。"黛玉笑道："你死了，别人不知怎么样，我先就哭死了。"宝玉笑道："你死了，我作和尚去。"袭人笑道："你老实些罢，何苦还混说。"黛玉把两个指头一伸，抿着嘴儿笑道："作了两个和尚了。我从今以后都记着你作和尚的遭数儿。"宝玉听得，知道是他点前儿的话，自己一笑也就罢了。

一时黛玉去后，就有人说"薛大爷请"，宝玉只得去了。原来是吃酒，不能推辞，只得尽席而散。晚间回来，已带了几分酒，踉跄来至自己院内，只见院中早把乘凉枕榻设下，榻上有个人睡着。宝玉只当是袭人，一面在榻沿上坐下，一面推他，问道："疼的好些了？"只见那人翻身起来说："何苦来，又招我！"宝玉一看，原来不是袭人，却是晴雯。宝玉将他一拉，拉在身旁坐下，笑道："你的性子越发惯娇了。早起就是跌了扇子，我不过说了那两句，你就说上那些话。说我也罢了，袭人好意来劝，你又括上他，你自己想想，该不该？"晴雯道："怪热的，拉拉扯扯做什么？叫人来看见像什么？我这身子也不配坐在这里。"宝玉笑道："你既知道不配，为什么睡着呢？"晴雯没的说，嗤的又笑了，说："你不来便使得，你来了就不配了。起来，让我洗澡去。袭人、麝月都洗了澡，我叫了他们来。”

宝玉笑道：“我才又吃了好些酒，还得洗一洗。你既没有洗，拿了水来咱们两个洗。”靖雯摇手笑道：“罢，罢，我不敢惹爷。还记得碧痕打发你洗澡，足有两三个时辰，也不知道做什么呢。我们也不好进去的。后来洗完了，进去瞧瞧，地下的水淹着床腿，连席子上都汪着水，也不知是怎么洗了，叫人笑了几天。我也没那工夫收拾水，你也不用和我一块儿洗。今儿也凉快，我也不洗了。我倒舀一盆水来，你洗洗脸，篦篦头。才鸳鸯送了好些果子来，都湃[①]在那水晶缸里呢，叫他们打发你吃不好吗？”宝玉笑道：“既这么着，你也不许洗去，只洗洗手来，拿果子来吃罢。”晴雯笑道：“我慌张的很，连扇子还跌折了，那里还配打发吃果子？倘或再打破了盘子，还更了不得呢。”

宝玉笑道：“你爱打就打，这些东西原不过是借人所用，你爱这样，我爱那样，各自性情不同。比如那扇子原是搧的，你要撕着玩儿也可以使得，只是别生气时拿他出气。就如杯盘，原是盛东西的，你喜听那一声响，就故意砸了也是使得的，只别在气头上拿他出气。这就是爱物了。”晴雯听了，笑道：“既这么说，你就拿了扇子来我撕。我最喜欢撕的声儿。”宝玉听了，便笑着递与他。晴雯果然接过来，嗤的一声，撕了两半，接着又听嗤嗤几声。宝玉在旁笑着说：“响的好，再撕响些！”正说着，只见麝月走过来，瞪了一眼，啐道：“少作些孽罢！”宝玉赶上来，一把将他手里的扇子也夺了递与晴雯。晴雯接了，也撕作几半了，二人都大笑起来。麝月道：“这是怎么说？拿我的东西开心儿？”宝玉笑道：“你打开扇子匣子拣去，什么好东西！”麝月道：“既这么说，就把扇匣子搬出来，让他尽力的撕，不好吗？”宝玉笑道：“你就搬去。”麝月道：“我可不造这样孽。他没折了手，叫他自己搬去。”晴雯笑着，便倚在床上说道：“我也乏了，明儿再撕罢。”宝玉笑道：“古人云，‘千金难买一笑’[②]，几把扇子能值几何？”一面说着，一面叫袭人。袭人才换了衣服走出来，小丫头佳蕙

---

① 湃——用冰或凉水浸泡果品或饮料等使之变冷。

② “千金难买一笑”——形容博得美人一笑之不易。语本南朝王僧孺《咏宠姬诗》：“再顾连城易，一笑千金买。”

过来拾去破扇，大家乘凉，不消细说。

晴雯撕扇子

至次日午间，王夫人、宝钗、黛玉众姊妹正在贾母房中坐着，有人回道：“史大姑娘来了。”一时果见史湘云带领众多丫鬟媳妇走进院来。宝钗、黛玉等忙迎至阶下相见。青年姊妹经月不见，一旦相逢，其亲密自不必细说。一时进入房中，请安问好，都见过了。贾母因说：“天热，把外头的衣服脱了罢。”史湘云忙起身宽衣。王夫人因笑道：“也没见穿上这些做什么？”史湘云笑道：“都是二婶婶叫穿的，谁愿意穿这些？”

宝钗一旁笑道：“姨妈不知道，他穿衣裳，还更爱穿别人的。可记得旧年三四月里，他在这里住着，把宝兄弟的袍子穿上，靴子也穿上，额子也勒上，猛一瞧，活像是宝兄弟，就是多两个坠子。他站在那椅子背后，哄的老太太只是叫：‘宝玉，你过来，仔细那上头挂的灯穗子摇下灰来迷了眼。’他只是笑，也不过去。后来大家撑不住笑了，老太太才笑了，还说：‘扮作小子样儿，更好看了。’”

林黛玉道：“这算什么。惟有前年正月里接了他来，住了没两日就下起雪来，老太太和舅母那日想是才拜了影[①]回来，老太太的一个新新的大红猩猩毡斗篷放在那里，谁知眼错不见他就披了，又大又长，他就拿了条汗巾子拦腰系上，和丫头们在后院子扑雪人儿玩，一跤栽倒了，弄了一身泥。”说着，大家想来，都笑了。宝钗笑向那周奶妈道：“周妈，你们姑娘还是那么淘气不淘气了？”周奶娘也笑了。迎春笑道：

① 拜了影——影：指旧时供奉的祖先画像。逢年过节或祭祀时子孙叩拜祖先画像称“拜影”。

“淘气也罢了，我就嫌他爱说话。也没见睡在那里还是咭咭呱呱，笑一阵，说一阵，也不知是那里来的那些谎话！”王夫人道：“只怕如今好了。前日有人家来相看，眼前有婆婆家了，还是那么着？”

贾母因问：“今儿还是住着，还是家去呢？”周奶娘笑道：“老太太没有看见衣服都带了来，可不住两天？”湘云问道：“宝玉哥哥不在家么？”宝钗笑道：“他再不想着别人，只想宝兄弟，两个人好玩笑。这可见还没改了淘气。”贾母道：“如今你们大了，别提小名儿了。”

刚说着，只见宝玉来了，笑道：“云妹妹来了。前儿打发人接你去，怎么不来？”王夫人道：“这里老太太才说这一个，他又来提名道姓的了。”黛玉道：“你哥哥得了东西，等着你呢。”湘云道：“什么好东西？”宝玉笑道：“你信他。几日不见，越发高了。”湘云笑道：“袭人姐姐好？”宝玉道：“多谢你想着。”湘云道：“我给他带了好东西来了。”说着，拿出绢子来，挽着一个疙瘩。宝玉道：“又是什么好物儿？你倒不如把前儿送来的那绛纹石戒指儿带两个给他。”湘云笑道：“这是什么？”说着便打开。众人看时，果然就是上次送来的那绛纹戒指，一包四个。黛玉笑道：“你们瞧瞧他这主意。前儿一般的打发人给我们送了来，你就把他的也带来，岂不省事？今儿巴巴的自己带了来，我打量又是什么新奇东西，原来还是他。真真你是个糊涂人。”

湘云笑道：“你才糊涂呢！我把这理说出来，大家评一评谁糊涂？给你们送东西，就是使来的人不用说话，拿进来一看，自然就知道是送姑娘们的了；要带他们的来，须得我先告诉来人，这是那一个女孩儿的，那是那一个女孩儿的，那使来的人明白还好，再糊涂些，他们的名字多了，记不清楚，混闹胡说的，反连你们的都搅混了。要是打发个女人素日知道的还罢了，偏生前儿又打发小子来，可怎么说女孩儿们的名字呢？还是我来给他们带了来，岂不清白？”说着，把四个戒指放下，说道：“袭人姐姐一个，鸳鸯姐姐一个，金钏儿姐姐一个，平儿姐姐一个：这倒是四个人的，难道小子们也记得这么清楚？”众人听了都笑道：“果然明白。”

宝玉笑道：“还是这么会说话，不让人。”黛玉听了，冷笑道：“他不会说话，就配带金麒麟了。”一面说着，便起身走了。幸而诸人都不曾听见，只有宝钗抿着嘴儿一笑。宝玉听见了，倒自己后悔又说错了话，忽见宝钗一笑，由不得也笑了。宝钗见宝玉笑了，忙起身走开，找了黛玉说笑去了。

贾母向湘云道：“吃了茶歇歇儿，瞧瞧你嫂子们去罢。园里也凉快，同你姐姐们去逛逛。”湘云答应了，因将三个戒指儿包上，歇了一歇，便起身要瞧凤姐等人去。众奶娘丫头跟着，到了凤姐那里，说笑了一回，出来便往大观园来，见过了李宫裁，少坐片时，便往怡红院来找袭人。因回头说道：“你们不必跟着，只管瞧你们的朋友亲戚去。留下翠缕服侍就是了。”众人听了，自去寻姑觅嫂，单剩下湘云、翠缕两个人。

翠缕道：“这荷花怎么还不开？”史湘云道：“时候没到。”翠缕道：“这也和咱们家池子里的一样，也是楼子花[①]？”湘云道：“他们这个还不如咱们的。”翠缕道：“他们那边有棵石榴，接连四五枝，真是楼子上起楼子，这也难为他长。”史湘云道：“花草也是同人一样，气脉充足，长的就好。”翠缕把脸一扭，说道：“我不信这话。要说同人一样，我怎么没见过头上又长出一个头来的人呢？”湘云听了由不得一笑，说道：“我说你不用说话，你偏好说。这叫人怎么好答言？天地间都赋阴阳二气所生，或正或邪，或奇或怪，千变万化，都是阴阳顺逆多少。一生出来，人罕见的就奇，究竟理还是一样。”

翠缕道：“这么说起来，从古至今，开天辟地，都是些阴阳了？”湘云笑道：“糊涂东西，越说越放屁。什么‘都是些阴阳’！况且‘阴’‘阳’两个字，还只是一个字：阳尽了就成阴，阴尽了就成阳，不是阴尽了又有一个阳生出来，阳尽了又有个阴生出来。”翠缕道：“这糊涂死我了！什么是个阴阳，没影没形的。我只问姑娘，这阴阳是怎么个样儿？”湘云道：“阴阳可有什么样儿，不过是个气，器物赋了成形质。譬如天是阳，地就是阴；水是阴，火就是阳；日是阳，月就是阴。”翠缕听了，笑道：“是了，是了，我今儿可明白了。怪道人都管着日头叫‘太阳’呢，算命的管着月亮叫什么‘太阴星’，就是这理了。”湘云笑道：“阿弥陀佛！刚刚的明白了。”翠缕道：“这些大

① 楼子花——在花蕊里又开出一层花，叫楼子花，又叫重台，俗称起楼子。

东西有阴阳也罢了，难道那些蚊子、虼蚤、蠓虫儿[1]、花儿、草儿、瓦片儿、砖头儿也有阴阳不成？”湘云道：“怎么没阴阳的呢？比如那一个树叶儿还分阴阳呢，那边向上朝阳的便是阳，这边背阴覆下的便是阴了。”

翠缕听了，点头笑道：“原来这样，我可明白了。只是咱们这手里的扇子，怎么是阳，怎么是阴呢？”湘云道：“这边正面就是阳，那边反面就为阴。”翠缕又点头笑了，还要拿几件东西问，因想不起个什么来，猛低头看见湘云宫绦上的金麒麟，便提起来笑道：“姑娘，这个难道也有阴阳？”湘云道：“走兽飞禽，雄为阳，雌为阴；牝为阴，牡[2]为阳。怎么没有呢？”翠缕道：“这是公的，还是母的呢？”湘云道：“这连我也不知道。”翠缕道：“这也罢了，怎么东西都有阴阳，咱们人倒没有阴阳呢？”湘云沉了脸说道：“下流东西，好生走罢！越问越说出好的来了！”翠缕笑道：“这有什么不告诉我的呢？我也知道了，不用难我。”湘云笑道：“你知道什么？”翠缕道：“姑娘是阳，我就是阴。”说着，湘云拿绢子掩着嘴，呵呵的笑起来。翠缕道：“说是了，就笑的这样子。”湘云道：“很是，很是。”翠缕道：“人家说主子为阳，奴才为阴。我连这个大道理也不懂得？”湘云笑道：“你很懂得。”

一面说，一面走，刚到蔷薇架下，湘云道：“你瞧那是谁掉的首饰，金晃晃在那里？”翠缕听了，忙赶上拾在手里攥着，笑道：“可分出阴阳来了。”说着，先拿史湘云的麒麟瞧。湘云要把他拣的瞧瞧，翠缕只管不放手，笑道：“是件宝贝，姑娘瞧不得。这是从那里来的？好奇怪！我只从来在这里没见有人有这个。”湘云道：“拿来我看。”翠缕将手一撒，笑道：“姑娘请看！”湘云举目一验，却是文彩辉煌的一个金麒麟，比自己佩的又大又有文彩。湘云伸手擎在掌上，心里只是一动，似有所感。忽见宝玉从那边来了，笑问道：“你两个在这日头地下做什么呢？怎么不找袭人去？”湘云连忙将那麒麟藏起来道：“正要去

---

① 蠓虫儿——蠓科昆虫，体呈褐色或黑色，翅短而宽，甚小，雌蠓吸食人畜血液。

② 牝、牡——鸟兽雌者叫牝，雄者叫牡。

呢。咱们一处走。”说着，大家进入怡红院来。

袭人正在阶下倚槛迎风，忽见湘云来了，连忙迎下来，携手笑说一向久别情况，一时进来归坐。宝玉因笑道：“你该早来，我得了一件好东西，专等你呢。”说着，一面在身上摸掏，掏了半天。呵呀了一声，便问袭人：“那个东西你收起来了么？”袭人道：“什么东西？”宝玉道：“前儿得的麒麟。”袭人道：“你天天带在身上的，怎么问我？”宝玉听了，将手一拍道：“这可丢了，往那里找去！”就要起身自己寻去。湘云听了，方知是他遗落的，便笑问道：“你几时又有个麒麟了？”宝玉道：“前儿好容易得的呢！不知多早晚丢了，我也糊涂了。”湘云笑道：“幸而是玩的东西，还是这么慌张。”说着，将手一撒，笑道：“你瞧瞧，是这个不是？”宝玉一见由不得欢喜非常，因说道……不知是如何，且听下回分解。

第三十二回

诉肺腑心迷活宝玉　含耻辱情烈死金钏

话说宝玉见那麒麟，心中甚是欢喜，便伸手来拿，笑道：“亏你捡着了。你是那里捡的？”史湘云笑道：“幸而是这个，明儿倘或把印也丢了[1]，难道也就罢了不成？”宝玉笑道：“倒是丢了印平常，若丢了这个，我就该死了。”

袭人斟了茶来与史湘云吃，一面笑道：“大姑娘，听见前儿你大喜了。”史湘云红了脸，吃茶不答。袭人笑道：“这会子又害臊了。你还记得十年前，咱们在西边暖阁住着，晚上你同我说的话儿？那会子不害臊，这会子怎么又害臊了？”湘云笑道：“你还说呢。那会子咱们那么好，后来我们太太没了，我家去住了一程子，怎么就把你配给了他；我来了，你就不那么待我了。”袭人也红了脸笑道：“罢哟，先头里姐姐长姐姐短，哄着我替你梳头洗脸，做这个弄那个，如今大了，就拿出小姐的款[2]儿来了。你既拿款，我敢亲近吗？”史湘云道：“阿弥陀佛，冤枉冤哉！我要这么着，就立刻死了。你瞧瞧，这么大热天，我来了，必定先瞧瞧你。不信问缕儿，我在家时时刻刻，那一会子不想念你几句。”袭人和宝玉听了，都笑劝道：“玩话儿，你又认真了。还是这么

---

① 把印也丢了——印：指官印。丢印意味着丢官。

② 拿……款——摆架子。

性急。”

湘云道：“你不说你的话噎人，倒说人性急。”一面说，一面打开绢子，将戒指递与袭人。袭人感谢不尽，因笑道：“你前儿送你姐姐们的，我已经得了；今儿你亲自又送来，可见是没忘了我。就这个，试出你来了。戒指儿能值多少？可见你的心真。”湘云道：“是谁给你的？”袭人道：“是宝姑娘给我的。”湘云笑道：“我只当是林姐姐给你的，原来是宝钗姐姐给了你。我天天在家里想着，这些姐姐们再没一个比宝姐姐好的。可惜我们不是一个娘养的。我但凡有这么个亲姐姐，就是没了父母，也是没妨碍的。”说着，眼睛圈儿就红了。宝玉道：“罢，罢，罢！不用提这个话了。”湘云道：“提这个便怎么？我知道你的心病，恐怕你的林妹妹听见，又嗔我赞了宝姐姐了。可是为这个不是？”袭人在旁嗤的一笑，说道：“云姑娘，你如今大了，越发心直嘴快了。”宝玉笑道：“我说你们这几个人难说话，果然不错。”湘云道：“好哥哥，你不必说话教我恶心。只会在我们跟前说话，见了你林妹妹，又不知怎么了。”

袭人道：“且别说玩话，正有一件事还要求你呢。”史湘云便问：“什么事？”袭人道：“有一双鞋，抠了垫心子[①]。我这两日身上不大好，不得做，你可有工夫替我做做？”史湘云笑道：“这又奇了，你家放着这些巧人不算，还有什么针线上的，裁剪上的，怎么教我做起来？你的活计叫谁做，谁好意思不做呢？”袭人笑道：“你又糊涂了。你难道不知道，我们这屋里的针线，是不要那些针线上的人做的。”史湘云听了，便知是宝玉的鞋了，因笑道：“既这么说，我就替你做了罢。只是一件，你的我才做，别人的我可不能。”袭人笑道：“又来了，我是个什么，就烦你做鞋了？实告诉你，可不是我的。你别管是谁的，横竖我领情就是了。”史湘云道：“论理，你的东西也不知烦我做了多少，今儿我倒不做的原故，你必定也知道。”袭人道：“倒也不知道。”湘云冷笑道：“前儿我听见把我做的扇套子拿着和人家比，赌气又铰了。我早就听见了，你还瞒我。这会子又叫我做，我成了你们的奴才了。”

① 抠了垫心子——抠：挖；镂。意谓将鞋面用剪刀挖铰出各种花样图案，从背面再衬上别种颜色的料子。

宝玉忙笑道："前儿的那个，本不知是你做的。"

袭人也笑道："他本不知是你做的。是我哄他的话，说是新近外头有个会做活的，扎的出奇的好花儿，我叫他拿了一个扇套儿试试看好不好。他就信了，拿出去给这个瞧给那个看的。不知怎么又惹恼了那一位，铰了两段。回来他还叫赶着做去，我才说了是你做的，他后悔的什么似的。"史湘云道："越发奇了。林姑娘他也犯不上生气，他既会铰，就叫他做。"袭人道："他可不做呢。饶这么着，老太太还怕他劳碌着了。大夫又说好生静养才好，谁还肯烦他做呢？旧年好一年的工夫，做了个香袋儿；今年半年，还没见拿针线呢。"

正说着，有人来回说："兴隆街的大爷来了，老爷叫二爷出去会。"宝玉听了，便知是贾雨村来了，心中好不自在。袭人忙去拿衣服。宝玉一面蹬着靴子，一面抱怨道："有老爷和他坐着就罢了，回回定要见我。"史湘云一边摇着扇子，笑道："自然你能会宾接客，老爷才叫你出去呢。"宝玉道："那里是老爷，都是他自己要请我去见的。"湘云笑道："主雅客来勤，自然你有些警他的好处，他才只要会你。"宝玉道："罢，罢！我也不敢称雅，俗中又俗的一个俗人，并不愿同这些人往来。"湘云笑道："还是这个性儿不改。如今大了，你就不愿意去考举人进士的，也该常会会这些为官做宰的人们，谈谈讲讲那些仕途经济，也好将来应酬世务，日后也有个正经朋友。让你成年家只在我们队里，搅出些什么来？"

宝玉听了，大觉逆耳道："姑娘请别的屋里坐坐罢，我这里仔细腌臜了你这样知经济的人。"袭人连忙解说道："云姑娘快别说他。上回也是宝姑娘也说过一回，他也不管人脸上过不去，咳了一声，拿起脚来走了。宝姑娘的话也没说完，见他走了，登时羞的脸通红，说又不是，不说又不是。幸而是宝姑娘，那要是林姑娘，不知又闹的怎么样，哭的怎么样呢。提起这些话来，宝姑娘叫人敬重，自己讪了一会子去了。我倒过不去，只当他恼了。谁知过后还是照旧一样，真真有涵养，心地宽大的。谁知这一位，反倒和他生分了。那林姑娘见他赌气不理他，后来不知赔多少不是呢。"宝玉道："林姑娘从来说过这些混帐话不曾？若他也说过这些混帐话，我早和他生分了。"袭人和湘云都点头笑道："这原是混帐话。"

原来黛玉知道史湘云在这里，宝玉又赶来，一定说麒麟的原故。因此心下忖度着，近日宝玉弄来的外传野史，多半才子佳人都因小巧玩物上撮合，或有鸳鸯，或有凤凰，或玉环金珮，或鲛帕鸾绦[1]，皆因小物而遂终身之愿。今忽见宝玉亦有麒麟，便恐借此生隙，同湘云也做出那些风流佳事来。因而悄悄走来，见机行事，以察二人之意。不想刚走来，正听见湘云说经济一事，宝玉又说："林妹妹不说这样混帐话，若说这话，我也和他生分了。"黛玉听了这话，不觉又喜又惊，又悲又叹。所喜者，果然自己眼力不错，素日认他是个知己，果然是个知己。所惊者，他在人前一片私心称扬于我，其亲热厚密，竟不避嫌疑。所叹者，你既为我之知己，自然我亦可为你的知己；既你我为知己，又何必有金玉之论呢？既有金玉之论，也该你我有之，则又何必来一宝钗呢？所悲者，父母早逝，虽有铭心刻骨之言，无人为我主张。况近日每觉神思恍惚，病已渐成，医者更云气弱血亏，恐致劳怯之症[2]。我虽为你的知己，但恐自不能久待；你纵为我的知己，奈我薄命何！想到此间，不禁滚下泪来。待进去相见，自觉无味，便一面拭泪，一面抽身回去了。

这里宝玉忙忙的穿了衣裳出来，见黛玉在前面慢慢的走着，似有拭泪之状，便忙赶上来，笑道："妹妹往那里去？怎么又哭了？又是谁得罪了你？"林黛玉回头见是宝玉，便勉强笑道："好好的，我何曾哭了？"宝玉笑道："你瞧瞧，眼睛上的泪珠儿未干，还撒谎呢。"一面说，一面禁不住抬起手来替他拭泪。黛玉忙向后退了几步，说道："你又要死了，作什么这么动手动脚的！"宝玉笑道："说话忘了情，不觉的动了手，也就顾不得死活。"黛玉道："你死了倒不值什么，只是丢下了什么金，又是什么麒麟，可怎么好呢？"一句话又把宝玉说急了，赶上来问道："你还说这话，到底是咒我还是气我呢？"黛玉见问，方想起前日的事来，遂自悔这话又说造次了，忙笑道："你别着急，我原说错了。这有什么的，筋都暴起来，急的一脸汗。"一面说，一面也近前伸手替他拭面上的汗。宝玉瞅了半天，方说道："你放心。"黛玉听

① 鲛帕鸾绦——鲛：这里指鲛绡纱。传说南海中有鲛人，即人鱼，能织绡，后用以泛称薄纱。鸾：传说中凤凰一类的鸟。鸾绦：指上面织有凤鸾一类图案的丝带。

② 劳怯之症——劳：即痨，一种消耗性疾病。怯：身体怯弱，也指气血不足。"劳"病包括现代的结核、严重贫血等病。

了，怔了半天，说道："我有什么不放心的？我不明白你这个话。你倒说说怎么放心不放心？"

宝玉叹了一口气，问道："你果不明白这话？难道我素日在你身上的心都用错了？连你的意思若体贴不着，就难怪你天天为我生气了。"黛玉道："我真不明白放心不放心的话。"宝玉点头叹道："好妹妹，你别哄我。你真不明白这话，不但我素日白用了心，且连你素日待我的心也都辜负了。你皆因总是不放心的原故，才弄了一身病了。但凡宽慰些，这病也不得一日重似一日了。"黛玉听了这话，如轰雷掣电，细细思之，竟比自己肺腑中掏出来的还觉恳切，竟有万句言语，满心要说，只是半个字也不能吐，却怔怔的望着他。此时宝玉心中也有万句言语，不知从那一句上说起，却也怔怔的瞅着黛玉。两个人怔了半天，黛玉只咳了一声，眼中泪直流下来，回身便走。宝玉忙上前拉住，道："好妹妹，且略站住，我说一句话再走。"黛玉一面拭泪，一面将手推开，说道："有什么可说的。你的话我早知道了！"口里说着，却头也不回竟去了。

宝玉站着，只管发起呆来。原来方才出来慌忙，不曾带得扇子，袭人怕他热，忙拿了扇子赶来送给他，忽抬头见了黛玉和他站着。一时黛玉走了，他还站着不动，因而赶上来说道："你也不带了扇子去，亏了我看见，赶着送来。"宝玉出了神，见袭人和他说话，并未看出是何人来，便一把拉住，说道："好妹妹，我的这心事，从来也不敢说，今儿我大胆说出来，死也甘心！我为你也弄了一身的病在这里，又不敢告诉人，只好掩着。只等你的病好了，只怕我的病才得好呢。睡里梦里也忘不了你！"袭人听了，惊疑不止，又是怕，又是急，又是臊，忙推他道："这是那里的话？你是怎么着了？还不快去吗？"宝玉一时醒过来，方知是袭人，羞的满面紫涨，却仍是呆呆的，接了扇子，一句话也没说，竟自走去。

这里袭人见他去后，想他方才之言，必是因黛玉而起，如此看来，倒怕将来难免不才之事[①]，令人可惊可畏。却是如何处治，方能免此丑祸？想到此间，也不觉呆呆的发起怔来，谁知宝钗恰从那边走来，笑

① 不才之事——没出息的事。这里指男女间的丑事。

道："大毒日头地下，出什么神呢？"袭人见问，忙笑道："我才见两个雀儿打架，倒很有个玩意儿，我就看住了。"宝钗道："宝兄弟才穿了衣服，忙忙的那去了？我要叫住问他呢，只见他慌慌张张的走过去，竟像没理会我的，所以没问。"袭人道："老爷叫他出去的。"宝钗听了，忙道："哎哟！这么大热的天，叫他做什么？别是想起什么来生了气，叫他出去教训一场。"袭人笑道："不是这个，想是有客要会。"宝钗笑道："这个客也没意思，这么热天，不在家里凉快，跑些什么？"袭人笑道："你可说么。"

宝钗因问："云丫头在你们家做什么呢？"袭人笑道："才说了一会子闲话。你瞧，我前儿粘的那双鞋，明儿叫他做去。"宝钗听见这话，便两边回头，看无人来往，便笑道："你这么个明白人，怎么一时半刻的就不会体谅人？我近来看着云姑娘的神情儿，风里言风里语的，听起来在家里一点儿做不得主。他们家嫌费用大，竟不用那些针线上的人，差不多的东西都是他们娘儿们动手。为什么这几次他来了，他和我说话儿，见没人在跟前，他就说家里累的慌？我再问他两句家常过日子的话，他就连眼圈儿都红了，嘴里含含糊糊，待说不说的。看他的形景儿，自然从小儿没了父母是苦的。我看见他，也不觉的伤起心来。"

袭人见说这话，将手一拍，说："是了，是了。怪道上月我求他打十根蝴蝶儿结子，过了那些日子才打发人送来，还说：'这是粗打的，且在别处将就使罢；要匀净的，等明儿来住着再好生打罢。'如今听姑娘这话，想来我们求他他不好推辞，不知他在家里怎么三更半夜的做呢。可是我也糊涂了，早知是这样，我也不该求他了。"宝钗道："上次他告诉我，说在家里做活做到三更天，要是替别人做一点半点儿，他家那些奶奶太太们还不受用呢。"袭人道："偏我们那个牛心的小爷，凭着小的大的活计，一概不要家里这些活计上的人做。我又弄不开这些。"宝钗笑道："你理他呢！只管叫人做去就是了。"袭人道："那里哄的过他？他才是认得出来呢！说不得我只好慢慢的累去罢了。"宝钗笑道："你不必忙，我替你做些如何？"袭人笑道："当真的这样，就是我的福了。晚上我亲自送过来……"

一句话未了，忽见一个老婆子忙忙走来，说道："这是那里说起！金钏儿姑娘好好儿的投井死了！"袭人听得，唬了一跳，忙问："那个金钏儿？”那老婆子道：“那里还有两个金钏儿呢？就是太太屋里的。前日不知为什么撵他出去，在家里哭天抹泪的，也都不理会他，谁知找他不见了。才有打水的人说：‘在那东南角上井里打水，见一个尸首。’赶着叫人打捞起来，谁知是他！他们还只管乱着要救，那里中用了呢？”宝钗道：“这也奇了！”袭人听说，点头赞叹，想素日同气之情，不觉流下泪来。宝钗听见这话，忙向王夫人处来。这里袭人自回去了。

却说宝钗来至王夫人处，只见鸦雀无闻，独有王夫人在里间房内坐着垂泪。宝钗便不好提这事，只得一旁坐了，王夫人便问：“你打那里来的？”宝钗道：“打园里来。”王夫人道：“你打园里来，可曾见你宝兄弟？”宝钗道：“才倒看见了他穿着衣服出去了，不知那里去。”王夫人点头叹道：“你可知道一件奇事？金钏儿忽然投井死了！”宝钗见说，道：“怎么好好儿的投井？这也奇了。”王夫人道：“原是前儿他把我一件东西弄坏了，我一时生气，打了他两下子，撵了下去。我只说气他两天，还叫他上来，谁知他这么气性大，就投井死了。岂不是我的罪过！”宝钗叹道：“姨娘是慈善人，固然是这么想。据我看来，他并不是赌气投井，多半他下去住着，或是在井跟前憨玩，失了脚掉下去的。他在上头拘束惯了，这一出去，自然要到各处去玩玩逛逛儿，岂有这样大气的理？纵然有这样大气，也不过是个糊涂人，也不为可惜。”王夫人点头叹道：“这话虽然如此说，到底我心不安。”

宝钗叹道：“姨娘也不必念念于兹，十分过不去，不过多赏他几两银子发送他，也就尽主仆之情了。”王夫人道：“才刚我赏了五十两银子给他妈，原要还把你姊妹们的新衣裳给他两件装裹。谁知可巧都没什么新做的衣服，只有你林妹妹作生日的两套。我想你林妹妹那个孩子，素日是个有心的，况且他也三灾八难的，既说了给他过生日，这会子又给人去装裹，岂不忌讳？因这么着，我现叫裁缝赶着做一套给他。要是别的丫头，赏他几两银子也就完了。金钏儿虽然是个丫头，素日在我跟前比我的女孩儿也差不多儿。”口里说着，不觉流下泪来。宝钗忙道：“姨娘这会子何用叫裁缝赶去？我前儿倒做了两套，拿来给他，岂不省事？况且他活的时候儿也穿过我的旧衣服，身量又相对。”王夫人道：“虽然这样，难道你不忌讳？”宝钗笑道：“姨娘放心，我从来不计较这些。”一面说，一面起身就走。王夫人忙叫了两个人跟宝姑娘去。

一时宝钗取了衣服回来，只见宝玉在王夫人旁边坐着垂泪。王夫人正才说他，因见宝钗来了，却掩了口不说了。宝钗见此光景，察言观色，早知觉了八分，于是将衣服交割明白。王夫人将他母亲叫来拿了去。再看下回便知。

金钏死后，王夫人教训宝玉

第三十三回

手足眈眈小动唇舌　不肖种种大承笞挞[1]

却说王夫人唤他母亲上来，拿几件簪环，当面赏与了，又吩咐请几众僧人念经超度。他母亲磕头谢了出去。

原来宝玉会过雨村回来听见了，便知金钏儿含羞赌气自尽，心中早又五内摧伤，进来被王夫人数落教训，也无可回说。见宝钗进来，方得便走出，茫然不知何往，背着手，低着头，一面感叹，一面慢慢的信步走至厅上。刚转过屏门，不想对面来了一人，正往里走，可巧撞了个满怀。只听那人喝一声："站住！"宝玉唬了一跳，抬头一看，不是别人，却是他父亲，早不觉的倒抽了一口气，只得垂手一旁站着。贾政道："好端端的，你垂头丧气嗐些什么？方才雨村来了要见你，叫你那半天你才出来；既出来了，全无一点慷慨挥洒谈吐，仍是委委琐琐的。我看你脸上一团私欲愁闷气色，这会子又咳声叹气。你那些还不足，还不自在？无故这样，是什么缘故？"宝玉素日虽是口角伶俐，只是此时一心总为金钏儿感伤，恨不得此时也身亡命殒，跟了金钏儿去。如今见了他父亲说这些话，究竟不曾听见，只是怔呵呵的站着。

贾政见他惶悚，应对不似往日，原本无气的，这一来倒生了三分气。方欲说话，忽有回事人来回："忠顺亲王府里有人来，要见老

① 笞挞——用棍杖篾板打罚。

爷。”贾政听了，心下疑惑，暗暗思忖道：“素日并不与忠顺王府来往，为什么今日打发人来？”一面想，一面命“快请厅上坐”。急忙进内更衣。出来接见时，却是忠顺王府长史官①，一面彼此见了礼，归坐献茶。未及叙谈，那长府官先就说道：“下官此来，并非擅造潭府②，皆因奉命而来，有一件事相求。看王爷面上，敢烦老大人作主，不但王爷知情，且连下官辈亦感谢不尽。”贾政听了这话，抓不住头脑，忙陪笑起身问道：“大人既奉王命而来，不知有何见谕，望大人宣明，学生好遵谕承办。”那长府官冷笑道：“也不必承办，只用一句话就完了。我们府里有一个做小旦的琪官，一向好好在府，如今竟三五日不见回去，各处去找，又摸不着他的道路，因此各处察访。这一城内，十停人倒有八停人都说，他近日和衔玉的那位令郎相与甚厚。下官辈听了，尊府不比别家，可以擅来索取，因此启明王爷。王爷亦云：‘若是别的戏子呢，一百个也罢了；只是这琪官随机应答，谨慎老成，甚合我老人家的心，竟断断少不得此人。’故此来求老大人转谕令郎，请将琪官放回，一则可慰王爷谆谆奉恳，二则下官辈也可免操劳求觅之苦。”说毕，忙打一躬。

贾政听了这话，又惊又气，即命唤宝玉来。宝玉也不知是何原故，忙赶来时，贾政便问：“该死的奴才！你在家不读书也罢了，怎么又做出这些无法无天的事来？那琪官现是忠顺王爷驾前承奉的人，你是何等草芥，无故引逗他出来，如今祸及于我？”宝玉听的唬了一跳，忙回道：“实在不知此事。究竟连‘琪官’两个字不知为何物，岂更又加‘引逗’二字？”说着便哭了。贾政未及开口，只见那长府官冷笑道：“公子也不必掩饰。或隐藏在家，或知其下落，早说出来，我们也少受些辛苦，岂不念公子之德！”宝玉连说不知，“恐是讹传，也未见得。”那长府官冷笑两声道：“现有据证，必定当着老大人说了出来，公子岂不吃亏？既云不知此人，那红汗巾子怎么到了公子腰里？”

宝玉听了这话，不觉轰去魂魄，目瞪口呆，心下自思：“这话他如

① 长史官——总管王府内事务的官吏。从南朝起始设，其后各代王府都沿设此职。

② 潭府——深宅大院。常用作对他人住宅的尊称。潭：深邃的样子。

何知道？他既连这样机密事都知道了，大约别的也瞒不过他，不如打发他去了，免的再说出别的事来。”因说道：“大人既知他的底细，如何连他置买房舍这样大事倒不晓得了？听得说他如今在东郊离城二十里有个什么紫檀堡，他在那里置了几亩田地几间房舍。想是在那里也未可知。”那长府官听了，笑道：“这样说，一定是在那里了。我且去找一回，若有了便罢，若没有，还要来请教。”说着，便忙忙的告辞走了。

贾政此时气的目瞪口歪，一面送那长史官，一面回头命宝玉：“不许动！回来有话问你！”一直送那官员去了。才回身，忽见贾环带着几个小厮一阵乱跑。贾政喝令小厮：“快打，快打！”贾环见了他父亲，唬的骨软筋酥，忙低头站住。贾政便问：“你跑什么？带着你的那些人都不管你，不知往那里去了。由你野马一般！”喝叫：“跟上学的人呢？”贾环见他父亲盛怒，便乘机说道：“方才原不曾跑，只因从那井边一过，那井里淹死了一个丫头，我看脑袋这么大，身子这么粗，泡的实在可怕，所以才赶着跑过来。”贾政听了惊疑，问道：“好端端的，谁去跳井？我家从无这样事情，自祖宗以来，皆是宽柔以待下人。——大约我近年于家务疏懒，自然执事人操克夺之权[①]，致使弄出这样暴殄轻生[②]的祸患。若外人知道，祖宗颜面何在？”喝令快叫贾琏、赖大、兴儿来。

贾环向贾政告宝玉

小厮们答应了一声，方欲叫去，贾环忙上前拉住贾

① 克夺之权——生杀予夺之权。

② 暴殄轻生——暴殄：恣意糟蹋。殄：灭绝。轻生：不爱惜生命。

政的袍襟，贴膝跪下道："父亲不用生气。此事除太太房里的人，别人一点也不知道。我听见我母亲说……"说到这句，便回头四顾一看。贾政知其意，将眼色一丢，小厮们明白，都往两边后面退去。贾环便悄悄说道："我母亲告诉我说，宝玉哥哥前日在太太屋里，拉着太太的丫头金钏儿强奸不遂，打了一顿。那金钏儿便赌气投井死了。"

话未说完，把个贾政气的面如金纸，大喝："快拿宝玉来！"一面说，一面便往里边书房里去，喝令："今日再有人劝我，我把这冠带家私[①]一应交与他和宝玉过去！我免不得做个罪人，把这几根烦恼鬓毛剃去，寻个干净去处[②]自了，也免得上辱先人下生逆子之罪。"众门客仆从见贾政这个形景，便知又是为宝玉了，一个个啖指咬舌，连忙退出。那贾政喘吁吁直挺挺坐在椅子上，满面泪痕，一叠连声："拿宝玉！拿大棍！拿索子捆上！把各门都关上！有人传信往里头去，立刻打死！"众小厮们只得齐声答应，有几个来找宝玉。

那宝玉听见贾政吩咐他"不许动"，早知凶多吉少，那里知道贾环又添了许多的话？正在厅上旋转，怎得个人往里头去捎信，偏偏的没个人来，连焙茗也不知在那里。正盼望时，只见一个老妈妈出来，宝玉如得了珍宝，便赶上来拉他，说道："快进去告诉：老爷要打我呢！快去，快去！要紧，要紧！"宝玉一则急了，说话不明白；二则老婆子偏偏又耳聋，不曾听见是什么话，把'要紧"二字只听作"跳井"二字，便笑道："跳井让他跳去，二爷怕什么？"宝玉见是个聋子，便着急道："你出去叫我的小厮来吧！"那婆子道："有什么不了事的？老早的完了。太太又赏了衣服银子，怎么会不了事呢！"

宝玉急的跺脚，正没抓寻处，只见贾政的小厮走来，逼着他出去了。贾政一见，眼都红紫了，也不暇问他在外流荡优伶，表赠私物，在家荒疏学业，淫辱母婢等语，只喝命："堵起嘴来，着实打死！"小厮们不敢违，只得将宝玉按在凳上，举起大板打了十来下。宝玉自知不能

① 冠带家私——冠带：帽子和束带，是官服的代称，这里代指官爵。家私：财产，代指家业。

② 烦恼鬓毛、干净去处——鬓毛：即头发，佛家称为"烦恼丝"。干净：佛家以为人世污浊不净，唯有佛门才能通向清净世界，即所谓净土。剃去烦恼鬓毛与寻个干净去处，都是出家当和尚的意思。

讨饶，只是呜呜的哭。贾政还嫌打的轻，一脚踢开掌板的，自己夺过板子来，狠命的又打了十几下。宝玉生来未经过这样苦楚，起先觉得打的疼不过，还乱嚷乱哭，后来渐渐气弱声嘶，哽咽不出。众门客见打的不祥了，赶着上来，恳求夺劝，贾政那里肯听？说道："你们问问他干的勾当可饶不可饶！素日皆是你们这些人把他酿坏了，到这步田地还来解劝！明日酿到他弑父弑君，你们才不劝不成？"

众人听这话不好听，知道气急了，忙又退出，只得觅人进去给信。王夫人不敢先回贾母，只得忙穿衣出来，也不顾有人没人，忙忙赶往书房中来，慌的众门客小厮等避之不及。王夫人一进房来，贾政更如火上浇油，用板子越发下去的又狠又快。按宝玉的两个小厮忙松了手走开，宝玉早已动弹不得了。贾政还欲打时，早被王夫人抱住板子。贾政道："罢了，罢了！今日必定要气死我才罢！"王夫人哭道："宝玉虽然该打，老爷也要自重。况且炎天暑日的，老太太身上也不大好，打死宝玉事小，倘或老太太一时不自在了，岂不事大？"贾政冷笑道："倒休提这话。我养了这不肖的孽障，我已不孝；教训他一番，又有众人护持；不如趁今日结果了他，以绝将来之患！"说着，便要拿绳索来勒死。王夫人连忙抱住哭道："老爷虽然应当管教儿子，也要看夫妻分上。我如今已将五十岁的人，只有这个孽障，必定苦苦的以他为法，我也不敢深劝。今日越发要他死，岂不是有意绝我呢？既要勒死他，索性先勒死我，再勒死他。我们娘儿们不如一同死了，在阴司里也得个依靠。"说毕，抱住宝玉放声大哭起来。

贾政听了此话，不觉长叹一声，向椅上坐了，泪如雨下。王夫人抱着宝玉，只见他面白气弱，底下穿着一条绿纱小衣皆是血渍，禁不住解下汗巾看，由臀至胫，或青或紫，或整或破，竟无一点好处，不觉失声大哭起"苦命的儿"来。因哭出"苦命儿"来，忽又想起贾珠来，便叫着贾珠哭道："若有你活着，便死一百个我也不管了。"此时里面的人闻得王夫人出来，那李宫裁、王熙凤与迎春姊妹早已都出来了。王夫人哭着贾珠的名字，别人还可，惟有宫裁，禁不住也抽抽搭搭的哭起来。贾政听了，那泪更似走珠一般滚了下来。

正没开交处，忽听丫鬟来说："老太太来了。"一句话未了，只听窗外颤巍巍的声气说道："先打死我，再打死他，岂不干净了？"贾政见他母亲来了，又急又痛，连忙迎接出来，只见贾母扶着丫头，摇头喘气的走来，贾政上前躬身陪笑道："大暑热的天，老太太有什么吩咐，何必自己走来？有话只该叫了儿子进去吩咐便了。"贾母听说，便止住步喘息一回，厉声道："你原来是和我说话！我倒有话吩咐，只是可怜我一生没养个好儿子，却教我和谁说去？"贾政听这话不像，忙跪下含泪说道："儿子管教他，也为的是光宗耀祖。老太太这话，儿子如何当得起？"贾母听说，便啐了一口，道："我说一句话，你就禁不起，你那样下死手的板子，难道宝玉就禁得起了？你说教训儿子是光宗耀祖，当初你父亲怎么教训你来？"说着，不觉就滚下泪来。

贾政又陪笑道："老太太也不必伤感，都是儿子一时性急，从此以后再不打他了。"贾母冷笑几声道："你也不必和我赌气。你的儿子，自然你要打就打。想来你也厌烦我们娘儿们，不如我们早离了你，大家干净！"说着便命人去看轿，"我和你太太宝玉立刻回南京去！"家下人只得干答应着。贾母又叫王夫人道："你也不必哭了。如今宝玉年纪小，你疼他，他将来长大，为官作宰的，也未必想着你是他母亲了。你如今倒是不疼他，只怕将来还少生一口气呢。"贾政听说，忙叩头哭道："母亲如此说，儿子无立足之地了。"贾母冷笑道："你分明使我无立足之地，你反说起你来！只是我们回去了，你心里干净，看有谁来许你打？"一面说，一面只令快打点行李车轿回去。贾政苦苦叩求认罪。贾母一面说话，一面又记挂宝玉，忙进来看时，只见今日这顿打不比往日，又是心疼，又是生气，也抱着哭个不了。王夫人与凤姐等解劝了一会儿，方渐渐的止住。早有丫鬟、媳妇等上来，要搀宝玉，凤姐便骂："糊涂东西，也不睁开眼瞧一瞧！这个样儿，怎么搀着走？还不快进去把那藤屉子春凳[①]抬出来呢。"众人听说连忙飞跑进去，果然抬出春凳来，将宝玉放上，随着贾母、王夫人等进去，送至贾母屋里。

彼时贾政见贾母气未全消，不敢自便，也跟了进来。看看宝玉，果然打重了，再看看王夫人，"儿"一声"肉"一声的哭道："你替珠儿早死了，留着珠儿，也免你父亲生气，我也不白操这半世的心了。

① 藤屉子春凳——春凳：一种面较宽的可坐可卧的长凳。藤屉子：凳面用藤皮编成。

贾母哭宝玉挨打

这会子你倘或有个好歹，丢下我，叫我靠那一个？”数落一场，又哭“不争气的儿”。贾政听了，也就灰心，自悔不该下毒手打到如此地步。先劝贾母，贾母含泪说道：“儿子不好，原是要管的，不该打到这个分儿。你不出去，还在这里做什么？难道于心不足，还要眼看着他死了才算吗？”贾政听说，方退了出来。

此时薛姨妈同宝钗、香菱、袭人、史湘云也都在这里。袭人满心委屈，只不好十分使出来，见众人围着，灌水的灌水，打扇的打扇，自己插不下手去，便越性走出来到二门前，令小厮们找了焙茗来细问：“方才好端端的，为什么打起来？你也不早来透个信儿！”焙茗急的说：“偏生我没在跟前，打到半中间我才听见了。忙打听原故，却是为琪官、金钏儿姐姐的事。”袭人道：“老爷怎么得知道的？”焙茗道：“那琪官的事，多半是薛大爷素日吃醋，没法儿出气，不知在外头唆挑了谁来，在老爷跟前下的火[①]。那金钏儿的事，大约是三爷说的，我也是听见跟老爷的人说的。”袭人听了这两件事都对景[②]，心中也就信了八九分。然后回来，只见众人都替宝玉疗治。调停完备，贾母命“好生抬到他房里去”。众人答应，七手八脚，忙把宝玉送入怡红院内自己床上卧好。又乱了半日，众人渐渐散去，袭人方才进前来经心服侍细问。要知端的，究竟如何，且听下回分解。

---

① 下的火——使坏进谗的意思。

② 对景——对得上号；情况符合。

第三十四回

情中情因情感妹妹　错里错以错劝哥哥

话说袭人见贾母、王夫人等去后，便走来宝玉身边坐下，含泪问他："怎么就打到这步田地？"宝玉叹气说道："不过为那些事，问他做什么！只是下半截疼的很，你瞧瞧，打坏了那里？"袭人听说，便轻轻的伸手进去，将中衣褪下，宝玉略动一动，便咬着牙叫"哎哟"。袭人连忙停住手，如此三四次才褪下来。袭人看时，只见腿上半段青紫，都有四指宽的伤痕高了起来。袭人咬着牙说道："我的娘，怎么下这般的狠手！你但凡听我一句话，也不得到这个分儿。幸而没动筋骨，倘或打出个残疾来，可叫人怎么样呢？"

正说着，只听丫鬟们说："宝姑娘来了。"袭人听见，知道穿不及中衣，便拿了一床袷纱被[1]替宝玉盖了。只见宝钗手里托着一丸药走进来，向袭人说道："晚上把这药用酒研开，替他敷上，把那瘀血的热毒散开，可以就好了。"说毕，递与袭人。又问道："这会子可好些？"宝玉一面道谢，说："好些了。"又让坐。宝钗见他睁开眼说话，不像先时，心中也宽慰了好些，便点头叹道："早听人一句话，也不至有今日。别说老太太、太太心疼，就是我们看着，心里也……"刚说了半句又忙咽住，觉眼圈微红，双腮带赤，低头不语了。宝玉听得这话，如

① 袷纱被——表里两层的纱被。袷，同夹。

此亲切，大有深意，忽见他又咽住不往下说，红了脸，低下头只管弄衣带，那一种软怯娇羞、轻怜痛惜之情，竟难以语言形容，越觉心中感动，将疼痛早丢在九霄云外去了。想道：“我不过捱了几下打，他们就有这些怜惜之态，令人可亲可敬。假若我一时别有大故，他们还不知何等悲感呢！既是他们这样，我便一时死了，得他们如此，一生事业纵然尽付东流，亦无足叹惜。”想着，只听宝钗向袭人道：“怎么好好的动了气，就打起来了？”袭人便把焙茗的话说了出来。

宝玉原来还不知道贾环的话，见袭人说出方才知道。因又拉上薛蟠，惟恐宝钗存心，忙又止住袭人道：“薛大哥哥从来不这样的，你们不可混猜度。”宝钗听说，便知道是怕他多心，用话拦袭人，因心中暗暗想道：“打的这个形象，疼还顾不过来，还是这样细心，怕得罪了人。你既这样用心，何不在外头大事上做工夫，老爷也欢喜了，也不能吃这样亏。但你固然怕我沉心[①]，所以拦袭人的话，难道我就不知我哥哥素日恣情纵欲、毫无防范的那种心性吗？当日为个秦钟，还闹的天翻地覆，自然如今比先又加利害了。”想毕，因笑道：“你们也不必怨这个，怨那个。据我想，到底宝兄弟素日肯和那些人来往，老爷才生气。就是我哥哥说话不防头，一时说出宝兄弟来，也不是有心挑唆：一则也是本来的实话，二则他原不理论这些防嫌小事。袭姑娘从小儿只见过宝兄弟这么样细心的人，何曾见过我哥哥天不怕地不怕、心里有什么、口里就说什么的人呢？”袭人因说出薛蟠来，见宝玉拦他的话，早已明白自己说造次了，恐宝钗没意思，听宝钗如此说，更觉羞愧无言。

宝玉又听宝钗这番话，半是堂皇正大，半是体贴自己的私心，更觉比先心动神移。方欲说话时，只见宝钗起身道：“明日再来看你，好生养着罢。方才我拿的药来交给袭人，晚上敷上管就好了。”说着便走出门去。袭人赶着送出院外，说：“姑娘倒费心了。改日二爷好了，亲自来谢。”宝钗回头笑道：“有什么谢处。你只劝他好生静养，别胡思乱想的就好了。要想什么吃的、玩的，你悄悄的往我那里只管取去，不必惊动老太太、太太众人，倘或吹到老爷耳朵里，虽然彼时不怎么样，将来对景，终是要吃亏的。”说着，一回身去了。

---

① 沉心——多指言者无意而听者有心，陡生不快。也叫“吃心”或“嗔心”。

袭人抽身回来，心内着实感激宝钗。进来见宝玉沉思默默似睡非睡的模样，因而退出房外，自去栉沐[1]。宝玉默默的躺在床上，无奈臀上作痛，如针挑刀挖一般，更又热如火炙，略展转时，禁不住“哎哟”之声。那时天色将晚，因见袭人去了，却有两三个丫鬟伺候，此时并无呼唤之事，因说道：“你们且去梳洗，等我叫时再来。”众人听了，也都退出。

这里宝玉昏昏默默，只见蒋玉菡走了进来，诉说忠顺王府拿他之事；又见金钏儿进来哭说为他投井之情。宝玉半梦半醒，都不在意。忽又觉有人推他，恍恍忽忽听得悲泣之声。宝玉从梦中惊醒，睁眼一看，不是别人，却是林黛玉。宝玉犹恐是梦，忙又将身子欠起来，向脸上细细一认，只见两个眼睛肿的桃儿一般，满面泪光，不是黛玉，却是那个？宝玉还欲看时，怎奈下半截疼痛难忍，支持不住，便“哎哟”一声，仍旧倒下，叹了口气，说道：“你又做什么来了？太阳才落，那地上还是怪热的，倘或又受了暑，怎么好呢？我虽然挨打了，却也不很觉疼痛。这个样儿是装出来哄他们，好在外头布散给老爷听，其实是假的。你别信真了。”此时黛玉虽不是嚎啕大哭，然越是这等无声之泣，气噎喉堵，更觉得利害。听了宝玉这些话，心中虽然有万句言词，要说时却不能说得半句。半日，方抽抽噎噎的说道：“你从此可都改了罢！”宝玉听说，便长叹一声，道：“你放心，别说这样话，我便为这些人死了，也是情愿的！”一句话未说完，只听院外人说：“二奶奶来了。”

黛玉便知是凤姐来了，连忙立起身说道：“我从后院子去罢，回头再来。”宝玉一把拉住道：“这可奇了，好好的怎么怕起他来？”林黛玉急的跺脚，悄悄的说道：“你瞧瞧我的眼睛，又该他取笑开心呢。”宝玉听说，赶忙的放手。黛玉三步两步转过床后，出后院而去，凤姐从前头已进来了。问宝玉：“可好些了？想什么吃，叫人往我那里取去。”接着，薛姨妈又来了。一时贾母又打发了人来。

至掌灯时分，宝玉只喝了两口汤，便昏昏沉沉的睡去。接着，周瑞媳妇、吴新登媳妇、郑好时媳妇这几个有年纪常往来的，听见宝玉挨

① 栉沐——梳洗。

了打，也都进来请安。袭人忙迎出来，悄悄的笑道：“婶婶们略来迟了一步，二爷睡着了。”说着，一面陪他们到那边房里坐了，倒茶给他们吃。那几个媳妇子都悄悄的坐了一回，向袭人道：“等二爷醒了，你替我们回罢。”

袭人答应了，送他们出去。刚要回来，只见王夫人使了个婆子来，说“太太叫一个跟二爷的人呢”。袭人见说，想了一想，便回身悄悄告诉晴雯、麝月、檀云、秋纹等人说：“太太叫人呢，你们好生在房里，我去了就来。”说毕，同那婆子一径出了园门，来至上房。王夫人正坐在凉榻上摇着芭蕉扇子，见他来了，说：“不管叫个谁来也罢了，你又丢下他来了。谁服侍他呢？”袭人见说，连忙陪笑回道：“二爷才睡安稳了，那四五个丫头如今也好了，会伏侍二爷了，太太请放心。恐怕太太有什么话吩咐，打发他们来，一时听不明白，倒耽误了。”王夫人道：“也没甚话，白问问，他这会子疼的怎么样了？”袭人道：“宝姑娘送来的药，我给二爷敷上了，比先好些了。先疼的躺不稳，这会子都睡沉了，可见好些。”王夫人又问：“吃了什么没有？”袭人道：“老太太给的一碗汤，喝了两口，只嚷干渴，要吃酸梅汤。我想着酸梅是个收敛的东西，才刚挨了打，又不许叫喊，自然急的那热毒热血未免存在心里，倘或吃下这个去激在心里，再弄出病来，可怎么样呢？因此我劝了半天才没吃，只拿那糖腌的玫瑰卤子和了吃，吃了半碗，又嫌吃絮了，不香甜。”王夫人道：“哎哟，你何不早来和我说。前儿有人送了两瓶子香露来，原要给他点子，我怕他胡糟蹋了，就没给。既是他嫌那些玫瑰膏子吃絮了，把这个拿两瓶子去。一碗水里只用挑一茶匙儿，就香的了不得呢。”说着就唤彩云来，“把前儿的那几瓶香露拿来。”袭人道：“只拿两瓶来罢，多了也白糟蹋。等不够再来取，也是一样。”彩云听说，去了半日，果然拿了两瓶来，付与袭人。袭人看时，只见两个玻璃小瓶，却有三寸大小，上面螺丝银盖，鹅黄笺上写着“木樨清露”，那一个上写着“玫瑰清露”。袭人笑道：“好金贵东西！这么个小瓶儿，能有多少？”王夫人道：“那是进上的，你没看见鹅黄笺子？你好生替他收着，别糟蹋了。”

袭人答应着，方要走时，王夫人又叫：“站着，我想起一句话来问你。”袭人忙又回来。王夫人见房内无人，便问道：“我恍惚听见宝玉今儿挨打，是环儿在老爷跟前说了什么话。你可听见这个话没有？”袭人道：“我倒没听见这个话。只听见说为二爷什么王府的戏子，人家来和老爷说了，为这个打的。”王夫人摇头说道：“也为这个，还有别的原故。”袭人道：“别的原故实在不知道了。”又低头迟疑了一会儿，说道：“我今日在太太跟前大胆说句冒撞的话。论理……”说了半截忙又咽住。王夫人道：“你只管说。”袭人道：“太太别生气，我才敢说。”王夫人道：“你说就是了。”袭人道：“论理，二爷也得老爷教训教训才好呢。要老爷再不管，不知将来还要做出什么事来呢。”

王夫人听见了这话，便点头叹息，由不得赶着袭人叫了一声：“我的儿，你这话说的很明白，和我的心里想的一样。其实我何曾不知道宝玉该管，比如先时你珠大爷在，我是怎么管他，难道我如今倒不知管儿子了？只是有个原故：如今我想，我已经快五十岁的人了，通共剩了他一个，又长的单弱，况且老太太疼的宝贝似的，若管紧了他，倘或再有个好歹儿，或是老太太气坏了，那时上下不安，倒不好，所以就纵坏了他了。我常常掰着口儿劝一阵，说一阵，气的骂一阵，哭一阵，彼时他好，过后儿还是不相干，端的吃了亏才罢了。若打坏了，将来我靠谁呢？”说着，由不得滚下泪来。

袭人见王夫人这般悲感，自己也不觉伤了心，陪着落泪。又道：“二爷是太太养的，岂不心疼？就是我们做下人的服侍一场，大家落个平安，也算是造化了。要这样起来，连平安都不能了。那一日那一时不劝二爷，只是再劝不醒。偏生那些人又肯亲近他，也怨不得他这样，总是我们劝的倒不好了。今儿太太提起这话来，我还惦记着一件事，要来回太太，讨太太个主意。只是我怕太太疑了心，不但我的话白说了，且连葬身之地都没了。”王夫人听了这话内有因，忙问道：“我的儿，你只管说。近来我因听见众人背前背后都夸你，我只说你不过是在宝玉身上留心，或是诸人跟前和气，这些小意思，谁知你方才和我说的话是大道理，合我的心事。你有什么只管说什么，只别教别人知道就是了。”袭人道：“我也没什么别的话。我只想着讨太太一个示下，怎么变个法儿，以后竟还教二爷搬出园外来住就好了。”

王夫人听了，吃一大惊，忙拉了袭人的手问道：“宝玉难道和谁作怪了不成？”袭人连忙回道：“太太别多心，并没有这话。这不过是我的小见识。如今二爷也大了，里头姑娘们也大了，况且林姑娘、宝姑娘又是两姨姑表姊妹，虽说是姊妹们，到底是男女之分，日夜一处起坐不方便，由不得叫人悬心。既蒙老太太和太太的恩典，把我派在二爷屋里，如今跟在园中住，都是我的干系。太太想，多有无心中做出，有心人看见，当作有心事，反说坏了的，倒不如预先防着点儿。况且二爷素日的性格，太太是知道的。他又偏好在我们队里闹，倘或不防，前后错了一点半点，不论真假，人多口杂，那起小人的嘴，太太还不知道吗？心顺了，说的比菩萨还好；心不顺，就没有忌讳了。二爷将来倘或有人说好，不过大家直过没事；若要叫人说出一个'不'字来，我们不用说，粉身碎骨，还是平常，后来二爷一生的声名品行岂不完了呢？那时老爷太太也白疼了，白操了心了。不如这会子防避些，似乎妥当。太太事情又多，一时固然想不到。我们想不到便罢了，既想到了，要不回明太太，罪越重了。近来我为这事日夜悬心，又恐怕太太听着生气，所以总没敢言语。"

王夫人听了这话，如雷轰电掣的一般，正触了金钏儿之事，心内越发感爱袭人不尽，忙笑道："我的儿，你竟有这个心胸，想的这样周全！我何曾又不想到这里？只是这几次有事就混忘了。你今日这话提醒了我。难为你这样细心。真真好孩子。罢了，你且去罢，我自有道理。只是还有一句话：你如今既说了这样的话，我索性就把他交给你了，好歹留点心儿，别叫他糟蹋了身子才好。自然不辜负你。"

袭人低了一回头，方道："太太吩咐，敢不尽心吗！"说着，慢慢的退出，回到院中，宝玉方醒。袭人回明香露之事，宝玉甚喜，即命调来吃，果然香妙非常。因心下惦着黛玉，要打发人去，只是怕袭人拦阻，便设法先使袭人往宝钗那里去借书。

袭人去了，宝玉便命晴雯来吩咐道："你到林姑娘那里看看他做什么呢。他要问我，只说我好了。"晴雯道："白眉赤眼[①]儿的，作什么去呢？到底说句话儿，也像件事啊。"宝玉道："没有什么可说的么。"晴雯道："或是送件东西，或是取件东西，不然，我去了，怎么搭讪呢？"宝玉想了一想，便伸手拿了两条旧绢子撂与晴雯，笑道：

① 白眉赤眼——平白无故的意思。

“也罢，就说我叫你送这个给他去了。”晴雯道：“这又奇了。他要这半新不旧的两条手绢子？他又要恼了，说你打趣他。”宝玉笑道：“你放心，他自然知道。”

晴雯听了，只得拿了绢子往潇湘馆来，只见春纤正在栏杆上晾手巾，见他进来，忙摆手儿，说：“睡下了。”晴雯走进来，满屋魆黑，并未点灯。黛玉已睡在床上，问是谁。晴雯忙答应道：“晴雯。”黛玉道：“做什么？”晴雯道：“二爷叫我给姑娘送绢子来了。”黛玉听了，心中发闷，暗想：“做什么送绢子来给我？”因问：“这绢子是谁送他的？必是上好的，叫他留着送别人罢，我这会子不用这个。”晴雯笑道：“不是新的，就是家常旧的。”黛玉听了，越发闷住了。细心揣度，一时方大悟过来，连忙说：“放下，去罢。”晴雯只得放下，抽身回去，一路盘算，不解何意。

这黛玉体贴出绢子的意思来，不觉神痴心醉，想到：“宝玉能领会我这一番苦意，又令我可喜。我这番苦意，不知将来可能如意不能，又令我可悲。要不是这个意思，忽然好好的送两块旧绢子来，竟又令我可笑了。再想到私相传递，又觉可惧。他既如此，我却每每烦恼伤心，反觉可愧。”如此左思右想，一时五内沸然，由不得余意绵缠，便命掌灯，也想不起嫌疑避讳等事，研墨蘸笔，便向那两块旧绢上写道：

其一

眼空蓄泪泪空垂，暗洒闲抛更向谁？
尺幅鲛绡劳解赠，叫人焉得不伤悲！

其二

抛珠滚玉只偷潸，镇日无心镇日闲；
枕上袖边难拂拭，任他点点与斑斑。

其三

彩线难收面上珠，湘江旧迹[1]已模糊；

① 湘江旧迹——代指泪痕。用湘妃哭舜，泪染斑竹的典故。

窗前亦有千竿竹，不识香痕渍也无？

那黛玉还要往下写时，觉得浑身火热，面上作烧，走至镜台揭起锦袱一照，只见腮上通红，真合压倒桃花，却不知病由此起。一时方上床睡去，犹拿着那帕子思索，不在话下。

却说袭人来见宝钗，谁知宝钗不在园内，往他母亲那里去了。袭人便空手回来，等至二更，宝钗方回来。

原来宝钗素知薛蟠情性，心中已有一半疑是薛蟠调唆了人来告宝玉的，谁知又听袭人说出来，越发信了。究竟袭人是听焙茗说的，那焙茗也是私心窥度，并未据实，竟认准是他说的。

那薛蟠都因素日有这个名声，其实这一次却不是他干的，被人生生的一口咬死是他，有口难分。这日正从外头吃了酒回来，见过母亲，只见宝钗在这里，说了几句闲话，因问："听见宝兄弟吃了亏，是为什么？"薛姨妈正为这个不自在，见他问时，便咬着牙道："不知好歹的东西，都是你闹的，你还有脸来问！"薛蟠见说，便怔了，忙问道："我闹什么？"薛姨妈道："你还装腔呢！人人都知道是你说的。"薛蟠道："人人说我杀了人，也就信了罢？"薛姨妈道："连你妹妹都知道是你说的，难道他也赖你不成？"宝钗忙劝道："妈妈和哥哥且别叫喊，消消停停的，就有个青红皂白了。"因向薛蟠道："是你说的也罢，不是你说的也罢，事情也过去了，不必较证，倒把小事儿弄大了。我只劝你，从此以后少在外头胡闹，少管别人的事。天天一处大家胡逛，你是个不防头的人，过后儿没事就罢了，倘或有事，不是你干的，人人都也疑惑是你干的，不用说别人，我先就疑惑你。"

薛蟠本是个心直口快的人，一生见不得这样藏头露尾的事；又见宝钗劝他不要逛去，他母亲又说他犯舌，宝玉之打是他治的，早已急的乱跳，赌身发誓的分辩。又骂众人："谁这样编派我？我把那囚攮的牙敲了！分明是为打了宝玉，没的献勤儿，拿我来作幌子。难道宝玉是天王？他父亲打他一顿，一家子定要闹几天。那一回为他不好，姨爹打了他两下子，过后儿老太太不知怎么知道了，说是珍大哥哥治的，好好儿的叫了去骂了一顿。今儿越发拉上我了！既拉上我，也不怕，索性进去把宝玉打死了，我替他偿了命！"一面嚷，一面抓起一根门闩来就跑。

慌的薛姨妈拉住，骂道："作死的孽障，你打谁去？你先打我来！"薛蟠的眼急的铜铃一般，嚷道："何苦来！又不叫我去，为什么好好的赖我？将来宝玉活一日，我担一日的口舌，不如大家死了清净。"宝钗忙也上来劝道："你忍耐些儿罢。妈急的这个样儿，你不说来劝，你还反闹的这样。别说是妈，便是旁人来劝你，也为你好，倒把你的性子劝上来了。"

薛蟠道："你这会子又说这话，都是你说的！"宝钗道："你只怨我说，再不怨你那顾前不顾后的形景。"薛蟠道："你只会怨我顾前不顾后，你怎么不怨宝玉外头招风惹草的那个样子？别说别的，只拿前儿琪官的事比给你们听：那琪官儿我们见了十来次，他并未和我说一句亲热话；怎么前儿他见了，连姓名还不知道，就把汗巾子给他了？难道这也是我说的不成？"薛姨妈和宝钗忙说道："还提这个！可不是为这个打他呢。可见是你说的了。"薛蟠道："真真的气死人了！赖我说的我不恼，我只气一个宝玉闹的这么天翻地覆的。"宝钗道："谁闹了？你先持刀动杖的闹起来，倒说别人闹。"

薛蟠见宝钗说的话句句有理，难以驳正，比母亲的话反难回答，因此便要设法拿话堵回他去，就无人敢拦自己的话了；也因正在气头上，未曾想话之轻重，便说道："好妹妹，你不用和我闹，我早知道你的心了。从先妈和我说：'你这金锁要拣有玉的才可正配'，你留了心，见宝玉有那劳什骨子，你自然如今行动护着他。"话未说了，把个宝钗气怔了，拉着薛姨妈哭道："妈妈你听，哥哥说的是什么话！"薛蟠见妹妹哭了，便知自己冒撞了，便赌气走到自己房里安歇不提。

这里薛姨妈气的乱战，一面又劝宝钗道："你素日知那孽障说话没道理，明儿我叫他给你赔不是。"宝钗满心委屈气忿，待要怎样，又怕他母亲不安，少不得含泪别了母亲，各自回来，到屋里整哭了一夜。次日一早起来，也无心梳洗，胡乱整理了衣裳，便出来瞧母亲。可巧遇见林黛玉，独立在花阴之下，问他那里去，宝钗因说"家去"。口里说着，便只管走。黛玉见他无精打采的去了，又见眼上有哭泣之状，大非往日可比，便在后面笑道："姐姐也自保重些儿。就是哭出两缸眼泪来，也医不好棒疮！"不知宝钗如何答对，且听下回分解。

第三十五回

白玉钏亲尝莲叶羹　黄金莺巧结梅花络

话说宝钗分明听见林黛玉刻薄他，因记挂着母亲哥哥，并不回头，一径去了。

这里林黛玉还自立于花阴之下，远远的却向怡红院内望着，只见李纨、迎春、探春、惜春并各项人等都向怡红院去过之后，一起一起的散尽了，只不见凤姐来，心里自己盘算说道："如何他不来瞧宝玉？便是有事缠住了，他必定也是要来打个花胡哨[1]，讨老太太和太太的好儿才是。今儿这早晚不来，必定有原故。"一面猜疑，一面抬头再看时，只见花花簇簇的一群人又向怡红院内来了。定睛看时，却是贾母搭着凤姐的手，后头邢夫人、王夫人跟着周姨娘并丫鬟媳妇等人都进院去了。

黛玉看了不觉点头，想起有父母的人的好处来，早又泪珠满面。少顷，只见薛姨妈、宝钗等也进入去了。忽见紫鹃从背后走来，说道："姑娘吃药去罢，开水又冷了。"黛玉道："你到底要怎么样？只是催，我吃不吃，管你什么相干！"紫鹃笑道："咳嗽的才好了些，又不吃药了。如今虽然是五月里，天气热，到底也该还小心些。大清早起，在这个潮地方站了半日，也该回去歇息歇息了。"一句话提醒了黛玉，方觉得有点腿酸，呆了半日，方慢慢的扶着紫鹃，回潇湘馆来。

---

① 打个花胡哨——虚情假意地敷衍一下。

一进院门，只见满地下竹影参差，苔痕浓淡，不觉又想起《西厢记》中所云“幽僻处可有人行，点苍苔白露泠泠”[①]二句来，因暗暗的叹道：“双文，双文[②]，诚为命薄人矣。然你虽命薄，尚有孀母弱弟；今日我黛玉之命薄，一并连孀母弱弟俱无。”想到这里，又欲滴下泪来，不防廊下的鹦哥儿见黛玉来了，嘎的一声扑了下来，倒吓了一跳，因说道：“作死了呢，又扇了我一头灰。”那鹦哥又飞上架去，便叫：“雪雁，快掀帘子，姑娘来了。”黛玉便止住步，以手扣架道：“添了食水不曾？”那鹦哥便长叹一声，竟大似黛玉素日吁嗟音韵，接着念道：“侬今葬花人笑痴，他年葬侬知是谁？”黛玉、紫鹃听了都笑起来。

紫鹃笑道：“这都是素日姑娘念的，难为他怎么记得了！”黛玉便令将架摘下来，另挂在月洞窗户外的钩上，于是进了屋子，在月洞窗内坐了。吃毕药，只见窗外竹影映入纱窗来，满屋内阴阴翠润，几簟生凉。黛玉无可释闷，便隔着纱窗调逗鹦哥作戏，又将素日所喜的诗词也教与他念。这且不在话下。

且说宝钗来至家中，只见母亲正在梳头呢。一见他来了，便说道：“你大清早起跑来作什么？”宝钗道：“我瞧瞧妈妈，身上好不好？昨儿我去了，不知他可又过来闹了没有？”一面说，一面在他母亲身旁坐了，由不得哭将起来。薛姨妈见他一哭，自己撑不住，也就哭了一场，一面又劝他：“我的儿，你别委曲了。你等我处分那孽障！你要有个好歹，我指望那一个呢？”

薛蟠在外边听见，连忙的跑过来，对着宝钗，左一个揖，右一个揖，只说：“好妹妹，恕我这一次罢！原是我昨儿吃了酒，回来的晚了，路上撞客着了，来家没醒，不知胡说了些什么，连自己也不知道，怨不得你生气。”宝钗原是掩面而哭，听如此说，由不得也好笑了，遂抬头向地下啐了一口，说道：“你不用做这些像生儿[③]。我知道你的心里多嫌我们娘儿们，是要变着法儿叫我们离了你，你就心净了。”薛蟠

---

① 泠泠——形容清凉。

② 双文——《西厢记》里的崔莺莺，因莺莺的名字是用两个“莺”字叠成。

③ 像生儿——原指对客观事物的声音、形态等的模拟仿效。这里指做戏似的装模作样，引人发笑。

薛蟠给宝钗作揖

听说，连忙笑道："妹妹这话从那里说起？妹妹从来不是这样多心说歪话的人那。"薛姨妈忙又接着道："你只会听见你妹妹的歪话，难道昨儿晚上你说的那话，就使得吗？当真是你发昏了？"

薛蟠道："妈也不必生气，妹妹也不用烦恼，从今以后我再不和他们一处吃酒闲逛如何？"宝钗笑道："这才明白过来了！"薛姨妈道："你要有这个横劲，那龙也下蛋了。"薛蟠道："我若再和他们一处喝，妹妹听见了只管啐我，再叫我畜生，不是人，如何？何苦来，为我一个人，娘儿两个天天操心！妈妈为我生气还犹可，只管叫妹妹为我操心，我更不是人了。如今父亲没了，我不能多孝顺妈多疼妹妹，反教娘生气妹妹烦恼，真连个畜生也不如了。"口里说着，眼睛里禁不起也滚下泪来。薛姨妈本不哭了，听他一说又伤心起来。宝钗勉强笑道："你闹够了，这会子又来招着妈妈哭了。"

薛蟠听说，收泪笑道："我何曾招妈妈哭来？罢，罢，扔下这个别提了。叫香菱来倒茶妹妹吃。"宝钗道："我也不吃茶，等妈妈洗了手，我们就过去了。"薛蟠道："妹妹的项圈我瞧瞧，只怕该炸一炸[①]去了。"宝钗道："黄澄澄的又炸他作什么？"薛蟠又道："妹妹如今也该添补些衣裳了。要什么颜色花样，告诉我。"宝钗道："连那些衣裳我还没穿遍呢，又做什么？"一时薛姨妈换了衣裳，拉着宝钗进去，薛蟠方出去了。

这里薛姨妈和宝钗进园来瞧宝玉，到了怡红院中，只见抱厦里外回

① 炸一炸——金银器物旧了，经淬火加工使它重现光泽，叫作"炸"。

廊上许多丫鬟老婆站着，便知贾母等都在这里。母女两个进来，大家见过了，只见宝玉躺在榻上。薛姨妈问他可好些。宝玉忙欲欠身，口里答应着“好些”。又说：“只管惊动姨娘、姐姐，我禁不起。”薛姨妈忙扶他睡下，又问他：“想什么，只管告诉我。”宝玉笑道：“我想起来，自然和姨娘要去的。”王夫人又问：“你想什么吃？回来好给你送来。”宝玉笑道：“也倒不想什么吃，倒是那一回做的那小荷叶儿小莲蓬儿的汤还好些。”

凤姐一旁笑道：“听听，口味不算高贵，只是太磨牙了。巴巴的想这个吃了。”贾母便一叠声的叫人做去。凤姐笑道：“老祖宗别急，等我想一想这模子谁收着呢。”因回头吩咐个婆子去问管厨房的要去。那婆子去了半天，来回说：“管厨房的说，四副汤模子都交上来了。”凤姐听说，想了一想，道：“我记得交给谁了，多半在茶房里。”一面又遣人去问管茶房的，也不曾收。此后还是管金银器皿的送了来了。

薛姨妈先接过来瞧时，原来是个小匣子，里面装着四副银模子，都有一尺多长，一寸见方，上面凿着有豆子大小，也有菊花的，也有梅花的，也有莲蓬的，也有菱角的，共有三四十样，打的十分精巧。因笑向贾母、王夫人道：“你们府上也都想绝了，吃碗汤还有这些样子。若不说出来，我见这个也不认得这是作什么用的。”凤姐也不等人说话，便笑道：“姑妈那里晓得，这是旧年备膳，他们想的法儿。不知弄些什么面印出来，借点新荷叶的清香，全仗着好汤，究竟没意思，谁家常吃他了？那一回呈样作了一回，他今儿怎么想起来了。”说着接了过来，递与个妇人，吩咐厨房里立刻拿几只鸡，另外添了东西，做出十碗来。

王夫人道：“要这些做什么？”凤姐笑道：“有个原故：这一宗东西家常不大做，今儿宝兄弟提起来了，单做给他吃，老太太、姨妈、太太都不吃，似乎不大好。不如就势儿弄些大家吃吃，托赖着连我也尝个新儿。”贾母听了，笑道：“猴儿，把你乖的！拿着官中的钱你做人情。”说的大家笑了。凤姐也忙笑道：“这不相干。这个小东道儿我还孝敬的起呢。”便回头吩咐妇人，“说给厨房里，只管好生添补着做了，在我的账上领银子。”妇人答应着去了。

宝钗一旁笑道：“我来了这么几年，留神看起来，二嫂子凭他怎么巧，再巧不过老太太。”贾母听说，便答道：“我如今老了，那里还巧什么？当日我像凤丫头这么大年纪，比他还来得呢。他如今虽说不如我，也就算好了，比你姨娘强远了。你姨娘可怜见的，不大说话，和木头似的，公婆跟前就不大显好儿。凤儿嘴乖，怎么怨得人疼他。”宝玉笑道：“若这么说，不大说话的就不疼了？”贾母道：“不大说话的又有不大说话的可疼之处，嘴乖的也有一宗可嫌的，倒不如不说话的好。”宝玉笑道：“这就是了。我说大嫂子倒不大说话呢，老太太也是和凤姐姐的一样看待。若是单是会说话的可疼，这些姊妹里头也只是凤姐姐和林妹妹可疼了。”贾母道：“提起姊妹，不是我当着姨太太的面奉承，千真万真，从我们家四个女孩儿算起，都不如宝丫头。”薛姨妈听说，忙笑道：“这话老太太是说偏了。”王夫人忙又笑道：“老太太时常背地里和我说宝丫头好，这倒不是假话。”宝玉勾着贾母原为要赞黛玉，不想反赞起宝钗来，倒也意出望外，便看着宝钗一笑。宝钗早扭过头去和袭人说话去了。

忽有人来请吃饭，贾母方立起身来，命宝玉好生养着，又把丫头们嘱咐了一回，方扶着凤姐，让着薛姨妈，大家出房去了。因问汤好了不曾，又问薛姨妈等：“想什么吃，只管告诉我，我有本事叫凤丫头弄了来咱们吃。”薛姨妈笑道：“老太太也会怄他的。时常他弄了东西孝敬，究竟又吃不了多少。”凤姐笑道：“姑妈倒别这样说。我们老祖宗只是嫌人肉酸，若不嫌人肉酸，早已把我还吃了呢。”

一句话没说了，引的贾母众人都哈哈的大笑起来。宝玉在房里也撑不住笑了。袭人笑道：“真真的二奶奶的嘴怕死人！”宝玉伸手拉着袭人笑道：“你站了这半日，可乏了？”一面说，一面拉他身旁坐了。袭人笑道：“可是又忘了。趁宝姑娘在院子里，你和他说，烦他莺儿来打上几根络子。”宝玉笑道：“亏你提起来。”说着，便仰头向窗外道：“宝姐姐，吃过饭叫莺儿来，烦他打几根络子，可得闲儿？”宝钗听见，回头道：“是了，一会叫他来就是了。”贾母等尚未听真，都止步问宝钗。宝钗说明了，大家方明白。贾母又说道：“好孩子，叫他来替你兄弟作几根罢。你要人使，我那里闲着的丫头多着呢，你喜欢谁，只管叫了来使唤。”薛姨妈、宝钗等都笑道：“只管叫他来做就是了，有什么使唤的去处？他天天也是闲着淘气。”

大家说着，往前迈步正走，忽见湘云、平儿、香菱等在山石边掐凤仙花呢，见了他们走来，都迎上来了。

少顷至园外，王夫人恐贾母乏了，便欲让至上房内坐。贾母也觉腿酸，便点头依允。王夫人便令丫头忙先去铺设坐位。那时赵姨娘推病，只有周姨娘与众婆娘丫头们忙着打帘子，立靠背，铺褥子。贾母扶着凤姐进来，与薛姨妈分宾主坐了。宝钗、湘云坐在下面。王夫人亲自捧了茶奉与贾母，李宫裁奉与薛姨妈。贾母向王夫人道："让他们小妯娌服侍，你在那里坐下，好说话儿。"王夫人方向一张小杌子上坐了，便吩咐凤姐道："老太太的饭放在这里，添了东西来。"凤姐答应出去，便令人去贾母那边告诉，那边的婆娘忙往外传了，丫头们忙都赶过来。王夫人便命："请姑娘们去。"请了半天，只有探春、惜春两个来了；迎春身上不耐烦，不吃饭；那黛玉自不消说，平素十顿饭只吃五顿，众人也不着意了。少顷饭至，众人调放了桌子。凤姐用手巾裹着一把牙箸站在地下，笑道："老祖宗和姨妈不用让，还听我说就是了。"贾母笑向薛姨妈道："我们就是这样。"薛姨妈笑着应了。于是凤姐放了四双箸：上面两双是贾母、薛姨妈的，两边是宝钗、湘云的。王夫人、李宫裁等都站在地下看着放菜。凤姐先忙着要干净家伙来，替宝玉拣菜。

少顷，荷叶汤来，贾母看过了。王夫人回头见玉钏儿在那边，便令玉钏儿与宝玉送去。凤姐道："他一个人拿不去。"可巧莺儿和喜儿都来了。宝钗知道他们已吃了饭，便向莺儿道："宝兄弟正叫你去打络子，你们两个一同去罢。"

莺儿答应，同着玉钏儿出来。莺儿道："这么远，怪热的，怎么端了去？"玉钏儿笑道："你放心，我自有道理。"说着，便令一个婆子来，将汤饭等物放在一个捧盒里，令他端了跟着，他两个却空着手走。

一直到了怡红院门内，玉钏儿方接了过来，同莺儿进入宝玉房中。袭人、麝月、秋纹三个人正和宝玉玩笑呢，见他两个来了，都忙起来，笑道："你两个怎么来的这么碰巧，一齐来了？"一面说，一面接了下来。玉钏儿便向一张杌子上坐了，莺儿不敢坐下。袭人便忙端了个脚踏来，莺儿还不敢坐。宝玉见莺儿来了，却倒十分欢喜；忽见了玉钏儿，便想到他姐姐金钏儿身上，又是伤心，又是惭愧，便把莺儿丢下，且和玉钏儿说话。袭人见把莺儿不理，恐莺儿没好意思的，又见莺儿不肯坐，便拉了莺儿出来，到那边房里去吃茶说话儿去了。

这里麝月等预备了碗箸来伺候吃饭。宝玉只是不吃，问玉钏儿道："你母亲身子可好？"玉钏儿满脸怒色，正眼也不看宝玉，半日方说了一个"好"字。宝玉便觉没趣，半日，只得又陪笑问道："谁叫你替我送来的？"玉钏儿道："不过是奶奶太太们！"宝玉见他还是哭丧着脸，便知他是为金钏儿的原故；待要虚心下气哄他，又见人多，不好下气的，因而便寻方法，将人都支出去，然后又陪笑问长问短。

那玉钏儿先虽不悦，只管见宝玉一些性子没有，凭他怎么丧谤[①]，他还是温存和气，自己倒不好意思的了，脸上方有三分喜色。

宝玉便笑求他："好姐姐，你把那汤拿了来我尝尝。"玉钏儿道："我从不会喂人东西，等他们来了再吃。"宝玉笑道："我不是要你喂我。我因为走不动，你递给我喝了，你好赶早儿回去交代了，你好吃饭的。我只管耽误了时候，岂不饿坏了你？你要懒怠动，我少不得忍了疼下去取去。"说着便要下床来，挣扎起来，禁不住"哎哟"之声。

玉钏儿见他这般，忍不住起身说道："躺下罢！那世里造的业，这会子现世现报。教我那一个眼睛看的上！"一面说，一面哧的一声又笑了，端过汤来。宝玉笑道："好姐姐，你要生气只管在这里生罢，见了老太太、太太可和气些着，若还这样，你就又挨骂了。"玉钏儿道："吃罢，吃罢！不用和我甜嘴蜜舌的了，我都知道啊！"说着，催宝玉喝了两口汤。宝玉故意说："不好吃。"玉钏儿撇嘴道："阿弥陀佛！这个还不好吃，也不知什么好吃呢。"宝玉道："一点味儿也没有，你不信，尝一尝就知道了。"玉钏儿果真赌气尝了一尝。宝玉笑道："这可好吃了？"玉钏儿听说，方解过意来，原是宝玉哄他喝一口，便说道："你既说不好喝，这会子说好吃也不给你喝了。"宝玉只管央求陪笑要吃，玉钏儿又不给他，一面又叫人来打发吃饭。

白玉钏儿

① 丧谤——恶声恶气、出语伤人。

丫头们方进来时，忽有人来回话说：“傅二爷家的两个嬷嬷来请安，来见二爷。”宝玉听说，便知是通判傅试家的嬷嬷来了。那傅试原是贾政的门生，历年来都赖贾家的名势得意，贾政也着实看待，与别个门生不同，他那里常遣人来走动。宝玉素习最厌愚男蠢女的，今日却如何又令这两个婆子进来？其中原来有个原故：只因那宝玉闻得傅试有个妹子，名唤秋芳，也是个琼闺秀玉，常听人传说才貌俱全，虽自未亲睹，然遐思遥爱之心十分诚敬，不命他们进来，恐薄了傅秋芳，因此连忙命让进来。

那傅试原是暴发的，因傅秋芳有几分姿色，聪明过人，那傅试安心仗着妹妹要与豪门贵族结亲，不肯轻意许人，所以耽误到如今。目今傅秋芳已二十三岁，尚未许人。怎奈那些豪门贵族又嫌他本是穷酸，根基浅薄，不肯求配。

那傅试与贾家亲密，也自有一段心事。今日遣来的两个婆子偏生是极无知识的，闻得宝玉要见，进来只刚问了好，说了没两句话。那玉钏儿见生人来，也不和宝玉厮闹了，手里端着汤却只顾听话。宝玉又只顾和婆子说话，一面吃饭，伸手去要汤。两个人的眼睛都看着人，不想伸猛了手，便将碗撞翻，将汤泼了宝玉手上。玉钏儿倒不曾烫着，唬了一跳，忙笑了，“这是怎么了？”慌的丫头们忙上来接碗。宝玉自己烫了手倒不觉的，却只管问玉钏儿：“烫了那里了？疼不疼？”玉钏儿和众人都笑了。玉钏儿道：“你自己烫了，只管问我。”宝玉听说，方觉自己烫了。众人上来连忙收拾。宝玉也不吃饭，洗手吃茶，又和那两个婆子说了两句话。然后两个婆子告辞出去，晴雯等送至桥边方回。

那两个婆子见没人了，一行走，一行谈论。这一个笑道：“怪道有人说他家宝玉是外像好里头糊涂，中看不中吃的，果然竟有些呆气。他自己烫了手，倒问人疼不疼，这可不是个呆子吗？”那一个又笑道：“我前一回来，还听见他家里许多人说，千真万真的有些呆气。大雨淋的水鸡儿似的，他反告诉人‘下雨了，快避雨去罢’。你说可笑不可笑？时常没人在跟前，就自哭自笑的；看见燕子，就和燕子说话；河里看见了鱼，就和鱼说话；见了星星月亮，不是长吁短叹，就是咕咕哝哝的。且一点刚性儿也没有，连那些毛丫头的气都受到了。爱惜起东西来，连个线头儿都是好的；糟蹋起来，那怕值千值万的都不管了。”两个人一面说，一面走出园来回去，不在话下。

如今且说袭人见人去了，便携了莺儿过来，问宝玉打什么络子。宝玉笑向莺儿道："才只顾说话，就忘了你。烦你来不为别的，却为替我打几根络子。"莺儿道："装什么的络子？"宝玉见问，便笑道："不管装什么的，你都每样打几个罢。"莺儿拍手笑道："这还了得！要这样，十年也打不完了。"宝玉笑道："好姐姐，你闲着也没事，都替我打了罢。"袭人笑道："那里一时都打得完，如今先拣要紧的打几个罢。"莺儿道："什么要紧，不过是扇子、香坠儿、汗巾子。"宝玉道："汗巾子就好。"莺儿道："汗巾子是什么颜色的？"宝玉道："大红的。"莺儿道："大红的须是黑络子才好看，或是石青的才压的住颜色。"宝玉道："松花色配什么颜色？"莺儿道："松花配桃红。"宝玉笑道："这才娇艳，再要雅淡之中带些娇艳才好。"莺儿道："葱绿柳黄可倒还雅致。"宝玉道："也罢了，也打一条桃红，再打一条葱绿？"莺儿道："什么花样呢？"宝玉道："也有几样花样？"莺儿道："一炷香、朝天凳、象眼块、方胜、连环、梅花、柳叶[①]。"宝玉道："前儿你替三姑娘打的那花样是什么？"莺儿道："那是攒心梅花。"宝玉道："就是那样好。"一面说，一面叫袭人刚拿了线来，窗外婆子说："姑娘们的饭都有了。"宝玉道："你们吃饭去，快吃了来罢。"袭人笑道："有客在这里，我们怎好去的？"莺儿一面理线，一面笑道："这话又打那里说起？正经快吃了来罢。"袭人等听说方去了，只留下两个小丫头听呼唤。

宝玉一面看莺儿打络子，一面说闲话，因问他："十几岁了？"莺儿手里打着，一面答话说："十六岁了。"宝玉道："你本姓什么？"莺儿道："姓黄。"宝玉笑道："这个名姓倒对了，果然是个黄莺儿。"莺儿笑道："我的名字本来是两个字，叫作金莺。姑娘嫌拗口，就单叫莺儿，如今就叫开了。"宝玉道："宝姐姐也算疼你了。明儿宝姐姐出阁，少不得是你跟去了。"莺儿抿嘴一笑。宝玉笑道："我

---

① 一炷香……柳叶——这里是各种编织图案的名称。一炷香：直线形。朝天凳：梯形。象眼块：菱形。方胜：一角相叠的两个菱形。连环：两个套连的圆环。梅花、柳叶：梅花形、柳叶形的图样。

常常和袭人说，明儿不知那一个有福的消受你们主子奴才两个呢。”莺儿笑道：“你还不知道我们姑娘有几样世人都没有的好处呢，模样儿还在次。”宝玉见莺儿娇憨婉转，语笑如痴，早不胜其情了，那堪更提起宝钗来！便问他道：“好处在那里？好姐姐，细细告诉我听。”莺儿笑道：“我告诉你，你可不许又告诉他去。”宝玉笑道：“这个自然的。”

黄金莺

正说着，只听外头说道：“怎么这样静悄悄的！”二人回头看时，不是别人，正是宝钗来了。宝玉忙让坐。宝钗坐了，因问莺儿：“打什么呢？”一面问，一面向他手里去瞧，才打了半截。宝钗笑道：“这有什么趣儿！倒不如打个络子，把玉络上呢。”一句话提醒了宝玉，便拍手笑道：“倒是姐姐说得是，我就忘了。只是配个什么颜色才好？”宝钗道：“用鸦色断然使不得，大红又犯了色，黄的又不起眼，黑的太暗。依我说，竟把你的金线拿来，配着黑珠儿线，一根一根的拈上，打成络子，那才好看。”

宝玉听说，喜之不尽，一叠声就叫袭人来取金线。正值袭人端了两碗菜走进来，告诉宝玉道：“今儿奇怪，才刚太太打发人给我送了两碗菜来。”宝玉笑道：“必定是今儿菜多，送来给你们大家吃的。”袭人道："不是，指名给我送来的，还不叫过去磕头。这可是奇了。"宝钗笑道："给你的，你就吃了，这有什么可猜疑的？"袭人笑道："从来没有的事，倒叫我不好意思的。"宝钗抿嘴一笑，说道："这就不好意思了？明儿比这个更叫你不好意思的还有呢。"袭人听了话内有因，素知宝钗不是轻嘴薄舌奚落人的，自己方想起上日王夫人的意思来，便不再提了，将菜与宝玉看了，说："洗了手来拿线。"说毕，便一直的出去了。吃过饭，洗了手，进来拿金线与莺儿打络子。此时宝钗早被薛蟠遣人来请出去了。

这里宝玉正看着打络子，忽见邢夫人那边遣了两个丫鬟送了两样果子来与他吃，问他："可走得了？若走得动，叫哥儿明儿过来散散心，太太着实记挂着呢。"宝玉忙道："若走得了，必请太太的安去。疼的比先好些，请太太放心罢。"一面叫他两个坐下，一面又叫秋纹来，把才拿来的那果子拿一半送与林姑娘去。秋纹答应了，刚欲去时，只听黛玉在院内说话，宝玉忙叫"快请"。要知端的，且听下回分解。

第三十六回

绣鸳鸯梦兆绛芸轩　识分定情悟梨香院

话说贾母自王夫人处回来，见宝玉一日好似一日，心中自是欢喜。因怕将来贾政又叫他，遂命人将贾政的亲随小厮头儿唤来，吩咐他：“以后倘有会人待客诸样的事，你老爷要叫宝玉，你不用上来传话，就回他说我说了：一则打重了，得着实将养几个月才走得；二则他的星宿[1]不利，祭了星不见外人，过了八月才许出二门。”那小厮头儿听了，领命而去。贾母又命李嬷嬷、袭人等来，将此话说与宝玉，使他放心。

那宝玉素日本就懒与士大夫诸男人接谈，又最厌峨冠礼服贺吊往还等事，今日得了这句话，越发得了意，不但将亲戚朋友一概杜绝了，而且连家庭中晨昏定省益发都随他的便了，日日只在园中游卧，不过每日一清早到贾母王夫人处走走就回来了，却每每甘心为诸丫鬟充役，竟也得十分消闲日月。或如宝钗辈有时见机劝导，反生起气来，只说：“好好的一个清净洁白的女儿，也学的钓名沽誉，入了国贼禄鬼之流。这总是前人无故生事，立言竖辞，原为导后世的须眉浊物。不想我生不幸，亦且琼闺绣阁中亦染此风，真真有负天地钟灵毓

① 星宿——我国古代对星座的称呼。

秀[1]之德。”因此祸延古人，除四书外，竟将别的书焚了。众人见他如此疯颠，也都不向他说正经话了。独有林黛玉自幼不曾劝他去立身扬名，所以深敬黛玉。

闲言少述。如今且说凤姐自见金钏儿死后，忽见几家仆人常来孝敬他些东西，又不时的来请安奉承，自己倒生了疑惑，不知何意。这日又见人来孝敬他东西，因晚间无人时，笑问平儿，平儿冷笑道：“奶奶连这个都想不起来了？我猜他们的女儿，都必是太太房里的丫头，如今太太房里有四个大的，一个月一两银子的分例，下剩的都是一个月几百钱。如今金钏儿死了，必定他们要弄这一两银子的窝儿呢。”凤姐听了，笑道：“是了，是了，倒是你想的不错。只是这些人也太不知足。钱也赚够了，苦事情又摊不着他们，弄个丫头搪塞着身子也就罢了，又还想这个巧宗儿。他们几家的钱也不是容易花到我跟前的，这可是他们自寻，送什么来，我就收什么，横竖我有主意。”凤姐安下这个心，所以只管迁延着，等那些人把东西送足了，然后乘空方回王夫人。

这日午间，薛姨妈母女两个与黛玉等正在王夫人房里大家吃西瓜呢，凤姐得便回王夫人道：“自从玉钏儿的姐姐死了，太太跟前少着一个人。太太或看准了那个丫头好，就吩咐了，下月好发放月钱。”王夫人听了。想了一想，道：“依我说，什么是例，必定四个五个的？够使就罢了，竟可以免了罢。”凤姐笑道：“论理，太太说的也是。这原是旧例，别人屋里还有两个呢，太太倒不按例了。况且省下一两银子。也有限的。”王夫人听了，又想一想，道：“也罢，这个分例只管关了来，不用补人，就把这一两银子给他妹妹玉钏儿罢。他姐姐服侍了我一场，没个好结果，剩下他妹妹跟着我，吃个双分儿也不为过。”凤姐答应着，回头望着玉钏儿道：“大喜，大喜。”玉钏儿过来磕了头。

王夫人问道：“正要问你，如今赵姨娘、周姨娘的月例多少？”凤姐道：“那是定例，每人二两。赵姨娘有环兄弟的二两，共是四两，另外四串钱。”王夫人道：“可都按数给他们？”凤姐见问的奇，忙道：“怎么不按数给！”王夫人道：“前儿我恍惚听见有人抱怨，说短了一

---

① 钟灵毓秀——旧时认为杰出有为的人才，是天地间灵秀之气聚集培育出来的。钟：聚。毓：养育。

吊钱，是什么原故？”凤姐忙笑道：“姨娘们的丫头，月例原是人各一吊。从旧年他们外头商议的，姨娘们每位的丫头分例减半，人各五百钱，每位两个丫头，所以短了一吊钱。这也抱怨不着我，我倒乐得给他们呢，只是外头又扣着，这里我不过是接手儿，怎么来，怎么去，由不得我做主。我倒说了两三回，仍旧添上这两分为是。他们说了只有这个数儿，叫我也难再说了。如今我手里给他们，每月连日子都不错。先时儿在外头关，那个月不打饥荒？何曾顺顺溜溜的得过一遭儿呢。”

王夫人听说，也就罢了，半晌又问：“老太太屋里几个一两的？”凤姐道：“八个。如今只有七个，那一个是袭人。”王夫人道：“这就是了。你宝兄弟也并没有一两的丫头，袭人还算是老太太房里的人。”凤姐笑道：“袭人原是老太太的人，不过给了宝兄弟使。他这一两银子还在老太太的丫头分例上领。如今说因为袭人是宝玉的人，裁了这一两银子，断乎使不得。若说再添一个人给老太太，这个还可以裁他的。若不裁他，须得环兄弟屋里也添上一个才公道均匀了。就是晴雯、麝月等七个大丫头，每月每人各一吊，佳蕙等八个小丫头，每月每人各五百，还是老太太的话，别人如何恼得气得呢。”薛姨娘笑道：“你们只听凤丫头的嘴，倒像倒了核桃车子似的，帐也清楚，理也公道。”凤姐笑道：“姨妈，难道我说错了吗？”薛姨妈笑道：“说的何尝错，只是你慢着些儿说，岂不省力些。”凤姐才要笑，忙又忍住了，听王夫人示下。

王夫人想了半日，向凤姐道：“明儿挑一个好丫头送去老太太使，补袭人，把袭人的一分裁了。把我每月的月例二十两银子里，拿出二两银子一吊钱来给袭人。以后凡事有赵姨娘、周姨娘的，也有袭人的，只是袭人的这一分都从我的分例上匀出来，不必动官中的就是了。”凤姐一一的答应了，笑推薛姨妈道：“姑妈听见了，我素日说的话如何？今儿果然应了我的话。”薛姨妈道：“早就该如此。模样儿自然不用说的，他的那行事儿的大方，说话见人和气里头带着刚硬要强，这个实在难得。”王夫人含泪说道：“你们那里知道袭人那孩子的好处？比我的宝玉强十倍呢。宝玉果然是有造化的，能够得他长长远远的服侍一辈子，也就罢了。”凤姐道：“既这么样，就开了脸，明放他在屋里岂不好？”王夫人道：“那就不好了，一则年轻，二则老爷也不许，三则那宝玉见袭人是他的丫头，纵有放纵的事，倒能听他的劝，如今作了跟前人[①]，那袭人该劝的也不敢十分的劝了。如今且浑着，等再过二三年再说。”

说毕半日，凤姐见无话，便转身出来。刚至廊檐上，只见有几个执事的媳妇子正等他回事呢，见他出来，都笑道：“奶奶今儿回什么事，这半天？可是要热着了。”凤姐把袖子挽了几挽，跐着那角门的门槛子，笑道：“这里过堂风倒凉快，吹一吹再走。”又告诉众人道：“你们说我回了这半日的话，太太把二百年的事都想起来问我，难道我不说罢？”又冷笑道：“我从今以后倒要干几样克毒事了。抱怨给太太听，我也不怕。糊涂油蒙了心，烂了舌头，不得好死的下作娼妇们，别做娘的春梦了！明儿一裹脑子扣的日子还有呢。如今裁了丫头的钱，就抱怨了咱们。也不想一想是奴儿，也配使两三个丫头！”一面骂，一面方走了，自去挑人回贾母话去。不在话下。

却说王夫人等这里吃毕西瓜，又说了一回闲话，各自方散去。宝钗与黛玉等回至园中，宝钗要约着黛玉往藕香榭去，黛玉回说立刻要洗澡，便各自散了。宝钗独自行来，顺路进了怡红院，意欲寻宝玉去闲话，以解午倦。不想一入院中，鸦雀无闻，一并连两只仙鹤在芭蕉下都睡着了。宝钗便顺着游廊来至房中，只见外间床上横三竖四，都是丫头们睡觉。转过十锦槅子，来至宝玉的房内。宝玉在床上睡着了，袭人坐在身旁，手里做针线，旁边放着一柄白犀麈[②]。宝钗走近前来，悄悄的笑道：“你也过于小心了，这个屋里那里有苍蝇蚊子，还拿蝇刷子赶什么？”袭人不防，猛抬头见是宝钗，忙放下针线，起身悄悄笑道：“姑娘来了，我倒不防，唬了一跳。姑娘不知道，虽然没有苍蝇蚊子，谁知有一种小虫子，从这纱眼里钻进来，人也看不见，只睡着了，咬一口，就像蚂蚁夹的。”宝钗道：“怨不得。这屋子后头又近水，又都是香花儿，这屋子里头又香。这种虫子都是花心里长的，闻香就扑。”

说着，一面又瞧他手里的针线，原来是个白绫红里的兜肚，上面扎着鸳鸯戏莲的花样，红莲绿叶，五色鸳鸯。宝钗道：“哎哟，好鲜亮

---

① 跟前人——这里指被收作妾的丫鬟，义同前面的“房里人”。

② 白犀麈——一种精致贵重的拂尘。麈：鹿的一种。

活计！这是谁的，也值的费这么大工夫？”袭人向床上努嘴儿。宝钗笑道：“这么大了，还带这个？”袭人笑道：“他原是不肯带，所以特特的做的好了，叫他看见由不得不带。如今天气热，睡觉都不留神，哄他带上了，就是夜里纵盖不严些儿，也就罢了。你说这一个就用了工夫，还没看见他身上带的那一个呢。”宝钗笑道：“也亏你耐烦。”袭人道：“今儿做的工夫大了，脖子低的怪酸的。”又笑道：“好姑娘，你略坐一坐，我出去走走就来。”说着便走了。宝钗只顾看着活计，便不留心，一蹲身，刚刚的也坐在袭人方才坐的所在，因又见那活计实在可爱，不由的拿起针来，就替他做起来。

不想黛玉因遇见湘云约他来与袭人道喜，二人来至院中。见静悄悄的，湘云便转身先到厢房里去找袭人。黛玉却来至窗外，隔着纱窗往里一看，只见宝玉穿着银红纱衫子，随便睡着在床上，宝钗坐在身旁做针线，旁边放着蝇刷子。黛玉见了这个景况，早已呆了，连忙把身子一躲，半日又捂着嘴笑，却不敢笑出来，招手儿叫湘云。湘云见他这般光景，只当有什么新闻，忙也来一看，才要笑，忽然想起宝钗素日待他厚道，便忙掩住口。知道黛玉不让人，怕他取笑，便忙拉过他来道：“走罢。我想起袭人来，他说午间要到池子里去洗衣裳，想必去了，咱们找他去罢。”黛玉心下明白，冷笑了两声，只得随他走了。

这里宝钗只刚做了两三个花瓣，忽见宝玉在梦中喊骂说：“和尚道士的话如何信得？什么是金玉姻缘，我偏说是木石姻缘！”宝钗听了这话，不觉怔了。忽见袭人走过来，笑道：“还没醒呢。”宝钗摇头。袭人又笑道：“我才碰见林姑娘史大姑娘，他们可曾进来？”宝钗道：“没见他们进来。”因向袭人笑道：“他们没告诉你什么话？”袭人红了脸，笑道：“总不过是他们那些玩话，有什么正经说的。”宝钗笑道：“他们说的可不是玩话，我正要告诉你呢，你又忙忙的出去了。”

一句话未完，只见凤姐打发人来叫袭人。宝钗笑道：“就是为那话了。”袭人只得唤起两个丫鬟来，同着宝钗出怡红院，自往凤姐这里来。果然是告诉他这话，又叫他与王夫人叩头，且不必去见贾母，倒把袭人说的甚觉不好意思。见过王夫人急忙回来，宝玉已醒了，问起原故，袭人且含糊答应，至夜间人静，袭人方告诉了。宝玉喜不自禁，又向他笑道：“我可看你回家去不去了！那一回往家里走了一趟，回来就说你哥哥要赎你，又说在这里没着落，终久算什么，说那么些无情无义的生分话唬我。从今以后，我可看谁敢来叫你去！”袭人听了，便冷笑道：“你倒别这么说。从此以后我是太太的人了，我要走连你也不必告诉，只回了太太就走。”宝玉笑道：“就算我不好，你回了太太就去了，叫别人听见说我不好，你去了你也没意思。”袭人笑道：“有什么没意思的，难道下流人，我也跟着罢。再不然，还有一个死呢。人活百岁，横竖要死，这一口气没了，听不见看不见就罢了。”宝玉听见这话，便忙捂他的嘴，说道：“罢，罢，罢，你别说这些话了。”袭人深知宝玉性情古怪，听见奉承吉利话，又厌虚而不实，听了这些尽情实话，又生悲感，也后悔自己说冒撞了，连忙笑着用话截开，只拣那宝玉素日喜欢的，说些春风秋月，粉淡脂红，又说到女儿如何好，不觉又说到女儿死的上头，袭人忙掩住口。

宝玉听至浓快处，见他不说了，便笑道：“人谁不死，只要死的好。那些须眉浊物，只知道文死谏，武死战，这二死是大丈夫的名节，便只管胡闹起来，那里知道有昏君方有死谏之臣，只顾他邀名，猛拼一死，将来置君于何地？必定有刀兵，方有死战，他只顾图汗马之功，猛拼一死，将来置国于何地？……”袭人不等说完，便道：“古时候这些人也因出于不得已他才死啊。”宝玉道：“那武将不过仗血气之勇，疏谋少略，他自己无能，送了性命，这难道也是不得已？那文官更不比武将了，他念两句书记在心里，若朝廷少有疵瑕，他就胡弹乱谏，邀忠烈之名，倘有不合，浊气一涌，即时拼死，这难道也是不得已？要知那朝廷是受命于天，若非圣人，那天也断断不把这万几重任与他了。可知那些死的都是沽名钓誉，并不知君臣的大义。比如我此时若果有造化，趁你们都在眼前，我就死了，再能够你们哭我的眼泪流成大河，把我的尸首漂起来，送到那鸦雀不到的幽僻之处，随风化了，自此再不要托生为人，这就是我死的得时了。”袭人忽见说出这些疯话来，忙说困了，不再答言。那宝玉方合眼睡着，至次日也就丢开了。

一日，宝玉因各处游的烦腻了，便想起《牡丹亭》曲子来，自己看了两遍，犹不惬怀，因闻得梨香院的十二个女孩儿中有个小旦龄官最唱的好，因出了角门来找时，只见葵官、药官都在院内，见宝玉来了，都笑迎让坐。宝玉因问：“龄官在那里？”都告诉他说：“在他房里呢。”宝玉忙至他房内，只见龄官独自倒在枕上，见他进来，文风不动。宝玉素习与别的女孩子玩惯了的，只当龄官也同别人一样，因近前陪笑央他起来唱“袅晴丝”一套[①]。不想龄官见他坐下，忙抬身起来躲避，正色说道：“嗓子哑了。前儿娘娘传进我们去，我还没有唱呢。”宝玉见他坐正了，再一细看，原来就是那日蔷薇花下划“蔷”字的那一个。又见如此光景，从来未经过这番被人弃厌，自己便讪讪的红了脸，只得出来了。药官等不解何故，因问其所以。宝玉便告诉了他。药官笑说道：“只略等一等，蔷二爷来了叫他唱，是必唱的。”宝玉听了，心下纳闷，因问：“蔷哥儿那去了？”葵官道：“才出去了，一定就是龄官要什么，他去变弄去了。”

宝玉听了，以为奇特，少站片时，果见贾蔷从外头来了，手里又提着个雀儿笼子，上面托着小戏台，并一个雀儿，兴兴头头往里来找龄官。见了宝玉，只得站住。宝玉问他：“是个什么雀儿，会衔旗串戏台？”贾蔷笑道：“是个玉顶金豆。”宝玉道：“多少钱买的？”贾蔷道：“一两八钱银子。”一面说，一面让宝玉坐，自己往龄官房里来。宝玉此刻把听曲子的心都没了，且要看他和龄官是怎么样。只见贾蔷进去笑道：“你来瞧这个玩意儿。”龄官起身问是什么，贾蔷道：“买了雀儿给你玩，省了你天天儿发闷。我先玩个你瞧。”说着，便拿些谷子哄的那个雀儿果然在戏台上衔着鬼脸儿和旗帜乱串。众女孩子都笑了，独龄官冷笑两声，赌气仍睡着去了。贾蔷还只管陪笑，问他好不好。龄官道：“你们家把好好的人弄了来，关在这牢坑里学这个劳什子还不算，你这会子又弄个雀儿来，也干这个浪事。你分明弄了来打趣形容我们，还问好不好。”贾蔷听了，不觉慌起来，连忙赌誓。又道：“今儿我那里的糊涂油蒙了心！费了一二两银子买他，原说解闷，就没有想到这上头。罢，罢，放了生[②]，倒也免你的灾。”说着，果然将雀儿放了，一顿把[③]那笼子拆了。龄官还说：“那雀儿虽不如人，也有个老雀儿在窝里，你拿了他来弄这个劳什子，也忍得！今日我咳嗽出两口血

---

① “袅晴丝”一套——“袅晴丝”是《牡丹亭·惊梦》中第一支曲《步步娇》的首三字。“袅晴丝”，代指《惊梦》一出的曲子。

② 放了生——释放鸟兽虫鱼等类小生物，佛家视为善举，认为可积阴德。

③ 一顿把——这是一个不可分拆的词语，犹言“一下子”“一鼓作气”。

来，太太叫大夫来瞧，不说替我细问问，你且弄这个来取笑。偏是我这没人管没人理的，又偏爱害病。”贾蔷听说，连忙说道：“昨儿晚上我问了大夫，他说不相干，吃两剂药，后儿再瞧。谁知今儿又吐了。这会子请他去。”说着，便要请去。龄官又叫：“站住，这会子大毒日头地下，你赌气去请了来，我也不瞧。”贾蔷听如此说，只得又站住。

宝玉见了这般景况，不觉痴了，这才领会了划“蔷”深意。自己站不住，便抽身走了。贾蔷一心都在龄官身上，也不顾送，倒是别的女孩子送了出来。

那宝玉一心裁夺盘算，痴痴的回至怡红院中，正值黛玉和袭人坐着说话儿呢。宝玉一进来，就和袭人长叹，说道：“我昨晚上的话竟说错了，怪道老爷说我是‘管窥蠡测’。昨夜说你们的眼泪单葬我，这就错了。我竟不能全得了。从此后只是各人各得眼泪罢了。”袭人昨夜不过是些玩话，已经忘了，不想宝玉今又提起来，便笑道：“你可真真有些疯了。”宝玉默默不对，自此深悟人生情缘，各有分定，只是每每暗伤：“不知将来葬我洒泪者为谁？”

且说林黛玉当下见了宝玉如此形象，便知是又从那里着了魔来，也不便多问，因说道：“我才在舅母跟前听见说明日是薛姨妈的生日，叫我顺便来问你出去不出去。你打发人前头说一声去。”宝玉道：“上回连大老爷的生日我也没去，这会子我又去，倘或碰见了人呢？我一概都不去。这么怪热的，又要穿衣裳，我不去姨妈也不恼。”袭人忙道：“这是什么话？他比不得大老爷。这里又住的近，又是亲戚，你不去岂不叫他思量。你怕热，就清早起来到那里磕个头，吃钟茶回来，岂不好看？”

宝玉尚未说话，黛玉便先笑道：“你看着人家赶蚊子分上，也该去走走。”宝玉不解，忙问：“怎么赶蚊子？”袭人便将昨日睡觉无人作伴，宝姑娘坐了一坐的话告诉宝玉。宝玉听了，忙说：“不该！我怎么睡着了？亵渎了他！”一面又说：“明日必去。”

正说着，忽见湘云穿的齐齐整整的走来辞，说家里打发人来接他。宝玉、黛玉听说，忙站起来让坐。湘云也不坐，宝、黛两个只得送他至前面。那湘云只是眼泪汪汪的，见有他家人在跟前，又不敢十分委曲。少时宝钗赶来，愈觉缱绻难舍。还是宝钗心内明白，他家里人若回去告诉了他婶娘，待他家去了又恐怕他受气，因此倒催着他走了。众人送至二门前，宝玉还要往外送，倒是湘云拦住了。一时，回身又叫宝玉到跟前，悄悄的嘱道：“便是老太太想不起我来，你时常提着打发人接我去。”宝玉连连答应了。眼看着他上车去了，大家方才进来。要知端的，且听下回分解。

第三十七回

秋爽斋偶结海棠社　蘅芜苑夜拟菊花题

话说史湘云回家后，宝玉等仍不过在园中嬉游吟咏，不提。

且说贾政自元妃归省之后，居官更加勤慎，以期仰答皇恩。皇上见他人品端方，风声清肃，虽非科第出身，却是书香世代，因特将他点了学差[①]，也无非是选拔真才之意。这贾政只得奉了旨，择于八月二十日起身。是日拜别过宗祠及贾母，便起身而去。宝玉等如何送行，以及贾政出差外面诸事，不及细述。

单表宝玉自贾政起身之后，每日在园中任意纵性的逛荡，真把光阴虚度，岁月空添。这日甚觉无聊，便往贾母王夫人处来混了一混，仍然进园来了。刚换了衣裳，只见翠墨进来，手里拿着一幅花笺送与他看。宝玉因道："可是我忘了，才要瞧瞧三妹妹去的，你来的正好。可好些了？"翠墨道："姑娘好了，今儿也不吃药了，不过是凉着一点儿。"宝玉听说，便展开花笺看时，上面写道：

娣[②]探谨奉

① 学差——"学政"，全称"提督学政"，朝廷派往各省掌管科举学校等事的官员。

② 娣——女弟，义同"妹"。

二兄文几：前夕新霁，月色如洗，因惜清景难逢，讵忍就卧，时漏已三转，犹徘徊于桐槛之下，未防风露所欺，致获采薪之患[1]。昨蒙亲劳抚嘱，复又数遣侍儿问切，兼以鲜荔并真卿墨迹[2]见赐，何痌瘝[3]惠爱之深哉！今因伏几凭床处默之时，因思及历来古人中处名攻利敌之场，犹置一些山滴水[4]之区，远招近揖，投辖攀辕[5]，务结二三同志盘桓其中，或竖词坛，或开吟社，虽一时之偶兴，遂成千古之佳谈。娣虽不才，窃[6]同叨栖处于泉石之间，而兼慕薛林之技。风庭月榭，惜未宴集诗人；帘杏溪桃，或可醉飞吟盏。孰谓莲社[7]之雄才，独许须眉；直以东山[8]之雅会，让余脂粉。若蒙棹雪而来[9]，娣则扫花以待[10]。此谨奉。

翠墨

宝玉看了，不觉喜的拍手笑道："倒是

① 采薪之患——"采薪之忧"，意思是有病不能打柴。后用作自称有病的婉辞。薪：柴草。

② 真卿墨迹——唐代大书法家颜真卿（又称颜鲁公）的手迹。

③ 痌瘝——痌：痛。瘝：病。古代帝王常用"痌瘝乃身""痌瘝在抱"一类的话表示其视民间疾苦犹如自身病痛。在这里探春用以表示宝玉对自己生病的关切。

④ 些山滴水——供玩赏的小巧的盆景山水之类。这里指园林泉石。

⑤ 投辖攀辕——极言留客之殷切。辖：穿在车轴头上使轮子不致脱落的零件，多用金属制成。投辖：《汉书·陈遵传》记陈遵嗜酒好客，宴饮时常将客人的车辖投入井中，使客人不得离去。辕：车辕。攀辕：牵挽住车辕子不让走。

⑥ 窃——私下、内心之意，常用作表示个人意见的谦辞。

⑦ 莲社——东晋名僧慧远居庐山虎溪东林寺所结成的一个文社，因寺内有白莲，故称莲社。

⑧ 东山——在浙江会稽。东晋时谢安曾隐居东山，常邀集友人在此遨游山水，吟诗作文。

⑨ 棹雪而来——乘兴而来。棹：船桨，这里作动词用，相当于"划"。

⑩ 扫花以待——杜甫《客至》诗有"花径不曾缘客扫，蓬门今始为君开"的句子。这里借用诗意表示主人待客的诚意。

三妹妹高雅，我如今就去商议。”一面说，一面就走，翠墨跟在后面。刚到了沁芳亭，只见园中后门上值日的婆子手里拿着一个字帖儿走来，见了宝玉，便迎上去，口内说道：“芸哥儿请安，在后门只等着呢，这是叫我送来的。”宝玉打开看时，写道是：

不肖男芸恭请

父亲大人万福金安。男思自蒙天恩，认于膝下，日夜思一孝顺，竟无可孝顺之处。前因买办花草，上托大人金福，竟认得许多花儿匠，并认得许多名园。因忽见有白海棠一种，不可多得。故变尽方法，只弄得两盆。大人若视男是亲男一般，便留下赏玩。因天气暑热，恐园中姑娘们不便，故不敢面见。奉书恭启，并叩台安。男芸儿跪书。

宝玉看了，笑道：“独他来了，还有什么人？”婆子道：“还有两盆花儿。”宝玉道：“你出去说，我知道了，难为他想着。你就把花儿送到我屋里去就是了。”说着同翠墨往秋爽斋来，只见宝钗、黛玉、迎春、惜春已都在那里了。

众人见他进来，都笑说：“又来了一个。”探春笑道：“我不算俗，偶然起个念头，写了几个帖儿试一试，谁知一招皆到。”宝玉笑道：“可惜迟了，早该起个社的。”黛玉道：“此时还不算迟，也没什么可惜，但只你们只管起社，可别算上我，我是不敢的。”迎春笑道：“你不敢谁还敢呢？”宝玉道：“这是一件正经大事，大家鼓舞起来，不要你谦我让的。各有主意自管说出来大家平章[①]。宝姐姐也出个主意，林妹妹也说个话儿。”宝钗道：“你忙什么，人还不全呢。”一语未了，李纨也来了，进门笑道：“雅的很那！要起诗社，我自举我掌坛。前儿春天我原有这个意思的。我想了一想，我又不会作诗，瞎乱些什么，因而也忘了，就没有说。既是三妹妹高兴，我就帮你作兴起来。”

黛玉道：“既然定要起诗社，咱们都是诗翁了，先把这些姐妹叔嫂

① 平章——品评；议论。

的字样改了才不俗。”李纨道：“极是。何不大家起个别号，彼此称呼则雅。我是定了‘稻香老农’，再无人占的。”探春笑道：“我就是‘秋爽居士’罢。”宝玉道：“居士、主人到底不恰，且又累赘。这里梧桐芭蕉尽有，或指梧桐芭蕉起个倒好。”探春笑道：“有了，我最喜芭蕉，就称‘蕉下客’罢。”众人都道别致有趣。黛玉笑道：“你们快牵了他去，炖了脯子吃酒。”众人不解。黛玉笑道：“古人曾云‘蕉叶覆鹿’①。他自称‘蕉下客’，可不是一只鹿了！快做了鹿脯来。”众人听了都笑起来。探春因笑道：“你别忙中使巧话来骂人，我已替你想了个极当的美号了。”又向众人道：“当日娥皇女英洒泪在竹上成斑，故今斑竹又名湘妃竹。如今他住的是潇湘馆，他又爱哭，将来他想林姐夫，那些竹子也是要变成斑竹的。以后都叫他作‘潇湘妃子’就完了。”大家听说，都拍手叫妙。林黛玉低了头方不言语。李纨笑道：“我替薛大妹妹也早已想了个好的，也只三个字。”惜春、迎春都问是什么。李纨道：“我是封他‘蘅芜君’了，不知你们以为如何？”探春笑道：“这个封号极好。”宝玉道：“我呢？你们也替我想一个。”宝钗笑道：“你的号早有了，‘无事忙’三字恰当的很。”李纨道：“你还是你的旧号‘绛洞花主’就好。”宝玉笑道：“小时候干的营生，还提他作什么？”探春道：“你的号多的很，又起什么。我们爱叫你什么，你就答应着就是了。”宝钗道：“还得我送你个号罢。有最俗的一个号，却于你最当。天下难得的是富贵，又难得的是闲散，这两样再不能兼，不想你兼有了，就叫你‘富贵闲人’也罢了。”宝玉笑道：“当不起，当不起，倒是随你们混叫去罢。”黛玉道：“混叫如何使得！你现住怡红院，索性叫‘怡红公子’不好？”众人道：“也好。”李纨道：“二姑娘、四姑娘起个什么号？”迎春道：“我们又不大会诗，白起个号作什么？”探春道：“虽如此，也起个才是。”宝钗道：“他住的是紫菱洲，就叫他‘菱洲’；四丫头在藕香榭，就叫他‘藕榭’就完了。”

① 蕉叶覆鹿——《列子·周穆王》记述郑国有个樵夫打死了一只鹿，恐人看见，急忙藏在隍（无水池）中，覆之以蕉（同樵），哪知过后忘了所藏的地方，便以为是一场梦。后常用“蕉鹿”比喻世事变幻。这里只是取蕉下有鹿的字面意思来打趣。

李纨道："就是这样好。但序齿我大，你们都要依我的主意，管教说了，大家合意。我们七个人起社，我和二姑娘、四姑娘都不会作诗，须得让出我们三个人去。我们三个各分一件事。"探春笑道："已有了号，还只管这样称呼，不如不有了。以后错了，也要立个罚约才好。"李纨道："立定了社，再定罚约。我那里地方大，竟在我那里作社。我虽不能作诗，这些诗人竟不厌俗，容我作个东道主人，我自然也清雅起来了。若是要推我作社长，我一个社长自然不够，必要再请两位副社长，就请菱洲、藕榭二位学究来，一位出题限韵，一位誊录监场。亦不可拘定了我们三个人不作，若遇见容易些的题目韵脚，我们也随便作一首。你们四个却是要限定的。若如此便起，若不依我，我也不敢附骥[1]了。"

迎春、惜春本性懒于诗词，又有薛、林在前，听了这话便深合己意，二人皆说"是极"。探春等也知此意，见他二人悦服，也不好强，只得依了，因笑道："这话也罢了。只是自想好笑：好好儿的我起了个主意，反叫你们三个来管起我来了。"宝玉道："既这样，咱们就往稻香村去。"李纨道："都是你忙，今日不过商议了，等我再请。"宝钗道："也要议定几日一会才好。"探春道："若只管会的多，又没趣了。一月之中，只可两三次才好。"宝钗点头道："一月只要两次就够了。拟定日期，风雨无阻。除这两日外，倘有高兴的，他情愿加一社，或请到他那里去，或附就了来，也使得，岂不活泼有趣？"众人都道："这个主意更好。"

探春道："只原是我起的意，我须得先作个东道主人，方不负我这兴。"李纨道："既这样说，明日你就先开一社如何？"探春道："明日不如今日，此刻就很好。你就出题，菱洲限韵，藕榭监场。"迎春道："依我说，也不必随一人出题限韵，竟是拈阄儿公道。"

李纨道："方才我来时，看见他们抬进两盆白海棠来，倒很好。你们何不就咏起他来呢？"迎春道："花还未赏，先倒作诗。"宝钗道："不过是白海棠，又何必定要见了才作？古人的诗赋，也不过都是寄兴

---

① 附骥——古有"苍蝇附骥尾而致千里"的说法，比喻依附他人而成名。后常以"附骥"作为自谦之辞。骥：好马，喻有才德的人。

写情；若都是等见了作，如今也没这些诗了。”迎春道：“这么着，我就限韵[①]了。”说着，走到书架前抽出一本诗来，随手一揭，却是一首七言律，递与众人看了，都该作七言律。迎春掩了诗，又向一个小丫头道：“你随口说一个字来。”那丫头正倚门立着，便说了个“门”字。迎春笑道：“就是门字韵，‘十三元’了。起头一个韵，定要这‘门’字。”说着，又要了韵牌匣子过来，抽出“十三元”一屉，又命那丫头随手拿四块。那丫头便拿了“盆”“魂”“痕”“昏”四块来。宝玉道：“这‘盆’‘门’两个字不大好作呢！”

侍书一样预备下四份纸笔，便都悄然各自思索起来。独黛玉或抚梧桐，或看秋色，或又和丫鬟们嘲笑。迎春又令丫鬟炷了一支“梦甜香”。原来这“梦甜香”只有三寸来长，有灯草粗细，以其易烬，故以此为限，如香烬未成便要罚。

一时探春便先有了，自提笔写出，又改抹了一回，递与迎春。因问宝钗：“蘅芜君，你可有了？”宝钗道：“有却有了，只是不好。”宝玉背着手，在回廊上踱来踱去，因向黛玉说道：“你听，他们都有了。”黛玉道：“你别管我。”宝玉又见宝钗已誊写出来，因说道：“了不得！香只剩了一寸了，我才有了四句。”又向黛玉道：“香就完了，只管蹲在那潮地下做什么？”黛玉也不理。宝玉道：“我可顾不得你了，好歹也写出来罢。”说着也走在案前写了。

李纨道：“我们要看诗了，若看完了还不交卷，是必罚的。”宝玉道：“稻香老农虽不善作却善看，又最公道，你就评阅优劣，我们都服的。”众人都道：“自然。”于是先看探春的稿子上写道：

咏白海棠限门盆魂痕昏

斜阳寒草带重门[②]，苔翠盈铺雨后盆。
玉是精神难比洁，雪为肌骨易销魂。

① 限韵——旧时作诗，限定只能在某一韵部中用韵，或在某一韵部中只能某几个字作韵脚，叫限韵。

② “斜阳”句——寒草：经霜的衰草。带：连接。重门：一层层院门。

芳心一点娇无力，倩影三更月有痕[①]。
莫谓缟仙能羽化[②]，多情伴我咏黄昏。

大家看了，称赞一回，又看宝钗的是：

珍重芳姿昼掩门[③]，自携手瓮灌苔盆。
胭脂洗出秋阶影，冰雪招来露砌魂[④]。
淡极始知花更艳，愁多焉得玉无痕[⑤]。
欲偿白帝凭清洁，不语婷婷日又昏[⑥]。

李纨笑道："到底是蘅芜君。"说着又看宝玉的，道是：

秋容浅淡映重门，七节攒成雪满盆[⑦]。
出浴太真冰作影，捧心西子玉为魂[⑧]。
晓风不散愁千点，宿雨还添泪一痕[⑨]。

---

① "芳心"二句——芳心：指女子的情意，这里喻花蕊。倩影：俏丽的身影。月有痕：指白海棠在月光下映出的投影。痕：这里指影子。

② "莫谓"句——缟仙：白衣仙女。缟，白绢。羽化：道家称得道成仙飞升为"羽化"。

③ "珍重"句——借白海棠自喻，极写豪门闺秀端庄矜持的仪态。珍重：加意爱惜。

④ "胭脂"二句——秋阶之上映有洗去红粉的白海棠淡雅的姿影，露水未干的台阶招来白海棠冰雪般素洁的精魂。

⑤ "淡极"二句——"淡极"句以花自赞；"愁多"句"讽刺林、宝二人"。

⑥ "欲偿"二句——白帝：古代神话传说中五天帝之一，掌管西方之神，五行属白，季节属秋，故常以白帝代指秋天。婷婷形容女子姿态窈窕美丽，这里指白海棠花。

⑦ "秋容"二句——秋容：指白海棠素淡的姿容。据"五行"之说秋色属白，故借秋以喻素白。七节：形容海棠枝节繁多。攒：丛聚。

⑧ "出浴"二句——太真：杨贵妃的号。唐玄宗曾赐她沐浴华清池，又曾以海棠睡未足喻贵妃醉态。"捧心西子"指西施"捧心而颦"的病态美。二句均借古代美人喻白海棠。

⑨ "晓风"二句——"晓风"句宝玉借以自况。"宿雨"句喻黛玉。愁千点：指枝上盛开的朵朵白花，若含无限哀愁。

独倚画栏如有意，清砧怨笛送黄昏[①]。

大家看了，宝玉说探春的好，李纨终要推宝钗："这诗有身分。"因又催黛玉。黛玉道："你们都有了。"说着提笔一挥而就，掷与众人。李纨等看他写道是：

半卷湘帘[②]半掩门，碾冰为土玉为盆。

看了这两句，宝玉先喝起彩来，只说："从何处想来？"又看下面道：

偷来梨蕊三分白，借得梅花一缕魂。

众人看了也都不禁叫好，说"果然比别人又是一样心肠"。又看下面道：

月窟仙人缝缟袂[③]，秋闺怨女拭啼痕。
娇羞默默同谁诉？倦倚西风夜已昏。

众人看了，都道是这首为上。李纨道："若论风流别致，自是这首；若论含蓄浑厚，终让蘅芜。"探春道："这评的有理，潇湘妃子当居第二。"李纨道："怡红公子是压尾，你服不服？"宝玉道："我的那首原不好，这评的最公。"又笑道："只是蘅、潇二首还要斟酌。"李纨道："原是依我评论，不与你们相干，再有多说者必罚。"宝玉听说，只得罢了。

李纨道："从此后我定于每月初二、十六这两日开社，出题限韵都

① "独倚"二句——把白海棠喻为独守空闺思念情郎的女子。如有意：像有所思虑。清砧：指清冷的捣衣声，古时妇女为远人作寒衣多于秋夜将衣捣平，故砧声多用以表达妇女秋夜捣衣怀念远人的意境。怨笛：哀怨幽咽的笛声。

② 湘帘——湘妃竹做的帘子。

③ "月窟"句——月窟：月宫。缟袂：代指白绢做的衣服。

要依我。这其间你们有高兴的，你们只管另择日子补开，那怕一个月每天都开社，我只不管。只是到了初二、十六这两日，是必往我那里去。”宝玉道：“到底要起个社名才是。”探春道：“俗了又不好，特新了，刁钻古怪也不好。可巧才是海棠诗开端，就叫个海棠社罢。虽然俗些，因真有此事，也就不碍了。”说毕大家又商议了一回，略用些酒果，方各自散去。也有回家的，也有往贾母、王夫人处去的。当下别人无话。

且说袭人因见宝玉看了字帖儿便慌慌张张的同翠墨去了，也不知是何事。后来又见后门上婆子送了两盆海棠花来。袭人问是那里来的，婆子便将前一番缘故说了。袭人听说便命他们摆好，让他们在下房里坐了，自己走到自己房内秤了六钱银子封好，又拿了三百钱走来，都递与那两个婆子道：“这银子赏那抬花的小子们，这钱你们打酒吃罢。”那婆子们站起来，眉开眼笑，千恩万谢的不肯受，见袭人执意不收，方领了。袭人又道：“后门上外头可有该班的小子们？”婆子忙应道：“天天有四个，原预备里面差使的。姑娘有什么差使，我们吩咐去。”袭人笑道：“有什么差使？今儿宝二爷要打发人到小侯爷家与史大姑娘送东西去，可巧你们来了，顺便出去叫后门小子们雇辆车来。回来你们就往这里拿钱，不用叫他们往前头混碰去。”婆子答应着去了。

袭人回至房中，拿碟子盛东西与湘云送去，却见槅子上碟子槽空着。因回头见晴雯、秋纹、麝月等都在一处做针凿，袭人问道：“那一个缠丝白玛瑙碟子那去了？”众人见问，你看我我看你，都想不起来。半日，晴雯笑道：“给三姑娘送荔枝去的，还没送来呢。”袭人道：“家常送东西的家伙也多，巴巴的拿这个去。”晴雯道：“我也这样说。他说这个碟子配上鲜荔枝才好看。我送去，三姑娘见了也说好看，叫连碟子放着，就没带来。你再瞧，那槅子尽上头的一对联珠瓶[①]还没收来呢。”

秋纹笑道：“提起瓶来，我又想起笑话。我们宝二爷说声孝心一动，也孝敬到十二分。因那日见园里桂花开了，折了两枝，原是自己要

① 联珠瓶——疑即为“双联瓶”，指两个等大的圆形并联（或叠联）的瓷瓶。一说指饰有联珠纹样的瓶子，“联珠”是以圆珠联串，作为一种连续纹样的带状条饰。

插瓶的，忽然想起来说，这是自己园里的才开的新鲜花儿，不敢自己先玩，巴巴的把那一对瓶拿下来，亲自灌水插好了，叫个人拿着，亲自送一瓶进老太太，又进一瓶与太太。谁知他孝心一动，连跟的人都得了福了。可巧那日是我拿去的。老太太见了，喜的无可不可，见人就说：‘到底是宝玉孝顺我，连一枝花儿也想的到。别人还只抱怨我疼他。’他们知道，老太太素日不大同我说话的，有些不入他老人家的眼的。那日竟叫人拿几百钱给我，说我可怜见的，生的单柔。这可是再想不到的福气。几百钱小事，难得这个脸面。及至到了太太那里，太太正和二奶奶、赵姨奶奶好些人翻箱子，找太太当日年轻的颜色衣裳，不知要给那一个。一见了，连衣裳也不找了，且看花儿。又有二奶奶在旁边凑趣儿，夸宝二爷又是怎么孝顺，又是怎样知好歹，有的没的说了两车话。当着众人，太太脸上又增了光，堵了众人的嘴。太太越发喜欢了，现成的衣裳就赏了我两件。衣裳也是小事，年年横竖也得，却不像这个彩头。”

晴雯笑道：“呸！好没见世面的小蹄子！那是把好的给了人，挑剩下的才给你，你还充有脸呢。”秋纹道：“凭他给谁剩的，到底是太太的恩典。”晴雯道：“要是我，我就不要。若是给别人剩下的给我，也罢了。一样这屋里的人，难道谁又比谁高贵些？把好的给他，剩下的才给我，我宁可不要，冲撞了太太，我也不受这口软气。”秋纹忙问：“给这屋里谁的？我因为前儿病了几天，家去了，不知是给谁的。好姐姐，你告诉我知道知道。”晴雯道：“我告诉了你，难道你这会退还太太去不成？”秋纹笑道：“胡说。我白听了喜欢喜欢。那怕给这屋里的狗剩下的，我只领太太的恩典，也不管别的事。”众人听了都笑道：“骂的巧，可不是给了那西洋花点子哈巴儿了。”

袭人笑道：“你们这起烂了嘴的！得了空就拿我取笑打牙儿。一个个不知怎么死呢。”秋纹笑道：“原来是姐姐得了，我实在不知道。我陪个不是罢。”袭人笑道：“少轻狂罢。你们谁取了碟子来是正经。”麝月道：“那瓶得空儿也该收来了。老太太屋里还罢了，太太屋里人多手杂。别人还可以，那个主儿的一伙子人见是这屋里的东西，又该使黑心弄坏了才罢。太太又不大管这些，不如早些收来正经。”晴雯听说，便放下针线道：“这话倒是，等我取去。”秋纹道：“还是我取去罢，你取你的碟子去。”晴雯笑道：“我偏取一遭儿去。是巧宗儿你们都得了，难道不许我得一遭儿吗？”麝月笑道：“通共秋丫头得了一遭儿衣裳，那里今日又巧，你也遇见找衣裳不成？”晴雯冷笑道：“虽然碰不见衣裳，或者太太看见我勤谨，一个月也把太太的公费里分出二两银子来给我，也定不得。”说着，又笑道：“你们别和我装神弄鬼的，什么事我不知道。”一面说，一面往外跑了。秋纹也同他出来，自去探春那里取了碟子来。

袭人打点齐备东西，叫过本处的一个老宋妈妈来，向他说道：“你先好生梳洗了，换了出门的衣裳来，回来打发你与史姑娘送东西去。”那宋嬷嬷道：“姑娘只管交给我，有话说与我，我收拾了就好一顺去。”袭人听说，便端过两个小掐丝盒子来。先揭开一个，里面装的是红菱和鸡头[①]两样鲜果；又揭那一个，是一碟子桂花糖蒸新栗粉糕。又说道：“这都是今年咱们这里园里新结的果子，宝二爷叫送来与姑娘尝尝。再前日姑娘说这玛瑙碟子好，姑娘就留下玩罢。这绢包儿里头是姑娘前日叫我作的活计，姑娘别嫌粗糙，留着用罢。替我们请安，替二爷问好就是了。”宋嬷嬷道：“宝二爷不知还有什么说的，姑娘再问问去，回来又别说忘了。”袭人因问秋纹：“方才可见在三姑娘那里？”秋纹道：“他们都在那里商议起什么诗社呢，又都作诗。想来没话，你只去罢。”宋嬷嬷听了，便拿了东西出去，穿戴了。袭人又嘱咐他：“从后门出去，有小子和车等着呢。”宋妈去后，不在话下。

宝玉回来，先忙着看了一回海棠，至屋里告诉袭人起诗社的事。袭人也把打发宋妈妈与史湘云送东西去的话告诉了宝玉。宝玉听了，拍手道：“偏忘了他。我只觉心里有件事，只是想不起来，亏你提起来，正要请他去。这诗社里若少了他还有个什么意思？”袭人劝道：“什么要紧，不过玩意儿。他比不得你们自在，家里又作不得主。告诉他，他要来又由不得他；不来，他又牵肠挂肚的，没的叫他不受用。”宝玉道：“不妨事，我回老太太打发人接他去。”正说着，宋妈妈已经回来，回复道：“姑娘说‘生受’[②]，与花姑娘道乏。”又说：“问二爷作什

① 鸡头——指鸡头米，芡实之俗称。芡是一种水生植物，其果仁可食。

② 生受——这里是道谢语，难为、有劳的意思。

么呢，我说和姑娘们起什么诗社作诗呢。史姑娘说，他们作诗也不告诉他去，急的了不的。”宝玉听了立身便往贾母处来，立逼着叫人接去。贾母因说：“今儿天晚了，明日一早再去。”宝玉只得罢了，回来闷闷的。

次日一早，便又往贾母处来催逼人接去。直到午后，史湘云才来了，宝玉方放了心。见面时就把始末原由告诉他，又要与他诗看。李纨等因说道：“且别给他诗看，先说与他韵。他后来，先罚他和了诗：若好，便请入社；若不好，还要罚他一个东道再说。”史湘云道：“你们忘了请我，我还要罚你们呢。就拿韵来，我虽不能，只得勉强出丑。容我入社，扫地焚香我也情愿。”众人见他这般有趣，越发喜欢，都埋怨昨日怎么忘了他，遂忙告诉他韵。史湘云一心兴头，等不得推敲删改，一面只管和人说着话，心内早已和成，即用随便的纸笔录出，先笑说道：“我却依韵和了两首，好歹我却不知，不过应命而已。”说着递与众人。众人道：“我们四首也算想绝了，再一首也不能了。你倒弄了两首，那里有许多话说，必要重了我们。”一面说，一面看时，只见那两首诗写道：

其一

神仙昨日降都门[①]，种得蓝田玉一盆[②]。
自是霜娥偏爱冷，非关倩女亦离魂[③]。

---

① 都门——即京都。

② “种得”句——蓝田：陕西省蓝田县，山中自古产白玉，称蓝田玉。这里以喻白海棠。种玉：晋代干宝《搜神记》载，雒阳人杨伯雍，居无终山，山高八十里，上无水，他担水设义浆于其上，供过路人渴饮。三年之后，遇一仙人来饮，送他一斗石子，叫他种在山上有石处，说：“玉当生其中”，“汝后当得好妇”。杨依言种石，后于种玉之处，挖出白璧五双，以之聘得富家徐氏女。

③ “自是”二句——霜娥：青女，神话中司霜雪的女神。倩女离魂：见唐代陈玄祐《离魂记》。故事写张镒的女儿倩娘与表兄王宙相爱，张镒却将倩娘另许他人，王宙愤而远行，途中倩娘忽连夜追至，两人遂一同出走。五年后，他们回家看望父母，这时房中久病的倩娘迎出，与归来的倩娘合为一体。原来跟王宙出走的是倩娘的魂灵。

秋阴[1]捧出何方雪？雨渍添来隔宿痕。
却喜诗人吟不倦，岂令寂寞度朝昏？

其二

蘅芷阶通萝薜[2]门，也宜墙角也宜盆。
花因喜洁难寻偶，人为悲秋易断魂。
玉烛滴干风里泪，晶帘隔破月中痕[3]。
幽情欲向嫦娥诉，无奈虚廊月色昏[4]。

众人看一句，惊讶一句，看到了，赞到了，都说："这个不枉作了海棠诗，真该要起海棠社了。"史湘云道："明日先罚我个东道，就让我先邀一社可使得？"众人道："这更妙了。"因又将昨日的与他评论了一回。

至晚，宝钗将湘云邀往蘅芜苑去安歇。湘云灯下计议如何设东拟题。宝钗听他说了半日，皆不妥当，因向他说道："既开社，便要作东。虽然是玩意儿，也要瞻前顾后，又要自己便宜，又要不得罪了人，然后方大家有趣。你家里你又作不得主，一个月通共那几串钱，你还不够盘缠呢。这会子又干这没要紧的事，你婶子听见了，越发抱怨你了。况且你就都拿出来，做这个东道也是不够。难道为这个家去要不成？还是往这里要呢？"一席话提醒了湘云，倒踌蹰起来。宝钗道："这个我已经有个主意了。我们当铺里有个伙计，他家田上出的很好的肥螃蟹，前儿送了几个来。现在这里的人，从老太太起连上屋里的人，有多一半都是爱吃螃蟹的。前日姨娘还说要请老太太在园里赏桂花吃螃蟹，

---

① 秋阴——秋云。阴：密云。南朝梁江淹《从冠军建平王登庐山香炉峰》："日落长沙渚，曾（通"层"）阴万里生。"

② 蘅芷、萝薜——蘅，杜蘅；芷，白芷；均为香草。萝，松萝；薜，薜荔；皆蔓生植物。

③ "玉烛"二句——玉烛：白色蜡烛。晶帘：水晶帘。上句以燃着的白蜡烛来比喻在秋风中摇曳的白海棠，下句是说从水晶帘内看月色中白海棠的姿影更显得朦胧模糊。

④ "幽情"二句——幽情：深藏在内心的衷情。虚廊：寂静的长廊。

因为有事还没有请呢。你如今且把诗社别提起，只管普通一请。等他们散了，咱们有多少诗作不得呢？我和我哥哥说，要他几篓极肥极大的螃蟹来，再往铺子里取上几坛好酒，再备四五桌果碟，岂不又省事又大家热闹了？”湘云听了，心中自是感服，极赞他想的周到。宝钗又笑道：“我是一片真心为你的话。你千万别多心，想着我小看了你，咱们两个就白好了。你若不多心，我就好叫他们办去。”湘云忙笑道：“好姐姐，你这样说，倒不是真心待我了。我凭怎么糊涂，连个好歹也不知，还是个人了？我若不把姐姐当作亲姐姐一样看，上回那些家常话，烦难事，也不肯尽情告诉你了。”宝钗听说，便叫一个婆子来：“出去和大爷说，照前日的大螃蟹要几篓来，明日饭后请老太太姨娘赏桂花。你说大爷好歹别忘了，我今日已请下人了。”那婆子出去说明，回来无话。

这里宝钗又向湘云道：“诗题也不要过于新巧了。你看古人诗中那些刁钻古怪的题目和那极险的韵[1]了，若题目过于新巧，韵过于险，再不得有好诗，终是小家气。诗固然怕说熟话，更不可过于求生，头一件只要立意清新，自然措词就不俗了。究竟这也算不得什么，还是纺绩针黹是你我的本等。一时闲了，倒是于你我深有益的书看几章是正经。”

湘云只答应着，因笑道：“我如今心里想着，昨日作了海棠诗，我如今要作个菊花诗如何？”宝钗道：“菊花倒也合景，只是前人太多了。”湘云道：“我也是这么想，恐怕落套。”宝钗想了一想，说道：“有了，如今以菊花为宾，以人为主，竟拟出几个题目来，都要两个字：一个虚字，一个实字，实字便用‘菊’字，虚字就用通用门的。如此又是咏菊，又是赋事，前人虽有这么做的，也不很落套。赋景咏物两关着，也倒新鲜大方。”湘云笑道：“很好。只是不知用什么虚字才好。你先想一个我听听。”宝钗想了一想，笑道：“《菊梦》就好。”湘云笑道：“果然好。我也有一个，《菊影》可使得？”宝钗道：“也罢了。只是也有人作过，若题目多，这个也算的上。我又有了一个。”湘云道：“快说出来。”宝钗道：“《问菊》如何？”湘云拍案叫妙，

① 险韵——诗韵各韵部因所属字数的多少不同，特别是容易用来押韵的字多少不同，有宽韵、窄韵和险韵之分；险韵即指最难押的韵部。此外，虽用宽韵作诗，而偏择取其中难用的或生僻的字押韵，也叫用险韵。好用险韵作诗的人，常常借此炫耀自己作诗的本领。

因接说道："我也有了，《访菊》如何？"宝钗也赞有趣，因说道："越性拟出十个来，写上再来。"说着，二人研墨蘸笔，湘云便写，宝钗便念，一时凑了十个。湘云看了一遍，又笑道："十个还不成幅，越性凑成十二个便全了，也和人家的字画册页一样。"

宝钗听说，又想了两个，一共凑成十二。又说道："既这样，越性编出他个次序先后来。"湘云道："如此更妙，竟弄成个菊谱了。"宝钗道："起首是《忆菊》；忆之不得，故访，第二是《访菊》；访之既得，便种，第三是《种菊》；种既盛开，故相对而赏，第四是《对菊》；相对而兴有余，故折来供瓶为玩，第五是《供菊》；既供而不吟，亦觉菊无彩色，第六便是《咏菊》；既入词章，不可不供笔墨，第七便是《画菊》；既为菊如是碌碌，究竟不知菊有何妙处，不禁有所问，第八便是《问菊》；菊如解语，使人狂喜不禁，第九便是《簪菊》；如此人事虽尽，犹有菊之可咏者，《菊影》《菊梦》二首续在第十第十一；末卷便以《残菊》总收前题之盛。这便是三秋的妙景妙事都有了。"湘云依说将题目录出，又看了一回，又问："该限何韵？"宝钗道："我平生最不喜限韵的，分明有好诗，何苦为韵所缚？咱们别学那小家派，只出题不拘韵。原为大家偶得了好句取乐，并不为此而难人。"湘云道："这话很是。既这样，自然大家的诗还进一层。但只是咱们五个人，这十二个题目，难道每人作十二首不成？"宝钗道："那也太难人了。将这题目录出，都要七言律诗，明日贴在墙上。他们看了，谁作那一个就作那一个。有力量者，十二首都作也可；不能的，一首不成也可。高才捷足者为尊。若十二首已全，便不许他后赶着又作，罚他就完了。"湘云道："这倒也罢了。"二人商议妥贴，方才息灯安寝。要知端的，且听下回分解。

第三十八回

林潇湘魁夺菊花诗　薛蘅芜讽和螃蟹咏

话说宝钗、湘云二人计议已妥，一宿无话。湘云次日便请贾母等赏桂花。贾母等都说道：“是他有兴头，须要扰他这雅兴。”至午，果然贾母带了王夫人、凤姐兼请薛姨妈等进园来。贾母因问：“那一处好？”王夫人道：“凭老太太爱在那一处，就在那一处。”凤姐道：“藕香榭已经摆下了，那山坡下两棵桂花开的又好，河里的水又碧清，坐在河当中亭子上岂不敞亮，看着水眼也清亮。”贾母听了，说：“很好。”说着，就引了众人往藕香榭来。原来这藕香榭盖在池中，四面有窗，左右有曲廊可通，亦是跨水接岸，后面又有曲折竹桥暗接。

众人上了竹桥，凤姐忙上来搀着贾母，口里说：“老祖宗只管迈大步走，不相干的，这竹子桥规矩是咯吱咯喳的。”

一时进入榭中，只见栏杆外另放着两张竹案，一个上面设着杯箸酒具，一个上头设着茶筅茶具各色茶具。那边有两三个丫头煽风炉煮茶，这一边另外几个丫头也煽风炉烫酒呢。贾母喜的忙问：“这茶想的很好，且是地方，东西都干净。”湘云笑道：“这是宝姐姐帮着我预备的。”贾母道：“我说那个孩子细致，凡事想的妥当。”说着又看见柱上挂的黑漆嵌蚌[①]的对子，命湘云念道：

① 嵌蚌——即螺钿，将蚌壳有光泽的部分加工嵌入器物表面的装饰工艺。

芙蓉影破归兰桨，菱藕香深泻竹桥。

贾母听了，又抬头看匾，因回头向薛姨妈道："我先小时，家里也有这么一个亭子，叫作什么'枕霞阁'。我那时也只像他们姐妹们这么大年纪，同着几个人天天玩去。谁知那日一下子失了脚掉下去，几乎没淹死，好容易救了上来，到底被那木钉把头碰破了。如今这鬓角上那指头顶大一个窝儿就是那残破了。众人都怕经了水，又怕冒了风，都说活不得了，谁知竟好了。"

凤姐不等人说，先笑道："那时要活不得，如今这大福可叫谁享呢？可知老祖宗从小儿福寿就不小，神差鬼使碰出那个窝儿来，好盛福寿的。寿星老儿头上原是一个窝儿，因为万福万寿盛满了，所以倒凸高出些来了。"未及说完，贾母与众人都笑软了。贾母笑道："这猴儿惯的了不得了，只管拿着我取笑起来，恨的我撕你那油嘴。"凤姐道："回来吃螃蟹，恐积了冷在心里，讨老祖宗笑一笑开开心，一高兴多吃两个就无妨了。"贾母笑道："明儿叫你日夜跟着我，我倒常笑笑觉的开心，不许回家去。"王夫人笑道："老太太因为喜欢他，才惯的他这样。还这么说，他明儿越发无礼了。"贾母笑道："我倒喜欢他这样，况且他又不是那不知高低的孩子。家常没人，娘儿们原该这样。横竖礼体不错就罢，没的倒叫他从神儿似的作什么？"

说着，一齐进入亭子，献过茶，凤姐忙安放杯箸。上面一桌，贾母、薛姨妈、宝钗、黛玉、宝玉；东边一桌，湘云、王夫人、迎、探、惜；西边靠门一小桌，李纨和凤姐，虚设座位，二人皆不敢坐，只在贾母王夫人两桌上伺候。凤姐吩咐："螃蟹不可多拿来，仍旧放在蒸笼里，拿十个来，吃了再拿。"一面又要水洗了手，站在贾母跟前剥蟹肉。头次让薛姨妈，薛姨妈道："我自己掰着吃香甜，不用人让。"凤姐便奉与贾母。二次的便与宝玉，又说："把酒烫的滚热的拿来。"又命小丫头们去取了菊花叶儿桂花蕊熏的绿豆面子[①]来，预备

① 绿豆面子——绿豆粉，经桂花和菊花叶之类熏过以去腥。

洗手。

史湘云陪着吃了一个，就下座来让人，又出至外头，令人盛两盘子与赵姨娘、周姨娘送去。又见凤姐走来道：“你不惯张罗，你吃你的去。我先替你张罗，等散了我再吃。”湘云不肯，又命人在那边廊上摆了两桌，让鸳鸯、琥珀、彩霞、彩云、平儿去坐。

鸳鸯因向凤姐笑道：“二奶奶在这里伺候，我们可吃去了。”凤姐道：“你们只管去，都交给我就是了。”说着，湘云仍入了席。凤姐和李纨也胡乱应个景儿。凤姐仍是下来张罗，一时出至廊上，鸳鸯等正吃的高兴，见他来了，鸳鸯等站起来道：“奶奶又出来做什么？让我们也受用一会子。”凤姐笑道：“鸳鸯小蹄子越发坏了，我替你当差，倒不领情，还抱怨我。还不快斟一钟酒来我喝呢。”鸳鸯笑着忙斟了一杯酒，送至凤姐唇边，凤姐一扬脖子吃了。琥珀、彩霞二人也斟上一杯，送至凤姐唇边，那凤姐也吃了。平儿早剔了一壳黄子送来，凤姐道：“多倒些姜醋。”一回也吃了，笑道：“你们坐着吃罢，我可去了。”鸳鸯笑道：“好没脸，吃我们的东西。”凤姐笑道：“你和我少作怪。你知道你琏二爷爱上了你，要和老太太讨了你作小老婆呢。”鸳鸯道：“啐，这也是作奶奶说出来的话！我不拿腥手抹你一脸算不得。”说着赶来就要抹。凤姐央道：“好姐姐，饶我这一遭儿罢。”琥珀笑道：“鸳丫头要去了，平丫头还饶他？你们看看他，没有吃了两个螃蟹，倒喝了一碟子醋，他也算不会揽酸了。”平儿手里正掰了个满黄的螃蟹，听如此奚落他，便拿着螃蟹照着琥珀脸上抹来，口内笑骂：“我打你这嚼舌根的小蹄子！”琥珀也笑着往旁边一躲，平儿使空了，往前一撞，正恰恰的抹在凤姐腮上。凤姐正和鸳鸯嘲笑，不防唬了一跳，哎哟了一声。众人掌不住都哈哈的

琥珀

大笑起来。凤姐也禁不住笑骂道："死娼妇！吃离了眼了，混抹你娘的！"平儿忙赶过来替他擦了，亲自去端水。鸳鸯道："阿弥陀佛！这才是现报呢。"

贾母那边听见，一叠声问："见了什么这样乐？告诉我们也笑笑。"鸳鸯等忙高声笑回道："二奶奶来抢螃蟹吃，平儿恼了，抹了他主子一脸的螃蟹黄子。主子奴才打架呢。"贾母和王夫人等听了也笑起来。贾母笑道："你们看他可怜见儿的，把那小腿子脐子给他点子吃也就完了。"鸳鸯等笑着答应了，高声又说道："这满桌子的腿子，二奶奶只管吃就是了。"凤姐洗了脸走来，又服侍贾母等吃了一回。黛玉独不敢多吃，只吃了一点儿夹子肉就下来了。

贾母一时不吃了，大家方散，都洗了手，也有看花的，也有弄水看鱼的，游玩了一回。王夫人因回贾母说："这里风大，才又吃了螃蟹，老太太还是回房去歇歇罢了。若高兴，明日再来逛逛。"贾母听了，笑道："正是呢。我怕你们高兴，我走了又怕扫了你们的兴。既这么说，咱们就都去罢。"回头嘱咐湘云："别让你宝哥哥林姐姐多吃了。"湘云答应着。又嘱咐湘云、宝钗二人说："你两个也别多吃。那东西虽好吃，不是什么好的，吃多了肚子疼。"二人忙应着送出园外，仍旧回来，令将残席收拾了另摆。宝玉道："也不用摆，咱们且作诗。把那大团圆桌就放在当中，酒菜都放着。也不必拘定座位，有爱吃的去吃，大家散坐，岂不便宜？"宝钗道："这话极是。"湘云道："虽如此说，还有别人。"因又命另摆一桌，拣了热螃蟹来，请袭人、紫鹃、司棋、侍书、入画、莺儿、翠墨等一处共坐。山坡桂树底下铺下两条花毡，命答应的婆子并小丫头等也都坐了，只管随意吃喝，等使唤再来。

湘云便取了诗题，用针绾在墙上。众人看了，都说："新奇固新奇，只怕作不出来。"湘云又把不限韵的原故说了一番。宝玉道："这才是正理，我也最不喜限韵。"

林黛玉因不大吃酒，又不吃螃蟹，自命人掇了一个绣墩[①]，倚栏杆坐着，拿着钓竿钓鱼。宝钗手里拿着一枝桂花玩了一回，俯在窗槛上掐

① 绣墩——有文饰彩绣或彩绘的坐墩。其上或加绣花套子。

了桂蕊扔在水面，引的游鱼浮上来唼喋[1]。湘云出一回神，又让一回袭人等，又招呼山坡下的众人只管放量吃。探春和李纨、惜春立在垂柳阴中看鸥鹭。迎春又独在花阴下拿着花针穿茉莉花。宝玉又看了一回黛玉钓鱼，一回又挤在宝钗旁边说笑两句，一回又看袭人等吃螃蟹，自己也陪他饮两口酒。袭人又剥一壳肉给他吃。

黛玉放下钓竿，走至座间，拿起那乌银梅花自斟壶来，拣了一个小小的海棠冻石蕉叶杯。丫鬟看见，知他要饮酒，忙着走上来斟。黛玉道："你们只管吃去，让我自斟，这才有趣儿。"说着便斟了半盏，看时却是黄酒，因说道："我吃了一点子螃蟹，觉得心口微微的疼，须得热热的喝口烧酒。"宝玉忙道："有烧酒。"便命将那合欢花浸的酒烫一壶来。黛玉也只吃了一口便放下了。

宝钗也走过来，另拿了一只杯来，也饮了一口放下，便蘸笔至墙上把头一个《忆菊》勾了，底下又赘一个"蘅"字。宝玉忙道："好姐姐，第二个我已经有了四句了，你让我作罢。"宝钗笑道："我好容易有了一首，你就忙的这样。"黛玉也不说话，接过笔来把第八个《问菊》勾了，接着把第十一个《菊梦》也勾了，也赘上一个"潇"字。宝玉也拿起笔来，将第二个《访菊》勾了，也赘上一个"绛"字。探春走来看看道："竟没有人作《簪菊》，让我作。"又指着宝玉笑道："才宣过总不许带出闺阁字样来，你可要留神。"说着，只见史湘云走来，将第四第五《对菊》《供菊》一连两个都勾了，也赘上一个"湘"字。探春道："你也该起个号。"湘云笑道："我们家里如今虽有几处轩馆，我又不住着，借了来也没趣。"宝钗笑道："方才老太太说，你们家也有这个水亭叫作'枕霞阁'，难道不是你的？如今虽没了，你到底是旧主人。"众人都道有理，宝玉不待湘云动手，便代将"湘"字抹了，改了一个"霞"字。又有顿饭工夫，十二题已全，各自誊出来，都交与迎春，另拿了一张雪浪笺[2]过来，一并誊录出来，某人作的底下赘明某人的号。李纨等从头看道：

---

① 唼喋——鱼或水鸟聚食声。这里指鱼嘴开合，咂水吞食。

② 雪浪笺——一种白色诗笺，纸中有波浪形暗纹。此外，还有一种厚的生宣纸，也叫雪浪纸。

忆菊　　蘅芜君

怅望西风抱闷思，蓼红苇白断肠时[①]。
空篱旧圃秋无迹，瘦月清霜梦有知[②]。
念念心随归雁远，寥寥坐听晚砧痴。
谁怜我为黄花病，慰语重阳[③]会有期。

访菊　　怡红公子

闲趁霜晴试一游，酒杯药盏莫淹留[④]。
霜前月下谁家种，槛外篱边何处秋[⑤]。
蜡屐远来情得得[⑥]，冷吟[⑦]不尽兴悠悠。
黄花若解怜诗客，休负今朝挂杖头[⑧]。

种菊　　怡红公子

携锄秋圃自移来，篱畔庭前故故[⑨]栽。
昨夜不期经雨活，今朝犹喜带霜开。
冷吟秋色[⑩]诗千首，醉酹寒香酒一杯[⑪]。

---

① “蓼红”句——蓼：这里指红蓼，干叶均呈紫红色，夏秋之际开粉红小花。苇：芦苇，夏秋之际扬白絮。断肠：形容极度悲伤的情怀，这里喻忆菊心情之切。

② “空篱”二句——空篱：菊篱之中空荡无物。旧圃：去年的花圃。秋无迹：即菊无迹，没有菊。瘦月清霜：极言秋夜寂冷的景色。梦有知：在梦中才能见到。知：见。

③ 重阳——阴历九月初九日。《易经》以阳爻为九，故以九为阳数，因九月九日都逢阳数，故重九亦称重阳。旧俗多在重阳节赏菊饮酒。

④ “酒杯”句——谓不要因为贪杯饮酒或因病吃药而被绊住，不出访菊。淹留：久留，滞留。

⑤ 何处秋——秋：秋色，在这里指菊花。

⑥ “蜡屐”句——蜡屐：屐，有齿的木底鞋，古时多着以登山。屐上打蜡，可防湿耐用。得得：犹“特特”，特地。这里作情致很高解。

⑦ 冷吟——即秋吟，冷秋吟诗。

⑧ “黄花”二句——解：懂得，理解。怜：爱怜。诗客：诗人，作诗者自指。挂杖头：与首联对句呼应，指诗人杖头挂钱，沽酒访菊。

⑨ 故故——故意；特意。

⑩ 秋色——指菊。

⑪ “醉酹”句——酹：洒酒以祭。寒香：以菊花清冷的幽香代指菊。

泉溉泥封勤护惜，好知井径绝尘埃[1]。

对菊　　枕霞旧友

别圃[2]移来贵比金，一丛浅淡一丛深。

萧疏篱畔科头坐，清冷香中抱膝吟[3]。

数去更无君傲世，看来惟有我知音[4]。

秋光荏苒休辜负，相对原宜惜寸阴[5]。

供菊[6]　　枕霞旧友

弹琴酌酒喜堪俦，几案婷婷点缀幽。

隔座香分三径露[7]，抛书人对一枝秋。

霜清纸帐来新梦[8]，圃冷斜阳忆旧游[9]。

傲世也因同气味，春风桃李未淹留[10]。

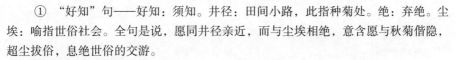

① “好知”句——好知：须知。井径：田间小路，此指种菊处。绝：弃绝。尘埃：喻指世俗社会。全句是说，愿同井径亲近，而与尘埃相绝，意含愿与秋菊偕隐，超尘拔俗，息绝世俗的交游。

② 别圃——远圃。别：远。

③ “萧疏”二句——萧疏：指秋天萧条疏落的景象。科头：指不戴帽子，表示疏狂不羁。清冷香：指菊花。

④ 知音——知己好友。本意为闻琴声而解弹奏者的心意。

⑤ 惜寸阴——爱惜时间。阴：光阴。

⑥ 供菊——折菊插于瓶中，放置室内供玩赏。

⑦ “隔座”句——隔着座位就闻到供菊散发的香气。分：散发。三径露：与下句“一枝秋”互文，均指菊。三径，指栽菊的庭院。

⑧ “霜清”句——霜清：指秋天，秋日有霜。纸帐：明代高濂《遵生八笺》：“纸帐，用藤皮茧纸缠于木上，以索缠紧，勒作绉纹；不用糊，以线拆缝之；顶不用纸，以稀布为之，取其透气；或画以梅花，或画以蝴蝶，自是分外清致。”全句意谓，因室中供菊，使得清秋季节纸帐中睡觉也出现别具新意的梦境。

⑨ “圃冷”句——全句回忆未折未供之前在夕阳残照中游赏清冷菊圃时的情景，以衬托和加强当前供菊为友的喜悦亲切心情。这就是下文黛玉说的“背面傅粉”手法。

⑩ “傲世”二句——说自己同秋菊情操一样，故对在春风中摇曳弄姿的桃花李花从不驻足欣赏。同气味：情趣相同。春风桃李：喻追求世俗荣利的人。

咏菊　　潇湘妃子

无赖诗魔昏晓侵，绕篱欹石自沉音①。
毫端蕴秀临霜写②，口角噙香③对月吟。
满纸自怜题素怨④，片言谁解诉秋心⑤。
一从陶令平章后⑥，千古高风说到今。

画菊　　蘅芜君

诗余戏笔不知狂⑦，岂是丹青费较量⑧。
聚叶泼成千点墨⑨，攒花染出几痕霜⑩。
淡浓神会风前影⑪，跳脱秋生腕底香⑫。

---

① “无赖”二句——无赖：纠缠不舍。诗魔：指诗人不可抑制的创作冲动。佛家以扰乱身心、迷恋外物、妨碍修行的心理活动为魔。昏晓：优言早早晚晚。侵：侵扰。欹石：倚石。欹：倾斜。沉音：沉吟，沉思低诵。

② “毫端”句——毫端：笔尖。蕴秀：谓饱含俊逸的才思和辞藻。临霜：迎霜。

③ 噙香——口含菊的清香。“香”也兼喻丽辞佳句。

④ 素怨——秋怨。

⑤ 秋心——感秋而生的情怀。合即“愁”字。

⑥ “一从”句——一从：自从。陶令：陶渊明，曾做过彭泽县令。

⑦ “诗余”句——诗余：吟诗之后。戏笔：随兴挥笔作画。不知狂：不觉得自己兴态狷狂。

⑧ “岂是”句——丹青：绘画用的红色、青色颜料，代指绘画。较量：斟酌构思。

⑨ “聚叶”句——聚叶：绘画术语，指画叶章法。要有聚有散，疏密有致。画谱上有“攒三聚五”之说。泼墨：中国绘画的画法之一，笔力奔放，宛如水墨泼在纸上。

⑩ “攒花”句——攒花：绘画术语，指花头画法。染：在花瓣上涂颜色。霜：指画面上的菊花瓣。

⑪ “淡浓”句——淡浓：指用水墨的浓淡表现出菊花的姿态。神会：充分领会掌握描绘对象的精神，再形之于画，即追求神似。风前影：指在风中摇曳的菊花。

⑫ “跳脱”句——跳脱：也作“条脱”“条达”。手镯的别称，后引申为灵活生动。这里因写到“腕”，故兼含两义，既巧妙点出画菊者是女子，又形容画得很生动。所以下文说，腕底画出的秋菊似乎散发出香气来。

莫认东篱闲采掇[①]，粘屏聊以慰重阳[②]。

问菊 潇湘妃子

欲讯秋情众莫知，喃喃负手叩东篱[③]。
孤标傲世偕谁隐，一样花开为底迟[④]？
圃露庭霜何寂寞，鸿归蛩病[⑤]可相思？
休言举世无谈者，解语[⑥]何妨片语时。

簪菊[⑦] 蕉下客

瓶供篱栽日日忙，折来休认镜中妆[⑧]。
长安公子因花癖，彭泽先生是酒狂[⑨]。
短鬓冷沾三径露，葛巾香染九秋霜[⑩]。
高情不入时人眼，拍手凭他笑路旁[⑪]。

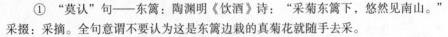

① “莫认”句——东篱：陶渊明《饮酒》诗：“采菊东篱下，悠然见南山。”采掇：采摘。全句意谓不要认为这是东篱边栽的真菊花就随手去采。

② “粘屏”句——粘屏：把菊画粘贴在屏风上。聊：姑且。慰重阳：重阳佳节借观画代赏菊，聊作慰藉。

③ “喃喃”句——负手：倒背手若有所思的样子。叩：问。东篱：代指菊。

④ “孤标”二句——孤标：孤高的风操。标：树梢之最上部，引申为出众之意。一样花开：同样是开花。为底迟：为什么你开得这样迟？底：何。

⑤ 鸿归蛩病——秋雁南归，蟋蟀悲鸣。鸿：雁。蛩病：喻蟋蟀凄切的叫声。

⑥ 解语——会说话；解人意。

⑦ 簪菊——采菊插在头上。古时重阳节民间有簪菊的风俗，宋代周密《乾淳岁时记》对此曾有记载。

⑧ 休认镜中妆——不要认为是妇女平常对镜的妆饰，因簪菊是重阳节的风俗。

⑨ “长安”二句——长安公子：或指晚唐诗人杜牧，因其祖父杜佑在唐德宗、宪宗两朝为相，故称他为长安公子。彭泽先生：陶渊明，他爱菊，亦嗜酒。

⑩ “短鬓”二句——三径露、九秋霜：均代指菊。九秋：秋季三个月九十天，故称秋天为三秋或九秋。葛巾：东晋士人戴的一种用葛布作的便帽。

⑪ “高情”二句——意谓时俗之人在路旁拍手嘲笑醉酒簪菊之人。高情：簪菊的高尚情趣。拍手笑：这里系化用前人诗意，李白《襄阳歌》：“襄阳小儿齐拍手，拦街争唱白铜鞮。旁人借问笑何事？笑杀山公醉似泥。”又陆游《小舟游近村舍舟步归诗》：“儿童共道先生醉，折得黄花插满头。”

菊影　枕霞旧友

秋光叠叠复重重，潜度偷移三径中①。
窗隔疏灯描远近，篱筛破月锁玲珑②。
寒芳留照魂应驻③，霜印传神梦也空④。
珍重暗香⑤休踏碎，凭谁醉眼认朦胧⑥。

菊梦　潇湘妃子

篱畔秋酣一觉清⑦，和云伴月不分明⑧。
登仙非慕庄生蝶⑨，忆旧还寻陶令盟。
睡去依依随雁断⑩，惊回故故恼蛩鸣⑪。
醒时幽怨同谁诉，衰草寒烟无限情。

---

① “秋光”二句——秋光：秋季的风光，代指菊影。潜度偷移：菊影随着日光悄悄移动。

② “窗隔”二句——隔着窗纱透出疏淡的灯光，描绘出远近不同的菊影。月光透过缝隙如筛的竹篱，投射到地上，被隔成片片碎块，好像将玲珑剔透的菊影幽闭了起来似的。

③ “寒芳”句——寒芳：指菊花。留照：留影。魂应驻：菊花的精神应当留在菊影里。驻：留；住。

④ “霜印”句——霜印：指菊影。传神：指菊影表现出菊花的精神。梦也空：像梦一样空幻不实。

⑤ 暗香——指月夜菊影。

⑥ “凭谁”句——承上句“休踏碎”意，说月光下的菊影朦胧，就像醉眼看花一样。凭谁：不论是谁。

⑦ “篱畔”句——篱畔秋菊酣睡一场，梦境也清雅不俗。酣：沉睡。

⑧ “和云”句——和云伴月：菊花在梦中伴随云月飘然高举。不分明：指菊花梦中迷离恍惚的境界。

⑨ “登仙”句——登仙：指菊花梦中宛如登临仙境。庄生蝶：庄生，即庄周，庄生梦化蝴蝶事，见《庄子·齐物论》。

⑩ “睡去”句——意谓菊花依恋地随着鸿雁南归而入梦。依依：留恋依慕的样子。雁断：飞雁远逝。

⑪ “惊回”句——惊回：睡醒梦回。故故：屡屡。全句意谓令人着恼的蟋蟀悲鸣，屡屡惊醒好梦。

残菊　　蕉下客

露凝霜重渐倾欹，宴赏才过小雪时[①]。
蒂有余香金淡泊，枝无全叶翠离披[②]。
半床落月蛩声切，万里寒云雁阵迟。
明岁秋风知再会，暂时分手莫相思。

众人看一首，赞一首，彼此称扬不已。李纨笑道："等我从公评来。通篇看来，各有各人的警句。今日公评：《咏菊》第一，《问菊》第二，《菊梦》第三，题目新，诗也新，立意更新，恼不得要推潇湘妃子为魁了；然后《簪菊》《对菊》《供菊》《画菊》《忆菊》次之。"

宝玉听说，喜的拍手叫"极是，极公道"。

黛玉道："我那首也不好，到底伤于纤巧些。"李纨道："巧的却好，不露堆砌生硬。"黛玉道："据我看来，头一句好的是'圃冷斜阳忆旧游'，这句背面傅粉。'抛书人对一枝秋'已经妙绝，将供菊说完，没处再说，故翻回来想到未折未供之先，意思深透。"李纨笑道："固如此说，你的'口齿噙香'句也敌的过了。"探春又道："到底要算蘅芜君沉着，'秋无迹''梦有知'，把个忆字竟烘染出来了。"宝钗笑道："你的'短鬓冷沾''葛巾香染'，也就把簪菊形容的一个缝儿也没了。"湘云道："'偕谁隐''为底迟'，真个把个菊花问的无言可对。"李纨笑道："你的'科头坐''抱膝吟'，竟一时也不能别开，菊花有知，也必腻烦了。"说的大家都笑了。宝玉笑道："这场我又落第。难道'谁家种''何处秋''蜡屐远来''冷吟不尽'，都不是访；'昨夜雨''今朝霜'，都不是种不成？但恨敌不上'口角噙香对月吟''清冷香中抱膝吟''短鬓''葛巾''金淡泊''翠离披''秋无迹''梦有知'这几句罢了。"又道："明儿闲了，我一个

① "露凝"二句——露凝霜重：指由秋至冬的气候次第变化。露凝：秋露因冷而凝。晋代陆机《秋咏》诗："肃肃素秋节，湛湛浓露凝。"霜重：指初冬的霜威。倾欹：指菊衰残倾斜。宴赏：指重阳设宴赏菊。小雪：二十四节气之一，在阴历十月。承上句谓自重阳迄于小雪，菊花由盛趋衰。

② "蒂有"二句——蒂有余香：指菊花蒂上残留的花瓣。金：黄金色。淡泊：指花的颜色消褪。翠：指绿叶。离披：散乱的样子。

人作出十二首来。”李纨道：“你的也好，只是不及这几句新巧就是了。”

大家又评了一回，复又要了热蟹来，就在大圆桌子上吃了一回。宝玉笑道：“今日持螯赏桂，亦不可无诗。我已吟成，谁还敢作？”说着，便忙洗了手提笔写出。众人看道：

持螯[①]更喜桂阴凉，泼醋擂姜兴欲狂。
饕餮王孙[②]应有酒，横行公子[③]却无肠。
脐间积冷[④]馋忘忌，指上沾腥洗尚香。
原为世人美口腹，坡仙曾笑一生忙[⑤]。

黛玉笑道：“这样的诗，要一百首也有。”宝玉笑道：“你这会子才力已尽，不说不能作了，还褒贬人家。”黛玉听了，并不答言，也不思索，提起笔来一挥，已有了一首。众人看道：

铁甲长戈死未忘，堆盘色相喜先尝[⑥]。
螯封嫩玉[⑦]双双满，壳凸红脂[⑧]块块香。
多肉更怜卿八足，助情谁劝我千觞。
对斯佳品酬佳节，桂拂清风菊带霜。

---

① 螯——螃蟹夹子。

② 饕餮王孙——饕餮：本为传说中一种贪食的恶兽，后常以喻人贪馋嗜吃，贪婪无厌。王孙：旧称贵族子弟为王孙。在此语义双关，既关合徐渭诗题上的钱王孙，又兼宝玉自指。

③ 横行公子——指蟹。

④ 脐间积冷——脐：肚脐，这里指腹部。蟹性冷，多食，会积冷腹内，故食时用生姜解之。

⑤ “原为”二句——坡仙：苏东坡的别称。

⑥ “铁甲”二句——铁甲：喻蟹壳。长戈：喻蟹螯和蟹脚。色相：佛家语，指一切可感触有形质之物的形状。这里指熟蟹的形状。

⑦ 嫩玉——喻蟹螯内的白色嫩肉。

⑧ 红脂——母蟹蒸熟后，腹内的脂状物呈橙红色，俗称蟹黄。

宝玉看了正喝彩，黛玉便一把撕了，令人烧去，因笑道："我的不及你的，我烧了他。你那个很好，比方才的菊花诗还好，你留着他给人看。"

宝钗接着笑道："我也勉强了一首，未必好，写出来取笑儿罢。"说着也写了出来。大家看时，写道是：

桂霭[①]桐阴坐举觞，长安涎口[②]盼重阳。
眼前道路无经纬[③]，皮里春秋空黑黄[④]！

看到这里，众人不禁叫绝。宝玉道："写得痛快！我的诗也该烧了。"又看底下道：

酒未敌腥还用菊，性防积冷定须姜。
于今落釜成何益，月浦空余禾黍香[⑤]。

众人看毕，都说这方是食螃蟹的绝唱，这些小题目，原要寓大意才算是大才，只是讽刺世人太毒了些。说着，只见平儿复进园来，不知做什么，且听下回分解。

---

① 桂霭——桂花香气。霭：云气。

② 长安涎口——代指京都那些好吃馋嘴的人。

③ "眼前"句——说螃蟹横行，从不管眼前道路的纵横。经纬：这里指纵横、法度。

④ "皮里"句——说蟹壳里仅有黑的膏膜和黄的蟹黄而已，讽寓世人心黑意险。皮里春秋：意即表面上不露好恶而内心深藏褒贬。

⑤ "月浦"句——蟹食稻伤农，今蟹死，月夜水边只留下禾黍的芳香。浦：水边。

第三十九回

村姥姥是信口开河　情哥哥偏寻根究底

话说众人见平儿来了，都说："你们奶奶做什么呢？怎么不来了？"平儿笑道："他那里得空儿来。因为说没有好生吃得，又不得来，所以叫我来问还有没有，叫我要几个拿了家去吃罢。"湘云道："有，多着呢。"忙令人拿盒子装了十个极大的。平儿道："多拿几个团脐的。"众人又拉平儿坐，平儿不肯。李纨拉着他笑道："偏要你坐。"拉着他身旁坐下，端了一杯酒送到他嘴边。平儿忙喝了一口就要走。李纨道："偏不许你去。显见得只有凤丫头，就不听我的话了。"说着又命："嬷嬷们先送了盒子去，就说我留下平儿了。"那婆子一时拿了盒子回来说："二奶奶说，叫奶奶和姑娘们别笑话要嘴吃。这个盒子里是方才舅太太那里送来的菱粉糕和鸡油卷儿，给奶奶姑娘们吃的。"又向平儿道："说使你来，你就贪住玩不去了。劝你少喝一杯罢。"平儿笑道："多喝了又把我怎么样？"说着只管喝，又吃螃蟹。李纨揽着他笑道："可惜这么个好体面模样儿，命却平常，只落得屋里使唤。不知道的人，谁不拿你当作奶奶太太看。"

平儿一面和宝钗、湘云等吃喝，一面回头笑道："奶奶，别只摸的我怪痒痒的。"李氏道："哎哟！这硬的是什么？"平儿道："钥匙。"李氏道："有什么要紧的东西怕人偷了去，却带在身上。我成日家和人说笑，有个唐僧取经，就有个白马来驮他[1]；刘智远打天下，就有个瓜精来送盔甲[2]；有了个凤丫头，就有个你。你就是你奶奶的一把总钥匙，还要这钥匙做什么？”平儿笑道：“奶奶吃了酒，又拿我来打趣着取笑儿了。”

宝钗笑道：“这倒是真话。我们没事评论起人来，你们这几个都是百个里头挑不出一个来的，妙在各人有各人的好处。”李纨道：“大小都有个天理。比如老太太屋里，要没那个鸳鸯，如何使得？从太太起，那一个敢驳老太太的回？现在他敢驳回。偏老太太只听他一个人的话。老太太那些穿戴的，别人不记得，他都记得，要不是他经管着，不知叫人诓骗了多少去呢。况且他心也公道，虽然这样，倒常替人说好话儿，还倒不依势欺人的。”惜春笑道：“老太太昨日还说，他比我们还强呢。”平儿道：“那原是个好的，我们那里比的上他？”宝玉道：“太太屋里的彩霞，是个老实人。”探春道：“可不是老实！心里可有数儿。太太是那么佛爷似的，事情上不留心，他都知道。凡一应事都是他提着太太行，连老爷在家出外去的一应大小事，他都知道。太太忘了，他背地里告诉太太。”李纨道：“那也罢了。”指着宝玉道：“这一个小爷屋里要不是袭人，你们度量，到个什么田地？凤丫头就是楚霸王，也得这两只膀子好举千斤鼎[3]。他不是这丫头，就得这么周到了？”平儿笑道：“先时陪了四个丫头，死的死，去的去，只剩下我一个孤鬼了。”李纨道：“你倒是有造化的，凤丫头也是有造化的。想当初你珠大爷在日，何曾也没两个人？你们看我还是那容不下人的？天天只见他们不如意，所以你珠大爷一没了，趁年轻我都打发了。若有一个守得住，我到有个膀臂。”说着滴下泪来。众人都道：“又何必伤心？不如散了倒好。”说着便都洗了手，大家约往贾母、王夫人处问安去。

众丫头婆子打扫亭子，收拾杯盘。袭人和平儿同往前去，让平儿到

---

① 有个唐僧取经，就有个白马来驮他——唐代僧人玄奘，曾去天竺（即印度）取经。龙王三太子化成白马，驮着唐僧去西天取经的故事。

② 刘智远打天下，就有个瓜精来送盔甲——刘智远，五代时后汉王朝的建立者。

③ 楚霸王举千斤鼎——楚霸王即项羽，名籍，战国末楚国贵族之后，参加了秦末农民起义，秦亡后，自立为西楚霸王。

房里坐坐，再喝一杯茶。平儿说："不喝茶了，再来罢。"说着便要出去。袭人又叫住问道："这个月的月钱，连老太太和太太屋里还没放，是为什么？"平儿见问，忙转身至袭人跟前，又见无人，才悄悄说道："你快别问，横竖再迟两天就放了。"袭人笑道："这是为什么，唬得你这样？"平儿悄悄告诉他道："这个月的月钱，我们奶奶早已支了，放给人使呢。等别处的利钱收了来，凑齐了才放呢。因为是你，我才告诉你，你可不许告诉一个人去。"袭人道："他难道还短钱使，还没个足厌？何苦还操这心。"平儿笑道："何曾不是呢。他这几年拿着这一项银子，翻出有几百来了。他的公费月例又使不着，十两八两零碎攒了放出去，单他这体己利钱，一年不到，上千的银子呢。"袭人笑道："拿着我们的钱，你们主子奴才赚利钱，哄的我们呆呆的等着。"平儿道："你又说没良心的话。你难道还少钱使？"袭人道："我虽不少，只是我也没处儿使去，就只预备我们那一个。"平儿道："你倘若有要紧的事用钱使时，我那里还有几两银子，你先拿来使，明儿我扣下你的就是了。"袭人道："此时也用不着，怕一时要用起来不够了，我打发人取去就是了。"

平儿答应着，一径出了园门，只见凤姐那边打发人来找平儿，说："奶奶有事等你。"平儿道："有什么事，这么要紧？我叫大奶奶拉住说话儿，我又没逃了，这么连三接四的叫人来找！"那丫头说道："这又不是我的主意，姑娘这话自己和奶奶说去！"平儿啐道："好了，你们越发上脸了。"说着走来。只见凤姐不在房里。忽见上回来打抽丰[①]的刘姥姥和板儿来了，坐在那边屋里，还有张材家的、周瑞家的陪着。又有两三个丫头在地下倒口袋里的枣子、倭瓜并些野菜。众人见他进来，都忙站起来。刘姥姥因上次来过，知道平儿的身分，忙跳下地来问"姑娘好"，又说："家里都问好。早要来请姑奶奶的安、看姑娘来的，因为庄家忙。好容易今年多打了两石粮食，瓜果菜蔬也丰盛。这是头一起摘下来的，并没敢卖呢，留的尖儿[②]孝敬姑奶奶姑娘们尝尝。

① 打抽丰——也叫"打秋风"，旧时利用各种关系取得有钱人的赠予。本含"分肥"的意思。一说旧时衙役于秋风起时以作棉衣为名向富户募钱。

② 尖儿——上好的，也称"尖子"。

姑娘们天天山珍海味的也吃腻了，这个吃个野菜儿，也算是我们的穷心。”平儿忙道：“多谢费心。”又让坐，自己也坐了。又让张婶子周大娘坐，又令小丫头子倒茶去。周瑞、张材两家的因笑道：“姑娘今儿脸上有些春色，眼圈儿都红了。”平儿笑道：“可不是。我原是不吃的，大奶奶和姑娘们只是拉着死灌，不得已喝了两钟，脸就红了。”张材家的笑道：“我倒想着要喝呢，又没人让我。明儿再有人请姑娘，可带了我去罢。”说着众人都笑了。周瑞家的道：“早起我就看见那螃蟹了，一斤只好秤两三个。这么三大篓，想是有七八十斤呢。”周瑞家的道：“若是上上下下只怕还不够。”平儿道：“那里够，不过是有名儿的吃两个子。那些散众的，也有摸得着的，也有摸不着的。”刘姥姥道：“这样螃蟹，今年就值五分一斤。十斤五钱，五五二两五，三五一十五，再搭上酒菜，一共倒有二十多两银子。阿弥陀佛！这一顿的钱够我们庄家人过一年了。”

平儿因问：“想是见过奶奶了？”刘姥姥道：“见过了，叫我们等着呢。”说着又往窗外看天气，说：“天好早晚了，我们也去罢，别出不去城才是饥荒呢。”周瑞家的道：“这话倒是，我替你瞧瞧去。”说着一径去了，半日方来，笑道：“可是你老的福来了，竟投了这两个人的缘了。”平儿等问怎么样，周瑞家的笑道：“二奶奶在老太太的跟前呢。我原是悄悄的告诉二奶奶，‘刘姥姥要家去，怕晚了赶不出城去。’二奶奶说：‘大远的，难为他扛了那些沉东西来，晚了就住一夜，明日再去。’这可不是投上二奶奶的缘了？这也罢了，偏生老太太又听见了，问刘姥姥是谁。二奶奶便回明白了。老太太说：‘我正想个积古的老人家说话儿，请了来我见一见。’这可不是想不到投上缘分了？”说着，催刘姥姥下来前去。刘姥姥道：“我这生像儿，怎么见得呢？好嫂子，你就说我去了罢。”平儿忙道：“你快去罢，不相干的。我们老太太最是惜老怜贫的，比不得那个狂三诈四的那些人。想是你怯上，我和周大娘送你去。”说着，同周瑞家的引了刘姥姥往贾母这边来。

二门口该班的小厮们见了平儿出来，都站起来了，有两个又跑上来，赶着平儿叫“姑娘”。平儿问：“又说什么？”那小厮笑道：“这会子也好早晚了，我妈病着，等着我去请大夫。好姑娘，我讨半日假可使的？”平儿道：“你们倒好，都商议定了，一天一个告假，又不回奶奶，只和我胡缠。前儿住儿去了，二爷偏生叫他，叫不着，我应起来了，还说我做了情。你今儿又来了。”周瑞家的道：“当真的他妈病了，姑娘也替他应着，放了他罢。”平儿道：“明儿一早来。听着，我还要使你呢，再睡的日头晒着屁股再来！你这一去，带个信儿给旺儿，就说奶奶的话，问着他那剩的利钱。明日若不交了来，奶奶也不要了，就索性送他使罢。”那小厮欢天喜地答应去了。

平儿等来至贾母房中，彼时大观园中姊妹们都在贾母前承奉。刘姥姥进去，只见满屋里珠围翠绕，花枝招展的，并不知都系何人。只见一张榻上独歪着一位老婆婆，身后坐着一个纱罗裹的美人一般的丫鬟，在那里捶腿，凤姐站着正说笑。刘姥姥便知是贾母了，忙上来陪着笑，福[①]了几福，口里说：“请老寿星安。”贾母亦欠身问好，又命周瑞家的端过椅子来坐着。那板儿仍是怯人，不知问候。贾母道：“老亲家，你今年多大年纪了？”刘姥姥忙立身答道：“我今年七十五了。”贾母向众人道：“这么大年纪了，还这么健朗。比我大好几岁呢。我要到这么大年纪，还不知怎么动不得呢。”刘姥姥笑道：“我们生来是受苦的人，老太太生来是享福的。若我们也这样，那些庄家活也没人做了。”贾母道：“眼睛牙齿都还好？”刘姥姥道：“还都好，就是今年左边的槽牙活动了。”贾母道：“我老了，都不中用了，眼也花，耳也聋，记性也没了。你们这些老亲戚，我都不记得了。亲戚们来了，我怕人笑我，我都不会，不过嚼的动的吃两口，困了睡一觉，闷了时和这些孙子孙女儿玩笑一回就完了。”刘姥姥笑道：“这正是老太太的福了。我们想这么着也不能。”贾母道：“什么福，不过是个老废物罢了。”说的大家都笑了。

贾母又笑道：“我才听见凤哥儿说，你带了好些瓜菜来，我叫他快收拾去了，我正想个地里现撷的瓜儿菜儿吃。外头买的，不像你们地里的好吃。”刘姥姥笑道：“这是野意儿，不过吃个新鲜。依我们想鱼肉吃，只是吃不起。”贾母又道：“今日既认着了亲，别空空的就去。

---

① 福——这里指旧日女子与人相见时的一种礼节，也叫“万福”。行礼时上身略弯，两手抱拳在胸前右上方上下移动。

不嫌我这里，就住一两天再去。我们也有个园子，园子里头也有果子，你明日也尝尝，带些家去，也算是看亲戚一趟。”凤姐见贾母喜欢，也忙留道：“我们这里虽不比你们的场院大，空屋子还有两间。你住两天罢，把你们那里的新闻故事儿说些与我们老太太听听。”贾母笑道：“凤丫头别拿他取笑儿。他是屯里人，老实，那里搁的住你打趣他。”说着，又命人去先抓果子给板儿吃。板儿见人多了，又不敢吃。贾母又命拿些钱给他，叫小幺儿们带他外头玩去。刘姥姥吃了茶，便把些乡村中所见所闻的事情说与贾母，贾母益发得了趣味。正说着，凤姐便令人来请刘姥姥吃晚饭。贾母又将自己的菜拣了几样，命人送过去给刘姥姥吃。

凤姐知道合了贾母的心，吃了饭便又打发过来。鸳鸯忙命老婆子带了刘姥姥去洗了澡，自己挑了两件随常的衣服令给刘姥姥换上。那刘姥姥那里见过这般行事？忙换了衣裳出来，坐在贾母榻前，又搜寻些话出来说。彼时宝玉姊妹们也都在这里坐着，他们何曾听见过这些话，自觉比那些瞽目先生说的书还好听。那刘姥姥虽是个村野人，却生来的有些见识，况且年纪老了，世情上经历过的，见头一件贾母高兴，第二件这些哥儿姐儿们都爱听，便没了说的也编出些话来讲。因说道：“我们村庄上种地种菜，每年每日，春夏秋冬，风里雨里，那有个坐着的空儿，天天都是在那地头子上作歇马凉亭①，什么奇奇怪怪的事不见呢。就像去年冬天，接连下了几天雪，地下压了三四尺深。我那日起的早，还没出房门，只听外头柴草响。我想着必定是有人偷柴草来了。我爬着窗户眼儿一瞧，却不是我们村庄上的人。”贾母道：“必定是过路的客人们冷了，见现成的柴，抽些烤火去也是有的。”刘姥姥笑道：“也并不是客人，所以说来奇怪。老寿星当个什么人？原来是一个十七八岁的极标致的一个小姑娘，梳着溜油儿光的头，穿着大红袄儿，白绫裙子——”

刚说到这里，忽听外面人吵嚷起来，又说：“不相干的，别唬着老太太。”贾母等听了，忙问怎么了，丫头们回说：“南院马棚里走了

① 歇马凉亭——本指旧时驿路上供行人歇马休息的亭子，这里是说农民把地头当作“歇马凉亭”来休息。

水[1]，不相干，已经救下去了。”贾母最胆小的，听了这个话，忙起身扶了人出至廊上来瞧，只见东南上火光犹亮。贾母唬的口内念佛，忙命人去火神跟前烧香。王夫人等也忙都过来请安，又回说：“已经下去了，老太太请进房去罢。”贾母足的[2]看着火光熄了方领众人进来。宝玉且忙着问刘姥姥：“那女孩儿大雪地做什么抽柴草？倘或冻出病来呢？”贾母道：“都是才说抽柴草惹出火来了，你还问呢。别说这个了，再说别的罢。”宝玉听说，心内虽不乐，也只得罢了。

刘姥姥便又想了一篇，说道：“我们庄子东边庄上，有个老奶奶子，今年九十多岁了。他天天吃斋念佛，谁知就感动了观音菩萨，夜里来托梦说：‘你这样虔心，原来你该绝后的，如今奏了玉皇，给你个孙子。’原来这老奶奶只有一个儿子，他这儿子也只一个儿子，好容易养到十七八岁上死了，哭的什么似的。后果然又养了一个，今年才十三四岁，生的雪团儿一般，聪明伶俐非常。可见这些神佛是有的。”这一席话，实合了贾母王夫人的心事，连王夫人也都听住了。

宝玉心中只惦记着抽柴的故事，因闷闷的心中筹画。探春因问他：“昨日扰了史大妹妹，咱们回去商议着邀一社，又还了席，也请老太太赏菊花，何如？”宝玉笑道：“老太太说了，还要摆酒还史妹妹的席，叫咱们作陪呢。等着吃了老太太的，咱们再请不迟。”探春道：“越往前越冷了，老太太未必高兴。”宝玉道：“老太太又喜欢下雨下雪的。不如咱们等下头场雪，请老太太赏雪岂不好？咱们雪下吟诗，也更有趣了。”黛玉笑道：“咱们雪下吟诗？依我说，还不如弄一捆柴火，雪下抽柴，还更有趣儿呢。”说着，宝钗等都笑了，宝玉瞅了他一眼，也不答话。

一时散了，背地里宝玉到底拉了刘姥姥，细问那女孩儿是谁。刘姥姥只得编了告诉他道：“那原是我们庄子北沿地埂子上有一个小祠堂里供的，不是神佛，当先有个什么老爷。”说着又想名姓。宝玉道：“不拘什么名姓，你不必想了，只说原故就是了。”刘姥姥道：“这老爷没

---

① 走了水——“失火”的意思。旧日迷信，忌讳说“失火”，故用“走水”来代替，取水能灭火的意思。

② 足的——足足的、到底的。

有儿子，只有一位小姐，名叫茗玉。小姐知书儿识字，老爷太太爱如珍宝。可惜这茗玉小姐生到十七岁，一病死了。”宝玉听了，跌足叹惜，又问后来怎么样。刘姥姥道：“因为老爷太太思念不尽，便盖了那祠堂，塑了个像儿，派了人烧香拨火。如今日久年深的，人也没了，庙也破了，那泥胎儿可就成了精咧。”宝玉忙道：“不是成精，规矩这样人是虽死不死的。”刘姥姥道：“阿弥陀佛！是这么着吗？不是哥儿说，我们还当他成了精了呢。他时常变了人出来闲逛。我才说这抽柴火的就是他了。我们村庄上的人还商议着要打了这塑像平了庙呢。”宝玉忙道：“快别如此。要平了庙，罪过不小！”刘姥姥道：“幸亏哥儿告诉我，我明儿回去拦住他们就是了。”宝玉道：“我们老太太、太太都是善人，就是合家大小也都好善喜舍，最爱修庙塑神的。我明儿做一个疏头[①]，替你化些布施，你就做香头[②]，攒了钱把这庙修盖，再装塑了泥像，每月给你香火钱烧香岂不好？”刘姥姥道：“若这样，我托那小姐的福，也有几个钱使了。”宝玉又问地名庄名，来往远近，坐落何方。刘姥姥便顺口胡诌了出来。

宝玉信以为真，回至房中，盘算了一夜。次日一早，便出来给了茗烟几百钱，按着刘姥姥说的方向地名，着茗烟去先踏看明白，回来再做主意。那茗烟去后，宝玉左等也不来，右等也不来，急的热锅上的蚂蚁一般。好容易等到日落，方见茗烟兴兴头头的回来了。宝玉忙问：“可有庙了？”茗烟笑道：“爷听的不明白，叫我好找。那地名坐落不似爷说的一样，所以找了一日，找到东北上田埂子上才有一个破庙。”宝玉听说，喜的眉开眼笑，忙说道：“刘姥姥有年纪的人，一时错记了也是有的。你且说你见的。”茗烟道：“那庙门却倒是朝南开，也是稀破的。我找的正没好气，一见这个，我说‘可好了’，连忙进去。一看泥胎，唬的我跑出来了，活像真的一般。”宝玉喜的笑道：“他能变化人了，自然有些生气。”茗烟拍手道：“那里有什么女孩儿，竟是一位青脸红发的瘟神爷。”宝玉听了，啐了一口，骂道：“真是一个无用的

① 疏头——旧时称分条陈述事情的文字及僧道拜忏所焚化的祝文等叫“疏”，也称“疏头”。这里指修庙募捐的“启事”。

② 香头——寺庙中管香火的头目。

杀材！这点子事也干不来。”茗烟道：“二爷又不知看了什么书，或者听了谁的混话，信真了，把这件没头脑的事派我去碰头，怎么说我没用呢？”宝玉见他急了，忙抚慰他道：“你别急。改日闲了你再找去。若是他哄我们呢，自然没了，要真是有的，你岂不也积了阴骘？我必重重的赏你。”正说着，只见二门上的小厮来说：“老太太房里的姑娘们站在二门口找二爷呢。”要知何事，下回分解。

第四十回

史太君两宴大观园　金鸳鸯三宣牙牌令①

话说宝玉听了，忙进来看时，只见琥珀站在屏风跟前说："快去吧，立等你说话呢。"

宝玉来至上房，只见贾母正和王夫人众姊妹商议给史湘云还席。宝玉因说道："我有个主意。既没有外客，吃的东西也别定了样数，谁素日爱吃的拣样儿做几样。也不要按桌席，每人跟前摆一张高几，各人爱吃的东西一两样，再一个什锦攒心盒子②，自斟壶，岂不别致？"贾母听了，说"很是"。忙命传与厨房："明日就拣我们爱吃的东西做了，按着人数，再装了盒子来。早饭也摆在园里吃。"商议之间早又掌灯，一夕无话。

次日清早起来，可喜这日天气清朗。李纨侵晨先起，看着老婆子、丫头们扫那些落叶，并擦抹桌椅，预备茶酒器皿。只见丰儿带了刘姥姥板儿进来，说："大奶奶倒忙的紧。"李纨笑道："我说你昨日去不成，只忙着要去。"刘姥姥笑道："老太太留下我，叫我也热闹一天去。"丰儿拿了几把大小钥匙，说道："我们奶奶说了，外头的高几恐

① 牙牌令——用牙牌作为酒令。

② 什锦攒心盒子——一种盛果、菜的食盒，中心一圆格，四周以扇形盘格向中心聚拢。又称"攒盒"。攒心，即向心。

不够使，不如开了楼把那收着的拿下来使一天罢。奶奶原该亲自来的，因和太太说话呢，请大奶奶开了，带着人搬罢。”李氏便令素云接了钥匙，又令婆子出去把二门上的小厮叫几个来。李氏站在大观楼下往上看，令人上去开了缀锦阁，一张一张的往下抬。小厮、老婆子、丫头一齐动手，抬了二十多张下来。李纨道：“好生着，别慌慌张张鬼赶来似的，仔细碰了牙子[①]。”又回头向刘姥姥笑道：“姥姥，你也上去瞧瞧。”刘姥姥听说，巴不得一声儿，便拉了板儿登梯上去。进里面，只见乌压压的堆着些围屏、桌椅、大小花灯之类，虽不大认得，只见五彩炫耀，各有奇妙。念了几声佛，便下来了。然后锁上门，一齐才下来。李纨道：“恐怕老太太高兴，越性把船上划子、篙桨、遮阳幔子都搬下来预备着。”众人答应，复又开了，色色的搬了下来。令小厮传驾娘们到船坞里撑出两只船来。

正乱着安排，只见贾母已带了一群人进来了。李纨忙迎上去，笑道：“老太太高兴，倒进来了。我只当还没梳头呢，才撷了菊花要送去。”一面说，一面碧月早捧过一个大荷叶式的翡翠盘子来，里面盛着各色的折枝菊花。贾母便拣了一朵大红的簪于鬓上。因回头看见了刘姥姥，忙笑道：“过来戴花儿。”一语未完，凤姐便拉过刘姥姥来，笑

王熙凤给刘姥姥戴了一头的花

① 牙子——这里指镶在几面或凳面边沿的雕花装饰。

道："让我打扮你。"说着，将一盘子花横三竖四的插了一头。贾母和众人笑的了不得。刘姥姥笑道："我这头也不知修了什么福，今儿这样体面起来。"众人笑道："你还不拔下来摔到他脸上呢，把你打扮的成了个老妖精了。"刘姥姥笑道："我虽老了，年轻时也风流，爱个花儿粉儿的，今儿索性作个老风流。"

说笑之间，已来至沁芳亭上。丫鬟们抱了一个大锦褥子来，铺在栏杆榻板上。贾母倚栏坐下，命刘姥姥也坐在旁边，因问他："这园子好不好？"刘姥姥念佛说道："我们乡下人到了年下，都上城来买画儿贴。闲了的时候儿，大家都说，怎么得到画儿上去逛逛。想着那个画儿也不过是假的，那里有这个真地方呢？谁知我今儿进这园里一瞧，竟比那画儿还强十倍。怎么得有人也照着这个园子画一张，我带了家去，给他们见见，死了也得好处。"贾母听说，指着惜春笑道："你瞧我这个小孙女儿，他就会画。等明儿叫他画一张如何？"刘姥姥听了，喜的忙跑过来，拉着惜春说道："我的姑娘，你这么大年纪儿，又这么个好模样，还有这个能干，别是神仙托生的罢。"贾母、众人都笑了。

贾母歇了歇，又领着刘姥姥都见识见识。先到了潇湘馆，一进门，只见两边翠竹夹路，土地下苍苔布满，中间羊肠一条石子砌的甬路。刘姥姥让出路来与贾母众人走，自己却走土地。琥珀拉着他说道："姥姥，你上来走，仔细苍苔滑倒了。"刘姥姥道："不相干的，我们走熟了的，姑娘们只管走罢。可惜你们的那绣鞋，别沾了泥。"他只顾上头和人说话，不防底下果跴滑了，咕咚一跤跌倒。众人都拍手哈哈的笑起来。贾母笑骂道："小蹄子们，还不搀起来，只站着笑。"说话时，刘姥姥已爬了起来，自己也笑了，说道："才说嘴就打了嘴。"贾母问他："可扭了腰了不曾？叫丫头们捶一捶。"刘姥姥道："那里说的我这么娇嫩了？那一天不跌两下子，都要捶起来，还了得呢。"紫鹃早打起湘帘，贾母等进来坐下。黛玉亲自用小茶盘捧了一盖碗茶来奉与贾母。王夫人道："我们不吃茶，姑娘不用倒了。"黛玉听说，便命一个丫头把自己窗下常坐的一张椅子挪到下首，请王夫人坐了。刘姥姥因见窗下案上设着笔砚，又见书架上放着满满的书，刘姥姥道："这必是那个哥儿的书房了。"贾母笑指黛玉道："这是我这外孙女儿的屋子。"刘姥姥留神打量了黛玉一番，方笑道："这那里像个小姐的绣房，竟比那上等的书房还好呢。”贾母因问：“宝玉怎么不见？”众丫头们答说：“在池子里船上呢。”贾母道：“谁又预备下船了？”李纨忙回说：“才开楼拿高儿，我想老太太高兴，就预备下了。”贾母听了方欲说话时，有人回说：“姨太太来了。”贾母等刚站起来，只见薛姨妈早进来了，一面归坐，笑道：“今儿老太太高兴，这早晚就来了。”贾母笑道：“我才说来迟了的要罚他，不想姨太太就来迟了。”

说笑一会，贾母因见窗上纱的颜色旧了，便和王夫人说道：“这个纱新糊上好看，过了后来就不翠了。这个院子里头又没有个桃杏树，这竹子已是绿的，再拿这绿纱糊上不配。我记得咱们先有四五样颜色糊窗的纱呢，明儿给他把这窗上的换了。”凤姐忙道：“昨儿我开库房，看见大板箱里还有好些匹银红蝉翼纱，也有各色折枝的花样的，也有流云百福花样的，也有百蝶穿花花样的，颜色又鲜，纱又轻软，我竟没见过这样的。拿了两匹出来，作两床绵纱被，想来一定是好的。”

贾母听了笑道：“呸，人人都说你没有不经过不见过，连这个纱还不认得呢，明儿还说嘴。”薛姨妈等都笑说：“凭他怎么经过见过，如何敢比老太太呢？老太太何不教导了他，我们也听听。”凤姐也笑说：“好祖宗，教给我罢。”贾母笑向薛姨妈众人道：“那个纱，比你们的年纪还大呢。怪不得他认作蝉翼纱，原也有些像，不知道的，都认作蝉翼纱。正经名字叫作‘软烟罗’。”凤姐道：“这个名儿也好听。只是我这么大了，纱罗也见过几百样，从没听见过这个名色。”贾母笑道：“你能够活了多大，见过几样没处放的东西，就说嘴来了。那个软烟罗只有四样颜色：一样雨过天晴，一样秋香色，一样松绿的，一样就是银红的。若是做了帐子，糊了窗屉，远远的看着，就似烟雾一样，所以叫作‘软烟罗’。那银红的又叫作‘霞影纱’。如今上用的府纱也没有这样软厚轻密的了。”

薛姨妈笑道：“别说凤丫头没见，连我也没听见过。”凤姐一面说话，早命人取了一匹来了。贾母说：“可不是这个！先时原不过是糊窗屉，后来我们拿这个作被作帐子，试试也竟好。明儿就找出几匹来，拿银红的替他糊窗户。”凤姐答应着。众人都看了，称赞不已。刘姥姥也觑着眼看个不了，念佛说道：“我们想他作衣裳也不能，拿着糊窗子，岂不可惜？”贾母道：“倒是做衣裳不好看。”凤姐忙把自己身上穿的一件大红绵纱袄子襟儿拉了出来，问贾母、薛姨妈道：“看我的这袄儿。”贾母、薛姨妈都说：“这也是上好的了，这是如今的上用内造的，竟比不上这个。”凤姐道：“这个薄片子，还说是上用内造呢，竟连这个官用的也比不上了。”贾母道：“再找一找，只怕还有青的。若有时都拿出来，送这刘亲家两匹，再做一个帐子我挂，下剩的添上里子，做些夹背心子给丫头们穿，白收着霉坏了。”凤姐忙答应了，仍令人送去。

贾母起身笑道：“这屋里窄，再往别处逛去。”刘姥姥念佛道：“人人都说大家子住大房。昨儿见了老太太正房，配上大箱大柜大桌大床，果然威武。那柜子比我们那一间房子还大还高，怪道后院子里有个梯子。我想并不上房晒东西，预备个梯子作什么？后来我想起来，定是为开顶柜收放东西，离了那梯子，怎么得上去呢？如今又见了这小屋子，更比大的越发齐整了。满屋里的东西都只好看，都不知叫什么，我越看越舍不得离了这里。”凤姐道：“还有好的呢，我都带你去瞧瞧。”说着一径离了潇湘馆。

远远望见池中一群人在那里撑船。贾母道：“他们既预备下船，咱们就坐。”一面说着，便向紫菱洲蓼溆一带走来。未至池前，只见几个婆子手里都捧着一色捏丝戗金五彩大盒子[①]走来。凤姐忙问王夫人早饭在那里摆。王夫人道：“问老太太在那里，就在那里罢了。”贾母听说，便回头说：“你三妹妹那里就好。你就带了人摆去，我们从这里坐了船去。”

凤姐听说，便回身同了探春、李纨、鸳鸯、琥珀带着端饭的人等，抄着近路到了秋爽斋，就在晓翠堂上调开桌椅。鸳鸯笑道：“天天咱们说外头老爷们吃酒吃饭都有一个凑趣儿的，拿他取笑儿。咱们今儿也得了一个女清客了。”李纨是个厚道人，倒不理会。凤姐却听着是说刘姥姥，便笑道：“咱们今儿就拿他取个笑儿。”二人便如此这般的商议。李纨笑劝道：“你们一点好事也不做，又不是个小孩儿，还这么淘气，

① 捏丝戗金五彩大盒子——一种有窗孔的透气的漆捧盒，窗孔捏铜丝成纱状。“戗金”为漆器工艺之一，在深色漆地上，缕划出纤细的花纹沟槽，槽内涂胶，上粘金箔，呈现金色花纹。

仔细老太太说。”鸳鸯笑道：“很不与你相干，有我呢。”

金鸳鸯

正说着，只见贾母等来了，各自随便坐下。先有丫头挨人递了茶，大家吃毕。凤姐手里拿着西洋布手巾，裹着一把乌木三镶银箸[①]，按席摆下。贾母因说：“把那一张小楠木桌子抬过来，让刘亲家近我这边坐。”众人听说，忙抬了过来。凤姐一面递眼色与鸳鸯，鸳鸯便拉了刘姥姥出去，悄悄的嘱咐了一席话，又说：“这是我们家的规矩，若错了我们就笑话呢。”调停已毕，然后归坐。薛姨妈是吃过饭来的，不吃，只坐在一边吃茶。贾母带着宝玉、湘云、黛玉、宝钗一桌，王夫人带着迎春姊妹三人一桌，刘姥姥傍着贾母一桌。贾母素日吃饭，皆有小丫鬟在旁边，拿着漱盂、麈尾、巾帕之物。如今鸳鸯是不当这差的了，今日鸳鸯偏接过麈尾来拂着。丫鬟们知道他要撮弄刘姥姥，便躲开让他。鸳鸯一面侍立，一面递眼色。刘姥姥道：“姑娘放心。”那刘姥姥入了坐，拿起箸来，沉甸甸的不服手。原是凤姐和鸳鸯商议定了，单拿一双老年四楞象牙镶金的筷子与刘姥姥。刘姥姥见了，说道：“这叉爬子比俺那里铁锨还沉，那里拿的动？”他说的众人笑起来。

只见一个媳妇端了一个盒子站在当地，一个丫鬟上来揭去盒盖，里面盛着两碗菜。李纨端了一碗放在贾母桌上。凤姐偏拣了一碗鸽子蛋放在刘姥姥桌上。贾母这边说声“请”，刘姥姥便站起身来，高声说道：“老刘，老刘，食量大似牛，吃一个老母猪不抬头。”说着，却鼓着腮帮子，两眼直视，一声不语。众人先是发怔，后来一听，上上下下

① 乌木三镶银箸——在乌木筷子的下截、中腰及顶端包镶铁箔，故称“三镶”。银能试毒，银箸是贵重餐具。

都一直哈哈的大笑起来。湘云掌不住，一口饭都喷了出来；黛玉笑岔了气，伏着桌子只叫“哎哟”；宝玉早滚到贾母怀里，贾母笑的搂着宝玉叫“心肝”；王夫人笑的用手指着凤姐，只说不出话来；薛姨妈也撑不住，口里茶喷了探春一裙子；探春手里的饭碗都合在迎春身上；惜春离了坐位，拉着他奶母叫揉一揉肠子。地下的无一个不弯腰屈背，也有躲出去蹲着笑去的，也有忍着笑上来替他姊妹换衣裳的。独有凤姐、鸳鸯二人撑着，还只管让刘姥姥。刘姥姥拿起箸来，只觉不听使，又说道：“这里的鸡儿也俊，下的这蛋也小巧。怪俊的，我且抓得一个儿。”

众人方住了笑，听见这话又笑起来。贾母笑的眼泪出来，琥珀在后捶着。贾母笑道：“这定是凤丫头促狭鬼儿闹的，快别信他的话了。”那刘姥姥正夸鸡蛋小巧，凤姐笑道：“一两银子一个呢，你快尝尝罢，那冷了就不好吃了。”刘姥姥便伸箸子要夹，那里夹的起来？满碗里闹了一阵好的，好容易撮起一个来，才伸着脖子要吃，偏又滑下来滚在地下，忙放下箸子要亲自去捡，早有地下的人捡了出去了。刘姥姥叹道：“一两银子，也没听见响声儿就没了。”众人已没心吃饭，都看着他笑。贾母又说：“这会子又把那个筷子拿了出来，又不请客摆大筵席。都是凤丫头支使的，还不换了呢。”地下的人原不曾预备这牙箸，本是凤姐和鸳鸯拿了来的，听如此说，忙收了过去，也照样换上一双乌木镶银的。刘姥姥道：“去了金的，又是银的，到底不及俺那个服手。”凤姐道：“菜里若有毒，这银子下去了就试的出来。”刘姥姥道：“这个菜里若有毒，俺们那菜都成了砒霜了。那怕毒死了也要吃尽了。”贾母见他如此有趣，吃的又香甜，把自己的也都端过来与他吃。又命一个老嬷嬷来，将各样的菜给板儿夹在碗上。

一时吃毕，贾母等都往探春卧室中去说闲话。这里收拾过残桌，又放了一桌。刘姥姥看着李纨与凤姐对坐着吃饭，叹道：“别的罢了，我只爱你们家这行事。怪道说‘礼出大家’。”凤姐忙笑道：“你可别多心，才刚不过大家取笑儿。”一言未了，鸳鸯也进来笑道：“姥姥别恼，我给你老人家赔个不是。”刘姥姥笑道：“姑娘说那里话，咱们哄老太太开个心儿，可有什么恼的！你先嘱咐我，我就明白了，不过大家取个笑儿。我要心里恼，也就不说了。”鸳鸯便骂人：“为什么不倒茶给姥姥吃。”刘姥姥忙道：“才刚那个嫂子倒了茶来，我吃过了。姑娘也该用饭了。”凤姐便拉鸳鸯：“你坐下和我们吃了罢，省的回来又闹。”鸳鸯便坐下了。婆子们添上碗箸来，三人吃毕。

刘姥姥笑道：“我看你们这些人都只吃这一点儿就完了，亏你们也不饿。怪道风儿都吹的倒。”鸳鸯便问：“今儿剩的菜不少，都那去了？”婆子们道：“都还没散呢，在这里等着一齐散与他们吃。”鸳鸯道：“他们吃不了这些，挑两碗给二奶奶屋里平丫头送去。”凤姐道：“他早吃了饭了，不用给他。”鸳鸯道：“他不吃了，喂你们的猫。”婆子听了，忙拣了两样拿盒子送去。鸳鸯道：“素云那去了？”李纨道：“他们都在这里一处吃，又找他作什么？”鸳鸯道：“这就罢了。”凤姐道：“袭人不在这里，你倒是叫人送两样给他去。”鸳鸯听说，便命人也送两样去后，鸳鸯又问婆子们：“回来吃酒的攒盒可装上了？”婆子道：“想必还得一会子。”鸳鸯道：“催着些儿。”婆子应喏了。

凤姐等来至探春房中，只见他娘儿们正说笑。探春素喜阔朗，这三间屋子并不曾隔断。当地放着一张花梨大理石大案，案上堆着各种名人法帖①，并数十方宝砚，各色笔筒，笔海内插的笔如树林一般。那一边设着斗大的一个汝窑花囊②，插着满满的一囊水晶球儿的白菊花。西墙上当中挂着一大幅米襄阳③《烟雨图》，左右挂着一副对联，乃是颜鲁公墨迹，其联云：

烟霞闲骨格；泉石野生涯④。

案上设着大鼎。左边紫檀架上放着一个大官窑的大盘，盘内盛着数

---

① 法帖——这里指供人临摹的前人书法范本。

② 汝窑花囊——汝窑所烧制的花囊。汝窑：北宋时建于汝州（今河南临汝）的青器窑。花囊：插花的用具，肚子和口径均较花瓶为大，囊口封闭，上有圆孔多个，便于插枝软而大的花。

③ 米襄阳——米南宫，本名米芾，因是襄阳人，故称米襄阳。宋代书画家，善画烟雨山水。

④ “烟霞”一联——是对古代隐士浪迹山林悠闲情趣的写照。烟霞：代指山水，山林。骨格：这里是性情、志趣、格调的意思。

十个娇黄玲珑大佛手[①]。右边洋漆架上悬着一个白玉比目鱼磬，旁边挂着小锤。那板儿略熟了些，便要摘那锤子要击，丫鬟们忙拦住他。他又要那佛手吃，探春拣了一个与他说："玩罢，吃不得的。"东边便设着卧榻，拔步床[②]上悬着葱绿双绣花卉草虫的纱帐。板儿又跑过来看，说"这是蝈蝈，这是蚂蚱"。刘姥姥忙打了他一巴掌，骂道："下作黄子[③]，没干没净的乱闹。倒叫你进来瞧瞧，就上脸[④]了。"打的板儿哭起来，众人忙劝解方罢。贾母因隔着纱窗往后院内看了一回，说道："后廊檐下的梧桐也好了，就只细些。"

正说话，忽一阵风过，隐隐听得鼓乐之声。贾母问："是谁家娶亲呢？这里临街倒近。"王夫人等笑回道："街上的那里听的见？这是咱们的那十几个女孩子们演习吹打呢。"贾母便笑道："既是他们演，何不叫他们进来演习。他们也逛一逛，咱们可又乐了。"凤姐听说，忙命人出去叫来，又一面吩咐摆下条桌，铺上红毡子。贾母道："就铺排在藕香榭的水亭子上，借着水音更好听。回来咱们就在缀锦阁底下吃酒，又宽阔，又听的近。"众人都说那里好。贾母向薛姨妈笑道："咱们走罢。他们姊妹们都不大喜欢人来坐着，怕脏了屋子。咱们别没眼色，正经坐一回子船喝酒去。"说着大家起身便走。探春笑道："这是那里的话，求着老太太、姨妈、太太来坐坐还不能呢。"贾母笑道："我的这三丫头却好，只有两个玉儿可恶。回来吃醉了，咱们偏往他们屋里闹去。"

说着，众人都笑了，一齐出来。走不多远，已到了荇叶渚。那姑苏选来的几个驾娘早把两只棠木舫撑来，众人扶了贾母、王夫人、薛姨妈、刘姥姥、鸳鸯、玉钏儿上了这一只，落后李纨也跟上去。凤姐也上去，立在船头上，也要撑船。贾母在舱内道："这不是玩的，虽不是河

① 佛手——佛手柑，形状像半握着的拳，秋天成熟，皮色鲜黄，有芳香。

② 拔步床——我国型制最大的传统卧床，床前留空二至三尺，与床门围子形成小廊屋，前有镂雕花罩，两边有小柜，床屉下有抽斗，柜上设奁合、灯台，并置有衣笼、便桶等，成为一个有照明条件的生活空间。

③ 下作黄子——下流种子。隋代称三岁以下的小孩为"黄"，唐代称初生的婴儿为"黄"。

④ 上脸——因受宠而放肆的意思。俗有"蹬着鼻子上脸"的话。

里，也有好深的。你快不给我进来。”凤姐笑道：“怕什么！老祖宗只管放心。”说着便一篙点开。到了池当中，船小人多，凤姐只觉乱晃，忙把篙子递与驾娘，方蹲下了。然后迎春姊妹等并宝玉上了那只，随后跟来。其余老嬷嬷、散众丫鬟俱沿河随行。宝玉道：“这些破荷叶可恨，怎么还不叫人来拔去。”宝钗笑道：“今年这几日，何曾饶了这园子闲了，天天逛，那里还有叫人来收拾的工夫。”黛玉道：“我最不喜欢李义山的诗，只喜他这一句：‘留得残荷听雨声。’[①]偏你们又不留着残荷了。”宝玉道：“果然好句，以后咱们就别叫人拔去了。”说着已到了花溆的萝港之下，觉得阴森透骨，两滩上衰草残菱，更助秋兴。

贾母因见岸上的清厦旷朗，便问：“这是你薛姑娘的屋子不是？”众人道：“是。”贾母忙命拢岸，顺着云步石梯上去，一同进了蘅芜苑，只觉异香扑鼻。那些奇草仙藤愈冷愈苍翠，都结了实，似珊瑚豆子一般，累垂可爱。及进了房屋，雪洞一般，一色玩器全无，案上只有一个土定瓶[②]中供着数枝菊花，并两部书，茶奁茶杯而已。床上只吊着青纱帐幔，衾褥也十分朴素。贾母叹道：“这孩子太老实了。你没有陈设，何妨和你姨娘要些？我也不理论，也没想到，你们的东西自然在家里没带了来。”说着，命鸳鸯去取些古董来，又嗔着凤姐：“不送些玩器来与你妹妹，这样小器。”王夫人、凤姐等都笑回说：“他自己不要的。我们原送了来，他都退回去了。”薛姨妈也笑说：“他在家里也不大弄这些东西的。”贾母摇头道：“使不得。虽然他省事，倘或来一个亲戚，看着不像样；二则年轻的姑娘们，屋里这样素净，也忌讳。我们这老婆子，越发该住马圈去了。你们听那些书上戏上说的小姐们的绣房，精致的还了得呢。他们姊妹们虽不敢比那些小姐们，也别很离了格儿。有现成的东西，为什么不摆？若很爱素净，少摆几样倒使得。我最会收拾屋子的，如今老了，没有这些闲心了。他们姊妹们也还学着收拾的好，只怕俗气，有好东西也摆坏了。我看他们还不俗。如今让我替你收拾，包管又大方又素净。我的体己两件，收到如今，没给宝玉看见

---

① 留得残荷听雨声——唐代李商隐《宿骆氏亭寄怀崔雍崔衮》中的诗句。原诗“残”作“枯”。

② 土定瓶——仿定窑（北宋时建于定州，即今河北曲阳）烧制的一种质地较粗的瓶子。土定：仿定窑瓷的品种之一。

过，若经了他的眼，也没了。”说着叫过鸳鸯来，亲吩咐道：“你把那石头盆景儿和那架纱桌屏，还有个墨烟冻石鼎，这三样摆在这案上就够了。再把那水墨字画白绫帐子拿来，把这帐子也换了。”鸳鸯答应着，笑道：“这些东西都搁在东楼上的不知那个箱子里，还得慢慢找去，明日再拿去也罢了。”贾母道：“明日后日都使得，只别忘了。”说着，坐了一回方出来，一径来至缀锦阁下。文官等上来请过安，问“演习何曲”。贾母道：“只拣你们生的演习几套罢。”文官等下来，往藕香榭去，不提。

这里凤姐已带着人摆设整齐，上面左右两张榻，榻上都铺着锦裀蓉簟[①]，每一榻前有两张雕漆几，也有海棠式的，也有梅花式的，也有荷叶式的，也有葵花式的，也有方的，也有圆的，其式不一。一个上头放着炉瓶[②]，一分攒盒；一个上面空设着，预备放人所喜食物。上面一榻四几，是贾母薛姨妈；下面一榻两几，是王夫人的，余者都是一椅一几。东边是刘姥姥，刘姥姥之下便是王夫人。西边便是史湘云，第二便是宝钗，第三便是黛玉，第四迎春、探春、惜春挨次下去，宝玉在末。李纨、凤姐二人之几设于三层槛内，二层纱厨之外。攒盒式样，亦如几之式样。每人一把乌银洋錾自斟壶，一个十锦珐琅杯。

大家坐定，贾母先笑道：“咱们先吃两杯，今日也行一个令，才有意思。”薛姨妈等笑道：“老太太自然有好酒令，我们如何会呢，安心要我们醉了。我们都多吃两杯就有了。”贾母笑道：“姨太太今儿也过谦起来，想是厌我老了。”薛姨妈笑道：“不是谦，只怕行不上来倒是笑话了。”王夫人忙笑道：“便说不上来，就便多吃一杯酒，醉了睡觉去，还有谁笑话咱们不成？”薛姨妈点头笑道：“依令。老太太到底吃一杯令酒才是。”贾母笑道：“这个自然。”说着便吃了一杯。

凤姐忙走至当地，笑道：“既行令，还叫鸳鸯姐姐来行更好。”众人都知贾母所行之令必得鸳鸯提着，故听了这话，都说“很是”。凤姐便拉了鸳鸯过来。王夫人笑道：“既在令内，没有站着的理。”回头

---

① 锦裀蓉簟——锦裀：这里指华美的丝绸褥子。裀：褥子、垫子、毯子等的通称。蓉簟：有荷花图案的竹席。蓉：芙蓉，荷花。簟：竹席。

② 炉瓶——焚香用具。

命小丫头子：“端一张椅子，放在你二位奶奶的席上。”鸳鸯也半推半就，谢了坐，便坐下，也吃了一钟酒，笑道：“酒令大如军令，不论尊卑，惟我是主。违了我的话，是要受罚的。”王夫人等都笑道：“一定如此，快些说来。”鸳鸯未开口，刘姥姥便下了席，摆手道：“别这样捉弄人，我家去了。”众人都笑道：“这却使不得。”鸳鸯喝令小丫头子们：“拉上席去！”小丫头子们也笑着，果然拉入席中。刘姥姥只叫：“饶了我罢！”鸳鸯道：“再多言的罚一壶。”刘姥姥方住了声。

鸳鸯道：“如今我说骨牌副儿[①]，从老太太起，顺领下去，至刘姥姥止。比如我说一副儿，将这三张牌拆开，先说头一张，次说第二张，再说第三张，说完了，合成这一副儿的名字。无论诗词歌赋，成语俗话，比上一句，都要叶韵。错了的罚一杯。”众人笑道：“这个令好，就说出来。”鸳鸯道：“有了一副了。左边是张‘天’。”贾母道：“头上有青天。”众人道：“好。”鸳鸯道：“当中是个‘五与六’。”贾母道：“六桥梅花香彻骨。”鸳鸯道：“剩得一张‘六与幺’。”贾母道：“一轮红日出云霄。”鸳鸯道：“凑成便是个‘蓬头鬼’。”贾母道：“这鬼抱住钟馗腿。”说完，大家笑说：“极妙。”贾母饮了一杯。

鸳鸯又道：“有了一副了。左边是个‘大长五’。”薛姨妈道：“梅花朵朵风前舞。”鸳鸯道：“右边还是个‘大五长’。”薛姨妈道：“十月梅花岭上香。”鸳鸯道：“当中‘二五’是杂七。”薛姨妈道：“织女牛郎会七夕。”鸳鸯道：“凑成‘二郎游五岳’。”薛姨妈道：“世人不及神仙乐。”说完，大家称赏，饮了酒。

鸳鸯又道：“有了一副。左边‘长幺’两点明。”湘云道：“双悬日月照乾坤。”鸳鸯道：“右边‘长幺’两点明。”湘云道：“闲花落地听无声。”鸳鸯道：“中间还得‘幺四’来。”湘云道：“日边红杏倚云栽。”鸳鸯道：“凑成一个‘樱桃是九熟’。”湘云道：“御园却被鸟衔出。”说完饮了一杯。

鸳鸯道：“有了一副。左边是‘长三’。”宝钗道：“双双燕子

---

① 骨牌副儿——用两张以上骨牌的色点配成一套，叫作“一副儿”。这里是三张牌为一副儿。

语梁间。”鸳鸯道：“右边是‘三长’。”宝钗道：“水荇牵风翠带长。”鸳鸯道：“当中‘三六’九点在。”宝钗道：“三山半落青天外。”鸳鸯道：“凑成‘铁锁练孤舟’。”宝钗道：“处处风波处处愁。”说完饮毕。

鸳鸯又道：“左边一个‘天’。”黛玉道：“良辰美景奈何天。”宝钗听了，回头看着他。黛玉只顾怕罚，也不理论。鸳鸯道：“中间‘锦屏’颜色俏。”黛玉道：“纱窗也没有红娘报。”鸳鸯道：“剩了‘二六’八点齐。”黛玉道：“双瞻玉座引朝仪。”鸳鸯道：“凑成‘篮子’好采花。”黛玉道：“仙杖香挑芍药花。”说完，饮了一口。

鸳鸯道：“左边‘四五’成花九。”[①]迎春道：“桃花带雨浓。”[②]众人道：“该罚！错了韵，而且又不像。”迎春笑着饮了一口。

原是凤姐和鸳鸯都要听刘姥姥的笑话，故意都令说错，都罚了。至王夫人，鸳鸯代说了一个，下便该刘姥姥。

刘姥姥道：“我们庄家人闲了，也常会几个人弄这个，但不如说的这么好听。少不得我也试一试。”众人都笑道：“容易说的。你只管说，不相干。”

鸳鸯笑道：“左边‘四四’是个人。”刘姥姥听了，想了半日，说道：“是个庄家人罢。”众人哄堂笑了。贾母笑道：“说的好，就是这样说。”刘姥姥也笑道：“我们庄家人，不过是现成的本色，众位别笑。”鸳鸯道：“中间‘三四’绿配红。”刘姥姥道：“大火烧了毛毛虫。”众人笑道：“这是有的，还说你的本色。”鸳鸯道：“右边‘幺四’真好看。”刘姥姥道：“一个萝卜一头蒜。”众人又笑了。鸳鸯笑道：“凑成便是一枝花。”刘姥姥两只手比着，说道：“花儿落了结个大倭瓜。”众人又大笑起来。要知以后，下回分解。

---

① 花九——牌名，也叫“四五”。这张牌上四下五共九点，点色上红下绿，故称“花九”。

② 桃花带雨浓——唐代李白《访戴天山道士不遇》中的诗句。

第四十一回

栊翠庵茶品梅花雪　怡红院劫遇母蝗虫

话说刘姥姥两只手比着说道：“花儿落了结个大倭瓜。”众人听了哄堂大笑起来。于是吃过门杯，因又逗趣笑道：“实告诉说罢，我的手脚子粗笨，又喝了酒，仔细失手打了这瓷杯。有木头的杯取个来，我便失了手，掉了地下也无碍。”众人听了，又笑起来。凤姐听如此说，便忙笑道：“果真要木头的，我就取了来。可有一句话先说下：这木头的可比不得瓷的，他都是一套，定要吃遍一套方使得。”

刘姥姥听了心下战敠道：“我方才不过是趣话取笑儿，谁知他果真竟有。我时常在村庄乡绅大家也赴过席，金杯银杯倒都也见过，从来没见有木头杯之说。哦，是了，想必是小孩子们使的木碗儿，不过诓我多喝两碗。别管他，横竖这酒蜜水儿似的，多喝点子也无妨。”想毕，便说：“取来再商量。”

凤姐乃命丰儿：“到前面里间屋，书架子上有十个竹根套杯取来。”丰儿听了，答应才然要去，鸳鸯笑道：“我知道你这十个杯还小。况且你才说是木头的，这会子又拿了竹根子的来，倒不好看。不如把我们那里的黄杨根整抠的十个大套杯拿来，灌他十下子。”凤姐笑道：“更好了。”鸳鸯果命人取来。

刘姥姥一看，又惊又喜：惊的是一连十个，挨次大小分下来，那大的足似个小盆子，第十个极小的还有手里的杯子两个大；喜的是雕镂奇绝，一色山水树木人物，并有草字以及图印。因忙说道："拿了那小的来就是了，怎么这样多？"凤姐笑道："这个杯没有喝一个的理。我们家因没有这大量的，所以没人敢使他。姥姥既要，好容易寻了出来，必定要挨次吃一遍才使得。"刘姥姥唬的忙道："这个不敢。好姑奶奶，饶了我罢。"

贾母、薛姨妈、王夫人知道他上了年纪的人，禁不起，忙笑道："说是说，笑是笑，不可多吃了，只吃这头一杯罢。"刘姥姥道："阿弥陀佛！我还使小杯吃罢。把这大杯收着，我带了家去慢慢的吃罢。"说的众人又笑起来。鸳鸯无法，只得命人满斟了一大杯，刘姥姥两手捧着喝。贾母、薛姨妈都道："慢些，不要呛了。"

薛姨妈又命凤姐布了菜。凤姐笑道："姥姥要吃什么，说出名儿来，我搛了喂你。"刘姥姥道："我知道什么名儿？样样都是好的。"贾母笑道："你把茄鲞[①]搛些喂他。"凤姐听说，依言夹些茄鲞送入刘姥姥口中，因笑道："你们天天吃茄子，也尝尝我们的茄子弄的可口不可口。"刘姥姥笑道："别哄我了，茄子跑出这个味儿来了，我们也不用种粮食，只种茄子了。"众人笑道："真是茄子，我们再不哄你。"刘姥姥诧异道："真是茄子？我白吃了这半日。姑奶奶再喂我些，这一口细嚼嚼。"凤姐果又搛了些放入口内。刘姥姥细嚼了半日，笑道："虽有一点茄子香，只是还不像是茄子。告诉我是个什么法子弄的，我也弄着吃去。"凤姐笑道："这也不难。你把才下来的茄子把皮刨了，只要净肉，切成碎钉子，用鸡油炸了，再用鸡脯子肉并香菌、新笋、蘑菇、五香腐干、各色干果子，都切成钉子，用鸡汤煨干，将香油一收，外加糟油[②]一拌，盛在瓷罐子里封严，要吃时拿出来，用炒的鸡爪子一拌就是。"刘姥姥听了，摇头吐舌说道："我的佛祖！倒得十来只鸡来配他，怪道这个味儿！"

一面说笑，一面慢慢的吃完了酒，还只管细玩那杯子。凤姐笑道："还是不足兴，再吃一杯罢。"刘姥姥忙道："了不得，那就醉死了。我因为爱这样儿好看，亏他怎么做来。"鸳鸯笑道："酒吃完了，到底

---

① 茄鲞——茄干。鲞：原指干鱼、腊鱼，亦泛指成片或成丁的腌腊食品。

② 糟油——用酒糟调制的油，用来浇拌凉菜。

这杯子是什么木的？”刘姥姥笑道：“怨不得姑娘不认得，你们在这金门绣户的，如何认得木头！我们成日家和树林子作街坊，困了枕着他睡，乏了靠着他坐，荒年间饿了还吃他，眼睛里天天见他，耳朵里天天听他，口儿里天天讲他，所以好歹真假，我是认得的，让我认来。”一面说，一面细细端详了半日，道：“你们这样人家断没有那贱东西，那容易得的木头，你们也不收着了。我掂着这么体沉，断乎不是杨木，一定是黄松做的。”众人听了，哄堂大笑起来。

只见一个婆子走来请问贾母，说：“姑娘们都到了藕香榭，请示下，就演罢还是再等一会子？”贾母忙笑道：“可是倒忘了他们，就叫他们演罢。”那个婆子答应去了。不一时，只听得箫管悠扬，笙笛并发。正值风清气爽之时，那乐声穿林度水而来，自然使人神怡心旷。宝玉先禁不住，拿起壶来斟了一杯，一口饮尽。复又斟上，才要饮，只见王夫人也要饮，命人换暖酒，宝玉连忙将自己的杯捧了过来，送到王夫人口边，王夫人便就他手内吃了两口。一时暖酒来了，宝玉仍归旧坐，王夫人提了暖壶下席来，众人皆都出了席，薛姨妈也立起来，贾母忙命李、凤二人接过壶来：“让你姨妈坐了，大家才便。”王夫人见如此说，方将壶递与凤姐，自己归坐。

贾母笑道：“大家吃上两杯，今日着实有趣。”说着擎杯让薛姨妈，又向湘云、宝钗道：“你姐妹两个也吃一杯。你林妹妹虽不大会吃，也别饶他。”说着自己已干了。湘云、宝钗、黛玉也都干了。当下刘姥姥听见这般音乐，且又有了酒，越发喜的手舞足蹈起来。宝玉因下席过来向黛玉笑道：“你瞧刘姥姥的样子。”黛玉笑道：“当日圣乐一奏，百兽率舞[①]，如今才一牛耳。”众姐妹都笑了。

须臾乐止，薛姨妈出席笑道：“大家酒想也都有了，且出去散散再坐罢。”贾母也正要散散，于是大家出席，都随着贾母游玩。贾母因要带着刘姥姥散闷，遂携了刘姥姥至山前树下盘桓了半晌，又说与他这是什么树，这是什么石，这是什么花。刘姥姥一一的领会，又向贾母道：“谁知城里不但人尊贵，连雀儿也是尊贵的。偏这雀儿到了你们这里，

① 圣乐一奏，百兽率舞——语出《尚书·虞书·益稷》，原文为“击石拊石，百兽率舞”，意思是乐器一响，百兽全都随乐起舞。

他也变俊了，会讲话。”众人不解，因问什么雀儿变俊了，会讲话。刘姥姥道：“那廊下金架子上站的绿毛红嘴是鹦哥儿，我是认得的。那笼子里黑老鸹子怎么又长出凤头来[①]，也会说话呢？”众人听了都笑将起来。

一时只见丫鬟们来请用点心。贾母道：“吃了两杯酒，倒也不饿。也罢，就拿了这里来，大家随便吃些罢。”丫鬟听说，便去抬了两张几来，又端了两个小捧盒。揭开看时，每个盒内两样：这盒内一样是藕粉桂糖糕，一样是松穰鹅油卷；那盒内一样是一寸来大的小饺儿。贾母因问什么馅儿，婆子们忙回是螃蟹的。贾母听了，皱眉说：“这油腻腻的，谁吃这个！”那一样是奶油炸的各色小面果，也不喜欢。因让薛姨妈吃，薛姨妈只拣了一块糕；贾母拣了一个卷子，只尝了一尝，剩的半个递与丫鬟了。刘姥姥因见那小面果子都玲珑剔透，各式各样，便拣了一朵牡丹花样的笑道：“我们那里最巧的姐儿们，剪子也不能铰出这么个纸的来。我又爱吃，又舍不得吃，包些家去给他们做花样子去倒好。”众人都笑了。贾母道：“你家去我送你一坛子。你先趁热吃这个罢。”别人不过拣各人爱吃的一两点就罢了；刘姥姥原不曾吃过这些东西，且都作的小巧，不显堆垛的，他和板儿每样吃了些，就去了半盘了。剩的，凤姐又命攒了两盘并一个攒盒，与文官等吃去。

忽见奶子抱了大姐儿来，大家哄他玩了一会。那大姐儿因抱着一个大柚子玩的，忽见板儿抱着一个佛手，便也要佛手。丫鬟哄他取去，大姐儿等不得，便哭了。众人忙把柚子与了板儿，将板儿的佛手哄过来与他才罢。那板儿因玩了半日佛手，此刻又两手抓着些果子吃，又忽见这柚子又香又圆，更觉好玩，且当球踢着玩去，也就不要佛手了。

当下贾母等吃过茶，又带了刘姥姥至栊翠庵来。妙玉忙接了进去。至院中见花木繁盛，贾母笑道：“到底是他们修行的人，没事常常修理，比别处越发好看。”一面说，一面便往东禅堂[②]来。妙玉笑往里让，贾母道：“我们才都吃了酒肉，你这里头有菩萨，冲了罪过。我

① 黑老鸹子……长出凤头来——这里实指八哥。黑老鸹子，即乌鸦。八哥与乌鸦形近，喙部上端多一撮凤毛（即凤头）。

② 禅堂——犹言佛堂，僧尼参禅礼佛的地方。

妙玉

们这里坐坐，把你的好茶拿来，我们吃一杯就去了。”妙玉听了，忙去烹了茶来。宝玉留神看他是怎么行事。只见妙玉亲自捧了一个海棠花式雕漆填金云龙献寿的小茶盘，里面放一个成窑[①]五彩小盖钟[②]，捧与贾母。贾母道：“我不吃六安茶[③]。”妙玉笑说：“知道。这是老君眉[④]。”贾母接了，又问是什么水。妙玉笑回“是旧年蠲[⑤]的雨水”。贾母便吃了半盏，便笑着递与刘姥姥说：“你尝尝这个茶。”刘姥姥便一口吃尽，笑道：“好是好，就是淡些，再熬浓些更好了。”贾母众人都笑起来。然后众人都是一色官窑脱胎填白盖碗[⑥]。

那妙玉便把宝钗和黛玉的衣襟一拉，二人随他出去，宝玉悄悄的随后跟了来。只见妙玉让他二人在耳房内，宝钗坐在榻上，黛玉便坐在妙玉的蒲团上。妙玉自向风炉上扇滚了水，另泡一壶茶。宝玉便走了进来，笑道：“偏你们吃体己茶呢。”二人都笑道：“你又赶了来餐茶吃。这里并没你的。”妙玉刚要去取杯，只见道婆收了上面的茶盏来。妙玉忙命：“将那成窑的茶杯别收了，搁在外头去罢。”宝玉会意，知

① 成窑——指明代成化年间官窑所出的瓷器，以五彩者为上。

② 盖钟——有盖的小杯。钟：同“盅”。

③ 六安茶——产于安徽省六安县。

④ 老君眉——湖南洞庭湖君山所产的银针茶，精选嫩芽制成，满布毫毛，香气高爽，其味甘醇，形如长眉，故名“老君眉”。历代沿作贡品。一说六安银针即老君眉。

⑤ 蠲——通“涓”，清洁。这里是密闭封存使之澄清的意思。

⑥ 官窑脱胎填白盖碗——一种名贵的青瓷盖碗。官窑：专为供应宫廷所需而设的瓷窑，始于北宋大观、政和年间。脱胎：凸印团花，刷以深浅不一的豆青色玛瑙釉，光润明亮，视之若无胎骨，称“脱胎”；始制于宋代汝州青器窑，后来的官窑亦有仿制品。填白：填月白色釉，以显花纹或增光泽。

为刘姥姥吃了，他嫌脏不要了。又见妙玉另拿出两只杯来。一个旁边有一耳，杯上镌着“𤫩瓟斝”[①]三个隶字，后有一行小真字是“晋王恺珍玩[②]”，又有“宋元丰五年四月眉山苏轼见于秘府[③]”一行小字。妙玉便斟了一斝，递与宝钗。那一只形似钵而小，也有三个垂珠篆字[④]，镌着“点犀盉”。妙玉斟了一盉与黛玉。仍将前番自己常日吃茶的那只绿玉斗来斟与宝玉。宝玉笑道：“常言‘世法平等’[⑤]，他两个就用那样古玩奇珍，我就是个俗器了。”妙玉道：“这是俗器？不是我说狂话，只怕你家里未必找的出这么一个俗器来呢。”宝玉笑道：“俗说‘随乡入乡’，到了你这里，自然把那金玉珠宝一概贬为俗器了。”妙玉听如此说，十分欢喜，遂又寻出一只九曲十环一百二十节蟠虬整雕竹根的一个大𣏕出来，笑道：“就剩了这一个，你可吃的了这一海[⑥]？”宝玉喜的忙道：“吃的了。”妙玉笑道：“你虽吃的了，也没这些茶糟蹋。岂不闻‘一杯为品，二杯即是解渴的蠢物，三杯便是饮牛饮驴’了。你吃这一海便成什么？”说的宝钗、黛玉、宝玉都笑了。妙玉执壶，只向海内斟了约有一杯。宝玉细细吃了，果觉轻浮[⑦]无比，赏赞不绝。妙玉正色道：“你这遭吃的茶是托他两个的福，独你来了，我是不给你吃的。”宝玉笑道：“我深知道的，我也不领你的情，只谢他二人便是了。”妙玉听了，方说：“这话明白。”黛玉因问：“这也是旧年的雨水？”妙玉冷笑道：“你这么个人，竟是大俗人，连水也尝不出来。这是五年前我在玄墓[⑧]蟠香寺住着，收的梅花上的雪，共得了那一鬼脸

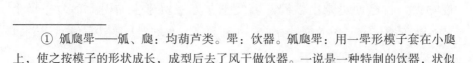

① 𤫩瓟斝——𤫩、瓟：均葫芦类。斝：饮器。𤫩瓟斝：用一斝形模子套在小瓟上，使之按模子的形状成长，成型后去了风干做饮器。一说是一种特制的饮器，状似𤫩瓟，故名。

② 王恺珍玩——王恺：晋代著名的富豪，喜蓄珍奇宝物。

③ 秘府——又称秘阁，古代宫廷中藏图书秘珍的地方。

④ 垂珠篆字——或即垂露篆字。相传为汉郎中曹喜所创，笔画断续成小点，犹如串串垂珠或点点轻露，故名。

⑤ 世法平等——佛家语。即平等地对待世间的一切事物。

⑥ 海——这里指容量大的器皿。今犹称大碗为海碗。

⑦ 轻浮——言茶味不凡。宋吴淑《茶赋》：“轻飙浮云之美”。

⑧ 玄墓——山名，在今江苏吴县。相传东晋郁泰玄葬此，故名。山多梅，花开时望之若雪，有“香雪海”之誉。

青[1]的花瓮一瓮，总舍不得吃，埋在地下，今年夏天才开了。我只吃过一回，这是第二回了。你怎么尝不出来？隔年蠲的雨水那有这样轻浮，如何吃得。”黛玉知他天性怪僻，不好多话，亦不好多坐，吃完茶，便约着宝钗走了出来。

宝玉和妙玉陪笑道：“那茶杯虽然脏了，白撂了岂不可惜？依我说，不如就给那贫婆子罢，他卖了也可以度日。你道可使得。”妙玉听了，想了一想，点头说道：“这也罢了。幸而那杯子是我没吃过的，若我吃过的，我就砸碎了也不能给他。你要给他，我也不管你，只交给你，快拿了去罢。”宝玉笑道：“自然如此，你那里和他说话授受去，越发连你也脏了。只交与我就是了。”妙玉便命人拿来递与宝玉。宝玉接了，又道：“等我们出去了，我叫几个小幺儿来河里打几桶水来洗地如何？”妙玉笑道：“这更好了，只是你嘱咐他们，抬了水只搁在山门外头墙根下，别进门来。”宝玉道：“这是自然的。”说着，便袖着那杯，递与贾母房中小丫头拿着，说：“明日刘姥姥家去，给他带去罢。”交代明白，贾母已经出来要回去。妙玉亦不甚留，送出山门，回身便将门闭了。不在话下。

且说贾母因觉身上乏倦，便命王夫人和迎春姊妹陪了薛姨妈去吃酒，自己便往稻香村来歇息。凤姐忙命人将小竹椅抬来，贾母坐上，两个婆子抬起，凤姐、李纨和众丫鬟婆子围随去了，不在话下。

这里薛姨妈也就辞出。王夫人打发文官等出去，将攒盒散与众丫鬟们吃去，自己便也乘空歇着，随便歪在方才贾母坐的榻上，命一个小丫头放下帘子来，又命他捶着腿，吩咐他：“老太太那里有信，你就叫我。”说着也歪着睡着了。

宝玉、湘云等看着丫鬟们将攒盒搁在山石上，也有坐在山石上的，也有坐在草地下的，也有靠着树的，也有傍着水的，倒也十分热闹。一时又见鸳鸯来了，要带着刘姥姥各处去逛，众人也都赶着取笑。一时来至“省亲别墅”的牌坊底下，刘姥姥道：“哎哟！这里还有个大庙呢。”说着，便爬下磕头。众人笑弯了腰。刘姥姥道：“笑什么？这牌楼上字我都认得。我们那里这样的庙宇最多，都是这样的牌坊，那字就

---

① 鬼脸青——一种釉色深青的瓷。

是庙的名字。”众人笑道：“你认得这是什么庙？”刘姥姥便抬头指那字道：“这不是‘玉皇宝殿’四个大字？”众人笑的拍手打掌，还要拿他取笑。刘姥姥觉得腹内一阵乱响，忙的拉着一个小丫头，要了两张纸就解衣。众人又是笑，又忙喝他：“这里使不得！”忙命婆子带了东北上去。那婆子指与他地方，便乐得走开去歇息。

那刘姥姥因喝了些酒，他脾气[1]不与黄酒相宜，且吃了许多油腻饮食，发渴多喝了几碗茶，不免通泻起来，蹲了半日方完。及出厕来，酒被风禁，且年迈之人，蹲了半天，忽一起身，只觉得眼花头眩，辨不出路径。四顾一望，皆是树木山石楼台房舍，却不知那一处是往那里去的了，只得认着一条石子路慢慢的走来。及至到了房舍跟前，又找不着门，再找了半日，忽见一带竹篱，刘姥姥心中自忖道：“这里也有扁豆架子。”一面想，一面顺着花障走了来，得了一个月洞门进去。只见迎面忽有一带水池，只有七八尺宽，石头砌岸，里面碧浏清水流往那边去了，上面有一块白石横架在上面。刘姥姥便度石过去，顺着石子甬路走去，转了两个弯子，只见有一房门。于是进了房门，只见迎面一个女孩儿，满面含笑迎了出来。刘姥姥忙笑道：“姑娘们把我丢下来了，要我碰头碰到这里来。”说了，只觉那女孩儿不答。刘姥姥便赶来拉他的手，“咕咚”一声，便撞到板壁上，把头碰的生疼。细瞧了一瞧，原来是一幅画儿。刘姥姥自忖道：“原来画儿有这样凸出来的。”一面想，一面看，用手摸了一摸，却又是一色平的，因点头叹了两声。方一转身只见有一小门，门上挂着葱绿撒花软帘。刘姥姥掀帘进去，抬头一看，只见四面墙壁，玲挑剔透，琴剑瓶炉，皆贴在墙上，锦笼纱罩，金彩珠光，连地下踩的砖，皆是碧绿凿花，竟越发把眼花了。找门出去，那里有门？左一架书，右一架屏。

刚从屏后得了一个门，只见一个老婆子也从外面迎了他进来。刘姥姥诧异，心中恍惚：莫非是他亲家母？因连忙问道：“你想是见我这几日没家去，亏你找我来！那一位姑娘带你进来的？”又见他戴着满头花，刘姥姥笑道：“你好没见世面，见这园里的花好，你就没死活戴了一头。”他亲家也不答。刘姥姥忽然想起来说：“是了，我常听见人家

① 脾气——这里犹言脾胃。

说大富贵人家有一种穿衣镜，这别是我在镜子里头呢罢。”说毕伸手一摸，再细一看，可不是，四面雕空紫檀板壁将镜子嵌在中间，因说：“这已经拦住，如何走出去呢？”一面说，一面只管用手摸。这镜子原是西洋机括[1]，可以开合。不意刘姥姥乱摸之间，其力巧合，便撞开消息，掩过镜子，露出门来。刘姥姥又惊又喜，迈步出来，忽见有一副最精致的床帐。他此时又带了七八分醉，又走乏了，便一屁股坐在床上，只说歇歇，不承望身不由己，便前仰后合的，朦胧着两眼，一歪身就睡熟在床上。

且说众人等他不见，板儿见没了他姥姥，急的哭了。众人都笑道：“别是掉在茅厕里了？快叫人去瞧瞧。”因命两个婆子去找，回来说没有。众人各处搜寻不见。袭人敠其道路：“是他醉了迷了路，顺着这一条路往我们后院子里去了。若进了花障子到后房门进去，虽然碰头，还有小丫头们知道；若不进花障子，再往西南上去，若绕出去还好，若绕不出去，可够他绕回子好的。我且瞧瞧去。”一面想，一面回来，进了怡红院便叫人，谁知那几个在屋子里的小丫头已偷空玩去了。

袭人一直进了房门，转过集锦槅子[2]，就听的鼾齁如雷。忙进来，只闻得酒屁臭气满屋，满屋一瞧，只见刘姥姥扎手舞脚的仰卧在床上。袭人这一惊不小，慌的忙赶上来将他没死活的推醒。那刘姥姥惊醒，睁开眼见了袭人，连忙爬起来道：“姑娘，我该死了，我失错了！并没弄脏了床。”一面说，一面用手去掸。袭人恐惊动了人，被宝玉知道了，只向他摇手，不叫他说话。忙将鼎内贮了三四把百合香，仍用罩子罩上。些须收拾收拾，所喜不曾呕吐，忙悄悄的笑道：“不相干，有我呢。你随我出来。”

刘姥姥答应着跟了袭人，出至小丫头们房中，命他坐了，向他道：“你就说醉倒在山子石上打了个盹儿。”刘姥姥答应知道。又与他两碗茶吃，方觉酒醒了，因问道：“这是那位小姐的绣房，这样精致？我就像到了天宫里的一样。”袭人微微笑道：“这个么，是宝二爷的卧

---

① 机括——旧称弩的发箭器叫“机”，矢末扣弦之处叫“括”。这里指一触即动的开关装置，也叫“消息”或“机关”。

② 集锦槅子——又称“多宝塔”“博古架”，多以贵重木料制成各种形状的槅子，可摆设各种珍奇古物，是我国古代建筑内檐装修隔断的一种。

室。”刘姥姥吓的不敢作声。

袭人带他从前面出去，见了众人，只说他在草地下睡着了，带了他来的。众人都不理会，也就罢了。

一时贾母醒了，就在稻香村摆晚饭。贾母因觉懒懒的，也不吃饭，便坐了竹椅小敞轿，回至房中歇息，命凤姐等去吃饭。他姊妹方复进园来。未知如何，且看下回分解。

第四十二回

蘅芜君兰言解疑癖　潇湘子雅谑补余香

话说他姊妹复进园来，吃过饭，大家散出。都无别话。

且说刘姥姥带着板儿，先来见凤姐，说：“明日一早定要家去了。虽住了两三天，日子不多，却把古往今来没见过的，没吃过的，没听见过的，都经验了。难得老太太和姑奶奶并那些小姐们，连各房里的姑娘们，都这样怜贫惜老照看我。我这一回去后没别的报答，惟有请些高香[①]天天给你们念佛，保佑你们长命百岁的，就算我的心了。”凤姐笑道：“你别喜欢。都是为你，老太太也被风吹病了，睡着说不好过；我们大姐儿也着了凉，在那里发热呢。”刘姥姥听了，忙叹道：“老太太有年纪的人，不惯十分劳乏的。”凤姐道：“从来没像昨儿高兴。往常也进园子逛去，不过到一二处坐坐就回来了。昨儿因为你在这里，要叫你逛逛，一个园子倒走了多半个。大姐儿因为找我去，太太递了块糕给他，谁知风地里吃了，就发起热来。”刘姥姥道：“小姐儿只怕不大进园子，生地方儿，小人儿家原不该去。比不得我们的孩子，会走了，那个坟圈子里不跑去？一则风扑了也是有的；二则只怕他身上干净，眼睛

① 请些高香——即烧高香，虔敬祈福之意。

又净，或是遇见什么神了。依我说，给他瞧瞧祟书本子[1]，仔细撞客[2]着了。”一语提醒了凤姐，便叫平儿拿出《玉匣记》来着彩明来念。彩明翻了一回念道：“八月二十五日，病者在东南方得遇花神。用五色纸钱四十张，向东南方四十步送之，大吉。”凤姐笑道：“果然不错，园子里头可不是花神！只怕老太太也是遇见了。”一面命人请两分纸钱来，着两个人来，一个与贾母送祟，一个与大姐儿送祟，果见大姐儿安稳睡了。

凤姐笑道：“到底是你们有年纪的人经历的多。我这大姐儿时常肯病，也不知是个什么原故。”刘姥姥道：“这也有的事。富贵人家养的孩子都太娇嫩，自然禁不得一些儿委曲；再他小人儿家，过于尊贵了，也禁不起。以后姑奶奶少疼他些就好了。”凤姐道：“这也有理。我想起来，他还没个名字，你就给他起个名字，一则借借你的寿；二则你们是庄家人，不怕你恼，到底贫苦些，你贫苦人起个名字，只怕压的住他。”刘姥姥听说，便想了一想，笑道：“不知他几时生的？”凤姐道：“正是生日的日子不好呢，可巧是七月初七日。”刘姥姥忙笑道：“这个正好，就叫他是巧哥儿。这叫作‘以毒攻毒，以火攻火’的法子。姑奶奶定要依我这名字，他必长命百岁。日后大了，各人成家立业，或一时有不遂心的事，必然是遇难成祥，逢凶化吉，都从这‘巧’字儿来。”

凤姐听了，自是欢喜，忙道谢，又笑道：“只保佑他应了你的话就好了。”说着叫平儿来吩咐道：“明儿咱们有事，恐怕不得闲儿。你这空儿把送姥姥的东西打点了，他明儿一早就好走的便宜了。”刘姥姥忙说：“不敢多破费了。已经遭扰[3]了几日，又拿着走，越发心里不安起来。”凤姐道：“也没有什么，不过随常东西。好也罢，歹也罢，带了去，你们街坊邻舍看着也热闹些，也是上城一次。”说着，只见平儿走来说：“姥姥过这边瞧瞧。”

刘姥姥忙跟了平儿到那边屋里，只见堆着半炕东西。平儿一一的拿

---

① 祟书本子——讲论鬼神星命、吉凶祸福的迷信书籍。祟：鬼怪或鬼怪为祸。

② 撞客——旧时迷信用语，人遇鬼神为其所附以致生病招灾，叫“撞客”。也叫“撞克”或“克碰”。

③ 遭扰——犹言打扰。客人对主人道谢的客套话。

与他瞧着，又说道："这是昨日你要的青纱一匹，奶奶另外送你一个实地子月白纱[①]作里子。这是两个茧绸[②]，作袄儿裙子都好。这包袱里是两匹绸子，年下做件衣裳穿。这是一盒子各样内造点心[③]，也有你吃过的，也有没吃过的，拿去摆碟子请客，比你们买的强些。这两条口袋是你昨日装瓜果子来的，如今这一个里头装了两斗御田粳米，熬粥是难得的；这一条里头是园子里的果子和各样干果子。这一包是八两银子，这都是我们奶奶的。这两包，每包里头五十两，共是一百两，是太太给的，叫你拿去或者作个小本买卖，或者置几亩地，以后再别求亲靠友的。"说着又悄悄笑道："这两件袄儿和两条裙子，还有四块包头，一包绒线，可是我送姥姥的。那衣裳虽是旧的，我也没大狠穿，你要弃嫌我就不敢说了。"平儿说一样，刘姥姥就念一句佛，已经念了几千声佛了，又见平儿也送他这些东西，又如此谦逊，忙念佛道："姑娘说那里话？这样好东西我还弃嫌！我便有银子还没处买这样的呢。只是我怪臊的，收了又不好，不收又辜负了姑娘的心。"平儿笑道："休说外话，咱们都是自己，我才这样。你放心收了罢，我还和你要东西呢。到年下，你只把你们晒的那个灰条菜干子和豇豆、扁豆、茄子、葫芦条儿各样干菜带些来，我们这里上上下下都爱吃。这个就算了，别的一概不要，别罔费了心。"刘姥姥千恩万谢答应了。平儿道："你只管睡你的去。我替你收拾妥当了就放在这里，明儿一早打发小厮们雇辆车装上，不用你费一点心的。"

刘姥姥越发感激不尽，过来又千恩万谢的辞了凤姐，过贾母这一边睡了一夜，次早梳洗了就要告辞。因贾母欠安，众人都过来请安，出去传请大夫。一时婆子回大夫来了。老妈妈请贾母进幔子[④]去坐。贾母道："我也老了，那里养不出那阿物儿来，还怕他不成！不要放幔子，就这样瞧罢。"众婆子听了，便拿过一张小桌来，放下一个小枕头，便命人请。

---

① 实地子月白纱——实地子纱：系纱中最厚密者。月白：一种接近于白的浅蓝色。

② 茧绸——以柞蚕丝织成的绸子。

③ 内造点心——宫内制作的点心。其制作的方法叫"内法"。这里似指照内法仿制的点心。

④ 幔子——帐幕。这里指坐帐。旧时贵妇人起居之处设此，作回避男宾等用。

一时只见贾珍、贾琏、贾蓉三个人将王太医领来。王太医不敢走甬路，只走旁阶，跟着贾珍到了阶矶上。早有两个婆子在两边打起帘子，两个婆子在前导引进去，宝玉又迎了出来。只见贾母穿着青绉绸一斗珠的羊皮褂子[①]，端坐在榻上，两边四个未留头的小丫鬟都拿着蝇、帚、漱盂等物；又有五六个老嬷嬷雁翅[②]摆在两旁，碧纱橱后隐隐约约有许多穿红着绿戴宝簪珠的人。王太医便不敢抬头，忙上来请了安。贾母见他穿着六品服色，便知是御医了，也便含笑问："供奉[③]好？"因问贾珍："这位供奉贵姓？"贾珍等忙回"姓王"。贾母道："当日太医院正堂有个王君效，好脉息[④]。"王太医忙躬身低头，含笑回说："那是晚生家叔祖。"贾母听了，笑道："原来这样，也算世交了。"一面说，一面慢慢的伸手放在小枕上。老嬷嬷端着一张小杌[⑤]；连忙放在小桌前，面略偏些。王太医便屈一膝坐下，歪着头诊了半日，又诊了那只手，忙欠身低头退出。贾母笑说："劳动了。珍儿让出去好生看茶。"

贾珍、贾琏等忙答了几个"是"，复领王太医出到外书房中。王太医说："太夫人并无别症，偶感一点风凉，究竟不用吃药，不过略清淡些，暖着一点儿，就好了。如今写个方子在这里，若老人家爱吃便按方煎一剂吃，若懒待吃，也就罢了。"说着吃过茶写了方子。刚要告辞，只见奶子抱了大姐儿出来，笑说："王老爷也瞧瞧我们。"王太医听说忙起身，就奶子怀中，左手托着大姐儿的手，右手诊了一诊，又摸了一摸头，又叫伸出舌头来瞧瞧，笑道："我说了姐儿又骂我了，只是要清清净净的饿两顿就好了。不必吃煎药，我送丸药来，临睡时用姜汤研开，吃下去就是了。"说毕告辞而去。

贾珍等拿了药方来，回明贾母原故，将药方放在桌上出去，不在话下。

这里王夫人和李纨、凤姐、宝钗姊妹等见大夫出去，方从橱后出

---

① 一斗珠的羊皮褂子——用未出生的胎羊皮做成的皮褂子。这种羊皮，卷毛如一粒粒珠子，故又名"珍珠毛"。一斗珠，又作"一斛珠"。

② 雁翅——雁群飞行时，排列有序，故用以比喻队列整齐。

③ 供奉——旧时以各种专长在宫廷内供职的人统称"供奉"。这里是对王太医的尊称。

④ 好脉息——指切脉的本领很高。

⑤ 杌——小方凳。

来。王夫人略坐一坐，也回房去了。

刘姥姥见无事，方上来和贾母告辞。贾母说："闲了再来。"又命鸳鸯来："好生打发刘姥姥出去。我身上不好，不能送你。"刘姥姥道了谢，又作辞，方同鸳鸯出来。

到了下房，鸳鸯指炕上一个包袱说道："这是老太太的几件衣裳，都是往年间生日节下众人孝敬的，老太太从不穿人家做的，收着也可惜，却是一次也没穿过的。昨日叫我拿出两套儿送你带去，或是送人，或是自己家里穿罢，别见笑。这盒子里是你要的面果子。这包儿里是你前儿说的药：梅花点舌丹也有，紫金锭也有，活络丹也有，催生保命丹[①]也有，每一样是一张方子包着，总包在里头了。这是两个荷包，带着玩罢。"说着便抽系子，掏出两个笔锭如意的锞子[②]来给他瞧，又笑道："荷包拿去，这个留下给我罢。"刘姥姥已喜出望外，早又念了几千声佛，听鸳鸯如此说，便说道："姑娘只管留下罢。"鸳鸯见他信以为真，仍与他装上，笑道："哄你玩呢，我有好些呢。留着年下给小孩子们罢。"说着，只见一个小丫头拿了个成窑钟子来递与刘姥姥，"这是宝二爷给你的。"刘姥姥道："这是那里说起？我那一世修了来的，今儿这样。"说着便接了过来。鸳鸯道："前儿我叫你洗澡，换的衣裳是我的，你不弃嫌，我还有几件，也送你罢。"刘姥姥又忙道谢。鸳鸯果然又拿出两件来与他包好。

刘姥姥又要到园中辞谢宝玉和众姊妹、王夫人等去。鸳鸯道："不用去了。他们这会子也不见人，回来我替你说罢。闲了再来。"又命了一个老婆子，吩咐他："二门上叫两个小厮来，帮着姥姥拿了东西送出去。"婆子答应了，又和刘姥姥到了凤姐那边一并拿了东西，在角门上命小厮们搬了出去，直送刘姥姥上车去了，不在话下。

且说宝钗等吃过早饭，又往贾母处问安，回园至分路之处，宝钗便

---

① 梅花点舌丹等药——都是比较珍贵有效的中医成药。梅花点舌丹：消肿止痛，主治疔毒恶疮，口舌糜烂。紫金锭：避秽解毒，主治由湿温时邪引起的呕恶泄泻，以及小儿痰壅惊闭。活络丹：活血祛瘀，主治半身不遂，风湿疼痛。催生保命丹：安胎镇痉，主治难产。

② 笔锭如意的锞子——上面铸有一只如意和一支笔的金银小元宝。"笔锭如意"谐声"必定如意"，以讨吉利口彩。

叫黛玉道："颦儿跟我来，有一句话问你。"黛玉便同了宝钗，来至蘅芜苑中。进了房，宝钗便坐了，笑道："你跪下，我要审你。"黛玉不解何故，因笑道："你瞧宝丫头疯了！审问我什么？"宝钗冷笑道："好个千金小姐！好个不出闺门的女孩儿！满嘴说的是什么？你只实说便罢。"黛玉不解，只管发笑，心里也不免疑惑起来，口里只说："我何曾说什么？你不过要捏我的错儿罢了。你倒说出来我听听。"宝钗笑道："你还装憨儿。昨儿行酒令你说的是什么？我竟不知是那里来的。"黛玉一想，方想起来昨儿失于检点，那《牡丹亭》《西厢记》说了两句，不觉红了脸，便上来搂着宝钗，笑道："好姐姐，原是我不知道随口说的。你教给我，再不说了。"宝钗笑道："我也不知道，听你说的怪生的，所以请教你。"黛玉道："好姐姐，你别说与别人，我以后再不说了。"

宝钗见他羞得满脸飞红，满口央告，便不肯再往下追问，因拉他坐下吃茶，款款[①]的告诉他道："你当我是谁，我也是个淘气的。从小七八岁上也够个人缠的。我们家也算是个读书人家，祖父手里也极爱藏书。先时人口多，姊妹弟兄都在一处，都怕看正经书。弟兄们也有爱诗的，也有爱词的，诸如这些'西厢''琵琶'以及'元人百种'[②]，无所不有。他们背着我们偷看，我们也背着他们偷看。后来大人知道了，打的打，骂的骂，烧的烧，才丢开了。所以咱们女孩儿家不认字的倒好。男人们读书不明理，尚且不如不读书的好，何况你我？就连作诗写字等事，这不是你我分内之事，究竟也不是男人分内之事。男人们读书明理，辅国治民，这便好了，只是如今并不听见有这样的人，读了书倒更坏了。这是书误了他，可惜他也把书糟蹋了，所以竟不如耕种买卖，倒没有什么大害处。你我只该做些针线纺织的事才是，偏又认得几个字，既认得了字，不过拣那正经的看也罢了，最怕见了那些杂书，移了性情，就不可救了。"一席话，说的黛玉垂头吃茶，心下暗服，只有答应"是"的一字。

① 款款——徐缓的，慢慢的。

② "元人百种"——即《元曲选》。元代杂剧选集，明代臧懋循编，收元人杂剧近百种。

忽见素云进来说："我们奶奶请二位姑娘商议要紧的事呢。二姑娘、三姑娘、四姑娘、史姑娘、宝二爷都在那里等着呢。"宝钗道："又是什么事？"黛玉道："咱们到了那里就知道了。"说着便和宝钗往稻香村来，果见众人都在那里。

李纨见了他两个，笑道："社还没起，就有脱滑[①]儿的，四丫头要告一年的假呢。"黛玉笑道："都是老太太昨儿一句话，又叫他画什么园子图儿，惹得他乐得告假了。"探春笑道："也别要怪老太太，都是刘姥姥一句话。"黛玉忙笑道："可是呢，都是他一句话。他是那一门子的姥姥，直叫他是个'母蝗虫'就是了。"说着大家都笑起来。

宝钗笑道："世上的话，到了凤丫头嘴里也就尽了。幸而凤丫头不认得字，不大通，不过一概是市俗取笑。更有颦儿这促狭嘴，他用'春秋'的法子[②]，将市俗的粗话，撮其要，删其繁，再加润色比方出来，一句是一句。这'母蝗虫'三字，把昨儿那些形景都现出来了。亏他想的倒也快。"众人听了，都笑道："你这一注解，也就不在他两个以下。"

李纨道："我请你们大家商议，给他多少日子的假。我给了他一个月他嫌少，你们怎么说？"黛玉道："论理一年也不多。这园子盖才盖了一年，如今要画自然得二年工夫呢。又要研墨，又要蘸笔，又要铺纸，又要着颜色，又要……"刚说到这里，黛玉也自撑不住笑道："又要照着这样儿慢慢的画，可不得二年的工夫！"众人听了，都拍手笑个不住。宝钗笑道："有趣！最妙落后一句是'慢慢的画'，他可不画去怎么就有了呢？所以昨儿那些笑话儿虽然可笑，回想是没味的。你们细想颦儿这句话虽是淡的，回想却有滋味。我倒笑的动不得了。"

惜春道："都是宝姐姐赞的他越发逞强，这会子拿我也取笑儿。"黛玉忙拉他笑道："我且问你，还是单画这园子呢，还是连我们众人都画在上头呢？"惜春道："原说只画这园子的，昨儿老太太又说，单画

---

① 脱滑——溜走，躲懒的意思。

② "春秋"的法子——又称"春秋笔法"。《春秋》是孔子根据鲁史撰修的编年体史书。古代学者说它"以一字为褒贬"，含有"微言大义"。后来就把文笔深隐曲折、意含褒贬叫"春秋笔法"。

惜春丹青

了园子成个房样子了，叫连人都画上，就像‘行乐’[①]似的才好。我又不会这工细楼台，又不会画人物，又不好驳回，正为这个为难呢。”黛玉道：“人物还容易，你草虫上不能。”

李纨道：“你又说不通的话了，这个上头那里又用的着草虫？或者翎毛倒要点缀一两样。”黛玉笑道：“别的草虫不画罢了，昨儿‘母蝗虫’不画上，岂不缺了典！”众人听了，又都笑起来。黛玉一面笑的两手捧着胸口，一面说道：“你快画罢，我连题跋[②]都有了，起个名字，就叫作《携蝗大嚼图》。”众人听了，越发哄然大笑，前仰后合，只听“咕咚”一声响，不知什么倒了，急忙看时，原来是湘云伏在椅子背儿上，那椅子原不曾放稳，被他全身伏着背子大笑，他又不提防，两下里错了笋，向东一歪，连人带椅都歪倒了，幸有板壁挡住，不曾落地。众人一见，越发笑个不住。

宝玉忙赶上去扶了起来，方渐渐止了笑。宝玉和黛玉使个眼色儿。黛玉会意，便走至里间将镜袱揭起，照了一照，只见两鬓略松了些，忙开了李纨的妆奁，拿出抿子[③]来，对镜抿了两抿，就收拾好了，方出来，指着李纨道：“这是叫你带着我们作针线教道理呢，你反招了我们来大玩大笑的。”李纨笑道：“你们听他这刁话。他领着头儿闹，引着人笑了，倒赖我的不是。真真恨的我只保佑明儿你得一个利害婆婆，再

① 行乐——行乐图的简称。我国传统写真画的一种，要求人物神态毕肖，有一定的情节，有的还带有背景和次要人物。

② 题跋——写于书籍、碑帖、字画等前面的文字叫“题”，后面的文字叫“跋”。内容多为评介、考订、记事等。

③ 抿子——梳头时抹发油的小刷子。

得几个千刁万恶的大姑子、小姑子，试试你那会子还这么刁不刁了。”

林黛玉早红了脸，拉着宝钗说：“咱们放他一年的假罢。”宝钗道：“我有一句公道话，你们听听。藕丫头虽会画，不过是几笔写意[1]。如今画这园子，非离了肚子里头有几幅丘壑的才能成画。这园子却是像画儿一般，山石树木，楼阁房屋，远近疏密，也不多，也不少，恰恰的是这样。你只照样儿往纸上一画，是必不能讨好的。这要看纸的地步远近，该多该少，分主分宾，该添的要添，该减的要减，该藏的要藏，该露的要露。这一起了稿子，再端详斟酌，方成一幅图样。第二件，这些楼台房舍，是必要界划[2]的。一点不留神，栏杆也歪了，柱子也塌了，门窗也倒竖过来，阶矶也离了缝，甚至于桌子挤到墙里头去，花盆放在帘子上来，岂不倒成了一张笑话儿了。第三，安插人物，也要有疏密，有高低。衣折裙带，手指足步，最是要紧；一笔不细，不是肿了手就是瘸了脚，染脸撕发倒是小事。依我看来竟难的很。如今一年的假也太多，一月的假也太少，竟给他半年的假，再派了宝兄弟帮着他。并不是为宝兄弟知道教着他画，那就更误了事了；为的是有不知道的，或难安插的，宝兄弟好拿出去问问那会画的相公，就容易了。”

宝玉听了，先喜的说：“这话极是。詹子亮的工细楼台就极好，程日兴的美人是绝技，如今就问他们去。”宝钗道：“我说你是无事忙，说了一声你就问去。等着商议定了再去。如今且拿什么画？”宝玉道：“家里有雪浪纸[3]，又大又托墨[4]。”宝钗冷笑道：“我说你不中用！那雪浪纸写字画写意画儿，或是会山水的画南宗山水[5]，托墨，禁得皴

① 写意——国画中属疏放类画法，与工笔画相对。要求通过极简练疏放的笔墨写出对象的神态和意趣，借以抒发作者的胸怀。

② 界划——“界画”，国画术语。指画家用界尺作线，精细地画出以宫室楼台为主体的画。宋元时画分十三科，第十科为“界画楼台”。

③ 雪浪纸——一种优质的宣纸，适于画山水、树石。

④ 托墨——纸张不涩不滑，写字作画易于着墨渗附，谓之托墨。下言“托色”，意同。

⑤ 南宗山水——指一种注重笔墨意趣的文人山水画。明代董其昌等效禅学分南、北宗之意，将唐以来的山水画分为南北两大派系，名之为南北宗。认为南宗的画注重水墨气韵，风格飘逸，重皴染，画得比较简洁，以王维为代表；北宗的画注重色彩工力，风格刚劲，重勾勒，画得比较工细，以李思训为代表。

搜[1]。拿了画这个，又不托色，又难烘，画也不好，纸也可惜。我教你一个法子。原先盖这园子，就有一张细致图样，虽是匠人描的，那地步方向是不错的。你和太太要了出来，也比着那纸大小，和凤丫头要一块重绢[2]，交给外边相公们，叫他照着这图样删补着立了稿子，添了人物就是了。就是配这些青绿颜色并泥金泥银[3]，也得他们配去。你们也得另上风炉子，预备化胶、出胶、洗笔。还得一张粉油大案，铺上毡子。你们那些碟子也不全，笔也不全，都得从新再置一分儿才好。”

惜春道：“我何曾有这些画器？不过随手的笔画画罢了。就是颜色，只有赭石、广花、藤黄、胭脂这四样。再有，不过是两支着色笔就完了。”宝钗道：“你何不早说！这些东西我却还有，只是你也用不着，给你也白放着。如今我且替你收着，等你用着这个时候我送你些，也只可留着画扇子，若画这大幅的也就可惜了。今儿替你开个单子，照着单子和老太太要去。你们也未必知道的全，我说着，宝兄弟写。”

宝玉早已预备下笔砚了，原怕记不清白，要写了记着，听宝钗如此说，喜的提起笔来静听。宝钗说道：“头号排笔四支，二号排笔四支，三号排笔四支，大染四支，中染四支，小染四支，大南蟹爪十支，小蟹爪十支，须眉十支，大著色二十支，小著色二十支，开面十支，柳条二十支，箭头朱四两，南赭四两，石黄四两，石青四两，石绿四两，管黄四两，广花八两，蛤粉四匣，胭脂十片，大赤飞金二百帖，青金二百帖，广匀胶四两，净矾四两。矾绢的胶矾在外，别管他们，你只把绢交出去叫他们矾去。这些颜色，咱们淘澄飞跌[4]着，又玩了，又使了，包你一辈子都够使了。再要顶细绢箩四个，粗绢箩四个，担笔四支，大小乳钵四个，大粗碗二十个，五寸粗碟子十个，三寸粗白碟二十个，风炉

① 皴搜——疑为“皴擦”之误。皴擦又叫皴染，国画的一种技法，多用以表现山石、峰峦及树身的纹理。特点是先勾出山石等轮廓再蘸水墨擦染出层次向背和质感来，常需多次加工。

② 重绢——厚重的好绢。作画的画绢，以厚重细密均匀者为佳品。

③ 泥金泥银——涂以金粉或银粉作底。

④ 淘澄飞跌——调治国画颜料的四个步骤。淘：把颜料研碎，洗去泥土。澄：用乳钵研细淘过的颜料，兑入胶水澄清。飞：澄清后淡色上浮，将其吹去。跌：飞后留下中色和重色，再跌荡碗盏留下重色。

两个，沙锅大小四个，新瓷罐二口，新水桶四只，一尺长白布口袋四条，桴炭二十斤，柳木炭一二斤，三屉木箱一个，实地纱一丈，生姜二两，酱半斤。”黛玉忙道：“铁锅一口，锅铲一个。”宝钗道：“这作什么？”黛玉笑道：“你要生姜和酱这些作料，我替你要铁锅来，好炒颜色吃的。”众人都笑起来。宝钗笑道：“你那里知道。那粗色碟子保不住不上火烤，不拿姜汁子和酱预先抹在底子上烤过了，一经了火是要炸的。”众人听说，都道：“原来如此。”

黛玉又看了一回单子，笑着拉探春悄悄的道：“你瞧瞧，画个画儿又要起这些水缸箱子来。想必糊涂了，把他的嫁妆单子也写上了。”探春听了，笑了个不住，说道：“宝姐姐，你还不拧他的嘴？你问问他编排你的话。”宝钗笑道：“不用问，狗嘴里还有象牙不成！”一面说，一面走上来，把黛玉按在炕上，便要拧他的脸。黛玉笑着忙央告：“好姐姐，饶了我罢！颦儿年纪小，只知说，不知道轻重，做姐姐的教导我。姐姐不饶我，还求谁去呢？”众人不知话内有因，都笑道：“说的好可怜见的，连我们也软了，饶了他罢。”

宝钗原是和他玩，忽听他又拉扯前番说他胡看杂书的话，便不好再和他厮闹了，放起他来。黛玉笑道：“到底是姐姐，要是我，再不饶人的。”宝钗笑指他道：“怪不得老太太疼你，众人爱你伶俐，今儿我也怪疼你的了。过来，我替你把头发拢一拢。”黛玉果然转过身来，宝钗用手拢上去。宝玉在旁看着，只觉更好看，不觉后悔不该令他抿上鬓去，也该留着，此时叫他替他抿去。正自胡思，只见宝钗说道：“写完了，明儿回老太太去。若家里有的就罢，若没有的，就拿些钱去买了来，我帮着你们配。”宝玉忙收了单子。

大家又说了一回闲话。至晚饭后又往贾母处来请安。贾母原没有大病，不过是劳乏了，兼着了些凉，温存[①]了一日，又吃了一两剂药发散了发散，至晚也就好了。不知次日又有何话，听下回分解。

① 温存——殷勤抚慰的意思，这里引申为休养、休息。

第四十三回

闲取乐偶攒金庆寿　不了情暂撮土为香

话说王夫人因见贾母那日在大观园不过着了些风寒，不是什么大病，请医生吃了两剂药，也就好了，便放了心因命凤姐来，吩咐他预备给贾政带送东西。正商议着，只见贾母打发人来请，王夫人忙引着凤姐过来。王夫人又请问："这会子可又觉大安些？"贾母道："今日可大好了。方才你们送来野鸡崽子汤，我尝了一尝，倒有味儿，又吃了两块肉，心里很受用。"王夫人笑道："这是凤丫头孝敬老太太的。算他的孝心虔，不枉了素日老太太疼他。"贾母点头笑道："难为他想着。若是还有生的，再炸上两块，咸浸浸的，吃粥有味儿。那汤虽好，就只不对稀饭。"凤姐听了，连忙答应，命人去厨房传话。

这里贾母又向王夫人笑道："我打发人找你来，不为别的。初二是凤丫头的生日，上两年我原早想替他做生日，偏到跟前有大事，就混过去了。今年人又齐全，料着又没事，咱们大家好生乐一日。"王夫人笑道："我也想着呢。既是老太太高兴，何不就商议定了？"贾母笑道："我想往年不拘谁作生日，都是各自送各自的礼，这个也俗了，也觉很生分似的。今儿我出个新法子，又不生分，又可取乐。"王夫人忙道："老太太怎么想着好，就是怎么样行。"贾母笑道："我想着，咱们也学那小家子大家凑分子，多少尽着这钱去办，你道好玩不好玩？"王夫人道："这个很好，但不知怎么凑法？"贾母听说，益发高兴起来，忙遣人去请薛姨妈、邢夫人等，又叫请姑娘们并宝玉，那府里贾珍的媳妇并赖大家的等有头脸管事的媳妇也都叫了来。

众丫头婆子见贾母十分高兴，也都高兴，忙忙的各自分头去请的请，传的传，没顿饭的工夫，老的，少的，上的，下的，乌压压挤了一屋子。只薛姨妈和贾母对坐，邢夫人、王夫人只坐在房门前两张椅子上，宝钗姊妹等五六个人坐在炕上，宝玉坐在贾母怀前，地下满满的站了一地。贾母忙命拿几个小杌子来，给赖大母亲等几个高年有体面的嬷嬷坐了。贾府风俗，年高服侍过父母的家人，比年轻的主子还有体面，所以尤氏、凤姐等只管地下站着，那赖大的母亲等三四个老嬷嬷告个罪，都坐在小杌子上了。

贾母笑着把方才一席话说与众人听了，众人谁不凑这趣儿？再也有和凤姐好的，有情愿这样的；也有畏惧凤姐的，巴不得来奉承的：况且都是拿的出来的，所以一闻此言，都欣然应诺。贾母先道："我出二十两。"薛姨妈笑道："我随着老太太，也是二十两了。"邢夫人、王夫人道："我们不敢和老太太并肩，自然矮一等，每人十六两罢了。"尤氏、李纨也笑道："我们自然又矮一等，每人十二两罢。"贾母忙和李纨道："你寡妇失业的，那里还拉你出这个钱，我替你出了罢。"凤姐忙笑道："老太太别高兴，且算一算账再揽事。老太太身上已有两分呢，这会子又替大嫂子出十二两，说着高兴，一会子回想又心疼了。过后儿又说'都是为凤丫头花了钱'，使个巧法子，哄着我拿出三四分子来暗里补上，我还做梦呢。"说的众人都笑了。贾母笑道："依你怎么样呢？"凤姐笑道："生日没到，我这会子已经折受[①]的不受用了。我一个钱饶不出，惊动这些人实在不安，不如大嫂子这一分我替他出了罢了。我到了那一日多吃些东西，就享了福了。"邢夫人等听了，都说"很是"。贾母方允了。凤姐又笑道："我还有一句话呢。我想老祖宗自己二十两，又有林妹妹、宝兄弟的两分子。姨妈自己二十两，又有宝妹妹的一分子，这倒也公道。只是二位太太每位十六两，自己又少，又不替人出，这有些不公道。老祖宗吃了亏了！"贾母听了，呵呵大笑

① 折受——旧谓享受非分而折福叫"折受"。这里用作谦辞，是无福承受、于心不安的意思。

道："倒是我的凤丫头向着我，这说的很是。要不是你，我叫他们又哄了去了。"凤姐笑道："老祖宗只把他哥儿两个交给两位太太，一位占一个，派多派少，每位替出一分就是了。"贾母忙说："这很公道，就是这样。"

赖大的母亲忙站起来笑说道："这可反了！我替二位太太生气。在那边是儿子媳妇，在这边是内侄女儿，倒不向着婆婆姑娘，倒向着别人。这儿媳妇成了陌路人，内侄女儿竟成了个外侄女儿了。"说的贾母与众人都大笑起来了。赖大之母因又问道："少奶奶们十二两，我们自然也该矮一等了。"贾母听说，道："这使不得。你们虽该矮一等，我知道你们这几个都是财主，分位虽低，钱却比他们多。你们和他们一例才使得。"众妈妈听了，连忙答应。贾母又道："姑娘们不过应个景儿，每人照一个月的月例就是了。"又回头叫鸳鸯来，"你们也凑几个人，商议凑了来。"鸳鸯答应着，去不多时带了平儿、袭人、彩霞等还有几个小丫鬟来，也有二两的，也有一两的。

贾母因问平儿："你难道不替你主子作生日，还入在这里头？"平儿笑道："我那个私自另外的有了，这是官中的，也该出一分。"贾母笑道："这才是好孩子。"凤姐又笑道："上下都全了。还有二位姨奶奶，他出不出，也问一声儿。尽到他们是理，不然，他们只当小看了他们了。"贾母听了，忙说："可是呢，怎么倒忘了他们？只怕他们不得闲儿，叫一个丫头问问去。"说着，早有丫头去了，半日回来说道："每位也出二两。"贾母喜道："拿笔砚来算明，共计多少。"尤氏因悄骂凤姐道："我把你这没足厌的小蹄子！这么些婆婆、婶子来凑银子给你过生日，你还不足，又拉上两个苦瓠子[①]作什么？"凤姐也悄笑道："你少胡说，一会子离了这里，我才和你算账。他们两个为什么苦呢？有了钱也是白填送别人，不如拘了来咱们乐。"

说着，早已合算了，共凑了一百五十两有余。贾母道："一日戏酒用不了。"尤氏道："既不请客，酒席又不多，两三日的用度都够了。头等，戏不用钱，省在这上头。"贾母道："凤丫头说那一班好，就传那一班。"凤姐道："咱们家的班子都听熟了，倒是花几个钱叫一班来

① 苦瓠子——喻"苦命人"。瓠：葫芦的一种。

听听罢。”贾母道：“这件事我交给珍哥媳妇了。越性叫凤丫头别操一点心，受用一日才算。”尤氏答应着。又说了一回话，都知贾母乏了，才渐渐的都散出来。

尤氏等送邢夫人、王夫人二人散去，便往凤姐房里来商议怎么办生日的话。凤姐道：“你不用问我，你只看老太太的眼色行事就完了。”尤氏笑道：“你这阿物儿，也忒行了大运了。我当有什么事叫我们去，原来单为这个。出了钱不算，还要我来操心，你怎么谢我？”凤姐笑道：“别扯臊[①]，我又没叫你来，谢你什么！你怕操心，你这会子就回老太太去，再派一个就是了。”尤氏笑道：“你瞧他兴的[②]这样儿！我劝你收着些儿好。太满了就泼出来了。”二人又说了一回方散。

次日将银子送到宁国府来，尤氏方才起来梳洗，因问是谁送过来的，丫鬟们回说：“是林大娘。”尤氏便命叫了他来。丫鬟走至下房，叫了林之孝家的过来。尤氏命他脚踏上坐了，一面忙着梳洗，一面问他：“这一包银子共多少？”林之孝家的回说：“这是我们底下人的银子，凑了先送过来。老太太和太太们的还没有呢。”正说着，丫鬟们回说：“那府里太太和姨太太打发人送分子来了。”尤氏笑骂道：“小蹄子们，专会记得这些没要紧的话。昨儿不过老太太一时高兴，故意的要学那小家子凑分子，你们就记得，到了你们嘴里当正经的说。还不快接了进来好生待茶，再打发他们去。”丫鬟应着，忙接了进来，一共两封，连宝钗、黛玉的都有了。尤氏问还少谁的，林之孝家的道：“还少老太太、太太、姑娘们的和底下姑娘们的。”尤氏道：“还有你们大奶奶的呢？”林之孝家的道：“奶奶过去，这银子都从二奶奶手里发，一共都有了。”

说着，尤氏已梳洗了，命人伺候车辆，一时来至荣府，先来见凤姐。只见凤姐已将银子封好，正要送去。尤氏问：“都齐了？”凤姐笑道：“都有了，快拿了去罢，丢了我不管。”尤氏笑道：“我有些信不及，倒要当面点一点。”说着果然按数一点，只没有李纨的一分。尤氏笑道：“我说你肏鬼呢，怎么你大嫂子的没有？”凤姐笑道：“那么

① 扯臊——胡扯。

② 兴的——喜欢得、高兴得。

些还不够使？短一分儿也罢了，等不够了我再给你。”尤氏道：“昨儿你在人跟前作人，今儿又来和我赖，这个断不依你。我只和老太太要去。”凤姐笑道：“我看你利害。明儿有了事，我也丁是丁卯是卯的，你也别抱怨。”尤氏笑道：“你一般的也怕。不看你素日孝敬我，我才是不依你呢。”说着，把平儿的一分拿了出来，说道：“平儿，来！把你的收起去，等不够了，我替你添上。”平儿会意，因说道：“奶奶先使着，若剩下了再赏我一样。”尤氏笑道：“只许你那主子作弊，就不许我作情儿。”平儿只得收了。尤氏又道：“我看着你主子这么细致，弄这些钱那里使去！使不了，明儿带了棺材里使去。”

一面说着，一面又往贾母处来。先请了安，大概说了两句话，便走到鸳鸯房中和鸳鸯商议，只听鸳鸯的主意行事，何以讨贾母的喜欢。二人计议妥当。尤氏临走时，也把鸳鸯二两银子还他，说：“这还使不了呢。”说着，一径出来，又至王夫人跟前说了一回话。因王夫人进了佛堂，把彩云一分也还了他。见凤姐不在跟前，一时把周、赵二人的也还了。他两个还不敢收。尤氏道：“你们可怜见的，那里有这些闲钱？凤丫头便知道了，有我应着呢。”二人听说，千恩万谢的方收了。于是尤氏一径出来，坐车回家。不在话下。

闲取乐偶攒金庆寿

展眼已是九月初二日，园中人都打听得尤氏办得十分热闹，不但有戏，连耍百戏并说书的男女先儿[①]全有，都打点取乐玩耍。李纨又向众姊妹道：“今儿是正经社日，可别忘了。宝玉也

① 男女先儿——男女说书唱曲的艺人。旧时习惯称算命和说书唱曲的盲艺人为“先儿”。

不来，想必他只图热闹，把清雅就丢开了。”说着，便命丫鬟去瞧作什么，快请了来。丫鬟去了半日，回说：“花大姐姐说，今儿一早就出门去了。”众人听了，都诧异说：“再没有出门之理。这丫头糊涂，不知说话。”因又命翠墨去。一时翠墨回来说：“可不真出了门了。说有个朋友死了，出去探丧去了。”探春道：“断然没有的事。凭他什么，再没今日出门之理。你叫袭人来，我问他。”刚说着，只见袭人走来。李纨等都说道：“今儿凭他有什么事，也不该出门。头一件，你二奶奶的生日，老太太都这等高兴，两府上下众人来凑热闹，他倒走了；第二件，又是头一社的正日子，他也不告假，就私自去了。”袭人叹道：“昨儿晚上就说了，今儿一早起有要紧的事到北静王府里去，就赶回来的。劝他不要去，他必不依。今儿一早起来，又要素衣裳穿，想必是北静王府里的要紧姬妾没了，也未可知。”李纨等道：“若果如此，也该去走走，只是也该回来了。”说着，大家又商议：“咱们只管作诗，等他回来罚他。”刚说着，只见贾母已打发人来请，便都往前头来了。袭人回明宝玉的事，贾母不乐，便命人去接。

原来宝玉心里有件心事，于头一日就吩咐茗烟：“明日一早要出门，备下两匹马在后门口等着，不要别一个跟着。说给李贵，我往北府里去了。倘或要有人找我，叫他拦住不用找，只说北府里留下了，横竖就来的。”茗烟也摸不着头脑，只得依言说了。今儿一早，果然备了两匹马在园后门等着。天亮了，只见宝玉遍体纯素，从角门出来，一语不发跨上马，一弯腰，顺着街就趱[1]下去了。茗烟也只得跨马加鞭赶上，在后面忙问：“往那里去？”宝玉道：“这条路是往那里去的？”茗烟道：“这是出北门的大道。出去了冷清清没有可玩的。”宝玉听说，点头道：“正要冷清清的地方好。”说着，越发加了两鞭，那马早已转了两个弯子，出了城门。茗烟越发不得主意，只得紧紧跟着。

一气跑了七八里路出来，人烟渐渐稀少，宝玉方勒住马，回头问茗烟道：“这里可有卖香的？”茗烟道：“香倒有，不知是那一样？”宝

---

① 趱——“颤”的借字。溜跑的意思。

玉想道："别的香不好，须得檀、芸、降[1]三样。"茗烟笑道："这三样可难得。"宝玉为难。茗烟见他为难，因问道："要香作什么使？我见二爷时常小荷包有散香，何不找一找。"一句提醒了宝玉，便回手向衣襟上拉出一个荷包来，摸了一摸，竟有两星沉速[2]，心内欢喜："只是不恭些。"再想自己亲身带的，倒比买的又好些。于是又问炉炭。茗烟道："这可罢了。荒郊野外那里有？用这些何不早说，带了来岂不便宜。"宝玉道："糊涂东西，若可带了来，又不这样没命的跑了。"

茗烟想了半日，笑道："我得了个主意，不知二爷心下如何？我想二爷不止用这个呢，只怕还要用别的。这也不是事。如今我们往前再走二里地，就是水仙庵了。"宝玉听了忙问："水仙庵就在这里？更好了，我们就去。"说着，就加鞭前行，一面回头向茗烟道："这水仙庵的姑子长往咱们家去，咱们这一去到那里，和他借香炉使使，他自然是肯的。"茗烟道："别说他是咱们家的香火，就是平白不认识的庙里，和他借，他也不敢驳回。只是一件，我常见二爷最厌这水仙庵的，如何今儿又这样喜欢了？"宝玉道："我素日因恨俗人不知原故，混供神混盖庙，这都是当日有钱的老公们和那些有钱的愚妇们听见有个神，就盖起庙来供着，也不知那神是何人，因听些野史小说，便信真了。比如这水仙庵里面因供的是洛神[3]，故名水仙庵，殊不知古来并没有个洛神，那原是曹子建的谎话，谁知这起愚人就塑了像供着。今儿却合我的心事，故借他一用。"

说着早已来至门前。那老姑子见宝玉来了，事出意外，竟像天上掉下个活龙来的一般，忙上来问好，命老道来接马。宝玉进去，也不拜洛神之像，却只管赏鉴。虽是泥塑的，却真有"翩若惊鸿，婉若游龙"之态，"荷出绿波，日映朝霞"之姿。宝玉不觉滴下泪来。老姑子献了茶。宝玉因和他借香炉。那姑子去了半日，连香供纸马都预备了来。宝

---

① 檀、芸、降——三种较为名贵的香。檀：檀香，以檀香木制成。芸：芸香，以芸香草制成。降：降香，以降香木制成。

② 两星沉速——星：量词，小颗、小块。沉速：沉香和速香。这里是指两小块以沉香和速香合成的香料。

③ 洛神——三国魏曹植（字子建）曾作《洛神赋》，叙述他和想象中的洛水女神相会之事。

玉道："一概不用。"便命茗烟捧着炉出至后院中，拣一块干净地方儿，竟拣不出。茗烟道："那井台儿上如何？"宝玉点头，一齐来至井台上，将炉放下。

茗烟站过一旁。宝玉掏出香来焚上，含泪施了半礼，回身命收了去。茗烟答应，且不收，忙爬下磕了几个头，口内祝道："我茗烟跟二爷这几年，二爷的心事，我没有不知道的，只有今儿这一祭祀没有告诉我，我也不敢问。只是这受祭的阴魂虽不知名姓，想来自然是那人间有一，天上无双，极聪明、极清雅的一位姐姐妹妹了。二爷心事不能出口，让我代祀：你若有灵有圣，我们二爷这样想着你，你也时常来望候望候二爷，未尝不可。你在阴间保佑二爷来生也变个女孩儿，和你们一处玩耍，岂不两下里都有趣了？"说毕，又磕几个头，才爬起来。

宝玉听他没说完，便撑不住笑了，因踢他道："休胡说，看人听见当实话。"茗烟起来收过香炉，和宝玉走着，因道："我已经和姑子说了，二爷还没用饭，叫他随便收拾了些东西，二爷勉强吃些。我知道今儿咱们里头大排筵宴，热闹非常，二爷为此才躲了出来的。横竖在这里清净一天，也就尽到礼了。若不吃东西，断使不得。"宝玉道："戏酒既不吃，这随便素的吃些何妨。"茗烟道："这便才是。还有一说，咱们来了，还有人不放心。若没有人不放心，便晚了进城何妨？若有人不放心，二爷须得进城回家去才是。第一老太太、太太也放了心，第二礼也尽了，不过如此。就是家去了看戏吃酒，也并不是二爷有意，原不过陪着父母尽孝道。二爷若单为了这个不顾老太太、太太悬心，就是方才那受祭的阴魂也不安生。二爷想我这话如何？"宝玉笑道："你的意思我猜着了，你想着只你一个跟了我出来，回来你怕担不是，所以拿这大题目来劝我。我才来了，不过为尽个礼，再去吃酒看戏，并没说一日不进城。这已完了心愿，赶着进城，大家放心，岂不两尽其道。"茗烟道："这更好了。"说着二人来至禅堂，果然那姑子收拾了一桌素菜，宝玉胡乱吃了些，茗烟也吃了。

二人便上马仍回旧路。茗烟在后面只嘱咐："二爷好生骑着，这马总没大骑的，手里提紧着。"一面说着，早已进了城，仍从后门进去，忙忙来至怡红院中。袭人等都不在房里，只有几个老婆子看屋子，见他来了，都喜的眉开眼笑，说："阿弥陀佛，可来了！把花姑娘急疯了！

上头正坐席呢，二爷快去罢。”宝玉听说忙将素服脱了，自去寻了华服换上，问在什么地方坐席，老婆子回说在新盖的大花厅上。

宝玉听说，一径往花厅[①]来，耳内早已隐隐闻得歌管之声。刚至穿堂那边，只见玉钏儿独坐在廊檐下垂泪，一见他来，便收泪说道：“凤凰来了，快进去罢。再一会儿子不来，都反了。”宝玉陪笑道：“你猜我往那里去了？”玉钏儿不答，只管擦泪。宝玉忙进厅里，见了贾母、王夫人等，众人真如得了凤凰一般。宝玉忙赶着与凤姐行礼。贾母、王夫人都说他不知道好歹，“怎么也不说声就私自跑了，这还了得！明儿再这样，等老爷回家来，必告诉他打你。”说着又骂跟的小厮们都偏听他的话，说那里去就去，也不回一声儿。一面又问他到底那去了，可吃了什么，可唬着了。宝玉只回说：“北静王的一个爱妾昨日没了，给他道恼[②]去。他哭的那样，不好撇下就回来，所以多等了一会子。”贾母道：“以后再私自出门，不先告诉我们，一定叫你老子打你。”宝玉答应着。因又要打跟的小子们，众人又忙说情，又劝道：“老太太也不必过虑了，他已经回来，大家该放心乐一回了。”

贾母先不放心，自然发狠，如今见他来了，喜且有余，那里还恨，也就不提了；还怕他不受用，或者别处没吃饱，路上着了惊怕，反百般的哄他。袭人早过来服侍。大家仍旧看戏。当日演的是《荆钗记》[③]。贾母、薛姨妈等都看的心酸落泪，也有叹的，也有骂的。要知端的，下回分解。

① 花厅——我国古建筑中供饮宴、观剧、会客等用的内厅，因其有别于正厅，大多建于园中，或另辟跨院建造，四周湖石点缀，种植花木，富有园林气息，俗统称为花厅。

② 道恼——也作“道烦恼”，向遭丧遇祸的人家慰问。

③ 《荆钗记》——南戏剧本，元代柯丹丘作，描写王十朋和钱玉莲悲欢离合的故事。

第四十四回

变生不测凤姐泼醋　喜出望外平儿理妆

话说众人看演《荆钗记》，宝玉和姊妹一处坐着。黛玉因看到《男祭》这一出上，便和宝钗说道："这王十朋也不通的很，不管在那里祭一祭罢了，必定跑到江边子上来作什么？俗语说，'睹物思人'，天下的水总归一源，不拘那里的水舀一碗看着哭去，也就尽情了。"宝钗不答。宝玉回头要热酒敬凤姐。

原来贾母说今日不比往日，定要叫凤姐痛乐一日。本来自己懒待坐席，只在里间屋里榻上歪着和薛姨妈看戏，随心爱吃的拣几样放在小几上，随意吃着说话儿；将自己两桌席面赏那没有席面的大小丫头并那应差听差的妇人等，命他们在窗外廊檐下也只管坐着随意吃喝，不必拘礼。王夫人和邢夫人在地下高桌上坐着，外面几席是他们姊妹们坐。

贾母不时吩咐尤氏等："让凤丫头坐在上面，你们好生替我待东[①]，难为他一年到头辛苦。"尤氏答应了，又笑回说道："他坐不惯首席，坐在上头横不是竖不是的，酒也不肯吃。"贾母听了，笑道："你不会，等我亲自让他去。"凤姐忙也进来笑说："老祖宗别信他们的话，我吃了好几钟了。"贾母笑着，命尤氏："快拉他出去，按在椅子上，你们都轮流敬他。他再不吃，我当真的就亲自去了。"尤氏听

① 待东——代东，代东道主招待客人。

说，忙笑着又拉他出来坐下，命人拿了台盏[1]斟了酒，笑道："一年到头难为你孝顺老太太、太太和我。我今儿没什么疼你的，亲自斟杯酒，乖乖儿的在我手里喝一口。"凤姐笑道："你要安心孝敬我，跪下我就喝。"尤氏笑道："说的你不知是谁！我告诉你说罢，好容易今儿这一遭，过了后儿，知道还得像今儿这样不了？趁着尽力灌两钟子罢。"凤姐见推不过，只得喝了两钟。

接着众姊妹也来，凤姐也只得每人的喝一口。赖大妈妈见贾母尚这等高兴，也少不得来凑趣儿，领着些嬷嬷们也来敬酒。凤姐也难推脱，只得喝了两口。鸳鸯等也来敬，凤姐真不能了，忙央告道："好姐姐们，饶了我罢，我明儿再喝罢。"鸳鸯笑道："真个的，我们是没脸的了？就是我们在太太跟前，太太还赏个脸儿呢。往常倒有些体面，今儿当着这些人，倒拿起主子的款儿来了。我原不该来。不喝，我们就走。"说着真个回去了。凤姐忙赶上拉住，笑道："好姐姐，我喝就是了。"说着拿过酒来，满满的斟了一杯喝干。鸳鸯方笑了散去，然后又入席。

凤姐自觉酒沉了[2]，心里突突的似往上撞，要往家去歇歇，只见那耍百戏的上来，便和尤氏说："预备赏钱，我要洗洗脸去。"尤氏点头。凤姐瞅人不防，便出了席，往房门后檐下走来。平儿留心，也忙跟了来，凤姐便扶着他。才至穿廊下，只见他房里的一个小丫头子正在那里站着，见他两个来了，回身就跑。凤姐便疑心，忙叫住。那丫头先只装听不见，无奈后面连平儿也叫，只得回来。凤姐越发起了疑心，忙和平儿进了穿堂，叫那小丫头子也进来，把槅扇关了，凤姐坐在小院子的台阶上，命那丫头子跪下，喝命平儿："叫两个二门上的小厮来，拿绳子鞭子，把那眼睛里没主子的小蹄子打烂了！"那小丫头子已经唬的魂飞魄散，哭着只管碰头求饶。凤姐问道："我又不是鬼，你见了我，不说规规矩矩站住，怎么倒往前跑？"小丫头子哭道："我原没看见奶奶来。我又记挂着房里无人，所以跑了。"凤姐道："房里既没人，谁叫你来的？你便没看见我，我和平儿在后头扯着脖子叫了你十来声，越叫

① 台盏——有台式盏托的酒盅。

② 酒沉了——饮酒过量的意思。

越跑。离的又不远，你聋了不成？你还和我强嘴！”说着便扬手一掌打在脸上，打的那小丫头一栽；这边脸上又一下，登时小丫头子两腮紫胀起来。

平儿忙劝：“奶奶仔细手疼。”凤姐便说：“你再打着问他跑什么。他再不说，把嘴撕烂了他的！”那小丫头子先还强嘴，后来听见凤姐要烧了红烙铁来烙嘴，方哭道：“二爷在家里，打发我来这里瞧着奶奶的，若见奶奶散了，先叫我送信儿去的。不承望奶奶这会子就来了。”凤姐见话中有文章，便又问道：“叫你瞧着我作什么？难道怕我家去不成？必有别的原故，快告诉我，我从此以后疼你。你若不细说，立刻拿刀子来割你的肉。”说着，回头向头上拔下一根簪子来，向那丫头嘴上乱戳，唬的那丫头一行躲，一行哭求道：“我告诉奶奶，可别说我说的。”平儿一旁劝，一面催他，叫他快说。丫头便说道：“二爷也是才来，来了就开箱子，拿了两块银子，还有两根簪子，两匹缎子，叫我悄悄的送与鲍二的老婆去，叫他进来。他收了东西就往咱们屋里来了。二爷叫我来瞧着奶奶，底下的事我就不知道了。”

凤姐听了，已气的浑身发软，忙立起身来一径来家。刚至院门，只见又有一个小丫头在门前探头儿，一见了凤姐，也缩头就跑。凤姐提着名字喝住。那丫头本来伶俐，见躲不过了，越性跑了出来，笑道：“我正要告诉奶奶去呢，可巧奶奶来了。”凤姐道：“告诉我什么？”那小丫头便说二爷在家这般如此如此，将方才的话也说了一遍。凤姐啐道：“你早作什么了？这会子我看见你了，你来推干净儿！”说着也扬手一下打的那丫头一个趔趄，便蹑手蹑脚的走至窗前。往里听时，只听里头说笑。那妇人笑道：“多早晚你那阎王老婆死了就好了。”贾琏道：“他死了，再娶一个也是这样，又怎么样呢？”那妇人道：“他死了，你倒是把平儿扶了正，只怕还好些。”贾琏道：“如今连平儿他也不叫我沾一沾了。平儿也是一肚子委曲不敢说。我命里怎么就该犯了‘夜叉星’。”

凤姐听了，气的浑身乱战，又听他们都赞平儿，便疑平儿素日背地里自然也有愤怨语了，那酒越发涌上来了，也并不忖夺，回身把平儿先打了两下，一脚踢开门进去，也不容分说，抓着鲍二家的撕打一顿。又怕贾琏走出去，便堵着门站着骂道：“好淫妇！你偷主子汉子，还要

凤姐抓住鲍二家的厮打

治死主子老婆！平儿过来！你们娼妇们一条藤儿，多嫌着我，外面儿你哄我！”说着又把平儿打几下，打的平儿有冤无处诉，只气得干哭，骂道：“你们做这些没脸的事，好好的又拉上我做什么！”说着也把鲍二家的撕打起来。

贾琏也因吃多了酒，进来高兴，未曾做得机密，一见凤姐来了，已没了主意，又见平儿也闹起来，把酒也气上来了。凤姐打鲍二家的，他已又气又愧，只不好说的，今见平儿也打，便上来踢骂道：“好娼妇！你也动手打人！”平儿气怯，忙住了手，哭道：“你们背地里说话，为什么拉我呢？”凤姐见平儿怕贾琏，越发气了，又赶上来打着平儿，偏叫打鲍二家的。平儿急了，便跑出来找刀子要寻死。外面众婆子丫头忙拦住解劝。这里凤姐见平儿寻死去，倒一头撞在贾琏怀里，叫道：“你们一条藤儿害我，被我听见了，倒都唬起我来。你也勒死我！”贾琏气的墙上拔出剑来，说道：“不用寻死，我也急了，一齐杀了，我偿了命，大家干净。”

正闹的不开交，只见尤氏等一群人来了，说：“这是怎么说，才好好的，就闹起来。”贾琏见了人，越发“倚酒三分醉”，逞起威风来，故意要杀凤姐。凤姐见人来了，便不似先前那般泼了，丢下众人，便哭着往贾母那边跑。

此时戏已散出，凤姐跑到贾母跟前，爬在贾母怀里，只说：“老祖宗救我！琏二爷要杀我呢！”贾母、邢夫人、王夫人等忙问怎么了。凤姐哭道：“我才家去换衣裳，不防琏二爷在家和人说话，我只当是有客来了，唬得我不敢进去。在窗户外头听了一听，原来是和鲍二家的媳妇商议，说我厉害，要拿毒药给我吃了治死我，把平儿扶了正。我原生了气，又不敢和他吵，打了平儿两下，问他为什么要害我。他臊了，就要杀我。”贾母等听了，都信以为真，说：“这还了得！快拿了那下流种子来！”一语未完，只见贾琏拿着剑赶来，后面许多人跟着。贾琏明仗着贾母素习疼他们，连母亲婶母也无碍，故逞强闹了来。邢夫人、王夫人见了，气的忙拦住骂道：“这下流东西！你越发反了，老太太在这里呢！”贾琏乜斜着眼，道：“都是老太太惯的他，他才这样，连我也骂起来了！”邢夫人气的夺下剑来，只管喝他：“快出去！”那贾琏撒娇撒痴，涎言涎语的还只乱说。贾母气的说道：“我知道你也不把我们放在眼里，叫人把他老子叫来，看他去不去！”贾琏听见这话，方趔趄着脚儿出去了，赌气也不往家去，便往外书房来。

这里邢夫人、王夫人也说凤姐。贾母笑道：“什么要紧的事！小孩子们年轻，馋嘴猫儿似的，那里保得住不这么着。从小儿世人都打这么过的。都是我的不是，叫你多吃了两口酒，又吃起醋来。”说的众人都笑了。贾母又道：“你放心，等明儿我叫他来替你赔不是。你今儿别过去臊着他。”因又骂：“平儿那蹄子，素日我倒看他好，怎么暗地里这么坏？”尤氏等笑道：“平儿没有不是，是凤丫头拿着人家出气。两口子不好对打，都拿着平儿煞性子。平儿委曲的什么似的呢，老太太还骂人家。”贾母道：“原来这样，我说那孩子倒不像那狐媚魇道[1]的。既这么着，可怜见的，白受他们的气。”因叫琥珀来：“你出去告诉平儿，就说我的话：我知道他受了委曲，明儿我叫凤姐替他赔不是。今儿是他主子的好日子，不许他胡闹。”

原来平儿早被李纨拉入大观园去了。平儿哭的哽咽难言。宝钗劝道：“你是个明白人，你们奶奶素日何等待你，今儿不过他多吃一口酒。他可不拿你出气，难道倒拿别人出气不成？别人又笑话他吃醉了。你只管这会子委曲，素日你的好处，岂不都是假的了？”正说着，只见琥珀走来，说了贾母的话。平儿自觉面上有了光辉，方才渐渐的好了，也不往前头来。宝钗等歇息了一回，方来看贾母凤姐。

---

① 狐媚魇道——用邪魔外道来迷惑陷害人。俗传狐狸精能幻化迷人，故称用阴柔手段迷惑人为狐媚。魇：俗传使人在睡梦中惊恐的鬼怪。

宝玉便让平儿到怡红院中来。袭人忙接着，笑道："我先原要让你的，只因大奶奶和姑娘们都让你，我就不好让的了。"平儿也陪笑说"多谢"。因又说道："好好儿的从那里说起，无缘无故白受了一场气。"袭人笑道："二奶奶素日待你好，这不过是一时气急了。"平儿道："二奶奶倒没说的，只是那淫妇治的我，他又偏拿我凑趣儿，况还有我们那糊涂爷倒打我。"说着便又委曲，禁不住落泪。宝玉忙劝道："好姐姐，别伤心，我替他两个赔不是罢。"平儿笑道："与你什么相干？"宝玉笑道："我们弟兄姊妹都一样。他们得罪了人，我替他赔个不是也是应该的。"又道："可惜这新衣裳也沾了，这里有你花妹妹的衣裳，何不换了下来，拿些烧酒喷了熨一熨。把头也另梳一梳。"一面说，一面便吩咐小丫头子们舀洗脸水，烧熨斗来。

平儿素习只闻人说宝玉专能和女孩儿们接交；宝玉素日因平儿是贾琏的爱妾，又是凤姐的心腹，故不肯和他厮近，因不能尽心，也常为恨事。平儿今见他这般，心中也暗暗的敁敪：果然话不虚传，色色想的周到。又见袭人特特的开了箱子，拿出两件不大穿的衣裳来与他换，便赶忙的脱下自己的衣服，忙去洗了脸。宝玉一旁笑劝道："姐姐还该擦上些脂粉，不然倒像是和凤姐姐赌气了似的。况且又是他的好日子，而且老太太又打发了人来安慰你。"平儿听了有理，便去找粉，只不见粉。宝玉忙走至妆台前，将一个宣窑[①]瓷盒揭开，里面盛着一排十根玉簪花棒儿，拈了一根递与平儿。又笑向他道："这不是铅粉，这是紫茉莉花种，研碎了兑上香料制的。"平儿倒在掌上看时，果见轻白红香，四样俱美，扑在面上也容易匀净，且能润泽肌肤，不似别的粉青重涩滞。然后看见胭脂也不是一张，却是一个小小的白玉盒子，里面盛着一盒，如玫瑰膏子一样。宝玉笑道："那市卖的胭脂都不干净，颜色也薄。这是上好的胭脂拧出汁子来，淘澄净了，配了花露蒸成的。只用细簪子挑一点儿，抹在唇上，足够了；用一点儿水化开抹在手心里，就够拍脸的了。"平儿依言妆饰，果见鲜艳异常，且又甜香满颊。宝玉又将盆内的

① 宣窑——明代宣德年间的官窑。其所产瓷器，细巧精致，光彩夺目，小件尤胜，以鲜红色最为名贵。

一枝并蒂秋蕙用竹剪刀[①]铰了下来，与他簪在鬓上。忽见李纨打发丫头来唤他，方忙忙的去了。

平儿怡红院理妆

宝玉因自来从未在平儿前尽过心——且平儿又是个极聪明极清俊的上等女孩儿，比不得那起俗蠢拙物——深为恨怨。今日是金钏儿的生日，故一日不乐。不想落后闹出这件事来，竟得在平儿前稍尽片心，也算今生意中不想之乐也。因歪在床上，心内怡然自得。忽又思及贾琏惟知以淫乐悦己，并不知作养脂粉。又思平儿并无父母兄弟姊妹，独自一人，供应贾琏夫妇二人。贾琏之俗，凤姐之威，他竟能周全妥贴，今儿还遭荼毒，想来此人薄命比黛玉犹甚。想到此间，便又伤感起来。复又起身，又见方才的衣裳上喷的酒已半干，便拿熨斗熨了叠好；见他的手帕子忘去，上面犹有泪痕，又拿至脸盆中洗了晾上。又喜又悲，闷了一回，也往稻香村来，说一回闲话，掌灯后方散。

平儿就在李纨处歇了一夜，凤姐只跟着贾母。贾琏晚间归房，冷清清的，又不好去叫，只得胡乱睡了一夜。次日醒了，想昨日之事，大没意思，后悔不来。邢夫人记挂着昨日贾琏醉了，忙一早过来，叫了贾琏过贾母这边来。贾琏只得忍愧前来，在贾母面前跪下。贾母问他："怎么了？"贾琏忙陪笑说："昨儿原是吃了酒，惊了老太太的驾了，今儿来领罪。"贾母啐道："下流东西，灌了黄汤，不说安分守己的挺尸去，倒打起老婆来了！凤丫头成日家说嘴，霸王似的一个人，昨儿唬

① 竹剪刀——用竹片两头削成剪刃，中间削成薄条，对头撅弯，利用竹子的弹性使剪刃相错，可断脆嫩的花枝或叶子。兰蕙等怕金属器，故须用竹剪。

得可怜。要不是我，你要伤了他的命，这会子怎么样？”贾琏一肚子的委屈，不敢分辩，只认不是。贾母又道：“那凤丫头和平儿还不是个美人胎子？你还不足！成日家偷鸡摸狗，腥的臭的，都拉了你屋里去。为这起淫妇打老婆，又打屋里的人，你还亏是大家子的公子出身，活打了嘴了。若你眼睛里有我，你起来，我饶了你，乖乖的替你媳妇赔个不是儿，拉了他家去，我就喜欢了。要不然，你只管出去，我也不敢受你的跪。”贾琏听如此说，又见凤姐站在那边，也不盛妆，哭的眼睛肿着，也不施脂粉，黄黄脸儿，比往常更觉可怜可爱。想着：“不如赔了不是，彼此也好了，又讨老太太的喜欢了。”想毕，便笑道：“老太太的话，我不敢不依，只是越发纵了他了。”贾母笑道：“胡说！我知道他最有礼的，再不会冲撞人。他日后得罪了你，我自然也作主，叫你降伏就是了。”

贾琏听说，爬起来，便与凤姐作了一个揖，笑道：“原来是我的不是，二奶奶饶过我罢。”满屋里的人都笑了。贾母笑道：“凤丫头，不许恼了，再恼我就恼了。”说着，又命人去叫了平儿来，命凤姐和贾琏两个安慰平儿。贾琏见了平儿，越发图不得了，所谓“妻不如妾，妾不如偷”，听贾母一说，便赶上来说道：“姑娘昨日受了委屈了，都是我的不是。奶奶得罪了你，也是因我而起。我赔了不是不算外，还替你奶奶赔个不是。”说着，也作了一个揖，引的贾母笑了，凤姐也笑了。贾母又命凤姐来安慰他。平儿忙走上来给凤姐磕头，说：“奶奶的千秋[1]，我惹了奶奶生气，是我该死。”凤姐正自愧悔昨日酒吃多了，不念素日之情，浮躁起来，为听了旁人的话，无故给平儿没脸。今反见他如此，又是惭愧，又是心酸，忙一把拉起来，落下泪来。平儿道：“我服侍了奶奶这么几年，也没弹我一指甲。就是昨儿打我，我也不怨奶奶，都是那淫妇治的，怨不得奶奶生气。”说着，也滴下泪来了。贾母便命人将他三人送回房去，“有一个再提此事，即刻来回我，我不管是谁，拿拐棍子给他一顿。”

三个人重新给贾母、邢王二位夫人磕了头。老嬷嬷答应了，送他三人回去。至房中，凤姐见无人，方说道：“我怎么像个阎王，又像夜

① 千秋——祝颂长寿之词，代指生日。

叉？那娼妇咒我死，你也帮着咒我。千日不好，也有一日好。可怜我熬的连个混账女人也不如了，我还有什么脸来过这日子？”说着，又哭了。贾琏道：“你还不足？你细想想，昨儿谁的不是多？今儿当着人还是我跪了一跪，又赔不是，你也争足了光了。这会子还唠叨，难道还叫我替你跪下才罢？太要足了强也不是好事。”说的凤姐无言可对，平儿嗤的一声又笑了。贾琏也笑道：“又好了！真真的我也没法了。”

正说着，只见一个媳妇来回说：“鲍二媳妇吊死了。”贾琏、凤姐都吃了一惊。凤姐忙收了怯色，反喝道：“死了罢了，有什么大惊小怪的！”一时，只见林之孝家的进来悄回凤姐道：“鲍二媳妇吊死了，他娘家的亲戚要告呢。”凤姐冷笑道：“这倒好了，我正想要打官司呢！”林之孝家的道：“我才和众人劝了他们，又威吓了一阵儿，又许了他几个钱，也就依了。”凤姐道：“我没一个钱！有钱也不给，只管叫他告去。也不许劝他，也不用镇吓他，只管让他告去。告不成倒问他个‘以尸讹诈’呢！”

林之孝家的正在为难，见贾琏和他使眼色儿，心下明白，便出来等着。贾琏道：“我出去瞧瞧，看是怎么样。”凤姐道：“不许给他钱。”贾琏一径出来，和林之孝来商议，着人去做好做歹，许了二百两发送才罢。贾琏生恐有变，又命人去和王子腾说，将番役、仵作[①]人等叫了几名来，帮着办丧事。那些人见了如此，纵要复辨亦不敢辨，只得忍气吞声罢了。贾琏又命林之孝将那二百银子入在流年账上，分别添补开销过去。又体己给鲍二些银两，安慰他说：“另日再挑个好媳妇给你。”鲍二又有体面，又有银子，有何不依，便仍然奉承贾琏，不在话下。

里面凤姐心中虽不安，面上只管佯不理论，因房中无人，便拉平儿笑道：“我昨儿灌丧了酒了，你别埋怨，打了那里，让我瞧瞧。”平儿道：“也没打重。”只听得说，奶奶姑娘都进来了。要知端的，下回分解。

---

① 仵作——封建官衙中专司验尸的差役。

第四十五回

金兰契互剖金兰语　风雨夕闷制风雨词

话说凤姐正抚恤平儿，忽见众姊妹进来，忙让坐了，平儿斟上茶来。凤姐笑道：“今儿来的这么齐，倒像下帖子请了来的。”探春笑道：“我们有两件事：一件是我的，一件是四妹妹的，还夹着老太太的话。”凤姐笑道：“有什么事，这么要紧？”探春笑道：“我们起了个诗社，头一社就不齐全，众人脸软，所以就乱了。我想必得你去做个监社御史，铁面无私才好。再四妹妹为画园子，用的东西这般那般不全，回了老太太，老太太说：‘只怕后头楼底下还有当年剩下的，找一找，若有呢拿出来，若没有，叫人买去。’”凤姐笑道：“我又不会作什么‘湿的’‘干的’，要我吃东西去不成？”探春道：“你虽不会作，也不要你作。你只监察着我们里头有偷安怠惰的，该怎么样罚他就是了。”凤姐笑道：“你们别哄我，我猜着了，那里是请我做监社御史！分明是叫我做个进钱的铜商[①]。你们弄什么社，必是要轮流做东道的。你们的月钱不够花了，想出这个法子来拘了我去，好和我要钱。可是这个主意？”一席话说的众人都笑起来了。

---

① 进钱的铜商——进钱：供给钱。进，这里是进奉的意思。铜商：西汉邓通受宠于汉文帝，得赐蜀郡严道铜山，可自行铸钱，成为西汉大富商。故后以铜商代指富商。

李纨笑道："真真你是个水晶心肝玻璃人。"凤姐笑道："亏你是个大嫂子呢！把姑娘们原交给你带着念书学规矩针线的，他们不好，你要劝。这会子他们起诗社，能用几个钱，你就不管了？老太太、太太罢了，原是老封君①。你一个月十两银子的月钱，比我们多两倍银子。老太太、太太还说你寡妇失业的，可怜，不够用，又有个小子，足足的又添了十两，和老太太、太太平等。又给你园子里的地，各人取租子。年终分年例，你又是上上分儿。你娘儿们，主子奴才共总没有十个人，吃的穿的仍旧是官中的。一年通共算起来，也有四五百银子。这会子你就每年拿出一二百两银子来陪他们玩玩，能几年的限？他们各人出了阁，难道还要你赔不成？这会子你怕花钱，调唆他们来闹我，我乐得去吃一个河涸海干，我还通不知道呢！"

李纨笑道："你们听听，我说了一句，他就疯了，说了两车的无赖泥腿市俗专会打细算盘分斤拨两的话出来。这东西亏他托生在诗书大宦名门之家做小姐，出了嫁又是这样，他还是这么着；若是生在贫寒小户人家，作个小子，还不知怎么下作贫嘴恶舌的呢！天下人都被你算计了去！昨儿还打平儿呢，亏你伸的出手来！那黄汤难道灌丧了狗肚子里去了？气的我只要替平儿打抱不平。忖度了半日，好容易'狗长

李纨

① 封君——古代受封邑的贵族的通称。皇帝按照官员的等级分别给他本人及其妻室、父祖以荣誉封赠，凡受到这种封典的都叫"封君"。

尾巴尖儿’的好日子[1]，又怕老太太心里不受用，因此没来，究竟气还未平。你今儿又招我来了。给平儿拾鞋也不要，你们两个只该换一个过儿才是。”说的众人都笑了。

凤姐忙笑道：“哦，我知道了！竟不是为诗为画来找我，竟是为平儿报仇来了。我竟不知道平儿有你这一位仗腰子的人，可知就有鬼拉着我的手，我也不敢打他了。平姑娘，过来！我当着大奶奶姑娘们替你赔个不是，担待我酒后无德[2]罢。”说着，众人又都笑了。李纨笑问平儿道：“如何？我说必定要给你争争气才罢。”平儿笑道：“虽如此，奶奶们取笑，我可禁不起。”李纨道：“什么禁的起禁不起，有我呢。快拿了钥匙叫你主子开门找东西去罢。”

凤姐笑道：“好嫂子，你且同他们回园子里去。才要把这米账和他们算一算，那边大太太又打发人来叫，又不知有什么话说，须得过去走一趟。还有年下你们添补的衣服，还没打点给他们做去。”李纨笑道：“这些事情我都不管，你只把我的事完了我好歇着去，省得这些姑娘小姐闹我。”凤姐忙笑道：“好嫂子，赏我一点空儿。你是最疼我的，怎么今儿为平儿就不疼我了？往常你还劝我说，事情虽多，也该保养身子，拣点着偷空儿歇歇，你今儿反倒逼我的命了。况且误了别人的年下衣裳无碍，他姊妹们的若误了，却是你的责任，老太太岂不怪你不管闲事，这一句现成的话也不说？我宁可自己落不是，岂敢带累你呢。”李纨笑道：“你们听听，说的好不好？把他会说话的！我且问你，这诗社你到底管不管？”凤姐笑道：“这是什么话，我不入社花几个钱，不成了大观园的反叛了，还想在这里吃饭不成？明儿一早就到任，下马拜了印，先放下五十两银子给你们慢慢做会社东道。过后几天，我又不作诗作文，只不过是个俗人罢了，‘监察’也罢，不‘监察’也罢，有了钱了，你们还撵出我来！”说的众人又都笑起来。

凤姐道：“过会子我开了楼房，凡有这些东西都叫人搬出来你们看，若使得，留着使，若少什么，照你们单子，我叫人替你们买去就

① “狗长尾巴尖儿”的好日子——代指生日。俗传小狗在胎里，一到尾巴长足便生下来。这是对别人生日的玩笑话。

② 酒后无德——醉后糊涂，耍酒疯，德行不好。

是了。画绢我就裁出来。那图样没有在太太跟前，还在那边珍大爷那里呢。说给你们，别碰钉子去。我打发人取了来，一并叫人连绢交给相公们矾去，如何？”李纨点首笑道：“这难为你，果然这样还罢了。既如此，咱们家去罢，等着他不送了去再来闹他。”说着，便带了他姊妹就走。凤姐道：“这些事再没两个人，都是宝玉生出来的。”李纨听了，忙回身笑道：“正是为宝玉来，反忘了他。头一社是他误了。我们脸软，你说该怎么罚他？”凤姐想了一想，说道：“没有别的法子，只叫他把你们各人屋子里的地罚他扫一遍才好。”众人都笑道：“这话不差。”

说着才要回去，只见一个小丫头扶了赖嬷嬷进来。凤姐等忙站起来，笑道：“大娘坐。”又都向他道喜。赖嬷嬷向炕沿上坐了，笑道：“我也喜，主子们也喜。若不是主子们的恩典，我们这喜从何来？昨儿奶奶又打发彩哥儿赏东西，我孙子在门上朝上磕了头了。”李纨笑道：“多早晚上任去？”赖嬷嬷叹道：“我那里管他们，由他们去罢！前儿在家里给我磕头，我没好话，我说，哥儿，别说你是官儿了，横行霸道的！你今年活了三十岁，虽然是人家的奴才，一落娘胎胞，主子恩典，放你出来，上托着主子的洪福，下托着你老子娘，也是公子哥儿似的读书写字，也是丫头、老婆、奶子捧凤凰似的。长了这么大，你那里知道那‘奴才’两字是怎么写的！只知道享福，也不知道你爷爷和你老子受的那苦恼，熬了两三辈子，好容易挣出你这么个东西来。从小儿三灾八难，花的银子也照样打出你这么个银人儿来了。到二十岁上，又蒙主子的恩典，许你捐了前程在身上。你看那正根正苗的忍饥挨饿的要多少？你一个奴才秧子，仔细折了福！如今乐了十年，不知怎么弄神弄鬼的，求了主子，又选了出来。州县官儿虽小，事情却大，为那一州的州官，就是那一方的父母。你不安分守己，尽忠报国，孝敬主子，只怕天也不容你。”李纨、凤姐都笑道：“你也多虑。我们看他也就好了。先那几年还进来了两次，这有好几年没来了，年下生日，只见他的名字就罢了。前儿给老太太、太太磕头来，在老太太那院里，见他又穿着新官的服色，倒越发的威武了，比先时也胖了。他这一得了官，正该你乐呢，反倒愁起这些来！他不好，还有他父亲呢，你只受用你的就完了。闲了坐个轿子进来，和老太太斗一日牌，说一天话儿，谁好意思的委屈了你。家去一般也是楼房厦厅，谁不敬你，自然也是老封君似的了。”

平儿斟上茶来，赖嬷嬷忙站起来接了，笑道：“姑娘不管叫那个孩子倒来罢了，又折受我。”说着，一面吃茶，一面又道：“奶奶不知道，这些小孩子们全要管的严。饶这么严，他们还偷空儿闹个乱子来叫大人操心。知道的说小孩子们淘气；不知道的，人家就说仗着财势欺人，连主子名声也不好。恨的我没法儿，常把他老子叫来骂一顿，才好些。”因又指宝玉道：“不怕你嫌我，如今老爷不过这么管你一管，老太太护在头里。当日老爷小时挨你爷爷的打，谁没看见的。老爷小时，何曾像你这么天不怕地不怕的了。还有那大老爷，虽然淘气，也没像你这扎窝子[1]的样子，也是天天打。还有东府里你珍哥儿的爷爷，那才是火上浇油的性子，说声恼了，什么儿子，竟是审贼！如今我眼里看着，耳朵里听着，那珍大爷管儿子倒也像当日老祖宗的规矩，只是管的到三不着两的。他自己也不管一管自己，这些兄弟侄儿怎么怨的不怕他？你心里明白，喜欢我说；不明白，嘴里不好意思，心里不知怎么骂我呢。”

正说着，只见赖大家的来了，接着，周瑞家的、张材家的都进来回事情。凤姐笑道：“媳妇来接婆婆来了。”赖大家的笑道：“不是接他老人家，倒是打听打听奶奶、姑娘们赏脸不赏脸？”赖嬷嬷听了，笑道：“可是我糊涂了，正经说的话且不说，且说陈谷子烂芝麻的混捣熟。因为我们小子选了出来，众亲友要给他贺喜，少不得家里摆个酒。我想，摆一日酒，请这个也不是，请那个也不是。又想了一想，托主子洪福，想不到得这样荣耀，就倾了家，我也是愿意的。因此吩咐他老子连摆三日酒：头一日，在我们破花园子里摆几席酒，一台戏，请老太太、太太们、奶奶姑娘们去散一日闷；外头大厅上一台戏，摆几席酒，请老爷们、爷们去增增光；第二日再请亲友；第三日再把我们两府里的伴儿请一请。热闹三天，也是托着主子的洪福一场，光辉光辉。”

李纨、凤姐都笑道：“多早晚的日子？我们必去，只怕老太太高兴要去也定不得。”赖大家的忙道：“择了十四的日子，只看我们奶奶

① 扎窝子——本指飞鸟钻在巢中，不肯出来，这里喻留恋家庭小天地，不思有所作为。

的老脸罢了。”凤姐笑道：“别人不知道，我是一定去的。先说下，我是没有贺礼的，也不知道放赏，吃完了一走，可别笑话。”赖大家的笑道：“奶奶说那里话？奶奶要赏，赏我们三二万银子就有了。”赖嬷嬷笑道：“我才去请老太太，老太太也说去，可算我这脸还好。”说毕又叮咛了一回，方起身要走，因看见周瑞家的，便想起一事来，因说道：“可是还有一句话问奶奶，这周嫂子的儿子犯了什么不是，撵了他不用？”凤姐听了，笑道：“正是我要告诉你媳妇，事情多也忘了。赖嫂子回去说给你老头子，两府里不许收留他小子，叫他各人去罢。”

赖大家的只得答应着。周瑞家的忙跪下央求。赖嬷嬷忙道：“什么事？说给我评评。”凤姐道：“前日我生日，里头还没吃酒，他小子先醉了。老娘那边送了礼来，他不在外头张罗，他倒坐着骂人，礼也不送进来。两个女人进来了，他才带领小幺们往里抬。小幺们倒好，他拿的一盒子倒失了手，撒了一院子馒头。人去了，打发彩明去说他，他倒骂了彩明一顿。这样无法无天的忘八羔子，还不撵了做什么！”赖嬷嬷笑道：“我当什么事情，原来为这个。奶奶听我说：他有不是，打他骂他，使他改过就是了，撵了出去断乎使不得。他又比不得是咱们家的家生子儿，他现是太太的陪房。奶奶只顾撵了他，太太脸上不好看。依我说，奶奶教导他几板子，以戒下次，仍旧留着才是。不看他娘，也看太太。”凤姐听了，便向赖大家的说道：“既这样，打他四十棍，以后不许他吃酒。”赖大家的答应了，周瑞家的磕头起来，又要与赖嬷嬷磕头，赖大家的拉着方罢。然后他三人去了，李纨等也就回园中来。

至晚，果然凤姐命人找了许多旧收的画具出来，送至园中。宝钗等选了一回，各色东西可用的只有一半，将那一半又开了单子，与凤姐去照样置买，不必细说。

一日，外面矾了绢，起了稿子进来。宝玉每日便在惜春那边帮忙。探春、李纨、迎春、宝钗等也多往那里闲坐，一则观画，二则便于会面。

宝钗因见天气凉爽，夜复渐长，遂至母亲房中商议打点些针线来。日间至贾母处、王夫人处省候两次，不免又承色[1]陪坐闲话半时，园中

① 承色——顺承迎合父母长辈以博取欢心。

姊妹处也要不时闲话一回，故日间不大得闲，每夜灯下女工必至三更方寝。

黛玉每岁至春分、秋分之后，必犯嗽疾；今秋又遇贾母高兴，多游玩了两次，未免过劳了神，近日又复嗽起来，觉得比往常又重，所以总不出门，只在自己房中将养。有时闷了，又盼个姊妹来说些闲话排遣；及至宝钗等来望候他，说不得三五句话又厌烦了。众人都体谅他病中，且素日形体娇弱，禁不得一些委屈，所以他接待不周，礼数疏忽，也都不苛责。

这日宝钗来望他，因说起这病症来。宝钗道："这里走的几个太医虽都还好，只是你吃他们的药总不见效，不如再请一个高明的人来瞧一瞧，治好了岂不好？每年间闹一春一夏，又不老又不小，成什么？不是个常法儿。"黛玉道："不中用。我知道我这样病是不能好的了。且别说病，只论好的日子我是怎么形景，就可知了。"宝钗点头道："可正是这话。古人说'食谷者生'①，你素日吃的竟不能添养精神气血，也不是好事。"黛玉叹道："'死生有命，富贵在天'②，也不是人力可强求的。今年比往年反觉又重了些似的。"说话之间，已咳嗽了两三次。宝钗道："昨儿我看你那药方上，人参肉桂觉得太多了。虽说益气补神，也不宜太热。依我说，先以平肝健胃为要，肝火一平，不能克土③，胃气无病，饮食就可以养人了。每日早起拿上等燕窝一两，冰糖五钱，用银铫子④熬出粥来，若吃惯了，比药还强，最是滋阴补气的。"

黛玉叹道："你素日待人，固然是极好的，然我最是个多心的人，只当你心里藏奸。从前日你说看杂书不好，又劝我那些好话，竟大感激你。往日竟是我错了，实在误到如今。细细算来，我母亲去世的早，又无姊妹兄弟，我长了今年十五岁，竟没一个人像你前日的话教导我。怨

---

① "食谷者生"——中医认为食五谷，可以添养精神气血。

② "死生有命，富贵在天"——语出《论语·颜渊》。

③ 肝火一平，不能克土——中医理论以五行的生克致化来说明五脏之间的相互关系。肝属木，脾胃属土，木与土是相克关系，木能生火，肝火太旺，要伤及脾土。肝火一平，使之不能再克伤脾胃，就能和顺地摄取食物的营养。

④ 铫子——一种带柄有短嘴的小锅。

不得云丫头说你好，我往日见他赞你，我还不受用，昨儿我亲自经过，才知道了。比如若是你说了那个，我再不轻放过你的；你竟不介意，反劝我那些话，可知我竟自误了。若不是从前日看出来，今日这话，再不对你说。你方才说叫我吃燕窝粥的话，虽然燕窝易得，但只我因身上不好了，每年犯这个病，也没什么要紧的去处。请大夫，熬药，人参肉桂，已经闹了个天翻地覆，这会子我又兴出新文[1]来熬什么燕窝粥，老太太、太太、凤姐姐这三个人便没话说，那些底下的婆子丫头们，未免不嫌我太多事了。你看这里这些人，因见老太太多疼了宝玉和凤丫头两个，他们尚虎视眈眈，背地里言三语四的，何况于我？况我又不是他们这里正经主子，原是无依无靠投奔了来的，他们已经多嫌着我了。如今我还不知进退，何苦叫他们咒我？”

宝钗道：“这样说，我也是和你一样。”黛玉道：“你如何比我？你又有母亲，又有哥哥，这里又有买卖地土，家里又仍旧有房有地。你不过是亲戚的情分，白住了这里，一应大小事情，又不沾他们一文半个，要走就走了。我是一无所有，吃穿用度，一草一纸，皆是和他们家的姑娘一样，那起小人岂有不多嫌的。”宝钗笑道：“将来也不过多费得一副嫁妆罢了，如今也愁不到这里。”黛玉听了，不觉红了脸，笑道：“人家才拿你当个正经人，把心里的烦难告诉你听，你反拿我取笑儿。”宝钗笑道：“虽是取笑儿，却也是真话。你放心，我在这里一日，我与你消遣一日。你有什么委屈烦难，只管告诉我，我能解的，自然替你解一日。我虽有个哥哥，你也是知道的，只有个母亲比你略强些。咱们也算同病相怜。你也是个明白人，何必作‘司马牛之叹[2]’？你才说的也是，多一事不如省一事。我明日家去和妈妈说了，只怕我们家里还有，与你送几两，每日叫丫头们熬了，又便宜，又不惊师动众的。”黛玉忙笑道：“东西事小，难得你多情如此。”宝钗道：“这有什么放在口里的！只愁我人人跟前失于应候罢了。只怕你烦了，我且去了。”黛玉道：“晚上再来和我说句话儿。”宝钗答应着便去了，不在

① 新文——新花样。

② 司马牛之叹——司马牛是孔子的学生，名耕，字子牛，他曾感叹说：“人皆有兄弟，我独亡（无）。”后常以此代指没有兄弟。

话下。

钗玉相契

这里黛玉喝了两口稀粥，仍歪在床上，不想日未落时天就变了，淅淅沥沥下起雨来。秋霖脉脉，阴晴不定，那天渐渐的黄昏，且阴的沉黑，兼着那雨滴竹梢，更觉凄凉。知宝钗不能来，便在灯下随便拿了一本书，却是《乐府杂稿》[①]，有《秋闺怨[②]》《别离怨》等词。黛玉不觉心有所感，亦不禁发于章句，遂成《代别离》[③]一首，拟《春江花月夜》之格[④]，乃名其词曰《秋窗风雨夕》。词曰：

秋花惨淡秋草黄，耿耿[⑤]秋灯秋夜长。
已觉秋窗秋不尽，那堪风雨助凄凉！
助秋风雨来何速！惊破秋窗秋梦绿[⑥]。

---

① 《乐府杂稿》——未详。疑为作者虚拟的书名。乐府：本为汉武帝所立的官署，专司搜集诗歌配管弦以入乐。后世因称乐府官署保存的和一些能入乐的诗歌为“乐府”。

② 怨——本为乐府中一种抒发哀怨情怀的诗歌，乐府楚调曲有《怨诗行》《怨歌行》等。这里的《秋闺怨》《别离怨》是以“怨”字为题虚拟的篇名。

③ 《代别离》——代：拟作。有时也指用别人口气写诗来抒发自己的情怀。这里的《代别离》是拟上文所说的《别离怨》之类的作品。

④ 拟《春江花月夜》之格——《春江花月夜》：乐府吴声歌曲名。这里的《秋窗风雨夕》是拟张若虚《春江花月夜》的格调，故云。

⑤ 耿耿——隐隐有些光亮的样子；喻心中有所思虑而辗转不寐。

⑥ “秋梦绿”句——意谓秋天来临，草木将衰萎枯黄。但秋之初来，人尚不觉，故秋梦之中还是一片绿色，而今风雨相摧，摇撼秋窗，惊破了绿色的梦，由此而产生物色变衰，年华易老之感。

抱得秋情不忍眠，自向秋屏挑泪烛。
泪烛摇摇爇短檠[①]，牵愁照恨动离情。
谁家秋院无风入？何处秋窗无雨声？
罗衾不奈秋风力，残漏声催秋雨急。
连宵脉脉复飕飕，灯前似伴离人泣。
寒烟小院转萧条，疏竹虚窗时滴沥。
不知风雨几时休，已教泪洒窗纱湿。

吟罢搁笔，方要安寝，丫鬟报说："宝二爷来了。"一语未完，只见宝玉头上带着大箬笠[②]，身上披着蓑衣。黛玉不觉笑了："那里来的渔翁！"宝玉忙问："今儿好些？吃了药没有？今儿一日吃了多少饭？"一面说，一面摘了笠，脱了蓑衣，忙一手举起灯来，一手遮住灯光，向黛玉脸上照了一照，觑着眼细瞧了一瞧，笑道："今儿气色好了些。"

黛玉看他脱了蓑衣，里面只穿半旧红绫短袄，系着绿汗巾子，膝下露出油绿绸撒花裤子，底下是掐金满绣的绵纱袜子，著蝴蝶落花鞋。黛玉问道："上头怕雨，底下这鞋袜子是不怕雨的？也倒干净。"宝玉笑道："我这一套是全的。有一双棠木屐[③]，才穿了来，脱在廊檐下了。"黛玉又看那蓑衣斗笠不是寻常市卖的，十分细致轻巧，因说道："是什么草编的？怪道穿上不像那刺猬似的。"宝玉道："这三样都是北静王送的。他闲了下雨时在家里也是这样。你喜欢这个，我也弄一套来送你，别的都罢了，惟有这斗笠有趣，竟是活的。上头的这顶儿是活的，冬天下雪，带上帽子，就把竹信子[④]抽了，去下顶子来，只剩了这圈子。下雪时男女都戴得，我送你一顶，冬天下雪戴。"黛玉笑道："我不要他。戴上那个，成个画儿上画的和戏上扮的渔婆了。"及说了出来，方想起话未忖度，与方才说宝玉的话相连，后悔不及，羞的脸飞

---

① 爇短檠——谓烛将燃尽，烧及灯台。爇：燃烧；点燃。檠：烛台，灯架。

② 箬笠——用竹篾、箬竹叶或笋壳编制的斗笠。箬：箬竹；笋壳也叫箬。

③ 棠木屐——棠木制作的屐，下有高齿，雨天当套鞋用。棠：即棠梨，也叫杜梨，落叶乔木。木质坚韧。屐：木鞋。

④ 竹信子——竹子做的插销。信子亦作"芯子"。

红，便伏在桌上嗽个不住。

宝玉却不留心，因见案上有诗，遂拿起来看了一遍，又不禁叫好。黛玉听了，忙起来夺在手内，向灯上烧了。宝玉笑道："我已背熟了，烧也无碍。"黛玉道："我也好了许多，谢你一天来几次瞧我，下雨还来。这会子夜深了，我也要歇着，你且请回去，明儿再来。"宝玉听说，回手向怀中掏出一个核桃大小的一个金表来，瞧了一瞧，那针已指到戌末亥初之间，忙又揣了，说道："原该歇了，又扰的你劳了半日神。"说着，披蓑戴笠出去了，又翻身进来问道："你想什么吃，告诉我，我明儿一早回老太太，岂不比老婆子们说的明白？"黛玉笑道："等我夜里想着了，明儿早起告诉你。你听雨越发紧了，快去罢。可有人跟着没有？"有两个婆子答应："有人，外面拿着伞点着灯笼呢。"黛玉道："这个天点灯笼？"宝玉道："不相干，是明瓦[1]的，不怕雨。"黛玉听说，回手向书架上把个玻璃绣球灯拿了下来，命点一支小蜡来，递与宝玉，道："这个又比那个亮，正是雨里点的。"宝玉道："我也有这么一个，怕他们失脚滑倒了打破了，所以没点来。"黛玉道："跌了灯值钱，跌了人值钱？你又穿不惯木屐子。那灯笼命他们前头照着。这个又轻巧又亮，原是雨里自己拿着的，你自己手里拿着这个，岂不好？明儿再送来。就失了手也有限的，怎么忽然又变出这'剖腹藏珠'[2]的脾气来！"宝玉听说，连忙接了过来，前头两个婆子打着伞提着明瓦灯，后头还有两个小丫鬟打着伞。宝玉便将这个灯递与一个小丫头捧着，宝玉扶着他的肩，一径去了。

就有蘅芜苑的一个婆子，也打着伞提着灯，送了一大包上等燕窝来，还有一包子洁粉梅片雪花洋糖，说："这比买的强。姑娘说了：姑娘先吃着，完了再送来。"黛玉道："回去说'费心'。"命他外头坐了吃茶。婆子笑道："不吃茶了，我还有事呢。"黛玉笑道："我也知道你们忙。如今天又凉，夜又长，越发该会个夜局，痛赌两场了。"婆

---

① 明瓦——古时未有玻璃，用蛎壳磨成半透明的薄片，嵌于窗间或灯架上以透光照明，谓之"明瓦"。

② 剖腹藏珠——《资治通鉴·唐太宗贞观元年》："上（唐太宗）谓侍臣曰：'吾闻西域贾胡得美珠，剖身以藏之。'彼之爱珠而不爱其身。"后以喻为物伤身，轻重倒置。

子笑道："不瞒姑娘说，今年我大沾光儿了。横竖每夜各处有几个上夜的人，误了更也不好，不如会个夜局，又坐了更，又解了闷。今儿又是我的头家，如今园门关了，就该上场了。"黛玉听说笑道："难为你。误了你发财，冒雨送来。"命人给他几百钱，打些酒吃，避避雨气。那婆子笑道："又破费姑娘赏酒吃。"说着，磕了一个头，外面接了钱，打伞去了。

紫鹃收起燕窝，然后移灯下帘，服侍黛玉睡下。黛玉自在枕上感念宝钗，一时又羡他有母兄；一面又想宝玉虽素习和睦，终有嫌疑。又听见窗外竹梢蕉叶之上，雨声淅沥，清寒透幕，不觉又滴下泪来。直到四更，方渐渐的睡熟了。暂日无话。要知端的——

第四十六回

尴尬人难免尴尬事　鸳鸯女誓绝鸳鸯偶

话说林黛玉直到四更将阑，方渐渐的睡去。暂且无话。

如今且说凤姐因见邢夫人叫他，不知何事，忙另穿戴了一番，坐车过来。邢夫人将房内人遣出，悄向凤姐道："叫你来不为别的，有一件为难的事，老爷托我，我不得主意，先和你商议。老爷因看上了老太太的鸳鸯，要他在房里，叫我和老太太讨去。我想这倒平常有的事，只是怕老太太不给，你可有法子？"凤姐听了，忙道："依我说，竟别碰这个钉子去。老太太离了鸳鸯，饭也吃不下去的，那里就舍得了？况且平日说起闲话来，老太太常说，老爷如今上了年纪，做什么左一个小老婆右一个小老婆放在屋里，没的耽误了人家。放着身子不保养，官儿也不好生做去，成日家和小老婆喝酒。太太听这话，很喜欢老爷呢？这会子回避还恐回避不及，倒拿草棍儿戳老虎的鼻子眼儿去了！太太别恼，我是不敢去的。明放着不中用，而且反招出没意思来。老爷如今上了年纪，行事不妥，太太该劝才是。比不得年轻，做这些事无碍。如今兄弟、侄儿、儿子、孙子一大群，还这么闹起来，怎样见人呢？"邢夫人冷笑道："大家子三房、四妾的也多，偏咱们就使不得？我劝了也未必依。就是老太太心爱的丫头，这么胡子苍白了又做了官的一个大儿子，要了做房里人，也未必好驳回的。我叫了你来，不过商议商议，你先派上了一篇不是。也有叫你要去的理？自然是我说去。你倒说我不劝，你还不知道那性子的，劝不成，先和我恼了。”

凤姐知道邢夫人禀性愚犟，只知承顺贾赦以自保，次则婪聚财货为自得，家下一应大小事务，俱由贾赦摆布。凡出入银钱事务，一经他手，便克啬[1]异常，以贾赦浪费为名，“须得我就中俭省，方可偿补”，儿女奴仆，一人不靠，一言不听的。如今又听邢夫人如此的话，便知他又弄左性[2]，劝了不中用，连忙陪笑说道：“太太这话说的极是。我能活了多大，知道什么轻重？想来父母跟前，别说一个丫头，就是那么大的活宝贝，不给老爷给谁？背地里的话那里信得？我竟是个呆子。琏二爷或有日得了不是，老爷太太恨的那样，恨不得立刻拿来一下子打死，及至见了面，也罢了，依旧拿着老爷太太心爱的东西赏他。如今老太太待老爷，自然也是那样了。依我说，老太太今儿喜欢，要讨今儿就讨去。我先过去哄着老太太发笑，等太太过去了，我搭讪着走开，把屋子里的人我也带开，太太好和老太太说。说给了更好，不给也没妨碍，众人也不得知。”

邢夫人见他这般说，便又喜欢起来，又告诉他道：“我的主意先不和老太太要。老太太要说不给，这事便死了。我心里想着先悄悄的和鸳鸯说。他虽害臊，我细细的告诉了他，他自然不言语，就妥了。那时再和老太太说，老太太虽不依，搁不住他愿意，常言‘人去不中留’，自然这就妥了。”凤姐笑道：“到底是太太有智谋，这是千妥万妥的。别说是鸳鸯，凭他是谁，那一个不想巴高望上，不想出头的？这半个主子不做，倒愿意做个丫头，将来配个小子就完了。”邢夫人笑道：“正是这个话了。别说鸳鸯，就是那些执事的大丫头，谁不愿意这样呢。你先过去，别露一点风声，我吃了晚饭就过来。”

凤姐暗想：“鸳鸯素习是个极有心胸识见的丫头，虽如此说，保不得他愿意不愿意。我先过去了，太太后过去，若他依了便没话说；倘或不依，太太是多疑的人，只怕就疑我走了风声，使他拿腔作势的。那时太太又见了应了我的话，羞恼变成怒，拿我出起气来，倒没意思。不如同着一齐过去了，他依也罢，不依也罢，就疑不到我身上了。”想毕，

---

① 克啬——刻薄、吝啬。克，同刻。

② 左性——性情固执，遇事不肯变通。

因笑道：“方才临来，舅母那边送了两笼子鹌鹑，我吩咐他们炸了，原要赶太太晚饭上送过来的。我才进大门时，见小子们抬车，说太太的车拔了缝，拿去收拾去了。不如这会子坐了我的车一齐过去倒好。”邢夫人听了，便命人来换衣服。凤姐忙着服侍了一回，娘儿两个坐车过来。凤姐又说道：“太太过老太太那里去，我若跟了去，老太太若问起我过去作什么的，倒不好。不如太太先去，我脱了衣裳再来。”

邢夫人听了有理，便自往贾母处，和贾母说了一回闲话，便出来假托往王夫人房里去，从后门出去，打鸳鸯的卧房前过。只见鸳鸯正坐在那里做针线，见了邢夫人，忙站起来。邢夫人笑道：“做什么呢？我瞧瞧，你扎的花儿越发好了。”一面说，一面便接他手内的针线瞧了一瞧，只管赞好。放下针线，又浑身打量。只见他穿着半新的藕合色的绫袄，青缎掐牙背心，下面水绿裙子。蜂腰削背，鸭蛋脸面，乌油头发，高高的鼻子，两边腮上微微的几点雀斑。鸳鸯见这般看他，自己倒不好意思起来，心里便觉诧异，因笑问道：“太太，这会子不早不晚的，过来做什么？”邢夫人使个眼色儿，跟的人退出。邢夫人便坐下，拉着鸳鸯的手笑道：“我特来给你道喜来的。”鸳鸯听了，心中已猜着三分，不觉红了脸，低了头，不发一言。

听邢夫人道：“你知道，你老爷跟前竟没有个可靠的人，心里再要买一个，又怕那些人牙子[1]家出来的不干不净，也不知道毛病儿，买了来家，三日两日，又要弄鬼掉猴的。因满府里要挑一个家生女儿收了，又没个好的：不是模样儿不好，就是性子不好，有了这个好处，没了那个好处。因此冷眼选了半年，这些女孩子里头，就只你是个尖儿，模样儿，行事做人，温柔可靠，一概是齐全的。意思要和老太太讨了你去，收在屋里。你不比外头新买新讨的，你这一进去了，进门就开了脸，就封你姨娘，又体面，又尊贵。你又是个要强的人，俗语说的，‘金子终得金子换’，谁知竟被老爷看中了你。如今这一来，你可遂了素日志大心高的愿了，也堵一堵那些嫌你的人的嘴。跟了我回老太太去！”说着拉了他的手就要走。

鸳鸯红了脸，夺手不行。邢夫人知他害臊，因又说道：“这有什么

---

① 人牙子——人贩子。旧时称买卖的中间经纪人为“牙子”，即掮客。

臊处？你又不用说话，只跟着我就是了。”鸳鸯只低了头不动身。邢夫人见他这般，便又说道：“难道你不愿意不成？若果然不愿意，可真是个傻丫头了。放着主子奶奶不做，倒愿意做丫头！三年二年，不过配上个小子，还是奴才。你跟了我们去，你知道我的性子又好，又不是那不容人的人。老爷待你们又好。过一年半载，生下个一男半女，你就和我并肩了。家里人你要使唤谁，谁还不动？现成主子不做去，错去这个机会，后悔就迟了。”鸳鸯只管低了头，仍是不语。

邢夫人自媒讨鸳鸯

邢夫人又道：“你这么个响快人，怎么又这样积粘[1]起来？有什么不称心之处，只管说与我，我管你遂心如意就是了。”鸳鸯仍不语。邢夫人笑道：“想必你有老子娘，你自己不肯说话，怕臊。你等他们问你，这也是理。让我问他们去，叫他们来问你，有话只管告诉他们。”说毕，便往凤姐房中来。

凤姐早换了衣服，因房内无人，便将此话告诉了平儿。平儿也摇头笑道：“据我看，此事未必妥。平常我们背着人说起话来，听他那主意，未必是肯的。也只说着瞧罢了。”凤姐道：“太太必来这屋里商议。依了还可，若不依，白讨个臊，当着你们，岂不脸上不好看。你说给他们炸鹌鹑，再有什么配几样，预备吃饭。你且别处逛逛去，估量着走了你再来。”平儿听说，照样传给婆子们，便逍遥自在的往园子里来。

这里鸳鸯见邢夫人去了，必在凤姐房里商议去了，必定有人来问他的，不如躲了这里，因找了琥珀说道：“老太太要问我，只说我病了，

---

① 积粘——同滞粘。扭扭捏捏，不干脆，不爽快。

没吃早饭，往园子里逛逛就来。”琥珀答应了。鸳鸯也往园子里来，各处游玩，不想正遇见平儿。平儿因见无人，便笑道：“新姨娘来了！”鸳鸯听了，便红了脸，说道：“怪道你们串通一气来算计我！等着我和你主子闹去就是了。”平儿听了，自悔失言，便拉他到枫树底下，坐在一块石上，越性把方才凤姐过去回来所有的形景言词始末原由告诉与他。鸳鸯红了脸，向平儿冷笑道：“这是咱们好，比如袭人、琥珀、素云、紫鹃、彩霞、玉钏儿、麝月、翠墨，跟了史姑娘去的翠缕，死了的可人和金钏儿，去了的茜雪，连上你我，这十来个人，从小儿什么话儿不说？什么事儿不做？这如今因都大了，各自干各自的去了，然我心里仍是照旧，有话有事，并不瞒你们。这话我且放在你心里，且别和二奶奶说：‘别说大老爷要我做小老婆，就是太太这会子死了，他三媒六聘的娶我去作大老婆，我也不能去。’”

平儿方欲笑答，只听山石背后哈哈的笑道：“好个没脸的丫头，亏你不怕牙碜[①]。”二人听了不觉吃了一惊，忙起身向山石背后找寻，不是别个，却是袭人笑着走了出来问：“什么事情？告诉我。”说着，三人坐在石上。平儿又把方才的话说与袭人，袭人听了说道：“真真这话论理不该我们说，这个大老爷太好色了，略平头正脸的，他就不放手了。”平儿道：“你既不愿意，我教你个法子，不用费事就完了。”鸳鸯道：“什么法子？你说来我听。”平儿笑道：“你只和老太太说，就说已经给了琏二爷了，大老爷就不好要了。”鸳鸯啐道：“什么东西！你还说呢！前儿你主子不是这么混说的？谁知应到今儿了！”袭人笑道：“他们两个都不愿意，我就和老太太说，叫老太太说把你已经许了宝玉了，大老爷也就死了心了。”鸳鸯又是气，又是臊，又是急，因骂道：“两个蹄子不得好死的！人家有为难的事，拿着你们当正经人，告诉你们与我排解排解，你们倒替换着取笑儿。你们自为都有了结果了，将来都是做姨娘的。据我看来，天底下的事未必都那么遂心如意。你们且收着些儿，别忒乐过了头儿！”

二人见他急了，忙陪笑央告道：“好姐姐，别多心，咱们从小儿都

---

① 牙碜——食物中夹杂砂石，咀嚼起来硌牙，皮肤起栗，叫牙碜。这里引申为肉麻话，令人难受。

是亲姐妹一般，不过无人处偶然取个笑儿。你的主意告诉我们知道，也好放心。”鸳鸯道：“什么主意！我只不去就完了。”平儿摇头道：“你不去未必得干休。大老爷的性子你是知道的。虽然你是老太太房里的人，此刻不敢把你怎么样，将来难道你跟老太太一辈子不成？也要出去的。那时落了他的手，倒不好了。”鸳鸯冷笑道：“老太太在一日，我一日不离这里；若是老太太归西去了，他横竖还有三年的孝呢，没个娘才死了他先纳小老婆的！等过了三年，知道又是怎么个光景儿呢，那时再说。纵到了至急为难，我剪了头发作姑子去；不然，还有一死。一辈子不嫁男人，又怎么样？乐得干净呢！”平儿袭人笑道：“真个这蹄子没了脸，越发信口儿都说出来了。”鸳鸯道：“事到如此，臊一回子怎么样！你们不信，慢慢的看着就是了。太太才说了，找我老子娘去。我看他南京找去！”平儿道：“你的父母都在南京看房子，没上来，终久也寻着的。现在还有你哥哥嫂子在这里。可惜你是这里的家生女儿，不如我们两个人是单在这里。”鸳鸯道：“家生女儿怎么样？‘牛不吃水强按头’？我不愿意，难道杀我的老子娘不成？”

正说着，只见他嫂子从那边走来。袭人道：“当时找不着你的爹娘，一定和你嫂子说了。”鸳鸯道：“这个娼妇专管是个‘九国贩骆驼的’[①]，听了这话，他有个不奉承去的！”说话之间，已来到跟前。他嫂子笑道：“那里没找到，姑娘跑了这里来！你跟了我来，我和你说话。”平儿、袭人都忙让坐。他嫂子说：“姑娘们请坐，我找我们姑娘说句话。”袭人、平儿都装不知道，笑道：“什么话这样忙？我们这里猜谜儿赢手批子打呢，等猜了这个再去。”鸳鸯道：“什么话？你说罢。”他嫂子笑道：“你跟我来，到那里我告诉你，横竖有好话儿。”鸳鸯道：“可是大太太和你说的那话？”他嫂子笑道：“姑娘既知道，还奈何我！快来，我细细的告诉你，可是天大的喜事。”鸳鸯听说，立起身来，照他嫂子脸上下死劲啐了一口，指着他骂道：“你快夹着嘴离了这里，好多着呢！什么‘好话’！宋徽宗的鹰，赵子昂的马，都是好

① 九国贩骆驼的——比喻巧言善辩、钻营图利的人。

画儿。什么‘喜事’！状元痘儿灌的浆儿——又满是喜事[1]。怪道成日家羡慕人家的女儿做了小老婆，一家子都仗着他横行霸道的，一家子都成了小老婆了！看的眼热了，也把我送在火炕里去。我若得脸呢，你们在外头横行霸道，自己就封自己是舅爷了。我若不得脸败了时，你们把忘八脖子一缩，生死由我。”一面说，一面哭，平儿袭人拦着劝。

他嫂子脸上下不来，因说道：“愿意不愿意，你也好说，不犯着牵三挂四的。俗语说，‘当着矮人，别说矮话’。姑奶奶骂我，我不敢还言；这二位姑娘并没惹着你，小老婆长、小老婆短，人家脸上怎么过得去？”袭人平儿忙道：“你倒别这么说，他也并不是说我们，你倒别牵三挂四的。你听见那位太太、太爷们封我们做小老婆？况且我们两个也没有爹娘哥哥兄弟在这门子里仗着我们横行霸道的。他骂的人自有他骂的，我们犯不着多心。”鸳鸯道：“他见我骂了他，他臊了，没的盖脸，又拿话挑唆你们两个，幸亏你们两个明白。原是我急了，也没分别出来，他就挑出这个空儿来。”他嫂子自觉没趣，赌气去了。

鸳鸯气得还骂，平儿袭人劝他一回，方才罢了。平儿因问袭人道：“你在那里藏着做甚么的？我们竟没看见你。”袭人道：“我因为往四姑娘房里瞧我们宝二爷去的，谁知迟了一步，说是来家里来了。我疑惑怎么没遇见呢，想要往林姑娘家里找去，又遇见他的人说也没去。我这里正疑惑是出园子去了，可巧你从那里来了，我一闪，你也没看见，后来他又来了。我从这树后头走到山子石后，我却见你两个说话来了，谁知你们四个眼睛没见我。”

一语未了，又听身后笑道：“四个眼睛没见你？你们六个眼睛竟没见我！”三人唬了一跳，回身一看，不是别人，正是宝玉走来。袭人先笑道：“要我好找，你那里来？”宝玉笑道：“我从四妹妹那里出来，迎头看见你来了，我就知道是找我去的，我就藏了起来哄你。看你趈着头过去了，进了院子就出来了，逢人就问。我在那里好笑，只等你到了跟前唬你一跳的，后来见你也藏藏躲躲的，我就知道也是要哄人了。我

① 状元痘儿灌的浆儿——又满是喜事——歇后语，意即“喜事”。状元痘，是天花痘疹的讳称。痘疹发出灌浆饱满，生命即可保无虞，故称“喜事”。这里是对“天大喜事”一语的嘲弄。

探头往前看了一看，却是他两个，所以我就绕到你身后。你出去，我就躲在你躲的那里了。”平儿笑道：“咱们再往后找找去，只怕还找出两个人来也未可知。”宝玉笑道：“这可再没了。”鸳鸯已知话俱被宝玉听了，只伏在石头上装睡。宝玉推他笑道：“这石头上冷，咱们回房里去睡，岂不好？”说着拉起鸳鸯来，又忙让平儿来家吃茶。平儿和袭人都劝鸳鸯走，鸳鸯方立起身来，四人竟往怡红院来。宝玉将方才的话俱已听见，心中自然不快，只默默的歪在床上，任他三人在外间说笑。

那边邢夫人因问凤姐鸳鸯的父母，凤姐因回说：“他爹的名字叫金彩，两口子都在南京看房子，从不大上京。他哥哥金文翔，现在是老太太那边的买办。他嫂子也是老太太那边浆洗上的头儿。”邢夫人便令人叫了他嫂子、金文翔媳妇来，细细说与他。金家媳妇自是喜欢，兴兴头头去找鸳鸯，指望一说必妥，不想被鸳鸯抢白了一顿，又被袭人平儿说了几句，羞恼回来，便对邢夫人说：“不中用，他倒骂了我一场。”因凤姐在旁，不敢提平儿，只说：“袭人也帮着他抢白我，也说了许多不知好歹的话，回不得主子的。太太和老爷商议再买罢。谅那小蹄子也没有这么大福，我们也没有这么大造化。”

金文翔媳妇

邢夫人听了，因说道：“又与袭人什么相干？他们如何知道的？”又问：“还有谁在跟前？”金家的道：“还有平姑娘。”凤姐忙道：“你不该拿嘴巴子打他回来？我一出了门，他就逛去了，回家来连一个影儿也摸不着他！他必定也帮着说什么呢！”金家的道：“平姑娘没在跟前，远远的看着倒像是他，可也不真切，不过是我白忖度。”凤姐便命人去：“快打了他来，告诉他我来家了，太太也在这里，请他来帮个忙儿。”丰儿忙上来回道：“林姑娘打发了人下请字儿请了三四次，他才去了。奶奶一进门我就叫他去的。林姑娘说：‘告诉你奶奶，我烦他有事呢。’”凤姐听了方罢，故意的还说：“天天烦他，有些什么事！”

邢夫人无计，吃了饭回家，晚间告诉了贾赦。贾赦想了一想，即刻叫贾琏来说：“南京的房子还有人看着，不止一家，即刻叫上金彩来。”贾琏回道：“上次南京信来，金彩已经得了痰迷心窍，那边连棺材银子都赏了，不知如今是死是活，便是活着，人事不知，叫来也无用。他老婆子又是个聋子。”贾赦听了，喝了一声，又骂：“混账！没天理的囚攮的！偏你这么知道，还不离了我这里！”唬得贾琏退出，一时又叫传金文翔。贾琏在外书房伺候着，又不敢家去，又不敢见他父亲，只得听着。一时金文翔来了，小幺儿们直带入二门里去，隔了五六顿饭的工夫才出来去了。贾琏暂且不敢打听，隔了一会儿，又打听贾赦睡了，方才过来。至晚间凤姐告诉他，方才明白。

鸳鸯一夜没睡，至次日，他哥哥回贾母接他家去逛逛，贾母允了，命他出去。鸳鸯意欲不去，又怕贾母疑心，只得勉强出来。他哥哥只得将贾赦的话说与他，又许他怎么体面，又怎么当家作姨娘。鸳鸯只咬定牙不愿意。他哥哥无法，少不得去回复了贾赦。贾赦怒起来，因说道：“我这话告诉你，叫你女人向他说去，就说我的话：‘自古嫦娥爱少年’，他必定嫌我老了，大约他恋着少爷们，多半是看上了宝玉，只怕也有贾琏。果有此心，叫他早早歇了心，我要他不来，此后谁还敢收？此是一件。第二件，想着老太太疼他，将来自然往外聘作正头夫妻去。叫他细想，凭他嫁到谁家去，也难出我的手心。除非他死了，或是终身不嫁男人，我就服了他！若不然时，叫他趁早回心转意，有多少好处。”贾赦说一句，金文翔应一声“是”。贾赦道：“你别哄我，我明儿还打发你太太过去问鸳鸯，你们说了，他不依，便没你们的不是。若问他，他再依了，仔细你们的脑袋！”

金文翔忙应了又应，退出回家，也不等得告诉他女人转说，竟自己对面说了这话。把个鸳鸯气的无话可回，想了一想，便说道：“便愿意去，也须得你们带了我回声老太太去。”他哥嫂听了，只当回想过来，都喜之不胜。他嫂子即刻带了他上来见贾母。

可巧王夫人、薛姨妈、李纨、凤姐、宝钗等姊妹并外头的几个执事有头脸[1]的媳妇，都在贾母跟前凑趣儿呢。鸳鸯看见，忙拉了他嫂子，到贾母跟前跪下，一行哭，一行说，把邢夫人怎么来说，园子里他嫂子又如何说，今儿他哥哥又如何说，“因为不依，方才大老爷越发说我恋着宝玉，不然要等着往外聘，凭我到天上，这一辈子也跳不出他的手心去，终究要报仇。我是横了心的，当着众人在这里，我这一辈子莫说是‘宝玉’，便是‘宝金’‘宝银’‘宝天王’‘宝皇帝’，横竖不嫁人就完了！就是老太太逼着我，我一刀抹死了，也不能从命！若有造化，我死在老太太之先；若没造化，该讨吃的命，服侍老太太归了西，我也不跟着我老子娘哥哥去，我或是寻死，或是剪了头发当尼姑去！若说我不是真心，暂且拿话来支吾，日后再图别的，天地鬼神，日头月亮照着，从嗓子里头长疔！”

原来他一进来时，便袖了一把剪子，一面说着，一面左手打开头发，右手便铰。众婆娘、丫鬟忙来拉住，已剪下半绺来了。众人看时，幸而他的头发极多，铰的不透，连忙替他挽上。贾母听了，气的浑身乱战，口内只说：“我通共剩了这么一个可靠的人，他们还要来算计！“因见王夫人在旁，便向王夫人道：“你们原来都是哄我的！外头孝敬，暗地里盘算我。有好东西也来要，有好人也要，剩了这么个毛丫头，见我待他好了，你们自然气不过，弄开了他，好摆弄我！”王夫人忙站起来，不敢还一言。薛姨妈见连王夫人怪上，反不好劝的了。李纨一听见鸳鸯的话，早带了姊妹们出去。

探春有心的人，想王夫人虽有委曲，如何敢辩；薛姨妈现是亲姊妹，自然也不好辩的；宝钗也不便为姨母辩；李纨、凤姐、宝玉一概不敢辩；这正用着女孩儿之时，迎春老实，惜春小，因此窗外听了一听，便走进来陪笑向贾母道：“这事与太太什么相干？老太太想一想，也有大伯子的事，小婶子如何知道？便知道，也推不知道”犹未说完，贾母笑道：“可是我老糊涂了！姨太太别笑话我。你这个姐姐他极孝顺我，不像我那大太太一味怕老爷，婆婆跟前不过应景儿。可是委屈了他。”薛姨妈只答应“是”，又说：“老太太偏心，多疼小儿子媳妇，也是有的。”贾母道：“不偏心！”

① 有头脸——“有头有脸”，此指有一定身份和体面的人。

因又说道："宝玉，我错怪了你娘，你怎么也不提我，看着你娘受委屈？"宝玉笑道："我偏着娘说大爷大娘不成？通共一个不是，我娘在这里不认，却推谁去？我倒要认是我的不是，老太太又不信。"贾母笑道："这也有理。你快给你娘跪下，你说太太别委屈了，老太太有年纪了，看着宝玉罢。"宝玉听了，忙走过去，便跪下要说；王夫人忙笑着拉他起来，说："快起来，快起来，断乎使不得。终不成你替老太太给我赔不是不成？"宝玉听说，忙站起来。贾母又笑道："凤姐也不提我。"凤姐笑道："我倒不派老太太的不是，老太太倒寻上我了？"贾母听了，与众人都笑道："这可奇了！倒要听听这不是。"凤姐道："谁教老太太会调理人，调理的水葱儿似的，怎么怨得人要？我幸亏是孙子媳妇，若是孙子，我早要了，还等到这会子呢。"贾母笑道："这倒是我的不是了？"凤姐笑道："自然是老太太的不是了。"

贾母笑道："这样，我也不要了，你带了去罢！"凤姐道："等着修了这辈子，来生托生男人，我再要罢。"贾母笑道："你带了去，给琏儿放在屋里，看你那没脸的公公还要不要了！"凤姐道："琏儿不配，就只配我和平儿这一对烧糊了的卷子[①]和他混罢。"说的众人都笑起来了。丫鬟回说："大太太来了。"王夫人忙迎了出去，要知端的——

① 烧糊了的卷子——喻貌丑。糊：烤焦。卷子：即蒸卷，一种面食。

第四十七回

呆霸王调情遭苦打　冷郎君惧祸走他乡

话说王夫人听见邢夫人来了，连忙迎了出去。邢夫人犹不知贾母已知鸳鸯之事，正还要来打听信息，进了院门，早有几个婆子悄悄的回了他，他方知道。待要回去，里面已知，又见王夫人接了出来，少不得进来，先与贾母请安，贾母一声儿不言语，自己也觉得愧悔。凤姐早指一事回避了。鸳鸯也自回房去生气。薛姨妈、王夫人等恐碍着邢夫人的脸面，也都渐渐的退了。邢夫人且不敢出去。

贾母见无人，方说道："我听见你替你老爷说媒来了。你倒也三从四德[①]，只是这贤慧也太过了！你们如今也是孙子儿子满眼了，你还怕他，劝两句都使不得，还由着你老爷性儿闹。"邢夫人满面通红，回道："我劝过几次不依。老太太还有什么不知道呢，我也是不得已儿。"

贾母道："他逼着你杀人，你也杀去？如今你也想想，你兄弟媳妇本来老实，又生的多病多痛，上上下下那不是他操心？你一个媳妇虽然帮着，也是天天丢下笆儿弄扫帚。凡百事情，我如今都自己减了。他们

① 三从四德——施于妇女的封建礼教。从：服从；听从。三从：未嫁从父，既嫁从夫，夫死从子。德：道德规范。四德：妇德（品德），妇言（辞令），妇容（仪态），妇功（女工）。

两个就有一些不到的去处，有鸳鸯那孩子还心细些，我的事情他还想着一点子，该要的，他就要了来，该添什么，他就度空儿告诉他们添了。鸳鸯再不这样，他娘儿两个，里头外头，大的小的，那里不忽略一件半件，我如今反倒自己操心去不成？还是天天盘算和他们要东西去？我这屋里有的没有的，剩了他一个，年纪也大些，我凡做事的脾气性格儿他还知道些。二则他还投主子们的缘法，也并不指着我和那位太太要衣裳去，又和那位奶奶要银子去。所以这几年一应事情，他说什么，从你小婶和你媳妇起，以至家下大大小小，没有不信的。所以不单我得靠，连你小婶媳妇也都省心。我有了这么个人，便是媳妇和孙子媳妇有想不到的，我也不得缺了，也没气可生了。这会子他去了，你们又弄了什么人来我使？你们就弄他那么一个真珠的人来，不会说话也无用。我正要打发人和你老爷说去，他要什么人，我这里有钱，叫他只管一万八千的买去，就是这个丫头不能。留下他服侍我几年，就比他日夜服侍我尽了孝的一般。你来的也巧，你就去说，更妥当了。”

说毕，命人来：“请了姨太太、你姑娘们来说个话儿。才高兴，怎么又都散了！”丫头们忙答应着去了。众人忙赶着又来。只有薛姨妈向丫鬟道：“我才来了，又做什么去？你就说我睡了觉了。”那丫头道：“好亲亲的姨太太，姨祖宗！我们老太太生气呢，你老人家不去，没个开交了，只当疼我们罢。你老人家嫌乏，我背了你老人家去。”薛姨妈道：“小鬼头儿，你怕些什么？不过骂几句完了。”说着，只得和这小丫头子走来。贾母忙让坐，又笑道：“咱们斗牌罢。姨太太的牌也生，咱们一处坐着，别叫凤姐混了我们去。”薛姨妈笑道：“正是呢，老太太替我看着些儿。就是咱们娘儿四个斗呢，还是再添个呢？”王夫人笑道：“可不只四个人。”凤姐道：“再添一个人热闹些。”贾母道：“叫鸳鸯来，叫他在这下手里坐着。姨太太眼花了，咱们两个的牌都叫他瞧着些儿。”凤姐叹了一声，向探春道：“你们知书识字的，倒不学算命！”探春道：“这又奇了。这会子你倒不打点精神赢老太太几个钱，又想算命。”凤姐道：“我正要算算命，今儿该输多少呢，我还想赢呢！你瞧瞧，场儿没上，左右都埋伏下了。”说的贾母、薛姨妈都笑起来。

一时鸳鸯来了，便坐在贾母下手，鸳鸯之下便是凤姐。铺下红毡，洗牌告幺[1]，五人起牌。斗了一回，鸳鸯见贾母的牌已十严，只等一张二饼，便递了暗号与凤姐。凤姐正该发牌，便故意踌躇了半晌，笑道："我这一张牌定在姨妈手里扣着呢。我若不发这一张，再顶不下来的。"薛姨妈道："我手里并没有你的牌。"凤姐道："我回来是要查的。"薛姨妈道："你只管查。你且发下来，我瞧瞧是张什么。"凤姐便送在薛姨妈跟前。薛姨妈一看是个二饼，便笑道："我倒不希罕他，只怕老太太满了。"凤姐听了，忙笑道："我发错了。"贾母笑的已掷下牌来，说："你敢拿回去！谁叫你错的不成？"凤姐道："可是我要算一算命呢。这是自己发的，也怨不得人了。"贾母笑道："可是呢，你自己该打着你那嘴，问着你自己才是。"又向薛姨妈笑道："我不是小器爱赢钱，原是个彩头儿。"薛姨妈笑道："可不是这样，那里有那样糊涂人说老太太爱钱呢？"

凤姐正数着钱，听了这话，忙又把钱穿上[2]了，向众人笑道："够了我的了。竟不为赢钱，单为赢彩头儿。我到底小器，输了就数钱，快收起来罢。"贾母规矩是鸳鸯代洗牌的，因和薛姨妈说笑，不见鸳鸯动手，贾母道："你怎么恼了，连牌也不替我洗。"鸳鸯拿起牌来，笑道："二奶奶不给钱。"贾母道："他不给钱，那是他交运了。"便命小丫头子："把他那一吊钱[3]都拿过来。"小丫头子真就拿了，搁在贾母旁边。凤姐笑道："赏我罢，我照数儿给就是了。"薛姨妈笑道："果然是凤丫头小器，不过是玩儿罢了。"

凤姐听说，便站起来，拉着薛姨妈，回头指着贾母素日放钱的一个木匣子笑道："姨妈瞧瞧，那个里头不知玩了我多少去了。这一吊钱玩不了半个时辰，那里头的钱就招手儿叫他了。只等把这一吊也叫进去了，牌也不用斗了，老祖宗的气也平了，又有正经事差我办去了。"话说未完，引的贾母众人笑个不住。偏有平儿怕钱不够，又送了一吊来。

---

① 告幺——斗牌时，洗完牌，由头家掷骰子，或每人先翻一张牌，按点数的多少起牌。因"幺"点次序最先，故称这种按点起牌叫"告幺"。

② 把钱穿上——旧时使用的制钱，中有方孔，为便于携带和保存，多用绳穿起来。

③ 一吊钱——旧时制钱一个叫一文，一千文叫一吊（也叫"一串"）。各地并不一致，也有一百文作一吊的。

凤姐道：“不用放在我跟前，也放在老太太的那一处罢。一齐叫进去倒省事，不用做两次，叫箱子里的钱费事。”贾母笑的手里的牌撒了一桌子，推着鸳鸯，叫：“快撕他的嘴！”

平儿依言放下钱，也笑了一回，方回来。至院门前遇见贾琏，问他“太太在那里呢？老爷叫我请过去呢”。平儿忙笑道：“在老太太跟前呢，站了这半日还没动呢。趁早儿丢开手罢。老太太生了半日气，这会子亏二奶奶凑了半日趣儿，才略好了些。”贾琏道：“我过去只说讨老太太的示下，十四往赖大家去不去，好预备轿子的。又请了太太，又凑了趣儿，岂不好？”平儿笑道：“依我说，你竟不去罢。合家子连太太、宝玉都有了不是，这会子你又填限[①]去了。”贾琏道：“已经完了，难道还找补不成？况且与我又无干。二则老爷亲自吩咐我请太太的，这会子我打发了人去，倘或知道了，正没好气呢，指着这个拿我出气罢。”说着就走。平儿见他说得有理，也便跟了过来。

贾琏到了堂屋里，便把脚步放轻了，往里间探头，只见邢夫人站在那里。凤姐眼尖，先瞧见了，使眼色儿不命他进来，又使眼色与邢夫人。邢夫人不便就走，只得倒了一碗茶来，放在贾母跟前。贾母一回身，贾琏不防，便没躲伶俐。贾母便问：“外头是谁？倒像个小子一伸头。”凤姐忙起身说：“我也恍惚看见一个人影儿，让我瞧瞧去。”一面说，一面起身出来。贾琏忙进去，陪笑道：“打听老太太十四可出门？好预备轿子。”贾母道：“既这么样，怎么不进来？又作鬼作神的。”贾琏陪笑道：“见老太太玩牌，不敢惊动，不过叫媳妇出来问问。”贾母道：“就忙到这一时，等他家去，你问多少问不得？那一遭儿你这么小心来着！又不知是来作耳报神的，也不知是来作探子的，鬼鬼祟祟的，倒唬了我一跳。什么好下流种子！你媳妇和我玩牌呢，还有半日的空儿，你家去再和那赵二家的商量治你媳妇去罢。”说着，众人都笑了。鸳鸯笑道：“鲍二家的，老祖宗又拉上赵二家的。”贾母也笑道：“可是，我那里记得什么抱着背着的，提起这些事来，不由我不生气！我进了这门子作重孙子媳妇起，到如今我也有了重孙子媳妇了，连头带尾五十四年，凭着大惊大险千奇百怪的事，也经了些，从没经过这

① 填限——也作“填馅”，代人受过、白白充当牺牲品的意思。

些事。还不离了我这里呢！”

贾琏一声儿不敢说，忙退了出来。平儿站在窗外悄悄的笑道：“我说着你不听，到底碰在网里了。”正说着，只见邢夫人也出来，贾琏道：“都是老爷闹的，如今都搬在我和太太身上。”邢夫人道：“我把你没孝心雷打的下流种子！人家还替老子死呢，白说了几句，你就抱怨了。你还不好好的呢，这几日生气，仔细他捶你。”贾琏道：“太太快过去罢，叫我来请了好半日了。”说着，送他母亲出来过那边去。

邢夫人将方才的话只略说了几句，贾赦无法，又含愧，自此便告病，且不敢见贾母，只打发邢夫人及贾琏每日过去请安。只得又各处遣人购求寻觅，终久费了八百两银子买了一个十七岁的女孩子来，名唤嫣红，收在屋内。不在话下。

这里斗了半日牌，吃晚饭才罢。此一二日间无话。

展眼到了十四日，黑早，赖大的媳妇又进来请。贾母高兴，便带了王夫人、薛姨妈及宝玉姊妹等，到赖大花园中坐了半日。那花园虽不及大观园，却也十分齐整宽阔，泉石林木，楼阁亭轩，也有好几处惊人骇目的。外面厅上，薛蟠、贾珍、贾赦、贾蓉并几个近族的，很远的也没来，贾赦也没来。赖大家内也请了几个现任的官长并几个大家子弟作陪。因其中有柳湘莲，薛蟠自上次会过一次，已念念不忘。又打听他最喜串戏[①]，且串的都是生旦风月戏文，不免错会了意，误认他作了风月子弟，正要与他相交，恨没有个引进，这日可巧遇见，乐得无可不可。且贾珍等也慕他的名，酒盖住了脸，就求他串了两出戏。下来，移席和他一处坐着，问长问短，说此说彼。

那柳湘莲原是世家子弟，读书不成，父母早丧，素性爽侠，不拘细事，酷好耍枪舞剑，赌博吃酒，以至眠花卧柳，吹笛弹筝，无所不为。因他年纪又轻，生得又美，不知他身分的人，却误认作优伶一类。那赖大之子赖尚荣与他素习交好，故他今日请来作陪。不想酒后别人犹可，独薛蟠又犯了旧病。他心中早已不快，得便意欲走开完事，无奈赖尚荣死也不放。赖尚荣又说：“方才宝二爷又嘱咐我，才一进门虽见了，只是人多不好说话，叫我嘱咐你散的时候别走，他还有话说呢。你既一定

---

① 串戏——扮演戏剧。非职业演员参加演戏也叫串戏，或称“客串”。

柳湘莲

要去，等我叫出他来，你两个见了再走，与我无干。”说着，便命小厮们到里头找一个老婆子，悄悄告诉“请出宝二爷来”。那小厮去了没一盏茶时，果见宝玉出来了。赖尚荣向宝玉笑道：“好叔叔，把他交给你，我张罗人去了。”说着，一径去了。

宝玉便拉了柳湘莲到厅侧小书房中坐下，问他这几日可到秦钟的坟上去了。湘莲道：“怎么不去？前日我们几个人放鹰[①]去，离他坟上还有二里。我想今年夏天的雨水勤，恐怕他的坟站不住。我背着众人，走去瞧了一瞧，果然又动了一点子。回家来就便弄了几百钱，第三日一早出去，雇了两个人收拾好了。”宝玉道：“怪道呢，上月我们大观园的池子里头结了莲蓬，我摘了十个，叫茗烟出去到坟上供他去，回来我也问他，可被雨冲坏了没有。他说不但不冲，且比上回又新了些。我想着，不过是这几个朋友新筑了。我只恨我天天圈在家里，一点儿做不得主，行动就有人知道，不是这个拦就是那个劝的，能说不能行。虽然有钱，又不由我使。”湘莲道：“这个事也用不着你操心，外头有我，你只心里有了就是。眼前十月初一，我已经打点下上坟的花消。你知道我一贫如洗，家里是没的积聚，纵有几个钱来，又随手就光的，不如趁空儿留下这一分，省得到了跟前扎煞手[②]。”

宝玉道：“我也正为这个要打发茗烟找你，你又不大在家，知道你

① 放鹰——这里是打猎的别称。猎人出猎，常放出驯养的猎鹰捕取猎物。

② 扎煞手——也作“扎撒手”。扎煞，即双手张开的样子，指遇到难处没有办法。

天天萍踪浪迹，没个一定的去处。”湘莲道：“你也不用找我。这个事不过各尽其道。眼前我还要出门去走走，外头逛个三年五载再回来。”宝玉听了，忙问道：“这是为何？”柳湘莲冷笑道：“你不知道我的心事，等到跟前你自然知道，我如今要别过了。”宝玉道：“好容易会着，晚上同散岂不好？”湘莲道：“你那令姨表兄还是那样，再坐着未免有事，不如我回避了倒好。”宝玉想了一想，道：“既是这样，倒是回避他为是。只是你要果真远行，必须先告诉我一声，千万别悄悄的去了。”说着便滴下泪来。柳湘莲道：“自然要辞的。你只别和别人说就是。”说着就站起来要走，又道：“你们进去，不必送我。”

一面说，一面出了书房。刚至大门前，早遇见薛蟠在那里乱嚷乱叫说：“谁放了小柳儿走了！”柳湘莲听了，火星乱迸，恨不得一拳打死，复思酒后挥拳，又碍着赖尚荣的脸面，只得忍了又忍。薛蟠忽见他走出来，如得了珍宝，忙趔趄着上来一把拉住，笑道：“我的兄弟，你往那里去了？”湘莲道：“走走就来。”薛蟠笑道：“好兄弟，你一去都没兴了，好歹坐一坐，你就疼我了。凭你有什么要紧的事，交给哥，你只别忙，有你这个哥，你要做官发财都容易。”湘莲见他如此不堪，心中又恨又愧，早生一计，便拉他到僻静之处，笑道：“你真心和我好，假心和我好呢？”薛蟠听这话，喜的心痒难挠，乜斜着眼忙笑道：“好兄弟，你怎么问起我这话来？我要是假心，立刻死在眼前！”湘莲道：“既如此，这里不便。等坐一坐，我先走，你随后出来，跟到我下处，咱们索性喝一夜酒。我那里还有两个绝好的孩子[①]，从没出门。你可连一个跟的人也不用带，到了那里，服侍的人都是现成的。”薛蟠听如此说，喜得酒醒了一半，说：“果然如此？”湘莲道：“如何！人拿真心待你，你倒不信了！”薛蟠忙笑道：“我又不是呆子，怎么有个不信的呢！既如此，我又不认得，你先去了，我在那里找你？”湘莲道：“我这下处在北门外头，你可舍得家，城外住一夜去？”薛蟠笑道：“有了你，我还要家做什么！”湘莲道：“既如此，我在北门外头桥上等你。咱们席上且吃酒去。你看我走了之后你再走，他们就不留心了。”薛蟠听了，连忙答应。于是二人复又入席，饮了一回。那薛蟠难

① 绝好的孩子——这里指男妓，也称“相公”或“相姑”。

熬，只拿眼看湘莲，心内越想越乐，左一壶右一壶，并不用人让，自己便吃了又吃，不觉酒已八九分了。

湘莲便起身出来，瞅人不防去了，至门外，命小厮杏奴：“先家去罢，我到城外就来。”说毕，已跨马直出北门，桥上等候薛蟠。没顿饭的工夫，只见薛蟠骑着一匹大马，远远的赶了来，张着嘴，瞪着眼，头似拨浪鼓一般不住左右乱瞧。及至从湘莲马前过去，只顾往远处瞧，不曾留心近处，反踩过去了。湘莲又是笑，又是恨，便也撒马随后跟来。薛蟠往前看时，渐渐人烟稀少，便又圈马回来再找，不想一回头见了湘莲，如获奇珍，忙笑道：“我说你是个再不失信的。”湘莲笑道：“快往前走，仔细人看见跟了来，就不便了。”说着，先就撒马前去，薛蟠也紧紧的跟来。

湘莲见前面人迹已稀，且有一带苇塘，便下马，将马拴在树上，向薛蟠笑道：“你下来，咱们先设个誓，日后要变了心，告诉人去的，便应了誓。”薛蟠笑道：“这话有理。”连忙下了马，也拴在树上，便跪下说道：“我要日久变心，告诉人去的，天诛地灭！”一语未了，只听“噔”的一声，背后好似铁锤砸下来，只觉得一阵黑，满眼金星乱迸，身不由己，便倒下来。湘莲走上来瞧瞧，知道他是个笨家，不惯捱打，只使了三分气力，向他脸上拍了几下，登时便开了果子铺[1]。薛蟠

呆霸王调情遭苦打

① 开了果子铺——比喻脸上被打得青紫红肿，像陈列着五颜六色果品的果子铺一般。

先还要挣扎起来，又被湘莲用脚尖点了两点，仍旧跌倒，口内说道："原是两家情愿，你不依，只好说，为什么哄出我来打我？"一面说，一面乱骂。湘莲道："我把你瞎了眼的，你认认柳大爷是谁！你不说哀求，你还伤我！我打死你也无益，只给你个利害罢。"说着，便取了马鞭过来，从背后至胫，打了三四十下。薛蟠酒已醒了大半，觉得疼痛难禁，不禁有"哎哟"之声。

湘莲冷笑道："也只如此！我只当你是不怕打的。"一面说，一面又把薛蟠的左腿拉起来，朝苇中泞泥处拉了几步，滚的满身泥水，又问道："你可认得我了？"薛蟠不应，只伏着哼哼。湘莲又掷下鞭子，用拳头向他身上擂了几下。薛蟠便乱滚乱叫，说："肋条折了。我知道你是正经人，因为我错听了旁人的话了。"湘莲道："不用拉别人，你只说现在的。"薛蟠道："现在没什么说的。不过你是个正经人，我错了。"湘莲道："还要说软些才饶你。"薛蟠哼哼着道："好兄弟。"湘莲便又一拳。薛蟠"哎哟"了一声道："好哥哥。"湘莲又连两拳。薛蟠忙"哎哟"叫道："好老爷，饶了我这没眼睛的瞎子罢！从今以后我敬你怕你了。"湘莲道："你把那水喝两口。"薛蟠一面听了，一面皱眉道："那水脏得很，怎么喝得下去？"湘莲举拳就打。薛蟠忙道："我喝，喝。"说着，只得俯头向苇根下喝了一口，犹未咽下去，只听"哇"的一声，把方才吃的东西都吐了出来。湘莲道："好脏东西，你快吃尽了饶你。"薛蟠听了，叩头不迭道："好歹积阴功饶我罢！这至死不能吃的。"湘莲道："这样气息，倒熏坏了我。"说着丢下薛蟠，便牵马认镫[①]去了。这里薛蟠见他已去，心内方放下心来，后悔自己不该误认了人。待要挣挫起来，无奈遍身疼痛难禁。

谁知贾珍等席上忽不见了他两个，各处寻找不见。有人说："恍惚出北门去了。"薛蟠的小厮们素日是惧他的，他吩咐不许跟去，谁还敢找去？后来还是贾珍不放心，命贾蓉带着小厮们寻踪问迹的直找出北门，下桥二里多路，忽见苇坑边薛蟠的马拴在那里。众人都道："可好了！有马必有人。"一齐来至马前，只听苇中有人呻吟。大家忙走来一

① 认镫——镫：挂在马鞍两旁的踏脚。认镫：脚尖踏进马镫，在这里即"上马"的意思。

柳湘莲打薛蟠

看，只见薛蟠衣衫零碎，面目肿破，没头没脸，遍身内外，滚的似个泥猪一般。

贾蓉心内已猜着九分了，忙下马令人搀了出来，笑道："薛大叔天天调情，今儿调到苇子坑里来了。必定是龙王爷也爱上你风流，要你招驸马去，你就碰到龙犄角上了。"薛蟠羞的恨没地缝儿钻不进去，那里爬的上马去？贾蓉只得命人赶到关厢[①]里雇了一乘小轿子，薛蟠坐了，一齐进城。贾蓉还要抬往赖家去赴席，薛蟠百般央告，又命他不要告诉人，贾蓉方依允了，让他各自回家。贾蓉仍往赖家回复贾珍，并说方才形景。贾珍也知为湘莲所打，也笑道："他须得吃个亏才好。"至晚散了，便来问候。薛蟠自在卧房将养，推病不见。贾母等回来各自归家时，薛姨妈与宝钗见香菱哭得眼睛肿了。问其原故，忙赶来瞧薛蟠时，脸上身上虽有伤痕，并未伤筋动骨。薛姨妈又是心疼，又是发恨，骂一回薛蟠，又骂一回柳湘莲，意欲告诉王夫人，遣人寻拿柳湘莲。宝钗忙劝道："这不是什么大事，不过他们一处吃酒，酒后反脸常情。谁醉了，多挨几下子打，也是有的。况且咱们家的无法无天，也是人所共知

① 关厢——指城门外的大街和附近地区。

的，妈不过是心疼的缘故。要出气也容易，等三五天哥哥养好了出的去时，那边珍大爷、琏二爷这干人也未必白丢开了，自然备个东道，叫了那个人来，当着众人替哥哥赔不是认罪就是了。如今妈先当件大事告诉众人，倒显得妈偏心溺爱，纵容他生事招人，今儿偶然吃了一次亏，妈就这样兴师动众，倚着亲戚之势欺压常人。”薛姨妈听了道：“我的儿，到底是你想的到，我一时气糊涂了。”宝钗笑道：“这才好呢。他又不怕妈，又不听人劝，一天纵似一天，吃过两三个亏，他倒罢了。”

薛蟠睡在炕上痛骂柳湘莲，又命小厮们去拆他的房子，打死他，和他打官司。薛姨妈禁住小厮们，只说柳湘莲一时酒后放肆，如今酒醒，后悔不及，惧罪逃走了。薛蟠听见如此说了，气方渐平。要知端的，下回分解。

第四十八回

滥情人情误思游艺① 慕雅女雅集苦吟诗

且说薛蟠听见如此说了，气方渐平。三五日后，疼痛虽愈，伤痕未平，只装病在家，愧见亲友。

展眼已到十月，因有各铺面伙计内有算年账要回家的，少不得家内治酒饯行。内有一个张德辉，年过六十，自幼在薛家当铺内揽总，家内也有二三千金的过活，今岁也要回家，明春方来。因说起“今年纸札香料短少，明年必是贵的。明年先打发大小儿上来当铺内照管，赶端阳前我顺路贩些纸札香扇来卖。除去关税花消，亦可以剩得几倍利息”。薛蟠听了，心中忖度：“我如今捱了打，正难见人，想着要躲个一年半载，又没处去躲。天天装病，也不是事。况且我长了这么大，文不文，武不武，虽说做买卖，究竟戥子②算盘从没拿过，地土风俗远近道路又不知道，不如也打点几个本钱，和张德辉逛一年来。赚钱也罢，不赚钱也罢，且躲躲羞去。二则逛逛山水也是好的。”心内主意已定，至酒席散后，便和张德辉说知，命他等一二日一同前往。

晚间薛蟠告诉了他母亲。薛姨妈听了虽是欢喜，但又恐他在外生事，花了本钱倒是末事，因此不命他去。只说：“你好歹守着我，我还

① 游艺——指沉潜于六艺之教，后亦泛指从事技术或艺术的锻炼。

② 戥子——一种称量金银、药品等所用的小秤，计量单位从分厘到两。

能放心些。况且也不用做这买卖，也不等着这几百银子用。你在家里安分守己的，就强似这几百银子了。”薛蟠主意已定，那里肯依。只说：“天天又说我不知世事，这个也不知那个也不学。如今我发狠把那些没要紧的都断了，如今要成人立事，学习买卖，又不准我了，叫我怎么样呢？我又不是个丫头，把我关在家里，何日是了？况且那张德辉又是个有年纪的，咱们和他是世交，我同他去，怎么得有舛错？我就一时半刻有不好的去处，他自然说我劝我。就是东西贵贱行情，他是知道的，自然色色问他，何等顺利，倒不叫我去。过两日我不告诉家里，私自打点了一走，明年发了财回家，那时才知道我呢。”说毕，赌气睡觉去了。

薛姨妈听他如此说，因和宝钗商议。宝钗笑道：“哥哥果然要经历正事，倒也罢了。只是他在家里时说着好听，到了外头，旧病复发，越发难拘束他了。但也愁不得许多。他若是真改了，是他一生的福。若不改，妈也不能又有别的法子。一半尽人力，一半听天命罢了。这么大人了，若只管怕他不知世路，出不得门，干不得事，今年关在家里，明年还是这个样儿。他既说的名正言顺，妈就打量着丢了一千八百银子，竟交与他试一试。横竖有伙计们帮着，也未必好意思哄骗他的。二则他出去了，左右没有助兴的人，又没了倚仗的人，到了外头，谁还怕谁，有了的吃，没了的饿着，举眼无靠，他见了这样，只怕比在家里省了事也未可知。”薛姨妈听了，思忖半晌说道：“倒是你说的是。花两个钱，叫他学些乖来也值了。”商议已定，一宿无话。

至次日，薛姨妈命人请了张德辉来，在书房中命薛蟠款待酒饭，自己在后廊下，隔着窗子，向里千言万语嘱托张德辉照管薛蟠。张德辉满口应承，吃过饭告辞，又回说：“十四日是上好出行日期，大世兄即刻打点行李，雇下骡子，十四一早就长行了。”薛蟠喜之不尽，将此话告诉了薛姨妈。薛姨妈便和宝钗、香菱，并两个老年的嬷嬷连日打点行装，派下薛蟠之奶公老苍头一名、当年谙事旧仆二名，外有薛蟠随身常使小厮二人，主仆一共六人，雇了三辆大车，单拉行李使物，又雇了四个长行骡子。薛蟠自骑一匹家内养的铁青大走骡，外备一匹坐马。诸事完毕，薛姨妈、宝钗等连夜劝戒之言，自不必备说。

至十三日，薛蟠先去辞了他舅舅，然后过来辞了贾宅诸人。贾珍等未免又有饯行之说，也不必细述。

至十四日一早，薛姨妈、宝钗等直同薛蟠出了仪门，母女两个四只泪眼看他去了，方回来。

薛姨妈上京带来的家人不过四五房，并两三个老嬷嬷小丫头，今跟了薛蟠一去，外面只剩了一两个男子。因此薛姨妈即日到书房，将一应陈设玩器并帘幔等物尽行搬了进来收贮，命那两个跟去的男子之妻一并也进来睡觉。又命香菱将他屋里也收拾严紧，“将门锁了，晚间和我去睡。”宝钗道：“妈既有这些人作伴，不如叫菱姐姐和我作伴去。我们园里又空，夜长了，我每夜作活，越多一个人岂不越好。”薛姨妈听了，笑道：“正是我忘了，原该叫他同你去才是。我前日还同你哥哥说，文杏又小，道三不着两，莺儿一个人不够服侍的。还要买一个丫头来你使。”宝钗道：“买的不知底细，倘或走了眼，花了钱事小，没的淘气，倒是慢慢的打听着，有知道来历的，买个还罢了。”一面说，一面命香菱收拾了衾褥妆奁，命一个老嬷嬷并臻儿送至蘅芜苑去，然后宝钗和香菱才同回园中来。

香菱道：“我原要和太太说的，大爷去了，我和姑娘作伴儿去。又恐怕奶奶多心，说我贪着园里来玩；谁知你竟说了。”宝钗笑道：“我知道你心里羡慕这园子不是一日两日了，只是没个空儿，就每日来一趟，慌慌张张的，也没趣儿。所以趁这机会，越发住上一年，我也多个作伴的，你也遂了心。”香菱笑道：“好姑娘，你趁着这个工夫，教给我作诗罢。”宝钗笑道：”我说你‘得陇望蜀[①]’呢。我劝你缓一缓，今儿头一日进来，先出园东角门，从老太太起，各处各人你都瞧瞧，问候一声儿，也不必特意告诉他们说搬进园来。若有提起因由儿的，你只带口说我带了你进来作伴儿就完了，回来进了园，再到各姑娘房里走走。”

香菱应着才要走时，只见平儿忙忙的走来。香菱忙问了好，平儿只得陪笑相问。宝钗因向平儿笑道：“我今儿把他带了来作伴儿，正要去回你奶奶一声儿。”平儿笑道：“姑娘说的是那里话？我竟没话答言了。”宝钗道：“这才是正理。店房也有个主人，庙里也有个住持。虽

① 得陇望蜀——《后汉书·岑鼓传》：“人苦不知足，既平陇（陇西，古郡名，在今甘肃省），复望蜀（古郡名，今四川）。”后以喻人之贪得无厌。

不是大事，到底告诉一声，便是园里坐更上夜的人知道添了他两个，也好关门候户的了。你回去告诉一声罢，我不打发人去了。”平儿答应着，因又向香菱笑道：“你既来了，也不拜一拜街坊邻舍去？”宝钗笑道：“我正叫他去呢。”平儿道：“你且不必往我们家去，二爷病了在家里呢。”香菱答应着去了，先从贾母处来。不在话下。

且说平儿见香菱去了，便拉宝钗忙说道：“姑娘可听见我们的新闻了？”宝钗道：“我没听见新闻。因连日打发我哥哥出门，所以你们这里的事，一概也不知道，连姊妹们这两日也没见。”平儿笑道：“老爷把二爷打了个动不得，难道姑娘就没听见？”宝钗道：“早起恍惚听见了一句，也信不真。我也正要瞧你奶奶去呢，不想你来了。又是为了什么打他？”

平儿咬牙骂道：“都是那贾雨村什么风村，半路途中那里来的饿不死的野杂种！认了不到十年，生了多少事出来！今年春天，老爷不知在那个地方看见了几把旧扇子，回家来看家里所有收着的这些好扇子都不中用了，立刻叫人各处搜求。谁知就有一个不知死的冤家，混号儿世人叫他作石呆子，穷的连饭也没的吃，偏他家就有二十把旧扇子，死也不肯拿出大门来。二爷好容易烦了多少情，见了这个人，说之再三，把二爷请到他家里坐着，拿出这扇子略瞧了一瞧。据二爷说，原是不能再得的，全是湘妃、棕竹、麋鹿、玉竹①的，皆是古人写画真迹，因来告诉了老爷。老爷便叫买他的，要多少银子给他多少。偏那石呆子说：‘我饿死冻死，一千两银子一把我也不卖！’老爷没法了，天天骂二爷没能为。已经许了他五百两，先兑银子后拿扇子。他只是不卖，只说：‘要扇子，先要我的命！’姑娘想想，这有什么法子？谁知雨村那没天理的听见了，便设了个法子，讹他拖欠了官银，拿他到衙门里去，说所欠官银，变卖家产赔补，把这扇子抄了来，做了官价送了来。那石呆子如今不知是死是活。老爷拿着扇子问着二爷说：‘人家怎么弄了来？’二爷

① 湘妃、棕竹、麋鹿、玉竹——四种名贵的竹子，纹理美观，可以制作扇骨。湘妃：指湘妃竹，又称斑竹。产于湖南、广西，竹上有紫色斑点。传说舜帝南巡，死于苍梧，其妃湘夫人追至，哭甚哀，以泪挥竹，故竹上斑点若泪痕。棕竹:元代刘美之《续竹谱》：“棕竹，蜀中多有之；皮叶皆似棕，亦谓之桃花竹。”麋鹿：是一种表皮像麋鹿角纹的竹子。玉竹：《群芳谱》：“玉竹，青黄相间。”

只说了一句：‘为这点子小事，弄得人倾家败产，也不算什么能为！’老爷听了就生了气，说二爷拿话堵老爷，因此这是第一件大的。这几日还有几件小的，我也记不清，所以都凑在一处，就打起来了。也没拉倒用板子棍子，就站着，不知拿什么混打一顿，脸上打破了两处。我们听见姨太太这里有一种丸药，上棒疮的，姑娘快寻一丸给我呢。”宝钗听了，忙命莺儿去要了一丸来与平儿。

宝钗道：“既这样，替我问候罢，我就不去了。”平儿答应着去了，不在话下。

且说香菱见过众人之后，吃过晚饭，宝钗等都往贾母处去了，自己便往潇湘馆中来。此时黛玉已好了大半，见香菱也进园来住，自是欢喜。香菱因笑道：“我这一进来了，也得了空儿，好歹教给我作诗，就是我的造化了！”黛玉笑道：“既要作诗，你就拜我为师。我虽不通，大略也还教的起你。”香菱笑道：“果然这样，我就拜你为师。你可不许腻烦的。”黛玉道：“什么难事，也值得去学！不过是起承转合[①]，当中承转是两副对子，平声对仄声，虚的对实的，实的对虚的[②]，若是果有了奇句，连平仄虚实不对都使得的。”

香菱笑道：“怪道我常弄一本旧诗偷空儿看一两首，又有对得极工的，又有不对的，又听见说‘一三五不论，二四六分明[③]’的。看古人的诗上亦有顺的，亦有二四六上错了的，所以天天疑惑。如今听你一说，原来这些格调规矩竟是末事，只要词句新奇为上。”黛玉道：“正是这个道理。词句究竟还是末事，第一立意要紧。若意趣真了，连词句

---

① 起承转合——旧体诗文章法结构的术语。起：开端。承：承接上文进一步加以申述。转：转折，从另一方面论述主题。合：全文结语。

② 平仄虚实——平仄：汉字读音有四种声调，即平、上、去、入。平又分阴平、阳平；上、去、入三声，属于仄声。格律诗每句每字的声调有规定的平仄格式，一般以平声对仄声。虚实：律诗共八句，中间四句规定为两副对子（也称对仗），要按照词性的虚实相对，虚词对虚词，实词对实词。这里林黛玉说：“虚的对实的，实的对虚的”，可能是作者或传抄中的笔误。

③ 一三五不论，二四六分明——格律诗对平仄声的规定，每句的第一、三、五字要求的较宽，平仄皆可，可以不论（第五字一般也是不宜违律的）；第二、四、六字则要求较严，平仄必须依律，故云。但这只是初学诗的一种入门歌诀，其实并非完全这样，第一、三、五字能否调换平仄声，也是有许多具体条件限制的。

不用修饰，自是好的，这叫作‘不以词害意’[①]。”

香菱笑道：“我只爱陆放翁的诗‘重帘不卷留香久，古砚微凹聚墨多’[②]，说的真有趣！”黛玉道：“断不可看这样的诗。你们因不知诗，所以见了这浅近的就爱，一入了这个格局，再学不出来的。你只听我说，你若真心要学，我这里有《王摩诘[③]全集》，你且把他的五言律[④]读一百首，细心揣摩透熟了，然后再读一二百首老杜[⑤]的七言律，次再李青莲[⑥]的七言绝句[⑦]读一二百首。肚子里先有了这三个人作了底子，然后再把陶渊明、应玚、谢、阮、庾、鲍[⑧]等人的一看。你又是这样一个极聪敏伶俐的人，不用一年的工夫，不愁不是诗翁了！”

香菱听了，笑道：“既这样，好姑娘，你就把这书给我拿出来，我带回去夜里念几首也是好的。”黛玉听说，便命紫鹃将王右丞的五言律拿来，递与香菱，又道：“你只看有红圈的都是我选的，有一首念一首。不明白的问你姑娘，或者遇见我，我讲与你就是了。”香菱拿了诗，回至蘅芜苑中，诸事不顾，只向灯下一首一首的读起来。宝钗连催他数次睡觉，他也不睡。宝钗见他这般苦心，只得随他去了。

一日，黛玉方梳洗完了，只见香菱笑吟吟的送了书来，又要换杜律[⑨]。黛玉笑道：“共记得多少首？”香菱笑道：“凡红圈选的我尽读

① 不以词害意——这是说作诗要以“意”（内容）为先，文辞格律次之，不要因过分注重辞采而损害了内容。

② “重帘不卷”二句——宋代陆游《书室明暖，终日婆娑其间，倦则扶杖至小园，戏作长句》之二中的句子。重帘：一重一重的帘幕。

③ 王摩诘——唐代诗人王维，字摩诘。唐肃宗时官尚书右丞，人称王右丞。

④ 五言律、七言律——律：是律诗的简称，每首八句，中间四句为“对仗”。每句五字的叫五言律；每句七字的叫七言律。超过八句的律诗，叫排律。

⑤ 老杜——指盛唐时期大诗人杜甫，为了区别于稍后的晚唐诗人杜牧，故世称杜甫为“老杜”，杜牧为“小杜”。

⑥ 李青莲——即唐代大诗人李白，幼时曾随父迁居四川绵州彰明县（今四川江油县）青莲乡，自号青莲居士。

⑦ 七言绝句——七言：每句七个字。绝句：每首四句的格律诗。

⑧ 应玚、谢、阮、庾、鲍——应玚：字德琏，东汉末年诗人，“建安七子”之一。谢：指南朝宋诗人谢灵运。阮：指三国时魏诗人阮籍，字嗣宗，“竹林七贤”之一。庾：指北朝周诗人庾信，字子山。鲍：指南朝宋诗人鲍照，字明远。

⑨ 杜律——指杜甫的律诗。

了。”黛玉道：“可领略了些滋味没有？”香菱笑道：“我倒领略了些，只不知可是不是，说与你听听。”黛玉笑道：“正要讲究讨论，方能长进。你且说来我听。”香菱笑道：“据我看来，诗的好处，有口里说不出来的意思，想去却是逼真的。有似乎无理的，想去竟是有理有情的。”黛玉笑道：“这话有了些意思，但不知你从何处见得？”

香菱笑道：“我看他《塞上》一首①，那一联云：‘大漠孤烟直，长河落日圆。’想来烟如何直？日自然是圆的：这‘直’字似无理，‘圆’字似太俗。合上书一想，倒像是见了这景的。若说再找两个字换这两个，竟再找不出两个字来。再还有‘日落江湖白，潮来天地青’②：这‘白’‘青’两个字也似无理。想来，必得这两个字才形容得尽，念在嘴里倒像有几千斤重的一个橄榄。还有‘渡头余落日，墟里上孤烟’③：这‘余’字和‘上’字，难为他怎么想来！我们那年上京来，那日下晚便挽住船，岸上又没有人，只有几棵树，远远的几家人家作晚饭，那个烟竟是碧青，连云直上。谁知我昨日晚上读了这两句，倒像我又到了那个地方去了。”

正说着，宝玉和探春也来了，也都入坐听他讲诗。宝玉笑道：“既是这样，也不用看诗。‘会心处不在远’，听你说了这两句，可知‘三昧’④你已得了。”黛玉笑道：“你说他这‘上孤烟’好，你还不知他这一句还是套了前人的来。我给你这一句瞧瞧，更比这个淡而现成。”说着便把陶渊明的“暧暧远人村，依依墟里烟”⑤翻了出来，递与香菱。香菱瞧了，点头叹赏，笑道：“原来‘上’字是从‘依依’两个字上化出来的。”

宝玉大笑道：“你已得了，不用再讲，越发倒学杂了。你就作起

① 《塞上》一首——指王维《使至塞上》一诗。

② “日落”二句——见王维《送邢桂州》。白：指日落时江湖上的茫茫白光。青：指潮来时天地间的苍莽昏暗。

③ “渡头”二句——王维《辋川闲居赠裴秀才迪》中诗句。墟里：村落。

④ 三昧——佛教用语。本意是心神专一，杂念止息，是佛家修持的重要方法之一。后借指事物的奥秘和精义。

⑤ “暧暧”二句——陶渊明《归田园居五首》之一中诗句。暧暧：昏暗模糊的样子。依依：隐约可见的样子。

来，必是好的。”探春笑道：“明儿我补一个柬来，请你入社。”香菱笑道：“姑娘何苦打趣我，我不过是心里羡慕，才学着玩罢了。”探春黛玉都笑道：“谁不是玩？难道我们是认真作诗呢！若说我们认真成了诗，出了这园子，把人的牙还笑掉了呢。”

宝玉道：“这也算自暴自弃了。前日我在外头和相公们商议画儿，他们听见咱们起诗社，求我把稿子给他们瞧瞧。我就写了几首给他们看看，谁不真心叹服。他们都抄了刻去了。”探春、黛玉忙问道：“这是真话么？”宝玉笑道：“说谎的是那架上的鹦哥。”黛玉、探春听说，都道：“你真真胡闹！且别说那不成诗，便是成诗，我们的笔墨[①]也不该传到外头去。”

宝玉道：“这怕什么！古来闺阁中的笔墨要不传出去，如今也没有人知道了。”说着，只见惜春打发了入画来请宝玉，宝玉方去了。

香菱学诗

香菱又逼着黛玉换出杜律来，又央黛玉、探春二人：“出个题目，让我诌去，诌了来，替我改正。”黛玉道：“昨夜的月最好，我正要诌一首，竟未诌成，你竟作一首来。十四寒[②]的韵，由你爱用那几个字去。”

香菱听了，喜的拿回诗来，又苦思一回作两句诗，又舍不得杜诗，又读两首。如此茶饭无心，坐卧不定。宝钗道：“何苦自寻烦恼。都是颦儿引的你，我和他算账去。你本来呆头呆脑的，再添上这个，越发弄成个呆子了。”香菱笑道：“好姑娘，别混我。”一面说，一面作了一首，先与宝钗看。宝钗看了笑道：“这个不

① 笔墨——在这里借指诗文作品。

② 十四寒——诗韵中上平声第十四部以“寒”字开头的韵目，称为十四寒。

好，不是这个作法，你别怕臊，只管拿了给他瞧去，看他是怎么说。”香菱听了，便拿了诗找黛玉。黛玉看时，只见写道是：

月挂中天夜色寒，清光皎皎影团团。
诗人助兴常思玩，野客添愁不忍观。
翡翠楼边悬玉镜，珍珠帘外挂冰盘。
良宵何用烧银烛，晴彩辉煌映画栏。

黛玉笑道：“意思却有，只是措词不雅。皆因你看的诗少，被他缚住了。把这首丢开，再作一首，只管放开胆子去作。”

香菱听了，默默的回来，越性连房也不入，只在池边树下，或坐在山石上出神，或蹲在地下抠土，来往的人都诧异。李纨、宝钗、探春、宝玉等听得此信，都远远的站在山坡上瞧着他。只见他皱眉一回，又自己含笑一回。宝钗笑道：“这个人定是疯了！昨夜嘟嘟哝哝直闹到五更天才睡下，没一顿饭的工夫天就亮了。我就听见他起来了，忙忙碌碌梳了头就找颦儿去。一回来了，呆了一日，作了一首又不好，这会子自然另作呢。”宝玉笑道：“这正是‘地灵人杰’①，老天生人再不虚赋情性的。我们成日叹说，可惜他这么个人竟俗了，谁知到底有今日。可见天地至公。”宝钗笑道：“你能够像他这苦心就好了，学什么有个不成的。”宝玉不答。

只见香菱兴兴头头的又往黛玉那边去了。探春笑道：“咱们跟了去，看他可有些意思没有。”说着，一齐都往潇湘馆来。只见黛玉正拿着诗和他讲究。众人因问黛玉作的如何。黛玉道：“自然算难为他了，只是还不好。这一首过于穿凿了，还得另作。”众人因要诗看时，只见作的是：

非银非水映窗寒，试看晴空护玉盘。
淡淡梅花香欲染，丝丝柳带露初干。
只疑残粉涂金砌，恍若轻霜抹玉栏。

① 地灵人杰——意为山川灵秀，人物杰出。

梦醒西楼人迹绝，余容犹可隔帘看。

宝钗笑道："不像吟月了，月字底下添一个'色'字倒还使得，你看句句倒是月色。这也罢了，原来诗从胡说来，再返几天就好了。"香菱自为这首妙绝，听如此说，自己扫了兴，不肯丢开手，便要思索起来。因见他姊妹们说笑，便自己走至阶下竹前闲步，挖心搜胆，耳不旁听，目不别视。一时探春隔窗笑说道："菱姑娘，你闲闲罢。"香菱怔怔答道："'闲'字是十五删的，你错了韵了。"众人听了，不觉大笑起来。宝钗道："可真是诗魔了。都是颦儿引的他！"黛玉道："圣人说'诲人不倦'，他又来问我，我岂有不说之理。"李纨笑道："咱们拉了他往四姑娘房里去，引他瞧瞧画儿，叫他醒一醒才好。"

说着，真个出来拉了他过藕香榭，至暖香坞中。惜春正乏倦，在床上歪着睡午觉，画缯[1]立在壁间，用纱罩着。众人唤醒了惜春，揭纱看时，十停方有了三停。香菱见画上有几个美人，因指着笑道："这一个是我们姑娘，那一个是林姑娘。"探春笑道："凡会作诗的都画在上头，快学罢。"说着，玩笑了一回。

各自散后，香菱满心中还是想诗。至晚间对灯出了一回神，至三更以后上床卧下，两眼鳏鳏，直到五更方才朦胧睡去了。一时天亮，宝钗醒了，听了一听，他安稳睡了，心下想："他翻腾了一夜，不知可作成了？这会子乏了，且别叫他。"正想着，只听香菱从梦中笑道："可是有了，难道这一首还不好？"

宝钗听了，又是可叹，又是可笑，连忙唤醒了他，问他："得了什么？你这诚心都通了仙了。学不成诗，还弄出病来呢。"一面说，一面梳洗了，会同姊妹往贾母处来。

原来香菱苦志学诗，精血诚聚，日间做不出，忽于梦中得了八句。梳洗已毕，便忙写出，来到沁芳亭，只见李纨与众姊妹方从王夫人处回来，宝钗正告诉他们，说他梦中作诗说梦话。众人正笑，抬头见他来了，便都争着要诗看。要知端的，下回分解。

① 画缯——绘画用的绢。缯：古代对丝织品的统称。

第四十九回

琉璃世界白雪红梅　脂粉香娃割腥啖膻

话说香菱见众人正说笑，他便迎上去笑道：“你们看这一首。若使得，我便还学；若还不好，我就死了这作诗的心了。”说着，把诗递与黛玉及众人看时，只见写道是：

精华[1]欲掩料应难，影自娟娟魄自寒。
一片砧敲千里白[2]，半轮鸡唱五更残。
绿蓑[3]江上秋闻笛，红袖楼头夜倚栏。
博得嫦娥应借问，缘何不使永团圆！

众人看了笑道：“这首不但好，而且新巧有意趣。可知俗语说‘天下无难事，只怕有心人。’社里一定请你了。”香菱听了心下不信，料着是他们瞒哄自己的话，还只管问黛玉、宝钗等。

正说之间，只见几个小丫头并老婆子忙忙的走来，都笑道：“来了好些姑娘、奶奶们，我们都不认得，奶奶、姑娘们快认亲去。”李纨笑

① 精华——谓月亮纯净的光华。
② “一片”句——化用李白《子夜吴歌》：“长安一片月，万户捣衣声”的意境。砧：捣衣石。
③ 绿蓑——蓑衣，这里用以代指漂泊江上的旅人。

道："这是那里的话？你到底说明白了是谁的亲戚？"那婆子丫头都笑道："奶奶的两位妹子都来了。还有一位姑娘，说是薛大姑娘的妹妹，还有一位爷，说是薛大爷的兄弟。我这会子请姨太太去呢，奶奶和姑娘们先上去罢。"说着，一径去了。

薛宝琴

宝钗笑道："我们薛蝌和他妹妹来了不成？"李纨也笑道："我们婶子又上京来了不成？他们也不能凑在一处，这可是奇事。"大家纳闷，来至王夫人上房，只见乌压压一地的人。原来邢夫人之兄嫂带了女儿岫烟进京来投邢夫人的，可巧凤姐之兄王仁也正进京，两亲家一处搭帮来了。走至半路泊船时，正遇见李纨之寡婶带着两个女儿——大名李纹，次名李绮——也上京。大家叙起来又是亲戚，因此三家一路同行。后有薛蟠之从弟[①]薛蝌，因当年父亲在京时已将胞妹薛宝琴许配都中梅翰林之子为媳，正欲进京聘嫁，闻得王仁进京，他也带了妹子随后赶来。所以今日会齐了来访投各人亲戚。

于是大家见礼叙过，贾母、王夫人都欢喜非常。贾母因笑道："怪道昨日晚上灯花爆了又爆，结了又结，原来应到今日。"一面叙些家常，一面收看带来的礼物，一面命留酒饭。凤姐自不必说，忙上加忙。

① 从弟——即堂弟。

李纨、宝钗自然和婶母、姊妹叙离别之情。黛玉见了，先是欢喜，次后想起众人皆有亲眷，独自已孤单无倚，不免又去垂泪。宝玉深知其情，十分劝慰了一番方罢。

然后宝玉忙忙来至怡红院中，向袭人、麝月、晴雯等笑道："你们还不快看人去！谁知宝姐姐的亲哥哥是那个样子，他这叔伯兄弟形容举止另是一样了，倒像是宝姐姐的同胞兄弟似的。更奇在你们成日家只说宝姐姐是绝色的人物，你们如今瞧瞧他这妹子，更有大嫂嫂这两个妹子，我竟形容不出了。老天，老天，你有多少精华灵秀，生出这些人上之人来！可知我井底之蛙，成日家自说现在的这几个人是有一无二的，谁知不必远寻，就是本地风光，一个赛似一个，如今我又长了一层学问了。除了这几个，难道还有几个不成？"一面说，一面自笑自叹。袭人见他又有了魔意，便不肯去瞧。晴雯等早去瞧了一遍回来，带笑向袭人说道："你快瞧瞧去！大太太的一个侄女儿，宝姑娘一个妹妹，大奶奶两个妹妹，倒像一把子四根水葱儿。"

一语未了，只见探春也笑着进来找宝玉，因说道："咱们的诗社可兴旺了。"宝玉笑道："正是呢。这是你一高兴起诗社，所以鬼使神差来了这些人。但只一件，不知他们可学过作诗不曾？"探春道："我才都问了问他们，虽是他们自谦，看其光景，没有不会的。便是不会也没难处，你看香菱就知道了。"

袭人笑道："他们说薛大姑娘的妹妹更好，三姑娘看着怎么样？"探春道："果然的话。据我看，连他姐姐并这些人总不及他。"袭人听了，又是诧异，又笑道："这也奇了，还从那里再寻好的去呢？我倒要瞧瞧去。"探春道："老太太一见了，喜欢的无可不可的，已经逼着咱们的太太认了干女儿了。老太太要养活，才刚已经定了。"宝玉喜的忙问："这果然的？"探春道："我几时说过谎！"又笑道："有了这个好孙女儿，就忘了你这孙子了。"

宝玉笑道："这倒不妨，原该多疼女儿些才是正理。明儿十六，咱们可该起社了。"探春道："林丫头刚起来了，二姐姐又病了，终是七上八下的。"宝玉道："二姐姐又不大作诗，没有他又何妨？"探春道："索性等几天，他们新来的混熟了，咱们邀上他们岂不好？这会子大嫂子、宝姐姐心里自然没有诗兴的，况且湘云没来，颦儿刚好了，人都不合式。不如等着云丫头来了，这几个新的也熟了，颦儿也大好了，大嫂子和宝姐姐心也闲了，香菱诗也长进了，如此邀一满社岂不是好？咱们两个如今且往老太太那里去听听，除宝姐姐的妹妹不算外，他一定是在咱们家住定了的。倘或那三个要不在咱们这里住，咱们央告着老太太留下他们在园子里住了，咱们岂不多添几个人，越发有趣了。”宝玉听了，喜的眉开眼笑，忙说道：“倒是你明白。我终究是个糊涂心肠，空喜欢一会子，却想不到这上头来。”

薛蝌

邢岫烟

说着，兄妹两个一齐往贾母处来。果然王夫人已认了宝琴作干女儿，贾母欢喜非常，连园中也不命住，晚上跟着贾母一处安寝。薛蝌自向薛蟠书房中住下。贾母便和邢夫人说：“你侄女儿也不必家去了，园里住几天，逛逛再去。”邢夫人兄嫂家中原艰难，这一上京，原仗的是邢夫人与他们治房舍，帮盘缠，听如此说，岂不愿意。

邢夫人便将岫烟交与凤姐。凤姐筹算得园中姊妹多，性情不一，且又不便另设一处，莫若送到迎春一处去，倘日后邢岫烟有些不遂意的事，纵然邢夫人知道了，与自己无干。从此后若邢岫烟家去住的日期不算，若在大观园住到一个月上，凤姐亦照迎春的分例送一分与岫烟。凤姐冷眼敁敠岫烟心性为人，竟不像邢夫人及他的父母一样，却是温厚可疼的人。因此凤姐又怜他家贫命苦，比别的姊妹多疼他些，邢夫人倒不大理论了。

贾母、王夫人因素喜李纨贤惠，且年轻守节，令人敬服，今见他寡婶来了，便不肯令他外头去住。那李婶虽十分不肯，无奈贾母执意不从，只得带着李纹、李绮在稻香村住下来。

李纹　李绮

当下安插既定，谁知保龄侯史鼐又迁委①了外省大员，不日要带家眷去上任。贾母因舍不得湘云，便留下他了，接到家中，原要命凤姐另设一处与他住。史湘云执意不肯，只要与宝钗一处住，因此就罢了。

此时大观园中比先更热闹了多少。李纨为首，余者迎春、探春、惜春、宝钗、黛玉、湘云、李纹、李绮、宝琴、邢岫烟，再添上凤姐和宝玉，一共十三个。叙起年庚，除李纨年纪最长，他十二人皆不过十五六七岁，大半同年异月，连他们自己也不能记清谁长谁幼，并贾母王夫人及家中婆子丫头也不能细细分清，不过是“姊”“妹”“弟”“兄”四个字随便乱叫。

如今香菱正满心满意只想作诗，又不敢十分罗唆宝钗，可巧来了个史湘云。那史湘云又是极爱说话的，那里禁得起香菱又请教他谈诗，越发高了兴，没昼没夜高谈阔论起来。宝钗因笑道：“我实在聒噪的受不得了。一个女孩儿家，只管拿着诗作正经事讲起来，叫有学问的人听了，反笑话说不守本分的。一个香菱没闹清，偏又添了你这么个话口袋子，满嘴里说的是什么：怎么是杜工部之沉郁，韦苏州之淡雅，又怎

① 迁委——即官员调动。

么是温八叉之绮靡，李义山之隐僻①。痴痴颠颠，那里还像两个女儿家呢。”说得湘云、香菱听了，都笑起来。

正说着，只见宝琴来了，披着一领斗篷，金翠辉煌，不知何物。宝钗忙问：“这是那里的？”宝琴笑道：“因下雪珠儿，老太太找了这一件给我的。”香菱上来瞧道：“怪道这么好看，原来是孔雀毛织的。”湘云道：“那里是孔雀毛，就是野鸭子头上的毛作的。可见老太太疼你了，这样疼宝玉，也没给他穿。”宝钗道：“真俗语说‘各人有缘法’。我也再想不到他这会子来，既来了，又有老太太这么疼他。”湘云道：“你除了在老太太跟前，就在园里来，这两处只管玩笑吃喝。到了太太屋里，若太太在屋里，只管和太太说笑，多坐一回无妨；若太太不在屋里，你别进去，那屋里人多心坏，都是要咱们的。”说的宝钗、宝琴、香菱、莺儿等都笑了。

宝钗笑道：“说你没心，却又有心；虽然有心，到底嘴太直了。我们这琴儿就有些像你。你天天说要我作亲姐姐，我今儿竟叫你认他作亲妹妹罢了。”湘云又瞅了宝琴半日，笑道：“这一件衣裳也只配他穿，别人穿了，实在不配。”

正说着，只见琥珀走来笑道：“老太太说了，叫宝姑娘别管紧了琴姑娘。他还小呢，让他爱怎么样就怎么样。要什么东西只管要去，别多心。”宝钗忙起身答应了，又推宝琴笑道：“你也不知是那里来的福气！你倒去罢，仔细我们委曲着你。我就不信我那些儿不如你。”说话之间，宝玉、黛玉都进来了，宝钗犹自嘲笑。湘云因笑道：“宝姐姐，你这话虽是玩话，却有人真心是这样想呢。”琥珀笑道：“真心恼的再没别人，就只是他。”口里说，手指着宝玉。宝钗、湘云都笑道：“他倒不是这样人。”琥珀又笑道：“不是他，就是他。”说着又指着黛玉。湘云便不作声。宝钗忙笑道：“更不是了。我的妹妹和他的妹妹一样。他喜欢的比我还甚呢，那里还恼？你信云儿混说。他的那嘴有什么

---

① 杜工部之沉郁，韦苏州之淡雅，又怎么是温八叉之绮靡，李义山之隐僻——杜工部：指杜甫，他曾任工部员外郎，其诗风格沉郁顿挫。韦苏州：即韦应物，唐代诗人，曾任苏州刺史，其诗风格恬淡自然。温八叉：即温庭筠，唐代诗人兼词人，相传他才思敏捷，叉手八次即可成篇，故称温八叉，其诗风艳丽，故云绮靡。李义山：即李商隐，唐代诗人，其诗隐曲晦涩，且多无题诗，尤难索解，故云隐僻。

正经。”

宝玉素习深知黛玉有些小性儿，且尚不知近日黛玉和宝钗之事，正恐贾母疼宝琴他心中不自在，今见湘云如此说了，宝钗又如此答，再审度黛玉声色亦不似往时，果然与宝钗之说相符，心中闷闷不解。因想：“他两个素日不是这样的好，今看来竟更比他人好十倍。”一时林黛玉又赶着宝琴叫妹妹，并不提名道姓，直是亲姊妹一般。那宝琴年轻心热，且本性聪敏，自幼读书识字，今在贾府住了两日，大概人物已知。又见诸姊妹都不是那轻薄脂粉，且又和姐姐皆和气，故也不肯怠慢，其中又见林黛玉是个出类拔萃的，便更与黛玉亲敬异常。宝玉看着只是暗暗的纳罕。

一时宝钗姊妹往薛姨妈房内去后，湘云往贾母处来，黛玉回房歇着。宝玉便找了黛玉来，笑道：“我虽看了《西厢记》，也曾有明白的几句，说了取笑，你曾恼过。如今想来，竟有一句不解，我念出来你讲讲我听。”黛玉听了，便知有文章，因笑道：“你念出来我听听。”宝玉笑道：“那《闹简》上有一句说得最好，‘是几时孟光接了梁鸿案？[①]’‘孟光接了梁鸿案’这七个字，不过是现成的典，难为他‘是几时’三个虚字问的有趣。是几时接了？你说说我听听。”

黛玉听了，禁不住也笑起来，因笑道：“这原问的好。他也问的好，你也问的好。”宝玉道：“先时你只疑我，如今你也没的说，我反落了单。”黛玉笑道：“谁知他竟真是个好人，我素日只当他藏奸。”因把说错了酒令，宝钗怎样说他，连送燕窝病中所谈之事，细细的告诉宝玉。宝玉方知缘故，因笑道：“我说呢，正纳闷‘是几时孟光接了梁鸿案’，原来是从‘小孩儿家口没遮拦’上就接了案了。”

黛玉因又说起宝琴来，想起自己没有姊妹，不免又哭了。宝玉忙劝道：“你又自寻烦恼了。你瞧瞧，今年比旧年越发瘦了，你还不保养。每天好好的，你必是自寻烦恼，哭一会子，才算完了这一天的事。”黛玉拭泪道：“近来我只觉心酸，眼泪却像比旧年少了些的。心里只管酸

① 孟光接了梁鸿案——语出元代王实甫《西厢记》第三本第二折，原句作“更做道孟光接了梁鸿案”。《后汉书·梁鸿传》中本是梁鸿接了孟光的案。这句唱词在《西厢记》里是比喻莺莺接受了张生的爱情。这里是比喻黛玉接受了宝钗的友情。

痛，眼泪却不多。”宝玉道：“这是你哭惯了心里疑的，岂有眼泪会少的？”

正说着，只见他屋里的小丫头子送了猩猩毡斗篷[①]来，又说：“大奶奶才打发人来说，下了雪，要商议明日请人作诗呢。”一语未了，只见李纨的丫头走来请黛玉。宝玉便邀着黛玉同往稻香村来。黛玉换上掐金挖云红香羊皮小靴[②]，罩了一件大红羽纱面白狐狸里的鹤氅[③]，束一条青金闪绿双环四合如意绦[④]，头上罩了雪帽。二人一齐踏雪行来。

只见众姊妹都在那边，都是一色大红猩猩毡与羽毛缎斗篷，独李纨穿一件青哆罗呢[⑤]对襟褂子，薛宝钗穿一件莲青斗纹锦上添花洋线番羓丝[⑥]的鹤氅；邢岫烟仍是家常旧衣，并无避雪之衣。一时史湘云来了，穿着贾母与他的一件貂鼠脑袋面子大毛黑灰鼠里子里外发烧大褂子[⑦]，头上带着一顶挖云鹅黄片金里大红猩猩毡昭君套[⑧]，又围着大貂鼠风领[⑨]。黛玉先笑道：“你们瞧瞧，孙行者来了。他一般的拿着雪褂子，

---

① 猩猩毡斗篷——用红色毛料制作的斗篷。猩猩：古谓猩猩血可作红颜料，故称红颜色为猩红或猩色。斗篷：一种宽大无袖的御寒外罩，也叫“一口钟”“一裹圆”。

② 掐金挖云红香羊皮小靴——掐：一种针线工艺的名称。掐金挖云：即用金线掐出边缘，再用其他丝织品挖出云头形，装饰靴尖部位。红香羊皮：即染成大红色的羊皮。

③ 大红羽纱面白狐狸里的鹤氅——羽纱：毛织物，也称羽毛纱，疏细者称羽纱，厚密者称羽缎，制成衣服均可防雨雪。白狐狸：指狐狸腋窝部位的皮毛。皮质轻软，毛色纯白，又称狐白。鹤氅：析鸟羽为裘，后亦指斗篷类御寒外衣。

④ 青金闪绿双环四合如意绦——青金：是与赤金相对而言，这里指不发红的金线。闪绿：青金丝线加绿色丝线织成的丝带呈闪绿的光泽。双环四合如意：图案花纹的一种，这里指丝带头上所结的绦扣。绦：丝带。

⑤ 哆罗呢——一种西洋传入的阔幅呢料。

⑥ 莲青斗文锦上添花洋线番羓丝——莲青：指蓝紫色。斗文：指交叉的图案。锦上添花：指在图案上又重叠自然花卉。洋线番羓丝：指丝线毛线混合的织物。

⑦ 里外发烧大褂子——表里都用毛皮做的大褂子。

⑧ 挖云鹅黄片金里大红猩猩毡昭君套——一种帽面用大红猩猩毡子、帽里用“鹅黄片金”做的古时女用风帽。片金，是织成品，产于南京。挖云，指帽里前面卷起露在外面的云头。

⑨ 风领——一种类似围巾的皮领子，不与衣服连在一起，用时另戴。《清稗类钞》：“加于项，覆于肩，形如菱。”

故意装出个小骚达子样儿来。”湘云笑道：“你们瞧我里头打扮的。”一面说，一面脱了褂子。只见他里头穿着一件半新的靠色三镶领袖秋香色盘金五色绣龙窄裉小袖掩衿[①]银鼠短袄，里面短短的一件水红妆缎狐肷褶子[②]，腰里紧紧束着一条蝴蝶结子长穗五色宫绦，脚下也穿着麀[③]皮小靴，越显的蜂腰猿臂，鹤势螂形[④]。众人都笑道：“偏他只爱打扮成个小子的样儿，原比他打扮女儿更俏丽了些。”

湘云道：“快商议作诗！我听听是谁的东家？”李纨道：“我的主意。想来昨儿的正日已自过了，再等正日又太远，可巧又下雪，不如大家凑个社，又替他们接风，又可以作诗。你们意思怎么样？”宝玉先道：“这话很是。只是今日晚了，若到明日，晴了又无趣。”众人都道，“这雪未必晴，纵晴了，这一夜下的也够赏了。”李纨道：“我这里虽好，又不如芦雪广好。我已经打发人笼地炕[⑤]去了，咱们大家拥炉作诗。老太太想来未必高兴，小玩意儿，单给凤丫头个信儿就是了。你们每人一两银子就够了，送到我这里来。”指着香菱、宝琴、李纹、李绮、岫烟，“他们五个不算外，咱们里头二丫头病了不算，四丫头告了假也不算，你们四分子送了来，我包总五六两银子也尽够了。”宝钗等一齐应诺。因又拟题限韵，李纨笑道：“我心里自己定了，等到了明日临期，横竖知道。”说毕，大家又闲话了一回，方往贾母处来。本日无话。

---

① 靠色三镶领袖秋香色盘金五色绣龙窄裉小袖掩衿——三种相近的颜色叫靠色，衣服的领袖有三道镶边叫作三镶。秋香色：黄绿色。盘金：用金线在绣花上再加工。裉：衣服腋下部位。

② 妆缎狐肷褶子——“装”应作“妆”，是织缎技法的术语。“妆缎”：又叫“妆花缎”，是江宁府的产品，有点像锦。狐肷：指狐腋部腹部的皮毛。褶子：大领的外衣，清以前是普通的便服，清代成年人不穿褶子，多做给小孩穿。

③ 麀——母鹿。此处疑为“麂”之误。麂，状似鹿而小。麂皮：也叫“绒面革”，实际上多用獐鹿或山羊等皮加工制成，绒面向外，软而柔，宜于缝制靴鞋、手套等物。

④ 蜂腰猿臂、鹤势螂形——喻人腰细臂长，俏便利落。这里用来形容史湘云的打扮像武士。蜂腰：腰上束带，其细如蜂腰；猿臂：古代喻善射者之臂为“猿臂”，谓臂长如猿，可运转自如。鹤势螂形：抬头挺胸。

⑤ 地炕——古建筑中最考究的采暖方式，最早见于《水经注》。其构造为在房屋檐廊上设烧火炕，炕内砌灶，以煤为燃料，灼热的烟气在地面下的烟道内往复盘旋，将砖砌地面烘热，从而使热气流自地面上升，为室内供暖。

李纹

李绮

到了次日一早，宝玉因心里记挂着这事，一夜没好生得睡，天亮了就爬起来。掀开帐子一看，虽门窗尚掩，只见窗上光辉夺目，心内早踌躇起来，埋怨定是晴了，日光已出。一面忙起来揭起窗屉，从玻璃窗内往外一看，原来不是日光，竟是一夜大雪，下的有一尺多厚，天上仍是搓绵扯絮一般。宝玉此时欢喜非常，忙唤起人来，盥漱已毕，只穿一件茄色哆罗呢狐皮袄子，罩一件海龙皮小小鹰膀褂①，束了腰，披了玉针蓑，戴上金藤笠②，登上沙棠屐，忙忙的往芦雪广来。出了院门，四顾一望，并无二色，远远的是青松翠竹，自己却如装在玻璃盒内一般。于是走至山坡之下，顺着山脚刚转过去，已闻得一股寒香扑鼻。回头一看，恰是妙玉门前栊翠庵中有十数株红梅如胭脂一般，映着雪色，分外显得精神，好不有趣！宝玉便立住，细细的赏玩一回方走。只见蜂腰板桥上一个人打着伞走来，是李纨打发了请凤姐去的人。

宝玉来至芦雪广，只见丫鬟、婆子正在那里扫雪开径。原来这芦雪

① 海龙皮小小鹰膀褂——海龙皮：是一种类似水獭皮的皮毛，色深于獭，更有光泽。多用作翻毛皮衣，整个皮褂是用一条一条皮子拼成，犹如山鹰翅膀上的花纹，故名。

② 玉针蓑、金藤笠——玉针蓑：用白玉草编织成的蓑衣。白玉草是清代用以制凉帽的材料。金藤笠：用藤皮细条编成笠，刷以桐油，里金黄色，故名。

广盖在傍山临水河滩之上，一带几间，茅檐土壁，槿篱竹牖[1]，推窗便可垂钓，四面都是芦苇掩覆，一条去径逶迤穿芦度苇过去，便是藕香榭的竹桥了。众丫鬟、婆子见他披蓑戴笠而来，却笑道：“我们才说正少一个渔翁，如今都全了。姑娘们吃了饭才来呢，你也太性急了。”宝玉听了，只得回来。刚至沁芳亭，见探春正从秋爽斋来，围着大红猩猩毡斗篷，戴着观音兜[2]，扶着小丫头，后面一个妇人打着青绸油伞。宝玉知他往贾母处去，便立在亭边，等他来到，二人一同出园前去。宝琴正在里间房内梳洗更衣。

一时众姊妹来齐，宝玉只嚷饿了，连连催饭。好容易等摆上来，头一样菜便是牛乳蒸羊羔。贾母便说：“这是我们有年纪的人的菜，没见天日的东西，可惜你们小孩子们吃不得。今儿另外有新鲜鹿肉，你们等着吃。”众人答应了。宝玉却等不得，只拿茶泡了一碗饭，就着野鸡爪子，忙忙的扒拉完了。贾母道：“我知道你们今儿又有事情，连饭也不顾吃了。”便叫“留着鹿肉与他晚上吃”，凤姐忙说“还有呢”，方才罢了。史湘云便悄和宝玉计较道：“有新鲜鹿肉，不如咱们要一块，自己拿了园里弄着，又玩又吃。”宝玉听了，巴不得一声儿，便真和凤姐要了一块，命婆子送入园去。

一时大家散后，进园齐往芦雪广来，听李纨出题限韵，独不见湘云、宝玉二人。黛玉道：“他两个再到不了一处，若到一处，生出多少故事来。这会子一定算计那块鹿肉去了。”正说着，只见李婶也走来看热闹，因问李纨道：“怎么一个带玉的哥儿和那一个挂金麒麟的姐儿，那样干净清秀，又不少吃的，他两个在那里商议着要吃生肉呢，说的有来有去的。我只不信肉也生吃得的。”众人听了，都笑道：“了不得，快拿了他两个来。”黛玉笑道：“这可是云丫头闹的，我的卦再不错。”

李纨等忙出来找着他两个说道：“你们两个要吃生的，我送你们到老太太那里吃去。那怕吃一只生鹿，撑病了不与我相干。这么大雪，怪

① 槿篱竹牖——槿：即木槿，落叶灌木，夏秋开花，多植庭院供观赏，兼作篱笆，故称槿篱。竹牖：竹窗。

② 观音兜——古时妇女戴的一种风帽，因形似观音所戴的兜帽，故名。

冷的。快替我作诗去罢。”宝玉笑道：“没有的事，我们烧着吃呢。”李纨道：“这还罢了。”只见老婆们拿了铁炉、铁叉、铁丝蒙[1]来，李纨道：“仔细割了手，不许哭！”说着，同探春进去了。

凤姐打发了平儿来回复不能来，为发放年例正忙。湘云见了平儿，那里肯放。平儿也是个好玩的，素日跟着凤姐无所不至，见如此有趣，乐得玩笑，因而退去手上的镯子，三个围着火炉儿，便要先烧三块吃。那边宝钗、黛玉平素看惯了，不以为异，宝琴等及李婶深为罕事。探春与李纨等已议定了题韵。探春笑道：“你闻闻，香气这里都闻见了，我也吃去。”说着，也找了他们来。李纨也随来说：“客已齐了，你们还吃不够？”湘云一面吃，一面说道：“我吃这个方爱吃酒，吃了酒才有诗。若不是这鹿肉，今儿断不能作诗。”

说着，只见宝琴披着凫靥裘站在那里笑。湘云笑道：“傻子，过来尝尝。”宝琴笑说：“怪脏的。”宝钗笑道：“你尝尝去，好吃的。你林姐姐弱，吃了不消化，不然他也爱吃。”宝琴听了，便过去吃了一块，果然好吃，便也吃起来。一时凤姐打发小丫头来叫平儿。平儿说：“史姑娘拉着我呢，你先走罢。”小丫头去了。一时只见凤姐也披了斗篷走来，笑道：“吃这样好东西，也不告诉我！”说着也凑着一处吃起来。黛玉笑道：“那里找这一群花子去！罢了，罢了，今日芦雪广遭劫，生生被云丫头作践了。我为芦雪广一大哭！”湘云冷笑道：“你知道什么！‘是真名士自风流’，你们都是假清高，最可厌的。我们这会子腥膻大吃大嚼，回来却是锦心绣口。”宝钗笑道：“你回来若作的不好了，把那肉掏了出来，就把这雪压的芦苇子揌[2]上些，以完此劫。”

说着，吃毕，洗漱了一回。平儿带镯子时却少了一个，左右前后乱找了一番，踪迹全无。众人都诧异。凤姐笑道：“我知道这镯子的去向。你们只管作诗去，我们也不用找，只管前头去，不出三日包管就有了。”说着又问：“你们今儿作什么诗？老太太说了，离年又近了，正月里还该作些灯谜儿大家玩笑。”众人听了，都笑道：“可是倒忘了。如今赶着作几个好的，预备正月里玩。”

---

① 铁丝蒙——铁丝编成的烘烤食物的网状架子。

② 揌——这里同“塞”。

说着，一齐来至地炕屋内，只见杯盘果菜俱已摆齐，墙上已贴出诗题、韵脚、格式来了。宝玉、湘云二人忙看时，只见题目是“即景联句[①]，五言排律一首，限二萧韵”，后面尚未列次序。李纨道：“我不大会作诗，我只起三句罢，然后谁先得了谁先联。”宝钗道：“到底分个次序。”要知端的，且听下回分解。

① 联句——旧时作诗的一种方式，两人或多人共作一诗，相互联吟成篇。一般联律诗的，由一人先起一句、三句或更多，停于单数句，留着双数句（下联）让下一人属对，下一人对出上联下句，再出下联上句，让别人属对，如此轮流相继。也有一人只出一句的，为了争强斗胜，便抢先出句。

第五十回

芦雪广争联即景诗　暖香坞雅制春灯谜

话说薛宝钗道：“到底分个次序，让我写出来。”说着，便令众人拈阄为序。起首恰是李氏，然后按次各各开出。

凤姐说道：“既是这样说，我也说一句在上头。”众人都笑说道：“更妙了！”宝钗便将稻香老农之上补了一个“凤”字，李纨又将题目讲与他听。凤姐想了半日，笑道：“你们别笑话我。我只有一句粗话，下剩的我就不知道了。”众人都笑道：“越是粗话越好，你说了只管干正事去罢。”凤姐笑道：“我想下雪必刮北风。昨夜听见了一夜的北风，我有了一句，就是‘一夜北风紧’，可使得？”众人听了，都相视笑道：“这句虽粗，不见底下的，这正是会作诗的起法。不但好，而且留了多少写不尽的地步与后人。就是这句为首，稻香老农快写上续下去。”凤姐和李婶平儿又吃了两杯酒，自去了。

这里李纨便写了：

一夜北风紧，

自己联道：

开门雪尚飘。入泥怜洁白，

香菱道：

匝地惜琼瑶[①]。有意荣枯草，

探春道：

无心饰萎苕[②]。价高村酿熟[③]，

李绮道：

年稔府粱饶[④]。葭动灰飞管，

李纹道：

阳回斗转杓[⑤]。寒山已失翠，

岫烟道：

① “入泥”二句——意谓白雪落入污泥，犹如琼瑶（美玉）抛撒遍地，令人怜惜。匝：周；遍。

② 萎苕——枯萎的苇花。

③ “价高”句——价高：指酒价高，雪大天寒，故酒价高涨。村酿：即村酒。

④ “年稔”句——年稔：年景好；收成好。稔，庄稼成熟。这里是说大雪之后将会有一个丰收的年景。府粮：也称“府粟”，指官仓中的粮食。饶：丰富。

⑤ “葭动”二句——这里是用冬至节代指雪天。意谓乐律管里的葭灰飞动，斗柄已转，正是阴极阳回的冬至节气。葭：芦苇。灰飞管：古代预测节气，把芦苇茎里的薄膜烧制成灰，放入十二乐律的管内，把管放到密室中特制的内低外高的木案上，到了某一节气，相应律管里的葭灰就会自行飞动。阳回：阳气复回，说明已到“冬至”。斗：指北斗星。杓：斗杓，北斗七星中第五、六、七颗星的总称，也叫“斗柄”。由于地球的自转和公转，斗柄的指向和方位不断变动转换。冬至这天，斗柄指向正北，阴极阳生，自此开始，斗柄即渐向东转，所以说是“阳回”。

冻浦不闻潮。易挂疏枝柳，

湘云道：

难堆破叶蕉。麝煤[1]融宝鼎，

宝琴道：

绮袖笼金貂。光夺窗前镜，

黛玉道：

香粘壁上椒[2]。斜风仍故故[3]，

宝玉道：

清梦转聊聊[4]。何处梅花笛[5]？

宝钗道：

谁家碧玉箫？鳌愁坤轴陷[6]，

李纨笑道：“我替你们看热酒去罢。”宝钗命宝琴续联，只见湘云

① 麝煤——本为香墨的别名，也叫“麝墨”；这里指取暖用的优质木炭之类。

② 壁上椒——以椒涂壁，取其温暖有香气。

③ 故故——屡屡。这里指风吹阵阵。

④ 聊聊——略微；短暂。这里指因天冷而梦境不长。或为“寥寥”之误；寥寥，稀少的意思。

⑤ 梅花笛——指吹奏《梅花落》的笛声。这里又用落梅隐喻飞雪。

⑥ “鳌愁”句——巨鳌因怕大雪压塌大地而发愁。鳌：传说中的大海龟。坤轴：即地轴，这里泛指大地。

站起来道：

龙斗阵云销[1]。野岸回孤棹，

宝琴也站起道：

吟鞭指灞桥[2]。赐裘怜抚戍[3]，

湘云那里肯让人，且别人也不如他敏捷，都看他扬眉挺身的说道：

加絮念征徭[4]。坳垤审夷险[5]，

宝钗连声赞好，也便联道：

枝柯怕动摇。皑皑轻趁步，

黛玉忙联道：

翦翦舞随腰[6]。煮芋成新赏，

一面说，一面推宝玉，命他联。宝玉正看宝钗、宝琴、黛玉三人共战湘云，十分有趣，那里还顾得联诗，今见黛玉推他，方联道：

---

① “龙斗”句——以玉龙战罢鳞片纷飞的景象，比喻大雪纷飞。阵云销：浓云消散，表示龙战已毕。

② “吟鞭”句——意谓雪中行吟，诗思益增。灞桥：在今西安市东灞水上。

③ “赐裘”句——意谓皇帝怜恤守边将士，赏给他们过冬衣裘。

④ “加絮”句——意谓制衣者惦念服徭役的征人寒冷，在衣中多加棉絮。

⑤ “坳垤”句——意谓大雪铺平了洼坑和高坎儿，走路时需要细察路面的高低不平。坳：地低洼处；山间平地。垤：小土堆。审：详察。夷：平坦；平安。

⑥ “翦翦”句——以轻盈舞姿喻白雪的随风飞旋。翦翦：形容风轻而带寒意。

撒盐是旧谣[①]。苇蓑犹泊钓[②]，

湘云笑道："你快下去，你不中用，倒耽搁了我。"一面只听宝琴联道：

林斧不闻樵。伏象千峰凸，

湘云忙联道：

盘蛇一径遥[③]。花缘经冷聚，

宝钗与众人又忙赞好。探春又联道：

色岂畏霜凋[④]。深院惊寒雀，

湘云正渴了，忙忙的吃茶，已被岫烟联道：

空山泣老鸮[⑤]。阶墀随上下，

湘云忙丢了茶杯忙联道：

池水任浮漂。照耀临清晓，

---

① "煮芋"二句——煮芋：苏东坡赞其幼子苏过以山芋作玉糁羹，诗中有"香似龙涎仍酽白（纯白）"句，这里是用玉糁羹的"酽白"，以喻雪色之白。

② "苇蓑"句——用唐代柳宗元"孤舟蓑笠翁，独钓寒江雪"的诗意。

③ "伏象"二句——意谓山峰积雪如伏卧的白象，雪地小路似盘曲的长蛇。

④ "花缘"二句——意谓雪花由于天冷才结聚而成，洁白的颜色那里会因怕霜冻而消褪。花、色：均指雪花。缘：因为；由于。

⑤ 泣老鸮——意谓雪光照得夜色如同白昼，怕光的鸱鸮因不能捕食而哀泣。鸮：鸱鸮，即猫头鹰，昼伏夜出，常于夜间捕捉食物，鸣声惨厉。

黛玉联道：

缤纷入永宵。诚忘三尺冷，

湘云忙笑联道：

瑞释九重焦[①]。僵卧谁相问[②]，

宝琴也忙笑联道：

狂游客喜招[③]。天机断缟带，

湘云又忙道：

海市失鲛绡[④]。

林黛玉不容他出，接着便道：

寂寞对台榭，

---

① “诚忘”二句——意谓诚敬之心，使将士忘却了戍守的寒苦；雪兆丰年，可以消除皇帝的焦虑。三尺：剑。瑞：指瑞雪。九重：代指皇帝。

② “僵卧”句——用“袁安卧雪”的故事。《后汉书·袁安传》注引《汝南先贤传》：“时大雪积地丈余。洛阳令身出案行，见人家皆除雪出，有乞食者。至袁安门，无有行路。谓安已死，令人除雪入户，见安僵卧，问何以不出。安曰：‘大雪人皆饿，不宜干人’。”

③ “狂游”句——用唐代王元宝雪天招客宴饮的故事。王仁裕《开元天宝遗事》：“巨豪王元宝，每大雪则自所居至坊口扫雪开道，迎揖宾客饮宴，谓之暖寒会。”

④ “天机”二句——用天上落下的缟带、海市移来的鲛绡喻雪的洁白美好。天机：传说中天上织女的织机。缟带：白色的丝带。海市：即海市蜃楼，海上由于光线变化而出现的奇异幻景。

湘云忙联道：

清贫怀箪瓢[1]。

宝琴也不容情，也忙道：

烹茶冰渐沸，

湘云见这般，自为得趣，又是笑，又忙联道：

煮酒叶难烧。

黛玉也笑道：

没帚山僧扫，

宝琴也笑道：

埋琴稚子挑。

湘云笑的弯了腰，忙念了一句，众人问“到底说的是什么？”湘云喊道：

石楼闲睡鹤，

黛玉笑的握着胸口，高声嚷道：

---

① “清贫”句——意谓穷苦之士由于大雪封门饮食无着，连“箪食瓢饮”的清贫生活也怀念起来了。箪瓢：语本《论语·雍也》：“一箪食，一瓢饮。”这是孔子称赞他的学生颜回不以贫困为忧的话。箪：盛饭用的圆形竹器。

锦罽暖亲猫。

宝琴也忙笑道：

月窟翻银浪，

湘云忙联道：

霞城隐赤标[①]。

黛玉忙笑道：

沁梅香可嚼[②]，

宝钗笑称好，也忙联道：

淋竹醉堪调。

宝琴也忙道：

或湿鸳鸯带，

湘云忙联道：

① “月窟”二句——上句以月光普照暗喻白雪遍地；下句用隐没赤标形容积雪深厚。银浪：月光。霞城：指赤城山，在浙江天台县北，状如城墙雉堞，土色皆赤，望之似霞，故名。赤标：这里指赤城山的高峰。

② “沁梅”句——或指宋代铁脚道人故事。传说“铁脚道人常爱赤脚走雪中，兴发则朗诵《南华·秋水篇》，嚼梅花满口，和雪咽之。曰：‘吾欲寒香沁入肺腑’”。

时凝翡翠翘[①]。

黛玉又忙道：

无风仍脉脉，

宝琴又忙笑联道：

不雨亦潇潇。

湘云伏着已笑软了。众人看他三人对抢，也都不顾作诗，看着也只是笑。黛玉还推他往下联，又道："你也有才穷力尽之时。我听听还有什么舌根嚼了！"湘云只伏在宝钗怀里，笑个不住。宝钗推他起来道："你有本事，把'二萧'的韵全用完了，我才服你。"湘云起身笑道："我也不是作诗，竟是抢命呢。"众人笑道："倒是你说罢。"探春早已料定没有自己联的了，便早写出来，因说："还没收住呢。"李纨听了，接过来便联了一句道：

欲志今朝乐，

李绮收了一句道：

凭诗祝舜尧。

李纨道："够了，够了。虽没作完了韵，剩的字若生扭用了，倒不好了。"说着，大家来细细评论一回，独湘云的多，都笑道："这都是那块鹿肉的功劳。"

① "鸳鸯带"二句——鸳鸯带：有鸳鸯图案花纹的带子。翡翠翘：也称翠翘。翘，首饰。用翡翠鸟的羽毛粘在首饰上叫"点翠"，点翠的凤冠叫"翠翘"，但也可泛指点翠的其他首饰。

李纨笑道："逐句评去都还一气，只是宝玉又落了第了。"宝玉笑道："我原不会联句，只好担待我罢。"李纨笑道："也没有社社担待你的。又说韵险了，又整误了，又不会联句了，今日必罚你。我才看见栊翠庵的红梅有趣，我要折一枝来插瓶。可厌妙玉为人，我不理他。如今罚你去取一枝来。"

众人都道这罚的又雅又有趣。宝玉也乐为，答应着就要走。湘云、黛玉一齐说道："外头冷得很，你且吃杯热酒再去。"湘云早执起壶来，黛玉递了一个大杯，满斟了一杯。湘云笑道："你吃了我们的酒，你要取不来，加倍罚你。"宝玉忙吃一杯，冒雪而去。李纨命人好好跟着。黛玉忙拦说："不必，有了人反不得了。"李纨点头说"是"。一面命丫鬟将一个美女耸肩瓶拿来，贮了水准备插梅。因又笑道："回来该咏红梅了。"湘云忙道："我先作一首。"宝钗忙道："今日断乎不容你再作了。你都抢了去，别人都闲着，也没趣。回来还罚宝玉，他说不会联句，如今就叫他自己作去。"黛玉笑道："这话很是。我还有个主意，方才联句不够，莫若拣着联的少的人作红梅。"宝钗笑道："这话是极。方才邢李三位屈才，且又是客。琴儿和颦儿、云儿三个人也抢了许多，我们一概都别作，只让他三个作才是。"李纨因说："绮儿也不大会作，还是让琴妹妹作罢。"宝钗只得依允，又道："就用'红梅花'三个字作韵，每人一首七律。邢大妹妹作'红'字，你们李大妹妹作'梅'字，琴儿作'花'字。"李纨道："饶过宝玉去，我不服。"湘云忙道："有个好题目命他作。"众人问何题目？湘云道："命他就作'访妙玉乞红梅'，岂不有趣？"众人听了，都说有趣。

一语未了，只见宝玉笑欣欣的捧了一枝红梅进来，众丫鬟忙接过，插入瓶内。众人都过来赏玩。宝玉笑道："你们如今赏罢，也不知费了我多少精神呢。"说着，探春早又递过一钟暖酒来，众丫鬟走上来接了蓑笠掸雪。

各人房中丫鬟都添送衣服来，袭人也遣人送了半旧的狐腋褂来。李纨命人将那蒸的大芋头盛了一盘，又将朱橘、黄橙、橄榄等物盛了两盘，命人带与袭人去。

湘云且告诉宝玉方才的诗题，又催宝玉快作。宝玉道："姐姐妹妹们，让我自己用韵罢，别限韵了。"众人都说："随你作去罢。"

一面说，一面大家看梅花。原来这枝梅花只有二尺来高，旁有一横枝纵横而出，约有五六尺长，其间小枝分歧，或如蟠螭，或如僵蚓，或孤削如笔，或密聚如林，花吐胭脂，香欺兰蕙，各各称赏。谁知邢岫烟、李纹、薛宝琴三人都已吟成，各自写了出来。众人便依“红梅花“三字之序看去，写道：

咏红梅花 得“红”字[①] 邢岫烟

桃未芳菲杏未红，冲寒先已笑东风[②]。
魂飞庾岭[③]春难辨，霞隔罗浮[④]梦未通。
绿萼添妆融宝炬，缟仙扶醉跨残虹[⑤]。
看来岂是寻常色，浓淡由他冰雪中。

咏红梅花 得“梅”字 李 纹

白梅懒赋赋红梅，逞艳先迎醉眼开[⑥]。
冻脸有痕皆是血，酸心无恨亦成灰[⑦]。

---

① 得“红”字——多人一起作诗，先提出若干字为韵字，由大家自由选择或拈阄决定，叫作“分韵”。分到某一韵字的人，在他的诗题下注明“得某字”，并用这个字所在韵部的字作韵脚。

② “冲寒”句——意谓红梅先于桃杏冲破寒冷笑向东风。

③ 庾岭——即大庾岭，五岭之一，在江西、广东两省边境。因岭上多梅花，又称梅岭。

④ 罗浮——山名，在广东省东江北岸，增城、博罗、河源等县之间。据《龙城录》载：隋代赵师雄迁罗浮，一日日暮，于松林酒肆旁见一美人，淡妆素服，出迎与语，语极清丽，因与扣酒家门共饮。师雄醉寝，天明起视，在大梅树下。

⑤ “绿萼”二句——用萼绿仙女（绿梅）为添妆而熔化红烛，白衣仙子（白梅）带着醉颜跨上残虹来形容红梅。“融宝炬”“扶醉”“跨残虹”均喻红色。绿萼：即绿萼梅，是梅中之花瓣萼蒂皆绿者，有人比之为仙女萼绿华。缟仙：白衣仙人，这里代指白梅。

⑥ 醉眼开——喻微开的红梅。

⑦ “冻脸”二句——冻脸：喻开放于冰雪严寒中的红梅。酸心：梅花结子味酸，故云“酸心”。

误吞丹药移真骨[1]，偷下瑶池脱旧胎[2]。
江北江南春灿烂，寄言蜂蝶漫疑猜[3]。

咏红梅花 得“花”字 薛宝琴

疏是枝条艳是花，春妆儿女竞奢华[4]。
闲庭曲槛无余雪，流水空山有落霞[5]。
幽梦冷随红袖笛，游仙香泛绛河槎[6]。
前身定是瑶台种，无复相疑色相[7]差。

众人看了，都笑着称赞了一番，又指末一首更好。

宝玉见宝琴年纪最小，才又敏捷，深为奇异。黛玉、湘云二人斟了一小杯酒，齐贺宝琴。宝钗笑道：“三首各有各好。你们两个天天捉弄厌了我，如今捉弄他来了。”

李纨又问宝玉：“你可有了？”宝玉忙道：“我倒有了，才一看见那三首，又吓忘了，等我再想。”湘云听了，便拿了一支铜火箸击着手炉，笑道：“我击鼓[8]了，若鼓绝不成，又要罚的。”宝玉笑道：“我已有了。”黛玉提起笔来，说道：“你念，我写。”湘云便击了一下笑

---

① “误吞”句——意谓红梅是白梅误吞了仙丹换掉真骨化成。

② “偷下”句——意谓红梅是瑶池仙女偷下凡间，脱化旧胎而成。瑶池：传说中昆仑山上池名，西王母的住处。

③ “寄言”句——意谓告诉蜂蝶，切莫误认为已是桃李芳菲的暖春，眼下还正在冰雪严寒的季节。

④ “春妆”句——暗喻红梅怒放，犹如少女浓妆，争艳斗妍。春妆：红妆。

⑤ “闲庭”二句——意谓无论庭院或山野，尽是红梅无白梅。余雪：代指白梅。落霞：代指红梅。

⑥ “幽梦”二句——意谓随着红袖少女的清冷笛声进入梦境；乘坐绛河的香筏游于仙界。红袖笛：这里代指红梅花。绛河：即天河、银河。这里用“绛”，意在点出“红”字，以喻红梅。泛槎：泛，浮行；乘船。槎，木筏，这里指神话传说中往来天上的“星槎”。

⑦ 色相——本佛家语，这里指红梅花的颜色和形状。

⑧ 击鼓——即“击鼓催诗”，是旧日多人一起作诗的活动形式之一，以鼓声的起止为限定的构思时间，到时作不出来或超过时间便要受罚。击鼓亦使用击炉、击钵等代替。

道："一鼓绝。"宝玉笑道："有了，你写吧。"众人听他念道：

酒未开樽句未裁，

黛玉写了，摇头笑道："起的平平。"湘云又道："快着！"宝玉笑道：

寻春问腊到蓬莱。

黛玉湘云都点头笑道："有些意思了。"宝玉又道：

不求大士瓶中露，为乞嫦娥槛外梅①。

黛玉写了，又摇头道："凑巧而已。"湘云忙催二鼓，宝玉又笑道：

入世冷挑红雪去，离尘香割紫云来②。
槎枒谁惜诗肩瘦③，衣上犹沾佛院④苔。

黛玉写毕，湘云大家才评论时，只见几个丫鬟跑进来道："老太太来了。"众人忙迎出来。大家又笑道："怎么这等高兴！"

说着，远远见贾母围了大斗篷，带着灰鼠暖兜⑤，坐着小竹轿，打着青绸油伞，鸳鸯、琥珀等五六个丫鬟，每人都是打着伞，拥轿而来。

---

① "不求"二句——这里大士、嫦娥皆隐指妙玉。大士：本为菩萨之称，这里指观世音。传说观世音形为女身，手持净瓶，中有甘露，上插杨枝，以杨枝洒甘露，能解人间困厄。槛外：世外，这里指栊翠庵。

② "入世"一联——这里是将栊翠庵当作仙佛境地，把从庵中采梅回来叫"入世"，去庵中求梅叫"离尘"。梅称冷香，分嵌于两句中。挑红雪、割紫云：均喻折红梅。

③ "槎枒"句——槎枒：同"查牙""杈丫"，这里形容诗人骨瘦如柴。诗肩瘦：指诗人瘦削高耸的肩头。

④ 佛院——代指栊翠庵。

⑤ 暖兜——一种能够防风保暖的帽子。

李纨等忙往上迎，贾母命人止住说：“只在那里就是了。”来至跟前，贾母笑道：“我瞒着你太太和凤丫头来了。大雪地下坐着这个无妨，没的叫他们来踩雪。”众人忙一面上前接斗篷，搀扶着，一面答应着。贾母来至室中，先笑道：“好俊梅花！你们也会乐，我也不饶你们。”说着，李纨早命拿了一个大狼皮褥来铺在当中。贾母坐了，因笑道：“你们只管玩笑吃喝。我因为天短了，不敢睡中觉，抹了一回牌，想起你们来了，我也来凑个趣儿。”李纨早又捧过手炉来，探春另拿了一副杯箸来，亲自斟了暖酒，奉与贾母。贾母便饮了一口，问那个盘子里是什么东西。众人忙捧了过来，回说是糟鹌鹑。贾母道：“这倒罢了，撕一两点腿子来。”李纨忙答应了，要水洗手，亲自来撕。贾母又道：“你们仍旧坐下说笑我听。”又命李纨：“你也坐下，就如同我没来的一样才好，不然我就去了。”众人听了，方依次坐下，这李纨便挪到尽下边。贾母因问：“你们作什么玩呢？”众人便说作诗。贾母道：“有作诗的，不如作些灯谜，大家正月里好玩。”众人答应了。说笑了一回，贾母便说：“这里潮湿，你们别久坐，仔细受了潮湿。”因说：“你四妹妹那里暖和，我们到那里瞧瞧他的画儿，赶年可有了？”众人笑道：“那里能年下就有了？只怕明年端阳有了。”贾母道：“这还了得！他竟比盖这园子还费工夫了。”

说着，仍坐了竹轿，大家围随，过了藕香榭，穿入一条夹道，东西两边皆是过街门，门楼上里外皆嵌着石头匾，如今进的是西门，向外的匾上凿着“穿云”二字，向里的凿着“度月”两字。来至当中，进了向南的正门，贾母下了轿，惜春已接了出来。从里边游廊过去，便是惜春卧房，门斗上有“暖香坞”三个字。早有几个人打起猩红毡帘，已觉温香拂脸。大家进入房中，贾母并不归坐，只问画在那里。惜春因笑问：“天气寒冷了，胶性皆凝涩不润，画了恐不好看，故此收起来。”贾母笑道：“我年下就要的。你别托懒儿，快拿出来给我快画。”

一语未了，忽见凤姐披着紫羯绒褂，笑嘻嘻的来了，口内说道：“老祖宗今儿也不告诉人，私自就来了，要我好找。”贾母见他来了，心中自是喜悦，便道：“我怕你们冷着了，所以不许人告诉你们去。你真是个鬼灵精儿，到底找了我来。孝敬也不在这上头。”凤姐笑道：“我那里是孝敬的心找了来？我因为到了老祖宗那里，鸦没雀静的，问小丫头子们，他又不肯说叫我找到园里来。我正疑惑，忽然来了两三个姑子，我心里才明白了。我想姑子必是来送年疏[①]，或要年例香例银子，老祖宗年下的事也多，一定是躲债来了。我赶忙问了那姑子，果然不错。我连忙把年例给了他们去了。如今来回老祖宗，债主已去，不用躲着了。已预备下希嫩的野鸡，请用晚饭去，再迟一回就老了。”他一行说，众人一行笑。

凤姐也不等贾母说话，便命人抬过轿子来。贾母笑着，搀了凤姐的手，仍旧上轿，带着众人，说笑出了夹道东门。一看四面粉妆银砌，忽见宝琴披着凫靥裘站在山坡上遥等，身后一个丫鬟抱着一瓶红梅。众人都笑道：“怪道少了两个人，他却在那里等着，也弄梅花去了。”贾母喜的忙笑道：“你们瞧，这雪坡上配上他的这个人物，又是这件衣裳，后头又是这梅花，像个什么？”众人都笑道：“就像老太太屋里挂的仇十洲[②]画的《艳雪图》。”贾母摇头笑道：“那画的那里有这件衣裳？人也不能这样好！”一语未了，只见宝琴背后转出一个披大红猩毡的人来。贾母道：“那又是那个女孩儿？”众人笑道：“我们都在这里，那是宝玉。”贾母笑道：“我的眼越发花了。”说话之间，来至跟前，可不是宝玉和宝琴。宝玉笑向宝钗黛玉等道：“我才又到了栊翠庵。妙玉竟每人送你们一枝梅花，我已经打发人送去了。”众人都笑说：“多谢你费心。”

说话之间，已出了园门，来至贾母房中。吃毕饭大家又说笑了一回。忽见薛姨妈也来了，说：“好大雪，一日也没过来望候老太太。今日老太太倒不高兴？正该赏雪才是。”贾母笑道：“何曾不高兴！我找了他们姊妹们去玩了一会子。”薛姨妈笑道：“昨日晚上，我原想着今日要和我们姨太太借一日园子，摆两桌粗酒，请老太太赏雪的，又见老太太安息的早。我闻得女儿说，老太太心下不大爽，因此今日也没敢惊动。早知如此，我正该请了。”贾母笑道：“这才是十月里头场雪，往

---

① 年疏——疏：这里指焚化在神佛前的祭文、祝词等，又称“疏头”。旧时为了祈福消灾，请僧尼诵经，并指定诵经遍数，每诵一遍，便在预先准备好的疏头上印一个朱砂小红圈，年终送至施主家中，以备祭神礼佛时焚化，并照例得到施主的报酬。这种每年送一次的疏头，叫作“年疏”。

② 仇十洲——明代画家仇英的别号。仇英，字实父，太仓人，移居吴郡（苏州），擅画工笔仕女及山水，为明代四大画家之一。

后下雪的日子多呢，再破费不迟。”薛姨妈笑道：“果然如此，算我的孝心虔了。”

凤姐笑道：“姨妈仔细忘了，如今先秤五十两银子来。交给我收着，一下雪，我就预备下酒，姨妈也不用操心，也不得忘了。”贾母笑道：“既这么说，姨太太给他五十两银子收着，我和他每人分二十五两，到下雪的日子，我装心里不快，混过去了，姨太太更不用操心，我和凤丫头倒得了实惠。”凤姐将手一拍，笑道：“妙极了，这和我的主意一样。”众人都笑了。贾母笑道：“呸！没脸的，就顺着竿子爬上来了！你不该说姨太太是客，在咱们家受屈，我们该请姨太太才是，那里有破费姨太太的理！不这样说呢，还有脸先要五十两银子，真不害臊！”凤姐笑道：“我们老祖宗最是有眼色的，试一试，姨妈若松呢，拿出五十两来，就和我分。这会子估量着不中用了，翻过来拿我做法子，说出这些大方话来。如今我也不和姨妈要银子，竟替姨妈出银子治了酒，请老祖宗吃了，我另外再封五十两银子孝敬老祖宗，算是罚我个包揽闲事。这可好不好？”话未说完，众人已笑倒在炕上。

贾母因又说及宝琴雪下折梅比画儿上还好，因又细问他的年庚八字并家内景况。薛姨妈度其意思，大约是要与宝玉求配。薛姨妈心中固也遂意，只是已许过梅家了，因贾母尚未明说，自己也不好拟定，遂半吐半露告诉贾母道：“可惜这孩子没福，前年他父亲就没了。他从小儿见的世面倒多，跟他父母四山五岳都走遍了。他父亲是好乐的，各处因有买卖，带着家眷，这一省逛一年，明年又往那一省逛半年，所以天下十停走了有五六停了。那年在这里，把他许了梅翰林的儿子，偏偏第二年他父亲就辞世了，他母亲又是痰症。”凤姐也不等说完，便嗐声跺脚的说：“偏不巧，我正要作个媒呢，又已经许了人家。”贾母笑道：“你要给谁说媒！”凤姐说道：“老祖宗别管，我心里看准了他们两个是一对。如今已许了人，说也无益，不如不说罢了。”贾母也知凤姐之意，听见已有了人家，也就不提了。大家又闲话了一会方散。一宿无话。

次日雪晴。饭后，贾母又亲嘱惜春：“不管冷暖，你只画去，赶到年下，十分不能便罢了。第一要紧把昨日琴儿和丫头、梅花，照模照样，一笔别错，快快添上。”惜春听了虽是为难事，只得应了。一时众人都来看他如何画，惜春只是出神。

李纨因笑向众人道："让他自己想去，咱们且说话儿。昨儿老太太只叫作灯谜，回家和绮儿纹儿睡不着，我就编了两个四书的。他两个每人也编了两个。"众人听了，都笑道："这倒该作的。先说了，我们猜猜。"李纨笑道："'观音未有世家传'，打'四书'一句。"湘云接着就说"在止于至善[①]。"宝钗笑道："你也想一想'世家传'三个字的意思再猜。"李纨笑道："再想。"黛玉笑道："我猜罢，可是'虽善无征[②]'？"众人都笑道："这句是了。"李纨又道："一池青草草何名。"湘云忙道："这一定是'蒲芦[③]也'。再不是不成？"李纨笑道："这难为你猜。纹儿的是'水向石边流出冷'，打一古人名。"探春笑着问道："可是山涛[④]？"李纹笑道："是。"李纨又道："绮儿的是个'萤'字，打一个字。"众人猜了半日，宝琴笑道："这个意思却深，不知可是花草的'花'字？"李绮笑道："恰是了。"众人道："萤与花何干？"黛玉笑道："妙得很！萤可不是草化的[⑤]？"众人会意，都笑了说"好"！

宝钗道："这些虽好，不合老太太的意思，不如作些浅近的物儿，大家雅俗共赏才好。"众人都道："也要作些浅近的俗物才是。"湘云笑道："我编了一枝《点绛唇》[⑥]，恰是俗物，你们猜猜。"说着便念道：

溪壑分离，红尘游戏，真何趣？名利犹虚，后事终难继。

众人不解，想了半日，也有猜是和尚的，也有猜是道士的，也有猜是偶戏人的。宝玉笑了半日，道："都不是，我猜着了，一定是耍的猴儿。"湘云笑道："正是这个了。"众人道："前头都好，末后一句怎么解？"湘云道："那一个耍的猴子不是剁了尾巴去的？"众人听了，

---

① 在止于至善——意谓德行达到最完美的境界。至：极；顶峰。

② 虽善无征——意谓先王的礼制虽好，但无从证实。征：征验；证实。

③ 蒲芦也——蒲苇。

④ 山涛——晋代诗人，字巨源，竹林七贤之一。

⑤ 萤可不是草化的——萤在夏季多就水草产卵，化蛹成长，古人误认为萤是由腐草本身变化而成。

⑥ 《点绛唇》——本为词牌名，这里用作曲牌名。

都笑起来，说：“偏他编个谜儿也是刁钻古怪的。”

李纨道：“昨日姨妈说，琴妹妹见的世面多，走的道路也多，你正该编谜儿，正用着了。你的诗又好，何不编几个我们猜一猜？”宝琴听了，点头含笑，自去寻思。宝钗也有了一个，念道：

镂檀锲梓[①]一层层，岂系良工堆砌成？
虽是半天风雨过，何曾闻得梵铃[②]声！
——打一物

众人猜时，宝玉也有了一个，念道：

天上人间两渺茫，琅玕[③]节过谨隄防。
鸾音鹤信[④]须凝睇[⑤]，好把唏嘘答上苍。

黛玉也有了一个，念道是：

騄駬何劳缚紫绳？驰城逐堑势狰狞。
主人指示风雷动，鳌背三山独立名。

探春也有了一个，方欲念时，宝琴走过来笑道：“我从小儿所走的地方的古迹不少。我如今拣了十个地方的古迹，作了十首怀古的诗。诗虽粗鄙，却怀往事，又暗隐俗物十件，姐姐们请猜一猜。”众人听了，都说：“这倒巧，何不写出来大家一看？”要知端的，下回分说。

---

① 镂檀锲梓——镂、锲：都是雕刻的意思。檀、梓：都是质地比较坚硬的木材。

② 梵铃——佛寺和宝塔檐角上悬挂的铜铃。

③ 琅玕——这里指竹子。

④ 鸾音鹤信——指仙界传来的消息。鸾和鹤在传说中都被看作“仙禽”。

⑤ 凝睇——注视。

第五十一回

薛小妹新编怀古诗[1]　胡庸医乱用虎狼药

众人闻得宝琴将素习所经过各省内的古迹为题，作了十首怀古绝句，内隐十物，皆说这自然新巧。都争着看时，只见写道是：

赤壁[2]怀古　其一

赤壁沉埋水不流[3]，徒留名姓载空舟。
喧阗[4]一炬悲风冷，无限英魂在内游。

交趾[5]怀古　其二

铜铸金镛振纪纲，声传海外播戎羌[6]。

① 怀古诗——感怀古人古事之作。这十首诗虽是用作谜语，但小说作者抑或另有寓意。

② 赤壁——在今湖北省蒲圻县西北（原属嘉鱼县）长江南岸，同今洪湖县的乌林隔江相对。

③ 沉埋水不流——意思是火烧曹操战船后，余骸沉埋江中，江水为之不流。

④ 喧阗——声音喧哗、嘈杂。

⑤ 交趾——古郡名，辖境相当于今越南北部。趾：或作“址（通阯）”。

⑥ “铜铸”二句——用宫中钟声传播四方，形容国威远扬。金镛：铜铸的大钟。纪纲：指国家的法纪和政令。戎羌：这里代指我国各少数民族地区。羌，我国西部的少数民族之一，古代也称西戎。

马援[1]自是功劳大，铁笛无烦说子房。

钟山[2]怀古　其三

名利何曾伴汝身，无端被诏出凡尘。

牵连大抵难休绝，莫怨他人嘲笑频。

淮阴[3]怀古　其四

壮士须防恶犬欺[4]，三齐位定盖棺时[5]。

寄言世俗休轻鄙，一饭之恩死也知[6]。

广陵[7]怀古　其五

蝉噪鸦栖转眼过，隋堤风景近如何。

只缘占得风流号，惹得纷纷口舌多。

桃叶渡[8]怀古　其六

衰草闲花映浅池，桃枝桃叶总分离。

---

① 马援——东汉人，字文渊，光武帝刘秀的大将，封伏波将军、新息侯，曾带兵西击羌族，南征交趾，北逐匈奴，晚年在进兵武陵五溪时染疫身亡。

② 钟山——紫金山，又称北山，在今南京市中山门外。

③ 淮阴——古县名，秦代所置，即今江苏省清江市。

④ “壮士”句——指韩信青年时曾受辱于淮阴恶少，从其胯下爬过的事。

⑤ “三齐”句——意谓当韩信受封为齐王时，已经决定了他最后被杀的命运。三齐：项羽灭秦后，将齐地分封给胶东、齐、济北三王，故“齐”又称“三齐”。当刘邦同项羽的斗争相持不下之时，韩信举足轻重，刘邦为笼络他，乘其破赵平齐后要求封王之机，立他为齐王，但这只是迫不得已的权宜之计。盖棺：即“盖棺论定”意谓人死后方能做出结论。这里指韩信最后被杀之事。

⑥ “一饭”句——韩信贫贱时，曾钓于淮阴城北淮水之上，有一漂母出于怜悯，供他饭食。后来韩信作了楚王，曾以千金相报。

⑦ 广陵——广陵，古郡名，隋初先设扬州，后改作江都郡，治所在今江苏省扬州市。隋炀帝杨广于大业元年强征河南、淮北各郡民工百余万开通济渠，从洛阳直达江都。渠宽四十步，渠旁筑“御道”，两岸种垂柳，世称隋堤。又沿渠大造离宫，率后妃、百官等南游江都，穷极侈靡。

⑧ 桃叶渡——故址在今江苏省南京市，秦淮河与青溪合流处。

六朝梁栋多如许[1]，小照空悬壁上题[2]。

青冢[3]怀古 其七

黑水茫茫咽不流，冰弦[4]拨尽曲中愁。
汉家制度诚堪叹，樗栎[5]应惭万古羞。

马嵬[6]怀古 其八

寂寞脂痕渍汗光[7]，温柔一旦付东洋。
只因遗得风流迹，此日衣衾尚有香[8]。

蒲东寺[9]怀古 其九

小红骨贱最身轻，私掖偷携强撮成[10]。
虽被夫人时吊起，已经勾引彼同行[11]。

---

① “六朝”句——意思是：六朝的大臣们大多像王献之一样同亲人作别。六朝：指三国吴、东晋、宋、齐、梁、陈，皆先后在今之南京建都。梁栋：既指屋宇，又指大臣。如许：如此；像这样。

② “小照”句——意谓小照空空挂在墙壁上。小照：肖像画的一种，画面除人物外，还可以点缀简单的景物。壁上题：墙壁的上部。题：额头。

③ 青冢——即王昭君墓，在今内蒙古自治区呼和浩特市南大黑河岸上。

④ 冰弦——一种优质的丝弦，其音激越清亮，色光洁，明透如水，故称冰弦。一说为冰蚕丝制成的弦。

⑤ 樗栎——樗：臭椿。栎：柞树。古人认为这两种树不能成材，故常用来比喻无用之人。这里指汉元帝。

⑥ 马嵬——即马嵬驿，在今陕西省兴平县马嵬镇。杨贵妃因受宠于唐玄宗，遂一门显贵，势压天下。后范阳节度使安禄山以讨杨贵妃之兄宰相杨国忠为名起兵反唐，攻破潼关，直逼长安。唐玄宗携杨贵妃逃往四川，行至马嵬，军士以罪在杨门，杀杨国忠并请诛杨贵妃。玄宗被迫缢杀杨贵妃，埋于驿西道旁。

⑦ “寂寞”句——以汗水浸渍胭脂残痕来形容杨贵妃被缢死时的面容。

⑧ “只因”二句——意指杨贵妃的风流遗韵至今犹存。

⑨ 蒲东寺——即唐代元稹《会真记》中张珙与崔莺莺相会的普救寺，因寺在山西省蒲津之东，故又称蒲东寺。

⑩ “小红”二句——小红：崔莺莺的丫鬟红娘。

⑪ “虽被”二句——指《西厢记》中《拷红》一折。意谓夫人虽拷打红娘问出私情，但为时已晚。夫人：崔莺莺的母亲郑氏。

梅花观[1]怀古　其十

不在梅边在柳边，个中谁拾画婵娟[2]。
团圆莫忆春香[3]到，一别西风又一年。

众人看了，都称奇道妙。宝钗先说道："前八首都是史鉴上有据的；后二首都无考据，我们也不太懂，不如另作两首为是。"黛玉忙拦道："这宝姐姐也忒'胶柱鼓瑟[4]'，矫揉造作了。这两首虽于史鉴上无考据，咱们虽不曾看这些外传，不知底里，难道咱们连两本戏也没有见过不成？那三岁孩子也知道，何况咱们？"探春便道："这话正是了。"李纨又道："况且他原是到过这个地方的。这两件事虽无考，古往今来，以讹传讹，好事者竟故意的弄出这古迹来以愚人。比如那年上京的时节，单是关夫子的坟，倒见了三四处。关夫子[5]一生事业，皆是有实据的，如何又有许多的坟？自然是后来人敬爱他生前为人，只怕从这爱敬上穿凿出来，也是有的。及至看《广舆记》[6]上，不止关夫子的坟多，自古来有些名望的人，坟就不少，无考的古迹更多。如今这两首虽无考，凡说书唱戏，甚至于求的签上都有，老小男女，俗语口头，人人皆知皆说的。况且又并不是看了《西厢记》《牡丹亭》的词曲，怕看了邪书了。这竟无妨，只管留着。"宝钗听说，方罢了。大家猜了一回，皆不是。

冬日天短，觉得又是吃晚饭时候，一齐往前头来吃晚饭。因有人

① 梅花观——《牡丹亭》中杜家为守护杜丽娘坟墓而建造的庙宇。柳梦梅曾寄居观中，拾得丽娘生前自画像，引来丽娘游魂，并挖墓开棺，救活丽娘，结为夫妻。

② "不在"二句——首句是杜丽娘题自画像诗的最后一句，句中暗含柳梦梅的名字。个中：此中。

③ 春香——杜丽娘丫鬟的名字。

④ 胶柱鼓瑟——瑟：乐器名。柱：瑟上架弦的柱，能移动，可调音。用胶粘柱则音不能调，比喻拘泥固执不知灵活变通。

⑤ 关夫子——即关羽，字云长，河东解县（今山西临猗）人。三国时蜀汉大将，后世封建统治阶级把他神化，到处修庙塑像，并尊称为"关公""关帝"，或把他同"文圣"孔夫子并列为"武圣"，故亦称"关夫子"。

⑥ 《广舆记》——地理书，明代陆应旸撰。

回王夫人说："袭人的哥哥花自芳进来说，他母亲病重了，想他女儿。他来求恩典，接袭人家去走走。"王夫人听了，便道："人家母女一场，岂有不许他去的。"一面就叫了凤姐来，告诉了，命他酌量办理。

凤姐答应了，回至房中，便命周瑞家的去告诉袭人原故。又吩咐周瑞家的："再将跟着出门的媳妇传一个，你两个人，再带两个小丫头子，跟了袭人去，外头派四个有年纪跟车的。要一辆大车，你们带着坐；要一辆小车，给丫头们坐。"周瑞家的答应了，才要去，凤姐又道："那袭人是个省事的，你告诉他说我的话：叫他穿几件颜色好衣裳，大大的包一包袱衣裳拿着，包袱也要好好的，手炉也要拿好的。临走时，叫他先来我瞧瞧。"周瑞家的答应去了。

半日，果见袭人穿戴来了，两个丫头与周瑞家的拿着手炉与衣包。凤姐看袭人头上戴着几枝金钗珠钏，倒华丽；又看身上穿着桃红百花刻丝银鼠袄子，葱绿盘金彩绣绵裙，外面穿着青缎灰鼠褂。凤姐笑道："这三件衣裳都是太太的，赏了你倒是好的；但只这褂子太素了些，如今穿着也冷，你该穿一件大毛的。"袭人笑道："太太就只给了这灰鼠的，还有一件银鼠的。说赶年下再给大毛的呢。"凤姐笑道："我倒有一件大毛的，我嫌风毛儿[①]出不好了，正要改去。也罢，先给你穿去罢。等年下太太给作的时节我再作罢，只当你还我一样。"众人都笑道："奶奶惯会说这话。成年家大手大脚的，替太太不知背地里赔垫了多少东西，真真的赔的是说不出来，那里又和太太算去？偏这会子又说这小气话取笑儿来了。"

凤姐笑道："太太那里想的到这些？究竟这又不是正经事，再不照管，也是大家的体面。说不得我自己吃些亏，把众人打扮体统了，宁可我得个好名也罢了。一个一个像'烧糊了的卷子'似的，人先笑话我当家倒把人弄出个花子来。"众人听了，都叹说："谁似奶奶这样圣明！在上体贴太太，在下又疼顾下人。"一面说，一面只见凤姐

---

① 风毛儿——皮毛衣服有的特意将领、袖、襟、摆等边缘部分的皮毛露在外面，以增添美观及显示皮毛的珍贵，因其露毛在外，故称"风毛儿"，也叫"出锋"。

命平儿将昨日那件石青刻丝八团天马皮褂子拿出来，与了袭人。又看包袱，只得一个弹墨花绫水红绸里的夹包袱，里面只包着两件半旧棉袄与皮褂子。凤姐又命平儿把一个玉色绸里的哆罗呢的包袱拿出来，又命包上一件雪褂子。

平儿走去拿了出来，一件是半旧大红猩猩毡的，一件是大红羽纱的。袭人道："一件就当不起了。"平儿笑道："你拿这猩猩毡的。把这件顺手拿将出来，叫人给邢大姑娘送去。昨儿那么大雪，人人都是有的，不是猩猩毡就是羽缎的，十来件大红衣裳，映着大雪好不齐整。就只他穿着那件旧毡斗篷，越发显的拱肩缩背，好不可怜见的。如今把这件给他罢。"凤姐笑道："我的东西，他私自就要给人。我一个还花不够，再添上你提着，更好了！"众人笑道："这都是奶奶素日孝敬太太，疼爱下人。若是奶奶素日是小气的，只以东西为事，不顾下人的，姑娘那里还敢这样了。"

凤姐笑道："所以知道我的心的，也就是他还知三分罢了。"说着，又嘱咐袭人道："你妈若好了就罢；若不中用了，只管住下，打发人来回我，我再另打发人给你送铺盖去。可别使人家的铺盖和梳头的家伙。"又吩咐周瑞家的道："你们自然也知道这里的规矩的，也不用我嘱咐了。"周瑞家的答应："都知道。我们这去到那里，总叫他们的人回避。若住下，必是另要一两间内房的。"说着，跟了袭人出去，又吩咐预备灯笼，遂坐车往花自芳家来。不在话下。

这里凤姐又将怡红院的嬷嬷唤了两个来，吩咐道："袭人只怕不来家，你们素日知道那大丫头们，那两个知好歹，派出来在宝玉屋里上夜。你们也好生照管着，别由着宝玉胡闹。"两个嬷嬷去了，一时来回说："派了晴雯和麝月在屋里，我们四个人原是轮流着带管上夜的。"凤姐听了，点头道："晚上催他早睡，早上催他早起。"

老嬷嬷们答应了，自回园去。一时果有周瑞家的带了信回凤姐说："袭人之母业已停床[1]，不能回来。"凤姐回明了王夫人，一面着人往大观园去取他的铺盖妆奁。

① 停床——人刚死停尸于床，尚未入殓，叫"停床"。

宝玉看着晴雯、麝月二人打点妥当，送去之后，晴雯、麝月皆卸罢残妆，脱换过裙袄。晴雯只在熏笼[1]上围坐。麝月笑道："你今儿别装小姐了，我劝你也动一动儿。"晴雯道："等你们都去尽了，我再动不迟。有你们一日，我且受用一日。"麝月笑道："好姐姐，我铺床，你把那穿衣镜的套子放下来，上头的划子[2]划上，你的身量比我高些。"说着，便去与宝玉铺床。晴雯嗐了一声，笑道："人家才坐暖和了，你就来闹。"

此时宝玉正坐着纳闷，想袭人之母不知是死是活，忽听见晴雯如此说，便自己起身出去，放下镜套，划上消息，进来笑道："你们暖和罢，我都完了。"晴雯笑道："终究暖和不成的，我又想起来汤婆子还没拿来呢。"麝月道："这难为你想着！他素日又不要汤婆子，咱们那熏笼上暖和，比不得那屋里炕冷，今儿可以不用。"宝玉笑道："你们两个都在那上头睡了，我这外边没个人，我怪怕的，一夜也睡不着。"晴雯道："我是在这里睡的。麝月你叫他往外边睡去。"说话之间，天已一更，麝月早已放下帘幔，移灯炷香，服侍宝玉卧下，二人方睡。

晴雯自在熏笼上，麝月便在暖阁外边。至三更以后，宝玉睡梦之中，便叫了袭人两声，无人答应，自己醒了，方想起袭人不在家，自己也好笑起来。晴雯已醒，因笑唤麝月道："连我都醒了，他守在旁边还不知道，真是个挺死尸呢。"麝月翻身打个哈气笑道："他叫袭人，与我什么相干！"因问做什么。宝玉要吃茶，麝月忙起来，单穿红绸小棉袄儿。宝玉道："披上我的袄儿再去，仔细冷着。"麝月听说，回手便把宝玉披着起夜的一件貂颏满襟暖袄[3]披上，下去向盆内洗手，先倒了一钟温水，拿了大漱盂，宝玉漱了一口；然后才向茶槅[4]上取了茶碗，先用温水过了，向暖壶中倒了半碗茶，递与宝玉吃了；自己也漱了一漱，吃了半碗。晴雯笑道："好妹妹，也赏我一口

---

① 熏笼——罩在炭盆上的箱形罩笼，又名"火箱"。

② 划子——这里指穿衣镜框子上押镜帘的活动小签子。

③ 貂颏满襟暖袄——貂颏皮作的大襟袄。颏：下巴。满襟：大襟。

④ 茶槅——搁茶碗的架子。

儿。”麝月笑道：“越发上脸儿了！”晴雯道：“好妹妹，明儿晚上你别动，我服侍你一夜，如何？”麝月听说，只得也服侍他漱了口，倒了半碗茶与他吃过。麝月笑道：“你们两个别睡，说着话儿，我出去走走回来。”暗雯笑道：“外头有个鬼等着你呢。”宝玉道：“外头自然有月亮的，我们说话，你只管去。”一面说，一面便嗽了两声。

麝月便开了后门，揭起毡帘一看，果然好月色。晴雯等他出去，便欲唬他玩耍。仗着素日比别人气壮，不畏寒冷，也不披衣，只穿着小袄，便蹑手蹑脚的下了熏笼，随后出来。宝玉笑劝道：“看冻着，不是玩的。”晴雯只摆手，随后出了房门。只见月光如水，忽然一阵微风，只觉侵肌透骨，不禁毛骨森然。心下自思道：“怪道人说热身子不可被风吹，这一冷果然利害。”一面正要唬麝月，只听宝玉高声在内道：“晴雯出去了！”晴雯忙回身进来，笑道：“那里就唬死了他？偏你惯会这蝎蝎螫螫老婆汉像①的样儿！”宝玉笑道：“倒不为唬坏了他，头一则你冻着也不好；二则他不防，不免一喊，倘或唬醒了别人，不说咱们是玩意，倒反说袭人才去了一夜，你们就见神见鬼的。你来把我的这边被掖一掖。”晴雯听说，便上来掖了掖，伸手进去渥一渥时，宝玉笑道：“好冷手！我说看冻着。”一面又见晴雯两腮如胭脂一般，用手摸了一摸，也觉冰冷。宝玉道：“快进被来渥渥罢。”

一语未了，只听咯噔的一声门响，麝月慌慌张张的笑了进来，说道：“吓了我一跳好的。黑影子里，山子石后头，只见一个人蹲着。我才要叫喊，原来是那个大锦鸡②，见了人一飞，飞到亮处来，我才看真了。若冒冒失失一嚷，倒闹起人来。”一面说，一面洗手，又笑道：“晴雯出去我怎么不见？一定是要唬我去了。”宝玉笑道：“这不是他，在这里渥呢！我若不叫的快，可是倒唬一跳。”晴雯笑道：“也不用我唬去，这小蹄子已经自怪自惊的了。”一面说，一面仍回

① 蝎蝎螫螫老婆汉像——形容大惊小怪、为一点小事就咋呼起来。

② 锦鸡——野鸡的一种，雄者羽毛美丽，头部有金黄色丝状羽冠，易于驯养，可供玩赏，羽毛可作装饰。

自己被中去了。麝月道："你就这么'跑解马[①]'似的打扮得伶伶俐俐的出去了不成？"宝玉笑道："可不就这么去了。"麝月道："你死不拣好日子！你出去站一站，把皮不冻破了你的。"说着，又将火盆上的铜罩揭起，拿灰锹重将熟炭埋了一埋，拈了两块素香[②]放上，仍旧罩了，至屏后重剔了灯，方才睡下。

晴雯因方才一冷，如今又一暖，不觉打了两个喷嚏。宝玉叹道："如何？到底伤了风了。"麝月笑道："他早起就嚷不受用，一日也没吃碗正经饭。他这会不说保养些，还要捉弄人。明儿病了，叫他自作自受。"宝玉问："头上可热？"晴雯嗽了两声，说道："不相干，那里这么娇嫩起来了？"说着，只听外间房中十锦格上的自鸣钟当当两声，外间值宿的老嬷嬷嗽了两声，因说道："姑娘们睡罢，明儿再说笑罢。"宝玉方悄悄的笑道："咱们别说话了，又惹他们说话。"说着，方大家睡了。

至次日起来，晴雯果觉有些鼻塞声重，懒怠动弹。宝玉道："快不要声张！太太知道，又要叫你搬回家去养息。家里纵好，到底冷些，不如在这里。你就在里间屋里躺着，我叫人请了大夫，悄悄的从后门来瞧瞧就是了。"晴雯道："虽如此说，你到底要告诉大奶奶一声儿，不然一时大夫来了，人问起来，怎么说呢？"

宝玉听了有理，便唤一个老嬷嬷吩咐道："你回大奶奶去，就说晴雯自冻着了些，不是什么大病。袭人又不在家，他若家去养病，这里更没有人了。传一个大夫，悄悄的从后门进来瞧瞧，别回太太罢了。"老嬷嬷去了半日，来回说："大奶奶知道了，说吃两剂药好了便罢，若不好时，还是出去为是。如今时气不好，沾带了别人事小，姑娘们身子要紧的。"晴雯睡在暖阁里，只管咳嗽，听了这话，气的喊道："我那里就害瘟病了，只怕过了人！我离了这里，看你们这一辈子都别头疼脑热的。"说着，便真要起来。宝玉忙按他，笑道："别生气，这原是他的责任，唯恐太太知道了说他不是，白说一句。你素习好生气，如今肝火自然又盛了。"

---

① 跑解马——也叫跑马卖解，即在马上表演各种技艺，表演者皆着短装。

② 素香——家常用的普通香料。

胡庸医乱用虎狼药

正说时，人回大夫来了。宝玉便走过来，避在书架之后。只见两三个后门口的老嬷嬷带了一个太医进来。这里的丫鬟都回避了，有三四个老嬷嬷放下暖阁上的大红绣幔，晴雯从幔中单伸出手去。那太医见这只手上有两根指甲，足有三寸长，尚有金凤花[①]染的通红的痕迹，便忙回过头来。有一个老嬷嬷忙拿了一块手帕掩了。那太医方诊了一回脉，起身到外间，向嬷嬷们说道："小姐的症是外感内滞[②]，近日时气不好，竟算是个小伤寒。幸亏是小姐素日饮食有限，风寒也不大，不过是血气原弱，偶然沾带了些，吃两剂药疏散疏散就好了。"说着，便又随婆子们出去。

彼时，李纨已遣人知会过后门上的人及各处丫鬟回避，太医只见了园中的景致，并不曾见一女子。一时出了园门，就在守园门的小厮们的班房内坐了，开了药方。老嬷嬷道："老爷且别去，我们小爷罗唆，恐怕还有话说。"太医忙道："方才不是小姐，是位爷不成？那屋子竟是绣房一样，又是放下幔子来瞧的，如何是位爷呢？"老嬷嬷悄悄笑道："我的老爷，怪道小厮才说今儿请了一位新太医来了，真

① 金凤花——"凤仙花"，一年生草本植物，夏季开花，红色的花瓣可用来染指甲，因又名指甲花或指甲草。

② 外感内滞——中医用语。外感：指感受风、寒、暑、湿、燥、热而致病。内滞：在消化系统内有饮食积滞。

不知我们家的事。那屋子是我们小哥儿的，那人是他屋里的丫头，倒是个大姐，那里是小姐？若是小姐的绣房，小姐病了，你那么容易就进去了？”说着，拿了药方进去。

宝玉看时，上面有紫苏、桔梗、防风、荆芥等药，后面又有枳实、麻黄。宝玉道：“该死，该死，他拿着女孩儿们也像我们一样的治，如何使得！凭他有什么内滞，这枳实、麻黄如何禁得。谁请了来的？快打发他去罢！再请一个熟的来罢。”老婆子道：“用药好不好，我们不知道这理。如今再叫小厮去请王太医去倒容易，只是这太医又不是告诉总管房请来的，这轿马钱是要给他的。”宝玉道：“给他多少？”婆子道：“少了不好看，也得一两银子，才是我们这门户的礼。”宝玉道：“王太医来了给他多少？”婆子笑道：“王太医和张太医每常来了，也并没个给钱的，不过每年四节，一大趸[①]儿送礼，那是一定的年例。这人新来了一次，须得给他一两银子去。”

宝玉听说，便命麝月去取银子。麝月道：“花大姐姐还不知搁在那里呢。”宝玉道：“我常见他在螺甸小柜子[②]里取钱，我和你找去。”说着，二人来至宝玉堆东西的房子，开了螺甸柜子，上一槅子都是些笔墨、扇子、香饼、各色荷包、汗巾等物；下一格却是几串钱。于是开了抽屉，才看见一个小簸箩内放着几块银子，倒也有一把戥子。麝月便拿了一块银子，提起戥子来问宝玉：“那是一两的星儿？”宝玉笑道：“你问我？有趣，你倒成了才来的了。”麝月也笑了，又要去问人。宝玉道：“拣那大的给他一块就是了。又不作买卖，算他做什么！”麝月听了，便放下戥子，拣了一块掂了一掂，笑道：“这一块只怕是一两了。宁可多些好，别少了，叫那穷小子笑话，不说咱们不识戥子，倒说咱们有心小器似的。”那婆子站在外头台矶上，笑道：“那是五两的锭子夹了半边，这一块至少还有二两呢！这会子又没夹剪，姑娘收了这块，再拣一块小些的罢。”麝月早掩了柜子出来，笑道：“谁又找去！多了些你拿了去罢！”宝玉道：

---

① 大趸——也作“打趸”，打总、凑总数的意思。趸：整数、整批。

② 螺甸小柜子——用“螺甸”这种工艺装饰的小柜子。螺甸，亦作“螺钿”或“螺填”，即用贝壳磨制成各种花样镶嵌装饰在漆器或雕镂器物上。

“你只快叫茗烟再请个大夫来罢。”婆子接了银子，自去料理。

一时茗烟果请了王太医来，诊了脉后，说的病症与前头不同，方子上果然没有枳实、麻黄等药，倒有当归、陈皮、白芍等，药之分量较先也减了些。

宝玉喜道：“这才是女孩儿们的药，虽然疏散，也不可太过。旧年我病了，却是伤寒内里饮食停滞，他瞧了，还说我禁不起麻黄、石膏、枳实等狼虎药。我和你们就如秋天芸儿进我的那才开的白海棠，我禁不起的药，你们如何禁得起？比如人家坟里的大杨树，看着枝叶茂盛，都是空心子的。”麝月等笑道：“野坟里只有杨树，难道就没有松柏不成？我最嫌的是杨树，那么大笨树，叶子只一点子，没一点风儿，他也是乱响。你偏比他，也太下流了。”宝玉笑道：“松柏不敢比。连孔子都说：‘岁寒然后知松柏之后凋也’[①]。可知这两件东西高雅，不害羞臊的才拿他混比呢。”

说着，只见老婆子取了药来。宝玉命把煎药的银吊子找了出来，就命在火盆上煎。晴雯因说：“正经给他们茶房里煎去，弄得这屋里药气，如何使得。”宝玉道：“药气比一切的花香果子香都雅。神仙采药烧药，再者高人逸士采药治药，是最妙的一件东西。这屋里我正想各色都齐了，就只少药香，如今恰好全了。”一面说，一面早命人煨上。又嘱咐麝月打点东西，遣老嬷嬷去看袭人，劝他少哭。一一妥当，方过前边来贾母王夫人处问安吃饭。

正值凤姐和贾母、王夫人商议说：“天又短又冷，不如以后大嫂子带着姑娘们在园子里吃饭一样。等天长暖和了，再来回的跑也不妨。”王夫人笑道：“这也是好主意。刮风下雪倒便宜，吃些东西受了冷气也不好；空心走来，一肚子冷风，压上些东西也不好。不如后园门里头的五间大房子，横竖有女人们上夜的，挑两个厨子女人在那里，单给他姊妹们弄饭。新鲜菜蔬是有分例的，在总管房里支了去，或要钱，或要东西。那些野鸡、獐、狍各样野味，分些给他们就是了。”贾母道：“我也正想着呢，就怕又添一个厨房多事些。”凤

---

① 岁寒然后知松柏之后凋也——以松柏之后凋喻处于浊世而能保持自身的节操。

姐道："并不多事，一样的分例，这里添了，那里减了。就便多费些事，小姑娘们冷风朔气的，别人还可，第一林妹妹如何禁得住？就连宝兄弟也禁不住，况兼众位姑娘都不是结实身子。"凤姐说毕，未知贾母如何答言，且听下回分解。

第五十二回

俏平儿情掩虾须镯　勇晴雯病补雀金裘

贾母道："正是这话了。上次我要说这话，我见你们的大事多，如今又添出这些事来，你们固然不敢抱怨，未免想着我只顾疼这些小孙子孙女儿们，就不体贴你们这当家人了。你既这么说出来，更好了。"

因此时薛姨妈、李婶都在座，邢夫人及尤氏婆媳也都过来请安，还未过去，贾母向王夫人等说道："今儿我才说这话，素日我不说，一则怕逞了凤丫头的脸[1]，二则众人不服。今日你们都在这里，都是经过妯娌姑嫂的，还有他这样想的到的没有？"薛姨妈、李婶、尤氏等齐笑说："真个少有。别人不过是礼上面子情儿，实在他是真疼小叔子小姑子。就是老太太跟前，也是真孝顺。"贾母点头叹道："我虽疼他，我又怕他太伶俐也不是好事。"凤姐忙笑道："这话老祖宗说差了。世人都说太伶俐聪明，怕活不长。世人都说得，人人都信，独老祖宗不当说，不当信。老祖宗只有伶俐聪明过我十倍的，怎么如今这样福寿双全的？只怕我明儿还胜老祖宗一倍呢！我活一千岁后，等老祖宗归了西，我才死呢。"贾母笑道："众人都死了，单剩下咱们两个老妖精，有什么意思。"说的众人都笑了。

宝玉因记挂着晴雯、袭人等事，便先回园里来。到房中，药香满

① 逞……脸——因受宠而骄纵。

屋，一人不见，只见晴雯独卧于炕上，脸面烧的飞红，又摸了一摸，只觉烫手。忙又向炉上将手烘暖，伸进被去摸了一摸身上，也是火烧。因说道："别人去了也罢，麝月、秋纹也这样无情，各自去了？"晴雯道："秋纹是我撵了他去吃饭的，麝月是方才平儿来找他出去了。两人鬼鬼祟祟的，不知说什么，必是说我病了不出去。"宝玉道："平儿不是那样人。况且他并不知你病特来瞧你，想来一定是找麝月来说话，偶然见你病了，随口说特瞧你的病，这也是有人情乖觉取和的常事。便不出去，有不是，与他何干？你们素日又好，断不肯为这无干的事伤和气。"晴雯道："这话也是，只是疑他为什么忽然又瞒起我来。"宝玉笑道："让我从后门出去，到那窗根下听听说些什么，来告诉你。"说着，果然从后门出去，至窗下潜听。

只闻麝月悄问道："你怎么就得了的？"平儿道："那日洗手时不见了，二奶奶就不许吵嚷，出了园子，即刻就传给园里各处的妈妈们小心访查。我们只疑惑邢姑娘的丫头，本来又穷，只怕小孩子家没见过，拿了起来也是有的。再不料定是你们这里的。幸而二奶奶没有在屋里，你们这里的宋妈妈去了，拿着这支镯子，说是小丫头子坠儿偷起来的，被他看见，来回二奶奶的。我赶着忙接了镯子，想了一想：宝玉是偏在你们身上留心用意、争胜要强的，那一年有一个良儿偷玉，刚冷了一二年，闲时还有人提起来趁愿，这会子又跑出一个偷金子的来了，而且更偷到街坊家去了。偏是他这样，偏是他的人打嘴。所以我倒忙叮咛宋妈，千万别告诉宝玉，只当没有这事，别和一个人提起。第二件，老太太、太太听了也生气。三则袭人和你们也不好看。所以我回二奶奶，只说：'我往大奶奶那里去的，谁知镯子褪了口，丢在草根底下，雪深了没看见。今儿雪化尽了，黄澄澄的映着日头，还在那里呢，我就拣了起来。'二奶奶也就信了，所以我来告诉你们。你们以后防着他些，别使唤他到别处去。等袭人回来，你们商议着，变个法子打发出去就完了。"麝月道："这小蹄子也见过些东西，怎么这么眼皮子浅。"平儿道："究竟这镯子能多少重，原是二奶奶说的，这叫作'虾须镯'，倒是这颗珠子还罢了。晴雯那蹄子是块爆炭，要告诉了他，他是忍不住的。一时气了，或打或骂，依旧嚷出来不好，所以单告诉你，留心就是了。"说着便作辞而去。

宝玉听了，又喜又气又叹。喜的是平儿竟能体贴自己；气的是坠儿小窃；叹的是坠儿那样一个伶俐人，作出这丑事来。因而回至房中，把平儿之话一长一短告诉了晴雯。又说：“他说你是个要强的，如今病着，听了这话越发要添病，等好了再告诉你。”晴雯听了，果然气的蛾眉倒蹙，凤眼圆睁，即时就叫坠儿。宝玉忙劝道：“你这一喊出来，岂不辜负了平儿待你我之心了。不如领他这个情，过后打发他就完了。”晴雯道：“虽如此说，只是这口气如何忍得！”宝玉道：“这有什么气的？你只养病就是了。”

晴雯服了药，至晚间又服二和，夜间虽有些汗，还未见效，仍是发烧，头疼鼻塞声重。次日，王太医又来诊视，另加减汤剂。虽然稍减了烧，仍是头疼。宝玉便命麝月：“取鼻烟来，给他嗅些，痛打几个嚏喷，就通了关窍。”麝月果真去取了一个金镶双扣金星玻璃的小扁盒来，递与宝玉。宝玉便揭翻盒扇，里面有西洋珐琅的黄发赤身女子，两肋又有肉翅，里面盛着些真正上等洋烟。晴雯只顾看画儿，宝玉道：“嗅些，走了气就不好了。”晴雯听说，忙用指甲挑了些嗅入鼻中，不怎样。便又多多挑了些嗅入，忽觉鼻中一股酸辣透入囟门，接连打了五六个嚏喷，眼泪鼻涕登时齐流。晴雯忙收了盒子，笑道：“了不得，好爽快！拿纸来。”早有小丫头子递过一搭子细纸，晴雯便一张一张的拿来擤鼻子。宝玉笑问：“如何？”晴雯笑道：“果觉通快些，只是太阳还疼。”

宝玉笑道：“越性尽用西洋药治一治，只怕就好了。”说着，便命麝月：“和二奶奶要去，就说我说了：姐姐那里常有那西洋贴头疼的膏子药，叫作‘依弗那’，找寻一点儿。”麝月答应了，去了半日，果然拿了半节来。便去找了一块红缎子角儿，铰了两块指顶大的圆式，将那药烤和了，用簪挺摊上。晴雯自拿着一面靶镜，贴在两太阳上。麝月笑道：“病的蓬头鬼一样，如今贴了这个，倒俏皮了。二奶奶贴惯了，倒不大显。”说毕，又向宝玉道：“二奶奶说了：明日是舅老爷生日，太太说了叫你去呢。明儿穿什么衣裳？今儿晚上好打点齐备了，省得明儿早起费手。”宝玉道：“什么顺手就是什么罢了。一年闹生日也闹不清。”说着，便起身出房，往惜春房中去看画。

刚到院门外边，忽见宝琴的小丫鬟名小螺者从那边过去，宝玉忙赶上问："那去？"小螺笑道："我们二位姑娘都在林姑娘房里呢，我如今也往那里去。"宝玉听了，转步也便同他往潇湘馆来。不但宝钗姊妹在此，且连邢岫烟也在那里，四人围坐在熏笼上叙家常。紫鹃倒坐在暖间里，临窗作针黹。一见他来，都笑说："又来了一个！可没了你的坐处了。"宝玉笑道："好一幅'冬闺集艳图'！可惜我迟来了一步。横竖这屋子比各屋子暖，这椅子坐着并不冷。"说着，便坐在黛玉常坐的搭着灰鼠椅搭的一张椅上。因见暖阁之中有一玉石条盆，里面攒三聚五栽着一盆单瓣水仙，点着宣石[①]，便极口赞："好花！这屋子越发暖，这花香的越清香。昨日未见。"

小螺

黛玉因说道："这是你家的大总管赖大婶子送薛二姑娘的，两盆水仙，两盆腊梅。他送了我一盆水仙，送了蕉丫头一盆腊梅。我原不要的，又恐辜负了他的心。你若要，我转送你如何？"宝玉道："我屋里却有两盆，只是不及这个。琴妹妹送你的，如何又转送人，这个断使不得。"黛玉道："我一日药吊子不离火，我竟是药培着呢，那里还搁的住花香来熏？越发弱了。况且这屋子里一股药香，反把这花香搅坏了。不如你抬了去，这花也清净了，没杂味来搅他。"宝玉笑道："我屋里今儿也有个病人吃药呢，你怎么知道的？"黛玉笑道："这话奇了，我原是无心的话，谁知你屋里的事？你不早来听说古记[②]儿，这会子来了，自惊自怪的。"

宝玉笑道："咱们明儿下一社又有了题目了，就咏水仙腊梅。"黛玉听了，笑道："罢，罢！我再不敢作诗了，作一回，罚一回，没的

---

① 宣石——产于安徽宁国县（旧属宣城），石质坚硬，色泽洁白，多用于叠假山。

② 古记——值得凭吊纪念的旧时景物事迹叫"古记儿"，在这里义近故事、传说。

怪羞的。”说着，便两手握起脸来。宝玉笑道：“何苦来！又打趣我作什么？我还不怕臊呢，你倒握起脸来了。”宝钗因笑道：“下次我邀一社，四个诗题，四个词题。每人四首诗，四阕词。头一个诗题《咏〈太极图〉》[①]，限一先的韵，五言律，要把一先的韵都用尽了，一个不许剩。”宝琴笑道：“这一说，可知是姐姐不是真心起社了，这分明难人。若论起来，也强扭的出来，不过颠来倒去弄些《易经》[②]上的话生填，究竟有何趣味。我八岁时节，跟我父亲到西海沿子上买洋货，谁知有个真真国的女孩子，才十五岁，那脸面就和那西洋画上的美人一样，也披着黄头发，打着联垂，满头带的都是珊瑚、猫儿眼、祖母绿这些宝石；身上穿着金丝织的锁子甲洋锦袄袖；带着倭刀，也是镶金嵌宝的，实在画儿上的也没他好看。有人说他通中国的诗书，会讲五经，能作诗填词，因此我父亲央烦了一位通事官[③]，烦他写了一张字，就写的是他作的诗。”众人都称奇道异。宝玉忙笑道：“好妹妹，你拿出来我瞧瞧。”宝琴笑道：“在南京收着呢，此时那里去取来？”宝玉听了，大失所望，便说：“没福得见这世面。”

黛玉笑拉宝琴道：“你别哄我们。我知道你这一来，你的这些东西未必放在家里，自然都是要带了来的，这会子又扯谎说没带来。他们虽信，我是不信的。”宝琴便红了脸，低头微笑不语。宝钗笑道：“偏这个颦儿惯说这些白话[④]，把你就伶俐的。”黛玉道：“若带了来，就给我们见识见识也罢了。”宝钗笑道：“箱子笼子一大堆还没理清，知道在那个里头呢！等过日收拾清了，找出来大家再看就是了。”又向宝琴道：“你若记得，何不念念我们听听。”宝琴方答道：“记得是首五言律，外国的女子也就难为他了。”宝钗道：“你且别念，等把云儿叫了来，也叫他听听。”说着，便叫小螺来吩咐道：“你到我那里去，就说我们这里有一个外国美人来了，作的好诗，请你这‘诗疯子’来瞧去，

① 《咏〈太极图〉》——《太极图》：北宋周敦颐绘制的对宇宙万物创成变化的图解，混杂着儒家和道家的思想。

② 《易经》——简称《易》，也叫《周易》，儒家经典之一。文字简约，语义玄奥。约形成于殷周至战国或秦汉之际。

③ 通事官——翻译官。

④ 白话——义近淡话、无谓的话，这里是点破底蕴的大实话。

再把我们‘诗呆子’也带来。”小螺笑着去了。

半日，只听湘云笑问：“那一个外国美人来了？”一头说，一头果和香菱来了。众人笑道：“人未见形，先已闻声。”宝琴等忙让坐，遂把方才的话重叙了一遍。湘云笑道：“快念来听听。”宝琴因念道：

昨夜朱楼梦，今宵水国吟。岛云蒸大海，岚气接丛林。
月本无今古，情缘自浅深[①]。汉南春历历，焉得不关心[②]。

众人听了，都道：“难为他！竟比我们中国人还强。”一语未了，只见麝月走来说：“太太打发人来告诉二爷，明儿一早往舅舅那里去，就说太太身上不大好，不得亲自来。”宝玉忙站起来答应道：“是。”因问宝钗宝琴可去。宝钗道：“我们不去，昨儿单送了礼去了。”大家说了一回方散。

宝玉因让诸姊妹先行，自己落后。黛玉便又叫住他问道：“袭人到底多早晚回来？”宝玉道：“自然等送了殡才来呢。”黛玉还有话说，又不曾出口，出了一回神，便说道：“你去罢。”宝玉也觉得心里有许多话，只是口里不知要说什么，想了一想，也笑道：“明日再说罢。”一面下了台阶，低头正欲迈步，复又忙回身问道：“如今的夜越发长了，你一夜咳嗽几遍？醒几次？”黛玉道：“昨儿夜里好了，只嗽了两遍，却只睡了四更一个更次，就再不能睡了。”宝玉又笑道：“正是有句要紧的话，这会子才想起来。”一面说，一面便挨过身来，悄悄道：“我想宝姐姐送你的燕窝……”一语未了，只见赵姨娘走了进来瞧黛玉，问：“姑娘这两天好？”黛玉便知他是从探春处来，从门前过，顺路的人情。黛玉忙陪笑让坐，说：“难得姨娘想着，怪冷的，亲身走来。”又忙命倒茶，一面又使眼色与宝玉。宝玉会意，便走了出来。

正值吃晚饭时，见了王夫人，王夫人又嘱他早去。宝玉回来，看晴

① “月本”二句——月亮本无古今之别，却因人的情怀不同而对月发生不同的感触。

② “汉南”二句——汉南：本指汉水之南，这里作南国、故土、旧游之地的泛称。历历：历历在目，清晰可见。这句感慨流光易逝、人非物换，寄托诗人的乡关故园之思，飘零羁旅之叹。关心：关切、动心。

雯吃了药。此夕宝玉便不命晴雯挪出暖阁来，自己便在晴雯外边。又命将熏笼抬至暖阁前，麝月便在熏笼上。一宿无话。

至次日，天未明时，晴雯便叫醒麝月道："你也该醒了，只是睡不够！你出去叫人给他预备茶水，我叫醒他就是了。"麝月忙披衣起来道："咱们叫起他来，穿好衣裳，抬过这火箱去，再叫他们进来。老嬷嬷们已经说过，不叫他在这屋里，怕过了病气。如今他们见咱们挤在一处，又该唠叨了。"晴雯道："我也是这么说呢。"二人才叫时，宝玉已醒了，忙起身披衣。麝月先叫进小丫头子来，收拾妥当了，才命秋纹、檀云等进来，一同服侍宝玉梳洗毕。麝月道："天又阴阴的，只怕有雪，穿那一套毡的罢。"宝玉点头，即时换了衣裳。小丫头便用小茶盘捧了一盖碗建莲红枣汤来，宝玉喝了两口。麝月又捧过一小碟法制紫姜①来，宝玉噙了一块。又嘱咐了晴雯一回，便往贾母处来。

贾母犹未起来，知道宝玉出门，便开了房门，命宝玉进去。宝玉见贾母身后宝琴面向里睡着未醒。贾母见宝玉身上穿着荔枝色哆罗呢的箭袖，大红猩猩毡盘金彩绣石青妆缎沿边的排穗褂子。贾母道："下雪呢么？"宝玉道："天阴着，还没下呢。"贾母便命鸳鸯来："把昨儿那一件乌云豹的氅衣给他罢。"鸳鸯答应了，走去果取了一件来。宝玉看时，金翠辉煌，碧彩闪灼，又不似宝琴所披之凫靥裘。只听贾母笑道："这叫作'雀金呢'，这是俄罗斯国拿孔雀毛拈了线织的。前儿把那一件野鸭子的给了你小妹妹，这件给你罢。"宝玉磕了一个头，便披在身上。贾母笑道："你先给你娘瞧瞧去再去。"

宝玉答应了，便出来，只见鸳鸯站在地下揉眼睛。因自那日鸳鸯发誓决绝之后，他总不和宝玉讲话。宝玉正自日夜不安。此时见他又要回避，宝玉便上来笑道："好姐姐，你瞧瞧，我穿着这个好不好？"鸳鸯一摔手，便进贾母房中来了。宝玉只得到了王夫人房中，与王夫人看了，然后又回至园中，与晴雯、麝月看过后，至贾母房中回说："太太看了，只说可惜了的，叫我仔细穿，别糟蹋了他。"贾母道："就剩下了这一件，你糟蹋了也再没了。这会子特给你做这个也是没有的事。"

---

① 法制紫姜——用嫩姜制作的酱菜。法制：按传统方法制作，转为地道的、标准的之意。

说着又嘱咐他："不许多吃酒，早些回来。"宝玉应了几个"是"。

老嬷嬷跟至厅上，只见宝玉的奶兄李贵和王荣、张若锦、赵亦华、钱启、周瑞六个人，带着茗烟、伴鹤、锄药、扫红四个小厮，背着衣包，抱着坐褥，笼着一匹雕鞍彩辔的白马，早已伺候多时了。老嬷嬷又吩咐了他六人些话，六个人忙答应了几个"是"，忙捧鞭坠镫。宝玉慢慢的上了马，李贵和王荣笼着嚼环，钱启、周瑞二人在前引导，张若锦、赵亦华在两边紧贴宝玉后身。宝玉在马上笑道："周哥，钱哥，咱们打这角门走罢，省得到了老爷的书房门口又下来。"周瑞侧身笑道："老爷不在家，书房天天锁着的，爷可以不用下来罢了。"宝玉笑道："虽锁着，也要下来的。"钱启、李贵等都笑道："爷说的是。便托懒不下来，倘或遇见赖大爷、林二爷，虽不好说爷，也劝两句。有的不是，都派在我们身上，又说我们不教爷礼了。"周瑞、钱启便一直出角门来。

正说话时，顶头果见赖大进来。宝玉忙笼住马，意欲下来。赖大忙上来抱住腿。宝玉便在镫上站起来，笑携他的手，说了几句话。接着又见一个小厮带着二三十个拿扫帚簸箕的人进来，见了宝玉，都顺墙垂手立住，独那为首的小厮打千儿，请了一个安。宝玉不识名姓，只微笑点了点头儿。马已过去，那人方带人去了。于是出了角门，门外又有李贵等六人的小厮并几个马夫，早预备下十来匹马专候。一出了角门，李贵等都各上了马，前引傍围的一阵烟去了，不在话下。

这里晴雯吃了药，仍不见病退，急的乱骂大夫，说："只会骗人的钱，一剂好药也不给人吃。"麝月笑劝他道："你太性急了，俗语说：'病来如山倒，病去如抽丝。'又不是老君的仙丹，那有这样灵药！你只静养几天，自然就好了。你越急越着手。"晴雯又骂小丫头子们："那里钻沙[1]去了！瞅我病了，都大胆子走了。明儿我好了，一个一个的才揭你们的皮呢！"唬的小丫头子定儿忙进来问："姑娘作什么？"晴雯道："别人都死绝了，就剩了你不成？"说着，只见坠儿也蹭了进来。晴雯道："你瞧瞧这小蹄子，不问他还不来呢。这里又放月钱了，又散果子了，你该跑在头里了。你往前些，我不是老虎吃了你！"

① 钻沙——贝甲类钻进沙里不易寻找，这里喻小丫头们都跑得找不见了。

坠儿只得前凑。晴雯便冷不防欠身一把将他的手抓住，向枕边取了一丈青[1]，向他手上乱戳，口内骂道："要这爪子做什么？拈不得针，拿不动线，只会偷嘴吃。眼皮子又浅，爪子又轻，打嘴现世的，不如戳烂了！"坠儿疼的乱哭乱喊。麝月忙拉开坠儿，按晴雯睡下，笑道："才出了汗，又作死。等你好了，要打多少打不得？这会子闹什么！"

晴雯便命人叫宋嬷嬷进来，说道："宝二爷才告诉了我，叫我告诉你们，坠儿很懒，宝二爷当面使他，他拨嘴儿不动，连袭人使他，他背后骂他。今儿务必打发他出去，明儿宝二爷亲自回太太就是了。"宋嬷嬷听了，心下便知镯子事发，因笑道："虽如此说，也等花姑娘回来知道了，再打发他。"晴雯道："宝二爷今儿千叮咛万嘱咐的，什么'花姑娘''草姑娘'，我们自然有道理。你只依我的话，快叫他家的人来领他出去。"麝月道："这也罢了，早也去，晚也去，带了去早清净一日。"

宋嬷嬷听了，只得出去唤了他母亲来，打点了他的东西，又来见晴雯等，说道："姑娘们怎么了，你侄女儿不好，你们教导他，怎么撵出去？也到底给我们留个脸儿。"晴雯道："你这话只等宝玉来问他，与我们无干。"那媳妇冷笑道："我有胆子问他去！他那一件事不是听姑娘们的调停？他纵依了，姑娘们不依，也未必中用。比如方才说话，虽是背地里，姑娘就直叫他的名字。在姑娘们就使得，在我们就成了野人了。"晴雯听说，一发急红了脸，说道："我叫了他的名字了，你在老太太跟前告我去，说我撒野，也撵出我去。"

麝月忙道："嫂子，你只管带了人出去，有话再说。这个地方岂有你叫喊讲礼的？你见谁和我们讲过礼？别说嫂子你，就是赖奶奶林大娘，也得担待我们三分。便是叫名字，从小儿直到如今，都是老太太吩咐过的，你们也知道的，恐怕难养活，巴巴的写了他的小名儿，各处贴着叫万人叫去，为的是好养活。连挑水、挑粪、花子都叫得，何况我们！连昨儿林大娘叫了一声'爷'，老太太还说呢，此是一件。二则，我们这些人常回老太太、太太的话去，可不叫着名字回话，难道也称'爷'？那一日不是宝玉两个字念二百遍，偏嫂子又来挑这个了！过一

① 一丈青——兼带挖耳杓的细长簪子，一头尖细，一头较粗，顶端作小杓，即"耳挖子"。

日嫂子闲了，在老太太、太太跟前，听听我们当着面儿叫他就知道了。嫂子原也不得在老太太、太太跟前当些体统差事，成年家只在三门外头混，怪不得不知道我们里头的规矩。这里不是嫂子久站的，再一会，不用我们说话，就有人来问你了。有什么分证的话，且带了他去，你回了林大娘，叫他来找二爷说话。家里上千的人，你也跑来，我也跑来，我们认人问姓，还认不清呢！”说着，便叫小丫头子：“拿了擦地的布来擦地！”

那媳妇听了，无言可对，亦不敢久立，赌气带了坠儿就走。宋妈妈忙道：“怪道你这嫂子不知规矩，你女儿在这屋里一场，临去时，也给姑娘们磕个头。没有别的谢礼，——便有谢礼，他们也不希罕，——不过磕个头，尽了心。怎么说走就走？”坠儿听了，只得翻身进来，给他两个磕了两个头，又找秋纹等，他们也不睬他。那媳妇嗐声叹气，不敢多言，抱恨而去。

晴雯方才又闪了风，着了气，反觉更不好了，翻腾至掌灯，刚安静了些。只见宝玉回来，进门就嗐声跺脚。麝月忙问原故，宝玉道：“今儿老太太喜喜欢欢的给了这个褂子，谁知不防后襟子上烧了一块，幸而天晚了，老太太、太太都不理论。”一面说，一面脱下来。麝月瞧时，果见有指顶大的烧眼，说：“这必定是手炉里的火迸上了。这不值什么，赶着叫人悄悄的拿出去，叫个能干织补匠人织上就是了。”说着便用包袱包了，交与一个妈妈送出去。说：“赶天亮就有才好。千万别给老太太、太太知道。”婆子去了半日，仍旧拿回来，说：“不但能干织补匠人，就连裁缝绣匠并做女工的问了，都不认得这是什么，都不敢揽。”麝月道：“这怎么样呢！明儿不穿也罢了。”宝玉道：“明儿是正日子，老太太、太太说了，还叫穿这个去呢。偏头一日烧了，岂不扫兴！”

晴雯听了半日，忍不住翻身说道：“拿来我瞧瞧罢。没个福气穿就罢了，这会子又着急。”宝玉笑道：“这话倒说的是。”说着，便递与晴雯，又移过灯来，细看了一会。晴雯道：“这是孔雀金线织的，如今咱们也拿孔雀金线就像界线[①]似的界密了，只怕还可混得过去。”麝月

① 界线——手工刺绣和织补工艺中所用的一种纵横线织法。

笑道："孔雀线现成的，但这里除了你，还有谁会界线？"晴雯道："说不得，我挣命罢了。"宝玉忙道："这如何使得！才好了些，如何做得活。"晴雯道："不用你蝎蝎螫螫的，我自知道。"一面说，一面坐起来，挽了一挽头发，披了衣裳，只觉头重身轻，满眼金星乱迸，实实撑不住。若不做，又怕宝玉着急，少不得恨命咬牙捱着。便命麝月只帮着拈线。晴雯先拿了一根比一比，笑道："这虽不很像，若补上，也不很显。"宝玉道："这就很好，那里又找俄罗斯国的裁缝去。"

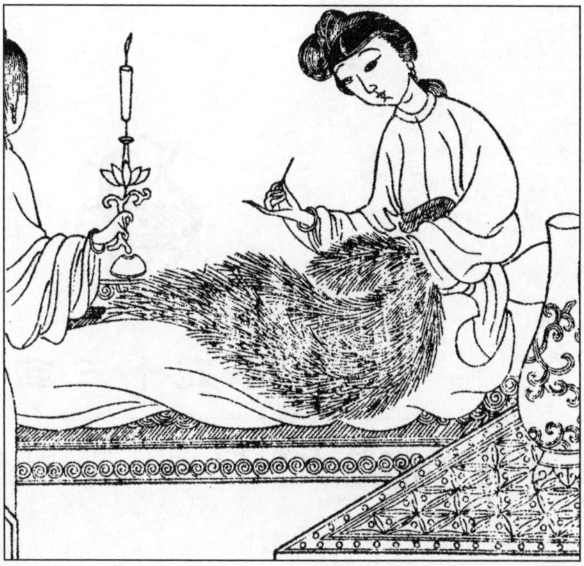

晴雯

晴雯先将里子拆开，用茶杯口大的一个竹弓钉牢在背面，再将破口四边用金刀刮的散松松的，然后用针纫了两条，分出经纬，亦如界线之法，先界出地子后，依本衣之纹来回织补。补两针，又看看，织补两针，又端详端详。无奈头晕眼黑，气喘神虚，补不上三五针，便伏在枕上歇一会。宝玉在旁，一时又问："吃些滚水不吃？"一时又命："歇一歇。"一时又拿一件灰鼠斗篷替他披在背上，一时又命拿个拐枕与他靠着。急的晴雯央道："小祖宗！你只管睡罢。再熬上半夜，明儿把眼睛抠搂了，怎么处！"宝玉见他着急，只得胡乱睡下，仍睡不着。一时只听自鸣钟已敲了四下，刚刚补完；又用小牙刷慢慢的剔出绒毛来。麝月道："这就很好，若不留心，再看不出的。"宝玉忙要了瞧瞧，说道："真真一样了。"晴雯已嗽了几阵，好容易补完了，说了一声："补虽补了，到底不像，我也再不能了！"哎哟了一声，便身不由主倒下了。要知端的，下回分解。

第五十三回

宁国府除夕祭宗祠　荣国府元宵开夜宴

话说宝玉见晴雯将雀裘补完，已使的力尽神危，忙命小丫头子来替他捶着，彼此捶打了一会儿歇下。没一顿饭的工夫，天已大亮，且不出门，只叫快传大夫。一时王太医来了，诊了脉，疑惑说道：“昨日已好了些，今日如何反虚微浮缩[1]起来，敢是吃多了饮食？不然就是劳了神思。外感却倒轻了，这汗后失于调养，非同小可。”一面说，一面出去开了药方进来。宝玉看时，已将疏散驱邪诸药减去了，倒添了茯苓、地黄、当归等益神养血之剂。宝玉一面命人煎去，一面叹说：“这怎么处！倘或有个好歹，都是我的罪孽。”晴雯睡在枕上嗐道：“好太爷！你干你的去罢，那里就得痨病了。”宝玉无奈，只得去了。至下半天，说身上不好就回来了。

晴雯此症虽重，幸亏他素习是个使力不使心的人；再素习饮食清淡，饥饱无伤。这贾宅中的风俗秘法，无论上下，只一略有些伤风咳嗽，总以净饿为主，次则服药调养。故于前日一病时，就饿了两三日，又谨慎服药调治，如今劳碌了些，又加倍培养了几日，便渐渐的好了。近日园中姊妹皆各在房中吃饭，炊爨饮食亦便，宝玉自能变法要汤要羹

① 虚微浮缩——中医诊断脉象的术语。虚、微，指脉搏细软无力的脉象，常见于正气不足、气血虚极的各种疾病。浮、缩，指轻按便得、应指即回的脉象。

调停。不必细说。

袭人送母殡后，业已回来，麝月便将平儿所说宋妈坠儿一事，并晴雯撵逐出去等话，一一也曾回过宝玉。袭人也没别说，只说太性急了些。只因李纨亦因时气感冒；邢夫人又正害火眼，迎春岫烟皆过去朝夕侍药；李婶之弟又接了李婶和李纹李绮家去住几日；宝玉又见袭人常常思母含悲，晴雯犹未大愈：因此诗社之日，皆未有人作兴，便空了几社。

当下已是腊月，离年日近，王夫人与凤姐治办年事。王子腾升了九省都检点，贾雨村补授了大司马[①]，协理军机参赞朝政。不题。

且说贾珍那边，开了宗祠，着人打扫，收拾供器，请神主，又打扫上房，以备悬供遗真影像。此时荣宁二府内外上下，皆是忙忙碌碌。这日宁府中尤氏正起来同贾蓉之妻打点送贾母这边针线礼物，正值丫头捧了一茶盘押岁锞子进来，回说："兴儿回奶奶，前儿那一包碎金子共是一百五十三两六钱七分，里头成色不等，共总倾[②]了二百二十个锞子。"说着递上去。尤氏看了看，只见也有梅花式的，也有海棠式的，也有笔锭如意的，也有八宝联春的。尤氏命："收起这个来，叫他把银锞子快快交了进来。"丫鬟答应去了。

一时贾珍进来吃饭，贾蓉之妻回避了。贾珍因问尤氏："咱们春祭的恩赏[③]可领了不曾？"尤氏道："今儿我打发蓉儿关去了。"贾珍道："咱们家虽不等这几两银子使，多少是皇上天恩。早关了来，给那边老太太见过，置了祖宗的供，上领皇上的恩，下则是托祖宗的福。咱们那怕用一万银子供祖宗，到底不如这个又体面，又是沾恩锡福的。除咱们这一二家之外，那些世袭穷官儿家，要不仗着这银子，拿什么上供

---

① 都检点、大司马——都检点亦作都点检，官名，为禁军最高统帅。这里借指朝廷委派的高级武官。大司马，官名，掌管内廷全部政务，后世用作兵部尚书的别称。

② 倾——这里指将金银熔化倒入模子里铸造的一种工艺。古代使用金银作为货币，需将大锭化小，或集零为整，或铸成各种特定的形状（如锞子），都叫作"倾"。

③ 春祭的恩赏——旧历年节，皇帝按照常例赏给受封荫的官僚供祭祖用的银两。

过年？真正皇恩浩大，想的周到。”尤氏道：“正是这话。”

二人正说着，只见人回：“哥儿来了。”贾珍便命叫他进来。只见贾蓉捧了一个小黄布口袋进来。贾珍道：“怎么去了这一日。”贾蓉陪笑回说：“今儿不在礼部关领，又分在光禄寺[①]库上，因又到了光禄寺才领了下来。光禄寺的官儿们都说问父亲好，多日不见，都着实想念。”贾珍笑道：“他们那里是想我。这又到了年下了，不是想我的东西，就是想我的戏酒了。”一面说，一面瞧那黄布口袋上有印，就是“皇恩永锡”四个大字，那一边又有礼部祠祭司的印记，又写着一行小字，道是“宁国公贾演，荣国公贾源，恩赐永远春祭赏共二分，净折银若干两，某年月日龙禁尉候补侍卫贾蓉当堂领讫，值年寺丞某人”，下面一个朱笔花押。

贾珍看了，吃过饭，盥漱毕，换了靴帽，命贾蓉捧着银子跟了来，回过贾母王夫人，又至这边回过贾赦邢夫人，方回家去，取出银子，命将口袋向宗祠大炉内焚了。又命贾蓉道：“你去问问你琏二婶子，正月里请吃年酒的日子拟了没有。若拟定了，叫书房里明白开了单子来，咱们再请时，就不能重复了。旧年不留心重了几家，人家不说咱们不留神，倒像两宅商议定了送虚情怕费事一样。”贾蓉忙答应了过去。一时，拿了请人吃年酒的日期单子来了。贾珍看了，命交与赖升去看了，请人别重这上头日子。因在厅上看着小厮们抬围屏，擦抹几案金银供器。只见小厮手里拿着个禀帖并一篇帐目，回说：“黑山村的乌庄头[②]来了。”

贾珍道：“这个老砍头的今儿才来。”说着，贾蓉接过禀帖和帐目，忙展开捧着，贾珍倒背着两手，向贾蓉手内只看红禀帖上写着：“门下庄头乌进孝叩请爷、奶奶万福金安，并公子小姐金安。新春大喜大福，荣贵平安，加官进禄，万事如意。”贾珍笑道：“庄家人有些意思。”贾蓉也忙笑说：“别看文法，只取个吉利罢了。”一面忙展开单子看时，只见上面写着：

---

① 光禄寺——官署名，自北齐起光禄寺掌管皇室膳食，历朝相沿，至清代，皇帝膳饮由内务府掌管，光禄寺为外廷职司，只管祭祀所用膳食等事。

② 庄头——清代为满汉旗籍贵族地主经营旗地田庄的代理人，专管监督佃户生产，催收地租，摊派劳役等事，有的庄头本身就是地主。

大鹿三十只，獐子五十只，狍子五十只，暹猪二十个，汤猪二十个，龙猪二十个，野猪二十个，家腊猪二十个，野羊二十个，青羊二十个，家汤羊二十个，家风羊二十个，鲟鳇鱼二百个，各色杂鱼二百斤，活鸡、鸭、鹅各二百只，风鸡、鸭、鹅二百只，野鸡、兔子各二百对，熊掌二十对，鹿筋二十斤，海参五十斤，鹿舌五十条，牛舌五十条，蛏干二十斤，榛、松、桃、杏穰各二口袋，大对虾五十对，干虾二百斤，银霜炭[①]上等选用一千斤，中等二千斤，柴炭三万斤，御田胭脂米[②]二石，碧糯五十斛，白糯五十斛，粉粳五十斛，杂色粱谷各五十斛，下用常米一千石，各色干菜一车，外卖粱谷、牲口各项之银共折银二千五百两。外门下孝敬哥儿姐儿玩意：活鹿两对，活白兔四对，黑兔四对，活锦鸡两对，西洋鸭两对。

贾珍看完，便命带进他来。一时，只见乌进孝进来，只在院内磕头请安。贾珍命人拉他起来，笑说：“你还硬朗？”乌进孝笑回：“托

乌庄头送年货

① 银霜炭——一种优质无烟炭，表面灰白，如披银霜。

② 御田胭脂米——一种优质稻米，煮熟后色红如胭脂，有香气，味腴粒长。胭脂米是康熙帝在丰泽园御田布种的玉田稻中的良种，因而也叫“玉田米”，为内膳所用。

爷的福，还能走得动。”贾珍道：“你儿子也大了，该叫他走走也罢了。”乌进孝笑道：“不瞒爷说，小的们走惯了，不来也闷的慌。他们可不是都愿意来见见天子脚下世面？他们到底年轻，怕路上有闪失，再过几年就可放心了。”贾珍道：“你走了几日？”乌进孝道：“回爷的话，今年雪大，外头都是四五尺深的雪，前日忽然一暖一化，路上竟难走的很，耽搁了几日。虽走了一个月零两日，因日子有限了，怕爷心焦，可不赶着来了。”贾珍道：“我说呢，怎么今儿才来。我才看那单子上，今年你这老货又来打擂台[①]来了。”乌进孝忙进前了两步，回道：“回爷说，今年年成实在不好。从三月下雨起，接接连连直到八月，竟没有一连晴过五日。九月里一场碗大的雹子，方近一千三百里地，连人带房并牲口粮食，打伤了上千上万的，所以才这样。小的并不敢说谎。”

贾珍皱眉道：“我算定了你至少也有五千两银子来，这够作什么的！如今你们一共只剩了八九个庄子，今年倒有两处报了旱涝，你们又打擂台，真真是又教别过年了。”乌进孝道：“爷的这地方还算好呢！我兄弟离我那里只一百多里地，谁知竟大差了。他现管着那府里八处庄地，比爷这边多着几倍，今年也只这些东西，不过多二三千两银子，也是有饥荒打呢。”贾珍道：“正是呢，我这边都可，已没有什么外项大事，不过是一年的费用，我受用些，就费些；我受些委屈就省些。再者年例送人请人，我把脸皮厚些，可省些也就完了。比不得那府里，这几年添了许多花钱的事，一定不可免是要花的，却又不添些银子产业。这一二年倒赔了许多，不和你们要，找谁去？”乌进孝笑道：“那府里如今虽添了事，有去有来，娘娘和万岁爷岂不赏的！”

贾珍听了，笑向贾蓉等道：“你们听，他这话可笑不可笑？”贾蓉等忙笑道：“你们山坳海沿子上的人，那里知道这道理。娘娘难道把皇上的库给我们不成！他心里纵有这心，他也不能作主。岂有不赏之理，按时按节不过是些彩缎古董玩意儿。就是赏，也不过一百两金子，才值了一千多两银子，够什么？这二年那一年不多赔出几千银子来！头一年省亲连盖花园子，你算算那一注共花了多少，就知道了。再两年再省一

① 打擂台——意为拿花架子、搪塞。

回亲，只怕就精穷了。”贾珍笑道：“所以他们庄家老实人，外明不知里暗的事。黄柏木作了磬槌子，——外头体面里头苦。”贾蓉又笑向贾珍道：“果真那府里穷了。前儿我听见二婶娘和鸳鸯悄悄商议，要偷出老太太的东西去当银子呢。”贾珍笑道：“那又是凤姑娘的鬼，那里就穷到如此。他必定是见去路太多了，实在赔的狠了，不知又要省那一项的钱，先设出这法子来使人知道，说穷到如此了。我心里却有一个算盘，还不至此田地。”说着，命人带了乌进孝出去，好生待他。不在话下。

这里贾珍吩咐将方才各物，留出供祖的来，将各样取了些，命贾蓉送过荣府里来。然后自己留了家中所用的，余者派出等例来，一分一分的堆在月台底下，命人将族中的子侄唤来与他们。接着荣国府也送了许多供祖之物及给贾珍之物。

贾珍看着收拾完备供器，靸着鞋，披着一件猞猁狲[①]大裘，命人在厅柱下石阶上太阳中铺了一个大狼皮褥子，负暄[②]闲看各子弟们来领取年物。因见贾芹亦来领物，贾珍叫他过来，说道：“你作什么也来了？谁叫你来的？”贾芹垂手回说：“听见大爷这里叫我们领东西，我没等人去就来了。”贾珍道：“我这东西，原是给你那些闲着无事的无进益的小叔叔兄弟们的。那二年你闲着，我也给过你的。你如今在那府里管事，家庙里管和尚道士们，一月又有你的分例外，这些和尚的分例银子都从你手里过，你还来取这个，也太贪了！你自己瞧瞧，你穿的像个手里使钱办事的？先前说你没进益，如今又怎么了？比先倒不像了。”贾芹道：“我家里原人口多，费用大。”贾珍冷笑道：“你还支吾我。你在家庙里干的事，打谅我不知道呢。你到了那里自然是爷了，没人敢违拗你。你手里又有了钱，离着我们又远，你就为王称霸起来，夜夜招聚匪类赌钱，养老婆小子。这会子花的这个形象，你还敢领东西来？领不成东西，领一顿驮水棍[③]去才罢。等过了年，我必和你琏二叔说，换回

① 猞猁狲——兽名，猞猁的别称，亦名土豹。毛呈红色或灰色，常带黑斑。其皮毛可作衣裘，很贵重。

② 负暄——“负日之暄”，晒太阳取暖的意思。暄，暖和。

③ 驮水棍——背水负重时用作支撑的随身棍棒。这里借指打人棍棒。“领一顿驮水棍”即“招一顿打”的意思。

你来。”贾芹红了脸，不敢答应。

人回：“北府王爷送了字联、荷包来了。”贾珍听说，忙命贾蓉出去款待，“只说我不在家”。贾蓉去了，这里贾珍看着领完东西，回房与尤氏吃毕晚饭。一宿无话，至次日，更比往日忙，都不必细说。

已到了腊月二十九日了，各色齐备，两府中都换了门神、联对、挂牌，新油了桃符[①]，焕然一新。宁国府从大门、仪门、大厅、暖阁、内厅、内三门、内仪门并内塞门，直到正堂，一路正门大开，两边阶下一色朱红大高烛，点的两条金龙一般。次日，由贾母有诰封者，皆按品级着朝服，先坐八人大轿，带领着众人进宫朝贺，行礼领宴毕回来，便到宁国府暖阁下轿。诸子弟有未随入朝者，皆在宁府门前排班伺候，然后引入宗祠。且说宝琴是初次，一面细细留神打谅这宗祠，原来宁府西边另一个院子，黑油栅栏内五间大门，上面悬一匾，写着是“贾氏宗祠”四个字，旁书“特晋爵太傅前翰林掌院事王希献书”。两旁有一副长联，写道：

肝脑涂地，兆姓赖保育之恩；
功名贯天，百代仰蒸尝[②]之盛。

亦衍圣公所书。进入院中，白石甬路，两边皆是苍松翠柏。月台上设着青绿古铜鼎彝等器。抱厦前上面悬一块九龙金匾，写道：“星辉辅弼[③]”。乃先皇御笔。两边一副对联，写道是：

勋业有光昭日月，功名无间及儿孙。

---

① 桃符——《风俗通》载：东海度朔山有大桃，蟠屈千里，其北有鬼门，二神守之，目神荼、郁垒，主领众鬼。黄帝因立桃板于门，画二神以御凶鬼。后因称画有门神像或题有门神名的桃木板为桃符。又春联也称桃符。

② 蒸尝——古代祭祀名。

③ 星辉辅弼——代指辅佐帝王的重臣。以日月比帝王，以星辰比大臣。弼：辅佐。

亦是御笔。五间正殿前悬一块闹龙填青匾①，写道是：“慎终追远②”。旁边一副对联，写道是：

已后儿孙承福德，至今黎庶念荣宁。

俱是御笔。里边香烛辉煌，锦幛绣幕，虽列着神主，却看不真切。只见贾府人分昭穆③排班立定：贾敬主祭，贾赦陪祭，贾珍献爵，贾琏、贾琮献帛④，宝玉捧香，贾菖、贾菱展拜毯，守焚池。青衣乐奏，三献爵，拜兴毕，焚帛奠酒，礼毕，乐止，退出。众人围随贾母至正堂上，影前锦幔高挂，彩屏张护，香烛辉煌。上面正居中悬着宁荣二祖遗像，皆是披蟒腰玉；两边还有几轴列祖遗影。

贾荇、贾芷等从内仪门挨次列站，直到正堂廊下。槛外方是贾敬、贾赦，槛内是各女眷。众家人小厮皆在仪门之外。每一道菜至，传至仪门，贾荇、贾芷等便接了，按次传至阶下贾敬手中。贾蓉系长房长孙，独他随女眷在槛内。每贾敬捧菜至，传于贾蓉，贾蓉便传于他妻子，又传于凤姐尤氏诸人，直传至供桌前，方传与王夫人。王夫人传与贾母，贾母方捧放在桌上。邢夫人在供桌之西，东向立，同贾母供放。直至将菜饭汤点酒茶传完，贾蓉方退出下阶，归入贾芹阶位之首。当时凡从文旁之名者，贾敬为首；下则从玉者，贾珍为首；再下从草头者，贾蓉为首；左昭右穆，男东女西；俟贾母拈香下拜，众人方一齐跪下，将五间大厅，三间抱厦，内外廊檐，阶上阶下两丹墀内，花团锦簇，塞的无一隙空地。鸦雀无闻，只听铿锵叮当，金铃玉珮微微摇曳之声，并起跪靴履飒沓之响。一时礼毕，贾敬、贾赦等便忙退出，至荣府专候与贾母行

① 闹龙填青匾——匾的四边雕镂以舞动的龙形图案，谓之“闹龙”；匾的底面作石青色，谓之“填青”。

② 慎终追远——慎终：父母亡故做到居丧尽礼。追远：按时诚敬地祭祀祖先。这里引申为谨慎从事，考虑身后，追念先人，保持祖德。

③ 昭穆——古代宗法制度对于宗庙祭祀排列次序的规定，始祖居中，始祖的下一代为昭，居左，昭辈的下一代为穆，居右；穆辈的下一代又为昭，居左；以后各代，依此类推；用以区别父子、远近、长幼、亲疏等关系。

④ 献帛——祭祀礼仪之一，“帛”指缯帛、币帛，作为供品的一种绣织精美的丝织品。

礼。

尤氏上房地下铺满红毡，当地放着象鼻三足泥鳅鎏金珐琅大火盆，正面炕上铺着新猩红毡，设着大红彩绣云龙捧寿的靠背引枕坐褥，外另有黑狐皮的袱子搭在上面，大白狐皮坐褥，请贾母上去坐了。两边又铺皮褥，让贾母一辈的两三个妯娌坐了。这边横头排插之后小炕上，也铺了皮褥，让邢夫人等坐了。地下两面相对十二张雕漆椅上，都是一色灰鼠椅搭小褥，每一张椅下一个大铜脚炉，让宝琴等姊妹坐了。尤氏用茶盘亲捧茶与贾母，蓉妻捧与众老祖母，然后尤氏又捧与邢夫人等，蓉妻又捧与众姊妹。凤姐、李纨等只在地下伺候。

茶毕，邢夫人等便先起身来侍贾母。贾母吃茶，与老妯娌闲话了两三句，便命看轿。凤姐忙上去挽起来。尤氏笑回说："已经预备下老太太的晚饭，每年都不肯赏些体面用过晚饭过去，果然我们就不及凤丫头不成？"凤姐搀着贾母笑道："老祖宗快走，咱们家去吃饭，别理他。"贾母笑道："你这里供着祖宗，忙的什么似的，那里搁得住我闹。况且每年我不吃，你们也要送去的。不如还送了去，我吃不了留着明儿再吃，岂不多吃些。"说的众人都笑了。又吩咐："好生派妥当人夜里看香火，不是大意得的。"尤氏答应了。一面走出来至暖阁前上了轿。尤氏等闪过屏风，小厮们才领轿夫，请了轿出大门。尤氏亦随邢夫人等同至荣府。

这里轿出大门，这一条街上，东一边合面设列着宁国府的仪仗执事乐器，西一边设列着荣国府的仪仗执事乐器。来往行人皆屏退不从此过。一时来至荣府，也是大门正厅直开到底。如今便不在暖阁下轿了，过了大厅，便转弯向西，至贾母这边正厅上下轿。众人围随，同至贾母正室之中，亦是锦裀绣屏，焕然一新。当地火盆内焚着松柏香、百合草。贾母归了坐，老嬷嬷来回："老太太们来行礼。"贾母忙又起身要迎，只见两三个老妯娌已进来了。大家挽手，笑了一回，让了一回。吃茶去后，贾母只送至内仪门便回来归坐。贾敬、贾赦等领诸子弟进来，贾母笑道："一年价难为你们，不行礼罢。"一面说着，一面男一起，女一起，一起一起俱行过了礼。左右两旁设下交椅，然后又按长幼挨次归坐受礼。两府男妇小厮丫鬟亦按差役上中下行礼毕，散了押岁钱、荷包、金银锞，摆上合欢宴来。男东女西归坐，献屠苏酒、合欢汤、吉祥果、如意糕毕，贾母起身进内间更衣，众人方各散出。

那晚各处佛堂灶王前焚香上供，王夫人正房院内设着天地纸马香供，大观园正门上也挑着大明角灯，两旁高照，各处皆有路灯。上下人等，皆打扮的花团锦簇，一夜人声嘈杂，语笑喧阗，爆竹起火，络绎不绝。

至次日五鼓，贾母等又按品大妆，摆全副执事进宫朝贺，兼祝元春千秋。领宴回来，又至宁府祭过列祖，方回来受礼毕，便换衣歇息。所有贺节来的亲友一概不会，只和薛姨妈、李婶二人说话取便，或者同宝玉、宝琴、钗、玉等姊妹赶围棋抹牌作戏。王夫人与凤姐是天天忙着请人吃年酒，那边厅上和院内皆是戏酒，亲友络绎不绝，一连忙了七八日才完了。早又元宵将近，宁荣二府皆张灯结彩。十一日是贾赦请贾母等，次日贾珍又请，贾母皆去随便领了半日。王夫人和凤姐连日被人请去吃年酒，不能胜记。

至十五日之夕，贾母便在大花厅上命摆几席酒，定一班小戏，满挂各色花灯，带领荣宁二府各子侄、孙男、孙媳等家宴。贾敬素不茹酒，也不去请他，于后十七日祖祀已完，他便仍出城去修养。便这几日在家内，亦是净室默处，一概无听无闻，不在话下。贾赦略领了贾母之赐，也便告辞而去。贾母知他在此彼此不便，也就随他去了。贾赦自到家中与众门客赏灯吃酒，笙歌聒耳，锦绣盈眸，其取乐与这里不同。

这里贾母花厅之上摆了十来席。每一席旁边设一几，几上设炉瓶三事[①]，焚着御赐百合宫香。又有八寸来长四五寸宽二三寸高的点着山石布满青苔的小盆景，俱是新鲜花卉。又有小洋漆茶盘，内放着旧窑[②]茶杯并十锦小茶吊，里面泡着上等名茶。又有紫檀雕嵌的大红纱透绣花卉并草字诗词的璎珞[③]。各色旧窑小瓶中，那点缀着“岁寒三友”“玉堂富贵”等鲜花。上面两席是李婶、薛姨妈坐，东边单设一席，乃是雕夔龙护屏矮足短榻，靠背引枕皮褥俱全。榻上设一个极轻巧洋漆描金小几，几上放着茶碗、漱盂、洋巾之类，又有一个眼镜匣子。

---

① 炉瓶三事——焚香用具，即指一个香炉、一个香盒和一个放香铲等用的瓶子。

② 旧窑——仿古窑。

③ 璎珞——同缨络，原指珠玉穿成的颈饰，这里是一件带穗子的刺绣陈设品。

贾母歪在榻上，与众人说笑一回，又自取眼镜向戏台上照一回，又说："恕我老了，骨头疼，容我放肆些，歪着相陪罢。"因又命琥珀坐在榻上，拿着美人拳[①]捶腿。榻下并不摆席面，只有一张高几，设着高架璎珞花瓶香炉等物。外另设一小高桌，摆着酒杯匙箸，将自己一席设于榻旁，命宝琴、湘云、黛玉、宝玉四人坐着。每馔果菜来，先捧与贾母看，喜则留在小桌上尝一尝，仍撤了放在席上，只算他四人跟着贾母坐。下面方是邢夫人王夫人之位，再下便是尤氏、李纨、凤姐、贾蓉之妻。西边一路便是宝钗、李纹、李绮、岫烟、迎春姊妹等。

两边大梁上挂着联三聚五玻璃芙蓉彩穗灯。每一席前竖一柄漆干倒垂荷叶，叶上有烛信插着彩烛。这荷叶乃是錾珐琅的，活信可以扭转，如今皆将荷叶扭转向外，将灯影逼住，全向外照，看戏分外真切。窗格门户一齐摘下，全挂彩穗各种宫灯。廊檐内外及两边游廊罩棚，将羊角、玻璃、戳纱、料丝[②]、或绣、或画、或堆、或抠、或绢、或纸诸灯挂满。廊上几席，便是贾珍、贾琏、贾环、贾琮、贾蓉、贾芹、贾芸、贾菱、贾菖等。

贾母也曾差人去请众族中男女，奈他们或有年迈懒于热闹的；或有家内没有人不便来的；或有疾病淹缠，欲来竟不能来的；或有一等妒富愧贫不来的；甚至于有一等憎畏凤姐之为人而赌气不来的；或有羞手羞脚，不惯见人，不敢来的；因此族众虽多，女客来者只不过贾菌之母娄氏带了贾菌来了，男人只有贾芹、贾菖、贾芸、贾菱四个现是在凤姐麾下办事的来了。当下人虽不全，在家庭间小宴中，数来也算是热闹的。

当下又有林之孝之妻带了六个媳妇，抬了三张炕桌，每一张上搭着一条红毡，毡上放着选净一般大新出局的铜钱，用大红彩绳串着，每二人搭一张，共三张。林之孝家的将那两张摆至薛姨妈李婶的席下，将一张送至贾母榻下。贾母便说："放在当地罢。"这媳妇素知规矩，放下桌子，一并将钱都打开，将红绳抽去，散堆在桌上。此时唱的《西楼·

① 美人拳——一种木制小锤，外裹皮革，装有弹性的长竹柄。因老年人用以捶打腰腿，代替拳头，故名"美人拳"。

② 戳纱、料丝——都是用作灯罩的材料。戳纱是一种有明显竖向纹理的纱，料丝是以玛瑙、紫石英等熔化后抽丝而成的一种透光材料。

楼会》[1]正是这出将完，于叔夜赌气去了，那文豹便发科诨道：“你赌气去了，恰好今日正月十五，荣国府里老祖宗家宴，待我骑了这马，赶进去讨些果子吃是要紧的。”说毕，引的贾母等都笑了。薛姨妈等都说：“好个鬼头孩子，可怜见的。”凤姐便说：“这孩子才九岁了。”贾母笑说：“难为他说的巧。”便说了一个“赏”字，早有三个媳妇已经手下预备下小簸箩，听见一个“赏”字，走上去向桌上的散钱堆内，每人撮了簸箩，走出来向戏台说：“老祖宗、姨太太、亲家太太赏文豹买果子吃的！”说着，向台上便一撒，只听豁啷啷满台的钱响。贾珍、贾琏已命小厮们抬了大簸箩的钱预备。未知怎么赏去，且听下回分解。

① 《西楼·楼会》——明末清初袁于令所作《西楼记》传奇中的一出。该剧描写于叔夜和妓女穆素徽悲欢离合的故事。第八出《病晤》的演出本叫《楼会》，俗称《西楼会》。

第五十四回

史太君破陈腐旧套　王熙凤效戏彩斑衣

却说贾珍、贾琏暗暗预备下大簸箩的钱，听见贾母说“赏”，他们也忙命小厮们快撒钱。只听满台钱响，贾母大悦。

二人遂起身，小厮们忙将一把新暖银壶捧在贾琏手内，随了贾珍趋至里面。贾珍先至李婶席上，躬身取下杯来，回身，贾琏忙斟了一盏；然后便至薛姨妈席上，也斟了。二人忙起身笑说：“二位爷请坐着罢了，何必多礼。”于是除邢、王二夫人，满席都离了席，俱垂手旁侍。贾珍等至贾母榻前，因榻矮，二人便屈膝跪了。贾珍在先捧杯，贾琏在后捧壶。虽止二人奉酒，那贾环弟兄等，却也是排班按序，一溜随着他二人进来，见他二人跪下，也都一溜跪下。宝玉也忙跪下了。史湘云悄推他笑道：“你这会又帮着跪下作什么？有这样，你也去斟一巡酒岂不好？”宝玉悄笑道：“再等一会再斟去。”说着，等他二人斟完起来，方起来。又与邢夫人王夫人斟过来。贾珍笑道：“妹妹们怎么样呢？”贾母等都说：“你们去罢，他们倒便宜些。”说了，贾珍等方退出。

当下天未二鼓，戏演的是《八义》中《观灯》[1]八出。正在热闹之

① 《八义》《观灯》——《八义》即《八义记》，明代徐元所作传奇剧本，据元杂剧《赵氏孤儿》改编，描写春秋时晋国赵盾一家与屠岸贾之间矛盾斗争的故事。剧中有八个“义士”为赵盾一家出力效命，故称“八义记”。《观灯》是该剧的选场。

际，宝玉因下席往外走。贾母因问：“你往那里去？外头爆竹利害，仔细天上掉下火纸来烧了。”宝玉回说：“不往远去，只出去就来。”贾母命婆子们好生跟着。于是宝玉出来，只有麝月秋纹并几个小丫头随着。贾母因说：“袭人怎么不见？他如今也有些拿大了，单支使小女孩子出来。”王夫人忙起身笑回道：“他妈前日没了，因有热孝[1]，不便前头来。”贾母听了点头，又笑道：“跟主子却讲不起这孝与不孝。若是他还跟我，难道这会子也不在这里不成？皆因我们太宽了，有人使，不查这些，竟成了例了。”凤姐忙过来笑回道：“今儿晚上他便没孝，那园子里也须得他看着，灯烛花炮最是担险的。这里一唱戏，园子里的人谁不偷来瞧瞧。他还细心，各处照看照看。况且这一散后宝兄弟回去睡觉，各色都是齐全的。若他再来了，众人又不经心，散了回去，铺盖也是冷的，茶水也不齐备，各色都不便宜，所以我叫他不用来，只看屋子。散了又齐备，我们这里也不担心，又可以全他的礼，岂不三处有益。老祖宗要叫他，我叫他来就是了。”

贾母听了这话，忙说：“你这话很是，比我想的周到，快别叫他了。但只他妈几时没了，我怎么不知道。”凤姐笑道：“前儿袭人去亲自回老太太的，怎么倒忘了。”贾母想了一想笑说：“想起来了。我的记性竟平常了。”众人都笑说：“老太太那里记得这些事。”贾母因又叹道：“我想着，他从小儿服侍了我一场，又服侍了云儿一场，末后给了一个魔王宝玉，亏他魔了这几年。他又不是咱们家的根生土长的奴才，没受过咱们什么大恩典。他妈没了，我想着要给他几两银子发送，也就忘了。”凤姐道：“前儿太太赏了他四十两银子，也就是了。”贾母听说，点头道：“这还罢了。正好鸳鸯的娘前儿也死了，我想他老子娘都在南边，我也没叫他家去走走守孝，如今叫他两个一处作伴儿去。”又命婆子将些果子菜馔点心之类与他两个吃去。琥珀笑说：“还等这会子呢，他早就去了。”说着，大家又吃酒看戏。

且说宝玉一径来到园中，众婆子见他回房，便不跟去，只坐在园门里茶房里烤火，和管茶的女人偷空饮酒斗牌。宝玉至院中，虽是灯光灿烂，却无人声。麝月道：“他们都睡了不成？咱们悄悄的进去唬他们一

① 热孝——俗称新遭父母丧事为热孝。

跳。”于是大家蹑足潜踪的进了镜壁一看，只见袭人和一人对面都歪在地炕上，那一头有两三个老嬷嬷打盹。宝玉只当他两个睡着了，才要进去，忽听鸳鸯叹了一声，说道：“天下事可知难定。论理你单身在这里，父母在外头，每年他们东去西来，没个定准，想来你是不能送终的了，偏生今年就死在这里，你倒出去送了终。”袭人道：“正是。我也想不到能够看着父母殡殓。太太又赏了四十两银子，这倒也算养我一场，我也不敢妄想了。”宝玉听了，忙转身悄向麝月道：“谁知他也来了。我这一进去，他又赌气走了，不如咱们回去罢，让他两个清清静静的说一回。袭人正一个闷着，他幸而来的好。”说着，仍悄悄的出来。

宝玉便走过山石之后去站着撩衣，麝月秋纹皆站住背过脸去，口内笑说：“蹲下再解小衣，仔细风吹了肚子。”后面两个小丫头子知是小解，忙先出去茶房预备水去了。这里宝玉刚转过来，只见两个媳妇子迎面来了，问是谁，秋纹道：“宝玉在这里，大呼小叫，仔细唬着罢。”那媳妇们忙笑道：“我们不知道，大节下来惹祸了。姑娘们可连日辛苦了。”说着，已到了跟前。麝月等问：“手里拿的是什么？”媳妇们道：“是老太太赏金、花二位姑娘吃的。”秋纹笑道：“外头唱的是《八义》，没唱《混元盒》[①]，那里又跑出‘金花娘娘’来了。”宝玉笑命：“揭起来我瞧瞧。”秋纹、麝月忙上去将两个盒子揭开。两个媳妇忙蹲下身子，宝玉看了两盒内都是席上所有的上等果品菜馔，点了一点头，迈步就走。麝月二人忙胡乱掷了盒盖，跟上来。宝玉笑道：“这两个女人倒和气，会说话，他们天天乏了，倒说你们连日辛苦，倒不是那矜功自伐[②]的。”麝月道：“这好的也很好，那不知礼的也太不知礼。”宝玉笑道：“你们是明白人，担待他们是笨人就完了。”

一面说，一面来至园门。那几个婆子虽吃酒斗牌，却不住出来打探，见宝玉来了，也都跟上了。来至花厅后廊上，只见那两个小丫头一个捧着小沐盆，一个搭着手巾，又拿着沤子[③]壶在那里久等。秋纹先忙

① 《混元盒》——明末清初的一部神魔剧，清代无名氏（或题张照）撰，内容荒诞不经。其中有金花圣母娘娘同张真人斗法的情节，“混元盒”是张真人的一件法宝。正文的“金花娘娘”借戏中人物打趣“金（鸳鸯）、花（袭人）二位姑娘”。

② 矜功自伐——居功自夸。矜：自夸。伐：居功。

③ 沤子——一种润肤的油脂香蜜。也指刨花水。

伸手向盆内试了一试，说道：“你越大越粗心了，那里弄的这冷水。”小丫头笑道：“姑娘瞧瞧这个天，我怕水冷，巴巴的倒的是滚水，这还冷了。”正说着，可巧见一个老婆子提着一壶滚水走来。小丫头便说：“好奶奶，过来给我倒上些。”那婆子道：“哥哥儿，这是老太太泡茶的，劝你走了舀去罢，那里就走大了脚。”秋纹道：“凭你是谁的，你不给？我管把老太太茶吊子倒了洗手。”那婆子回头见是秋纹，忙提起壶来就倒。秋纹道：“够了。你这么大年纪也没个见识，谁不知是老太太的水！要不着的人就敢要了？”婆子笑道：“我眼花了，没认出这姑娘来。”宝玉洗了手，那小丫头子拿小壶倒了些沤子在他手内，宝玉沤了。秋纹、麝月也趁热水洗了一回，沤了，跟进宝玉来。

宝玉便要了一壶暖酒，也从李婶、薛姨妈斟起，二人也让坐。贾母便说：“他小，让他斟去，大家倒要干过这杯。”说着，便自己干了。邢、王二夫人也忙干了，让他二人。薛、李也只得干了。贾母又命宝玉道：“连你姐姐妹妹一齐斟上，不许乱斟，都要叫他干了。”宝玉听说，答应着，一一按次斟了。至黛玉前，偏他不饮，拿起杯来，放在宝玉唇上边，宝玉一气饮干。黛玉笑说：“多谢。”宝玉替他斟上一杯。凤姐便笑道：“宝玉，别喝冷酒，仔细手颤，明儿写不得字，拉不得弓。”宝玉忙道：“没有吃冷酒。”凤姐笑道：“我知道没有，不过白嘱咐你。”然后宝玉将里面斟完，只除贾蓉之妻是丫头们斟的。复出至廊上，又与贾珍等斟了。坐了一回，方进来仍归旧坐。

一时上汤后，又接献元宵来。贾母便命将戏暂歇歇：“小孩子们可怜见的，也给他们些滚汤滚菜的吃了再唱。”又命将各色果子元宵等物拿些与他们吃去。一时歇了戏，便有婆子带了两个门下常走的女先儿进来，放两张杌子在那一边命他坐了，将弦子琵琶递过去。贾母便问李薛听何书，他二人都回说：“不拘什么都好。”贾母便问：“近来可有添些什么新书？”那两个女先儿回说道：“倒有一段新书，是残唐五代的故事。”贾母问是何名，女先儿道：“叫作《凤求鸾》。”贾母道：“这一个名字倒好，不知因什么起的，先大概说说原故，若好再说。”女先儿道：“这书上乃说残唐之时，有一位乡绅，本是金陵人氏，名唤王忠，曾做过两朝宰辅。如今告老还家，膝下只有一位公子，名唤王熙凤。”

众人听了，笑将起来。贾母笑道："这重了我们凤丫头了。"媳妇忙上去推他，"这是二奶奶的名字，少混说。"贾母笑道："你说，你说。"女先儿忙笑着站起来，说："我们该死了，不知是奶奶的讳。"凤姐笑道："怕什么，你们只管说罢，重名重姓的多呢。"女先儿又说道："这年王老爷打发了王公子上京赶考，那日遇见大雨，到了一个庄子上避雨。谁知这庄上也有个乡绅，姓李，与王老爷是世交，便留下这公子住在书房里。这李乡绅膝下无儿，只有一位千金小姐。这小姐芳名叫作雏鸾，琴棋书画，无所不通。"贾母忙道："怪道叫作《凤求鸾》。不用说，我猜着了，自然是这王熙凤要求这雏鸾小姐为妻。"女先儿笑道："老祖宗原来听过这一回书。"众人都道："老太太什么没听过！便没听过，也猜着了。"

贾母笑道："这些书都是一个套子，左不过是些佳人才子，最没趣儿。把人家女儿说的那样坏，还说是佳人，编的连影儿也没有了。开口都是书香门第，父亲不是尚书就是宰相，生一个小姐必是爱如珍宝。这小姐必是通文知礼，无所不晓，竟是个绝代佳人。只一见了一个清俊的男人，不管是亲是友，便想起终身大事来，父母也忘了，书礼也忘了，鬼不成鬼，贼不成贼，那一点儿是佳人？便是满腹文章，做出这些事来，也算不得是佳人了。比如男子满腹文章去作贼，难道那王法就说他是才子，就不入贼情一案不成？可知那编书的是自己塞了自己的嘴。再者，既说是世宦书香大家小姐都知礼读书，连夫人都知书识礼，便是告老还家，自然这样大家人口不少，奶母丫鬟服侍小姐的人也不少，怎么这些书上，凡有这样的事，就只小姐和紧跟的一个丫鬟？你们白想想，那些人都是管什么的，可是前言不答后语？"

众人听了，都笑说："老太太这一说，是谎都批出来了。"贾母笑道："这有个原故：编这样书的，有一等妒人家富贵，或有求不遂心，所以编出来污秽人家。再一等，他自己看了这些书看魔了，也想着得一个佳人，所以编了出来取乐儿。他何尝知道那世宦读书家的道理！别说他那书上那些世宦书礼大家，如今眼下真的，拿我们这中等人家说起，也没有这样的事，别说是那些大家子。可知是诌掉了下巴子。所以我们从不许说这些书，丫头们也不懂这些话。这几年我老了，他们姊妹们住的远，我偶然闷了，说几句听听，他们一来，就忙歇了。"李、薛二人都笑说："这正是大家的规矩，连我们家也没这些杂话给孩子们听见。"

凤姐走上来斟酒，笑道："罢，罢，酒冷了，老祖宗喝一口润润嗓子再掰谎。这一回就叫作《掰谎记》，就出在本朝本地本年本月本日本时，老祖宗一张口难说两家话，花开两朵，各表一枝，是真是谎且不表，再整那观灯看戏的人。老祖宗且让这二位亲戚吃一杯酒看两出戏之后，再从昨朝话言掰起如何？"他一面斟酒，一面笑说，未曾说完，众人俱已笑倒了。两个女先儿也笑个不住，都说："奶奶好刚口[①]。奶奶要一说书，真连我们吃饭的地方也没了。"

薛姨妈笑道："你少兴头些，外头有人，比不得往常。"凤姐笑道："外头的只有一位珍大爷。我们还是论哥哥妹妹，从小儿一处淘气了这么大。这几年因做了亲，我如今立了多少规矩了。便不是从小儿的兄妹，便以伯叔论，那《二十四孝》上'斑衣戏彩'[②]，他们不能来'戏彩'引老祖宗笑一笑，我这里好容易引的老祖宗笑了一笑，多吃了一点儿东西，大家喜欢，都该谢我才是，难道反笑话我不成？"贾母笑道："可是这两日我竟没有痛痛的笑一场，倒是亏他才一路笑的我心里痛快了些，我再吃一钟酒。"吃着酒，又命宝玉："也敬你姐姐一杯。"凤姐笑道："不用他敬，我讨老祖宗的寿罢。"说着，便将贾母的杯拿起来，将半杯剩酒吃了，将杯递与丫鬟，另将温水浸的杯换了一个上来。于是各席上的杯都撤去，另将温水浸着待换的杯斟了新酒上来，然后归坐。

女先儿回说："老祖宗不听这书，或者弹一套曲子听听罢。"贾母便说道："你们两个对一套《将军令》[③]罢。"二人听说，忙和弦按调拨弄起来。贾母因问："天有几更了。"众婆子忙回："三更了。"贾

① 刚口——说书艺人用语，意为言词爽利动听。这里意近"口才"。

② 《二十四孝》上'斑衣戏彩'——《二十四孝》是元代郭居业编的一本宣扬封建孝道的书，共收二十四个"孝子"的故事，"斑衣戏彩"即其中之一，也称"老莱娱亲"。写七十岁的老莱子穿上色彩斑斓的衣裳，拿着玩具学儿童嬉戏，以使双亲欢娱。

③ 《将军令》——乐曲名，原为军中发令时所用鼓吹之曲，后仿其调制成乐曲。

母道："怪道寒浸浸的起来。"早有众丫鬟拿了添换的衣裳送来。王夫人起身笑说道："老太太不如挪进暖阁里地炕上倒也罢了。这二位亲戚也不是外人，我们陪着就是了。"贾母听说，笑道："既这样说，不如大家都挪进去，岂不暖和？"王夫人道："恐里间坐不下。"贾母笑道："我有道理。如今也不用这些桌子，只用两三张并起来，大家坐在一处挤着，又亲热，又暖和。"众人都道："这才有趣儿。"说着，便起了席。众媳妇忙撤去残席，里面直顺并了三张大桌，另又添换了果馔摆好。

贾母便说："这都不要拘礼，只听我分派你们就坐才好。"说着便让薛、李正面上坐，自己西向坐了，叫宝琴、黛玉、湘云三人皆紧依左右坐下，向宝玉说："你挨着你太太。"于是邢夫人王夫人之中夹着宝玉，宝钗等姊妹在西边，挨次下去便是娄氏带着贾菌，尤氏李纨夹着贾兰，下面横头便是贾蓉媳妇胡氏。贾母便说："珍哥儿带着你兄弟们去罢，我也就睡了。"

贾珍忙答应，又都进来。贾母道："快去罢！不用进来，才坐好了，又都起来。你快歇着，明日还有大事呢。"贾珍忙答应了，又笑说："留下蓉儿斟酒才是。"贾母笑道："正是忘了他。"贾珍答应了一个"是"，便转身带领贾琏等出来。二人自是欢喜，便命人将贾琮、贾璜各自送回家去，便邀了贾琏去追欢买笑。不在话下。

这里贾母笑道："这正想着虽然这些人取乐，竟没一对双全的，就忘了蓉儿。这可全了，蓉儿就和你媳妇坐在一处，倒也团圆了。"因有媳妇回说开戏，贾母笑道："我们娘儿们正说的兴头，又要吵起来。况且那孩子们熬夜怪冷的，也罢，叫他们且歇歇，把咱们的女孩子们叫了来，就在这台上唱两出给他们瞧瞧。"媳妇听了，答应了出来，忙的一面着人往大观园去传人，一面二门口去传小厮们伺候。小厮们忙至戏房将班中所有的大人一概带出，只留下小孩子们。

一时，梨香院的教习带了文官等十二个人，从游廊角门出来。婆子们抱着几个软包[1]，因不及抬箱，估料着贾母爱听的三五出戏的彩衣包了来。婆子们带了文官等进去见过，只垂手站着。贾母笑道："大正月

① 软包——演出时只带简单的服装道具的布包。

里，你师父也不放你们出来逛逛。你等唱什么？刚才八出《八义》闹得我头疼，咱们清淡些好。你瞧瞧薛姨太太，这李亲家太太，都是有戏的人家，不知听过多少好戏的。这些姑娘都比咱们家姑娘见过好戏，听过好曲子。如今这小戏子又是那有名玩戏的人家的班子，虽是小孩子们，却比大班还强。咱们好歹别落了褒贬，少不得弄个新样儿。叫芳官唱一出《寻梦》①，只须用箫合笙笛，余者一概不用。”

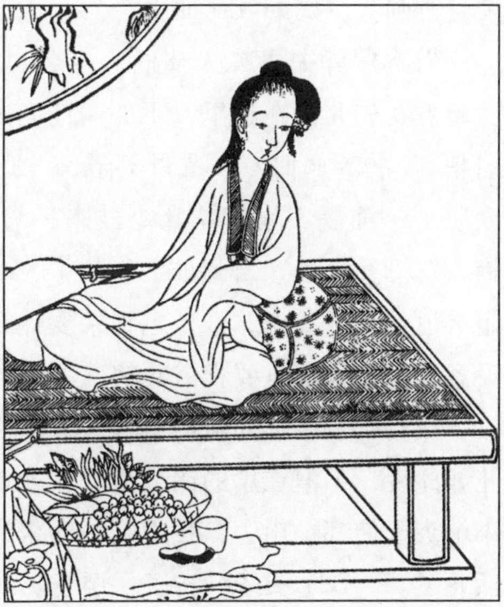

芳官

文官笑道：“这也是的，我们的戏自然不能入姨太太和亲家太太姑娘们的眼，不过听我们小孩子一个发脱口齿②，再听一个喉咙罢了。”贾母笑道：“正是这话了。”李婶、薛姨妈喜的都笑道：“好个灵透孩子，你也跟着老太太打趣我们。”贾母笑道：“我们这原是随便的玩意儿，又不出去做买卖，所以竟不大合时。”说着又道：“叫葵官唱一出《惠明下书》③，也不用抹脸。只用这两出叫他们二位太太听个写意儿罢了。若省了一点儿力，我可不依。”文官等听了出来，忙去扮演上台，先是《寻梦》，次是《下书》。众人都鸦雀无闻，薛姨妈因笑道：“实在亏他，戏也看过几百班，从没见用箫管的。”贾母道：“也有，只是像方才《西楼·楚江情》一支，多有小生吹箫和的。这大套的实在少，这也在人讲究不讲究罢了。这算什么出奇？”指湘云道：“我像他这么大的时节，他爷爷有一班小戏，偏有一个弹琴的凑了来，即如《西厢记》的《听琴》，《玉簪记》的《琴挑》，《续

① 《寻梦》——《牡丹亭》的第十二出，写杜丽娘在梦中与柳梦梅欢会后，次日在花园中循迹重温梦境的情节。

② 发脱口齿——唱戏时的发声吐字。

③ 《惠明下书》——《西厢记》第二本第二折（一作楔子），叙惠明和尚持张生的书信投送蒲关，请白马将军杜确前来普救寺解围的情节。

琵琶》的《胡笳十八拍》[①]，竟成了真的了，比这个更如何？”众人都道：“这更难得了。”贾母便命个媳妇来，吩咐文官等叫他们吹一套《灯月圆》。媳妇领命而去。

当下贾蓉夫妻二人捧酒一巡，凤姐因见贾母十分高兴，便笑道：“趁着女先儿们在这里，不如叫他们击鼓，咱们传梅，行一个‘春喜上眉梢[②]’的令如何？”贾母笑道：“这是个好令，正对时对景。”忙命人取了一面黑漆铜钉花腔令鼓来，与女先儿们击着，席上取了一枝红梅。贾母笑道：“若到谁手里住了，吃一杯，也要说个什么才好。”凤姐笑道：“依我说，谁像老祖宗要什么有什么呢。我们这不会的，岂不没意思？依我说也要雅俗共赏，不如谁输了谁说个笑话罢。”

众人听了，都知道他素日善说笑话，肚儿内有无限的新鲜趣谈。今儿如此说，不但在席的诸人喜欢，连地下服侍的老小人等无不欢喜。那小丫头子们都忙出去，找姐唤妹的告诉他们：“快来听，二奶奶又说笑话儿了。”众丫头子们挤了一层子。

于是戏完乐罢。贾母命将些汤点果菜与文官等吃去，便命响鼓。那女先儿们皆是惯的，或紧或慢，或如残漏之滴，或如迸豆之急，或如惊马之驰，或如疾电之光。忽然暗其鼓声，那梅方至贾母手中，鼓声忽住。大家呵呵一笑，贾蓉忙上来斟了一杯。众人都笑道：“自然老太太先喜了，我们才托赖些喜。”贾母笑道：“这酒也罢了，只是这笑话倒有些个难说。”众人都说：“老太太的比凤姐的还好还多，赏一个，我们也笑一笑儿。”

贾母笑道：“并没什么新鲜发笑的，少不得老脸皮子厚的说一个罢了。”因说道：“一家子养了十个儿子，娶了十房媳妇。惟有第十个

---

① 《西厢记》的《听琴》等戏曲——《听琴》是《西厢记》第二本，写崔莺莺月夜听张生弹琴而知音会意的情景。《玉簪记》是明代高濂编写的传奇，描写尼姑陈妙常和书生潘必正结合的故事；《琴挑》是该剧第十六出《寄弄》演出本的名目。《续琵琶》是曹雪芹的祖父曹寅撰写的传奇，今存抄本，描写汉末蔡邕的女儿蔡文姬在曹操帮助下从南匈奴回到汉朝的故事；其第二十七出《制拍》表现蔡文姬写作和弹奏《胡笳十八拍》，倾诉自己一生的遭遇和心情。

② 春喜上眉梢——即“击鼓传梅”的雅称，“梅”“眉”谐音。将“传梅”说成“喜上眉梢”，是为讨吉利的口彩。

媳妇聪明伶俐，心巧嘴乖，公婆最疼，成日家说那九个不孝顺。这九个媳妇委屈，便商议说：‘咱们九个心里孝顺，只是不像那小蹄子嘴巧，所以公公婆婆只说他好，这委屈向谁诉去？’大媳妇有主意，便说道：‘咱们明儿到阎王庙去烧香，和阎王爷说去，问他一问，叫我们托生为人，为什么单单的给那小蹄子一张乖嘴，我们都是笨的。’那八个听了都喜欢，说这主意不错。第二日便都到阎王庙里来烧了香，九个人都在供桌底下睡着了。九个魂专等阎王驾到，左等不来，右等也不到。正着急，只见孙行者驾着筋斗云来了，看见九个魂便要拿金箍棒打来，唬得九个魂忙跪下央求。孙行者问原故，九个人忙细细的告诉了他。孙行者听了，把脚一跺，叹了一口气道：‘这原故幸亏遇见我，等着阎王来了，他也不得知道的。’九个人听了，就求说：‘大圣发个慈悲，我们就好了。’孙行者笑道：‘这却不难。那日你们妯娌十个托生时，可巧我到阎王那里去的，因为撒了一泡尿在地下，你那小婶子便吃了。你们如今要伶俐嘴乖，有的是尿，再撒泡你们吃了就是了。’”说毕，大家都笑起来。凤姐笑道：“好的，幸而我们都笨嘴笨腮的，不然也就吃了猴儿尿了。”尤氏、娄氏都笑向李纨道：“咱们这里谁是吃过猴儿尿的，别装没事人儿。”薛姨妈笑道：“笑话儿在对景就发笑。”

说着又击起鼓来。小丫头子们只要听凤姐的笑话，便悄悄的和女先儿说明，以咳嗽为记。须臾转至两遍，刚到了凤姐手里，小丫头子们故意咳嗽，女先儿便住了。众人齐笑道：“这可拿住他了。快吃了酒说一个好的，别太逗的人笑的肠子疼。”凤姐想了一想，笑道：“一家子也是过正月半，合家赏灯吃酒，真真的热闹非常，祖婆婆、太婆婆、婆婆、媳妇、孙子媳妇、重孙子媳妇、亲孙子、侄孙子、重孙子、灰孙子、滴滴搭搭的孙子、孙女儿、外孙女儿、姨表孙女儿、姑表孙女儿，——哎哟哟，真好热闹！”众人听他说着，已经笑了，都说：“听数贫嘴，又不知编派那一个呢？”尤氏笑道：“你要招我，我可撕你的嘴。”凤姐起身拍手笑道：“人家费力说，你们混，我就不说了。”贾母笑道：“你说你说，底下怎么样？”凤姐想了一想，笑道：“底下就团团的坐了一屋子，吃了一夜酒就散了。”

众人见他正言厉色的说了，别无他话，都怔怔的还等下话，只觉冰冷无味。史湘云看了他半日。凤姐笑道：“再说一个过正月半的。几个人抬着个房子大的炮仗往城外放去，引了上万的人跟着瞧去。有一个性急的人等不得，便偷着拿香点着了。只听‘噗哧’一声，众人哄然一笑都散了。这抬炮仗的人抱怨卖炮仗的扦的不结实，没等放就散了。”湘云道：“难道他本人没听见响？”凤姐道：“这本人原是聋子。”众人听说，一回想，不觉一齐失声都大笑起来。

又想着先前那一个没完的，问他：“先一个怎么样？也该说完。”凤姐将桌子一拍，说道：“好啰唆，到了第二日是十六日，年也完了，节也完了，我看人忙着收东西还闹不清，那里还知道底下的事了？”众人听说，复又笑将起来。凤姐笑道：“外头已经四更了，依我说，老祖宗也乏了，咱们也该‘聋子放炮仗——散了’罢。”尤氏等用手帕子握着嘴，笑的前仰后合，指他说道：“这个东西真会数贫嘴。”贾母笑道：“真真这凤丫头越发贫嘴了。”一面说，一面吩咐道：“他提起炮仗来，咱们也把烟火放了解解酒。”

贾蓉听了，忙出去带着小厮们就在院内安下屏架，将烟火设吊齐备。这烟火皆系各处进贡之物，虽不甚大，却极精巧，各色故事俱全，夹着各色的花炮。黛玉禀气虚弱，不禁毕驳之声，贾母便搂他在怀中。薛姨妈搂了湘云。湘云笑道：“我不怕。”宝钗等笑道：“他专爱自己放大炮仗，还怕这个呢。”王夫人便将宝玉搂入怀内。凤姐笑道：“我们是没有人疼的了。”尤氏笑道：“有我呢，我搂着你。也不怕臊，你这孩子又撒娇了，听见放炮仗，吃了蜜蜂儿屎的，今儿又轻狂起来。”凤姐笑道：“等散了，咱们园子里放去。我比小厮们还放的好呢。”说话之间，外面一色一色的放了又放，又有许多的满天星、九龙入云、一声雷、飞天十响之类的零碎小爆竹。

放罢，然后又命小戏子打了一回“莲花落[①]”，撒了满台的钱，命那孩子们满台抢钱取乐。又上汤时，贾母说道：“夜长，觉的有些饿了。”凤姐忙回说：“有预备的鸭子肉粥。”贾母道：“我吃些清淡的罢。”凤姐忙道：“也有枣儿熬的粳米粥，预备太太们吃斋的。”贾母

① 莲花落——曲艺的一种，也叫“莲花乐”“落子”。原为行乞卖唱者所唱，后出现专业艺人。演唱内容多为民间传说，打竹板按节拍伴奏，因而说“打了一回莲花落”。

笑道：“不是油腻腻的就是甜的。”凤姐又忙道：“还有杏仁茶，只怕也甜。”贾母道：“倒是这个还罢了。”说着，又命人撤去残席，外面另设上各种精致小菜。大家随便随意吃了些，用过漱口茶，方散。

十七日一早，又过宁府行礼，伺候掩了祠堂，收过影像，方回来。此日便是薛姨妈家请吃年酒。贾母连日觉得身上乏了，坐了半日，回来了。自十八日以后，亲友来请，或来赴席的，贾母一概不会，有邢夫人、王夫人、凤姐三人料理。连宝玉只除王子腾家去了，余者亦皆不会，只说贾母留下解闷。当下元宵已过，凤姐忽然小产了，合家惊慌。要知端的，且听下回分解。

第五十五回

辱亲女愚妾争闲气　欺幼主刁奴蓄险心

且说荣府中刚将年事忙过，凤姐因年内年外操劳，一时不及检点便小月了，不能理事，天天两三个太医用药。凤姐自恃强壮，虽不出门，然筹画算计，想起什么事来，便命平儿去回王夫人，任人谏劝，他只不听。王夫人便觉失了膀臂，一人能有许多的精神？凡有了大事，自己主张；将家中琐碎之事，一应都暂令李纨协理。李纨是个尚德不尚才的，未免逞纵了下人。王夫人便命探春合同李纨裁处，只说过了一月，凤姐将息好了，仍交与他。

谁知凤姐禀赋气血不足，兼年幼不知保养，平生争强斗智，心力更亏，故虽系小月，竟着实亏虚下来，一月之后，复添了下红之症。他虽不肯说出来，众人看他面目黄瘦，便知失于调养。王夫人只令他好生服药调养，不令他操心。他自己也怕成了大症，遗笑于人，便想偷空调养，恨不得一时复旧如常。谁知一直服药调养到八九月间，才渐渐的起复过来，下红也渐渐止了。此是后话。

如今且说王夫人见他如此，探春与李纨暂难谢事，园中人多，又恐失于照管，因又特请了宝钗来，托他各处小心：“老婆子们不中用，得空儿吃酒斗牌，白日里睡觉，夜里斗牌，我都知道的。凤丫头在外头，他们还有个怕惧，如今他们又该取便了。好孩子，你还是个妥当人，你兄弟妹妹们又小，我又没工夫，你替我辛苦两天，照看照看。凡有想不到的事，你来告诉我，别等老太太问出来，我没话回。那些人不好了，你只管说。他们不听，你来告诉我。别弄出大事来才好。”宝钗听说，只得答应了。

时届孟春，黛玉又犯了嗽疾。湘云亦因时气所感，亦卧病在蘅芜苑，一天医药不断。探春同李纨相住间壁，二人近日同事，不比往年，往来回话人等亦不便，故二人议定：每日早晨皆到园门口南边的三间小花厅上去会齐办事，吃过早饭，于午错方回房。这三间厅原系预备省亲之时众执事太监起坐之处，故省亲以后也用不着了，每日只有婆子们上夜。如今天已和暖，不用十分修饰，只不过略略的铺陈了，便可他二人起坐。这厅上也有一匾，题着“辅仁谕德①”四字，家下俗呼皆只叫“议事厅”儿。如今他二人每日卯正至此，午正方散。凡一应执事媳妇等来往回话者，络绎不绝。

众人先听见李纨独办，各各心中暗喜，以为李纨素日原是个厚道多恩无罚的，自然比凤姐好搪塞。便添了一个探春，也都想着不过是个未出闺阁的年轻小姐，且素日也最平和恬淡，因此都不在意，比凤姐前更懈怠了许多。只三四日后，几件事过手，渐觉探春精细处不让凤姐，只不过是言语安静，性情和顺而已。

可巧连日有王公侯伯世袭官员十几处，皆系荣宁非亲即世交之家，或有升迁，或有黜降，或有婚丧红白等事，王夫人贺吊迎送，应酬不暇，前边更无人照管。他二人便一日皆在厅上起坐。宝钗便一日在上房监察，至王夫人回方散。每于夜间针线暇时，临睡之先，坐了小轿带领园中上夜人等各处巡察一次。他三人如此一理，更觉比凤姐当权时倒更谨慎了些。因而里外下人都暗中抱怨说：“刚刚的倒了一个‘巡海夜叉’，又添了三个‘镇山太岁’②，越性连夜里偷着吃酒玩的工夫都没了。”

这日王夫人正是往锦乡侯府去赴席，李纨与探春早已梳洗，伺候出门去后，回至厅上坐了。刚吃茶时，只见吴新登的媳妇进来回说：“赵

① 辅仁谕德——辅：晓谕。此匾意谓对己要常补仁爱之不足，对人应宣谕良好的德性，这是旧时官僚士大夫的自谦自勉之辞。

② 巡海夜叉、镇山太岁——指担当巡逻和守卫职责的恶鬼凶神。夜叉：一名“药叉”，吃人的恶鬼。太岁：中国古代传说中的值岁神，被视作凶煞，不可触犯。

姨娘的兄弟赵国基昨日死了。昨日回过太太，太太说知道了，叫回姑娘奶奶来。”说毕，便垂手旁侍，再不言语。彼时来回话者不少，都打听他二人办事如何：若办得妥当，大家则安个畏惧之心；若少有嫌隙不当之处，不但不畏服，一出二门还要说出许多笑话来取笑。吴新登的媳妇心中已有主意，若是凤姐前，他便早已献勤说出许多主意，又查出许多旧例来任凤姐拣择施行。如今他藐视李纨老实，探春是青年的姑娘，所以只说出这一句话来，试他二人有何主见。

探春便问李纨。李纨想了一想，便道：“前儿袭人的妈死了，听见说赏银四十两。这也赏他四十两罢了。”吴新登家的听了，忙答应了是，接了对牌就走。探春道：“你且回来。”吴新登家的只得回来。探春道：“你且别支银子。我且问你：那几年老太太屋里的几位老姨奶奶，也有家里的也有外头的这两个分别。家里的若死了人是赏多少，外头的死了人是赏多少，你且说两个我们听听。”一问，吴新登家的便都忘了，忙陪笑回说：“这也不是什么大事，赏多少谁还敢争不成？”探春笑道：“这话胡闹。依我说，赏一百倒好。若不按例，别说你们笑话，明儿也难见你二奶奶。”

吴新登家的笑道：“既这么说，我查旧账去，此时却记不得。”探春笑道：“你办事办老了的，还记不得，倒来难我们。你素日回你二奶奶也现查去？若有这道理，凤姐姐还不算利害，也就是算宽厚了！还不快找了来我瞧。再迟一日，不说你们粗心，反说我们没主意了。”吴新登家的满面通红，忙转身出来。众媳妇们都伸舌头，这里又回别的事。

一时，吴家的取了旧账来。探春看时，两个家里的赏过皆是二十两，两个外头的皆赏过四十两。外还有两个外头的，一个赏过一百两，一个赏过六十两。这两笔底下皆有原故：一个是隔省迁父母之柩，外赏六十两；一个是现买葬地，外赏二十两。探春便递与李纨看了。探春便说：“给他二十两银子。把这账留下，我们细看看。”吴新登家的去了。

忽见赵姨娘进来，李纨、探春忙让坐。赵姨娘开口便说道：“这屋里的人都踩下我的头去还罢了。姑娘你也想一想，该替我出气才是。”一面说，一面眼泪鼻涕哭起来。探春忙道：“姨娘这话说谁，我竟不解。谁踩姨娘的头？说出来我替姨娘出气。”赵姨娘道：“姑娘现踩我，我告诉谁！”探春听说，忙站起来，说道：“我并不敢。”李纨也站起来劝。赵姨娘道：“你们请坐下，听我说。我这屋里熬油似的熬了这么大年纪，又有你和你兄弟，这会子连袭人都不如了，我还有什么脸？连你也没脸面，别说我了！”

探春笑道：“原来为这个。我说我并不敢犯法违理。”一面便坐了，拿账翻与赵姨娘看，又念与他听，又说道：“这是祖宗手里旧规矩，人人都依着，偏我改了不成？这也不但袭人，将来环儿收了外头的，自然也是同袭人一样。这原不是什么争大争小的事，讲不到有脸没脸的话上。他是太太的奴才，我是按着旧规矩办。说办的好，领祖宗的恩典、太太的恩典；若说办的不均，那是他糊涂不知福，也只好凭他抱怨去。太太连房子赏了人，我有什么有脸之处；一文不赏，我也没什么没脸之处。依我说，太太不在家，姨娘安静些养神罢了，何苦只要操心。太太满心疼我，因姨娘每每生事，几次寒心。我但凡是个男人，可以出得去，我必早走了，立一番事业，那时自有一番道理。偏我是女孩儿家，一句多话也没有我乱说的。太太满心里都知道。如今因看重我，才叫我照管家务，还没有做一件好事，姨娘倒先来作践我。倘或太太知道了，怕我为难不叫我管，那才正经没脸呢，姨娘真也没脸了！”一面说，一面不禁滚下泪来。

赵姨娘没了别话答对，便说道：“太太疼你，你该越发拉扯拉扯我们。你只顾讨太太的疼，就把我们忘了。”探春道：“我怎么忘了？叫我怎么拉扯？这也问他们各人，那一个主子不疼出力得用的人？那一个好人用人拉扯的？”李纨在旁只管劝说：“姨娘别生气。也怨不得姑娘，他满心里要拉扯，口里怎么说的出来。”探春忙道：“这大嫂子也糊涂了，我拉扯谁？谁家姑娘们拉扯奴才了？他们的好歹，你们该知道，与我什么相干。”赵姨娘气的问道：“谁叫你拉扯别人去了？你不当家我也不来问你。你如今现说一是一，说二是二。如今你舅舅死了，你多给了二三十两银子，难道太太就不依你？分明太太是好太太，都是你们尖酸刻薄，可惜太太有恩无处使。姑娘放心，这也使不着你的银子。明儿等出了阁，我还想你额外照看赵家呢。如今没有长羽毛，就忘了根本，只拣高枝儿飞去了！”

探春没听完，已气的脸白气噎，抽抽咽咽的一面哭，一面问道：

赵姨娘辱亲女

"谁是我舅舅？我舅舅年下才升了九省检点，那里又跑出一个舅舅来？我倒素习按理尊敬，越发敬出这些亲戚来了。既这么说，环儿出去为什么赵国基又站起来，又跟他上学？为什么不拿出舅舅的款来？何苦来，谁不知道我是姨娘养的，必要过两三个月寻出由头来，彻底来翻腾一阵，生怕人不知道，故意的表白表白。也不知谁给谁没脸？幸亏我还明白，但凡糊涂不知理的，早急了。"李纨急的只管劝，赵姨娘只管还唠叨。

赵国基　贾环

忽听有人说："二奶奶打发平姑娘说话来了。"赵姨娘听说，方把口止住。只见平儿进来，赵姨娘忙陪笑让坐，又忙问："你奶奶好些？我正要瞧去，就只没得空儿。"李纨见平儿进来，因问他来做什么。平儿笑道："奶奶说，赵姨奶奶的兄弟没了，恐怕奶奶和姑娘不知有旧例，若照常例，只得二十两。如今请姑娘裁夺着，再添些也使得。"探春早已拭去泪痕，忙说道："又好好的添什么，谁又是二十四个月养下来的？不然也是那出兵放马背着主子逃出命来过的人不成？你主子真个倒巧，叫我开了例，他做好人，拿着太太不心疼的钱，乐的做人情。你告诉他，我不敢混添减，混出主意。他要施恩，等他好了出来，爱怎么添怎么添。”平儿一来时已明白了对半，今听这一番话，越发会意，见探春有怒色，便不敢以往日喜乐之时相待，只一边垂手默侍。

时值宝钗也从上房中来，探春等忙起身让坐。未及开言，又有一个媳妇进来回事。因探春才哭了，便有三四个小丫鬟捧了沐盆、巾帕、靶镜等物来。此时探春因盘膝坐在矮板榻上，那捧盆的丫鬟走至跟前，便双膝跪下，高捧沐盆；那两个小丫鬟，也都在旁屈膝捧着巾帕并靶镜脂粉之饰。平儿见侍书不在这里，便忙上来与探春挽袖卸镯，又接过一条大手巾来，将探春面前衣襟掩了。探春方伸手向面盆中盥沐。那媳妇便回道：“回奶奶姑娘，家学里支环爷和兰哥儿的一年公费。”平儿先道：“你忙什么！你睁着眼看，见姑娘洗脸，你不出去伺候着，先说话来。二奶奶跟前你也这么没眼色来着？姑娘虽然恩宽，我去回了二奶奶，只说你们眼里都没姑娘，你们都吃了亏，可别怨我。”唬的那个媳妇忙陪笑道：“我粗心了。”一面说，一面忙退出去。

探春一面匀脸，一面向平儿冷笑道：“你迟了一步，还有可笑的：连吴姐姐这么个办老了事的，也不查清楚了，就来混我们。幸亏我们问他，他竟有脸说忘了。我说他回你主子事也忘了再找去？我料着你那主子未必有耐性儿等他去找。”平儿忙笑道：“他有这一次，管包腿上的筋早折了两根。姑娘别信他们。那是他们瞅着大奶奶是个菩萨，姑娘又是个腼腆小姐，固然是托懒来混。”说着，又向门外说道：“你们只管撒野，等奶奶大安了，咱们再说。”门外的众媳妇都笑道：“姑娘，你是个最明白的人，俗语说，‘一人作罪一人当’，我们并不敢欺蔽小姐。如今小姐是娇客[①]，若认真惹恼了，死无葬身之地。”

平儿冷笑道：“你们明白就好了。”又陪笑向探春道：“姑娘知道二奶奶本来事多，那里照看的这些，保不住不忽略。俗语说，‘旁观者清’，这几年姑娘冷眼看着，或有该添该减的去处二奶奶没行到，姑娘竟一添减，头一件于太太的事有益，第二件也不枉姑娘待我们奶奶的情义了。”话未说完，宝钗、李纨皆笑道：“好丫头，真怨不得凤丫头偏

① 娇客——旧俗女婿或女儿都可称娇客，这里指探春。

疼他！本来无可添减的事，如今听你一说，倒要找出两件来斟酌斟酌，不辜负你这话。”探春笑道：“我一肚子气，正要拿他奶奶出气去，偏他碰了来，说了这些话，叫我也没了主意了。”

一面说，一面叫进方才那媳妇来，问：“环爷和兰哥儿家学里这一年的银子，是做那一项用的？”那媳妇便回说：“一年学里吃点心或者买纸笔，每位有八两银子的使用。”探春道：“凡爷们的使用，都是各屋里领了月钱的。环哥的是姨娘领二两，宝玉的是老太太屋里袭人领二两，兰哥儿的是大奶奶屋里领。怎么学里每人又多这八两？原来上学去的是为这八两银子！从今儿起，把这一项蠲了。平儿，回去告诉你奶奶，说我的话，把这一条务必免了。”平儿笑道：“早就该免。旧年奶奶原说要免的，因年下忙，就忘了。”那个媳妇只得答应着去了。就有大观园中媳妇捧了饭盒来。

侍书、素云早已抬过一张小饭桌来，平儿也忙着上菜。探春笑道：“你说完了话干你的去罢，在这里忙什么。”平儿笑道：“我原没事的。二奶奶打发了我来，一则说话，二则恐这里人不方便，原是叫我帮着妹妹们服侍奶奶、姑娘的。”探春因问：“宝姑娘的饭怎么不端来一处吃？”丫鬟们听说，忙出至檐外命媳妇去说：“宝姑娘如今在厅上一处吃，叫他们把饭送了这里来。”探春听说，便高声说道：“你别混支使人！那都是办大事的管家娘子们，你们支使他要饭要茶的，连个高低都不知道！平儿这里站着，你叫叫去。”

平儿忙答应了一声出来。那些媳妇们都忙悄悄的拉住笑道：“那里用姑娘去叫，我们已有人叫去了。”一面说，一面用手帕掸台阶上的土说：“姑娘站了半天乏了，这太阳影里且歇歇儿罢。”平儿便坐下。又有茶房里的两个婆子拿了个坐褥铺下，说：“石头冷，这是极干净的，姑娘将就坐一坐儿罢。”平儿忙陪笑道：“多谢。”一个又捧了一碗精致新茶出来，也悄悄笑说：“这不是我们的常用茶，原是伺候姑娘们的，姑娘且润一润罢。”平儿忙欠身接了，因指众媳妇悄悄说道：“你们太闹的不像了。他是个姑娘家，不肯发威动怒，这是他尊重，你们就藐视欺负他。果然招他动了大气，不过说他个粗糙就完了，你们就现吃不了的亏。他撒个娇儿，太太也得让他一二分，二奶奶也不敢怎样。你们就这么大胆子小看他，可是鸡蛋往石头上碰。”

众人都忙道："我们何尝敢大胆了，都是赵姨奶奶闹的。"平儿也悄悄的说："罢了，好奶奶们。'墙倒众人推'，那赵姨奶奶原有些倒三不着两，有了事都就赖他。你们素日那眼里没人，心术利害，我这几年难道还不知道？二奶奶若是略差一点儿的，早被你们这些奶奶治倒了。饶这么着，得一点空儿，还要难他一难，好几次没落了你们的口声[①]。众人都道他利害，你们都怕他，惟我知道他心里也就不算不怕你们呢。前儿我们还议论到这里，再不能依头顺尾，必有两场气生。那三姑娘虽是个姑娘，你们都错看了他。二奶奶这些大姑子小姑子里头，也就只单畏他五分。你们这会子倒不把他放在眼里了。"

正说着，只见秋纹走来。众媳妇忙赶着问好，又说："姑娘也且歇一歇，里头摆饭呢。等撤下饭桌子，再回话去。"秋纹笑道："我比不得你们，我那里等得？"说着便直要上厅去。平儿忙叫："快回来。"秋纹回头见了平儿，笑道："你又在这里充什么外围的防护？"一面回身便坐在平儿褥上。

平儿悄问："回什么？"秋纹道："问一问宝玉的月银我们的月钱多早晚才领。"平儿道："这什么大事。你快回去告诉袭人，说我的话，凭有什么事今儿都别回。若回一件，管驳一件；回一百件，管驳一百件。"秋纹听了，忙问："这是为什么？"平儿与众媳妇等都忙告诉他原故，又说："正要找几件利害事与有体面的人开例作法子，镇压与众人作榜样呢。何苦你们先来碰在这钉子上。你这一去说了，他们若拿你们也作一二件榜样，又碍着老太太、太太；若不拿着你们作一二件，人家又说偏一个向一个，仗着老太太、太太威势的就怕，也不敢动，只拿着软的作鼻子头[②]。你听听罢，二奶奶的事，他还要驳两件，才压的众人口声呢。"秋纹听了，伸舌笑道："幸而平姐姐在这里，没的臊一鼻子灰。我赶早知会他们去。"说着，便起身走了。

接着宝钗的饭至，平儿忙进来服侍。那时赵姨娘已去，三人在板床上吃饭。宝钗面南，探春面西，李纨面东。众媳妇皆在廊下静候，里头只有他们紧跟常侍的丫鬟伺候，别人一概不敢擅入。这些媳妇们都悄悄

① 口声——口实、话柄。

② 鼻子头——开头第一个，这里是开例以儆众人的意思。

的议论说："大家省事罢，别安着没良心的主意。连吴大娘才都讨了没意思，咱们又是什么有脸的。"他们一边悄议，等饭完回事。只觉里面鸦雀无声，并不闻碗箸之声。一时只见一个丫鬟将帘栊高揭，又有两个将桌抬出。茶房内早有三个丫头捧着三沐盆水，见饭桌已出，三人便进去了。一回又捧出沐盆并漱盂来，方有侍书、素云、莺儿三个，每人用茶盘捧了三盖碗茶进去。一时等他三人出来，侍书命小丫头子们："好生伺候着，我们吃饭来换你们。可又别偷坐着去。"众媳妇们方慢慢的一个一个的安分回事，不敢如先前轻慢疏忽了。

探春气方渐平，因向平儿道："我有一件大事，早要和你奶奶商议，如今可巧想起来。你吃了饭快来。宝姑娘也在这里，咱们四个人商议了，再细细问你奶奶可行可止。"平儿答应回去。

凤姐因问为何去这一日，平儿便笑着将方才的原故细细说与他听了。凤姐听了笑道："好，好，好，好个三姑娘！我说他不错。只可惜他命薄，没托生在太太肚子里。"平儿笑道："奶奶也说糊涂话了。他便不是太太养的，难道谁敢小看他，不与别的一样看了？"凤姐叹道："你那里知道，虽然正出庶出是一样，但只女孩儿，却比不得男人，将来说亲时，如今有一种轻狂人，先要打听姑娘是正出庶出，多有为庶出不要的。殊不知别说庶出，便是我们的丫头，比人家的小姐还强呢。将来不知那个没造化的挑庶正误了事呢，也不知那个有造化的不挑庶正的得了去。"

说着，又向平儿笑道："你知道，我这几年生了多少省俭的法子，一家子大约也没个不背地里恨我的。我如今也是骑上老虎背了。虽然看破些，无奈一时也难宽放；二则家里出去的多，进来的少。凡百大小事儿仍是照着老祖宗手里的规矩，却一年进的产业又不及先时。多省俭了，外人又笑话，老太太、太太也受委屈，家下人也抱怨刻薄；若不趁早儿料理省俭之计，再几年就都赔尽了。"平儿道："可不是这话！将来还有三四位姑娘，还有两三个小爷，一位老太太，这几件大事未完呢。"

凤姐笑道："我也虑到这里，倒也够了：宝玉和林妹妹他两个一娶一嫁，可以使不着官中的钱，老太太自有体己拿出来。二姑娘是大老爷那边的，也不算。剩了三四个，满破着每人花上一万银子。环哥娶亲有限，花上三千两银子，若不够，不拘那里省一抿子[1]也就够了。老太太的事出来，一应都是全有的，不过零星杂项，便费也满破三五千两。如今再俭省些，陆续也就够了。只怕如今平空又生出一两件事来，可就了不得了。——咱们且别虑后事，你且吃了饭，快听他商议什么。这正碰了我的机会，我正愁没个膀臂。虽有个宝玉，他又不是这里头的货，纵收伏了他也不中用。大奶奶是个佛爷，也不中用。二姑娘更不中用，亦且不是这屋里的人。四姑娘小呢。兰小子更小。环儿更是个燎毛的小冻猫子，只等有热灶火炕让他钻去罢。真真一个娘肚子里跑出这样天悬地隔的两个人来，我想到这里就不服。再者林丫头和宝姑娘他两个倒好，偏又都是亲戚，又不好管咱家务事。况且一个是美人灯儿，风吹吹就坏了；一个是拿定了主意，'不干己事不张口，一问摇头三不知'，也难十分去问他。倒只剩了三姑娘一个，心里嘴里都也来的，又是咱家的正人，太太又疼他，虽然面上淡淡的，皆因是赵姨娘那老东西闹的，心里却是和宝玉一样疼呢。比不得环儿，实在令人难疼，要依我的性儿早撵出去了。如今他既有这主意，正该和他协同，大家做个膀臂，我也不孤不独了。按正理，天理良心上论，咱们有他这个人帮着，咱们也省些心，于太太的事也有益。若按私心藏奸上论，我也太行毒了，也该抽头退步。回头看了看，再要穷追苦克，人恨极了，暗地里笑里藏刀，咱们两个才四个眼睛，两个心，一时不防，倒弄坏了。趁着紧溜[2]之中，他出头一料理，众人就把往日咱们的恨暂可解了。还有一件，我虽知你极明白，恐怕你心里挽不过来，如今嘱咐你：他虽是姑娘家，心里却事事明白，不过是言语谨慎；他又比我知书识字，更利害一层了。如今俗语'擒贼必先擒王'，他如今要作法开端，一定是先拿我开端。倘或他要驳我的事，你可别分辩，你只越恭敬，越说驳的是才好。千万别想着怕我没脸，和他一犟，就不好了。"

平儿不等说完，便笑道："你太把人看糊涂了。我才已经行在先，这会子又反嘱咐我。"凤姐笑道："我是恐怕你心里眼里只有了我，

① 一抿子——一点点、一小宗。抿子：原指刮刷头发的小刷子，所蘸十分有限。引申作量词。

② 紧溜——紧要关头。

一概没有别人之故，不得不嘱咐。既已行在先，更比我明白了。你又急了，满口里‘你’‘我’起来。”平儿道：“偏说‘你’！你不依，这不是嘴巴子，再打一顿。难道这脸上还没尝过的不成！”凤姐笑道：“你这小蹄子，要掂多少过子[1]才罢。看我病的这样，还来怄我呢。过来坐下，横竖没人来，咱们一处吃饭是正经。”

说着，丰儿等三四个小丫头子进来放小炕桌。凤姐只吃燕窝粥，两碟子精致小菜，每日分例菜已暂减去。丰儿便将平儿的四样分例菜端至桌上，与平儿盛了饭来。平儿屈一膝于炕沿之上，半身犹立于炕下，陪着凤姐吃了饭，服侍漱盥。漱毕，嘱咐了丰儿些话，方往探春处来。只见院中寂静，人已散出。要知后事如何，且听下回分解。

① 掂多少过子——以一事作话柄，反复提起。掂：掂量。

第五十六回

敏探春兴利除宿弊　时宝钗小惠全大体

话说平儿陪着凤姐吃了饭，服侍盥漱毕，方往探春处来。只见院中寂静，只有丫鬟、婆子在窗下听候。

平儿进入厅中，他姊妹三人正议论些家务，说的便是年内赖大家请吃酒他家花园中事故。见他来了，探春便命他脚踏上坐了，因说道："我想的事不为别的，因想着我们一月所用的油头脂粉的事，我想咱们一月已有二两月银，丫头们又另有月钱，可不是又同刚才学里的八两一样，重重叠叠？事虽小，钱有限，看起来也不妥当。你奶奶怎么就没想到这个呢？"

平儿笑道："这有个原故：姑娘们所用的这些东西，自然是该有分例。每月买办买了，令女人们各房交与我们收管，不过预备姑娘们使用就罢了，没有一个我们天天各人拿着钱找人买这些去的理。所以外头买办总领了去，按月使人按房交给我们。至于姑娘们的每月的二两，原不是为买这些的，为的是当家的奶奶太太或不在家，或不得闲，姑娘们偶然一时可巧要个钱使，省得找人去。这原是恐怕姑娘们受委屈意思，如今我冷眼看着，各房里的我们的姊妹都是现拿钱买这些东西的，竟有一半子。我就疑惑，不是买办脱了空，就是买的不是正经货。"探春李纨都笑道："你也留心看出来了。脱空是没有的，只是迟些日子；催急了，不知那里弄些来，不过是个名儿，其实使不得，依然还得现买。就用这二两银子，另叫别人的奶妈子的弟兄儿子买来方才使得。要使了官中的人，依然是那一样的，不知他们是什么法子？”平儿笑道：“买办买的是那东西，别人买了好的来，买办的也不依他，要夺他的买办。所以他们宁可得罪了里头，不肯得罪了外头办事的人。要是姑娘们使了奶妈妈子们，他们也就不敢说闲话了。”

探春道：“因此我心中不自在。钱费两起，东西又白丢一半，不如竟把每月买办的免了为是。此是一件事。第二件，年里往赖大家去，你也去的，你看他那小园子比咱们这个如何？”平儿笑道：“还没有咱们这一半大，树木花草也少了。”探春道：“我因和他家女儿说闲话儿，谁知那么个园子，除他们带的花儿、吃的笋菜鱼虾之外，一年还有人包了去，年终足有二百两银子剩。从那日我才知道，一个破荷叶，一根枯草根子，都是值钱的。”

宝钗笑道：“真真膏粱纨绮之谈。虽是千金小姐，原不知这些事，但你们都念过书识字的，竟没看见朱夫子有一篇《不自弃文》[①]的么？”探春笑道：“虽也看过，那不过是勉人自励，虚比浮词，那里真是有的？”宝钗道：“朱子都成了虚比浮词了？那句句都是有的。你才办了两天事，就利欲熏心，把朱子都看虚浮了。你再出去见了那些利弊大事，越发把孔子也看虚了呢！”

探春笑道：“你这样一个通人[②]，竟没看见姬子书？当日《姬子》有云：‘登利禄之场，处运筹之界者，窃尧舜之词，背孔孟之道。’”宝钗笑道：“底下一句呢？”探春笑道：“如今只断章取意，念出底下一句，我自己骂我自己不成？”宝钗道：“天下没有不可用的东西；既可用，便值钱。难为你是个聪敏人，这些正事大节目正事竟没经历。”李纨笑道：“叫人家来了，又不说正事，你们且对讲学问。”宝钗道：“学问中便是正事。不拿学问提着，便都流入市俗去了。”

三人取笑一回，便仍谈正事。探春因又接说道：“咱们这园子只算

---

① 《不自弃文》——大意为天下之物即便是顽石、蝮蛇、粪便、草灰等等皆因其有一节之可取而不为世之所弃，“今人德”、念“父功”，作成自身事业，以求“于身不弃，于人无愧，祖父不失其贻谋，子孙不沦于困辱”，从而保存和发展其祖宗的基业。

② 通人——博古通今之人。

比他们的多一半，加一倍算起来，一年就有四百银子的利息。若此时也出脱生发银子，自然小器，不是咱们这样人家行的事。若派出两个一定的人来，既有许多值钱的东西，一味任人作践，也似乎暴殄天物。不如在园子里所有的老妈妈中，拣出几个本分老诚能知园圃的，派他们收拾料理，也不必要他们交租纳税，只问他们一年可以孝敬些什么。一则园子有专定之人修理，花木自然一年好似一年了，也不用临时忙乱；二则也不至作践，白辜负了东西；三则老妈妈们也可借此小补，不枉成年价在园中辛苦；四则也可以省了这些花儿匠山子匠并打扫人等的工费。将此有余，以补不足，未为不可。”

宝钗正在地下看壁上的字画，听如此说，便点头笑道：“善哉，三年之内无饥谨矣！”李纨道：“好主意。这么一行，太太必喜欢。省钱事小，园子有人打扫，专司其职，又许他们去卖钱。使之以权，动之以利，再无不尽职的了。”平儿道：“这件事须得姑娘说出来。我们奶奶虽有此心，也未必好出口。此刻姑娘们在园里住着，不能多弄些玩意儿去陪衬，反叫人去监管修理，图省钱，这话断不好出口。”

宝钗忙走过来，摸着他的脸笑道：“你张开嘴，我瞧瞧你的牙齿舌头是什么做的。从早起来到这会子，你说了这些话，一套一个样子，也不奉承三姑娘，也没见你说奶奶才短想不到，也并没有三姑娘说一句，你就说一句是；横竖三姑娘一套话出来，你就有一套话进去；总是三姑娘想的到的，你奶奶也想到了，只是必有个不可办的原故。这会子又是因姑娘住的园子，不好因省钱令人去监管。你们想想这话，要果真交给人弄钱去的，那人自然是一枝花也不许掐，一个果子也不许动了，姑娘们分中，自然不敢讲究，天天和小姑娘们就吵不清。他这远愁近虑，不亢不卑。他奶奶便不是和咱们好，听他这一番话，也必要自愧的变好了，不和也变和了。”探春笑道：“我早起一肚子气，听他来了，忽然想起他主子来，素日当家使出来的好撒野的人，我见了他更生了气。谁知他来了，避猫鼠儿似的站了半日，怪可怜的。接着又说了那么些话，不说他主子待我好，倒说‘不枉姑娘待我们奶奶素日的情意了’。这一句，不但没了气，我倒愧了，又伤起心来。细想我一个女孩儿家，自己还闹得没人疼没人顾的，我那里还有好处去待人。”口内说到这里，不免又流下泪来。

李纨等见他说的恳切，又想他素日赵姨娘每生诽谤，在王夫人跟前亦为赵姨娘所累，亦都不免流下泪来，都忙劝他："趁今日清净，大家商议两件兴利剔弊的事，也不枉太太委托一场，又提这没要紧的事做什么？"平儿忙道："我已明白了。姑娘竟说谁好，竟一派人就完了。"探春道："虽如此说，也须得回你奶奶一声。我们这里搜剔小遗，已经不当，皆因你奶奶是个明白人，我才这样行，若是糊涂多蛊多妒[①]的，我也不肯，倒像抓他乖似的。岂可不商议了再行呢。"平儿笑道："既这么着，我去告诉一声。"说着去了，半日方回来，笑说："我说是白走一趟，这样好事，奶奶岂有不依的。"

探春听了，便和李纨命人将园中所有婆子的名单要来，大家参度，大概定了几个。又将他们一齐传来，李纨大概告诉与他们。众人听了，无不愿意。也有说："那一片竹子单交给我，一年工夫，明年又是一片。除了家里吃的笋，一年还可交些钱粮。"这一个说："那一片稻地交给我，一年这些玩意的大小雀鸟的粮食，不必动官中钱粮，我还可以交钱粮。"探春才要说话，人回："大夫来了，进园瞧姑娘。"众婆子只得去接大夫。平儿忙说："单你们，有一百个也不成个体统，难道没有两个管事的头脑带进大夫来？"回事的那人说："有，吴大娘和单大娘他两个在西南角上聚锦门等着呢。"平儿听说，方罢了。

众婆子去后，探春问宝钗如何。宝钗笑答道："幸于始者怠于终，缮其辞者嗜其利[②]。"探春听了，点头称赞，便向册上指出几人来与他三人看。平儿忙去取笔砚来。他三人说道："这一个老祝妈是个妥当的，况他老头子和他儿子代代都是管打扫竹子，如今竟把这所有的竹子交与他。这一个老田妈本是种庄稼的，稻香村一带凡有菜蔬稻稗之类，虽是玩意儿，不必认真耕锄，也须得他去，再细一按时加些植养，岂不更好？"

探春又笑道："可惜，蘅芜苑和怡红院这两处大地方竟没有出利息之物。"李纨忙笑道："蘅芜苑更利害。如今香料铺并大市大庙卖的各

---

① 多蛊多妒——居心歹毒，多所猜疑和妒忌。蛊：毒虫。

② 幸于始者怠于终，缮其辞者嗜其利——幸：庆幸，这里是指因有利可图而感到侥幸。缮：修补、整治。嗜：特殊爱好。全句意思是：开头因侥幸获利而兴头很高的人，最终是会懈怠的；嘴上说得很好听的人，特别爱占便宜。

处香料香草儿，都不是这些东西？算起来比别的利息更大。怡红院别说别的，单只说春夏天两季玫瑰花，并那篱笆上蔷薇、月季、宝相[1]、金银花、藤花，这几色草花干了，卖到茶叶铺药铺去，也值好些钱。”探春笑道：“原来如此。只是弄香草的没有在行的人。”平儿忙笑道：“跟宝姑娘的莺儿他妈就是会弄这个的，上回他还采了些晒干了编成花篮葫芦给我玩的，姑娘倒忘了么？”宝钗笑道：“我才赞你，你倒来捉弄我了。”三人都诧异，都问这是为何。

宝钗道：“断断使不得！你们这里多少得用的人，一个一个闲着没事办，这会子我又弄个人来，叫那起人连我也看小了。我倒替你们想出一个人来：怡红院有个老叶妈，他就是茗烟的娘。那是个诚实老人家，他又和我们莺儿的妈极好，不如把这事交与叶妈。他有不知的，不必咱们说给他，就找莺儿的娘去商量了。那怕叶妈全不管，竟交与那一个，这是他们私情儿，有人说闲话，也就怨不到咱们身上。如此一行，你们办的又至公，于事又妥。”李纨平儿都道：“是极。”探春笑道：“虽如此，只怕他们见利忘义呢。”平儿笑道：“不相干，前儿莺儿还认了叶妈做干娘，请吃饭吃酒，两家和厚好的很呢。”探春听了，方罢了。又公同斟酌出几人来，俱是他四人素昔冷眼取中的，用笔圈出。

一时婆子们来回大夫已去，将药方送上去。三人看了，一面遣人送出去取药，监派调服，一面探春与李纨明示诸人：“某人管某处，按四季除家中定例用多少外，余者任凭你们采取了去取利，年终算账。”探春笑道：“我又想起一件事：若年终算账归钱时，自然归到账房，仍是上头又添一层管主，还在他们手心里，又剥一层皮。这如今我们兴出这事来派了你们，已是跨过他们的头去了，心里有气，只说不出来；你们年终去归账，他们还不捉弄你们等什么？再者，这一年间管什么的，主子有一全分，他们就得半分。这是家里的旧例，人所共知的，别的偷着的在外。如今这园子里是我的新创，竟别入他们手，每年归账，竟归到里头来才好。”

宝钗笑道：“依我说，里头也不用归账。这个多了那个少了，倒多事了。不如问他们谁领一分子的，就派他揽一宗事去。不过是园里的

---

① 宝相——花名，属蔷薇科。

人动用。我替你们算出来了，有限的几宗事：不过是头油、胭粉、香、纸，每一位姑娘几个丫头，都是有定例的；再者，各处笤帚、撮簸、掸子并大小禽鸟、鹿、兔吃的粮食。不过这几样，都是他们包了去，不用账房去领钱。你算算，就省下多少来？”平儿笑道：“这几宗虽小，一年通共算了，也省的下四百多银子。”

宝钗笑道：“却又来，一年四百，二年八百两，取租的钱房子也能看得了几间，薄地也可添几亩。虽然还有富余的，但他们既辛苦闹一年，也要叫他们剩些，贴补贴补自家。虽是兴利节用为纲，然亦不可太啬。纵再省上二三百银子，失了大体统也不像。所以这么一行，外头账房里一年少出四五百银子，也不觉得很艰难了，他们里头却也得些小补。这些没营生的妈妈们也宽裕了，园子里花木，也可以每年滋生些，就是你们也得了可使之物。这庶几不失大体。若一味要省时，那里搜寻不出几个钱来？凡有些余利的，一概入了官中，那时里外怨声载道，岂不失了你们这样人家的大体？如今这园子里几十个老妈妈们，若只给了这几个，那剩的也必抱怨不公。我才说的，他们只供给这几样，也未免太宽裕了。一年竟除这个之外，每人不论有余无余，只叫他拿出几吊钱来，大家凑齐，单散与这些园中的妈妈们。他们虽不料理这些，却日夜也是在园中照看当差之人，关门闭户，起早睡晚，大雨大雪，姑娘们出入，抬轿子，撑船，拉冰床[①]，一应粗糙活计，都是他们的差使。一年在园里辛苦到头，这园内既有出息，也是分内该沾带些的。还有一句至小的话，越发说破了：你们只管了自己宽裕，不分与他们些，他们虽不敢明怨，心里却都不服，只用假公济私的多摘你们几个果子，多掐几枝花儿，你们有冤还没处诉的。他们也沾带些利息，你们有照顾不到的，他们就替你照顾了。”

众婆子听了这个议论，又去了账房受辖制，又不与凤姐去算帐，一年不过多拿出若干贯钱来，各各欢喜异常，都齐说：“愿意。强如出去被他揉搓着，还得拿出钱来呢。”那不得管地的听了每年终又无故得分钱，也都喜欢起来，口内说：“他们辛苦收拾，是该剩些钱贴补的。我

① 冰床——在冰上滑行用的小坐床，也称“冰排子”。

们怎么好‘稳坐吃三注①’的？”

宝钗笑道：“妈妈们也别推辞了，这原是分内应当的。你们只要日夜辛苦些，别躲懒纵放人吃酒赌钱就是了。不然，我也不该管这事；你们也知道我姨娘亲口嘱托我三五回，说大奶奶如今又不得闲儿，别的姑娘又小，托我照看照看。我若不管，分明是叫姨娘操心。你们奶奶又多病多痛，家务也忙。我原是个闲人，便是个街坊邻居，也要帮着些，何况是亲姨娘托我？讲不起众人嫌我。倘若我只顾了小分沽名钓誉的，那时酒醉赌博再生出事来，我怎么见姨娘？你们那时后悔也迟了，就连你们素日的老脸也都丢了。这些姑娘小姐们，这么一所大花园，都是你们照管着，皆因看得你们是三四代的老妈妈，最是循规遵矩的，原该大家齐心，顾些体面。你们反纵放别人任意吃酒赌博，姨娘听见了，教训一番犹可，倘若被那几个管家娘子听见了，他们也不用回姨娘，竟教导你们一番。你们这年老的反受了年小的教训，虽他们是管家，管的着你们，何如自己存些体统，他们如何得来作践？所以我如今替你们想出这个额外的进益来，也为的是大家齐心把这园里周全的谨谨慎慎的，使那些有权执事的看见这般严肃谨慎，且不用他们操心，他们心里岂不敬服？也不枉替你们筹画这进益了。你们去细想想这话。”

众人都欢喜说：“姑娘说的很是。从此姑娘奶奶只管放心，姑娘奶奶这样疼顾我们，我们再要不体上情，天地也不容了。”

刚说着，只见林之孝家的进来说：“江南甄府里家眷昨日到京，今日进宫朝贺。此刻先遣人来送礼请安。”说着，便将礼单送上来。探春接了，看道是：“上用的妆缎蟒缎十二匹，上用各色宁绸十二匹，上用宫绸十二匹，上用缎十二匹，上用纱十二匹，上用各色绸绫四十匹。”李纨也看过，便说道：“用上等封儿赏他。”因又命人去回了贾母。贾母便命人叫李纨、探春、宝钗等也都过来，将礼物看了。李纨收过，一边吩咐内库上人说：“等太太回来看了再收。”贾母因说道：“甄家人不与别家相同，上等赏封赏男人，只怕展眼又打发女人来请安，预备下尺头。”一语未完，果然人回：“甄府四个女人来请安。”贾母听了，

① 稳坐吃三注——不费气力而稳得多方钱财的意思。注：赌注，用来赌博的财物。三注：指押在上门、下门和天门三个位置上的赌注。

忙命人带进来。

那四个人都是四十往上年纪，穿戴之物，皆比主子不甚差别。请安问好毕，贾母命拿了四个脚踏来，他四人谢了坐，待宝钗等坐了，方都坐下。贾母便问："多早晚进京的？"四人忙起身回说："昨日进的京。今日太太带了姑娘进宫请安去了，所以先叫奴才们来请安，问候姑娘们。"贾母笑问道："这些年没进京，也不想到就来。"四人也都笑口道："正是，今年是奉旨进京的。"贾母问道："家眷都来了？"四人回说："老太太和哥儿、两位小姐并别位太太都没来，就只太太带了三姑娘来了。"贾母道："有人家没有？"四人道："尚没有呢。"贾母笑道："你们大姑娘和二姑娘这两家，都和我们家甚好。"四人笑道："正是。每年姑娘们有信回去说，全亏府上照看。"贾母笑道："什么照看，原是世交，又是老亲，原应当的。你们二姑娘更好，竟不自尊自大，所以我们才走的亲密。"四人笑道："这是老太太过谦了。"

贾母又问："你这哥儿也跟着你们老太太？"四人回说："也是跟着老太太。"贾母道："几岁了？"又问："上学不曾？"四人笑道："今年十三岁，因长得齐整，老太太很疼。自幼淘气异常，天天逃学，老爷太太也不便十分管教。"贾母笑道："也不成了我们家的了！你这哥儿叫什么名字？"四人道："因老太太当作宝贝一样，他又生的白，老太太便叫作宝玉。"贾母便向李纨等道："偏也叫作个宝玉。"李纨忙欠身笑道："从古至今，同时隔代重名的很多。"四人也笑道："起了这小名儿之后，我们上下都疑惑，不知那位亲友家也倒像有一个似的。只是这十来年没进京，都记不真了。"贾母笑道："那就是我的孙子。"因叫："人来！"众媳妇丫头答应了一声，走近几步。贾母笑道："园子里把咱们的宝玉叫了来，给这四位管家娘子瞧瞧，比他们的宝玉如何？"

众媳妇听了，忙去了，半刻围了宝玉进来。四人一见，忙起身笑道："唬了我们一跳。若是我们不进府来，倘若别处遇见，还只当我们的宝玉后赶着也进了京呢。"一面说，一面都上来拉他的手，问长问短。宝玉忙也笑问好。贾母笑道："比你们的长的如何？"李纨等笑道："四位妈妈才一说，可知是模样相仿了。"贾母笑道："那有这样巧事？大家子孩子们再养的娇嫩，除了脸上有残疾十分黑丑的，大概看去都是一样齐整。这也没有什么怪处。”四人笑道：“如今看来，模样是一样。据老太太说，淘气也一样。我们看来，这位哥儿性情却比我们的好些。”贾母忙问：“怎见得？”四人笑道：“方才我们拉哥儿的手说话便知道了。若是我们那一个，只说我们糊涂，慢说拉手，他的东西我们略动一动也不依。所使唤的人都是女孩子们。”

四人未说完，李纨姊妹等禁不住都失声笑出来。贾母也笑道：“我们这会子也打发人去见了你们宝玉，若拉他的手，他也自然勉强忍耐一时。可知你我这样人家的孩子们，凭他们有什么刁钻古怪的毛病儿，见了外人，必是要还出正经礼数来的。若他不还正经礼数，也断不容他刁钻去了。就是大人溺爱的，也为他一则生的得人意，二则见人礼数竟比大人行出来的不错，使人见了可疼可爱，背地里所以才纵他一点子。若他一味只管没里没外，不给大人争光，凭他生的怎样，也是该打死的。”

四人听了，都笑说：“老太太这话正是。虽然我们宝玉淘气古怪，有时见了客，规矩礼数更比大人有礼，所以无人见了不爱。只说为什么还打他，殊不知他在家里无法无天，大人想不到的话偏会说，想不到的事他偏要行，所以老爷太太恨的无法。就是任性，也是小孩子的常情，胡乱花费，这也是公子哥儿的常情，怕上学，也是小孩子的常情，都还治的过来。第一，天生下来这一种刁钻古怪的脾气，如何使得！”

一语未了，人回：“太太回来了。”王夫人进来问过安。他四人请了安，大概说了两句。贾母便命歇歇去。王夫人亲捧过茶，方退出。四人告辞了贾母，便往王夫人处来，说了一会儿家务，打发他们回去，不必细说。

这里贾母喜的逢人便告诉，也有一个宝玉，也都一般行景。众人都说天下之大，世宦之多，同名者也甚多，祖母溺爱孙者亦古今之常情，不是什么罕事，故皆不介意。独宝玉是个迂阔呆公子的性情，自为是那四人承悦贾母之词。后至蘅芜苑去看湘云病去，湘云说他：“你放心闹罢，先是‘单丝不成线，独树不成林’，如今有了个对子，闹急了，再打很了，你逃走到南京找那一个去。”宝玉道：“那里的谎话你也信了，偏又有个宝玉了？”湘云道：“怎么列国有个蔺相如[1]，汉朝又有个司马相如呢？”宝玉笑道：“这也罢了，偏又模样儿也一样，这是没有的事。”湘云道：“怎么匡人看见孔子，只当是阳虎[2]呢？”宝玉笑道：“孔子阳虎虽同貌，却不同名；蔺与司马虽同名，而不同貌；偏我和他就两样俱同不成？”湘云没了话答对，因笑道：“你只会胡搅，我也不和你分证。有也罢，没也罢，与我无干。”说着便睡下了。

宝玉心中便又疑惑起来：若说必无，然亦似有；若说必有，又并无目睹。心中闷闷，回至房中榻上默默盘算，不觉昏昏睡去，不觉竟到了一座花园之内。宝玉诧异道：“除了我们大观园，竟又有这一个园子？”正疑惑间，从那边来了几个女孩儿，都是丫鬟。宝玉又诧异道：“除了鸳鸯、袭人、平儿之外，也竟还有这一干人？”只见那些丫鬟笑道：“宝玉怎么跑到这里来了？”宝玉只当是说他，自己忙来陪笑说道：“因我偶步到此，不知是那位世交的花园，好姐姐们，带我逛逛。”众丫鬟都笑道：“原来不是咱家的宝玉。他生的倒也还干净，嘴儿也倒乖觉。”宝玉听了，忙道：“姐姐们，这里也竟还有个宝玉？”丫鬟们忙道：“宝玉二字，我们是奉老太太、太太之命，为保佑他延寿消灾的。我们叫他，他听见喜欢。你是那里远方来的臭小厮，也乱叫起他来？仔细你的臭肉，打不烂你的。”又一个丫鬟笑道：“咱们快走罢，别叫宝玉看见，又说同这臭小厮说了话，把咱熏臭了。”说着一径去了。

宝玉纳闷道：“从来没有人如此荼毒我，他们如何竟这样？真亦有我这样一个人不成？”一面想，一面顺步早到了一所院内。宝玉又诧异道：“除了怡红院，也竟还有这么一个院落。”忽上了台阶，进入屋内，只见榻上有一个人睡着，那边有几个女儿做针线，也有嘻笑玩耍的。只见榻上那个少年叹了一声，一个丫鬟笑问道：“宝玉，你不睡又叹什么？想必为你妹妹病了，你又胡愁乱恨呢。”宝玉听说，心下也便吃惊。只见榻上少年说道：“我听见老太太说，长安都中也有个宝

① 蔺相如——战国时赵国的上卿。

② 匡人看见孔子，只当是阳虎——匡：春秋时卫国的地方，在今河南省长垣县境。阳虎：阳货，春秋时鲁国人，季孙氏家臣。孔子的相貌像阳虎，因阳虎欺压过匡人，所以孔子过匡，匡人曾把他当成阳虎围困了几天。

玉，和我一样的性情，我只不信。我才作了一个梦，竟梦中到了都中一个花园子里头，遇见几个姐姐，都叫我臭小厮，不理我。好容易找到他房里，偏他睡觉，空有皮囊，真性不知往那里去了。”宝玉听说，忙说道：“我因找宝玉来到这里。原来你就是宝玉？”榻上的忙下来拉住：“原来你就是宝玉？这可不是梦里了。”宝玉道：“这如何是梦？真而又真了。”一语未了，只见人来说：“老爷叫宝玉。”唬得二人皆慌了。一个宝玉就走，一个宝玉便忙叫：“宝玉快回来，宝玉快回来！”

袭人在旁听他梦中自唤，忙推醒他，笑问道：“宝玉在那里？”此时宝玉虽醒，神意尚自恍惚，因向门外指说：“才出去了。”袭人笑道：“那是你梦迷了。你揉眼细瞧，是镜子里照的你影儿。”宝玉向前瞧了一瞧，原是那嵌的大镜对面相照，自己也笑了。早有人捧过漱盂茶卤[①]来，漱了口。麝月道：“怪道老太太常嘱咐说，小人屋里不可多有镜子。小人魂不全，有镜子照多了，睡觉惊恐做胡梦。如今倒在大镜子那里安了一张床。有时放下镜套还好；往前去，天热困倦，那里想的到放他，比如方才就忘了。自然是先躺下照着影儿玩来着，一时合上眼，自然是胡梦颠倒的；不然如何叫起自己的名字来呢？不如明儿挪进床来是正经。”一语未了，只见王夫人遣人来叫宝玉。不知有何话说，且听下回分解。

① 茶卤——这里指用以漱口的浓酽茶汁。

第五十七回

慧紫鹃情辞试忙玉　慈姨妈爱语慰痴颦

话说宝玉听王夫人唤他，忙至前边来，原来是王夫人要带他拜甄夫人去。宝玉自是欢喜，忙去换衣服，跟了王夫人到那里。见其家中形景，自与荣宁不甚差别，或有一二稍盛的。细问，果有一宝玉。甄夫人留席，竟日方回，宝玉方信。因晚间回家来，王夫人又吩咐预备上等的席面，定名班大戏，请过甄夫人母女。后二日，他母女便不作辞，回任去了，无话。

这日宝玉因见湘云渐愈，然后去看黛玉。正值黛玉才歇午觉，宝玉不敢惊动，因紫鹃正在回廊上手里做针黹，便来问他：“昨日夜里咳嗽可好了？”紫鹃道：“好些了。”宝玉笑道：“阿弥陀佛！宁可好了罢。”紫鹃笑道：“你也念起佛来，真是新闻！”宝玉笑道：“所谓‘病笃乱投医’了。”一面说，一面见他穿着弹墨绫薄绵袄，外面只穿着青缎夹背心，宝玉便伸手向他身上摸了一摸，说：“穿这样单薄，还在风口里坐着，时气又不好，你再病了，越发难了。”紫鹃便说道：“从此咱们只可说话，别动手动脚的。一年大二年小的，叫人看着不尊重。打紧的那起混账行子们背地里说你，你总不留心，还只管和小时一般行为，如何使得。姑娘常常吩咐我们，不叫和你说笑。你近来瞧他远着你还恐远不及呢。”说着便起身，携了针线进别房去了。

宝玉见了这般景况，心中像浇了一盆冷水一般，只瞅着竹子，发了一回呆。因祝妈正在那里刨土种竹，扫竹叶子，顿觉一时魂魄失守，随便坐在一块山石上出神，不觉滴下泪来。直呆了一顿饭工夫，千思万想，总不知如何是好。偶值雪雁从王夫人房里取了人参来，从此经过，忽扭项看见桃花树下石上一人手托着腮颊出神，不是别人，却是宝玉。雪雁疑惑道：“怪冷的，他一个人在这里做什么？春天凡有残疾的人都犯病，敢是他犯了呆病了？”一边想，一边便走过来蹲下笑道：“你在这里做什么呢？”宝玉忽见了雪雁，便说道：“你又作什么来找我？你难道不是女儿？他既防嫌，不许你们理我，你又来寻我，倘被人看见，岂不又生口舌？你快家去罢了。”雪雁听了，只当是他又受了黛玉的委屈，只得回至房中。

紫鹃

黛玉未醒，将人参交与紫鹃。紫鹃因问他：“太太做什么呢？”雪雁道：“也歇中觉，所以等了这半日。姐姐你听笑话儿：我因等太太的工夫，和玉钏儿姐姐坐在下房里说话儿，谁知赵姨奶奶招手儿叫我。我只当有什么话说，原来他和太太告了假，出去给他兄弟伴宿坐夜，明儿送殡去，跟他的小丫头子小吉祥儿没衣裳，要借我的月白缎子袄儿。我想他们一般也有两件子的，往脏地方儿去恐怕弄脏了，自己的舍不得穿，故此借别人的。借我的弄脏了也是小事，只是我想，他素日有些什么好处到咱们跟前，所以我说了：‘我的衣裳簪环都是姑娘叫紫鹃姐姐收着呢。如今先得去告诉他，还得回姑娘，费多少事呢。误了你老人家出门，不如再转借罢。’”紫鹃笑道：“你这个小东西子倒也巧。你不借给他，你往我和姑娘身上推，叫人怨不着你。他这会子就去呀，还是等明日一早才去呢？”雪雁道：“这会子就去，只怕此时已去了。”紫鹃点点头。雪雁道：“只怕姑娘还没醒呢，是谁给了宝玉气受，坐在那里哭呢。”紫鹃听了，忙问在那里。雪雁道：“在沁芳亭后头桃花底下呢。”

紫鹃听说，忙放下针线，又嘱咐雪雁好生听叫：“若问我，答应我就来。”说着，便出了潇湘馆，一径来寻宝玉，走至宝玉跟前，含笑说道：“我不过说了那两句话，为的是大家好，你就赌气跑了这风地里来哭，作出病来唬我。”宝玉忙笑道：“谁赌气了！我因为听你说的有理，我想你们既这样说，自然别人也是这样说，将来渐渐的都不理我了，我所以想着自己伤心。”

紫鹃也便挨他坐着。宝玉笑道：“方才对面说话你还走开，这会子怎么又来挨我坐着？”紫鹃道：“你都忘了？几日前你们姊妹两个正说话儿，赵姨娘一头走进来，——我才听见他不在家，所以我来问你。正是前日你和他才说了一句‘燕窝’就歇住了，总没提起，我正想着问你。”宝玉道：“也没什么要紧。不过我想着宝姐姐也是客中，既吃燕窝，不可间断，若只管和他要，也太托实[①]。虽不便和太太要，我已经在老太太跟前略露了个风声，只怕老太太和凤姐姐说了。我要告诉他，竟没告诉完。如今我听见一日给你们一两燕窝，这也就完了。”紫鹃道：“原来是你说了，这又多谢你费心。我们正疑惑，老太太怎么忽然想起来叫人每一日送一两燕窝来呢？这就是了。”

宝玉笑道：“这要天天吃惯了，吃上二三年就好了。”紫鹃道：“在这里吃惯了，明年家去，那里有这闲钱吃这个？”宝玉听了，吃了一惊，忙问：“谁家去？”紫鹃道：“你妹妹回苏州家去。”宝玉笑道：“你又说白话。苏州虽是原籍，因没了姑父姑母，无人照看，才接了来的。明年回去找谁？可见是扯谎。”紫鹃冷笑道：“你太看小了人。你们贾家独是大族人口多的，除了你家，别人只得一父一母，房族中真个再无人了不成？我们姑娘来时，原是老太太心疼他年小，虽有

① 托实——实心眼儿，含有不识相的意思。

伯叔，不如亲父母，故此接来住几年。大了该出阁时，自然要送还林家的。终不成林家的女儿在你贾家一世不成？林家虽贫到没饭吃，也是世代书香人家，断不肯将他家的人丢给亲戚，落人耻笑。所以早则明年春天，迟则秋天。这里纵不送去，林家亦必有人来接的了。前日夜里姑娘和我说了，叫我告诉你：将从前小时玩的东西，有他送你的，叫你都打点出来还他。他也将你送他的打点了在那里呢。”宝玉听了，便如头顶上打了一个焦雷一般。紫鹃看他怎样回答，等了半天，见他总不作声。才要再问，忽见晴雯找来说：“老太太叫你呢，谁知道在这里。”紫鹃笑道：“他这里问姑娘的病症，我告诉了他半天，他只不信。你倒拉他去罢。”说着，自己便走回房去了。

晴雯见他呆呆的，一头热汗，满脸紫胀，忙拉他的手，一直到怡红院中。袭人见了这般，慌起来，只说时气所感，热身被风扑了。无奈宝玉发热事犹小可，更觉两个眼珠儿直直的起来，口角边津液流出，皆不知觉。给他个枕头，他便睡下；扶他起来，他便坐着；倒了茶来，他便吃茶。众人见他这样，一时忙乱起来，又不敢造次去回贾母，先便差人出去请李嬷嬷。

一时李嬷嬷来了，看了半天，问他几句话也无回答，用手向他脉门摸了摸，嘴唇人中①上边着力掐了两下，掐的指印如许来深，竟也不觉疼。李嬷嬷只说了一声“可了不得了”，“呀”的一声便搂着放声大哭起来。急的袭人忙拉他说：“你老人家瞧瞧，可怕不怕？且告诉我们去回老太太、太太去。你老人家怎么先哭起来？”李嬷嬷捶床捣枕说：“这可不中用了！我白操了一世的心了！”袭人等以他年老多知，所以请他来看，如今见他这般一说，都信以为实，也都哭起来。

晴雯便告诉袭人，方才如此这般。袭人听了，便忙到潇湘馆来，见紫鹃正服侍黛玉吃药，也顾不得什么，便走上来问紫鹃道：“你才和我们宝玉说了些什么？你瞧他去，你回老太太去，我也不管了！”说着，便坐在椅上。黛玉忽见袭人满面急怒，又有泪痕，举止大变，便不免也慌了，忙问怎么了。袭人定了一回，哭道：“不知紫鹃姑奶奶说了

① 人中——人体穴位名，在鼻下唇上正中之凹痕处。对此穴扎针或用指甲力掐，可急救昏迷不醒。

些什么话，那个呆子眼也直了，手脚也冷了，话也不说了，李妈妈掐着也不疼了，已死了大半个了！连李妈妈都说不中用了，那里放声大哭。只怕这会子都死了！”黛玉一听此言，李妈妈乃久经老妪，他说不中用了，可知必不中用。哇的一声，将所服之药一口呛出，抖肠搜肺、炙胃扇肝的哑声大嗽了几阵，一时面红发乱，目肿筋浮，喘的抬不起头来。紫鹃忙上来捶背，黛玉伏枕喘息半晌，推紫鹃道：“你不用捶，你竟拿绳子来勒死我是正经！”紫鹃哭道：“我并没说什么，不过是说了几句玩话，他就认真了。”袭人道：“你还不知道他，那傻子每每玩话认了真。”黛玉道：“你说了什么话，趁早儿去解说，他只怕就醒过来了。”紫鹃听说，忙下了床，同袭人到了怡红院。

谁知贾母、王夫人等已都在那里了。贾母一见了紫鹃，便眼内出火，骂道：“你这小蹄子，和他说了什么？”紫鹃忙道：“并没说什么，不过说几句玩话。”谁知宝玉见了紫鹃，方哎呀了一声，哭出来了。众人一见，方都放下心来。贾母便拉住紫鹃，只当他得罪了宝玉，所以拉紫鹃，命他陪罪。谁知宝玉一把拉住紫鹃，死也不放，说：“要去连我也带了去。”众人不解，细问起来，方知紫鹃说“要回苏州去”一句玩话引出来的。贾母流泪道：“我当有什么要紧大事，原来是这句玩话。”又向紫鹃道：“你这孩子，素日是个伶俐聪敏的，你又知道他有个呆根子，平白的哄他作什么？”薛姨妈劝道：“宝玉本来心实，可巧林姑娘又是从小儿来的，他姊妹两个一处长了这么大，比别的姊妹更不同。这会子热剌剌的说一个去，别说他是个实心的傻孩子，便是冷心肠的大人也要伤心。这并不是什么大病，老太太和姨太太只管万安，吃一两剂药就好了。”

正说着，人回：“林之孝家的、赖大家的都来瞧哥儿来了。”贾母道：“难为他们想着，叫他们来瞧瞧。”宝玉听了一个“林”字，便满床闹起来说：“了不得了，林家的人接他们来了，快打出去罢！”贾母听了，也忙说：“打出去罢。”又忙安慰说：“那不是林家的人。林家的人都死绝了，没人来接他的，你只放心罢。”宝玉哭道：“凭他是谁，除了林妹妹，都不许姓林了！”贾母道：“没姓林的来，凡姓林的我都打走了。”一面吩咐众人：“以后别叫林之孝家的进园来，你们也别说‘林’字。好孩子们，你们听我这句话罢！”众人忙答应，又不敢笑。一时宝玉又一眼看见了十锦格子上陈设的一支双金西洋自行船，便指着乱说：“那不是接他们来的船来了？湾在那里呢。”贾母忙命拿下来。袭人忙拿下来，宝玉伸手要，袭人递过，宝玉便掖在被中，笑道：“可去不成了！”一面说，一面死拉着紫鹃不放。

一时人回大夫来了，贾母忙命快进来。王夫人、薛姨妈、宝钗等暂避里间，贾母便端坐在宝玉身旁。王太医进来见许多的人，忙上去请了贾母的安，拿了宝玉的手诊了一回。那紫鹃少不得低了头。王大夫也不解何意，起身说道：“世兄这症乃是急痛迷心。古人曾云：‘痰迷有别。有气血亏柔，饮食不能熔化痰迷者；有怒恼中痰裹而迷者；有急痛壅塞者。’此亦痰迷之症[1]，系急痛所致，不过一时壅蔽，较诸痰迷似轻。”贾母道：“你只说怕不怕，谁同你背药书呢。”王太医忙躬身笑说：“不妨，不妨。”贾母道：“果真不妨？”王太医道：“实在不妨，都在晚生身上。”贾母道：“既如此，请到外面坐，开药方，若吃好了，我另外预备好谢礼，叫他亲自捧了送去磕头；若耽误了，打发人去拆了太医院大堂。”王太医只躬身笑说：“不敢，不敢。”他原听了说“另具上等谢礼命宝玉去磕头”，故满口说：“不敢”，竟未听见贾母后来说拆太医院之戏语，犹说“不敢”，贾母与众人反倒笑了。一时，按方煎了药来服下，果觉比先安静。无奈宝玉只不肯放紫鹃，只说他去了便是要回苏州去了。贾母王夫人无法，只得命紫鹃守着他，另将琥珀去服侍黛玉。黛玉不时遣雪雁来探消息。

晚间宝玉稍安，贾母王夫人等方回房去。一夜还遣人来问讯几次。李奶母带领宋嬷嬷等几个年老人用心看守，紫鹃、袭人、晴雯等日夜相伴。有时宝玉睡去，必从梦中惊醒，不是哭了说黛玉已去，便是有人来接。每一惊时，必得紫鹃安慰一番方罢。彼时贾母又命将祛邪守灵丹及开窍通神散各样上方秘制诸药，按方饮服。次日又服了王太医的药，渐次好起来。宝玉心下明白，因恐紫鹃回去，故意作佯狂之态。紫鹃自那日也着实后悔，如今日夜辛苦，并没有怨意。袭人等皆心安神定，因向紫鹃笑道：“都是你闹的，还得你来治。也没见我们这位呆爷听了风就

① 痰迷之症——中医术语，亦称“痰迷心窍”，由痰阻经络、孔窍引起神志昏迷的一种病症。亦泛指“中风”病。

是雨，往后怎么好。”暂且按下。

且说因此时湘云之症已愈，天天过来瞧看，见宝玉明白了，便将他病中狂态形容了与他瞧，引的宝玉自己伏枕而笑。原来他起先那样竟是不知的，如今听人说还不信。

无人时紫鹃在侧，宝玉又拉他的手问道：“你为什么唬我？”紫鹃道：“不过是哄你玩的，你就认真了。”宝玉道：“你说的那样有情有理，如何是玩话？”紫鹃笑道：“那些玩话都是我编的。林家实没了人口，纵有也是极远的。族中也都不在苏州住，各省流寓不定。纵有人来接，老太太必不放去的。”宝玉道：“便老太太放去，我也不依。”紫鹃笑道：“果真的你不依？只怕是口里的话。你如今也大了，连亲也定下了，过二三年再娶了亲，你眼里还有谁了？”宝玉听了，又惊问：“谁定了亲？定了谁？”紫鹃笑道：“年里我听见老太太说，要定下琴姑娘呢。不然那么疼他？”宝玉笑道：“人人只说我傻，你比我更傻。不过是句玩话，他已经许给梅翰林家了。果然定下了他，我还是这个形景了？先是我发誓赌咒砸这劳什子，你都没劝过吗？我病的刚刚的这几日才好了，你又来怄我。”一面说，一面咬牙切齿的，又说道：“我只愿这会子立刻我死了，把心迸出来你们瞧见了，然后连皮带骨一概都化成一股灰——灰还有形迹，不如不如再化一股烟——烟还可凝聚，人还看见，须得一阵大乱风吹的四面八方都登时散了，这才好！”一面说，一面又滚下泪来。

紫鹃忙上来握他的嘴，替他擦眼泪，又忙笑解说道：“你不用着急。这原是我心里着急，故来试你。”宝玉听了，更又诧异，问道：“你又着什么急？”紫鹃笑道：“你知道，我并不是林家的人，我也和袭人、鸳鸯是一伙的，偏把我给了林姑娘使。偏生他又和我极好，比他苏州带来的还好十倍，一时一刻我们两个离不开。我如今心里却愁，他倘或要去了，我必要跟了他去的。我是合家在这里，我若不去，辜负了我们素日的情肠；若去，又弃了本家。所以我疑惑，故设出这谎话来问你，谁知你就傻闹起来。”宝玉笑道：“原来是你愁这个，所以你是傻子。从此后再别愁了。我只告诉你一句趸话：活着，咱们一处活着；不活着，咱们一处化灰化烟，如何？”紫鹃听了，心下暗暗筹画。

忽有人回：“环爷兰哥儿问候。”宝玉道：“就说难为他们，我才睡了，不必进来。”婆子答应去了。紫鹃笑道：“你也好了，该放我回去瞧瞧我们那一个去了。”宝玉道：“正是这话。我昨日就要叫你去的，偏又忘了。我已经大好了，你就去罢。”紫鹃听说，方打叠铺盖妆奁之类。宝玉笑道：“我看见你文具里头有两三面镜子，你把那面小菱花的给我留下罢。我搁在枕头旁边，睡着好照，明儿出门带着也轻巧。”紫鹃听说，只得与他留下，先命人将东西送过去，然后别了众人，自回潇湘馆来。

林黛玉近日闻得宝玉如此形景，未免又添些病症，多哭几场。今见紫鹃来了，问其原故，已知大愈，仍遣琥珀去服侍贾母。夜间人定后，紫鹃已宽衣卧下之时，悄向黛玉笑道：“宝玉的心倒实，听见咱们去，就那样起来。”黛玉不答。紫鹃停了半晌，自言自语的说道：“一动不如一静。我们这里就算好人家，别的都容易，最难得的是从小儿一处长大，脾气情性都彼此知道的了。”黛玉啐道：“你这几天还不乏，趁这会子不歇一歇，还嚼什么蛆。”

紫鹃笑道：“倒不是白嚼蛆，我倒是一片真心为姑娘。替你愁了这几年了，无父母无兄弟，谁是知疼着热的人？趁早儿老太太还明白硬朗的时节，作定了大事要紧。俗语说，‘老健春寒秋后热’[①]，倘或老太太一时有个好歹，那时虽也完事，只怕耽误了时光，还不得趁心如意呢。公子王孙虽多，那一个不是三房五妾，今儿朝东，明儿朝西？要一个天仙来，也不过三夜五夕，也丢在脖子后头了，甚至于为妾为丫头反目成仇的。若娘家有人有势的还好，像姑娘这样的人，有老太太一日，好些，一日没了老太太，也只是凭人去欺负罢了。所以说，拿主意要紧。姑娘是个明白人，岂不闻俗语说的：‘万两黄金容易得，知心一个也难求。’”

黛玉听了，便说道：“这丫头今儿可疯了？怎么去了几日，忽然变了一个人。我明儿必回老太太退回你去，我不敢要你了。”紫鹃笑道：“我说的是好话，不过叫你心里留神，并没叫你去为非作歹，何苦回老太太，叫我吃了亏，又有何好处？”说着，竟自睡了。黛玉听了这话，

① 老健春寒秋后热——春日渐暖，虽寒也不会持久；立秋之后即转凉，再热也是暂时的。这里用春寒秋热比喻老年人的健康不易常保。

口内虽如此说，心内未尝不伤感，待他睡了，便直哭了一夜，至天明方打了一个盹儿。次日勉强盥漱了，吃了些燕窝粥，便有贾母等亲来看视了，又嘱咐了许多话。

目今是薛姨妈的生日，自贾母起，诸人皆有祝贺之礼。黛玉亦早备了两色针线送去。是日也定了一本小戏请贾母王夫人等，独有宝玉与黛玉二人不曾去得。至散时，贾母等顺路又瞧他二人一遍，方回房去。次日，薛姨妈家又命薛蝌陪诸伙计吃了一天酒，连忙了三四天方完备。

因薛姨妈看见邢岫烟生得端雅稳重，且家道贫寒，是个钗荆裙布的女儿，便欲说与薛蟠为妻。因薛蟠素习行止浮奢，又恐遭踏人家的女儿。正在踌躇之际，忽想起薛蝌未娶，看他二人恰是一对天生地设的夫妻，因谋之于凤姐。凤姐叹道："姑妈素知我们太太有些左性的，这事等我慢谋。"因贾母去瞧凤姐时，凤姐便和贾母说："薛姑妈有件事求老祖宗，只是不好启齿的。"贾母忙问何事，凤姐便将求亲一事说了。贾母笑道："这有什么不好启齿？这是极好的事。等我和你婆婆说了，没有不依的。"因回房来，即刻就命人来请邢夫人过来，硬作保山。邢夫人想了一想：薛家根基不错，且现今大富，薛蝌生得又好，且贾母硬作保山，将计就计，便应了。贾母十分喜欢，忙命人请了薛姨妈来。二人见了，自然有许多谦辞。邢夫人即刻命人去告诉邢忠夫妇。他夫妇此来原是投靠邢夫人的，如何不依？早极口的说好极。

贾母笑道："我爱管个闲事，今儿又管成了一件事，不知得多少谢媒钱？"薛姨妈笑道："这是自然的。纵抬了十万银子来，只怕不希罕。但只一件，老太太既是作媒，还得一位主亲才好。"贾母笑道："别的没有，我们家拆腿烂手的人还有两个。"说着，便命人去叫过尤氏婆媳二人来。贾母告诉他原故，彼此忙都道喜。贾母吩咐道："咱们家的规矩你是尽知的，从没有两亲家争里争面的。如今你算替我在当中料理，也不可太啬，也不可太费，把他两家的事周全了回我。"尤氏忙答应了。薛姨妈喜之不尽，回家命写了请帖补送过宁府。尤氏深知邢夫人情性，本不欲管，无奈贾母亲嘱咐，只得应了，惟忖度邢夫人之意行事。薛姨妈是个无可无不可的人，还倒容易说。这且不在话下。

如今薛姨妈既定了邢岫烟为媳，合宅皆知。邢夫人本欲接出岫烟去住，贾母因说："这又何妨，两个孩子又不能见面，就是姨太太和他一个大姑，一个小姑，又何妨？况且都是女儿，正好亲近呢。”邢夫人方罢。

薛蝌、岫烟二人前次途中皆曾有一面之遇，大约二人心中也皆如意。只是邢岫烟未免比先时拘泥了些，不好与宝钗姊妹共处闲语；又兼湘云是个爱取笑的，更觉不好意思。幸他是个知书达礼的，虽有女儿身分，还不是那种佯羞诈愧一味轻薄造作之辈。宝钗自见他时，见他家业贫寒，二则别人之父母皆年高有德之人，独他父母偏是酒糟透之人，于女儿分中平常；邢夫人也不过是脸面之情，亦非真心疼爱；且岫烟为人雅重，迎春是个有气的死人，连他自己尚未照管齐全，如何能照管到他身上？凡闺阁中家常一应需用之物，或有亏乏，无人照管，他又不与人张口，宝钗倒暗中每相体贴接济，也不敢与邢夫人知道，亦恐多心闲话之故耳。如今却是意外之奇缘，作成这门亲事。岫烟心中先取中宝钗，有时仍与宝钗闲话，宝钗仍以姊妹相呼。

这日宝钗因来瞧黛玉，恰值岫烟也来瞧黛玉，二人在半路相遇。宝钗含笑唤他到跟前，二人同走至一块石壁后，宝钗笑问他：“这天还冷的很，你怎么倒全换了夹的？”岫烟见问，低头不答。宝钗便知道又有了原故，因又笑问道：“必定是这个月的月钱又没得。凤丫头如今也这样没心没计了。”岫烟道：“他倒想着不错日子给，因姑妈打发人和我说，一个月用不了二两银子，叫我省一两给爹妈送出去，要使什么，横竖有二姐姐的东西，能着些儿搭着就使了。姐姐想，二姐姐也是个老实人，也不大留心，我使他的东西，他虽不说什么，他那些妈妈丫头，那一个是省事的，那一个是嘴里不尖的？我虽在那屋里，却不敢很使唤他们，过三天五天，我倒得拿出钱出来给他们打酒买点心吃才好。因一月二两银子还不够使，如今又去了一两。前儿我悄悄的把绵衣服叫人当了几吊钱盘缠。”

宝钗听了，愁眉叹道：“偏梅家又合家在任上，后年才进来。若是在这里，琴儿过去了，好再商议你的事。离了这里就完了。如今不先定了他妹妹的事，也断不敢先娶亲的。如今倒是一件难事。再迟两年，又怕你熬煎出病来。等我和妈再商议。”宝钗又指他裙上一个碧玉珮问道：“这是谁给你的？”岫烟道：“这是三姐姐给的。”宝钗点头笑道：“他见人人皆有，独你一个没有，怕人笑话，故此送你一个。这是他聪明细致之处。”

岫烟又问：“姐姐此时那里去？”宝钗道：“我到潇湘馆去。你且回去，把那当票[①]叫丫头送来，我那里悄悄的取出来，晚上再悄悄的送给你去，早晚好穿，不然风扇了事大！但不知当在那里了？”岫烟道：“叫作‘恒舒典’，是鼓楼西大街的。”宝钗笑道：“这闹在一家去了。伙计们倘或知道了，好说‘人没过来，衣裳先过来’了。”岫烟听说，便知是他家的本钱，也不觉红了脸一笑，二人走开。

宝钗就往潇湘馆来。正值他母亲也来瞧黛玉，正说闲话呢。宝钗笑道：“妈多早晚来的？我竟不知道。”薛姨妈道：“我这几天连日忙，总没来瞧瞧宝玉和他。所以今儿瞧他二个，都也好了。”黛玉忙让宝钗坐了，因向宝钗道：“天下的事真是人想不到的，拿着姨妈和大舅母又作一门亲家。”薛姨妈道：“我的儿，你们女孩家那里知道，自古道：‘千里姻缘一线牵’。管姻缘的有一位月下老人，预先注定，暗里只用一根红丝把这两个人的脚绊住，凭你两家隔着海呢，若有姻缘的，也终久有机会作了夫妇。这一件事都是出人意料之外，凭父母本人都愿意了，或是年年在一处的，以为是定了的亲事，若是月下老人不用红线拴的，再不能到一处。比如你姐妹两个的婚姻，此刻也不知在眼前，也不知在山南海北呢。”

宝钗道：“惟有妈，说动话就拉上我们。”一面说，一面伏在他母亲怀里笑说：“咱们走罢。”黛玉笑道：“你瞧，这么大了，离了姨妈他就是个最老道[②]的，见了姨妈他就撒娇儿。”薛姨妈用手摩弄着宝钗，叹向黛玉道：“你这姐姐就和凤哥儿在老太太跟前一样，有了正经事就和他商量，没了事，幸亏他开开我的心。我见了他这样，有多少愁不散的。”

黛玉听说，流泪叹道：“他偏在这里这样，分明是气我没娘的人，故意来刺我的眼！”

宝钗笑道：“妈妈你瞧他这轻狂样儿，倒说我撒娇儿。”薛姨妈

---

① 当票——当铺付给贷款人作为凭证的票据。当铺是旧时以典当进行高利剥削的一种行业，收取抵押品，发放贷款，利率很高，若过期不赎，抵押品即归当铺所有。

② 老道——这里义同“老到”，老成练达的意思。

道："也怨不得他伤心，可怜没父母，到底没个亲人。"又摩娑黛玉笑道："好孩子别哭。你见我疼你姐姐你伤心，你不知我心里更疼你呢。你姐姐虽没了父亲，到底有我，有亲哥哥，这就比你强了。我常和你姐姐说，心里很疼你，只是外头不好带出来。你这里人多嘴杂，说好话的人少，说歹话的人多，不说你无依无靠，为人作人配人疼，只说我们看着老太太疼你，我们也洑上水[1]去了。"黛玉笑道："姨妈既这么说，我明日就认姨妈做娘，姨妈若是弃嫌不认，便是假意疼我了。"薛姨妈道："你不厌我，就认了才好。"

宝钗忙道："认不得的。"黛玉道："怎么认不得？"宝钗笑问道："我且问你，我哥哥还没定亲事，为什么反将邢妹妹先说与我兄弟了，是什么道理？"黛玉道："他不在家，或是属相生日不对，所以先说与兄弟了。"宝钗笑道："不是这样。我哥哥已经相准了，只等来家就下定了，也不必提出人来，我方才说你认不得娘，你细想去。"说着，便和他母亲挤眼儿发笑。黛玉听了，便也一头伏在薛姨妈身上，说道："姨妈不打他我不依。"薛姨妈忙也搂他笑道："你别信你姐姐的话，他是和你玩呢。"宝钗笑道："真个的，妈明儿和老太太求了他作媳妇，岂不比外头寻的好？"黛玉便拢上来要抓他，口内笑说："你越发疯了。"薛姨妈忙也笑劝，用手分开方罢。

因又向宝钗道："连邢姑娘我还怕你哥哥糟蹋了他，所以给你兄弟。别说这孩子，我也断不肯给他。前儿老太太因要把你妹妹说给宝玉，偏生又有了人家，不然倒是一门好亲事。前儿我说定了邢姑娘，老太太还取笑说：'我原要说他的人，谁知他的人没到手，倒被他说了我们一个去了。'虽是玩话，细想来倒有些意思。我想宝琴虽有了人家，我虽没人可给，难道一句话也不说。我想着，你宝兄弟老太太那样疼他，他又生的那样，若要外头说去，断不中意。不如竟把你林妹妹定与他，岂不四角俱全[2]？"黛玉先还怔怔的，听后来见说到自己身上，便啐了宝钗一口，红了脸，拉着宝钗笑道："我只打你！你为什么招出姨妈这些老没正经的话来？"宝钗笑道："这可奇了！妈说你，为什么打

① 洑上水——洑：游泳。洑上水：游向上游，比喻巴结有权势的人。

② 四角俱全——完美无缺的意思。

我？”

紫鹃忙也跑来笑道：“姨太太既有这主意，为什么不和老太太说去？”薛姨妈呵呵笑道：“你这孩子，急什么？想必催着你姑娘出了阁，你也要早些寻一个小女婿去了。”紫鹃听了，也红了脸，笑道：“姨太太真个倚老卖老的起来。”说着，便转身去了。黛玉先骂：“又与你这蹄子什么相干？”后来见了这样，也笑道：“阿弥陀佛！该，该，该！也臊了一鼻子灰去了！”薛姨妈母女及屋内婆子丫鬟都笑起来。

一语未了，忽见湘云走来，手里拿着一张当票，口内笑道：“这是个账篇子？”黛玉瞧了，也不认得。地下婆子们都笑道：“这可是一件奇货，这个乖可不是白教人的。”宝钗忙一把接了，看时，就是岫烟才说的当票，忙折了起来。薛姨妈忙说：“那必定是那个妈妈的当票子失落了，回来急的他们找。那里得的？”湘云道：“什么是当票子？”众人都笑道：“真真是个呆姑娘，连个当票子也不知道。”薛姨妈叹道：“怨不得他，真真是侯门千金，而且又小，那里知道这个？那里去看这个？便是家下人有这个，他如何得见？别笑他是呆子，若给你们家的姑娘们看了，也都成了呆子呢。”众婆子笑道：“林姑娘才也不认得，别说姑娘们。就如宝玉，他倒是外头常出去走的，只怕他还没见过呢。”薛姨妈忙将原故讲明。湘云、黛玉二人听了方笑道：“原来为此。人也太会想钱了，姨妈家的当铺也有这个么？”众人笑道：“这又呆了。‘天下老鸹一般黑’，岂有两样的？”薛姨妈因又问是那里拾的？湘云方欲说时，宝钗忙说：“是一张死了没用的，不知那年勾了账的，香菱拿着哄他们玩的。”薛姨妈听了此话是真，也就不问了。一时人来回：“那府里大奶奶过来请姨太太说话呢。”薛姨妈起身去了。

这里屋内无人时，宝钗方问湘云何处捡的。湘云笑道：“我见你令弟媳的丫头篆儿悄悄的递给莺儿。莺儿便随手夹在书里，只当我没看见。我等他们出去了，我偷着看，竟不认得。知道你们都在这里，所以拿来大家认认。”黛玉忙问：“怎么，他也当衣裳不成？既当了，怎么又给你送去？”宝钗见问，不好隐瞒他两个，遂将方才之事都告诉了他二人。黛玉听了，“兔死狐悲，物伤其类”，不免也感叹起来。湘云听了，却动了气，说：“等我问着二姐姐去！我骂那起老婆子丫头一顿，给你们出气何如？”说着，便要走。宝钗忙一把拉住，笑道：“你又发疯了，还不给我坐着呢。”黛玉笑道：“你要是个男人，出去打一个抱不平儿。你又充什么荆轲聂政[①]，真真好笑。”湘云道：“既不叫我问他去，明儿也把他接到咱们苑里一处住去，岂不好？”宝钗笑道：“明日再商量。”说着，人报：“三姑娘、四姑娘来了。”三人听了，忙掩了口不提此事。要知端的，且听下回分解。

① 荆轲聂政——荆轲：战国时卫国人，曾谋刺秦始皇，未成被杀。聂政：战国时韩国人，曾代人报仇，刺死韩相侠累后自杀。历来都被看作重义轻生、为报效知己而慷慨赴死的人物。

第五十八回

杏子阴假凤泣虚凰　茜纱窗真情揆痴理

话说他三人因见探春等进来，忙将此话掩住不提。探春等问候过，大家说笑了一会方散。

谁知上回所表的那位老太妃已薨，凡诰命等皆入朝随班按爵守制。敕谕天下：凡有爵之家，一年内不许筵宴音乐，庶民皆三月不许婚嫁。贾母、邢、王、尤、许婆媳祖孙等皆每日入朝随祭，至未正以后方回。在大内偏宫二十一日后，方请灵入先陵，地名曰孝慈县。这陵离都来往得十来日之功，如今请灵至此，还要停放数日，方入地宫，故得一月光景。宁府贾珍夫妻二人，也少不得是要去的。

两府无人，因此大家计议，家中无主，便报了尤氏产育，将他腾挪出来，协理荣宁两处事体。因又托了薛姨妈在园内照管他姊妹丫鬟。薛姨妈只得也挪进园来。此时宝钗处有湘云、香菱；李纨处目今李婶母女虽去，然有时亦来住三五日不定，贾母又将宝琴送与他去照管；迎春处有岫烟；探春因家务冗杂，且不时有赵姨娘与贾环嘈聒，甚不方便；惜春处房屋狭小；况贾母又千叮咛万嘱咐托他照管黛玉；薛姨妈素习也最怜爱他的，今既巧遇这事，便挪至潇湘馆来和黛玉同房，一应药饵饮食十分经心。黛玉感戴不尽，以后便亦如宝钗之呼，连宝钗前亦直以姐姐呼之，宝琴前直以妹妹呼之，俨似同胞共出，较诸人更似亲切。

贾母见如此，也十分喜悦放心。薛姨妈只不过照管他姊妹，禁约丫头辈，一应家中大小事务也不肯多口。尤氏虽天天过来，也不过应名点卯，亦不肯乱作威福，且他家内上下也只剩他一人料理，再者每日还要照管贾母王夫人的下处一应所需饮馔铺设之物，所以也甚操劳。

当下宁荣两处主人既如此不暇，并两处执事人等，或有人跟随入朝的，或有朝外照理下处事务的，又有先踩踏下处的，也都各各忙乱。因此两处下人无了正经头绪，也都偷安，或乘隙结党，和权暂执事者窃弄威福。荣府只留得赖大并几个管家照管外务。这赖大手下常用几个人已去，虽另委人，都是些生的，只觉不顺手。且他们无知，或赚骗无节，或呈告无据，或举荐无因，种种不善，在在生事，也难备述。

又见各官宦家，凡养优伶男女者，一概蠲免遣发，尤氏等便议定，待王夫人回家回明，也欲遣发十二个女孩子，又说："这些人原是买的，如今虽不学唱，尽可留着使唤，只令其教习们自去也罢了。"王夫人因说："这学戏的倒比不得使唤的，他们也是好人家的儿女，因无能卖了做这事，装丑弄鬼的几年。如今有这机会，不如给他们几两银子盘缠，各自去罢。当日祖宗手里都是有这例的。咱们如今损阴坏德，而且还小器。如今虽有几个老的还在，那是他们各有原故，不肯回去的，所以才留下使唤，大了配了咱们家的小厮们了。"尤氏道："如今我们也去问他十二个，有愿意回去的，就带了信儿，叫上父母来亲自来领回去，给他们几两银子盘缠方妥当。倘若不叫上他父母亲人来，只怕有混账人冒名领出去转卖了，岂不辜负了这恩典？若有不愿意回去的，就留下。"王夫人笑道："这话妥当。"尤氏等又遣人告诉了凤姐。一面说与总理房中，每教习给银八两，令其自便。凡梨香院一应物件，查清注册收明，派人上夜。

将十二个女孩子叫来，当面细问，倒有一多半不愿意回家的：也有说父母虽有，他只以卖我们为事，这一去还被他卖了；也有说父母已亡，或被叔伯兄弟所卖的；也有说无人可投的；也有说恋恩不舍的，所愿去者止四五人。王夫人听了，只得留下。将去者四五人皆令其干娘领回家去，单等他父母来领；将不愿去者分散在园中使唤。贾母便留下文官自使，将正旦芳官指给了宝玉，将小旦蕊官送了宝钗，将小生藕官指给了黛玉，将大花面葵官送了湘云，将小花面豆官送了宝琴，将老外文艾指给了探春，尤氏便讨了老旦茄官去。当下各得其所，就如倦鸟出笼，每日园中游戏。众人皆知他们不能针黹，不惯使用，皆不大责备。其中或有一二个知事的，愁将来无应时之技，亦将本技丢开，便学起针黹纺绩女工诸务。

一日正是朝中大祭，贾母等五更便去了，先到下处用些点心小食，然后入朝。早膳已毕，方退至下处，用过早饭，略歇片刻，复入朝，待中晚二祭完毕，方出至下处歇息，用过晚饭方回家。可巧这下处乃是一个大官的家庙，乃比丘尼焚修，房舍极多极净。东西二院，荣府便赁了东院，北静王府便赁了西院。太妃少妃每日宴息，见贾母等在东院，彼此同出同入，都有照应。外面细事不消细述。

且说大观园内因贾母王夫人天天不在家内，又送灵去一月方回，各丫鬟婆子皆有闲空，多在园内游玩。更又将梨香院内服侍的众婆子一概撤回，并散在园内听使，更觉园内人多了几十个。因文官等一干人或心性高傲，或倚势凌下，或拣衣挑食，或口角锋芒，大概不安分守理者多。因此众婆子含怨，只是口中不敢与他们分争。如今散了学，大家称了愿，也有丢开手的，也有心地狭窄犹怀旧怨的，因将众人皆分在各房名下，不敢来欺侵。

可巧这日乃是清明之日，贾琏已备下年例祭祀，带领贾环、贾琮、贾兰三人去往铁槛寺祭柩烧纸。宁府贾蓉也同族中几人各办祭祀前往。因宝玉未大愈，故不曾去得。饭后发倦，袭人因说："天气甚好，你且出去逛逛，省得丢下饭碗就睡，存在心里。"宝玉听说，只得拄了一支杖，靸着鞋，步出院外。因近日将园中分与众婆子料理，各司各业，皆在忙时，也有修竹的，也有树的，也有栽花的，也有种豆的，池中间又有驾娘们行着船夹泥的种藕的。湘云、香菱、宝琴与些丫鬟等都坐在山石上，瞧他们取乐。宝玉也慢慢行来。湘云见了他来，忙笑说："快把这船打出去，他们是接林妹妹的。"众人都笑起来。宝玉红了脸，也笑道："人家的病，谁是好意的，你也形容着取笑儿。"湘云笑道："病也比人家另一样，原招笑儿，反说起人来。"说着，宝玉便也坐下，看着众人忙乱了一回。

湘云因说道："这里有风，石头上又冷，坐坐去罢。"宝玉便也正要去瞧黛玉，便起身拄拐辞了他们，从沁芳桥一带堤上走来。只见柳垂金线，桃吐丹霞，山石之后，一株大杏树，花已全落，叶稠阴翠，上面已结了豆子大小的许多小杏。宝玉因想道：“我能病了几天，竟把杏花辜负了！不觉倒‘绿叶成荫子满枝’了！”因此仰望杏子不舍。又想起邢岫烟已择了夫婿一事，虽说是男女大事，不可不行，但未免又少了一个好女儿。不过两年，便也要“绿叶成荫子满枝”了。再过几日，这杏树子落枝空，再几年，岫烟未免乌发如银，红颜似槁了，因此不免伤心，只管对杏流泪叹息。

正悲叹时，忽有一个雀儿飞来，落于枝上乱啼。宝玉又发了呆性，心下想道：“这雀儿必定是杏花正开时他曾来过，今见无花空有叶，故也乱啼。这声韵必是啼哭之声，可恨公冶长不在眼前，不能问他。但不知明年再发时，这个雀儿可还记得飞到这里来与杏花一会了？”

正胡思间，忽见一股火光从山石那边发出，将雀儿惊飞。宝玉吃一大惊，又听那边有人喊道：“藕官，你要死，怎么弄些纸钱进来烧？我回去回奶奶们去，仔细你的肉！”宝玉听了，益发疑惑起来，忙转过山石看时，只见藕官满面泪痕，蹲在那里，手里还拿着火，守着些纸钱灰作悲。宝玉忙问道：“你给谁烧纸钱？快别在这里烧。你或是为父母兄弟，你告诉我名儿，外头去叫小斯们打了包袱写上名姓去烧。”藕官见了宝玉，只不作一声。宝玉数问不答，忽见一婆子恶狠狠走来拉藕官，口内说道：“我已经回了奶奶们，奶奶们气的了不得。”藕官听了，终是孩子气，怕没脸，便不肯去。婆子道：“我说你们别太兴头过了，如今还比你们在外头随心乱闹呢。这是尺寸地方儿。”指宝玉道：“连我们的爷还守规矩呢，你是什么阿物儿，跑来胡闹？怕也不中用，跟我快走罢！”宝玉忙道：“他并没烧纸钱，原是林姑娘叫他来烧那烂字纸的。你没看真，

藕官

反错告了他。”藕官正没了主意，见了宝玉，也正添了畏惧，忽听他反掩饰，心内转忧成喜，也便硬着口说道：“你很看真，是纸钱了么？我烧的是林姑娘写坏了的字纸！”那婆子便弯腰向纸灰中拣那不曾化尽的遗纸在手内，说道：“你还嘴硬，有据有证，我只和你厅上讲去！”说着，拉了袖子，就拽着要走。

宝玉忙把藕官拉住，用拄杖敲开那婆子的手，说道：“你只管拿了那个回去。实告诉你：我昨夜作了一个梦，梦见杏花神和我要一挂白钱，不可叫本房人烧，要一个生人替我烧了，我的病就好的快。所以我请了白钱，巴巴儿的烦他来替我烧了。我今日才能起来，偏你看见了。我这会子又不好了，都是你冲了！还要告他去。藕官，只管见他们去，就照依我这话说。”藕官听了，越发得了主意，反拉着要走。那婆子听了这话，忙丢下纸钱，陪笑央告宝玉道：“我原不知道，二爷若回了老太太，我这老婆子岂不完了？”宝玉道：“你也不许再回，我便不说。”婆子道：“我已经回了，原叫我带他。只好说他被林姑娘叫去了。”宝玉点头应允。那婆子自去了。

这里宝玉细问藕官：“为谁烧纸？必非父母兄弟，定有私自的情理。”藕官因方才护庇之情感激于衷，便知他是自己一流的人物，况再难隐瞒，便含泪说道：“我这事，除了你屋里的芳官合宝姑娘的蕊官，并没第三个人知道。今日忽然被你撞见，这意思，少不得也告诉了你，只不许再对人言讲。”又哭道：“我也不便和你面说，你只回去背人悄悄问芳官就知道了。”说毕，怏怏而去。

宝玉听了，心下纳闷，只得踱到潇湘馆，瞧黛玉益发瘦的可怜，问起来，比往日已算大愈了。黛玉见他也比先大瘦了，想起往日之事，不免流下泪来，些微谈了谈，便催宝玉去歇息调养。宝玉只得回来。因记挂着要问芳官那原委，偏有湘云香菱来了，正和袭人芳官说笑，不好叫他，恐人又盘诘，只得耐着。

一时芳官又跟了他干娘去洗头。他干娘偏又先叫了他亲女儿洗过了后，才叫芳官洗。芳官见了这样，便说他偏心，“把你女儿的剩水给我洗。我一月的月钱都是你拿着，沾我的光不算，反倒给我剩东剩西的。”他干娘羞愧变成怒，便骂他：“不识抬举的东西！怪不得人人说戏子没一个好缠的。凭你什么好人，一入了这一行，都弄坏了。这一点子小崽子，也挑幺挑六，咸嘴淡舌，咬群的骡子似的！”娘儿两个吵起来。

袭人忙打发人去说：“少乱嚷，瞅着老太太不在家，一个个连句安静话也不说了。”晴雯因说：“都是芳官不省事，不知狂的什么，也不过是会两出戏，倒像杀了贼王、擒了反叛来的。”袭人道：“一个巴掌拍不响，老的也太不公些，小的也太可恶些。”宝玉道：“怨不得芳官。自古说：‘物不平则鸣。’[①]他失亲少眷的，在这里没人照看，赚了他的钱，又作践他，如何怪得！”因又向袭人道：“他到底一月多少钱？以后不如你收过来照管他，岂不省事？”袭人道：“我要照看他那里不照看了，又要他那几个钱才照看他？没的讨人家骂去了。”说着，便起身至那屋里取了一瓶花露油并些鸡卵、香皂、头绳之类，叫一个婆子来送给芳官去，叫他另要水自洗，不要吵闹了。

他干娘益发羞愧，便说芳官“没良心，花掰我克扣你的钱”，便向他身上拍了几把。芳官便哭起来。宝玉便走出来，袭人忙劝：“作什么？我去说他。”晴雯忙先过来，指他干娘说道：“你这么大年纪太不懂事。你不给他好好的洗，我们才给他东西，你自己不臊，还有脸打他。他要还在学里学艺，你也敢打他不成！”那婆子便说：“一日叫娘，终身是母。他排揎我，我就打得！”袭人唤麝月道：“我不会和人拌嘴，晴雯性太急，你快过去震吓他两句。”麝月听了，忙过来说道：“你且别嚷。我且问你，别说我们这一处，你看满园子里，谁在主子屋里教导过女儿的？就是你的亲女儿，既分了房，有了主子，自有主子打骂，再者大些的姑娘姐姐们打得骂得，谁许老子娘又半中间管闲事了？都这样管，又要叫他们跟着我们学什么？越老越没了规矩！你见前儿坠儿的娘来吵，你如今也来跟他学？你们放心，因连日这个病那个病，老太太又不得闲，所以我也没有去回。等两日咱们痛回一回，大家把这威风煞一煞儿才好呢。况且宝玉才好了些，连我们不敢大声说话，你反打的人狼号鬼叫的。上头能出了几日门，你们就无法无天的，眼睛里就没了人了，再两天你们就该打我们了。他不要你这干娘，怕粪草埋了他不成？”

① 物不平则鸣——喻人遇到不公平的境遇就要发泄申诉。

宝玉恨的用拄杖敲着门槛子说道："这些老婆子都是铁心石肠似的，真是大奇事。不能照看，反倒折挫他们，天长地久，如何是好！"晴雯道："什么'如何是好'，都撵了出去，不要这些中看不中吃的！"那婆子羞愧难当，一言不发。只见芳官穿着海棠红的小棉袄，底下丝绸洒花夹裤，敞着裤腿，一头乌油油的头发披在脑后，哭的泪人一般。麝月笑道："把一个莺莺小姐，弄成拷打的红娘了！这会子又不妆扮了，还是这么着？"宝玉道："他这本来面目极好，倒别弄紧衬了。"晴雯因走过去拉着，替他洗净了发，用手巾拧的干松松的，挽了一个慵妆髻[①]，命他穿了衣服过这边来。

接着内厨房的婆子来问："晚饭有了，可送不送？"小丫头听了，进来问袭人。袭人笑道："方才胡吵了一阵，也没留心听钟几下了。"晴雯道："那劳什子又不知怎么了，又得去收拾。"说着，便拿过表来瞧了一瞧说："再略等半钟茶的工夫就是了。"小丫头去了。麝月笑道："提起淘气，芳官也该打几下。昨儿是他摆弄了那坠子，半日就坏了。"

说话之间，便将食具打点现成。一时小丫头子捧了盒子进来站住。晴雯、麝月揭开看时，还是只四样小菜。晴雯笑道："已经好了，还不给两样清淡菜吃。这稀饭咸菜闹到多早晚？"一面摆好，一面又看那盒中，却有一碗火腿鲜笋汤，忙端了放在宝玉跟前。宝玉便就桌上喝了一口，说："好烫！"袭人笑道："菩萨，能几日不见荤，馋的这样起来。"一面说，一面忙端起轻轻用口吹。因见芳官在侧，便递与芳官，笑道："你也学些服侍，别一味呆憨呆睡。口劲轻着，别吹上唾沫星儿。"芳官依言，果吹了几口，甚妥。

他干娘也忙端饭在门外伺候，见芳官吹汤，便忙跑进来，笑道："他不老成，仔细打了碗，让我吹罢。"一面说，一面就接。晴雯忙喊道："出去！你让他砸了碗，也轮不到你吹。你什么空儿跑到里槅儿来了？"一面又骂小丫头们："瞎了眼的，他不知道，你们也该说给他！"小丫头们都说："我们撵他，他不出去；说他，他又不信。如今带累我们受气，这是何苦呢！你可信了？我们到的地方儿，有你到的一

① 慵妆髻——一种蓬松而偏垂一边的发髻。

半儿，那一半儿是你到不去的呢。何况又跑到我们倒不去的地方儿还不算，又去伸手动嘴的了。”一面说，一面推他出去。阶下几个等空盒家伙的婆子见他出来，都笑道：“嫂子也没用镜子照一照，就进去了。”羞的那婆子又恨又气，只得忍耐下去了。

芳官吹了几口，宝玉笑道：“好了，仔细伤了气。你尝一口，可好了？”芳官只当是玩话，只是笑着看袭人等。袭人道：“你就尝一口何妨？”晴雯笑道：“你瞧我尝。”说着就喝了一口。芳官见如此，自己也便尝了一口，说：“好了。”递与宝玉。宝玉喝了半碗，吃了几片笋，又吃了半碗粥就罢了。众人便收出去。小丫头捧了沐盆，盥漱已毕，袭人等出去吃饭。宝玉使个眼色与芳官，芳官本自伶俐，又学几年戏，何事不知？便装说头疼不吃饭了。袭人道：“既不吃饭，你就在屋里作伴儿，把这粥给你留着，一时饿了再吃。”说着，都去了。

宝玉便将方才见藕官，如何谎言护庇，又如何“藕官叫我问你”，从头至尾，细细的告诉他一遍，又问：“他祭的到底是谁？”芳官听了，眼圈儿一红，又叹一口气，说道：“这事说来，藕官也是胡闹。”宝玉听了，忙问何故。芳官笑道：“他祭的就是死了的药官。”宝玉道：“他们两个也算朋友，也是应当的。”芳官笑道：“那里又是什么朋友？那都是傻想头：他是小生，药官是小旦，往常时，他们扮作两口儿，每日唱戏的时候，都装着那么亲热，一来二去，两个人就装糊涂了，倒像真的一样儿。后来两个竟是你疼我，我爱你。药官一死，他就哭的死去活来，至如今不忘，所以每节烧纸。后来补了蕊官，我们见他也是那样，就问他：‘为什么得了新的就把旧的忘了。’他说：‘不是忘了。比如人家男人死了女人，也有再娶的，只是不把死的丢过不提，便是情分了。’你说他是傻不是呢？”

宝玉听说了这篇呆话，独合了他的呆性，不觉又喜又悲，又称奇道绝，拉芳官嘱咐道：“既如此说，我也有一句话嘱咐你，须得你告诉他：以后断不可烧纸钱，逢时按节，只备一炉香，一心诚虔，就能感应了。我那案上也只设着一个炉，我有心事，不论日期，时常焚香；随便新水新茶，就供一盏；或有鲜花鲜果，甚至荤羹腥菜，只在敬心，不在虚名。以后快叫他不可再烧纸了。”芳官听了，便答应着，一时吃过粥。有人回说：“老太太、太太回来了。”要知端的，且听下回分解。

第五十九回

柳叶渚边嗔莺咤燕　绛云轩里召将飞符

话说宝玉闻得贾母等回来，遂多添了一件衣服，拄了杖前边来，都见过了。贾母等因每日辛苦，都要早些歇息。一宿无话。次日五鼓，又往朝中去。

离送灵日不远，鸳鸯、琥珀、翡翠、玻璃四人都忙着打点贾母之物，玉钏儿、彩云、彩霞等皆打叠王夫人之物，当面查点与跟随的管事媳妇们。跟随的一共大小六个丫鬟，十个老婆子媳妇子，男人不算。连日收拾驮轿[1]器械。鸳鸯与玉钏儿皆不随去，只看屋子。一面先几日预发帐幔铺陈之物，先有四五个媳妇并几个男人领了出来，坐了几辆车绕过去先至下处，铺陈安插等候。

临时，贾母带着贾蓉媳妇坐一乘驮轿，王夫人在后亦坐一乘驮轿，贾珍骑马率了众家丁护卫。又有几辆大车与婆子丫鬟等坐，并放些随换的衣包等件。是日薛姨妈、尤氏率领诸人直送至大门外方回。贾琏恐路上不便，一面打发了他父母起身赶上贾母、王夫人驮轿，自己也随后带领家丁押后跟来。

荣府内赖大添派人丁上夜，将两处厅院都关了，一应出入人等，皆走西边小角门。日落时，便命关了仪门，不放人出入。园中前后东西

① 驮轿——也叫骡驮轿，前后两匹牲口抬着走的轿子。

角门亦皆关锁，只留王夫人大房之后常系他们姊妹出入之门，东边通薛姨妈的角门，这两门因在内院，不必关锁。里面鸳鸯和玉钏儿也各将上房关了，自领丫鬟婆子下房去安歇。每日林之孝家的带领十来个婆子上夜，穿堂内又添了许多小厮打更，已安插得十分妥当。

一日清晓，宝钗春困已醒，搴帷下榻，微觉轻寒，启户视之，见园中土润苔青，原来五更时落了几点微雨。于是唤起湘云等人来，一面梳洗，湘云因说两腮作痒，恐又犯了杏癍癣，因问宝钗要些蔷薇硝来。宝钗道："前儿剩的都给了琴妹妹了。"因说："颦儿配了许多，我正要和他要些，因今年竟没发痒，就忘了。"因命莺儿去取些来。莺儿应了，才去时，蕊官便说："我同你去，顺便瞧瞧藕官。"说着，一径同莺儿出了蘅芜苑。

二人你言我语，一面行走，一面说笑，不觉到了柳叶渚，顺着柳堤走来。因见柳叶才吐浅碧，丝若垂金，莺儿便笑道："你会拿这柳条子编东西不会？"蕊官笑道："编什么东西？"莺儿道："什么编不得？玩的使的都可。等我摘些下来，带着这叶子编个花篮儿，采了各色花放在里头，才是好玩呢。"说着，且不去取硝，伸手挽翠披金，采了许多的嫩条，命蕊官拿着。他却一行走一行编花篮，随路见花便采一二枝，编出一个玲珑过梁的篮子。枝上自有本来翠叶满布，将花放上，却也别致有趣。喜的蕊官笑道："好姐姐，给了我罢。"莺儿道："这一个咱们送林姑娘，回来咱们再多采些，编几个大家玩。"说着，来至潇湘馆中。

黛玉也正晨妆，见了篮子，便笑说："这个新鲜花篮是谁编的？"莺儿笑说："我编了送姑娘玩的。"黛玉接了笑道："怪道人赞你的手巧，这玩意儿却也别致。"一面瞧了，一面便命紫鹃挂在那里。莺儿又问候了薛姨妈，方和黛玉要硝。黛玉忙命紫鹃包了一包，递给莺儿。黛玉又道："我好了，今日要出去逛逛。你回去说与姐姐，不用过来问候妈了，也不敢劳他过来瞧我，梳了头同妈都往你那里去吃饭，大家热闹些。"

莺儿答应了出来，便到紫鹃房中找蕊官，只见藕官与蕊官二人正说得高兴，不能相舍，因说："姑娘也去呢，藕官先同我们去等着岂不好吗？"紫鹃听如此说，便也说道："这话倒很是，他这里淘气的可厌。”一面说，一面便将黛玉的匙箸用一块洋巾包了，交给藕官道：“你先带了这个去，也算当差了。”

藕官接了，笑嘻嘻同他二人出来，一径顺着柳堤走来。莺儿便又采些柳条，越性坐在山石上编起来，又命蕊官先送了硝去再来。他二人只顾爱看他编，那里舍得去。莺儿只管催说：“你们再不去，我就不编了。”藕官便说：“我同你去了再快回来。”二人方去了。

春燕

这里莺儿正编，只见何婆的小女春燕走来，笑问：“姐姐编什么呢？”正说着，蕊藕二人也到了。春燕便向藕官道：“前儿你到底烧什么纸？被我姨妈看见了，要告你没告成，倒被宝玉赖了他一大些不是，气的他一五一十告诉我妈。你们在外头这二三年积了些什么仇恨，如今还不解开？”藕官冷笑道：“有什么仇恨？他们不知足，反怨我们了！在外头这两年，不知赚了我们多少东西，你说说，可有的没有？”

春燕笑道：“他是我的姨妈，也不好向着外人反说他的。怨不得宝玉说：‘女孩儿未出嫁，是颗无价的宝珠；出了嫁，不知怎么就变出许多的不好的毛病来，虽是颗珠子，却没有光彩宝色，是颗死珠了；再老了，更变的不是颗珠子，竟是鱼眼睛了。分明一个人，怎么变出三样来！’这话虽是混账话，想起来真不错。别人不知道，只说我妈和姨妈，他老姐儿两个，如今越老了越把钱看的真了。先时老姐儿两个在家抱怨没个差使进益，幸亏有了这园子，把我挑进来，可巧把我分到怡红院。家里省了我一个人的费用不算外，每月还有四五百钱的余剩，这也还说不够。后来老姊妹二人都派到梨香院去照管他们，藕官认了我姨妈，芳官认了我妈，这几年着实宽裕了。如今挪进来也算撂开手了，还只无厌。你说可笑不可笑？接着我妈和芳官又吵了一场。又要给宝玉吹汤，讨个没趣儿。幸亏园子里人多，没人记得清楚谁是谁的亲故。要有人记得我们一家子，叫人看着什么意思呢。你这会子又跑了来弄这个。这一带地方上的东西都是我姑妈管着。他一得了这地方，每日早起晚睡，自己辛苦了还不算，每逼着我们来照看，生恐有人糟蹋。我又怕误了我的差使。如今我们进来了，老姑嫂两个照看得谨谨慎慎，一根草也不许人动。你还掐这些花儿，又折他的嫩树枝，他们即刻就来，仔细他们抱怨！"

莺儿道："别人乱折乱掐使不得，独我使得。自从分了地基之后，每日里各房皆有分例，吃的不用算，单算花草玩意儿。谁管什么，每日谁就把各房里姑娘丫头戴的，必要各色送些折枝去，还有插瓶的。惟有我们姑娘说了：'一概不用送，等要什么再和你们要。'究竟没有要过一次。我今便掐些，他们也不好意思说的。"

一语未了，他姑妈果然拄了拐走来。莺儿春燕等忙让坐。那婆子见采了许多嫩柳，又见藕官等都采了许多鲜花，心内便不受用；看着莺儿编弄，又不好说什么，便说春燕道："我叫你来照看照看，你就贪住玩不去了。倘或叫起你来，你又说我使你了，拿我做隐身符儿[①]，你来乐。"春燕道："你老又使我，又怕，这会子反说我。难道把我劈做八瓣子不成？"莺儿笑道："姑妈，你别信春燕的话。这都是他摘下来的，烦我给他编，我撵他，他不去。"春燕笑道："你可少玩儿，你只顾玩，他老人家就认真的。"

那婆子本是愚顽之辈，兼之年近昏眊[②]，惟利是命，一概情面不管，正心疼肝断，无计可施，听莺儿如此说，便倚老卖老，拿起拄杖来向春燕身上击上几下，骂道："小蹄子，我说着你，你还和我强嘴儿呢。你妈恨的牙根痒痒，要撕你的肉吃呢。你还来和我梆子似的。"打的春燕又愧又急，哭道："莺儿姐姐玩话，你老就认真打我。我妈为什

① 隐身符儿——迷信认为能使身体隐匿不被人见的符箓。在这里是挡箭牌的意思。

② 昏眊——昏聩糊涂的老年。眊：通"耄"，老。有时也作昏乱解。

么恨我？我又没烧糊了洗脸水，有什么不是！”莺儿本是玩话，忽见婆子认真动了气，忙上去拉住，笑道：“我才是玩话，你老人家打他，我岂不愧？”那婆子道：“姑娘，你别管我们的事，难道为姑娘在这里，不许我管孩子不成？”莺儿听见这般蠢话，便赌气红了脸，撒了手冷笑道：“你老人家要管，那一刻管不得，偏我说了一句玩话就管他了。我看你管去！”说着，便坐下，仍编柳篮子。

偏又有春燕的娘出来找他，喊道：“你不来舀水，在那里做什么呢？”那婆子便接声儿道：“你来瞧瞧，你的女儿连我也不服了！在那里排揎我呢。”那婆子一面走过来说：“姑奶奶，又怎么了？我们丫头眼里没娘罢了，连姑妈也没了不成？”莺儿见他娘来了，只得又说原故。他姑妈那里容人说话，便将石上的花柳与他娘瞧道：“你瞧瞧，你女儿这么大孩子玩的。他先领着人糟蹋我，我怎么说人？”

他娘也正为芳官之气未平，又恨春燕不随他的心，便走上来打耳刮子，骂道：“小娼妇，你能上去了几年？你也跟那起轻狂浪小妇学，怎么就管不得你们了？干的我管不得，你是我屄里生出来的难道也不敢管你不成！既是你们这起蹄子到得去的地方我到不去，你就该死在那里伺候，又跑出来浪汉子。”一面又抓起柳条子来，直送到他脸上，问道：“这叫作什么？这编的是你娘的屄！”莺儿忙道：“那是我们编的，你老别指桑骂槐。”那婆子深妒袭人晴雯一干人，早知凡房中大些的丫鬟都比他们有些体统权势，凡见了这一干人，心中又畏又让，未免又气又恨，亦且迁怒于众。复又看见了藕官，又是他姐姐的冤家，四处凑成一股怨气。

那春燕啼哭着往怡红院去了。他娘又恐问他为何哭，怕他又说出自己打他，又要受晴雯等的气，不免着起急来，又忙喊道：“你回来！我告诉你再去。”春燕那里肯回来？急的他娘跑了去要拉他。他回头看见，便也往前飞跑。他娘只顾赶他，不防脚下被青苔滑倒，引的莺儿三个人反都笑了。莺儿便赌气将花柳皆掷于河中，自回房去。这里把个婆子心疼的只念佛，又骂：“促狭小蹄子！糟蹋了花儿，雷也是要打的。”自己且掐花与各房送去不提。

却说春燕一直跑入院中，顶头遇见袭人往黛玉处问安去。春燕便一把抱住袭人，说：“姑娘救我！我娘又打我呢。”袭人见他娘来了，不免生气，便说道：“三日两头儿打了干的打亲的，还是卖弄你女儿多，还是认真不知王法？”这婆子来了几日，见袭人不言不语是好性儿的，便说道：“姑娘你不知道，别管我们闲事！都是你们纵的，还管什么？”说着，便又赶着打。袭人气的转身进来，见麝月正在海棠下晾手巾，听得如此喊闹，便说：“姐姐别管，看他怎样。”一面使眼色与春燕，春燕会意，直奔了宝玉去。众人都笑说：“这可是没有的事，今儿都闹出来了。”麝月向婆子道：“你再略煞一煞气儿，难道这些人的脸面，和你讨一个情还讨不下来不成？”

那婆子见他女儿奔到宝玉身边去，又见宝玉拉了春燕的手说：“别怕，有我呢。”春燕又一行哭，又一行说，把方才莺儿等事都说出来。宝玉越发急起来，说：“你只在这里闹也罢了，怎么连亲戚也都得罪起来？”麝月又向婆子及众人道：“怨不得这嫂子说我们管不着他们的事，我们虽无知错管了，如今请出一个管得着的人来管一管，嫂子就心服口服，也知道规矩了。”便回头叫小丫头子：“去把平儿给我们叫来！平儿不得闲就把林大娘叫了来。”那小丫头应了就走。众媳妇上来笑说：“嫂子，快求姑娘们叫回那孩子罢。平姑娘来了，可就不好了。”那婆子说道：“凭他那个平姑娘来，也评个理，没有见娘管女儿，大家管着娘的。”众人笑道：“你当是那个平姑娘？是二奶奶屋里的平姑娘。他有情呢，说你两句；他一翻脸，嫂子你吃不了兜着走！”

说话之间，只见小丫头子回来说：“平姑娘正有事，问我作什么，我告诉了他，他说：‘既这样，且撵他出去，告诉林大娘在角门外打他四十板子就是了。’”那婆子听如此说了，自不肯出去，吓得泪流满面，央告袭人等说：“好容易我进来了，况且我是寡妇，家里没人，正好一心无挂的在里头服侍姑娘们。我这一去，不知苦到什么田地。”

袭人见他如此，早又心软了，便说：“你既要在这里，又不守规矩，又不听说，又乱打人。那里弄你这个不晓事的来，天天斗口，也叫人笑话。”晴雯道：“理他呢，打发去了是正经。那里那么大工夫和他去对嘴对舌的？”那婆子又央众人道：“我虽错了，姑娘们吩咐了，我以后改过。姑娘们那不是行好积德？”一面又央春燕道：“原是我为打你起的，究竟没打成你，我如今反受了罪，你也替我说说。”宝玉见如此可怜，只得留下，吩咐他不可再闹。那婆子走来

宝玉饶何婆

一一的谢过了下去。

只见平儿走来，问系何事。袭人等忙说："已完了，不必再提。"平儿笑道："'得饶人处且饶人'，得省的将就省些事也罢了。能去了几日，只听各处大小人儿都作起反来了，一处不了又一处，叫我不知管那一处是。"袭人笑道："我只说我们这里反了，原来还有几处。"平儿笑道："这算什么。正和珍大奶奶算呢，这三四日的工夫，一共大小出来了八九件了。你这里是极小的，算不起数儿来，还有大的可气可笑之事。"袭人等听了诧异。不知何事，且听下回分解。

第六十回

茉莉粉替去蔷薇硝　玫瑰露引来茯苓霜

话说袭人因问平儿，何事这等忙乱。平儿笑道：“都是世人想不到的，说来也好笑，等几日告诉你，如今没头绪呢，且也不得闲儿。”一语未了，只见李纨的丫鬟来了，说：“平姐姐可在这里，奶奶等你，你怎么不去了？”平儿忙转身出来，口内笑说：“来了，来了。”袭人等笑道：“他奶奶病了，他又成了香饽饽了，都抢不到手。”平儿去了。不提。

宝玉便叫春燕：“你跟了你妈去，到宝姑娘房里给莺儿几句好话听听，也不可白得罪了他。”春燕答应了，和他妈出去。宝玉又隔窗说道：“不可当着宝姑娘说，仔细反叫莺儿受教导。”

娘儿两个应了出来，一壁走着，一面说闲话儿。春燕因向他娘道：“我素日劝你老人家再不信，何苦闹出没趣来才罢。”他娘笑道：“小蹄子，你走罢，俗语道：‘不经一事，不长一智。’我如今知道了。你又该来支问着我。”春燕笑道：“妈，你若安分守己，在这屋里长久了，自有许多的好处。我且告诉你句话：宝玉常说，将来这屋里的人，无论家里外头的，一应我们这些人，他都要回太太全放出去，与本人父母自便呢。你只说这一件可好不好？”他娘听说，喜的忙问：“这话果真？”春燕道：“谁可扯这谎做什么？”婆子听了，便念佛不绝。

当下来至蘅芜苑中，正值宝钗、黛玉、薛姨妈等吃饭。莺儿自去泡茶，春燕便和他妈一径到莺儿前，陪笑说："方才言语冒撞了，姑娘莫嗔莫怪，特来陪罪。"莺儿忙笑让坐，又倒茶。他娘儿两个说有事，便作辞回来。忽见蕊官赶出叫："妈妈姐姐，略站一站。"一面走上来，递了一个纸包给他们，说是蔷薇硝，带与芳官去擦脸。春燕笑道："你们也太小气了，还怕那里没这个给他，巴巴的你又弄一包给他去。"蕊官道："他是他的，我送的是我的。好姐姐，千万带回去罢。"春燕只得接了。娘儿两个回来，正值贾环、贾琮二人来问候宝玉，也才进去。春燕便向他娘说："只我进去罢，你老不用去。"他娘听了。自此便百依百随的，不敢倔强了。

春燕进来，宝玉知道回复，便先点头。春燕知意，便不再说一语，略站了一站，便转身出来，使眼色与芳官。芳官出来，春燕方悄悄的说给他蕊官之事，并与了他硝。宝玉并无与琮环可谈之语，因笑问芳官手里是什么。芳官便忙递与宝玉瞧，又说是擦春癣的蔷薇硝。宝玉笑道："亏他想得到。"贾环听了，便伸着头瞧了一瞧，又闻得一股清香，便弯着腰向靴桶内掏出一张纸来托着，笑说："好哥哥，给我一半儿。"宝玉只得要与他。芳官心中因是蕊官之赠，不肯与别人，连忙拦住，笑说道："别动这个，我另拿些来。"宝玉会意，忙笑道："且包上拿去。"

芳官接了这个，自去收好，便从奁中去寻自己常使的。启奁看时，盒内已空，心中疑惑，早间还剩了些，如何没了？因问时，人都说不知。麝月便说："这会子且忙着问这个，不过是这屋里人一时短了使了。你不管拿些什么给他们，他们那里看得出来？快打发他们去了，咱们好吃饭。"芳官听了，便将些茉莉粉包了一包拿来。贾环见了就伸手来接。芳官便忙向炕上一掷。贾环只得向炕上拾了，揣在怀内，方作辞而去。

原来贾政不在家，且王夫人等又不在家，贾环连日也便装病逃学。如今得了硝，兴兴头头来找彩云。正值彩云和赵姨娘闲谈，贾环嘻嘻的向彩云道："我也得了一包好的，送你擦脸。你常说，蔷薇硝擦癣，比外头的银硝强。你看看，可是这个？"彩云打开一看，嗤的一声笑了，说道："你是和谁要来的？"贾环便将方才之事说了。彩云笑道："这是他们哄你这乡老呢。这不是硝，这是茉莉粉。"贾环看了一看，果见比先的带些红色，闻闻也是喷香，因笑道：“这是好的，硝粉一样，留着擦罢，横竖比外头买的高就好。”彩云只得收了。

赵姨娘便说：“有好的给你！谁叫你要去了，怎么怨他们要你！依我，拿了去照脸摔给他去，趁着这会子撞尸的撞尸去了，挺床的便挺床，吵一出子，大家别心净，也算是报仇。莫不是两个月之后，还找出这个碴儿来问你不成？便问你，你也有话说。宝玉是哥哥，不敢冲撞他罢了。难道他屋里的猫儿狗儿，也不敢去问问不成？”贾环听说，便低了头。彩云忙说：“这又何苦生事，不管怎样，忍耐些罢了。”赵姨娘道：“你也别管，横竖与你无干。趁着抓住了理，骂给那些浪淫妇们一顿也是好的。”又指贾环道：“呸！你这下流没刚性的，也只好受这些毛丫头的气！平白我说你一句儿，或无心中错拿了一件东西给你，你倒会扭头暴筋瞪着眼蹾摔[1]我。这会子被那起屄崽子耍弄也罢了，你明儿还想这些家里人怕你呢。你没有屄本事，我也替你羞死了。”

贾环听了，不免又愧又急，又不敢去，只摔手说道：“你这么会说，你又不敢去，支使了我去闹。倘或往学里告去捱了打，你敢自不疼呢？遭遭儿调唆了我闹去，闹出了事来，我捱了打骂，你一般也低了头。这会子又调唆我和毛丫头们去闹。你不怕三姐姐，你敢去，我就服你。”只这一句话，便戳了他娘的心，便喊说：“我肠子里爬出来的，我再怕起来！这屋里越发有得说了。”一面说，一面拿了那包儿，便飞也似的往园中去。彩云死劝不住，只得躲入别房。贾环便也躲出仪门，自去玩去了。

赵姨娘直进园子，正是一头火，顶头正遇见藕官的干娘夏婆子走来。见赵姨娘气的眼红面青的走来，因问：“姨奶奶那去？”赵姨娘又说：“你瞧瞧，这屋里连两三日进来的唱戏的小粉头们，都三般两样掂人的分量放小菜碟儿了。若是别一个，我还不恼，若叫这些小娼妇捉弄了，还成个什么！”夏婆子听了，正中己怀，忙问因何。赵姨娘悉将芳官以粉作硝轻侮贾环之事说了。夏婆子道：“我的奶奶，你今日才知道，这算什么事。连昨日这个地方他们私自烧纸钱，宝玉还拦到头里。人家还没拿进个什么儿来，就说使不得，不干不净的东西忌讳。这

① 蹾摔——摔手顿足、发脾气。

烧纸倒不忌讳？你老想一想，这屋里除了太太，谁还大似你？你老自己撑不起来；但凡撑起来的，谁还不怕你老人家？如今我想，趁这几个小粉头儿恰不是正头货，得罪了他们也有限的，快把这两件事抓着理扎个筏子，我帮着作证见，你老把威风抖一抖，以后也好争别的礼。便是奶奶、姑娘们，也不好为那起小粉头子说你老人家的不是的。”赵姨娘听了这话，益发有理，便说：“烧纸的事不知道，你却细细的告诉我。”夏婆子便将前事一一的说了，又说：“你只管说去。倘或闹起，还有我们帮着你呢。”赵姨娘听了越发得了意，仗着胆子便一径到了怡红院中。

可巧宝玉听见黛玉在那里，便往那里去了。芳官正和袭人等吃饭，见赵姨娘来了，便都起身笑让：“姨奶奶吃饭，有什么事这么忙？”赵姨娘也不答话，走上来便将粉照着芳官脸上撒来，指着芳官骂道：“小娼妇养的！你是我们家银子钱买来学戏的，不过娼妇粉头之流！我家里下三等奴才也比你高贵些，你都会看人下菜碟儿。宝玉要给东西，你拦在头里，莫不是要了你的了？拿这个哄他，你只当他不认得呢！好不好，他们是手足，都是一样的主子，那里有你小看他的！”

芳官那里禁得住这话，一行哭，一行说：“没了硝我才把这个给他的。若说没了，又恐他不信，难道这不是好的？我便学戏，也没往外头去唱。我一个女孩儿家，知道什么是粉头面头的！姨奶奶犯不着来骂我，我又不是姨奶奶家买的。‘梅香拜把子——都是奴儿[①]’罢咧！这是何苦来呢！”袭人忙拉他说：“休胡说！”赵姨娘气的发怔便上来打了两个耳刮子。袭人等忙上来拉劝，说：“姨奶奶别和他小孩子一般见识，等我们说他。”芳官捱了两下打，那里肯依？便打滚撒泼的哭闹起来，口内便说：“你打得起我么？你照照那模样儿再动手！我叫你打了去，也不用活着了！”撞在他怀里叫他打。众人一面劝，一面拉。晴雯悄拉袭人说：“别管他们，让他们闹去，看怎么开交！如今乱为王了，什么你也来打，我也来打，都这样起来还了得呢！”

外头跟着赵姨娘来的一干人听见如此，心中各各称愿，都念佛说：

① 梅香拜把子——都是奴儿——歇后语，意谓不管老儿，都是奴才辈的。梅香：婢女的代称。拜把子：结拜成兄弟姐妹。

“也有今日！”又有那一干怀怨的老婆子见打了芳官，也都称愿。

当下藕官蕊官等正在一处玩耍，湘云的大花面葵官，宝琴的豆官，两个闻了此信，慌忙找着他两个说：“芳官被人欺侮，咱们也没趣儿，须得大家破着大闹一场，方争过气来。”四人终是小孩子心性，只顾他们情分上义愤，便不顾别的，一齐跑入怡红院中。豆官先便一头，几乎不曾将赵姨娘撞了一跤。那三个也便拥上来，放声大哭，手撕头撞，把个赵姨娘裹住。晴雯等一面笑，一面假意去拉。急的袭人拉起这个，又跑了那个，口内只说：“你们要死啊！有委曲只管好说，这没道理，还了得了！”赵姨娘反没了主意，只好乱骂。蕊官藕官两个一边一个，抱住左右手；葵官豆官前后头顶住。四人只说：“你会打死我们四个就罢！”芳官直挺挺躺在地下，哭得死过去。

正没开交，谁知晴雯早遣春燕回了探春。当下尤氏、李纨、探春三人带着平儿与众媳妇走来，将四个喝住。问起原故，赵姨娘便气的瞪着眼粗了筋，一五一十说个不清。尤李两个不答言，只喝禁他四人。探春便叹气说：“这是什么大事，姨娘太肯动气了！我正有一句话要请姨娘商议，怪道丫头说不知在那里，原来在这里生气呢，快同我来。”尤氏李氏都笑说：“姨娘请到厅上来，咱们商量。”

赵姨娘无法，只得同他三人出来，口内犹说长说短。探春便说：“那些小丫头子们原是些玩意儿，喜欢呢，和他说说笑笑；不喜欢便可以不理他。便他不好了，也如同猫儿狗儿抓咬了一下子，可恕就恕，不恕时也只该叫了管家媳妇们去说给他去责罚，何苦自己不尊重，大吆小喝失了体统。你瞧周姨娘，怎不见人欺他，他也不寻人去。我劝姨娘且回房去煞煞性儿，别听那些混账人的调唆，没的惹人笑话，自己呆，白给人家做活。心里有二十分气，也忍耐这几天，等太太回来自然料理。”一席话说的赵姨娘闭口无言，只得回房去了。

这里探春气的和尤氏李纨说：“这么大年纪，行出来的事总不叫人敬服。这是什么意思，值得吵一吵，并不留体统，耳朵又软，心里又没有计算。这又是那起没脸面的奴才们调唆的，作弄出个呆人替他们出气。”越想越气，因命人查是谁调唆的。媳妇们只得答应着，出来相视而笑，都说是“大海里那里寻针去”？只得将赵姨娘的人并园中唤来盘诘，都说不知道。众人没法，只得回探春：“一时难查，慢慢的访。凡有口舌不妥的，一总来回了责罚。”

探春气渐渐平服方罢。可巧艾官便悄悄的回探春说：“都是夏妈和我们素日不对，每每的造言生事。前儿赖藕官烧纸，幸亏是宝玉叫他烧的，宝玉自己应了，他才没话说。今儿我与姑娘送手帕去，看见他和姨奶奶在一处说了半天，嘁嘁喳喳的，见了我才走开了。”探春听了，虽知情弊，亦料定他们皆是一党，本皆淘气异常，便只答应，也不肯据此为实。

谁知夏婆子的外孙女儿蝉姐儿便是探春处当役的，时常与房中丫鬟们买东西呼唤人，众女孩儿都和他好。这日饭后，探春正上厅理事，翠墨在家看屋子，因命小蝉出去叫小幺儿买糕去。小蝉便笑说：“我才扫了个大院子，腰腿生疼的，你叫别人去罢。”翠墨笑说：“我又叫谁去？你趁早儿去，我告诉你一句好话，你到后门顺路告诉你老娘防着些儿。”说着，便将艾官告他老娘话告诉了他。小蝉听说，忙接了钱道：“这个小蹄子也要捉弄人，等我告诉去。”说着，便起身出来。至后门边，只见厨房内此刻正闲之时，都坐在台阶上说闲话呢，夏婆亦在其内。小蝉便命一个婆子出去买糕。他且一行骂，一行说，将方才的话告诉夏婆子。夏婆子听了，又气又怕，便欲去找艾官问他，又欲往探春前去诉冤。蝉儿忙拦住说：“你老人家去怎么说呢？这话怎得知道的，可又叨登不好了。说给你老防着就是了，那里忙到这一时儿。”

正说着，忽见芳官走来，扒着院门，笑向厨房中柳家媳妇说道：“柳嫂子，宝二爷说了：晚饭的素菜要一样凉凉的酸酸的东西，只别搁上香油弄腻了。”柳家的笑道：“知道。今儿怎么又打发你来了告诉这一句要紧的话。你不嫌脏，进来逛逛不是？”芳官才进来，忽有一个婆子手里托了一碟糕来。芳官便戏道：“谁买的热糕？我先尝一块儿。”小蝉一手接了道：“这是人家买的，你们还稀罕这个。”柳家的见了，忙笑道：“芳姑娘，你爱吃这个？我这里有才买下给你姐姐吃的，他没有吃，还收在那里，干干净净没动呢。”说着，便拿了一碟出来，递与芳官，又说：“你等我进去替你炖口好茶来。”一面进去，现通开火炖茶。芳官便拿着热糕，举到蝉儿脸上说：“稀罕吃你那糕，这个不是糕不成？我不过说着玩罢了，你给我磕头，我也不吃。”说着，便将手内的糕一块一块的掰了，掷着打雀儿玩，口内笑说：“柳嫂子，你别心疼，我回来买二斤给你。”小蝉气的怔怔的，瞅着冷笑道：“雷公老爷也有眼睛，怎么不打这作孽的人！”众人都说道：“姑娘们，罢呀，天天见了就咕唧。”有几个伶透的，见了他们拌起嘴来了，怕又生事，都拿起脚来各自走开了。当下小蝉也不敢十分说他，一面咕嘟着去了。

这里柳家的见人散了，忙出来和芳官说：“前儿那话儿说了不曾？”芳官道：“说了。等一二日再提这事。偏那赵不死的又和我闹了一场。前儿那玫瑰露姐姐吃了不曾，他到底可好些？”柳家的道：“可不都吃了。他爱的什么似的，又不好问你再要的。”芳官道：“不值什么，等我再要些来给他就是了。”

柳嫂子

原来这柳家的有个女儿，今年才十六岁，虽是厨役之女，却生的人物与平、袭、紫、鸳四人相类。因他排行第五，便叫他作五儿。只是素有弱疾，故没得差使。近因柳家的见宝玉房中的丫鬟差轻人多，且又闻得宝玉将来都要放他们，故如今要送到那里去应名儿。正无头路，可巧这柳家的是梨香院的差役，他最小意殷勤，服侍得芳官一干人比别的干娘还好。芳官等待他也极好，如今便和芳官说了，央芳官去和宝玉说。宝玉虽是依允，只是近日病着，又见事多，尚未说得。

前言少述，且说当下芳官回至怡红院中，回复了宝玉。宝玉正在听见赵姨娘吵闹，心中不悦，说又不是，不说又不是，只等吵完了，打听着探春劝了他去后，方回来。劝了芳官一阵，因使他到厨房说话去。今见他回来，又说还要些玫瑰露与柳五儿吃去。宝玉忙道：“有的，我又不大吃，你都给他去罢。”说着命袭人取了出来，见瓶中亦不多，遂连瓶给了芳官。

芳官便自携了瓶与他去。正值柳家的带进他女儿来散闷，在那边犄角子一带地方儿逛了一回，便回到厨房内，正吃茶歇脚儿。芳官拿了一个五寸来高的小玻璃瓶来，迎亮照看，里面小半瓶胭脂一般的汁子，还道是宝玉吃的西洋葡萄酒。母女两个忙说："快拿旋子[1]烫滚水，你且坐下。"芳官笑道："就剩了这些，连瓶子都给你们罢。"五儿听了，方知是玫瑰露，忙接了，谢了又谢。

柳五儿

芳官又问他："你好些？"五儿道："今日精神些，进来逛逛。这后边一带，也没什么意思，不过是些大石头大树和房子后墙，正经好景致也没看见。"芳官道："你为什么不往前去？"柳家的道："我没叫他往前去。姑娘们也不认得他，倘有不对眼的人看见了，又是一番口舌。明儿托你携带他有了房头[2]，怕没有人带着他逛呢，只怕逛腻了的日子还有呢。"芳官听了，笑道："怕什么，有我呢。"柳家的忙道："哎哟哟，我的姑娘，我们的头皮儿薄，比不得你们。"说着，又倒了茶来。芳官那里吃这茶，只漱了一口就走了。柳家的说道："我这里占着手呢，五丫头送送。"

五儿便送出来，因见无人，又拉着芳官说道："我的话到底说了没有？"芳官笑道："难道哄你不成？我听见屋里正经还少两个人的窝

① 旋子——镟子，一种温酒用的器皿，圆筒形，直上下，多用铜锡制成。温酒时将酒壶放入旋子内热水中，使之温热。

② 房头——义近"户头"，有了房头意即有了归属，指奴婢被分派到某一主子的屋里供使唤。

儿，并没补上。一个是小红的，琏二奶奶要去还没给人来；一个是坠儿的，也没补。如今要你一个也不算过分。皆因平儿每每的和袭人说：'凡有动人动钱的事，得挨的且挨一日，如今三姑娘正要拿人扎筏子呢。'连他屋里的事都驳了两三件，如今正要寻我们屋里的事没寻着，何苦来往网里碰去？倘或说些话驳了，那时老了，倒难再回转。不如等冷一冷，老太太、太太心闲了，凭是天大的事先和老的一说，没有不成的。"五儿道："虽如此说，我却性儿急，等不得了。趁如今挑上来了，头宗给我妈争口气，也不枉养我一场；二则我添上月钱，家里又从容些；三则我的心开一开，只怕这病就好了。便是请大夫吃药，也省了家里的钱。"芳官道："我都知道了，你只放心。"二人别过，芳官自去不提。

单表五儿回来，与他娘深谢芳官之情。他娘因说："再不承望得了这些东西，虽然是个珍贵物儿，却是吃多了也动热。竟把这个倒些送个人去，也是个大情。"五儿问："送谁？"他娘道："送你舅舅的儿子，昨日热病，也想这些东西吃。如今我倒半盏与他去。"五儿听了，半日没言语，随他妈倒了半盏子去，将剩的连瓶便放在家伙厨内。五儿冷笑道："依我说，竟不给他也罢了。倘或有人盘问起来，倒又是一场是非。"他娘道："那里怕起这些来，还了得了。我们辛辛苦苦的，里头赚些东西，也是应当的。难道是贼偷的不成？"说着，一径去了，直至外边他哥哥家中。他侄儿正躺着，一见这个，他哥哥嫂子侄儿无不欢喜。现从井上取了凉水，和吃了一碗，心中一畅，头目清凉。剩的半盏，用纸覆着，放在桌上。

可巧又有家中几个小厮同他侄儿素日相好的，走来问候他的病。内中有一小伙名唤钱槐者，乃系赵姨娘之内亲。他父母现在库上管账，他本身又派跟贾环上学。因他手头宽裕，尚未娶亲，素日看上了柳家的五儿标致，一心和父母说了，欲娶他为妻。也曾托央媒人再四求告。柳家却也情愿，争奈五儿执意不从，虽未明言，却已中止，他父母未敢应允。近日又想往园内去，越发将此事丢开，只等三五年后放出来，自向外边择婿了。钱家中人见他如此，也就罢了。怎奈钱槐不得五儿，心中又气又愧，发恨定要弄取成配方了此愿。今也同人来瞧望柳氏的侄儿，不期柳家的在内。

柳家的忽见一群人来了，内中有钱槐，便推说不得闲，起身便走了。他哥嫂忙说：“姑妈怎么不吃茶就走？倒难为姑妈记挂。”柳家的因笑道：“只怕里面传饭，再闲了出来瞧侄子罢。”他嫂子因向抽屉内取了一个纸包出来，拿在手内送了柳家的出来，至墙角边递与柳家的，又笑道：“这是你哥哥昨儿在门上该班儿，谁知这五日一班，竟偏冷淡，一个外财没发。只有昨儿有粤东的官儿来拜，送了上头两小篓子茯苓霜。余外给了门上人一篓作门礼，你哥哥分了这些。昨儿晚上，我打开看了看，怪俊，雪白。说拿人奶和了，每日早起吃一钟，最补人的；没人奶就用牛奶；再不得，就是滚白水也好。我们想着，正是外甥女儿吃得的。上半日打发小丫头子送了家去的，他说锁着门，连外甥女儿也进去了。本来我要瞧瞧他去，给他带了去的，又想着主子们不在家，各处严紧，我又没什么差使，跑什么呢？况且这两日风闻得里头家反作乱的，倘或沾带了，倒值多了。姑娘来的正好，亲自带去罢。”

柳氏道了生受，作别回来。刚到了角门前，只见一个小幺儿笑道：“你老人家那里去了？里头三次两趟叫人传呢，我们三四个人都找你老去了，还没来。你老人家却从那里来了？这条路又不是家去的路，我倒疑心起来了。”那柳家的笑骂道：“好猴儿崽子，也和我胡说起来了，回来问你。”要知端的，下回分解。